LE TRÔNE DE DIAMANT

ŒUVRES DE DAVID EDDINGS
CHEZ POCKET

LA BELGARIADE

1. LE PION BLANC DES PRÉSAGES
2. LA REINE DES SORTILÈGES
3. LE CAMBIT DU MAGICIEN
4. LA TOUR DES MALÉFICES
5. LA FIN DE PARTIE DE L'ENCHANTEUR

LA MALLORÉE

1. LES GARDIENS DU PONANT
2. LE ROI DES MURGOS
3. LE DÉMON MAJEUR DE KARANDA

LA SIBYLLE DE KELL
LA SORCIÈRE DE DARSHIVA

SCIENCE-FICTION
Collection dirigée par Jacques Goimard

DAVID EDDINGS

LE TRÔNE DE DIAMANT

OLIVIER ORBAN

Ouvrage paru chez Ballantine Books (New York)
sous le titre original :
THE DIAMOND THRONE

Traduit de l'anglais par E.C.L. Meistermann

ISBN 2.266.06605.6

MER
THALÉSIE
Husdal
Horset
Heid
R. Horset
R. Kemd
R. Emsat
Yosut
Emsat
Detroit de Thalésie
Chaël
Asabel
Amir.
Endahl
DEIRA
Gatas
R. Acie
Acie
Golfe d'Acie
Adéra
Endde
R. Endde
Styrique
PÉLO
Alaris
Kaneas
Arruk
MER
DEIRANE
ÉLÉNIE
Cardos
Lenda
Cimmura
Cimmura R.
Démos
Chyrellos
Vardenais
Ucera R.
Dieros
Darra
Ucera
ARCIE
Miles 100 200 300
Leagues 25 50 75 100
Coombe R.
Coombe
Larium
Pas d'Arcie
Zand
Djiroch
Kodhl
Gule R.
Umanthum
RENDOR
Dabour

PÉLOS
ÉOSIE
MER DE ZÉMOCH
Drocha
Vilèta
R. Talis
Albak
Golfe
de
Zémoch
Aka
Merdjuk
Korakach
Venne
Lac Venne
Paler
Vraden
Lac Randéra
Randéra
ZÉMOCH
Lac Lamork
LAMORKAND
Belach
Moterra
Kadum
Ganda
Eblash
R. Ganu
Kadach
Arnek
Verra
Lac Verra
Harga
Onad
Lac Cammoria
Cammori
Borrata
Cam R.
Zenga
R. Geras
Lebros R.
CAMMORIE
Madel
Miruscum
Lébros
Randkus
Sarrinium
Zahar
MER
EXTÉRIEURE
INTÉRIEURE
Cippria

Prologue

Ghwerig et le Bhelliom

– D'après les Légendes des Dieux des Trolls

C'était à l'aube des âges, longtemps avant que les ancêtres du Styricum, pesants, vêtus de fourrures et armés de massues, quittent les montagnes et les forêts de Zémoch pour les plaines d'Éosie centrale. Il y avait là, dans une caverne profonde sous les neiges éternelles de Thalésie septentrionale, un Troll nain et déformé nommé Ghwerig, vivant en paria de par sa laideur et sa cupidité irrésistible; il travaillait seul dans les abîmes de la terre, cherchant de l'or et des pierres précieuses à ajouter à son trésor. Un jour vint où il découvrit une galerie profonde et vit à la lueur de sa torche une gemme d'un bleu foncé plus grande que son poing, encastrée dans la paroi. Tremblant de tous ses membres noueux et tordus, il s'accroupit et fixa l'énorme joyau avec un désir ardent, conscient d'avoir trouvé plus en un instant qu'il n'avait amassé par des siècles d'efforts. Il se mit à découper très prudemment la pierre environnante, éclat par éclat, afin d'enlever la gemme précieuse du lieu où elle reposait depuis le commencement des temps. Et, comme elle émergeait petit à petit de la roche, il se rendit compte qu'elle avait une forme particulière et il lui vint une idée. S'il la récupérait intacte, il pourrait, en la taillant et la polissant soigneusement, améliorer cette forme et accroître mille fois la valeur de la gemme.

Quand il eut ôté le joyau de son assise rocheuse, il l'emporta jusqu'à la caverne où étaient installés son atelier et son trésor. Sans regret, il brisa un diamant d'une valeur incalculable et en tira des outils pour façonner la gemme.

Des décennies durant, à la lumière de torches fumantes, Ghwerig sculpta et polit, marmonnant les sorts qui transmettraient à la gemme inestimable tous les pouvoirs bénéfiques et maléfiques des Dieux des Trolls. Quand la sculpture fut enfin achevée, le joyau avait la forme d'une rose d'un bleu saphir des plus profonds. Et il l'appela Bhelliom, gemme-fleur, et il crut que, grâce à ses pouvoirs, toutes choses lui seraient possibles.

Mais si le Bhelliom recelait tous les pouvoirs des Dieux des Trolls, il les refusait à son hideux propriétaire, et Ghwerig tapa des poings sur le sol de sa caverne. Il consulta ses Dieux et les combla d'offrandes, et ils révélèrent qu'il fallait une clé au pouvoir de Bhelliom, pour l'empêcher d'obéir au caprice du premier venu. Les Dieux des Trolls expliquèrent alors à Ghwerig ce qu'il devait faire pour maîtriser la gemme. Il prit les fragments qui étaient tombés inaperçus à ses pieds dans la poussière et fabriqua une paire de bagues d'or où il monta un fragment ovale poli du Bhelliom lui-même. Lorsqu'il eut terminé, il plaça les anneaux à ses mains, puis souleva la rose saphir. Le bleu profond et lumineux des pierres montées sur les bagues s'enfuit dans le Bhelliom, laissant les bijoux aussi pâles que des diamants. Tout en tenant la gemme-fleur, il sentit son pouvoir monter en lui et se réjouit de savoir que le joyau qu'il avait façonné consentait à lui céder.

Innombrables coulèrent les siècles et, grâce au pouvoir du Bhelliom, grandes furent les merveilles que conçut Ghwerig. Enfin, les Styriques pénétrèrent dans le territoire des Trolls ; leurs Dieux Aînés eurent connaissance de l'existence du Bhelliom et le convoitèrent. Mais Ghwerig était rusé et il obtura les entrées de sa caverne par des enchantements.

Or, il advint que les Dieux Cadets du Styricum se concertèrent, car ils étaient troublés par le pouvoir que le Bhelliom conférerait à son possesseur, et ils conclurent qu'une telle puissance ne pouvait être lâchée sur terre. Ils résolurent alors de rendre la pierre impuissante et choisirent l'agile Déesse Aphraël pour accomplir cette tâche. Aphraël alla donc vers le nord et, grâce à sa forme délicate, elle put se faufiler par une fente si petite que Ghwerig avait négligé de l'obturer. Une fois à l'intérieur de la caverne, Aphraël éleva la voix. Et elle chanta d'une voix si suave que Ghwerig, troublé, ne ressentit aucune alarme. Ainsi l'endormit Aphraël. Quand, avec un sourire rêveur, le Troll nain ferma les yeux, elle ôta la bague de sa main droite et la remplaça par un anneau portant un diamant banal. Ghwerig sursauta ; mais, ayant regardé sa main et vu la bague, il se laissa aller aux délices que lui inspirait le chant de la Déesse. Quand, dans une rêverie suave, ses yeux se refermèrent, la souple Aphraël ôta la bague de sa main gauche et lui substitua un autre anneau portant un autre diamant banal. Ghwerig se redressa encore et considéra sa main gauche avec inquiétude, mais la ressemblance de la bague le rassura. Aphraël continua de chanter à son intention jusqu'à ce qu'il sombre enfin dans un profond sommeil. La Déesse s'en fut alors à pas de loup, emportant les bagues avec elle.

Ensuite, Ghwerig prit le Bhelliom dans la vitrine de cristal où il reposait et la gemme-fleur se refusa à lui, car il ne possédait plus les clés de son pouvoir. Sa rage fut sans mesure et il arpenta les terres à la recherche de la Déesse Aphraël, mais il chercha des siècles durant sans la découvrir.

Il en fut ainsi tant que le Styricum régna sur les montagnes et les plaines d'Éosie. Puis vint un temps où les Élènes surgirent de l'orient et firent intrusion dans ces territoires. Après des siècles d'errance, certains d'entre eux parvinrent au nord de la Thalésie et dépossédèrent les Styriques et leurs Dieux. Et quand les Élènes entendirent parler de Ghwerig et de son Bhelliom, ils cherchèrent l'entrée de la caverne du Troll nain à travers les collines et les vallées de la Thalésie, brûlant du désir de posséder la gemme mythique à la valeur inestimable et sans rien savoir du pouvoir enchâssé dans ses pétales d'azur.

Il incomba enfin à Adian de Thalésie, le plus puissant et le plus rusé des héros de l'Antiquité, de résoudre l'énigme. Au péril de son âme, il consulta les Dieux des Trolls et leur apporta des offrandes, et ils acceptèrent de dire que Ghwerig sortait parfois chercher la Déesse Aphraël du Styricum afin de récupérer une paire de bagues qu'elle lui avait volées, mais de la vraie signification de ces bagues ils ne parlèrent point. Adian se rendit tout au nord et attendit là, chaque crépuscule, une demi-douzaine d'années, l'apparition de Ghwerig.

Quand le Troll nain apparut enfin, Adian approcha

sous une autre apparence et lui dit qu'il savait où l'on pouvait trouver Aphraël; il le révélerait en échange d'un casque rempli d'or jaune. Ghwerig, abusé, conduisit Adian jusqu'à l'entrée cachée de sa caverne, prit le casque du héros, entra dans sa salle du trésor et le remplit à ras bord d'or fin. Puis il ressortit et obtura derrière lui l'entrée de sa caverne. Il donna l'or à Adian et celui-ci fit croire qu'Aphraël se trouvait dans la région de Horset sur la côte occidentale de Thalésie. Ghwerig s'y précipita. Adian remit son âme en péril en implorant les Dieux des Trolls de briser les enchantements de Ghwerig et de le laisser pénétrer dans la caverne. Les fantasques Dieux accédèrent à sa demande.

L'aube rosée enflammait les champs de glace du nord quand Adian émergea de la caverne, serrant le Bhelliom contre lui. Il se rendit aussitôt jusqu'à sa capitale d'Emsat, où il se fabriqua une couronne pour y monter le Bhelliom.

Le chagrin de Ghwerig fut sans limite lorsqu'il revint les mains vides à sa caverne pour découvrir qu'après les clés du pouvoir, il avait perdu la gemme-fleur elle-même. Plus tard, il rôda de nuit dans les champs et les forêts autour d'Emsat en cherchant à récupérer son trésor, mais les descendants d'Adian le surveillaient de près.

Or, il advint qu'Azash, un des Dieux Aînés du Styricum, aspirait de tout son cœur à posséder le Bhelliom et les bagues qui déverrouillaient son pouvoir, et il envoya ses hordes de Zémochs s'emparer des bijoux par la force. Les rois d'occident et les chevaliers de l'Église prirent les armes pour affronter les armées d'Otha de Zémoch et de son ténébreux Dieu styrique, Azash. Et le roi Sarak de Thalésie s'embarqua à Emsat avec quelques-uns de ses vassaux et fit voile vers le sud; ses autres vassaux le rejoindraient quand la mobilisation serait achevée. Il se trouve que le roi Sarak n'atteignit jamais le grand champ de bataille sur les plaines de Lamorkand, car il tomba sous les coups d'une lance zémoch dans une embuscade près des rives du lac Venne en Pélosie, détail dont les annales ne font aucun état.

Un fidèle vassal mortellement blessé prit la couronne de son seigneur abattu et se fraya un chemin jusqu'aux marais de la rive orientale. Là, aux abois, agonisant, il jeta la couronne thalésienne dans les eaux boueuses et goudronneuses du lac, alors même que Ghwerig, qui avait suivi son trésor perdu, l'observait avec horreur, caché dans une tourbière voisine.

Les Zémochs qui avaient occis le roi Sarak se mirent à sonder les profondeurs brunâtres afin de retrouver la couronne et la rapporter en triomphe à Azash, mais ils furent interrompus dans leur quête par une colonne de chevaliers alcions descendus de Deira pour se joindre à la bataille de Lamorkand. Les Alcions tombèrent sur les Zémochs et les tuèrent jusqu'au dernier. Le fidèle vassal du roi thalésien reçut une tombe honorable et les Alcions reprirent leur route sans savoir que la couronne fabuleuse de Thalésie gisait sous les eaux troubles du lac Venne.

On dit en Pélosie que par les nuits sans lune, la silhouette spectrale de l'immortel Troll nain hante le marécage. Peu sûr de ses membres malformés, Ghwerig n'ose pénétrer dans les eaux ténébreuses pour sonder les profondeurs du lac et il est condamné à errer sur les rives, tantôt hurlant son amour pour le Bhelliom, tantôt dansant sa déconvenue de ne pas recevoir de réponse.

PREMIÈRE PARTIE

CIMMURA

CIMMURA

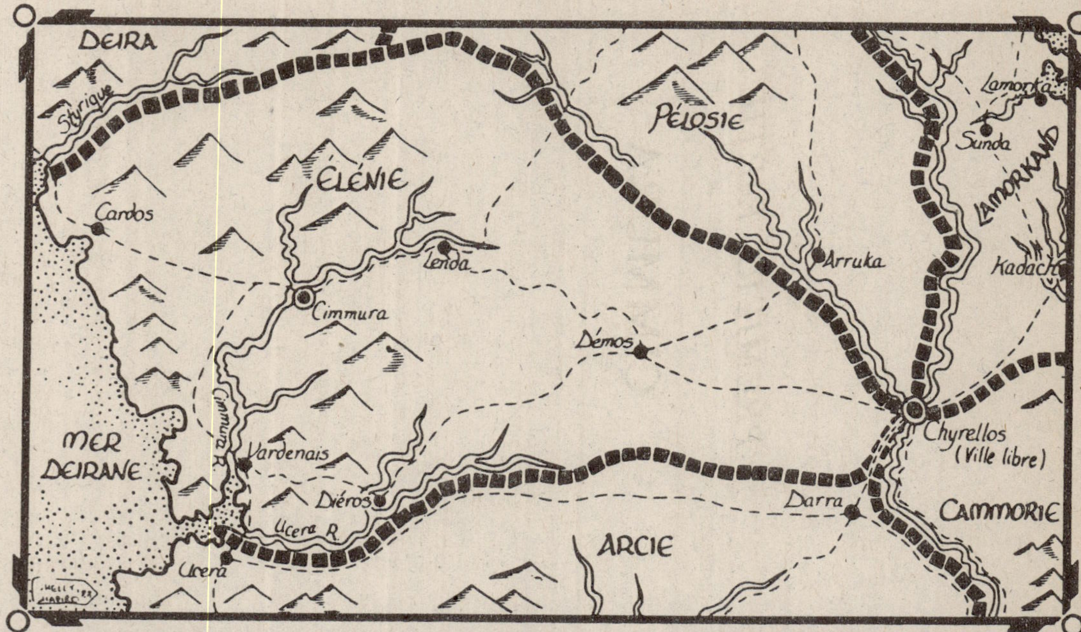
DEIRA
Styrique
ÉLÉNIE
Cardos
Lenda
Cimmura
PÉLOSIE
Arruka
Lamorka
Sunda
LAMORKAND
Kadach
Démos
Chyrellos
(Ville libre)
MER
DEIRANE
Cimmura R.
Vardenais
Diéros
Ucera R.
Ucera
Darra
ARCIE
CAMMORIE

Chapitre premier

Il pleuvait. Une bruine douce et argentée filtrait à travers le ciel nocturne et couronnait les tours de guet massives de la ville de Cimmura ; elle sifflait dans les torches fichées de part et d'autre de la grand-porte et faisait danser la lumière sur les pierres de la route. Un cavalier solitaire approchait de la cité. Il était enveloppé dans une lourde cape de voyage et montait un cheval rouan à poils longs, doté d'un long nez et d'yeux plats et vicieux. Le voyageur était un homme de haute taille, tout en os et en articulations, plutôt décharné. Il avait le cheveu rare et noir, et jadis il avait eu le nez cassé. Il chevauchait tranquillement, mais avec la vigilance particulière du guerrier.

Il s'appelait Émouchet, faisait bien dix ans de moins que son âge et ne portait pas vraiment l'érosion des ans sur son visage raviné ; il n'avait guère qu'une demi-douzaine d'infirmités et inconforts mineurs, de larges cicatrices violettes un peu partout et des vieilles douleurs qui se réveillaient par temps humide. Ce soir, toutefois, il sentait tout le poids de son âge et souhaitait seulement trouver un lit chaud dans une auberge obscure. Émouchet rentrait après une décennie passée à être quelqu'un d'autre, avec un nom différent, dans un pays où il ne pleuvait jamais... où le soleil – comme un marteau frappant une enclume claire – s'abattait sur les dunes, les roches et l'argile recuite, où les hommes se terraient derrière d'épais murs blancs, où les femmes gracieuses, un voile noir sur le visage, se rendaient aux puits dans la lumière argentée du petit matin avec de grosses jarres d'argile en équilibre sur les épaules.

Le gros cheval rouan frémit d'un air absent, s'ébroua pour débarrasser de la pluie sa robe hirsute, gagna la porte de la ville et s'immobilisa sous la lueur avare des torches.

Un garde mal rasé sortit d'un pas incertain, dévoila un plastron et un casque tachés de rouille, une cape verte reprisée pendant négligemment sur une épaule et se tint, oscillant, sur le chemin d'Émouchet.

– Il me faut votre nom, dit-il d'une voix épaissie par l'alcool.

Émouchet lui décocha un long regard, puis ouvrit sa cape pour révéler la lourde amulette en argent accrochée à une chaîne autour de son cou.

Les yeux du garde s'écarquillèrent et il recula d'un pas mal assuré.

– Oh, pardon, monseigneur. Entrez.

Un de ses collègues passa la tête à la porte du corps de garde.

– Qui est-ce, Raf?

– Un chevalier pandion.

– Que vient-il faire à Cimmura?

– Je ne pose pas de questions aux pandions, répondit Raf. (Il adressa à Émouchet un sourire engageant.) Bral est un nouveau, dit-il en désignant son camarade du pouce. Il faudra bien qu'il apprenne, monseigneur. Pouvons-nous vous rendre service?

– Non, merci. Tu devrais rentrer t'abriter de la pluie, voisin. Tu vas attraper froid.

Émouchet tendit une piécette au garde, franchit la porte et remonta l'étroite rue pavée où les bâtiments renvoyaient en écho le claquement lent des sabots ferrés du gros rouan.

Le quartier était pauvre, les maisons délabrées pressées les unes contre les autres, avec un étage unique surplombant la rue humide encombrée d'ordures. Des enseignes grossières oscillaient au vent en grinçant sur leurs crochets rouillés, identifiant les magasins aux volets tirés. Un roquet mouillé, l'air malheureux, traversa furtivement la rue, sa queue de rat entre les jambes. Il n'y avait pas d'autre passant.

Une torche crépitait à un croisement. Une jeune catin maladive, maigre et enveloppée dans une cape bleue dépenaillée, se tenait pleine d'espoir sous la roche, tel un fantôme effrayé.

– Aimeriez-vous passer un bon moment, monsieur? gémit-elle à son adresse.

Elle avait de grands yeux timides et un visage émacié.

Il s'arrêta, fouilla dans sa selle et en tira quelques piécettes.

– Rentre chez toi, petite sœur, dit-il d'une voix douce. Il est tard, il pleut et tu n'auras plus de clients ce soir.

Puis il reprit sa route, suivi par un regard étonné. Il tourna dans une ruelle étroite ensevelie dans l'obscurité et entendit des pas furtifs quelque part dans la pluie. On chuchotait dans l'ombre à sa gauche.

Le rouan renâcla et coucha les oreilles.

– Pas de quoi s'exciter, dit Émouchet.

Sa voix était très douce, presque un chuchotement rauque à faire sursauter les gens. Puis il monta d'un ton pour être entendu des propriétaires des pieds qui rôdaient dans l'obscurité.

– J'aimerais m'occuper de vous, voisins, mais il est tard et je ne suis pas d'humeur à m'amuser. Pourquoi ne pas aller vous attaquer à un jeune noble dans les vignes du Seigneur? Vous auriez des chances de survivre et de continuer à exercer votre métier.

Pour appuyer ses paroles, il rejeta en arrière sa cape mouillée, révélant la garde entourée de cuir du simple sabre qui était attaché à sa ceinture.

Il y eut dans la rue sombre un silence immédiat, suivi de près par une fuite éperdue.

Le gros rouan eut un renâclement de dérision.

– C'est bien mon sentiment, acquiesça Émouchet en s'enroulant dans sa cape. On continue?

Ils débouchèrent sur une grande place entourée de torches crépitantes où les échoppes avaient pour la plupart baissé leurs bâches aux vives couleurs. Quelques enthousiastes au cœur plein d'espoir étaient restés misérablement ouverts, vantant leur marchandise d'une voix stridente aux derniers passants qui, sous la pluie, se hâtaient de rentrer chez eux. Quelques jeunes nobles tapageurs sortaient en titubant d'une taverne minable et traversaient la place avec des cris d'ivrognes. Émouchet tira sur les rênes et attendit leur disparition dans une rue latérale, puis regarda autour de lui, plus par acquit de conscience que par inquiétude.

S'il y avait eu ne fût-ce que quelques personnes supplémentaires, même l'œil exercé d'Émouchet n'aurait pu remarquer Krager. L'homme était de taille moyenne, mal fagoté, mal peigné, avec des bottes boueuses et une cape marron négligemment attachée au cou. Il traversait la place en pataugeant, épiant les alentours d'un regard brouillé. La pluie lui faisait battre les paupières et plaquait sur son crâne ses cheveux décolorés. Émouchet se remit brusquement à respirer. Il n'avait plus revu Krager depuis une certaine nuit à Cippria, presque dix ans auparavant, et l'homme avait considérablement vieilli. Son visage était plus gris et plus flasque, et pourtant il n'y avait aucun doute; c'était Krager.

Les mouvements vifs attirent le regard : Émouchet contrôla sa réaction. Il mit lentement pied à terre et conduisit son gros cheval jusqu'à un étal d'épicier à bâche verte, maintenant l'animal entre lui et le myope à la cape marron.

– Bonsoir, voisin, dit-il de la voix la plus tranquille à l'épicier mal rasé. J'ai une affaire à régler. Je te paierai si tu surveilles mon cheval.

Les yeux de l'épicier s'éclairèrent soudain.

– Ne te fais pas d'idées, l'avertit Émouchet. Ce cheval ne te suivra pas, quoi que tu fasses... mais *moi*, je te suivrai, et ça ne te ferait pas plaisir. Contente-toi de recevoir ton salaire et oublie que tu as songé me le voler.

L'épicier considéra le visage froid de son interlocuteur, déglutit avec difficulté et courba nerveusement l'échine.

– Comme vous voudrez, monseigneur, bafouilla-t-il. Je vous fais le serment que votre noble monture sera en sécurité avec moi.

– Ma noble quoi?

– Noble monture... votre cheval.

– Oh, je vois. J'en serai fort aise.

– Puis-je vous rendre autrement service, monseigneur?

Émouchet regarda le dos de Krager de l'autre côté de la place.

– Aurais-tu par hasard un bout de fil de fer... de cette longueur, à peu près?

Il écarta les mains d'environ trois pieds.

– Peut-être, monseigneur. Les fûts de harengs sont cerclés de fer. Attendez, je vais voir.

Émouchet croisa les bras et les appuya sur sa selle en continuant d'observer Krager par-dessus le dos de son cheval. Les années passées, le soleil brutal et les femmes qui allaient au puits dans la lumière d'acier du petit matin disparurent ; il se retrouva dans le parc à bestiaux près de Cippria, la puanteur du crottin et du sang au corps, le goût de la peur et de la haine à la bouche, blessé, douloureux, affaibli et guettant ses poursuivants qui le traquaient, l'épée à la main.

Il s'arracha à ce souvenir et se concentra sur l'instant présent. Le fil de fer était parfait. Aucun bruit, aucune trace, une touche d'exotisme... le genre de choses que l'on pouvait attendre d'un Styrique ou peut-être d'un Pélosien. Ce n'était pas tant Krager, songea-t-il tandis que la tension montait en lui. Krager n'avait jamais été qu'un acolyte falot de Martel... une extension, deux autres mains, de la même manière que l'autre homme, Adus, n'avait jamais été qu'une arme. L'important, c'était ce que la mort de Krager ferait à Martel.

– Voilà tout ce que j'ai pu trouver, monseigneur, annonça respectueusement l'épicier au tablier graisseux en sortant de derrière son étal avec une longueur de fil de fer blanc rouillé. Je suis désolé, je n'ai pas mieux.

– Ce sera bien, répondit Émouchet. (Il tendit l'acier entre ses mains d'un coup sec.) C'est l'idéal, en fait. (Puis il se tourna vers son cheval.) Reste ici, Faran.

L'animal lui montra les dents. Émouchet eut un petit rire et entra sur la place, à une certaine distance de Krager. Si le myope était retrouvé sous quelque porche obscur avec un fil de fer noué autour du cou et des chevilles, les yeux exorbités dans un visage noirci, ou la figure plongée dans la cuvette d'un urinoir public, Martel serait inquiet, blessé, peut-être même effrayé. Ce serait peut-être assez pour le faire sortir de son trou et il y avait des années qu'Émouchet guettait l'occasion de le trouver à découvert. Précautionneusement, les mains cachées sous sa cape, il se mit à déplier son bout de fil de fer tout en surveillant sa proie.

Ses sens étaient devenus surnaturellement vifs. Il percevait clairement le crépitement des torches en bordure de la place et voyait leur scintillement orange se refléter dans les flaques entre les pavés. Mystérieusement, ces taches de lumière avaient toute la beauté du monde. Émouchet se sentait bien... jamais il ne s'était senti aussi bien depuis des années.

– Sire chevalier ? Sire Émouchet ? Se peut-il que ce soit vous ?

Surpris, Émouchet se retourna rapidement en jurant

dans un souffle. L'homme qui venait de l'accoster avait des cheveux longs aux élégantes boucles blondes. Il portait un pourpoint safran, des hauts-de-chausses lavande et une cape vert pomme. Il avait de longues chaussures marron pointues et du fard aux joues. Avec sa petite épée inutile au côté et son chapeau à larges bords surmonté d'un plumet, il avait bien l'air d'un courtisan, d'un insignifiant fonctionnaire, d'un de ces écornifleurs parasitiques qui infestaient le palais comme de la vermine.

– Que fabriquez-vous donc à Cimmura? questionna l'endimanché d'une voix de fausset. Vous avez été banni.

Émouchet jeta un coup d'œil à sa proie. Krager arrivait à l'entrée d'une rue. Dans un instant, il serait hors de vue. C'était jouable. Un bon coup endormirait le déguisé; Krager serait encore à portée. C'est alors que le guet entra sur la place de son pas pesant. Impossible de disposer du gêneur sans attirer l'attention. Le regard qu'il lui adressa était noir de colère.

Le courtisan recula en jetant un coup d'œil aux soldats qui faisaient le tour des étals en vérifiant les attaches des bâches rabattues.

– J'exige de savoir ce que vous faites ici, dit-il en s'efforçant de prendre un ton sans réplique.

– Tu exiges? Toi?

Le mépris suintait dans la voix d'Émouchet.

Le freluquet regarda les soldats pour se donner du courage, puis il se redressa.

– Je m'occupe de vous, Émouchet. J'exige que vous m'expliquiez votre présence.

Il tendit la main et agrippa le bras de son interlocuteur.

– Ôte tes pattes de là.

Émouchet avait joint le geste à la parole.

– Vous m'avez frappé! haleta le courtisan en étreignant sa main douloureuse.

D'une main, Émouchet prit l'épaule de l'homme et l'attira contre lui.

– Si jamais tu refais ça, je t'arrache les tripes. A présent, ôte-toi de mon chemin.

– Je vais appeler le guet, menaça le petit-maître.

– Tu ne tiens plus à la vie?

– Vous ne pouvez pas me menacer. J'ai des amis puissants.

– Mais ils ne sont pas ici, hein? Moi, j'y suis.

Émouchet le repoussa, écœuré, et se mit en devoir de

traverser la place. Les derniers soldats tournaient au coin de la rue.

– Vous autres pandions ne pouvez plus vous en tirer comme ça. Il y a des lois en Élénie, désormais, lança le parfumé d'une voix stridente. Je vais aller voir le baron Harparine. Je vais lui dire que vous êtes revenu et que vous m'avez frappé.

– Parfait, répondit Émouchet sans se retourner. Vas-y.

Il continua de s'éloigner, si irrité qu'il devait serrer les dents pour se contrôler. Krager et le guet, tout le monde était parti. Il lui vint alors une idée. C'était mesquin... voire infantile... mais approprié. Il s'arrêta, marmonna quelque chose en langue styrique et traça du doigt des formes compliquées. Il eut un trou de mémoire : comment se disait *pustule*? Allons, ce serait un furoncle! Il termina l'incantation, se retourna, dévisagea l'importun et lança le maléfice. Puis il reprit sa marche en souriant. Tout cela manquait de classe, mais Émouchet était parfois ainsi.

Il tendit une pièce à l'épicier qui avait pris soin de Faran, bondit sur sa selle et franchit la place dans la bruine brumeuse, silhouette imposante en cape de laine grossière sur un cheval rouan à la face disgracieuse.

Une fois la place traversée, les rues redevenaient sombres et désertes, les torches crépitaient dans la pluie aux carrefours et projetaient chichement leur lumière fuligineuse. Les sabots de Faran résonnaient dans la rue vide. Émouchet se déplaça sur sa selle. La sensation était légère, une sorte de picotement aux épaules et à la nuque, mais il la reconnut immédiatement. Quelqu'un le guettait et ce n'était pas un ami. Émouchet se laissa aller comme un cavalier fourbu. Mais sa main droite s'était glissée sous sa cape et cherchait le pommeau de son épée. La sensation de malveillance s'alourdissait. Au carrefour suivant, par-delà la lueur tremblante de la torche, il entrevit un personnage enveloppé de la tête aux pieds dans des vêtements gris qui se fondaient si bien dans les ténèbres et la bruine tournoyante qu'il était presque invisible.

Le rouan banda ses muscles et ses oreilles s'agitèrent.

– Je le vois, Faran, dit tout doucement Émouchet.

Ils continuèrent à avancer dans la rue pavée, traversèrent la flaque de lumière et pénétrèrent dans la venelle obscure. Les yeux d'Émouchet s'accommodèrent aux ténèbres, mais le personnage encapuchonné s'était déjà évaporé dans quelque porte ou quelque allée. La sensation d'être surveillé avait disparu et la rue n'était plus un lieu de péril.

L'auberge où allait Émouchet donnait sur une ruelle discrète. Un portail en fortes planches de chêne donnait sur la cour centrale. Les murs étaient hauts et massifs; une lanterne faiblarde éclairait une enseigne dégradée par les intempéries qui grinçait lugubrement dans la nuit pluvieuse. Émouchet dirigea Faran vers le portail, se pencha sur sa selle et donna de solides coups de pied dans les planches. Ces coups avaient un rythme bien particulier. Il attendit.

Le portail s'entrouvrit, démasquant la forme obscure d'un tourier à capuche noire. Le grand chevalier entra à cheval dans la cour humide et mit lentement pied à terre. Le tourier barricada le portail, rabattit la capuche qui recouvrait son casque en acier et s'inclina.

– Monseigneur...

– Il est trop tard pour les formalités, sire chevalier, dit Émouchet avec un bref salut.

– Le formalisme est l'âme même de la distinction, sire Émouchet, riposta le tourier. J'essaie de m'y exercer chaque fois que possible.

– Comme il te plaira. (Émouchet haussa les épaules.) Veux-tu t'occuper de mon cheval?

– Bien entendu. Kurik est ici.

Émouchet hocha la tête et détacha les deux lourds sacs en cuir des quartiers de sa selle.

– Je vais te les prendre, monseigneur.

– Inutile. Où est Kurik?

– Première porte en haut de l'escalier. Tu voudras souper?

– Rien qu'un bon bain et un lit chaud.

Il se tourna vers son cheval, qui se tenait pratiquement sur trois pattes.

– Réveille-toi, Faran!

L'animal ouvrit les yeux et laissa filtrer un regard franchement inamical.

– Suis ce chevalier, ordonna Émouchet. N'essaie pas de le mordre, de le botter ou de le coincer contre la paroi de ta stalle... et ne lui marche pas sur les pieds.

Le grand rouan rabattit les oreilles, puis soupira. Émouchet éclata de rire.

– Tourier, donne-lui quelques carottes.

– Comment peux-tu supporter une bestiole aussi vicieuse, sire Émouchet?

– Nous sommes parfaitement assortis. Ce fut un agréable voyage. Merci, Faran, et dors bien au chaud.

Le cheval lui tourna le dos.

– Garde les yeux ouverts, reprit Émouchet. On me surveillait à mon arrivée et ça n'avait pas l'air d'être de la simple curiosité.

Le visage du chevalier tourier se durcit.

– J'y veillerai, monseigneur.

Émouchet s'engagea sur les dalles humides, puis monta les marches conduisant à la galerie couverte.

Peu de gens à Cimmura connaissaient le secret de l'auberge. Ostensiblement peu différente de ses semblables, elle appartenait aux chevaliers pandions; c'était un sanctuaire sûr pour tous ceux d'entre eux qui, pour une raison ou une autre, évitaient d'utiliser la maison du chapitre dans les faubourgs de l'est.

En haut de l'escalier, Émouchet s'arrêta et gratta à la première porte. Au bout d'un instant, le panneau pivota. L'homme était trapu, il avait les cheveux gris acier et une barbe épaisse taillée court. Son pantalon, son gilet long et ses bottes étaient en cuir noir. Une grosse dague était accrochée à sa ceinture, des bracelets en acier lui cerclaient les poignets; ses bras et ses épaules aux muscles massifs étaient nus. Ce n'était pas un bel homme et ses yeux étaient aussi durs que des agates.

– Vous êtes en retard, dit-il carrément.

– Quelques péripéties en cours de route, répondit Émouchet en entrant dans la pièce éclairée par des chandelles.

L'homme referma la porte derrière lui et fit coulisser bruyamment la barre du verrou. Émouchet le considéra.

– Tu vas bien, Kurik? dit-il simplement à l'homme qu'il n'avait pas vu depuis dix ans.

– Passablement. Quittez cette cape humide.

Émouchet eut un large sourire, laissa tomber ses sacs de selle sur le plancher et défit l'agrafe de son manteau dégoulinant.

– Comment vont Aslade et les gamins?

– Ils poussent, grogna Kurik en prenant la cape. Mes fils grandissent et Aslade grossit. La vie à la ferme lui convient.

– Tu aimes les femmes dodues, rappela Émouchet à son écuyer. C'est pour ça que tu l'as épousée.

Kurik émit un nouveau grognement et considéra d'un œil critique la silhouette émaciée de son maître.

– Vous n'avez pas mangé à votre faim, Émouchet, l'accusa-t-il.

– Ne me materne pas, Kurik.

Émouchet s'affala dans un lourd fauteuil en chêne. La pièce était dallée, les murs de pierre. Le plafond était bas, soutenu par de grosses poutres noires. Dans la cheminée à linteau en ogive flambait un feu qui emplissait la pièce d'ombres dansantes. Deux chandelles brûlaient sur la table; deux lits bas étaient installés contre deux murs opposés. Mais ce fut un gros chevalet, près de l'unique fenêtre drapée de bleu, qui attira son regard. Une armure complète émaillée de noir était posée dessus. Sur le mur était appuyé un grand écu noir à l'emblème de sa famille, un épervier argent aux ailes grandes ouvertes, une lance dans les serres. A côté du bouclier se dressait un sabre massif dans sa gaine, la garde doublée d'argent.

– Vous aviez oublié de le graisser en partant, l'accusa Kurik. Il m'a fallu une semaine pour le dérouiller. Donnez-moi votre pied. (Il se pencha et lui ôta une botte, puis l'autre.) Pourquoi faut-il toujours que vous marchiez dans la boue? grommela-t-il en lançant les bottes à côté de la cheminée. Je vous ai préparé un bain dans la pièce à côté. Déshabillez-vous. Je veux jeter un coup d'œil à vos blessures.

Émouchet poussa un soupir et se leva. Il se dévêtit avec l'aide particulièrement délicate de son rude écuyer.

– Vous êtes mouillé jusqu'aux moelles, remarqua Kurik en touchant d'une main calleuse le dos froid de son maître.

– La pluie a parfois cet effet.

– Vous n'avez jamais vu de chirurgien? questionna l'écuyer en effleurant les larges cicatrices violettes sur les épaules et le flanc gauche d'Émouchet.

– Un médecin les a examinées. Il n'y avait pas de chirurgien dans le voisinage et je les ai laissées guérir toutes seules.

Kurik branla du chef.

– Ça se voit. Rentrez dans le baquet. Je vais vous chercher quelque chose à manger.

– Je n'ai pas faim.

– C'est bien dommage. Vous ressemblez à un squelette. Maintenant que vous êtes revenu, je ne vais pas vous laisser vous promener dans cet état.

– Pourquoi me houspilles-tu, Kurik?

– Parce que je suis en colère. Vous avez failli me faire mourir de peur. Il y a dix ans que vous êtes parti et les nouvelles ont été rares... mais souvent mauvaises.

Les yeux du rude compagnon se radoucirent un instant et il étreignit les épaules d'Émouchet d'une poigne qui eût mis à genoux un homme moins robuste.

– Bienvenue à la maison, monseigneur, dit-il d'une voix étouffée.

Émouchet enlaça brusquement son ami.

– Merci, Kurik, dit-il d'une voix non moins étouffée. C'est bon d'être de retour.

– Très bien, fit Kurik, qui avait repris son air renfrogné. Et maintenant, au bain. Vous puez.

Il tourna les talons et prit la porte.

Émouchet sourit et passa dans l'autre pièce. Il entra dans le baquet en bois et s'immergea avec plaisir dans l'eau fumante. Il y avait si longtemps qu'il était un autre homme portant un autre nom... Mahkra... un bain ne suffirait pas à le débarrasser de cette identité, mais il était agréable de se détendre, de laisser l'eau chaude et le savon laver sa peau de la poussière de cette côte sèche brûlée par le soleil. Dans une sorte de rêverie distante, il se rappelait la vie qu'il avait menée sous le nom de Mahkra dans la ville de Djiroch, en Rendor. Il se souvenait de la petite boutique fraîche où, simple roturier, il avait vendu des brocs en cuivre, des bonbons sucrés et des parfums exotiques face aux murs blancs qui, de l'autre côté de la route, réverbéraient l'éclatante lumière. Il revoyait les conversations sans fin dans la petite cave à vins au coin de la rue, où Mahkra avait siroté, heure après heure, l'âpre raisiné de Rendor, tout en extrayant délicatement, subtilement, des informations destinées à son compagnon pandion, sire Voren, et portant sur le réveil du sentiment éshandiste en Rendor, les caches d'armes dans le désert et les activités secrètes des agents de l'empereur Otha de Zémoch. Il songeait aux nuits douces emplies du parfum envahissant de Lillias, sa maîtresse boudeuse, et aux matins où il s'était levé pour aller regarder à la fenêtre les femmes qui se rendaient aux puits dans la lumière gris acier de l'aube sans soleil. Il poussa un soupir.

– Et qui es-tu donc désormais, Émouchet? se demanda-t-il. Tu n'es plus un marchand de cuivre, de dattes fourrées ou de parfums, mais es-tu redevenu un chevalier pandion? Un magicien? Le Champion de la reine? Peut-être n'es-tu rien de plus qu'un homme meurtri et fatigué par trop d'années de cicatrices et d'escarmouches.

– Il ne vous est jamais venu à l'idée de vous couvrir la tête en Rendor? demanda Kurik à la porte. (Le robuste écuyer tenait un peignoir et une serviette grossière.) Quand on commence à parler tout seul, c'est qu'on est resté trop longtemps au soleil.

– Je méditais, Kurik. Il y a longtemps que j'ai quitté ma patrie et il va me falloir du temps pour m'y réhabituer.

– Du temps? Vous risquez d'en manquer. Vous a-t-on reconnu?

– L'un des lèche-bottes de Harparine m'a vu sur la place près de la porte Ouest.

– C'est donc ça. Vous devrez vous présenter dès demain au palais, ou Lychéas retournera Cimmura pierre par pierre pour vous retrouver.

– Lychéas?

– Le prince régent... fils adultérin de la princesse Arissa et d'un marin ivrogne ou d'un quelconque tire-laine.

Émouchet s'assit, le regard dur.

– Je pense qu'il faudrait que tu me donnes quelques explications. Ehlana est la reine. Pourquoi son royaume aurait-il besoin d'un régent?

– Où étiez-vous donc, Émouchet? Sur la lune? Ehlana est tombée malade il y a un mois.

– Elle n'est pas morte? voulut savoir Émouchet avec une soudaine douleur à l'estomac et un pincement insupportable au souvenir de la magnifique femme-enfant pâle, aux yeux gris graves et sérieux, sur qui il avait veillé durant toute son enfance et que, bizarrement, il avait fini par aimer, elle qui n'avait que huit ans quand il avait été exilé par le roi Aldréas en Rendor.

– Non, elle n'est pas morte, et c'est peut-être dommage. (Kurik prit la grande serviette.) Sortez du baquet, ordonna-t-il. Je vais vous expliquer pendant que vous mangerez.

Émouchet hocha la tête et se redressa. Kurik l'essuya rapidement, puis l'enveloppa dans le peignoir. La table de la première pièce était couverte d'une assiette de tranches de viande fumante nageant dans de la sauce, d'une moitié d'un gros pain paysan, d'un quartier de fromage et d'une cruche de lait frais.

– Que s'est-il passé, ici? demanda Émouchet en s'asseyant.

Il était surpris de découvrir soudain qu'il mourait de faim. Kurik tira sa dague pour tailler des tranches épaisses de pain.

– Vous savez que les pandions ont été cantonnés à la maison mère de Démos après votre départ?

– J'en ai entendu parler. Le roi Aldréas ne nous a jamais beaucoup aimés.

– Par la faute de votre père, Émouchet. Aldréas aimait *beaucoup* sa sœur et votre père l'a forcée à en épouser un autre.

– Ce n'est pas bien de parler ainsi du roi.

Kurik haussa les épaules.

– Il est mort, et de toute façon personne n'ignorait ce qu'il éprouvait. Les pages du palais se faisaient un peu de menue monnaie en laissant voir Arissa, nue comme au jour de sa naissance, parcourir les corridors pour rejoindre la chambre de son frère. Aldréas était un roi faible, Émouchet. Il était totalement sous la coupe d'Arissa et du primat Annias. Une fois les pandions confinés à Démos, Annias et ses acolytes ont pu agir à peu près à leur guise. Une chance que vous n'ayez pas été ici.

– Peut-être, murmura Émouchet. Et de quoi Aldréas est-il mort?

– Du haut mal, soi-disant. Mais les catins recrutées par Annias après la mort de sa femme ont dû finir par l'épuiser.

– Kurik, tes ragots sont pires que ceux des vieilles femmes.

– Je sais. C'est alors qu'Ehlana a été couronnée reine. Annias était certain qu'il la tiendrait comme Aldréas, mais elle y a mis le holà. Elle a mandé le précepteur Vanion, de la maison mère de Démos, et en a fait son conseiller personnel. Puis elle a dit à Annias de se retirer dans un monastère pour aller méditer sur les vertus propres à un homme d'Église. Annias en est resté pantois et s'est mis à comploter aussitôt. Les messagers grouillaient sur la route du couvent où la princesse Arissa avait été enfermée. Annias a suggéré qu'Ehlana épouse son cousin adultérin, Lychéas, mais elle lui a ri au nez.

– Voilà qui me semble typique. (Émouchet eut un sourire.) Je l'ai éduquée personnellement et je lui ai appris ce qu'il fallait. De quelle maladie souffre-t-elle?

– Juste celle qui a tué son père. Elle a eu une crise et n'a pas repris conscience. Les médecins de la cour affirmaient qu'elle ne passerait pas la semaine, mais Vanion prit des mesures. Il fit son apparition à la cour en compagnie de Séphrénia et de onze autres pandions... tous en armure à visière baissée. Ils renvoyèrent les domestiques de la reine, l'arrachèrent à son lit, la vêtirent de robes d'apparat et lui mirent sa couronne sur la tête. Puis ils l'emportèrent jusqu'à la grande salle d'honneur, l'installèrent sur le trône et verrouillèrent la porte. Nul ne sait ce qu'ils firent là-dedans, mais quand ils rouvrirent la porte, Ehlana était assise sur le trône, enchâssée dans du cristal.

– Quoi! s'exclama Émouchet.

– Un cristal clair comme le verre. On distingue la moindre tache de rousseur sur le nez de la reine, mais on ne peut s'en approcher. Ce cristal est aussi dur que le diamant. Des ouvriers l'ont martelé pendant cinq jours sur les ordres d'Annias et ils n'ont même pas réussi à l'ébrécher. (Kurik considéra Émouchet.) Et vous, y parviendriez-vous? demanda-t-il avec une certaine curiosité.

– Moi? Kurik, je ne saurais même pas par où commencer. Séphrénia nous a enseigné les principes de base, mais nous ne sommes que des enfançons, comparés à elle.

– Enfin, ce dispositif maintient la reine en vie. On entend battre son cœur. L'écho en résonne comme un tambour dans toute la salle du trône. La première semaine, les gens venaient rien que pour l'écouter. On a même prétendu que c'était un miracle et que la salle du trône devrait être transformée en sanctuaire. Mais Annias a verrouillé la porte et fait venir à Cimmura Lychéas le bâtard pour le proclamer prince régent. C'était il y a deux semaines. Depuis lors, Annias a fait appréhender tous ses ennemis par les soldats de l'Église. Les oubliettes sous la cathédrale en sont pleines. Vous avez bien choisi votre moment pour revenir. (Il considéra le visage de son maître.) Que s'est-il passé à Cippria, Émouchet? Les nouvelles que nous avons eues étaient plutôt sommaires.

Émouchet haussa les épaules.

– Pas grand-chose. Tu te souviens de Martel?

– Le renégat que Vanion a déchu de son titre de chevalier? Celui qui a les cheveux blancs?

Émouchet acquiesça de la tête.

– Il est arrivé à Cippria avec deux de ses acolytes et ils ont engagé une vingtaine de coupe-jarret pour les aider. Ils m'ont acculé dans une rue sombre.

– C'est là que vous avez attrapé ces cicatrices?
– Oui.
– Mais vous vous en êtes tiré.
– Ça m'en a tout l'air. Les assassins rendors font les délicats quand le sang qui éclabousse les pavés et les murs se trouve être le leur. Quand j'en ai eu étripé une bonne douzaine, les autres ont faibli. Je me suis dégagé et me suis replié à la limite de la ville. Je me suis caché dans un monastère en attendant la guérison de mes blessures, puis j'ai pris Faran pour me joindre à une caravane pour Djiroch.
Le regard de Kurik se fit pénétrant.
– Vous pensez qu'Annias pourrait être mêlé à ça? Il hait votre famille, vous savez, et il est à peu près sûr que c'est lui qui a persuadé Aldréas de vous exiler.
– J'y ai parfois songé. Annias et Martel ont déjà traité ensemble. De toute façon, je crois que le bon primat et moi avons à discuter de plusieurs détails.
Kurik reconnut ce ton et le regarda.
– Vous allez vous attirer des ennuis.
– Pas autant qu'Annias si je découvre que c'est lui qui a tiré les ficelles. (Émouchet se redressa.) Il va falloir que je parle à Vanion. Il se trouve toujours à Cimmura?
Kurik branla du chef.
– Il est à la maison du chapitre, dans la banlieue Est, mais vous ne pouvez pas encore vous y rendre. On ferme la porte Est au coucher du soleil. En revanche, vous devriez vous présenter au palais juste après le lever du soleil. Il ne faudra pas longtemps à Annias pour vous déclarer hors la loi au motif que vous avez violé votre bannissement et il vaut mieux que vous apparaissiez de votre plein gré au lieu de vous faire attraper comme un vulgaire criminel. Il va falloir que vous ayez la langue bien pendue pour éviter les oubliettes.
– Je ne crois pas. J'ai sur moi un document revêtu du sceau de la reine qui autorise mon retour. (Il repoussa son assiette.) L'écriture est un peu enfantine et il porte des taches de larmes, mais je pense qu'il est toujours valable.
– Elle a pleuré? Je ne croyais pas qu'elle en fût capable.
– Elle n'avait que huit ans à l'époque, Kurik, et elle m'aimait beaucoup, je ne sais pourquoi.
– Vous produisez cet effet sur quelques personnes. (Kurik considéra l'assiette d'Émouchet.) Vous en avez eu assez?

Émouchet hocha la tête.

– Alors, au lit. Une dure journée vous attend demain.

C'était bien plus tard. La pièce était faiblement éclairée par les charbons orange du feu rechargé et la respiration régulière de Kurik se faisait entendre de l'autre côté. Un volet mal attaché oscillait librement au vent, faisant aboyer un chien dans la rue; Émouchet, à demi hébété de sommeil, attendait patiemment que l'animal se lasse de cet amusement et retourne dans sa niche.

C'était Krager qu'il avait vu sur la place : la présence de Martel à Cimmura n'avait donc rien de certain. Krager faisait les courses et se trouvait fréquemment séparé de Martel par toute l'étendue d'un continent. Si Adus avait traversé la place sous la pluie, la présence de Martel eût été indubitable. Adus devait être tenu en laisse.

Krager ne serait pas difficile à retrouver. C'était un faible, doté des vices et des habitudes des faibles. Émouchet sourit dans les ténèbres. Krager devait savoir où l'on pouvait retrouver Martel. Ce serait simple de lui arracher ce renseignement.

Émouchet sortit précautionneusement de son lit pour éviter de réveiller son écuyer et rejoignit la fenêtre pour regarder la pluie tomber en biais dans la cour déserte. D'un air absent, il étreignit le pommeau ceint de cuir de l'épée dressée à côté de son armure d'apparat. Il eut l'impression de prendre la main d'un vieil ami.

Indistinctement, comme toujours, il se souvenait du son des cloches. Il les avait suivies cette nuit-là à Cippria. Malade, blessé, solitaire, titubant dans la nuit puante des enclos à bestiaux, il s'était dirigé vers leur tintement. Il était enfin parvenu au mur et l'avait suivi, posant sa main valide sur les pierres antiques, pour aller s'écrouler devant la porte.

Émouchet secoua la tête. C'était le passé. Étrange qu'il pût se rappeler ces cloches aussi clairement. Il resta debout, la main sur l'épée, à contempler les franges de la nuit danser dans la pluie et les souvenirs carillonner dans sa tête.

Chapitre deux

Émouchet avait revêtu son armure d'apparat et, afin qu'elle prenne bien sa place, il arpentait la pièce éclairée par les chandelles.

– J'avais oublié combien elle peut être lourde.

– Vous vous ramollissez, dit Kurik. Il vous faudra un ou deux mois sur le terrain d'entraînement pour reprendre des forces. Vous êtes sûr de vouloir la porter?

– Les événements officiels exigent un vêtement officiel. Et je veux qu'il n'y ait aucune confusion pour quiconque. Je suis le Champion de la reine et je suis censé porter mon armure quand je me présente à elle.

– On ne vous laissera pas entrer, dit Kurik en prenant le heaume de son maître.

– On ne me laissera pas faire?

– Ne faites pas de bêtises, Émouchet. Vous serez tout seul, là-bas.

– Le comte de Lenda fait toujours partie du Conseil?

– Il est âgé et il n'a guère d'autorité, mais il est trop respecté pour qu'Annias le renvoie.

– J'y aurai donc quand même un ami.

Émouchet prit le heaume des mains de son écuyer et le mit en place. Il releva sa visière.

Kurik s'approcha de la fenêtre pour décrocher l'épée d'Émouchet et son écu.

– La pluie se calme, dit-il, et le jour se lève. (Il posa épée et écu sur la table et prit le surcot argenté.) Tendez les bras.

Émouchet s'exécuta et Kurik lui drapa les épaules, serra les lacets du surcot. Puis il prit la ceinture de l'épée et en ceignit deux fois la taille de son maître. Émouchet saisit l'arme dans son fourreau.

– Tu l'as aiguisée?

Kurik lui décocha un regard acéré.

– Pardon.

Émouchet verrouilla le fourreau sur les gros rivets en acier de la ceinture et la fit tourner pour qu'il pende à sa gauche.

Kurik fixa la longue cape noire sur les plaques d'épaule de l'armure, puis recula et examina Émouchet de haut en bas.

– Pas mal. Je vais vous donner votre écu. Vous avez intérêt à vous dépêcher. On se lève tôt, au palais. Ça leur donne du temps de reste pour leurs mauvais tours.

Ils sortirent de la pièce et descendirent l'escalier jusqu'à la cour. La pluie s'était pratiquement interrompue, seules quelques ultimes gouttes tombant dans le vent matinal. Le ciel, lui, était encore couvert de lambeaux nuageux, bien qu'il y eût une large bande de jaune pâle à l'est.

Le chevalier tourier fit sortir Faran de l'écurie et, avec l'aide de Kurik, hissa Émouchet sur sa selle.

– Faites attention en entrant dans le palais, monseigneur, déclara Kurik sur le ton compassé qu'il utilisait quand ils n'étaient pas seuls. Les gardes réguliers du palais sont probablement neutres, mais Annias dispose également d'un peloton de soldats de l'Église. Quiconque porte un uniforme rouge sera probablement votre ennemi.

Il leva le bouclier noir gravé en relief. Émouchet boucla l'écu.

– Tu vas aller voir Vanion au chapitre? demanda-t-il à son écuyer.

Kurik hocha la tête.

– Dès qu'ils ouvriront les portes Est de la ville.

– J'irai probablement quand j'en aurai fini au palais, mais reviens ici et attends-moi. (Il eut un large sourire.) Il se peut que nous devions quitter la ville précipitamment.

– Ne vous donnez aucun mal pour user de violence, monseigneur.

Émouchet prit les rênes des mains du tourier.

– Fort bien, sire chevalier. Ouvre la porte, que j'aille présenter mes respects au bâtard Lychéas.

Le tourier éclata de rire et fit pivoter la porte.

Faran sortit en un petit trot orgueilleux, levant haut ses

sabots ferrés pour les laisser retomber bruyamment sur le pavé mouillé. Le gros cheval avait un goût particulier pour le théâtre et il se pavanait toujours outrageusement quand Émouchet le montait en armure.

– Est-ce que nous ne devenons pas un peu vieux pour l'exhibitionnisme? lui demanda sèchement Émouchet.

Faran feignit de l'ignorer et continua son manège.

Les habitants de Cimmura étaient rares dans les rues, à cette heure matinale... des artisans chiffonnés et des boutiquiers endormis, pour la plupart. Les rues étaient humides et les rafales de vent faisaient grincer les enseignes au-dessus des boutiques. Les volets des fenêtres étaient presque tous fermés, mais laissaient parfois filtrer une lumière dorée qui signalait la chandelle d'un lève-tôt.

Émouchet remarqua que son armure dégageait une odeur soutenue... une odeur d'acier mêlée de graisse et de cuir du harnais qui avait absorbé sa sueur pendant des années. Il avait presque oublié ce parfum dans les rues brûlées de soleil et les boutiques épicées de Djiroch; plus que le spectacle familier de Cimmura, il finit de le convaincre qu'il était revenu chez lui.

Un chien, de temps à autre, sortait aboyer à leur passage, mais Faran l'ignorait dédaigneusement et continuait de trotter sur le pavé.

Le palais était situé au centre de la ville. C'était une bâtisse vraiment imposante, bien plus grande que toutes celles qui l'entouraient, avec de hautes tours pointues surmontées de bannières colorées qui flottaient au vent avec un claquement étouffé. Il était séparé du restant de la ville par des murs crénelés. L'un des rois d'Élénie les avait fait jadis doubler de calcaire blanc à l'extérieur. Le voile de fumée persistant qui pesait sur la ville en certaines saisons y avait déposé un revêtement gris sale.

Les hautes portes étaient gardées par une demi-douzaine d'hommes portant l'uniforme noir de la garnison du palais.

– Halte! aboya l'un d'eux comme Émouchet approchait.

Il se posta au centre du portail, la lance légèrement penchée en avant. Émouchet fit la sourde oreille, et Faran fondit sur l'homme.

– Je vous ai dit de faire halte, sire chevalier! reprit le garde.

L'un de ses camarades bondit alors, lui prit le bras et l'écarta.

– C'est le Champion de la reine! s'exclama le second garde. Ne reste *jamais* sur son chemin.

Émouchet atteignit la cour centrale et mit pied à terre, légèrement embarrassé par le poids de son armure et la taille de son bouclier. Un garde s'avança, la lance tendue.

– Bonjour, voisin, lui dit Émouchet de sa voix paisible.

Le garde hésita.

– Veille sur mon cheval. Je ne devrais pas rester longtemps.

Il lui tendit les rênes et s'engagea sur le grand escalier conduisant aux lourdes portes à deux battants qui s'ouvraient sur le palais.

Deux gardes en uniforme bleu se tenaient là, des hommes plus âgés qu'il pensa reconnaître. L'un d'eux écarquilla les yeux, puis eut un large sourire.

– Bienvenue, sire Émouchet, dit-il en ouvrant la porte.

Émouchet lui adressa un clin d'œil soutenu et entra, ses pieds chaussés de fer et ses éperons claquant sur les dalles polies. Au-delà de la porte, il trouva un fonctionnaire arborant une chevelure bouclée et pommadée ainsi qu'un pourpoint marron.

– Je veux parler à Lychéas, annonça Émouchet d'une voix atone. Conduis-moi.

– Mais... (Le visage de l'homme avait légèrement blêmi. Il se reprit, avec une expression hautaine.) Comment avez-vous...

– Tu ne m'as pas entendu, voisin?

L'homme en pourpoint marron se recroquevilla.

– T... tout de suite, sire Émouchet, bégaya-t-il.

Il précéda son visiteur dans le grand couloir central. Ses épaules tremblaient. Il n'allait pas à la salle du trône, mais vers la salle où le roi Aldréas tenait conseil. Un petit sourire effleura les lèvres du chevalier : la jeune reine enchâssée dans le cristal n'était sûrement pas une présence encourageante pour un candidat à l'usurpation.

La salle du Conseil était gardée par deux hommes portant l'uniforme rouge de l'Église... des soldats du primat Annias. Ils croisèrent automatiquement leurs piques pour barrer l'entrée.

– Le Champion de la reine désire voir le prince régent, leur annonça le fonctionnaire d'une voix aiguë.

– Nous n'avons reçu aucun ordre pour admettre le Champion de la reine, déclara l'un d'eux.

– Vous l'avez reçu, à présent, leur dit Émouchet. Ouvrez cette porte.

L'homme en pourpoint marron fit mine de déguerpir, mais Émouchet l'attrapa par le bras.

– Je ne t'ai pas encore renvoyé, voisin. (Puis il regarda les soldats.) Ouvrez la porte, répéta-t-il.

Le temps suspendit son vol tandis que les factionnaires considéraient Émouchet, puis échangeaient des regards interrogateurs. L'un d'eux déglutit péniblement et, gêné par sa pique, tendit la main vers la poignée de la porte.

– Tu vas devoir m'annoncer, dit Émouchet à l'homme dont il tenait toujours le bras dans son poing gantelé. Nous ne recherchons pas l'effet de surprise, n'est-ce pas?

Les yeux de l'homme s'affolèrent. Il franchit la porte et s'éclaircit la gorge.

– Le Champion de la reine, cracha-t-il d'une voix mourante. Le seigneur pandion, sire Émouchet.

– Merci, voisin. Tu peux disposer, maintenant.

Le fonctionnaire fila à toute allure.

La salle du Conseil était très grande et toute habillée de bleu. D'énormes candélabres se dressaient le long des murs; des chandeliers étaient disposés sur la longue table cirée au centre de la pièce. Trois hommes y étaient assis, avec des documents devant eux; un quatrième s'était levé de son fauteuil.

Il s'agissait du primat Annias. Émouchet ne l'avait pas vu depuis dix ans et le trouva amaigri, avec un visage gris et émacié. Ses cheveux étaient tirés en arrière et parcourus de gris. Il portait une longue soutane noire et le pendentif orné des bijoux de son office de primat de Cimmura pendait à son cou au bout d'une épaisse chaîne en or. Ses yeux étaient écarquillés de surprise et d'inquiétude.

Le comte de Lenda, vieillard aux cheveux blancs vêtu d'un pourpoint gris clair, souriait largement, ses yeux bleu clair scintillant dans son visage ridé. Le baron Harparine, pédéraste notoire, était assis, une expression stupéfaite sur le visage. Ses vêtements étaient un fouillis de couleurs discordantes. Assis près de lui se trouvait un gros homme en rouge qu'Émouchet ne reconnut point.

– Émouchet! grinça Annias, que faites-vous ici?

– Je crois que vous me cherchiez, Votre Grâce. J'ai songé que je pouvais vous épargner ce souci.

– Vous avez rompu votre exil.

– C'est l'une des choses dont il nous faut discuter. J'ai appris que Lychéas le bâtard agit en tant que prince régent en attendant la guérison de la reine. Pourquoi ne pas le mander pour éviter d'avoir à recommencer cette conversation?

Les yeux d'Annias s'écarquillèrent sous l'outrage.

– Bâtard, c'est bien ce qu'il est, n'est-ce pas? reprit Émouchet. Ses origines n'ont rien d'un secret, alors pourquoi tourner autour du pot? Le cordon, si je me souviens bien, se trouve juste là. Tirez donc, Annias, et qu'un de vos sycophantes aille chercher le prince régent.

Le comte de Lenda gloussa sans se gêner.

Annias décocha au vieillard un regard furieux et s'approcha des deux cordons qui pendaient sur le mur opposé. Sa main hésita.

– Ne vous trompez pas de cordon, Votre Grâce, l'avertit Émouchet. Toutes sortes de choses désagréables pourraient se produire si une douzaine de soldats venaient à franchir cette porte.

– Allez, Annias, intervint le comte de Lenda. Ma vie arrive à son terme, et un peu d'action ne serait pas pour me déplaire.

Annias serra les dents et tira sur le cordon bleu. La porte s'ouvrit et un jeune homme en uniforme apparut.

– Oui, Votre Grâce? fit-il en s'inclinant.

– Va dire au prince régent que nous requérons sa présence immédiate.

– Mais...

– *Immédiate!*

– Oui, Votre Grâce.

Le serviteur décampa.

– Vous voyez comme ç'a été facile? lança Émouchet. (Puis il s'approcha du comte, ôta son gantelet et prit la main du vieil homme.) Vous paraissez en forme, monseigneur.

– Toujours en vie, vous voulez dire? (Lenda éclata de rire.) Comment était Rendor, Émouchet?

– Chaude, sèche et très poussiéreuse.

– Comme toujours, mon garçon. Comme toujours.

– Allez-vous vous expliquer? aboya Annias.

– Je vous en prie, Votre Grâce, repartit Émouchet d'un ton pénétré en levant une main, pas avant l'arrivée du bâtard. Nous devons avoir de bonnes manières, n'est-ce pas? (Il haussa un sourcil). Mais j'y pense, comment va sa mère?... Je parle de sa santé, bien sûr. Je n'oserais pas demander à un ecclésiastique de témoigner des talents charnels de la princesse Arissa... quand bien même tout le reste de Cimmura en serait capable.

– Vous allez trop loin, Émouchet.

– Vous voulez dire que vous l'ignoriez? Mais, mon vieux, vous devriez vraiment vous tenir au courant!

– Quelle *grossièreté*! fit le baron Harparine.

– Il n'y a rien là que vous puissiez comprendre, lui lança Émouchet. Je crois que vos tendances se portent dans d'autres directions.

La porte s'ouvrit pour laisser entrer un jeune homme boutonneux doté d'une chevelure blond filasse et d'une lippe molle. Il portait une robe bordée d'hermine et un diadème en or.

– Vous désiriez me voir, Annias?

Sa voix était nasale avec une nuance plaintive.

– Une affaire d'État, Votre Altesse, répondit Annias. Nous avons besoin de votre jugement dans une affaire de haute trahison.

Le jeune homme le considéra en clignant les yeux d'un air abruti.

– Voici sire Émouchet, qui a délibérément violé les ordres de feu votre oncle, le roi Aldréas. Il avait été banni en Rendor, et ne devait pas en revenir sans ordre royal. Sa présence même en Élénie le condamne.

Lychéas recula visiblement devant le visage sévère du chevalier en armure noire; ses yeux s'agrandirent, sa bouche resta béante.

– Émouchet? geignit-il.

– Soi-même, lui dit Émouchet. Le bon primat, toutefois, a légèrement forcé la note, je le crains. Lorsque j'ai pris mes fonctions héréditaires de Champion de la Couronne, j'ai prêté serment de défendre le roi – ou la reine – chaque fois que la vie royale serait en danger. Ce serment prend le pas sur tous les ordres – royaux ou autres – et la vie de la reine est manifestement en danger.

– Il s'agit là d'un détail de procédure, lâcha Annias.

– Je sais, répondit platement Émouchet, mais les détails de procédure sont l'âme de la loi.

Le comte de Lenda s'éclaircit la gorge.

– J'ai étudié ces questions, dit-il, et sire Émouchet a cité la loi avec exactitude. Son serment de défendre la Couronne prend effectivement le pas sur tout le reste.

Le prince Lychéas avait fait le tour de la table pour se mettre à bonne distance d'Émouchet.

– Ceci est absurde, déclara-t-il. Ehlana est malade. Elle n'est pas physiquement en danger.

Il s'assit dans le fauteuil à côté du primat.

– La reine, corrigea Émouchet.

– Quoi?

– Son titre exact est *Sa Majesté*... ou du moins *la reine Ehlana*. Il est extrêmement discourtois de l'appeler simplement par son nom. Techniquement parlant, je suppose que je suis tenu de la protéger des manquements à la courtoisie autant que des dangers d'ordre physique. Je ne suis pas un expert sur ce détail légal, aussi dois-je m'en remettre au jugement de mon vieil ami le comte de Lenda sur cette question en attendant que mes témoins remettent ma provocation à Votre Altesse.

Lychéas devint blanc comme un linge.

– Une provocation?

– Ceci est une pure idiotie, déclara Annias. Aucun défi ne sera lancé ni relevé. (Ses yeux se plissèrent.) L'argument du prince régent a toutefois été noté. Émouchet a simplement saisi cette piètre excuse pour violer son bannissement. S'il ne peut présenter un document prouvant qu'il a été rappelé, il doit être inculpé de haute trahison.

Le primat eut un sourire narquois.

– Je pensais que vous ne me le demanderiez jamais, dit Émouchet.

Il fourra la main sous sa ceinture et en sortit un parchemin attaché par un ruban bleu. Il défit le ruban et ouvrit le parchemin, la pierre rouge sang de sa bague scintillant à la lumière des chandelles.

– Tout ceci semble parfaitement en ordre, dit-il en parcourant le document. La signature de la reine y a été apposée, ainsi que son sceau personnel. Les instructions qu'elle m'y donne sont tout à fait explicites. (Il tendit le bras et remit le parchemin au comte de Lenda.) Qu'en pensez-vous, monseigneur?

Le vieillard prit le parchemin et l'examina.

– C'est bien le sceau de la reine, confirma-t-il, ainsi que son écriture. Elle ordonne à sire Émouchet de se présenter immédiatement quand elle sera montée sur le trône. C'est un ordre royal tout à fait valable, messeigneurs.

– Faites-moi voir cela, lâcha Annias.

Lenda le lui passa par-dessus la table.

Le primat lut rapidement le document, les dents serrées.

– Il n'est même pas daté, lança-t-il.

– Excusez-moi, Votre Grâce, intervint Lenda, mais aucune exigence légale n'impose la datation d'un décret ou d'un ordre royal. La datation n'est qu'une commodité.

– Où avez-vous trouvé ceci? demanda Annias à Émouchet.

– Je l'ai depuis un certain temps.

– Il a manifestement été rédigé avant que la reine monte sur le trône.

– A ce qu'il semble, hein?

– Il n'est en rien valable.

Le primat prit le parchemin des deux mains comme pour le déchirer.

– Quelle est la peine pour la destruction d'un décret royal, messire de Lenda? demanda tout doucement Émouchet.

– La mort.

– C'est bien ce que je pensais. Allez-y : déchirez-le, Annias. Je serai on ne peut plus heureux d'exécuter personnellement la sentence... ne serait-ce que pour éviter de perdre du temps et de l'argent en stériles procédures judiciaires.

Son regard se fixa sur celui d'Annias. Au bout d'un moment, le primat, écœuré, lança le parchemin sur la table.

Lychéas avait tout observé avec un dépit croissant. Il sembla alors remarquer quelque chose.

– Votre bague, sire Émouchet, dit-il de sa voix geignarde. C'est l'insigne de votre charge, n'est-ce pas?

– Pour ainsi dire, oui. En fait, cette bague... et celle de la reine... constituent le lien symbolique qui unit ma famille à la sienne.

– Donnez-la-moi.

– Non.

Les yeux de Lychéas sortirent de leurs orbites.

– Je viens de vous donner un ordre royal! s'écria-t-il.

– Non. C'était une requête personnelle, Lychéas. Vous ne pouvez donner d'ordres royaux, parce que vous n'êtes pas roi.

Lychéas considéra le primat d'un air hésitant, mais Annias fit un léger signe de tête. Le jeune homme boutonneux s'empourpra.

– Le prince régent désire uniquement examiner cette bague, sire Émouchet, déclara tout doucement l'ecclésiastique. Nous avons recherché sa compagne, qui appartenait au roi Aldréas, mais elle semble avoir disparu. Auriez-vous une idée de l'endroit où elle pourrait être passée?

Émouchet écarta les mains.

– Aldréas l'avait au doigt quand je suis parti pour Cippria. Ordinairement les bagues ne s'enlèvent pas et je suppose qu'il la portait encore le jour de sa mort.

– Non. Pas du tout.

– Peut-être la reine la détient-elle aujourd'hui?

– Pas à notre connaissance.

– Je veux cette autre bague, insista Lychéas, en tant que symbole de mon autorité.

– Quelle autorité? demanda-t-il brutalement. Cette bague appartient à la reine Ehlana et, si quelqu'un essaie de la lui prendre, j'imagine qu'il me faudra prendre des mesures.

Il ressentit soudain un léger picotement de la peau. Il lui sembla que les chandelles dans leurs candélabres en or baissaient un peu et que la salle bleue du Conseil devenait nettement plus sombre. Automatiquement, il se mit à marmonner à voix basse en langue styrique, prononçant précautionneusement le contre-charme tout en sondant le visage des hommes assis autour de la table pour trouver la source de cette assez grossière tentative de magie. Enfin il vit Annias broncher et eut un sourire sévère. Puis il se redressa.

– A présent, revenons à nos affaires. Qu'est-il précisément arrivé au roi Aldréas?

Le comte de Lenda poussa un soupir.

– C'est le haut mal, sire Émouchet, répondit-il tristement. Les crises ont commencé il y a quelques mois et sont devenues de plus en plus fréquentes. Le roi s'est graduellement affaibli et il a fini par...

Il haussa les épaules.

– Il ne souffrait pas du haut mal lors de mon départ de Cimmura.

– L'attaque fut soudaine, ajouta froidement Annias.

– Sans doute. Selon les rumeurs, la reine souffre de la même maladie.

Annias hocha la tête.

– Aucun d'entre vous n'a trouvé ça bizarre? On n'a jamais entendu parler d'une telle maladie dans la famille royale... et n'est-il pas curieux qu'Aldréas en ait eu les premiers symptômes à la quarantaine et que sa fille soit tombée malade à dix-huit ans à peine?

– Je n'ai pas de formation médicale, Émouchet, fit Annias. Vous pouvez interroger les médecins de la cour, si vous le désirez, mais je doute que vous puissiez dénicher quelque chose que nous n'ayons déjà découvert.

Émouchet poussa un grognement. Son regard fit le tour de la salle du Conseil.

– Je pense que nous avons examiné tous les points utiles. Je vais aller voir la reine, à présent.

– Il n'en est pas question! s'exclama Lychéas.

– Je ne vous demandais pas de permission, Lychéas, répondit fermement l'imposant chevalier. Puis-je reprendre ceci?

Il désigna le parchemin posé devant le primat.

Ils le lui passèrent et il le parcourut rapidement.

– Ah, dit-il. « Tu te présenteras par-devers moi le jour même de ton retour à Cimmura. » Voilà une phrase qui ne laisse aucune matière à discussion, n'est-ce pas?

– Que cherchez-vous, Émouchet? demanda Annias, soupçonneux.

– Je me contente d'obéir. Votre Grâce. J'ai reçu de la reine l'ordre de me présenter par-devers elle et c'est ce que je fais.

– La salle du trône est verrouillée, lâcha Lychéas.

Le sourire d'Émouchet fut presque bienveillant.

– Ce n'est pas grave, Lychéas, j'ai une clé.

Il posa ostensiblement la main sur la garde cerclée d'argent de son épée.

– Vous n'oseriez pas!

– Chiche!

Annias s'éclaircit la gorge.

– Si je puis me permettre, Votre Altesse?

– Bien entendu, Votre Grâce, répondit rapidement Lychéas. La Couronne est toujours ouverte aux conseils avisés de l'Église.

– La Couronne? demanda Émouchet.

– C'est une simple formule, sire Émouchet, ajouta Annias. Le prince Lychéas parle au nom de la Couronne tant que la reine ne peut s'exprimer.

– Pas pour moi.

Annias se retourna vers Lychéas.

– L'avis de l'Église est le suivant: accédons à la requête quelque peu grossière du Champion de la reine, afin que nul ne puisse *nous* accuser d'inconvenance. De plus, l'Église conseille au prince régent et à tous les membres du Conseil d'accompagner sire Émouchet jusqu'à la salle du trône. Il est réputé pour certaines formes de magie et, afin de protéger la vie de la reine, nous ne devons pas lui permettre d'user de cet art sans avoir consulté les médecins de la cour.

Lychéas fit mine de réfléchir. Puis il se leva.

– Il en sera ainsi, Votre Grâce. Vous avez l'ordre de nous accompagner, sire Émouchet.

– L'ordre?

Lychéas feignit d'ignorer cette question et se dirigea majestueusement vers la porte.

Émouchet laissa le baron Harparine et le gros homme vêtu de rouge passer devant lui pour marcher au même pas que le primat Annias. Il souriait de manière fort détendue, mais la bonne humeur ne perçait guère dans les paroles qu'il prononça à voix basse.

– Ne vous risquez plus à cela, Annias.

– Quoi? (Le primat feignit la surprise.)

– Votre magie. En premier lieu, vous n'êtes pas très doué et cela m'irrite de gaspiller mes efforts pour contrer un travail d'amateur. D'autre part, il est interdit aux hommes d'Église de tâter de la magie, si je me souviens bien.

– Vous n'avez aucune preuve, Émouchet.

– Je n'en ai pas besoin, Annias. Mon serment de chevalier pandion suffirait devant tout tribunal civil ou ecclésiastique. Mais restons-en là, et ne marmonnez plus d'incantations à mon encontre.

Suivant Lychéas, le Conseil et Émouchet s'engagèrent dans un couloir éclairé par des chandelles. Quand ils atteignirent les portes doubles de la salle du trône, Lychéas prit une clé dans son pourpoint et les déverrouilla.

– Très bien, dit-il à Émouchet. Vous pouvez vous présenter à la reine... pour ce que cela vous servira...

Émouchet prit une chandelle à une applique en argent accrochée au mur du couloir et pénétra dans la salle obscure.

L'atmosphère était fraîche et presque humide, l'air sentait le remugle. Émouchet longea méthodiquement les murs dont il alluma les chandelles. Puis il s'approcha du trône et alluma les candélabres qui l'encadraient.

– Vous n'avez pas besoin de toute cette lumière, lança Lychéas à la porte d'une voix irritée.

Émouchet ne tint aucun compte de cette intervention. Il avança la main, toucha en hésitant le cristal qui enchâssait le trône et perçut l'aura familière de Séphrénia. Puis il leva lentement les yeux pour regarder le jeune visage pâle d'Ehlana. La promesse qu'on y lisait lorsqu'elle était enfant avait été tenue. Elle n'était pas simplement jolie comme bien des jeunes filles ; elle était magnifique. Il y avait en elle une perfection presque lumineuse. Ses cheveux très blonds, longs et flous encadraient le visage. Elle portait ses robes d'apparat et la lourde couronne d'Élénie lui cerclait la tête. Les mains fines reposaient sur les accoudoirs de son trône et elle avait les yeux fermés.

Il se rappela qu'au premier abord il n'avait guère apprécié d'être désigné par le roi Aldréas comme tuteur de la petite fille. Puis il avait découvert une enfant rien moins qu'insouciante, dotée d'un esprit vif et d'une curiosité irrésistible envers le monde. Vite guérie de sa timidité initiale, elle s'était mise à l'interroger de près sur les affaires du palais et c'était ainsi que, insensiblement avait commencé son éducation dans l'art de gouverner et les dédales de la politique. Au bout de quelques mois, il avait fini par attendre avec impatience leurs conversations quotidiennes, où il modelait peu à peu son caractère et la préparait à son destin de reine d'Élénie.

La voir telle qu'elle était actuellement, figée dans une apparence de mort, était un crève-cœur et il se jura de réduire le monde en miettes s'il le fallait pour lui rendre la vie et son trône. Ce spectacle, mystérieusement, le mettait en colère et il éprouvait un besoin irrationnel de tout tailler en pièces, comme s'il pouvait la ramener à la conscience par la simple force physique.

C'est alors qu'il l'entendit et le sentit. Le son semblait se faire plus prononcé et il croissait sans cesse. C'était un battement régulier, pas tout à fait comme celui d'un tambour, et qui se répercutait dans toute la salle, augmentant progressivement de volume comme pour annoncer à quiconque venait à entrer que le cœur d'Ehlana battait toujours.

Émouchet tira son épée et salua sa reine. Puis il mit un genou à terre en un geste de respect, d'amour et de fidélité. Il se pencha et, les yeux emplis de larmes, embrassa doucement le cristal infrangible.

– Je suis revenu, Ehlana, murmura-t-il, et je vais tout remettre en ordre.

Les battements se firent plus intenses, comme si elle l'avait entendu.

A la porte, il entendit Lychéas ricaner et il se promit qu'à la première occasion il ferait un certain nombre de choses désagréables au cousin adultérin de la reine. Il se leva et rejoignit la porte.

Lychéas le considérait, narquois, tenant toujours à la main la clé de la salle du trône. Comme Émouchet passait devant le prince, il tendit la main et lui prit la clé.

– Vous n'en aurez plus besoin. Je suis ici et je m'en charge.

– Annias... se plaignit Lychéas d'une voix stridente.

Mais Annias se contenta de jeter un regard au visage menaçant du Champion de la reine et décida de ne pas insister.

– Qu'il la garde, dit-il brièvement.

– Mais...

– Nous n'en avons pas besoin. Que le Champion de la reine garde la clé de la chambre où elle dort.

La voix de l'ecclésiastique était pleine de sous-entendus immondes et Émouchet serra son poing gauche toujours gantelé.

– Voulez-vous bien me raccompagner jusqu'à la salle du Conseil, sire Émouchet? fit le comte de Lenda en plaçant une main apaisante sur l'avant-bras cuirassé du Champion. Mes pas me trahissent et il m'est réconfortant d'avoir un jeune homme robuste à mon côté.

– Certainement, monseigneur, répondit Émouchet en desserrant le poing.

Quand Lychéas eut ramené les membres du Conseil à leur salle de réunion, Émouchet referma la porte et la verrouilla. Puis il tendit la clé à son vieil ami.

– La garderez-vous pour moi, monseigneur?

– Avec plaisir, sire Émouchet.

– Et si vous le pouvez, faites en sorte que les chandelles ne s'éteignent jamais dans la salle du trône. Ne la laissez pas assise dans les ténèbres.

– Bien entendu.

Ils s'engagèrent à leur tour dans le couloir.

– Savez-vous une chose, Émouchet? dit le vieillard. On vous a laissé pas mal d'écorce quand on vous a donné les dernières touches de polissage.

Émouchet lui adressa un large sourire.

– Vous savez vous montrer *vraiment* blessant quand vous vous y mettez, ajouta Lenda en gloussant.

– Je fais de mon mieux, monseigneur.

– Faites bien attention, Émouchet, chuchota le vieillard. Annias a un espion à chaque coin de rue. Lychéas n'ose même pas éternuer sans sa permission, le primat est le véritable maître, et il vous hait.

– De mon côté, je ne le porte pas tellement dans mon cœur. Vous vous êtes montré un excellent ami, monseigneur. Cela ne risque-t-il pas de mettre vos jours en danger ?

Le comte de Lenda eut un sourire.

– J'en doute. Je suis trop âgé et impuissant pour constituer une menace. Je ne suis guère plus qu'une source d'irritation et il est trop calculateur pour agir sans motif plus grave.

Le primat les attendait à la porte de la salle du Conseil.

– Le Conseil vient de discuter de la situation, dit-il froidement. Il est clair que la reine n'est pas en danger. Son cœur bat régulièrement et le cristal qui l'enchâsse est tout à fait indestructible. Elle n'a pas vraiment besoin d'un protecteur à cette heure. Le Conseil vous ordonne donc de rentrer au chapitre de votre ordre en cette ville et d'y demeurer en attendant de nouvelles instructions. (Un sourire glacial lui effleura les lèvres.) Ou une convocation de la reine elle-même, bien entendu.

– Bien entendu, répondit Émouchet d'un air lointain. J'allais précisément vous le suggérer, Votre Grâce. Je ne suis qu'un simple chevalier et je me trouverai beaucoup plus à l'aise en compagnie de mes frères qu'en ce palais. (Il sourit.) Je me sens tout à fait déplacé à la cour.

– Je l'avais remarqué.

– J'attendais bien cela de vous.

Émouchet étreignit brièvement la main du comte de Lenda en guise de salutation. Puis il regarda franchement Annias.

– A l'occasion, Votre Grâce.

– *Si* occasion il y a.

– Oh, il y en aura, Annias. Oui, il y en aura.

Émouchet tourna les talons et repartit.

Chapitre trois

La maison du chapitre des chevaliers pandions à Cimmura se trouvait juste derrière la porte orientale de la ville. C'était, dans tous les sens du terme, un château, avec de hautes murailles surmontées de créneaux et des tours sévères à chaque angle. On y pénétrait par un pont-levis qui franchissait une douve profonde hérissée de pieux pointus. Le pont-levis avait été abaissé, mais il était gardé par quatre pandions en armure noire montant des chevaux de guerre.

Émouchet arrêta Faran à l'entrée du pont et attendit. Certaines formalités s'imposaient avant de pouvoir entrer dans un chapitre pandion. Bizarrement, il découvrit qu'elles ne l'irritaient nullement. Elles faisaient partie de sa vie depuis les années de son noviciat et ce cérémonial marquait pour lui un renouveau et une réaffirmation de son identité même. Alors qu'il attendait l'interpellation rituelle, la ville de Djiroch brûlée par le soleil et les femmes qui rejoignaient les puits dans la lumière gris acier du matin s'éloignèrent dans sa mémoire, prenant leur place appropriée parmi l'ensemble de ses souvenirs.

Deux des chevaliers cuirassés s'avancèrent sur leurs destriers d'un pas majestueux, les sabots résonnant sourdement sur les planches d'un pied d'épaisseur. Ils s'arrêtèrent juste en face d'Émouchet.

– Qui es-tu, toi qui requiers l'entrée dans la maison des Soldats de Dieu? entonna l'un d'eux.

Émouchet leva sa visière en un geste qui symbolisait ses intentions pacifiques.

– Je suis Émouchet, répondit-il, Soldat de Dieu et membre de votre ordre.

– Comment te reconnaîtrons-nous? demanda le second soldat.
– Par ce signe vous me reconnaîtrez.
Émouchet introduisit la main dans le col de son surcot et retira la lourde amulette en argent suspendue à la chaîne autour de son cou. Chacun des pandions portait une amulette semblable.
Les deux cavaliers firent mine d'examiner soigneusement l'objet.
– C'est en vérité sire Émouchet, qui est de notre ordre, déclara le premier.
– Il est vrai, acquiesça le second, et pouvons-nous l'admettre... euh...
Il s'arrêta et fronça les sourcils.
– L'admettre dans la maison des Soldats de Dieu... lui souffla Émouchet.
Le second chevalier fit une grimace.
– Je ne me rappelle jamais cette phrase, marmonna-t-il. Merci, Émouchet. (Il s'éclaircit la gorge et reprit :) Il est vrai, et pouvons-nous l'admettre dans la maison des Soldats de Dieu?
Le premier chevalier arborait un large sourire.
– Il peut de droit entrer en cette maison, car il est l'un des nôtres. Salut, sire Émouchet. Je t'en prie, pénètre entre les murs de cette maison et puisse la paix t'habiter sous ce toit.
– Ainsi que toi et ton compagnon, où que vous alliez, répondit Émouchet en guise de conclusion.
– Bienvenue chez toi, Émouchet, dit alors le premier chevalier d'une voix chaleureuse. Tu es resté longtemps absent.
– Vous l'avez remarqué aussi? répondit Émouchet. Kurik est-il arrivé?
– Il y a environ une heure. Il s'est entretenu avec Vanion avant de repartir.
– Entrons, suggéra Émouchet. J'ai besoin d'une bonne dose de cette paix dont vous venez de parler et il faut que je voie Vanion.
Les deux chevaliers firent tourner leurs montures et tous trois franchirent le pont-levis.
– Séphrénia est-elle encore ici? demanda Émouchet.
– Oui, répondit le second chevalier. Elle est arrivée de Démos en compagnie de Vanion peu après le début de la maladie de la reine et elle n'est pas encore retournée à la maison mère.

– Parfait. Il me faut aussi m'entretenir avec elle.

Tous trois firent halte devant la porte du château.

– Voici sire Émouchet, membre de notre ordre, annonça le premier chevalier aux deux gardes. Nous nous sommes assurés de son identité et nous portons garants de son entrée dans la maison des chevaliers pandions.

– Passe donc, sire Émouchet, et puisse la paix t'habiter sous ce toit.

– Je te remercie, sire chevalier, et que la paix t'habite également.

Les chevaliers écartèrent leurs montures et Faran s'avança sans attendre d'y être invité.

– Tu connais le rituel aussi bien que moi, n'est-ce pas? lui murmura Émouchet.

Faran remua les oreilles.

Dans la cour centrale, un apprenti chevalier qui n'avait pas encore reçu son armure ni ses éperons de cérémonie se précipita en avant pour prendre les rênes de Faran.

– Bienvenue, sire chevalier, dit-il.

Émouchet accrocha son écu à sa selle et descendit de Faran en faisant cliqueter son armure.

– Merci. Saurais-tu où je pourrai trouver le seigneur Vanion?

– Je crois qu'il se trouve dans la tour Sud, monseigneur.

– Merci encore. (Émouchet fit quelques pas dans la cour, puis s'arrêta.) Oh, fais attention au cheval. Il mord.

Le novice parut surpris et s'écarta prudemment du gros rouan tout en s'accrochant fermement aux rênes.

Le cheval adressa un regard mauvais à Émouchet.

– C'est plus sportif comme ça, Faran, lui expliqua Émouchet.

Il monta les marches usées qui conduisaient dans le château séculaire.

L'intérieur du chapitre était frais et mal éclairé; les membres de l'ordre y portaient la bure à capuchon, comme il était de coutume à l'intérieur d'une maison sûre, mais un cliquetis révélait parfois que, sous cet humble habit, les membres de l'ordre dissimulaient cotte de mailles et armes blanches. Les frères encapuchonnés vaquaient résolument à leurs affaires, tête baissée, visage dans l'ombre, avares de salutations.

Émouchet leva le plat de la main devant l'un de ces hommes. Les pandions se touchaient rarement.

– Excuse-moi, mon frère, dit-il. Sais-tu si Vanion se trouve encore dans la tour Sud?

– Oui, répondit l'autre chevalier.

– Merci, mon frère. Puisse la paix être avec toi.

– Et avec toi, sire chevalier.

Parcourant le couloir éclairé par les torches, Émouchet atteignit un étroit escalier qui montait dans la tour Sud entre des murs de pierres massifs et sans mortier. En haut des marches, une lourde porte était gardée par deux jeunes pandions. Émouchet ne les reconnut pas.

– Je dois parler à Vanion, leur dit-il. Je m'appelle Émouchet.

– Peux-tu t'identifier? demanda l'un d'eux en tâchant de rendre brusque sa voix juvénile.

– Je viens de le faire.

Le silence retomba tandis que les deux jeunes chevaliers se débattaient pour trouver une issue honorable.

– Pourquoi ne pas ouvrir la porte et annoncer à Vanion mon arrivée? suggéra Émouchet. S'il me reconnaît, parfait. Sinon, vous pourrez tous deux essayer de me rejeter en bas de l'escalier.

Il n'insista pas particulièrement sur le verbe *essayer*. Ils s'entre-regardèrent, puis l'un d'eux ouvrit la porte et regarda à l'intérieur.

– Mille excuses, monseigneur Vanion, fit-il, mais il y a ici un pandion qui s'appelle Émouchet. Il dit qu'il veut vous parler.

– Très bien, répondit une voix familière dans la pièce. Je l'attendais. Faites-le entrer.

Les deux chevaliers parurent interdits et s'écartèrent.

– Merci, mes frères, murmura Émouchet. Que la paix vous habite.

Il franchit alors la porte. La pièce était grande, avec des murs de pierre, des tentures vert foncé aux fenêtres étroites et un tapis d'un marron passé. Un feu crépitait dans la cheminée voûtée; une table éclairée de chandelles était entourée de lourds fauteuils. Deux personnes – un homme et une femme – étaient assises là.

Vanion, Précepteur des soldats pandions, avait quelque peu vieilli depuis dix ans. Ses cheveux et sa barbe étaient désormais poivre et sel. Son visage affichait quelques rides supplémentaires, mais sans aucun signe de faiblesse. Il portait un jaseran et un surcot en argent. Quand Émouchet entra dans la pièce, il se leva et fit le tour de la table.

– J'allais envoyer une expédition de secours pour te récupérer au palais, dit-il en saisissant les épaules cuirassées d'Émouchet. Tu n'aurais pas dû t'y rendre seul.

– Peut-être, mais les choses se sont bien passées.

Émouchet ôta ses gantelets, son casque et son épée, qu'il posa sur la table.

– Je suis heureux de te revoir, dit-il en prenant la main de son aîné.

Vanion avait toujours été un professeur sévère, ne tolérant aucune faiblesse chez les jeunes chevaliers qu'il entraînait. Émouchet n'avait pas été loin de le haïr durant son noviciat, mais il en était venu à considérer le Précepteur comme un ami proche et leur étreinte fut chaleureuse, voire affectueuse.

Le puissant chevalier se tourna alors vers la femme. Elle était petite, avec cette perfection élégante qui accompagne parfois une petite taille. Ses cheveux étaient noirs comme la nuit, ses yeux bleu foncé. Ses traits n'étaient manifestement pas élènes, mais avaient l'expression étrange qui révélait une Styrique. Elle portait une robe blanche légère et elle avait un grand livre devant elle sur la table.

– Séphrénia, dit-il chaleureusement, tu parais en pleine forme.

Il lui prit les deux mains et lui embrassa les paumes à la mode styrique.

– Tu es resté longtemps absent, sire Émouchet, répondit-elle.

Sa voix était douce et musicale, avec une curieuse qualité mélodieuse.

– Me béniras-tu, petite mère? demanda-t-il, un sourire effleurant son visage buriné.

Il s'agenouilla devant elle. Ce titre de politesse était styrique, réfléchissant la relation personnelle intime entre professeur et élève qui existait depuis l'aube des temps.

– Avec plaisir.

Elle posa avec légèreté les mains sur son visage et prononça la bénédiction rituelle.

– Merci, dit-il simplement.

Puis elle fit quelque chose d'inhabituel. Les mains lui tenant toujours le visage, elle se pencha et l'embrassa doucement.

– Bienvenue, cher enfant, murmura-t-elle.

– Je suis heureux d'être de retour. Tu m'as manqué.

– Même si je te réprimandais quand tu étais jeune?

– Les réprimandes sont peu douloureuses. (Il rit.) Elles aussi m'ont manqué. Je ne sais pourquoi.

– Peut-être avons-nous bien travaillé avec celui-ci, dit-elle au Précepteur. Nous en avons fait un bon pandion.

– L'un des meilleurs, acquiesça Vanion. Émouchet est ce que nous avions à l'esprit lorsque nous avons fondé cet ordre.

La position de Séphrénia parmi les chevaliers pandions était très particulière. Elle était apparue aux portes de la maison mère de l'ordre à Démos à la mort du tuteur qui avait appris aux novices ce que les Styriques appelaient les secrets. Elle n'avait été ni choisie ni appelée, elle était simplement apparue et avait repris les fonctions de son prédécesseur. En général, les Élènes méprisaient et redoutaient les Styriques. C'était un peuple bizarre vivant en petits hameaux nichés au plus profond des forêts et des montagnes. Ils vénéraient des Dieux étranges et pratiquaient la magie. Utilisaient-ils du sang et de la chair élènes dans des rites hideux? Depuis des siècles, il y avait des naïfs pour colporter ces folles rumeurs; périodiquement, des meutes de paysans avinés faisaient des descentes parmi les villages styriques sans méfiance pour se livrer à des atrocités. L'Église dénonçait vigoureusement ces massacres. Les chevaliers de l'Église, qui connaissaient et respectaient leurs maîtres styriques, allaient peut-être un pas plus loin que l'Église et faisaient largement savoir qu'ils organiseraient des représailles promptes et brutales contre les attaques injustifiées. Malgré cette protection, tout Styrique pénétrant dans un village élène pouvait s'attendre à recevoir des injures, parfois des pierres et des ordures. L'apparition de Séphrénia à Démos ne s'était pas faite sans risque pour sa personne. Les mobiles de sa venue manquaient de clarté mais, au cours des années, elle s'était avérée une fidèle servante; jusqu'au dernier homme, les pandions l'aimaient et la respectaient. Même Vanion, Précepteur de l'ordre, faisait fréquemment appel à ses avis.

Émouchet considéra le volume posé devant elle.

– Un livre, Séphrénia? fit-il avec une surprise feinte. Vanion t'aurait-il convaincue d'apprendre à lire?

– Tu connais mes convictions, Émouchet. Je regardais simplement les images.

Émouchet tira un fauteuil et s'assit, faisant grincer son armure.

– Tu as vu Ehlana? demanda Vanion.

– Oui. (Émouchet regarda Séphrénia.) Comment as-tu réussi à l'enchâsser de la sorte?

– C'est un peu complexe. Mais peut-être es-tu prêt pour cela. Viens ici, Émouchet, dit-elle en se dirigeant vers la cheminée.

Intrigué, il se leva et la suivit.

– Plonge ton regard dans les flammes, cher enfant, dit-elle doucement.

Captivé par sa voix, il fixa le feu. Il l'entendit chuchoter en styrique, puis elle passa lentement la main sur les flammes. Sans réfléchir, il tomba à genoux et plongea les yeux dans l'âtre.

Quelque chose bougeait dans le feu. Émouchet se pencha et fixa les petites langues bleuâtres qui dansaient au bord d'une bûche de chêne. La couleur bleue s'épanouissait, devenait une auréole éclatante où il crut voir un groupe de personnages vaciller avec les flammes. L'image se fit plus nette et il reconnut la salle du trône. Douze pandions cuirassés traversaient la pièce dallée en portant la silhouette ténue d'une jeune fille. Elle reposait non sur une civière mais sur le plat de douze épées étincelantes maintenues par des hommes en armure noire à la visière baissée. Ils s'arrêtèrent devant le trône et la silhouette blanche de Séphrénia sortit de l'obscurité. Elle leva une main en prononçant des paroles qui furent couvertes par le crépitement des flammes. En une terrible secousse, la jeune fille s'assit. C'était Ehlana. Son visage était convulsé, ses yeux grands ouverts et vides.

Sans réfléchir, Émouchet tendit la main droit dans les flammes.

– Non, dit sèchement Séphrénia en le rejetant en arrière. Tu ne peux que regarder.

L'image d'Ehlana, tremblant de façon incontrôlable, se leva d'une secousse, suivant, semblait-il, les ordres inaudibles de la petite femme en robe blanche. Impérieuse, Séphrénia désigna le trône et Ehlana monta les marches de l'estrade en titubant pour prendre la place qui était sienne.

Émouchet pleurait. Il tenta encore de tendre la main vers sa reine, mais Séphrénia le retint d'un attouchement léger qui avait la force étrange d'une chaîne de fer.

– Continue de regarder, cher enfant, lui dit-elle.

Les douze chevaliers formèrent alors un cercle autour

de la reine sur son trône et de la femme en robe blanche debout à son côté. Avec révérence, ils tendirent leurs épées, formant un cercle d'acier autour des deux femmes sur l'estrade. Séphrénia leva les bras et parla. Émouchet vit la tension sur ses traits tandis qu'elle prononçait une incantation inaudible.

Les douze épées se mirent à scintiller, baignant l'estrade dans une intense lumière blanc argenté. Séphrénia prononça alors une seule parole en abaissant le bras avec un bizarre mouvement coupant. En un instant, la lumière entourant Ehlana se solidifia et elle devint telle que l'avait vue Émouchet le matin même dans la salle du trône. L'image de Séphrénia vacilla et s'écroula sur l'estrade à côté du trône enchâssé dans le cristal.

Les larmes coulaient sur le visage d'Émouchet et Séphrénia lui prit doucement la tête entre ses bras.

– Ce n'est pas facile, Émouchet. Regarder ainsi dans le feu ouvre le cœur et permet d'émerger à ce que nous sommes réellement. Tu es bien plus tendre que tu ne voudrais le laisser croire.

Il s'essuya les yeux du dos de la main.

– Combien de temps le cristal la nourrira-t-il? demanda-t-il.

– Aussi longtemps que les treize présents continueront de vivre, répondit Séphrénia. Une année, tout au plus, en temps élène.

Il la regarda fixement.

– C'est notre élan vital qui maintient son cœur en vie. Au passage des saisons, nous disparaîtrons un par un et l'un de nous devra supporter le fardeau des défunts. Finalement, quand nous aurons tous disparu et que nous aurons tout donné, ta reine mourra.

– Non! dit-il férocement. (Il considéra Vanion.) Y étais-tu également?

Vanion acquiesça de la tête.

– Et quels sont les autres?

– Il serait inutile que tu l'apprennes, Émouchet. Nous y étions tous allés de notre plein gré et savions ce que cela impliquait.

– Qui supportera le fardeau dont tu viens de parler? demanda-t-il en se tournant vers Séphrénia.

– Moi.

– Nous en discutons encore, la reprit Vanion. N'importe lequel d'entre nous peut le faire.

– Pas sans modifier l'enchantement, répliqua-t-elle avec un brin de hauteur.

– Nous verrons.

– Mais à quoi cela sert-il? voulut savoir Émouchet. Vous n'avez fait que lui donner une année de répit à un prix terrifiant... et elle ne sait rien de tout cela.

– Si nous pouvons isoler la cause de sa maladie et découvrir un remède, le sort pourra être renversé. Nous avons suspendu sa vie pour nous accorder un peu de temps.

– Et quel progrès accomplissons-nous?

– Tous les médecins d'Élénie y travaillent actuellement, dit Vanion, et j'en ai convoqué d'autres en provenance de diverses parties d'Éosie. Séphrénia examine la possibilité que cette maladie ne soit pas d'origine naturelle. Nous rencontrons cependant une certaine résistance. Lcs médecins de la cour refusent de coopérer.

– Je vais donc retourner au palais, dit Émouchet d'un ton sinistre. Peut-être pourrai-je les persuader de se montrer plus serviables.

– Nous y avions déjà songé, mais Annias les tient sous bonne garde.

– Que cherche donc Annias? explosa Émouchet. Désire-t-il le trône pour lui-même?

– Je pense que son regard est braqué sur un trône plus important. L'archiprélat Cluvonus est âgé et de santé fragile. Annias pourrait s'imaginer que la mitre archiépiscopale lui irait fort bien. Je n'en serais pas du tout surpris.

– Annias? Archiprélat? C'est une absurdité!

– La vie est pleine d'absurdités, Émouchet. Les ordres combattants lui sont tous hostiles, naturellement, et notre opinion a grand poids auprès de la Hiérocratie de l'Église, mais Annias a les bras plongés jusqu'aux coudes dans le trésor d'Élénie et il est très libéral. Ehlana aurait pu lui couper l'accès à l'argent, mais elle est tombée malade. Ce qui peut avoir un rapport avec l'enthousiasme très modéré qu'il manifeste vis-à-vis de sa guérison.

– Et il désire mettre le bâtard d'Arissa sur le trône pour la remplacer? (Émouchet était de plus en plus furieux.) Vanion, je viens de voir Lychéas. Il est plus faible, et plus bête, que le roi Aldréas. D'autre part, il est illégitime.

– Un vote du Conseil royal pourrait le légitimer, dit Vanion, et Annias contrôle le Conseil.

– Pas en totalité, grinça Émouchet. Je suis moi aussi membre du Conseil et je pense que j'aurais envie de faire basculer quelques votes si la question se posait. Un ou deux duels publics pourraient changer les choses.

– Tu es téméraire, Émouchet, dit Séphrénia.

– Non, je suis exaspéré. J'éprouve un vif besoin d'en découdre.

Vanion poussa un soupir.

– A ce jour, nous ne pouvons prendre aucune décision. (Il hocha la tête et changea de sujet.) Que se passe-t-il *véritablement* en Rendor? demanda-t-il. Les rapports de Voren ont toujours été prudemment formulés au cas où ils seraient tombés entre des mains inamicales.

Émouchet se leva et s'approcha de l'une des embrasures, sa cape noire virevoltant autour de ses chevilles. Le ciel était toujours couvert de nuages sales et la ville de Cimmura semblait recroquevillée sous ces turbulences, comme crispée avant de subir un nouvel hiver.

– Il fait très chaud, là-bas, dit-il d'un ton rêveur, et l'air y est sec et poussiéreux. Le soleil se reflète sur les murs et perce les yeux. Aux premières lueurs, avant que se lève le soleil et que le ciel tourne à l'argent fondu, des femmes voilées en robe noire portant des récipients en argile sur les épaules passent en silence dans les rues pour rejoindre les puits.

– Je t'avais mal jugé, Émouchet, dit Séphrénia de sa voix mélodieuse. Tu as l'âme d'un poète.

– Pas vraiment, Séphrénia. C'est qu'il faut connaître l'atmosphère de Rendor pour comprendre ce qui s'y passe. Le soleil vous cogne comme un marteau sur le sommet du crâne, l'air est si chaud et sec que vous n'avez pas le temps de réfléchir. Les Rendors cherchent des réponses simples. Le soleil ne leur laisse pas le loisir de méditer. Ce qui pourrait expliquer ce qui est arrivé à Éshand. Un simple berger au cerveau à demi brûlé n'est pas le réceptacle logique d'une révélation profonde. C'est le côté exaspérant du soleil, je crois, qui donne depuis le début son élan à l'hérésie éshandiste. Ces pauvres diables auraient accepté *n'importe quelle* idée, si absurde soit-elle, pour avoir une occasion de bouger... et peut-être de trouver un peu d'ombre.

– Voilà une explication originale d'un mouvement qui a plongé toute l'Éosie dans trois siècles de guerres, fit observer Vanion.

– C'est une chose dont il faut faire l'expérience, dit Émouchet en retournant à son siège. Quoi qu'il en soit, l'un de ces fanatiques carbonisés a surgi à Dabour il y a une vingtaine d'années.

– Arasham? avança Vanion. Nous en avons entendu parler.

– C'est le nom qu'il se donne, répondit Émouchet. Mais il a dû naître avec un autre nom. Les chefs religieux ont tendance à changer de nom assez souvent pour correspondre aux préjugés de leurs adeptes. Arasham semble être un fanatique illettré et mal lavé n'ayant qu'une maîtrise douteuse de la réalité. Il doit avoir dans les quatre-vingts ans, il a des visions et il entend des voix. Ses partisans ont moins d'intelligence que leurs moutons. Ils attaqueraient volontiers les royaumes du nord... s'ils pouvaient savoir de quel côté se trouve le nord. C'est une question dont il est débattu très sérieusement en Rendor. J'en ai vu quelques-uns. Ces hérétiques qui font trembler chaque nuit les membres de la Hiérocratie de Chyrellos ne sont guère plus que des derviches tourneurs venus du désert, misérablement armés et dépourvus de connaissances militaires. Franchement, Vanion, je m'inquiéterais davantage de la prochaine tempête d'hiver que d'une résurgence de l'hérésie éshandiste en Rendor.

– Voilà qui est assez net.

– Je viens de gaspiller dix années de ma vie pour un danger inexistant. Je suis sûr que vous me pardonnerez une certaine dose de mécontentement sur le sujet.

– La patience te viendra, Émouchet. (Séphrénia eut un sourire.) Une fois que tu auras atteint ta maturité.

– Je croyais que c'était fait.

– Loin de là.

Il lui adressa un large sourire.

– Quel âge as-tu donc, Séphrénia?

– Qu'ont donc les pandions à me poser toujours la même question? dit-elle, résignée. Tu sais fort bien que je ne vais pas te répondre. Ne peux-tu accepter le fait que je suis plus âgée que toi et ne plus y penser?

– Tu es aussi plus âgée que moi, ajouta Vanion. Tu étais mon professeur alors que je n'étais pas plus vieux que ces gamins qui gardent ma porte.

– J'ai l'air aussi vieille que cela?

– Ma chère Séphrénia, tu es aussi jeune que le printemps et aussi sage que l'hiver. Tu nous as tous jetés à l'abîme, tu sais? Après qu'on a fait ta connaissance, la plus belle des jeunes filles n'a plus aucun charme pour nous.

– N'est-il pas gentil? (Elle sourit à Émouchet.) Assurément, aucun autre homme vivant n'a une langue aussi charmeuse.

– Mets-le un peu à l'épreuve quand tu viens de rater une passe à la lance, répliqua amèrement Émouchet. (Il bougea ses épaules accablées par l'armure.) Qu'est-ce qui se trame ici? Je suis resté longtemps absent et j'ai soif de nouvelles.

– Otha de Zémoch mobilise, lui apprit Vanion. On dit qu'il regarde vers l'est en direction de la Darésie et de l'empire tamoul, mais j'ai quelques doutes à ce sujet.

– Quant à moi, j'en ai beaucoup, acquiesça Séphrénia. Les royaumes de l'ouest sont soudain inondés de vagabonds styriques. Ils campent aux croisements des routes et vendent à la criée les marchandises grossières de leur pays, mais aucune bande styrique ne les reconnaît. Bref, l'empereur Otha et son cruel maître nous ont inondés d'espions. Azash, par le passé, a déjà poussé les Zémochs à attaquer l'ouest. Quelque chose est dissimulé ici qu'il désire désespérément et il ne le trouvera pas en Darésie.

– Il est déjà arrivé que le Zémoch mobilise, dit Émouchet en se laissant aller en arrière. Il ne s'est rien passé de plus.

– Je pense que, cette fois-ci, il se pourrait que ce soit un peu plus grave, protesta Vanion. Quand il rassemblait ses forces, c'était toujours à la frontière; dès que les quatre ordres combattants entraient en Lamorkand pour l'affronter, il renvoyait ses troupes. Il nous mettait à l'épreuve, rien de plus. Cette fois-ci, il masse ses armées derrière les montagnes... hors de vue, pour ainsi dire.

– Qu'il vienne, dit Émouchet d'un ton sinistre. Nous l'avons arrêté il y a cinq cents ans et nous pourrons recommencer si nécessaire.

Vanion secoua la tête.

– Nous ne désirons pas revoir ce qui s'est passé après la bataille du lac Randéra... un siècle de famine, de pestes et un écroulement social complet. Non, mon ami, nous ne voulons rien de cela.

– A condition de pouvoir l'éviter, ajouta Séphrénia. Je suis styrique et je sais sans doute mieux que les Élènes à quel point le Dieu Aîné Azash est absolument mauvais.

S'il revient vers l'ouest, il *faut* qu'il soit arrêté... quel qu'en soit le coût.

– C'est la raison d'exister des chevaliers de l'Église, dit Vanion. Pour l'instant, tout ce que nous pouvons faire, c'est de surveiller Otha.

– J'y repense, dit Émouchet. En entrant en ville hier soir, j'ai aperçu Krager.

– Ici, à Cimmura? demanda Vanion, l'air surpris. Penses-tu qu'il pourrait l'accompagner?

– Probablement pas. Krager sert habituellement de garçon de courses à Martel. C'est Adus qu'il faut surveiller. (Il plissa les yeux.) Que savez-vous des incidents à Cippria?

– Nous avons appris que Martel t'a attaqué. C'est à peu près tout.

– Il s'est passé bien plus que cela. Quand Aldréas m'a envoyé à Cippria, j'étais censé faire mon rapport au consul élène... un diplomate qui, comme par hasard, est cousin du primat Annias. Une nuit, très tard, il m'a convoqué. Je me rendais chez lui quand Martel, Adus et Krager, ainsi qu'un certain nombre de coupe-jarret du cru, sortis d'une ruelle, me sont tombés dessus. Ils ne pouvaient pas savoir que je passerais par là tout seul. Ajoutons à cela le fait que Krager est de retour à Cimmura, où sa tête est mise à prix, et on commence à parvenir à quelques conclusions intéressantes.

– Tu penses que Martel travaille pour Annias?

– C'est une possibilité, non? Mon père avait empêché Aldréas d'épouser sa propre sœur, Annias n'en était pas très content et il a pu penser qu'il aurait les coudées franches en Élénie si la famille Émouchet s'éteignait dans une ruelle de Cippria. Naturellement, Martel avait des raisons personnelles de m'en vouloir. Je crois que tu as commis une erreur, Vanion. Tu nous aurais épargné beaucoup d'ennuis si tu ne m'avais pas ordonné de retirer mon défi.

Vanion secoua la tête.

– Non, Émouchet. Martel était membre de notre ordre et je ne voulais pas que vous risquiez de vous entre-tuer. D'ailleurs, qui aurait été vainqueur? Martel est redoutable.

– Moi aussi.

– Je ne prends pas de risques inconsidérés avec toi, Émouchet. Tu as trop de valeur.

– Enfin, il est trop tard pour s'en inquiéter.
– Quels sont tes plans?
– Je suis *censé* rester ici au chapitre, mais je pense que je vais me promener un peu en ville pour voir si je rencontre encore Krager. S'il entre en contact avec un homme d'Annias, je pourrai répondre à quelques questions brûlantes.
– Peut-être devrais-tu attendre un peu, intervint Séphrénia. Kalten revient de Lamorkand.
– Kalten? Cela fait des années que je ne l'ai vu.
– Elle a raison, acquiesça Vanion. Kalten est précieux en combat rapproché et les rues de Cimmura ne sont pas moins dangereuses que les ruelles de Cippria.
– Quand devrait-il arriver?
Vanion haussa les épaules.
– Bientôt, je pense. Peut-être même aujourd'hui.
– J'attendrai sa venue.
Une idée vint alors à Émouchet. Il sourit à Séphrénia et se leva.
– Que fais-tu, Émouchet? demanda-t-elle d'un ton soupçonneux.
– Oh, rien, répondit-il.
Il se mit à parler en styrique en effectuant quelques passes devant lui. Quand il eut façonné le sort, il le relâcha et tendit la main. Il se produisit une vibration bourdonnante, suivie d'un vacillement des chandelles et un abaissement des flammes dans la cheminée. Quand la lumière redevint brillante, il tenait un bouquet de violettes.
– Pour toi que j'aime, petite mère, dit-il en s'inclinant légèrement et en lui offrant les fleurs.
– Merci... merci, Émouchet. (Elle sourit en les prenant.) Tu as toujours été le plus attentionné de mes élèves. Cependant, tu as mal prononcé *staratha*, ajouta-t-elle d'un ton critique. Il s'en est fallu de peu que tu ne te retrouves la main pleine de serpents.
– Je m'exercerai, promit-il.
– N'y manque pas.
On entendit gratter respectueusement à la porte.
– Oui? fit Vanion.
La porte s'ouvrit et l'un des jeunes chevaliers entra.
– Un messager du palais attend à l'extérieur, seigneur Vanion. Il dit qu'il a reçu ordre de parler à sire Émouchet.

– Que me veulent-ils encore? marmotta Émouchet.
– Il vaut mieux le faire entrer, dit Vanion.
– Tout de suite, monseigneur.
Le chevalier s'inclina légèrement et ressortit.
On vit alors surgir un visage familier. Les cheveux blonds avaient les mêmes boucles élégantes. Le pourpoint couleur safran, les hauts-de-chausses lavande, les chaussures marron et la cape vert pomme juraient toujours horriblement. Mais le visage du jeune fat arborait une décoration toute neuve. L'extrémité de son nez pointu était ornée d'un gros furoncle d'apparence extrêmement douloureuse. Il essayait, sans grand succès, de dissimuler cette excroissance à l'aide d'un mouchoir bordé de dentelle. Il s'inclina élégamment devant Vanion.
– Monseigneur précepteur, dit-il, le prince régent vous envoie ses compliments.
– Vous voudrez bien lui transmettre les miens.
– Soyez assuré que je n'y manquerai pas, monseigneur. (Le petit-maître se tourna vers Émouchet.) Mon message s'adresse à vous, sire chevalier.
– Parlez, je vous en prie. Mes oreilles ont soif de vos paroles.
Le mignon ignora cet excès de politesse. Il ôta une feuille de parchemin de l'intérieur de son pourpoint et la lut cérémonieusement.
– Par décret royal, vous avez ordre de vous rendre derechef à la maison mère des chevaliers pandions à Démos pour vous consacrer à vos devoirs religieux jusqu'au jour où Sa Majesté jugera utile de vous mander au palais.
– Je vois, répondit Émouchet.
– Comprenez-vous ce message, sire Émouchet? demanda le fat en lui tendant le parchemin.
Émouchet ne se donna pas la peine de lire le document.
– Il était fort clair. Vous avez accompli votre mission d'une manière qui vous fait honneur. (Émouchet dévisagea le jeune muscadin.) Si vous voulez bien accepter un conseil, voisin, vous devriez faire examiner ce furoncle par un chirurgien. S'il n'est pas percé rapidement, il grossira au point qu'il finira par vous boucher la vue.
Le petit-maître grimaça en entendant le terme *percer*.
– Le pensez-vous vraiment, sire Émouchet? demanda-t-il d'un ton plaintif en abaissant son mouchoir. Peut-être qu'un cataplasme...

Émouchet secoua la tête.
– Non, voisin, fit-il avec un air de fausse compassion. Je puis pratiquement vous garantir qu'un cataplasme ne produirait aucun effet. Soyez brave, mon garçon. Le bistouri est la seule solution.
Le courtisan devint songeur. Il salua et quitta la pièce.
– Es-tu responsable de ceci? demanda Séphrénia d'un ton suspicieux.
– Moi?
Ses yeux écarquillés affichèrent une expression d'innocence.
– Quelqu'un en est responsable. Cette éruption n'est pas naturelle.
– Mon Dieu. Imaginez cela.
– Eh bien? fit Vanion. Vas-tu obéir aux ordres de ce bâtard?
– Non, évidemment, fit Émouchet en s'ébrouant. J'ai bien trop à faire à Cimmura.
– Tu vas le plonger dans une colère noire.
– Et alors?

Chapitre quatre

Le ciel était redevenu menaçant quand Émouchet émergea du chapitre et descendit bruyamment l'escalier conduisant dans la cour. Le novice sortit de l'écurie avec Faran et Émouchet le considéra songeusement. Il avait peut-être dix-huit ans et était assez grand. Ses poignets noueux sortaient d'une tunique de couleur terreuse trop petite pour lui.

– Quel est ton nom, mon jeune ami? lui demanda Émouchet.

– Bérit, monseigneur.

– Quelles tâches te sont dévolues?

– On ne m'a encore rien fixé de précis, monseigneur. J'essaie simplement de me rendre utile.

– Bien. Tourne-toi.

– Monseigneur?

– Je veux prendre tes mesures.

Bérit eut l'air intrigué, mais il s'exécuta. Émouchet mesura sa carrure avec les mains. Bien qu'il parût osseux, Bérit était en fait un robuste adolescent.

– Tu conviendras parfaitement, dit Émouchet.

Bérit se retourna, médusé.

– Tu vas faire un voyage, reprit Émouchet. Rassemble tout ce qu'il te faudra pendant que je vais chercher l'homme qui t'accompagnera.

– Oui, monseigneur, répondit Bérit en s'inclinant respectueusement.

Émouchet se hissa sur le dos de Faran, saisit les rênes que lui tendait Bérit et fit aller le gros rouan. Bientôt il franchissait la porte orientale de la ville.

Les rues de Cimmura étaient animées maintenant. Des

ouvriers portant de gros ballots d'une couleur enfumée avançaient en grognant dans les ruelles étroites et des marchands vêtus du bleu conventionnel se tenaient à la porte de leurs magasins, encadrés par des piles de marchandises aux teintes éclatantes. De temps à autre, un chariot grinçait sur le pavé. Au croisement de deux rues étroites, des soldats de l'Église en uniforme écarlate marchaient avec une arrogance étudiée. Émouchet poussa Faran droit sur eux. À contrecœur, ils s'écartèrent.

– Merci, voisins, fit Émouchet avec affabilité.

Ils ne répondirent pas.

Émouchet tira sur les rênes de Faran.

– J'ai dit : *merci, voisins.*

– C'est un plaisir, répondit l'un d'eux en se renfrognant.

Émouchet attendit encore.

– ... monseigneur, dut ajouter le soldat.

– Voilà qui est bien mieux, l'ami.

Émouchet fit repartir sa monture.

La porte de l'auberge était fermée et Émouchet se pencha pour cogner sur les planches avec son poing ganteléé. Le portier n'était pas le même que la veille. Émouchet descendit de Faran et lui tendit les rênes.

– En auras-tu bientôt besoin, monseigneur?

– Oui. J'en ai pour un instant. Veux-tu bien seller le cheval de mon écuyer?

– Naturellement, monseigneur.

– Je t'en remercie. (Émouchet posa la main sur l'encolure de Faran.) Tiens-toi bien, dit-il.

Le rouan détourna le regard avec une expression lointaine.

Émouchet monta bruyamment les marches et cogna à la porte. Kurik ouvrit.

– Eh bien? Avez-vous vu la reine?

– Oui.

– C'est surprenant.

– Disons que j'ai insisté. Tu veux faire tes paquets? Tu rentres à Démos.

– Vous n'avez pas dit : *on rentre*, Émouchet?

– Je reste ici.

– Je suppose que vous avez pour cela d'excellentes raisons.

– Lychéas m'a sommé de rentrer à la maison mère. J'envisage de ne pas en tenir compte, mais je veux me déplacer à Cimmura sans être suivi. Il y a au chapitre un jeune novice qui est à peu près de ma taille. On va le placer dans mon armure et le hisser sur Faran. Vous pourrez tous deux chevaucher jusqu'à Démos. Tant qu'il gardera sa visière baissée, les espions du primat s'y tromperont.

– Ça ne me plaît pas de vous laisser seul ici.

– Kalten arrive aujourd'hui ou demain.

– Ça me rassure. Kalten est solide. Mais il avait été exilé en Lamorkand. Qui l'a fait revenir?

– Tu connais Kalten. Peut-être qu'il s'est lassé du Lamorkand et qu'il a agi de son propre chef.

– Combien de temps voulez-vous que je reste à Démos?

– Un mois, peut-être plus. La route sera sans doute surveillée. Je te tiendrai informé. As-tu besoin d'argent?

– J'ai toujours besoin d'argent, Émouchet.

– Il y en a un peu dans la poche de cette tunique. (Émouchet indiqua ses vêtements de voyage rangés sur le dossier d'un fauteuil.) Prends ce qu'il te faut.

Kurik lui adressa un large sourire.

– Mais laisse-m'en quand même un peu.

– Naturellement, monseigneur, fit Kurik avec un salut moqueur. Voulez-vous que j'emballe vos affaires?

– Non. Je reviendrai ici dès l'arrivée de Kalten. C'est un peu compliqué d'entrer et de sortir du chapitre sans se faire remarquer. La porte de derrière de la taverne est-elle toujours ouverte?

– Elle l'était hier. J'y vais de temps à autre.

– C'est bien ce que je pensais.

– Il faut bien avoir quelques vices, Émouchet. Ça permet d'avoir de quoi se repentir à la chapelle.

– Si Aslade apprend que tu bois, elle mettra le feu à ta barbe.

– Il faut donc s'assurer qu'elle n'en entende pas parler, n'est-ce pas, monseigneur?

– Pourquoi faut-il que je me retrouve toujours mêlé à tes affaires domestiques?

– Ça vous maintient les pieds enracinés dans la réalité. Prenez-vous une femme, Émouchet. Les autres ne se sentiront plus obligées de vous accorder des attentions spéciales. Un homme marié est en sécurité. Un célibataire est un défi permanent à toutes les femmes vivantes.

Une demi-heure plus tard, Émouchet et son écuyer chevauchaient sur les pavés sonores des rues menant à la porte orientale.

– On nous surveille, annonça calmement Kurik.
– Je l'espère bien, répondit Émouchet. Ça ne me plairait pas d'avoir à tourner en rond pour attirer l'attention.
Bérit les attendait à la maison du chapitre.
– Voici Kurik, lui dit Émouchet en mettant pied à terre. Vous allez vous rendre à Démos ensemble.
L'écuyer examina le novice de haut en bas.
– Il a la taille voulue, observa-t-il. J'aurai peut-être à raccourcir quelques sangles, mais votre armure devrait convenir.
– Venez tous les deux, dit Émouchet. Allons avertir Vanion, ensuite nous mettrons mon armure sur mon imposteur.
Bérit parut stupéfait.
– Tu as droit à une promotion, lui dit Kurik. Tu vois comme on peut monter vite en grade, chez les pandions? Hier novice : aujourd'hui Champion de la reine.
– Je t'expliquerai cela devant Vanion, dit Émouchet à Bérit. Cette histoire n'est pas si passionnante que j'aie envie de la raconter plus d'une fois.
C'était le milieu de l'après-midi quand les trois hommes ressortirent du chapitre. Bérit marchait gauchement dans l'armure inaccoutumée; Émouchet portait une simple tunique et des hauts-de-chausses.
– Je crois qu'il va pleuvoir, dit Kurik.
– Tu ne fondras pas, lui assura Émouchet.
– Ce n'est pas ça qui m'inquiète, répondit l'écuyer. Mais il va falloir que j'enlève encore la rouille de votre armure.
– Eh oui, c'est la vie.
Kurik poussa un grognement, puis tous deux hissèrent Bérit sur la selle de Faran.
– Tu vas conduire ce jeune homme à Démos, dit Émouchet à son cheval. Essaie de te comporter comme si tu m'avais sur le dos.
Faran lui adressa un regard interrogateur.
– Ce serait trop long à t'expliquer. Tout repose sur toi, Faran, mais il porte mon armure et si tu essaies de le mordre, il est probable que tu te casseras les dents.
Kurik se mit à cheval à son tour.
– N'en fais pas trop en partant, lui dit Émouchet, mais assure-toi qu'on vous voie... et veille à ce que Bérit garde sa visière baissée.
– Je sais ce que je fais, Émouchet. Venez donc, monseigneur.

– Monseigneur?

– Autant t'y habituer, Bérit. (Kurik fit faire une volte à son cheval.) Au revoir, Émouchet.

Les deux chevaliers gagnèrent le pont-levis.

La fin de la journée s'écoula paisiblement. Émouchet resta assis à lire un vieux livre moisi dans la cellule que lui avait attribuée Vanion. Au coucher du soleil, il rejoignit ses frères dans le réfectoire pour le simple repas du soir, puis il les accompagna dans leur long cortège menant à la chapelle. Ses convictions religieuses manquaient de profondeur, mais il se sentait revivre en revenant aux pratiques de son noviciat. Vanion officiait; il parla longuement de la vertu d'humilité. Selon sa vieille habitude, Émouchet s'assoupit à mi-chemin du sermon.

Il fut réveillé par une voix d'ange. Un jeune chevalier aux cheveux couleur beurre et au cou semblable à une colonne de marbre éleva sa voix claire de ténor en un hymne de louanges. Son visage brillait; ses yeux étaient emplis d'adoration.

– Étais-je si ennuyeux? demanda Vanion en emboîtant le pas à Émouchet au moment de quitter la chapelle.

– Probablement pas, répondit Émouchet, mais je ne suis pas en position d'en juger impartialement. Leur as-tu raconté celle de la simple marguerite qui est aussi belle que la rose aux yeux de Dieu?

– Tu l'avais déjà entendue?

– Fréquemment.

– Les plus anciennes sont les meilleures.

– Qui est ton ténor?

– Sire Parasim. Il vient de gagner ses éperons.

– Je ne voudrais pas t'inquiéter, Vanion, mais il est trop bien pour ce bas monde.

– Je le sais.

– Dieu va sans doute l'appeler très vite à ses côtés.

– C'est le travail de Dieu, n'est-ce pas, Émouchet?

– Fais-moi une faveur, Vanion. Ne me mets pas dans une situation où ce soit moi qui cause sa mort.

– C'est également le travail de Dieu. Dors bien, Émouchet.

– Toi aussi, Vanion.

•

Il pouvait être minuit lorsque Émouchet entendit la porte de sa cellule s'ouvrir bruyamment. Il roula rapidement hors du lit étroit et se dressa, l'épée à la main.

– *Non!* lança le robuste gaillard blond.

Il tenait une chandelle dans une main et une outre de vin dans l'autre.

– Salut, Kalten, fit Émouchet. Quand es-tu arrivé, ami?

– Il y a environ une demi-heure. J'ai cru un moment qu'il me faudrait escalader les murailles. (Il paraissait écœuré.) Nous sommes en temps de paix. Pourquoi relever le pont-levis tous les soirs?

– Par habitude, probablement.

– Tu as l'intention d'abaisser ceci? demanda Kalten en désignant l'épée dans la main d'Émouchet, ou devrai-je boire ça tout seul?

– Pardon.

Émouchet appuya son épée contre le mur.

Kalten posa sa chandelle sur la petite table au coin, jeta l'outre sur le lit, puis donna l'accolade à son vieil ami.

– Assieds-toi, dit Émouchet en désignant un tabouret près de la table. Comment était le Lamorkand?

Kalten émit un son peu délicat.

– Froid, humide et nerveux, répondit-il. Les Lamorks ne sont pas mes préférés en ce monde. Comment était le Rendor?

Émouchet haussa les épaules.

– Très chaud, sec et probablement aussi nerveux que le Lamorkand.

– J'ai entendu dire que tu étais tombé sur Martel. Tu lui as fait de belles funérailles?

– Il s'est échappé.

– Tu faiblis, Émouchet.

Kalten défit le col de sa cape. Une grosse masse de cheveux blonds bouclés sortait de sa cotte de mailles.

– Tu vas rester assis sur cette outre de vin toute la nuit?

Émouchet poussa un grognement, déboucha l'outre et la porta à ses lèvres.

– Pas mal. Où l'as-tu trouvé?

– Dans une taverne sur la route, au coucher du soleil. Je me suis rappelé que dans les chapitres pandions on ne boit que de l'eau... ou du thé, si par hasard Séphrénia est sur les lieux.

– Nous sommes quand même un ordre religieux, Kalten.

– Il y a une demi-douzaine de patriarches qui se

saoulent comme des ânes tous les soirs à Chyrellos. (Kalten reprit l'outre et but longuement. Puis il la secoua.) J'aurais dû en prendre deux. Au fait, Kurik était dans la taverne avec un petit jeune qui portait ton armure.

– J'aurais dû m'en douter, fit Émouchet avec un sourire contraint.

– C'est lui qui m'a dit que tu étais ici. Quand j'ai appris que tu étais revenu de Rendor, j'ai décidé de continuer ma route jusqu'ici.

– Kurik et le novice étaient-ils discrets? demanda Émouchet.

Kalten éclata de rire et lui tendit l'outre.

– Ils étaient dans l'une des arrière-salles et le petit gardait sa visière baissée. As-tu jamais vu quelqu'un essayer de boire à travers sa visière? Je n'avais jamais rien vu d'aussi drôle! Il y avait aussi deux catins du coin. Il y a des chances que ton jeune pandion reçoive une excellente éducation en ce moment même.

– C'est de son âge.

– Je me demande s'il fait ça avec la visière baissée.

– Ces filles s'adaptent à toutes les situations.

Kalten se remit à rire.

– Kurik m'a expliqué ce qui se passait ici. Tu crois vraiment pouvoir te balader à Cimmura sans être reconnu?

– Je songeais à un déguisement quelconque.

– Essaie un faux nez. Ton nez cassé te rend assez facile à repérer dans une foule.

– Tu ne l'oublies pas, ce nez, hein? Vu que c'est toi qui l'as cassé.

– On ne faisait que jouer, dit Kalten.

– Je m'y suis habitué. Nous parlerons à Séphrénia au matin. Elle devrait pouvoir me trouver un déguisement.

– Comment va-t-elle?

– Toujours la même. Elle ne change jamais.

– Je pense toujours que je l'ai énormément déçue. (Kalten but encore à l'outre et s'essuya la bouche du dos de la main.) Malgré tous ses efforts pour m'initier aux secrets, je n'ai jamais pu maîtriser la langue styrique. Chaque fois que j'essayais de dire *ogeragekgasek*, je manquais de me décrocher la mâchoire.

– *Okeragukesek*, corrigea Émouchet.

– Tu m'as compris. Je me contente de mon épée et je laisse les autres jouer à la magie. (Il se pencha en avant sur son tabouret.) On prétend que les éshandistes sont en plein essor en Rendor. Qu'y a-t-il de vrai dans tout cela?

– Ils ne représentent pas un danger particulier. Ils hurlent et tournoient dans le désert en se récitant des slogans. C'est à peu près tout. Il se passe quelque chose d'intéressant en Lamorkand?

Kalten renifla.

– Tous les barons y sont occupés par des guerres intestines. La totalité du royaume empeste la passion de la vengeance. Me croiras-tu si je te dis qu'ils se bagarrent au sujet d'une piqûre d'abeille? Un comte s'est fait piquer et a déclaré la guerre au baron dont les paysans possédaient la ruche. Cela fait dix ans qu'ils se battent.

– Je te laisse le Lamorkand. Autre chose?

– Tout le pays à l'est de Moterra grouille de Zémochs.

Émouchet s'assit prestement.

– Vanion m'a appris qu'Otha mobilisait.

– Otha mobilise tous les dix ans. Je pense qu'il veut que son peuple soit toujours sous pression.

– Les Zémochs font-ils quelque chose de significatif en Lamorkand?

– Pas à ma connaissance. Ils posent un tas de questions... surtout au sujet du folklore ancien. On en trouve deux ou trois dans presque tous les villages. Ils interrogent les vieilles femmes et paient des tournées aux habitués des tavernes.

– Curieux, murmura Émouchet.

– Ce terme convient bien à presque tous les habitants de Zémoch. La santé mentale n'y a jamais été prisée. (Il se leva.) Je vais chercher un lit, dit-il. Je pourrai l'apporter ici et nous bavarderons jusqu'à ce que nous nous endormions.

– Très bien.

Kalten eut un large sourire.

– Comme le jour où ton père nous avait surpris dans le prunier.

Émouchet grimaça.

– Cela fait près de trente ans que j'essaie d'oublier ça.

– Ton père avait une main très ferme, je te l'accorde. J'ai perdu le souvenir du restant de la journée... et en plus les prunes m'ont donné mal au ventre. Je reviens.

Il tourna casaque et sortit de la cellule.

C'était agréable de revoir Kalten. Ils avaient grandi ensemble chez les parents d'Émouchet à Démos après l'assassinat de la famille de Kalten; ensemble, ils étaient entrés comme novices à la maison mère des pandions. A bien des égards, ils étaient plus proches que des frères. Certes, Kalten avait un côté un peu rude, mais son amitié fidèle était l'une des choses qu'Émouchet appréciait plus que tout.

Peu de temps après, le robuste gaillard blond revenait en tirant un lit derrière lui; ils restèrent très tard à évoquer le bon vieux temps. L'un dans l'autre, ce fut une très bonne nuit.

Tôt le lendemain, ils se levèrent et s'habillèrent, recouvrant leurs cottes de mailles des robes à capuches que portaient les pandions à l'intérieur de leurs chapitres. Ils évitèrent prudemment la procession conduisant à la chapelle et se mirent en quête de la femme qui avait initié des générations de chevaliers aux complexités de ce qu'on appelait les secrets.

Ils la découvrirent assise, prenant son thé du matin devant la cheminée en haut de la tour Sud.

– Bonjour, petite mère, dit Émouchet à la porte. Nous ne te dérangeons pas?

– Pas du tout, seigneurs chevaliers.

Kalten s'approcha d'elle, s'agenouilla et lui embrassa les deux mains.

– Veux-tu me bénir, petite mère? demanda-t-il.

Elle sourit et posa une main de chaque côté de son visage. Puis elle prononça sa bénédiction en styrique.

– Je ne sais pourquoi, mais cela me réconforte toujours, dit-il en se relevant. Bien que je ne comprenne pas toutes les paroles.

Elle le considéra d'un œil critique.

– Je vois que vous avez décidé de ne pas vous rendre à la chapelle, ce matin.

– Nous ne manquerons pas trop au Bon Dieu. D'ailleurs, je pourrais réciter par cœur tous les sermons de Vanion.

– Quel autre méfait prévoyez-vous aujourd'hui, tous les deux?

– Un méfait, Séphrénia? demanda Kalten d'une voix innocente.

Émouchet éclata de rire.

– En fait, nous ne songions pas à mal. Nous avons simplement une petite course à faire.

– En ville?

Il acquiesça de la tête.

– Le seul problème, c'est qu'on nous connaît bien à Cimmura. Nous pensions que tu pourrais nous aider à nous déguiser.

Elle les regarda avec une expression glaciale.

– Je sens une odeur de subterfuge dans tout ceci. Quelle est au juste la course que vous envisagez?

– Nous voudrions rendre visite à un vieil ami, répondit Émouchet. Un gaillard du nom de Krager. Il a des informations qu'il pourrait vouloir nous communiquer.

– Des informations?

– Il sait où se trouve Martel.

– Krager ne vous le dira pas.

Kalten fit craquer ses grosses phalanges avec un bruit sec d'os qui se brisent.

– On parie, Séphrénia? demanda-t-il.

– Tu ne grandiras donc jamais? Vous formez une jolie paire de gamins.

– C'est pour cela que tu nous aimes tant, n'est-ce pas, petite mère? fit Kalten avec un large sourire.

– Quelle sorte de déguisements nous recommanderais-tu? lui demanda Émouchet.

Elle pinça les lèvres et les examina.

– Un courtisan et son écuyer, à mon avis.

– Personne ne pourrait me prendre pour un courtisan.

– Ce n'est pas à toi que je pensais. Je peux *presque* te faire ressembler à un brave écuyer et, une fois que nous aurons vêtu Kalten d'un pourpoint en satin et bouclé ses longs cheveux, il pourra passer pour un courtisan.

– J'ai certes fière allure en satin, murmura modestement Kalten.

– Pourquoi pas deux simples ouvriers? demanda Émouchet.

Elle prit une expression dubitative.

– Les simples ouvriers courbent l'échine et s'aplatissent quand ils rencontrent un noble. L'un de vous parviendra-t-il à courber l'échine?

– Elle a raison, fit remarquer Kalten.

– D'autre part, les ouvriers ne portent pas d'épées et je ne crois pas que l'un de vous aimerait entrer à Cimmura sans armes.

– Elle pense à tout, n'est-ce pas? lâcha Émouchet.

– Très bien. Voyons ce que nous pouvons réaliser.

Plusieurs acolytes furent envoyés dans différents

endroits du chapitre pour y chercher divers objets. Séphrénia fit le tri. Il en résulta, au bout d'une heure, deux hommes qui ne ressemblaient que de très loin aux deux pandions qui étaient entrés dans la pièce. Émouchet arborait une dague et une livrée à peu près semblable à celle de Kurik. Une féroce barbe noire était collée à son visage et une cicatrice violette courait de son nez cassé un bout de tissu noir qui lui recouvrait l'œil gauche.

– Ce truc me chatouille, gémit-il en faisant mine de gratter sa fausse barbe.

– N'y touche pas tant que la colle n'est pas sèche, se récria-t-elle en lui tapant légèrement sur les phalanges. Et mets un gant pour cacher cette bague.

– Tu t'imagines que je vais porter ce joujou? interrogea Kalten en faisant un moulinet avec son fleuret. Je veux une épée, pas une aiguille à tricoter.

– Les courtisans n'ont pas d'épées, Kalten.

Elle le considéra d'un œil critique. Son pourpoint était d'un bleu vif, à godets incrustés de satin rouge. Ses hauts-de-chausses étaient assortis aux godets et il portait des demi-bottes souples, car aucune paire de poulaines alors à la mode ne pouvait convenir à ses gros pieds. Sa cape était rose pâle et ses cheveux blonds bouclés retombaient sur le col. Il portait un chapeau à bord large orné d'une plume blanche.

– Tu es magnifique, Kalten, le complimenta-t-elle. Je pense que tu feras l'affaire... une fois que je t'aurai fardé les joues.

– Rien de la sorte! lâcha-t-il en reculant.

– Kalten, dit-elle fermement, assieds-toi.

Elle désigna un fauteuil et tendit la main vers un pot de fard. Kalten regarda Émouchet.

– Si tu ris, on va se battre, alors évite-le.

– Moi?

Le chapitre étant surveillé jour et nuit par les agents du primat, Vanion trouva un subterfuge commode.

– J'ai besoin de faire transporter quelques objets à l'auberge, expliqua-t-il. Annias sait que l'auberge nous appartient. Nous cacherons Kalten au fond du chariot et ferons de ce brave garçon ici présent un excellent charretier. (Il regarda, goguenard, Émouchet avec son bandeau et sa barbe.) Où diable as-tu découvert des poils assortis à ce point aux siens? demanda-t-il avec curiosité à Séphrénia.

Elle eut un sourire.

– La prochaine fois que tu te rends à l'écurie, ne regarde pas la queue de ton cheval de trop près.

– *Mon* cheval?

– C'était le seul cheval noir de l'écurie, Vanion, et j'en ai utilisé vraiment très peu.

– *Mon* cheval? répéta-t-il, l'air blessé.

– Nous devons tous faire des sacrifices de temps à autre, lui dit-elle. Cela fait partie du serment pandion, tu te rappelles?

Chapitre cinq

Le chariot était branlant et le cheval atteint d'éparvin. Émouchet, affalé sur le banc du chariot, tenait négligemment les rênes d'une main, prêtant apparemment peu d'attention aux gens de la rue autour de lui.

Les roues grincèrent sur une ornière au milieu des pavés.

– Émouchet, faut-il que tu roules sur la moindre bosse ? lança la voix étouffée de Kalten sous les caisses et les ballots empilés en désordre à l'arrière du chariot.

– Silence, marmonna Émouchet. Deux soldats de l'Église arrivent.

Kalten grommela quelques jurons choisis, puis se tut.

Les soldats de l'Église arboraient un uniforme rouge et une expression dédaigneuse. Tandis qu'ils avançaient dans les rues encombrées, les ouvriers et les marchands vêtus de bleu s'écartaient devant eux. Émouchet tira sur les rênes de sa carne et arrêta le chariot au beau milieu de la rue, pour obliger les soldats à le contourner.

– Bonjour, voisins, les salua-t-il.

Ils le foudroyèrent du regard, puis firent le tour du chariot.

– Passez une bonne journée, leur lança-t-il.

Ils feignirent de l'ignorer.

– Qu'est-ce que tu as fabriqué ? voulut savoir Kalten.

– Je vérifiais mon déguisement, répondit Émouchet en secouant les rênes.

– Et alors ?

– Ils ne m'ont même pas dévisagé.

– Quand arrive-t-on à l'auberge ? Je suffoque, là-dessous.

– On y est presque.

– Fais-moi une bonne surprise, Émouchet. Rate une bosse ou deux... rien que pour changer un peu.

Le chariot reprit sa route en grinçant.

A la porte verrouillée de l'auberge, Émouchet descendit du chariot et fit le signal convenu sur les planches robustes. Au bout d'un moment, le chevalier tourier ouvrit la porte. Il examina soigneusement Émouchet.

– Désolé, l'ami, dit-il. L'auberge est pleine.

– Nous ne resterons pas, sire chevalier. Nous apportons une cargaison de fournitures en provenance du chapitre.

Les yeux du tourier s'écarquillèrent.

– Est-ce toi, seigneur Émouchet? demanda-t-il, incrédule. Je ne t'avais même pas reconnu.

– C'est bien ce que je voulais.

Le chevalier ouvrit la porte; Émouchet fit entrer son équipage dans la cour.

– Tu peux sortir, à présent, dit-il à Kalten tandis que le tourier refermait la porte.

– Aide-moi à me débarrasser de tous ces machins.

Émouchet déplaça quelques boîtes et Kalten se tortilla pour sortir.

Le tourier adressa un regard amusé au gros blond.

– Parle, ne te gêne pas, dit Kalten d'un ton belliqueux.

– Je n'oserais y songer, sire chevalier.

Émouchet sortit du fond du chariot une longue boîte rectangulaire et la hissa sur ses épaules.

– Prends quelqu'un avec toi pour t'aider à porter ces fournitures, dit-il au tourier. C'est le précepteur Vanion qui les envoie. Et occupe-toi du cheval. Il est fatigué.

– Fatigué? Il est presque mort, oui.

Le tourier jeta un coup d'œil à la carne effondrée.

– Il est vieux, c'est tout. C'est notre sort à tous. La porte de derrière est-elle ouverte?

Il regarda de l'autre côté de la cour.

– Elle est toujours ouverte, sire Émouchet.

Émouchet se mit en marche, accompagné de Kalten.

– Qu'as-tu donc dans cette boîte? demanda celui-ci.

– Nos épées.

– C'est malin, mais ne seront-elles pas un peu difficiles à tirer?

– Pas après que j'aurai jeté la boîte sur les pavés. (Il ouvrit la porte.) Après vous, monseigneur, dit-il en s'inclinant.

Ils traversèrent une réserve encombrée, entrèrent dans une pauvre taverne. Un bon siècle de poussière nimbait l'unique fenêtre et la paille sur le plancher était moisie. La salle sentait la bière éventée, le vin renversé et la vomissure. Le plafond bas était drapé de toiles d'araignées, les tables et les bancs grossiers étaient bancals et ruiniformes. Il n'y avait que trois personnes présentes : un tavernier morose, un ivrogne ployé sur une table près de la porte et une catin avachie en robe rouge qui sommeillait dans son coin.

Kalten alla jusqu'à la porte et regarda dans la rue.

– Ça manque toujours de badauds, là-dehors, grogna-t-il. Prenons une ou deux chopes en attendant que le voisinage se réveille.

– Pourquoi ne pas déjeuner, plutôt?

– C'est ce que je viens de dire.

Ils s'assirent à l'une des tables et le tavernier s'approcha sans donner l'impression d'avoir reconnu en eux des pandions. Il essuya inefficacement une flaque de bière sur la table à l'aide d'un chiffon crasseux.

– Que prendrez-vous?

Sa voix avait une intonation maussade et inamicale.

– De la bière, répondit Kalten.

– Apporte-nous aussi un peu de pain et de fromage, ajouta Émouchet.

Le tavernier grogna et les quitta.

– Où était Krager quand tu l'as vu? demanda tranquillement Kalten.

– Sur la place près de la porte occidentale.

– C'est un quartier minable.

– Krager est un personnage minable.

– Nous pourrions commencer par là, je suppose, mais cela prendrait un certain temps. Krager peut se cacher dans n'importe quel trou à rats.

– Avais-tu autre chose de plus urgent à faire?

La catin en robe rouge se hissa péniblement sur ses jambes et, en traînant les pieds, traversa le plancher couvert de paille jusqu'à leur table.

– Je suppose qu'aucun de vous deux n'aimerait batifoler un peu? demanda-t-elle d'une voix accablée.

Il lui manquait une dent de devant et sa robe rouge était profondément échancrée. Elle se pencha paresseusement pour leur donner sa poitrine flasque à reluquer.

– C'est un peu tôt, petite sœur, dit Émouchet. Merci quand même.

– Comment vont les affaires? ajouta Kalten.

– Tout doucement. Ça marche toujours doucement le matin. (Elle poussa un soupir.) Je suppose que vous ne pourriez pas offrir un verre à une pauvre fille? demanda-t-elle, pleine d'espoir.

– Pourquoi pas? répondit Kalten. Tavernier, lança-t-il, apporte aussi quelque chose à boire à cette dame.

– Merci, monseigneur, dit la catin. (Elle examina la salle.) C'est un endroit miteux, dit-elle d'une voix où suintait la résignation. Je n'aimerais pas y entrer... seulement je ne tiens pas à travailler dans la rue. (Nouveau soupir.) Vous savez une chose? Mes pieds me font mal. N'est-ce pas bizarre dans ma profession? On pourrait penser que c'est mon dos qui me fait souffrir. Merci encore, monseigneur.

Elle se tourna et rejoignit sa table en traînant les pieds.

– J'aime bien bavarder avec les catins, dit Kalten. Elles ont un point de vue sur la vie qui est sympathique et sans complication.

– Curieux passe-temps pour un chevalier de l'Église.

– Dieu m'a engagé comme combattant, pas comme moine. Je me bats chaque fois qu'il me le demande, mais le restant de ma vie m'appartient.

Au bout d'une heure environ, la taverne avait attiré quelques clients supplémentaires : des ouvriers sentant la sueur et quelques boutiquiers voisins. Émouchet alla regarder à l'extérieur. La ruelle étroite n'était pas exactement grouillante de trafic, mais il y avait assez de personnes pour procurer un certain degré de discrétion. Émouchet revint à leur table.

– Je crois qu'il est l'heure de partir, monseigneur, dit-il à Kalten en prenant sa boîte.

– Parfait, répondit Kalten.

Il vida sa chope et se leva en oscillant, le chapeau derrière la tête.

Il titubait encore dans la rue. Émouchet le suivait, la boîte à l'épaule.

– Tu n'exagérerais pas un petit peu? marmonna-t-il quand ils tournèrent au carrefour.

– Je ne suis qu'un courtisan typique, Émouchet. Nous sortons d'une taverne.

– C'est fini, à présent. Si tu en fais trop, tu attireras l'attention. Je crois que le moment est venu d'une récupération miraculeuse.

– Tu ôtes tout plaisir au travail, Émouchet, se plaignit Kalten.

Il redressa son chapeau à plume blanche et fendit les rues encombrées, respectueusement suivi par Émouchet.

Ils atteignirent une nouvelle intersection; Émouchet ressentit un picotement familier. Il posa sa boîte en bois et s'essuya le front avec la manche de sa blouse.

– Qu'est-ce qu'il y a? demanda Kalten en s'arrêtant à son tour.

– La malle est lourde, monseigneur, expliqua Émouchet d'une voix assez forte pour être entendu des passants. Puis il baissa le ton :

– On nous épie, ajouta-t-il tandis que ses yeux balayaient l'horizon de la rue.

La silhouette encapuchonnée se trouvait à une fenêtre du premier étage, en partie dissimulée derrière un épais rideau vert. Elle le fit un peu penser au personnage qui l'avait guetté dans les rues battues par la pluie la nuit où il était arrivé à Cimmura.

– Tu l'as repéré? demanda calmement Kalten en feignant avec affectation d'ajuster le col de sa cape rose.

Émouchet grogna en hissant la boîte sur son épaule.

– Fenêtre du premier... au-dessus de la chandellerie.

– Allons-y, mon brave, dit Kalten à voix plus haute. Le jour avance.

En se remettant en route, il jeta un rapide regard furtif à la fenêtre au rideau vert.

Ils tournèrent au carrefour suivant.

– Drôle de bonhomme, pas vrai? fit remarquer Kalten. La plupart des gens ne portent pas de capuchon à la maison.

– Peut-être a-t-il quelque chose à cacher.

– Tu crois qu'il nous a reconnus?

– Difficile à dire. On aurait dit celui qui m'observait la nuit où je suis arrivé en ville. Je ne l'avais pas bien vu, mais je le sentais, et celui-ci me fait exactement la même impression.

– La magie pourrait-elle pénétrer nos déguisements?

– Facilement. La magie voit l'homme et non les vêtements. Empruntons quelques ruelles et voyons si nous pouvons le semer.

– Parfait.

Il était presque midi quand ils atteignirent la place où Émouchet avait aperçu Krager. Ils se séparèrent alors et interrogèrent patiemment les marchands dans leurs échoppes multicolores, donnant une description précise de Krager. Ils se rejoignirent à l'autre bout de la place.

– Un résultat? demanda Émouchet.

Kalten branla du chef.

– Ce marchand de vin, là-bas, déclare qu'un homme vient trois ou quatre fois par jour acheter une fiasque de vin d'Arcie.

– C'est bien ce que boit Krager. (Émouchet eut un large sourire.) Si Martel découvre qu'il s'est remis à boire, il lui arrachera le cœur en lui plongeant la main dans la gorge.

– Est-ce qu'on peut vraiment faire ça à quelqu'un?

– Oui, si on a le bras assez long et si on sait ce qu'on cherche. Ton marchand de vin t'aurait-il donné une idée de la direction d'où vient habituellement Krager?

Kalten hocha la tête.

– De cette rue, là-bas. (Il tendit le bras.)

Émouchet se gratta la barbe en poil de cheval tout en réfléchissant.

– Si tu la décolles, Séphrénia te mettra à plat ventre sur ses genoux et te flanquera une fessée.

Émouchet baissa la main.

– Krager a-t-il déjà pris sa première fiasque de la journée?

Kalten acquiesça de la tête.

– Il y a environ deux heures.

– Il est probable qu'il l'aura finie assez vite. S'il boit comme avant, il se sent nauséeux au réveil. (Émouchet examina la place.) Allons dans cette rue, où il n'y a pas grand-monde, et attendons-le. Dès qu'il sera à court de vin, il sortira de son repaire.

– Il ne nous verra pas? Il nous connaît tous les deux, tu le sais.

Émouchet hocha la tête.

– Il est tellement myope qu'il voit à peine plus loin que le bout de son nez. Ajoutes-y une fiasque de vin et il ne serait pas capable de reconnaître sa propre mère.

– Krager a une mère? demanda Kalten, stupéfait. Je le croyais issu d'une souche pourrie.

Émouchet éclata de rire.

– Allons chercher un endroit où nous pourrons l'attendre.

– On peut se tapir quelque part? demanda Kalten avec impatience. Ça fait des années que je ne me suis plus tapi.

– Tapis-toi tout ton saoul, mon ami.

Ils remontèrent la rue indiquée par le marchand de vin. Au bout de quelques centaines de pas, Émouchet désigna l'étroite ouverture d'une ruelle.

– Voilà qui devrait faire l'affaire, dit-il. Allons nous tapir là-bas. Quand Krager passera, nous pourrons l'entraîner dans la ruelle et y bavarder en toute intimité.

– Parfait, acquiesça Kalten avec un large sourire.

Des détritus pourris étaient entassés contre les murs de la ruelle; un peu plus loin, se dressait un urinoir public. Kalten fit mine d'agiter un éventail.

– Tes décisions sont parfois discutables, Émouchet. Tu n'aurais pas pu choisir un endroit un peu moins odorant?

– Voilà ce qui me manquait quand tu n'étais pas auprès de moi, Kalten : un flot ininterrompu de jérémiades.

Kalten haussa les épaules.

– Il faut bien parler de quelque chose. (Il tendit la main sous son pourpoint d'azur, sortit un petit poignard courbe et commença à l'affiler sur la semelle de sa botte.)

– Moi le premier, fit-il.

– Quoi?

– Krager. C'est moi qui m'en occupe le premier.

– Qui t'a donné cette idée?

– Tu es mon ami, Émouchet. Les amis laissent toujours leurs amis passer les premiers.

– Et réciproquement, non?

Kalten secoua la tête.

– Tu m'aimes plus que je ne t'aime. C'est bien naturel, d'ailleurs. Je suis beaucoup plus aimable que toi.

Émouchet le scruta attentivement.

– Voilà à quoi servent les amis, reprit Kalten d'un ton engageant. Ils nous signalent nos petits défauts.

Ce n'était pas une rue particulièrement passante. Une heure s'écoula, puis une autre.

– Peut-être qu'il s'est endormi, fit Kalten.

– Pas lui. Il tient mieux la bouteille que tout un régiment. Il va arriver.

Kalten plissa les yeux vers le ciel.

– Il va pleuvoir, annonça-t-il.

– La pluie, on connaît.

Kalten tira sur le devant de son pourpoint voyant et roula de grands yeux.

– Mais, *Émousset*, dit-il en zézayant outrageusement, tu sais bien comme le satin se tasse avec l'humidité.

Émouchet s'efforça de garder son sang-froid. Une autre heure s'écoula.

– Le soleil ne va pas tarder à se coucher, annonça Kalten. Peut-être qu'il a trouvé un autre marchand de vin.

– Attendons encore un peu.

La bousculade survint tout à coup. Huit ou dix costauds en vêtements grossiers plongèrent dans la ruelle au pas de charge, l'épée à la main. La rapière de Kalten jaillit de son étui en sifflant à l'instant même où Émouchet empoignait sa dague. L'homme qui menait la charge se recroquevilla et haleta quand Kalten le transperça. Émouchet évita son ami qui se redressait. Il para le coup de l'un des attaquants, puis lui enfouit son épée dans l'estomac. Il arracha son arme en élargissant la blessure de son mieux.

– Ouvre cette boîte! cria-t-il à Kalten tout en parant une autre attaque.

La ruelle ne laissait passer que deux hommes de front; avec sa dague trop courte, il pouvait encore les tenir en respect. Derrière lui, il entendit le craquement du bois quand Kalten fit éclater la boîte rectangulaire. Son ami se retrouva soudain à son côté, sabre à la main.

– Je l'ai, maintenant. Prends ton épée.

Émouchet fit volte-face et courut vers l'entrée de la ruelle. Il jeta sa dague, arracha son arme des débris de la boîte et repartit vers son ami. Kalten avait pourfendu deux attaquants et faisait reculer les autres pas à pas. Mais il avait la main gauche appuyée sur le flanc et le sang coulait entre ses doigts. Émouchet le contourna en brandissant sa lourde épée des deux mains. Il fendit la tête d'un adversaire et trancha le bras d'un autre. Puis il plongea son épée dans le corps d'un troisième, l'envoyant valser contre le mur, une fontaine de sang jaillissant de sa bouche.

Les autres attaquants prirent la fuite.

Émouchet se retourna et vit Kalten retirer froidement son sabre de la poitrine de l'homme qu'il venait de rendre manchot.

– N'en laisse jamais un comme ça derrière toi, dit le gros blond. Même un manchot peut te poignarder dans le dos. D'ailleurs, ce n'est pas très propre. Il faut toujours finir son travail avant d'en commencer un autre.

Sa main gauche étreignait toujours son flanc.

– Ça va? lui demanda Émouchet.

– Simple égratignure.

– Les égratignures ne saignent pas comme ça. Fais voir.

L'estafilade était de belle taille, mais ne paraissait pas trop profonde. Émouchet déchira la blouse d'une des victimes et en fit un tampon.

– Appuie dessus. Il faut ralentir le saignement.

– J'ai déjà vu ça, Émouchet. Je sais ce qu'il faut faire.

Émouchet considéra les corps qui jonchaient la ruelle.

– Je crois qu'on devrait s'en aller. Tout ce bruit risque d'éveiller l'attention du voisinage. (Il fronça les sourcils.) Tu n'as rien remarqué de bizarre chez ces types?

Kalten haussa les épaules.

– Ils étaient assez nuls.

– Ce n'est pas ce que je veux dire. Les spadassins professionnels ne soignent guère leur apparence; or, ces gens-là sont tous rasés de frais. (Il retourna l'un des cadavres et ouvrit sa blouse en toile.) Voilà qui est intéressant.

Sous sa blouse, le mort portait une tunique rouge avec un emblème brodé sur le côté gauche de la poitrine.

– Des soldats de l'Église, grogna Kalten. Se pourrait-il qu'Annias ne nous apprécie point?

– Cela n'a rien d'improbable. Partons d'ici. Les survivants ont pu aller chercher des renforts.

– Le chapitre, alors... ou l'auberge?

Émouchet secoua la tête.

– Quelqu'un a percé notre déguisement et on peut prévoir que nous nous rendrons là.

– Tu n'as peut-être pas tort. Que proposes-tu?

– Je connais un endroit. Tu peux marcher?

– Je peux aller aussi loin que toi. Je suis le plus jeune, tu te rappelles?

– De six semaines.

– Mais plus jeune quand même. N'ergotons pas.

Ils glissèrent leurs épées sous la ceinture et sortirent de la ruelle. Émouchet soutenait son ami blessé tandis qu'ils s'avançaient en terrain découvert.

La rue se fit progressivement plus minable et ils ne tardèrent pas à entrer dans un labyrinthe de ruelles non pavées. Les bâtiments délabrés grouillaient de gens vêtus grossièrement qui semblaient indifférents à la misère ambiante.

– Un vrai trou à rats, non? fit Kalten. C'est encore loin?

– Juste après ce croisement.

Kalten grogna et étreignit un peu plus son flanc.

Ils continuèrent leur route. Les habitants leur jetaient des regards hostiles. Les vêtements de Kalten le désignaient comme un membre de la caste au pouvoir et ces gens du fin fond n'avaient guère d'affection pour les courtisans et leurs domestiques.

Après le croisement, Émouchet conduisit son ami dans une ruelle boueuse. Ils en avaient parcouru la moitié quand un homme corpulent avec une pique rouillée dans les mains leur barra la route.

– Où pensez-vous que vous allez? voulut-il savoir.

– Il faut que je parle à Platime, répondit Émouchet.

– Je pense pas qu'il veuille entendre ce que tu as à lui dire. Si tu es malin, tu auras quitté le quartier avant la nuit. Il arrive des accidents, après le coucher du soleil.

– Et parfois même avant, dit Émouchet en tirant son épée.

– Je peux faire venir une douzaine d'hommes ici en un clin d'œil.

– Et mon ami au nez cassé peut t'avoir coupé la tête en un rien de temps, lui apprit Kalten.

L'homme recula, le visage rempli par l'appréhension.

– Que choisis-tu, voisin? demanda Émouchet. Tu nous conduis à Platime, ou on fait un peu joujou ensemble?

– Vous n'avez pas le droit de me menacer.

Émouchet leva son épée pour que l'homme la voie bien.

– Cette chose me donne un certain nombre de droits, voisin. Place ta pique contre le mur et conduis-nous à Platime... sur-le-champ!

Le gros homme broncha, puis s'exécuta lentement et les conduisit à l'autre bout de la ruelle. Elle se terminait en cul-de-sac et un escalier en pierre descendait vers la porte d'une cave.

– Là en bas, dit l'homme en tendant le bras.

– Passe le premier, rétorqua Émouchet. Je ne veux pas que tu restes derrière moi, l'ami. Tu m'as l'air capable de commettre des erreurs de jugement.

Maussade, le gros gaillard descendit les marches tapissées de boue et cogna deux fois à la porte.

– C'est moi, lança-t-il. Sef. Il y a deux nobles qui veulent parler à Platime.

Un temps de silence précéda le tintement d'une chaîne. La porte s'entrouvrit et un barbu avança la tête.

– Platime n'apprécie pas les nobles, déclara-t-il.

– Je vais le faire changer d'avis, dit Émouchet. Écarte-toi, voisin.

Le barbu considéra l'épée dans la main d'Émouchet, déglutit péniblement et ouvrit la porte plus largement.

– Avance, Sef, dit Kalten à leur guide.

– Et toi, l'ami, accompagne-nous, ajouta Émouchet. Nous aimons la compagnie.

L'escalier continuait entre des murs à la fois pourris et moisis. En bas s'ouvrait une très grande cave voûtée. Un feu brûlait dans une fosse au centre de la pièce, emplissant l'air de fumée; les murs étaient longés de bat-flanc de fortune et de paillasses. Deux douzaines d'hommes et de femmes vêtus très diversement étaient assis sur ces lits, buvant ou jouant aux dés. Derrière la fosse, un homme énorme doté d'une terrible barbe noire et d'une vaste panse était affalé dans un grand fauteuil, les pieds tendus vers les flammes. Il portait un pourpoint de satin orange passé et taché sur le devant, et il tenait une chope en argent dans une main musculeuse.

– Voici Platime, dit Sef avec nervosité. Il est un peu ivre, alors vous avez intérêt à faire attention, messeigneurs.

– Nous saurons lui parler, répliqua Émouchet. Merci de ton aide. Je ne sais pas ce que nous aurions pu faire sans toi.

– Qui sont tous ces gens? demanda Kalten à voix basse.

– Des voleurs, des mendiants, quelques assassins, probablement... tu vois le genre.

– Tu as des amis charmants, Émouchet.

Platime observait soigneusement un collier avec un pendentif en rubis. Quand Émouchet et Kalten se trouvèrent devant lui, il leva ses yeux chassieux et les examina en concentrant son attention sur les atours de Kalten.

– Qui a laissé entrer ces deux-là? gronda-t-il.

– On s'est plus ou moins invités, lui apprit Émouchet en rangeant son épée sous sa ceinture et en soulevant son bandeau qui cessa ainsi de le gêner.

– Eh bien, vous pouvez plus ou moins vous inviter à ressortir.

– Ce ne serait pas commode pour le moment, je le crains.

Le poussah en pourpoint orange claqua les doigts et les gens alignés contre les murs se levèrent.

– Nous sommes plus nombreux, mon ami.

– Ça nous est déjà arrivé ces derniers temps, dit Kalten, la main sur la garde de son sabre.

Platime fit de petits yeux.

– Tes habits ne vont pas avec cette arme.

– Quand je pense à tout le mal que je me donne pour coordonner mon costume, fit Kalten avec un soupir.

– Qui êtes-vous? demanda Platime d'un ton soupçonneux. Celui-là est vêtu comme un courtisan, mais je ne crois pas que ce soit l'un de ces papillons ambulants.

– Il comprend tout, n'est-ce pas? dit Kalten. En fait, nous sommes des pandions.

– Des chevaliers de l'Église? Alors pourquoi ces vêtements de fantaisie?

– Nous sommes trop connus, répondit Émouchet. Nous voulions venir incognito.

Platime considéra le pourpoint taché de sang de Kalten d'un air qui en disait long.

– Apparemment, quelqu'un vous a quand même percés à jour, à moins que vous n'ayez fréquenté des tavernes mal famées. Qui t'a blessé?

– Un soldat de l'Église. (Kalten haussa les épaules.) Il a eu un coup heureux. Ça ne te fait rien si je m'assieds? Je ne sais pas pourquoi, mais je me sens un peu flageolant.

– Qu'on lui apporte un tabouret, cria Platime. Pourquoi des chevaliers se battraient-ils contre des soldats de l'Église?

– C'est la politique. (Émouchet haussa les épaules.) Il arrive qu'elle dégénère.

– Ça, c'est bien vrai. Que fabriquez-vous ici?

– Il nous faut un abri pour un moment, repondit Émouchet. Cette cave devrait faire l'affaire.

– Navré, l'ami. Je peux compatir avec quelqu'un qui a eu maille à partir avec les soldats de l'Église, mais j'ai un commerce à tenir et je n'ai pas de place pour les étrangers. (Platime considéra Kalten, qui venait de s'écrouler sur un tabouret apporté par un mendiant dépenaillé.) Tu as tué l'homme qui t'avait touché?

– J'en ai tué plusieurs, mais c'est mon ami qui a fait le plus gros du travail.

– Pourquoi ne pas passer aux choses sérieuses? fit Émouchet. Je crois que tu dois quelque chose à ma famille, Platime.

– Je n'ai rien à voir avec les nobles, sinon pour leur couper la gorge de temps à autre... et il est improbable que je doive quelque chose à ta famille.

– Cette dette n'a rien à voir avec l'argent. Il y a longtemps, des soldats de l'Église étaient en train de te pendre. Mon père les a arrêtés à temps.

Platime cligna les yeux.

– Tu es Émouchet? fit-il avec surprise. Tu ne ressembles pas tellement à ton père.

– C'est son nez, dit Kalten. Quand on casse le nez de quelqu'un, ça lui change toute son apparence. Pourquoi ces soldats étaient-ils en train de te pendre?

– C'était une méprise pure et simple. J'avais poignardé un type. Il ne portait pas son uniforme et je ne pouvais savoir qu'il était officier de la garde du primat. (Il parut écœuré.) Dans sa bourse, il n'avait que deux pièces d'argent et quelques sous.

– Tu reconnais cette dette? insista Émouchet.

Platime tira sur sa barbe noire en broussaille.

– Je pense bien, admit-il.

– Nous restons donc ici.

– C'est tout ce que tu veux?

– Pas tout à fait. Nous cherchons quelqu'un... un dénommé Krager. Tes mendiants sont dans toute la ville et je veux qu'ils le retrouvent.

– Pas mal. Tu peux me donner son signalement?

– Je peux faire mieux. Je peux te le montrer.

– Voilà qui ne tient pas vraiment debout, l'ami.

– Ça tiendra dans un instant. Tu as une bassine quelconque... et un peu d'eau propre?

– Je pense qu'on pourra te trouver ça. Quelle idée as-tu derrière la tête?

– Il va produire dans l'eau une image du visage de Krager, annonça Kalten. C'est un vieux tour.

Platime parut impressionné.

– J'ai entendu dire que les pandions sont tous magiciens, mais je n'ai jamais rien vu de tel.

Un des mendiants fournit une bassine écaillée emplie d'une eau légèrement trouble. Émouchet la posa sur le plancher et se concentra un moment, marmottant les paroles styriques de l'enchantement. Puis il passa lentement la main sur la bassine et le visage boursouflé de Krager apparut.

– Voilà quelque chose qui vaut la peine d'être vu, admira Platime.

– Ce n'est pas trop difficile, fit Émouchet modestement. Que tes hommes regardent. Je ne peux pas le conserver éternellement.

– Combien de temps?

– Le temps de compter jusqu'à mille. Après ça, l'image se fractionne.

– Talen! lança le poussah. Viens ici.

Un gamin crasseux d'une dizaine d'années traversa la salle en traînant les pieds. Sa tunique sale était en haillons, mais il portait un long gilet en satin rouge qui avait été fabriqué en coupant les manches d'un pourpoint. Le gilet était percé de plusieurs coups de poignard.

– Qu'est-ce que tu veux? demanda-t-il avec insolence.

– Tu peux copier ça? demanda Platime en désignant la bassine.

– Naturellement, mais pourquoi le faire?

– Parce que je vais te frotter les oreilles, autrement.

Talen lui adressa un large sourire.

– Il faudra d'abord que tu m'attrapes, mon gros, et je cours plus vite que toi.

Émouchet plongea un doigt dans une poche de son justaucorps en cuir et en sortit une piécette en argent.

– Ceci compenserait-il ta peine? demanda-t-il en levant la pièce.

Les yeux de Talen se mirent à briller.

– Pour ça, je vous fais un chef-d'œuvre, promit-il.

– Je n'ai besoin que d'une ressemblance précise.

– Comme vous voudrez, patron des arts. (Talen s'inclina d'un air moqueur.) Je vais chercher mes affaires.

– Il est vraiment bon dessinateur? demanda Kalten à Platime après que le gamin se fut précipité vers l'un des bat-flanc longeant le mur.

Platime haussa les épaules.

– Je ne suis pas critique d'art. Mais il passe tout son temps à dessiner... quand il n'est pas occupé à mendier ou voler.

– Il n'est pas un peu jeune pour une activité comme la tienne?

Platime éclata de rire.

– Il a les doigts les plus agiles de tout Cimmura. Il pourrait te voler les yeux et tu ne t'en rendrais même pas compte avant de regarder quelque chose de très près.

– Je ne l'oublierai pas, fit Kalten.

– Ça risque d'être trop tard, mon ami. Tu ne portais pas une bague, en entrant?

Kalten cligna les yeux, puis leva sa main gauche tachée de sang et l'examina. Il n'avait plus de bague.

Chapitre six

Kalten grimaça.

– Doucement, Émouchet. Ça fait *vraiment* mal.

– Il faut la nettoyer avant de la bander, répondit Émouchet en continuant d'essuyer la coupure sur le flanc de son ami à l'aide d'un chiffon trempé dans le vin.

– D'accord, mais es-tu obligé d'appuyer aussi fort?

Platime fit le tour de la fosse à feu et considéra Kalten sur son lit.

– Ça va aller? demanda-t-il.

– Je pense, répondit Émouchet. Il lui est déjà arrivé de perdre du sang et il s'en est toujours remis. (Il posa le chiffon et prit une longue bande de tissu.) Assieds-toi, dit-il à son ami.

Kalten gémit et se mit en position assise. Émouchet commença à lui ceindre la taille avec le tissu.

– Ne serre pas autant, fit Kalten. Il faut que je puisse respirer.

– Arrête de te plaindre.

– Ces soldats de l'Église vous poursuivaient-ils pour une raison précise? demanda Platime. Ou bien voulaient-ils simplement s'amuser?

– Ils avaient des raisons, dit Émouchet en nouant le bandage. Nous nous sommes montrés assez blessants vis-à-vis du primat Annias.

– Bravo. Je ne sais pas ce que ressentent les nobles envers lui, mais les gens du peuple le détestent.

– Nous le méprisons cordialement.

– Nous avons donc quelque chose en commun. Y a-t-il une chance que la reine Ehlana guérisse un jour?

– Nous nous y employons.

Platime poussa un soupir.

– Je crois qu'elle est notre seul espoir. Si Annias devait diriger l'Élénie à sa façon, ce serait une catastrophe.

– Patriote, Platime? demanda Kalten.

– Je suis un voleur et un meurtrier, mais ça n'empêche pas la loyauté. Je respecte la Couronne autant que quiconque dans ce royaume. Je respectais même Aldréas, malgré toutes ses faiblesses. (Le regard de Platime s'alourdit.) Sa sœur l'a-t-elle réellement séduit? Toutes sortes de rumeurs ont circulé.

Émouchet haussa les épaules.

– C'est assez difficile à dire.

– Elle est devenue absolument folle quand ton père a forcé Aldréas à épouser la mère de la reine Ehlana. (Platime eut un petit rire.) Elle avait cru qu'elle allait épouser son frère et contrôler le pays.

– Ce qui aurait été un peu illégal? demanda Kalten.

– Annias prétendait qu'il avait trouvé un moyen de s'arranger. Mais Aldréas s'est marié et Arissa s'est enfuie du palais. On l'a retrouvée quelques semaines plus tard dans le bordel de dernière catégorie qui se trouve au bord du fleuve. Tous les hommes de Cimmura ont dû lui passer dessus avant qu'on la sorte de là. (Il les dévisagea.) Qu'a-t-on fait d'elle, en fin de compte? On lui a coupé la tête?

– Non, lui apprit Émouchet. Elle est cloîtrée dans le couvent de Démos. La règle y est très stricte.

– Au moins, elle pourra se reposer. D'après ce que j'ai entendu dire, la princesse Arissa a toujours été une jeune femme très occupée. (Il désigna le lit voisin.) Tu peux utiliser celui-ci, dit-il à Émouchet. Tous les mendiants et voleurs de Cimmura recherchent votre Krager. S'il met le pied dans la rue, on le saura dans l'heure. En attendant, vous pouvez dormir un peu.

Nul n'aurait su dire quelle heure il était, la cave n'ayant aucune fenêtre. Émouchet sentit un léger frôlement; aussitôt réveillé, il se saisit de la main qui l'avait effleuré.

Le gamin crasseux, Talen, fit une grimace.

– Ne jamais essayer de piocher dans une poche quand on frissonne, dit-il. (Il épongea la pluie qui avait mouillé son visage.) La matinée est vraiment sinistre, là dehors.

– Tu cherchais quelque chose de particulier dans mes poches?

– Non, pas vraiment... je m'intéresse un peu à tout.

– Ça ne te ferait rien de me rendre la bague de mon ami?

– Oh, je suppose que non. De toute façon, je ne l'avais prise que pour m'exercer. (Talen plongea la main à l'intérieur de sa tunique humide et fit apparaître la bague de Kalten.) J'ai nettoyé le sang, dit-il en l'admirant.

– Il t'en saura gré.

– Oh, au fait, j'ai trouvé le type que vous cherchiez.

– Krager? Où?

– Il réside dans un bordel de la rue des Lions.

– Un bordel?

– Peut-être a-t-il besoin d'affection.

Émouchet s'assit. Il caressa sa barbe en crin de cheval pour s'assurer qu'elle n'avait pas bougé.

– Allons parler à Platime.

– Tu veux que je réveille ton ami?

– Laisse-le dormir. Je ne tiens pas à ce qu'il sorte sous la pluie dans l'état où il est.

Platime ronflait dans son fauteuil, mais ses yeux s'ouvrirent instantanément quand Talen lui toucha l'épaule.

– Le gamin a retrouvé Krager, lui annonça Émouchet.

– Tu vas aller le chercher, je suppose?

Émouchet acquiesça.

– Tu penses que les soldats du primat vous recherchent toujours?

– Probablement.

– Et ils savent à quoi tu ressembles?

– Oui.

– Alors, tu n'iras pas loin.

– Je tenterai ma chance.

– Platime, dit Talen.

– Quoi?

– Tu te rappelles le jour où nous avons dû sortir la Belette de la ville à toute allure?

Platime poussa un grognement, se grattant la panse et considérant Émouchet d'un air méditatif.

– Tu es très attaché à cette barbe?

– Pas trop. Pourquoi?

– Si tu es prêt à la raser, tu peux circuler dans Cimmura sans te faire reconnaître. Je connais un moyen.

Émouchet se mit à arracher des bouts de fausse barbe. Platime éclata de rire.

– Tu n'es vraiment pas beaucoup attaché à cette

barbe, hein? (Il regarda Talen.) Sors ce qu'il faut de la caisse.

Talen alla jusqu'à un gros coffre au coin de la cave et se mit à fouiller dedans tandis qu'Émouchet finissait d'ôter sa barbe. Le gamin revint avec une cape dépenaillée et une paire de chaussures qui ressemblaient plutôt à des sacs en cuir pourri.

– Qu'est-ce que tu peux encore enlever à ton visage? demanda Platime.

Émouchet prit la cape des mains de Talen et versa un peu de vin sur un coin de l'étoffe. Puis il se frotta vigoureusement le visage pour ôter le reste de la colle de Séphrénia et la cicatrice violette.

– Et le nez?

– Non. Lui, il est vrai.

– Comment a-t-il été cassé?

– C'est une longue histoire.

Platime haussa les épaules.

– Enlève tes bottes et ces hauts-de-chausses en cuir.

Émouchet s'exécuta. Talen le drapa dans la cape, puis releva un coin sur le devant et l'agrafa sur l'épaule opposée pour qu'elle recouvre tout le corps d'Émouchet et lui descende jusqu'aux genoux.

Platime lui jeta un regard louche.

– Mets les chaussures et un peu de terre sur tes jambes. Tu as l'air trop propre.

Talen retourna au coffre et revint avec une casquette en cuir, un long bâton mince et une longueur de toile en jute crasseuse.

– Mets ce couvre-chef et fixe ce chiffon sur tes yeux.

Émouchet s'exécuta.

– Tu arrives à voir à travers le bandage?

– Je distingue les objets, mais c'est à peu près tout.

– Je ne veux pas que tu voies trop bien. Tu es censé être aveugle. Trouve-lui une sébile, Talen. (Platime se retourna vers Émouchet.) Entraîne-toi à marcher ici. Tâte devant toi, mais heurte-toi aux objets de temps à autre et n'oublie pas de trébucher.

– L'idée est intéressante, mais je sais où je vais. Ça ne rendra pas les gens soupçonneux?

– Talen te guidera. Vous ne serez qu'un couple ordinaire de mendiants.

Émouchet releva sa ceinture et fit tourner son épée.

– Il va falloir que tu laisses ça ici. Tu peux dissimuler

une dague sous la cape, mais un sabre est un peu trop visible.

– Tu as sans doute raison. (Émouchet tendit l'instrument au gros bouffi en pourpoint orange.) Ne la perds pas.

Puis il se mit à imiter l'avance hésitante d'un aveugle, tapotant le sol avec la longue canne que lui avait donnée Talen.

– Pas trop mal, dit Platime après quelques instants. Tu apprends vite, Émouchet. Cela devrait passer. Talen pourra t'apprendre à mendier, en chemin.

Talen revint du grand coffre en bois. Il avait la jambe gauche tordue de manière grotesque et avançait en clopinant à l'aide d'une béquille. Il avait ôté son gilet voyant et portait désormais des haillons.

– Ça ne te fait pas mal? demanda Émouchet.

– Pas trop. Il suffit de marcher sur le côté du pied et de tourner le genou vers l'intérieur.

– Très convaincant.

– Naturellement. Je me suis entraîné.

– Vous êtes prêts, tous les deux? demanda Platime.

– On ne pourra pas faire mieux, répondit Émouchet. Mais j'ai peur de ne pas être un bon mendiant.

– Talen t'enseignera les bases. Ce n'est pas dur. Je te souhaite bonne chance, Émouchet.

– Merci, j'en aurai besoin.

Ce fut au milieu d'un matin gris et pluvieux qu'Émouchet et son jeune guide émergèrent de la cave pour s'engager dans la ruelle boueuse. Sef montait toujours la garde. Il ne leur adressa pas une parole.

Quand ils eurent atteint la rue, Talen agrippa le coin de la cape d'Émouchet et le tira en avant. Émouchet suivit en tâtonnant, sa canne tapotant les pavés.

– Il existe plusieurs façons de mendier, dit le gamin. Certains préfèrent rester assis à tendre leur sébile. Mais cela ne rapporte pas beaucoup... à moins de se tenir devant une église le jour d'un sermon sur la charité. Certains aiment fourrer leur sébile sous le nez de chaque passant. On gagne davantage mais ça irrite les gens et de temps à autre on reçoit un coup sur la figure. Tu es censé être aveugle, alors il faudra que tu travailles différemment.

– Je dois parler?

Talen hocha la tête.

– Il faut attirer l'attention du client. Dire « la charité » suffit, d'habitude. Tu n'as pas le temps de faire de longs discours et les gens n'aiment pas parler aux mendiants. Si quelqu'un décide de te donner quelque chose, il veut en finir vite. Ta voix doit être désespérée. Gémir n'est pas très efficace; essaie de donner l'impression que tu es sur le point de pleurer.

– C'est tout un art, hein?

Talen haussa les épaules.

– Il s'agit simplement de vendre quelque chose. Il faut y arriver avec un minimum de paroles, alors mets-y tout ton cœur. Tu as des piécettes sur toi?

– Oui, si tu ne me les as pas volées. Pourquoi?

– Une fois au bordel, il faudra amorcer la sébile. Lâches-y deux ou trois petites pièces pour donner l'impression que tu as déjà reçu quelque chose.

– Je ne te suis pas.

– Tu veux attendre que ce Krager ressorte, n'est-ce pas? Si tu entres pour le retrouver, il est probable que tu te heurteras aux videurs qui maintiennent l'ordre. (Il inspecta Émouchet.) Bien sûr, tu pourrais les affronter, mais ce serait bruyant et la tenancière appellerait le guet. Mieux vaut donc attendre à l'extérieur.

– Très bien. Nous attendrons.

– On mendiera jusqu'à ce qu'il apparaisse. (Le gamin marqua un temps d'arrêt.) Tu vas le tuer? demanda-t-il. Si c'est le cas, est-ce que je pourrai regarder?

– Non. Je veux seulement lui poser quelques questions.

– Oh.

Talen parut un peu déçu.

A présent, il pleuvait fort et la cape d'Émouchet avait commencé à dégoutter sur ses jambes nues.

Ils atteignirent la rue des Lions et tournèrent à gauche.

– Le bordel est juste devant, annonça Talen en tirant Émouchet par le coin de sa cape dégoulinante avant de s'arrêter brutalement.

– Qu'est-ce qu'il y a? lui demanda Émouchet.

– De la concurrence, répondit Talen. Un unijambiste est appuyé contre le mur à côté de la porte.

– Il mendie?

– Que pourrait-il faire d'autre?

– Comment procédons-nous?

– Ce n'est pas un problème insurmontable. Je vais simplement lui dire de partir.

– Et il va obéir?

Talen acquiesça de la tête.

– Oui, quand je lui aurai dit qu'on a loué l'endroit à Platime. Attends ici. Je reviens tout de suite.

Le gamin s'engagea en clopinant dans la rue mouillée jusqu'à la porte rouge du bordel et discuta brièvement avec le mendiant unijambiste. L'homme le foudroya du regard, puis sa jambe se déplia miraculeusement sous sa robe grossière et il s'en fut avec sa béquille en marmonnant. Talen revint chercher Émouchet.

– Tu t'appuies contre le mur et tu tends ta sébile quand quelqu'un passe à proximité. Mais pas juste devant lui. Tu n'es pas censé le voir, alors tends-la dans le vide.

Un marchand à l'air prospère vint à passer, tête baissée, serré dans sa cape sombre. Émouchet tendit sa sébile.

– La charité, dit-il sur un ton implorant.

Le marchand feignit de l'ignorer.

– Pas trop mal, commenta Talen. Essaie de forcer un peu sur le ton lamentable.

– C'est pour ça qu'il n'a rien mis dans ma sébile?

– Non. Les marchands ne donnent jamais rien.

– Oh.

Plusieurs ouvriers vêtus de cuir arrivèrent dans la rue. Ils parlaient fort et titubaient légèrement.

– La charité, leur dit Émouchet.

Talen renifla et s'essuya le nez sur sa manche.

– Je vous en prie, bons maîtres, dit-il d'une voix mourante. Pouvez-vous nous aider, moi et mon pauvre père aveugle?

– Pourquoi pas? fit l'un des ouvriers d'un ton allègre. Il fouilla dans ses poches, sortit quelques pièces et les considéra. Puis il choisit un sou qu'il laissa tomber dans la sébile d'Émouchet.

L'un des autres ricana.

– Il veut avoir assez pour rendre visite aux filles.

– C'est son affaire, non? répondit le généreux donateur en continuant sa route.

– Ta première affaire, dit Talen. Mets la pièce dans ta poche. Il ne faut pas qu'il y en ait *trop* dedans.

En une heure, Émouchet et son jeune instructeur gagnèrent une douzaine de pièces. L'émulation se mit de la partie : Émouchet ressentait une petite poussée de triomphe chaque fois qu'il parvenait à soutirer une pièce à un passant.

Un carrosse décoré tiré par deux chevaux noirs assortis arriva alors dans la rue et s'arrêta devant la porte rouge. Un jeune valet de pied en livrée sauta de l'arrière, abaissa une marche du véhicule et ouvrit la portière. Un noble tout vêtu de velours vert descendit. Émouchet le connaissait.

– Je risque de rester un certain temps, mon chéri, dit le noble en touchant affectueusement le visage juvénile du valet de pied. Gare le carrosse dans la rue et attends-moi. (Il eut un gloussement féminin.) Quelqu'un pourrait le reconnaître et je ne voudrais pas que l'on crût que je fréquentasse un tel endroit.

Il fit rouler ses yeux et se dirigea vers la porte rouge en se dandinant.

– La charité pour un aveugle, geignit Émouchet en tendant sa sébile.

– Hors de mon chemin, filou, dit le noble en papillonnant de la main comme s'il voulait chasser une mouche importune.

Il ouvrit la porte et entra tandis que le carrosse s'éloignait.

– Bizarre, murmura Émouchet.

– Oui, il est bizarre, hein? fit Talen avec un large sourire.

– Voilà un spectacle que je n'aurais jamais pu imaginer : le baron Harparine entrant dans un bordel.

– Les nobles ont leurs passions, non?

– Harparine a des passions, certes, mais je ne crois pas que les filles à l'intérieur pourraient les satisfaire. Toutefois, il pourrait te trouver intéressant.

Talen s'empourpra.

– Qu'il ne compte pas là-dessus.

Émouchet fronça les sourcils.

– Comment Harparine peut-il entrer dans un bordel où se trouve Krager? fit-il d'une voix songeuse.

– Ils se connaissent?

– Je ne crois pas. Harparine est membre du Conseil et ami intime du primat Annias. Krager est une crapule de troisième ordre. S'ils se rencontrent ici, je donnerais cher pour entendre ce qu'ils vont se dire.

– Entre donc.

– Quoi?

– C'est un lieu public et les aveugles ont besoin d'affection, non? Mais pas de bagarre. (Talen regarda prudemment autour de lui.) Une fois à l'intérieur, demande Naween. Elle travaille aussi pour Platime. Dis-lui que c'est lui qui t'envoie. Elle te trouvera un endroit où tu pourras tout entendre.

– Platime contrôle-t-il toute la ville?

– Rien que le bas. Annias s'occupe du haut.

– Tu entres avec moi?

Talen secoua la tête.

– Shanda a une morale un peu perverse. Elle ne laisse pas entrer les enfants... du moins les enfants de sexe masculin.

– Shanda?

– La tenancière.

– J'aurais dû m'en douter. La maîtresse de Krager s'appelle Shanda... Elle est maigre?

Talen acquiesça.

– Il n'est pas facile de lui river son clou, hein?

– C'est bien elle.

– Elle te connaît?

– Nous nous sommes rencontrés il y a une douzaine d'années.

– Le bandage cache une bonne partie de ton visage et la lumière est mauvaise. Tu devrais passer en changeant un peu ta voix. Entre. Je reste ici et je monte la garde. Je connais de vue tous les policiers et indics de Cimmura.

– Parfait.

– Tu as de quoi payer? Je peux te prêter ce qu'il faut. Shanda ne te laissera pas voir une seule de ses catins si tu ne paies pas d'abord.

– J'y arriverai... si tu ne m'as pas encore fait les poches.

– Est-ce que j'oserais, monseigneur?

– Oui, probablement... Je risque de rester là un bout de temps.

– Amuse-toi bien. Naween est très fringante... à ce qu'on m'a dit.

Émouchet feignit d'ignorer cette remarque. Il ouvrit la porte rouge et entra.

Le hall était mal éclairé et empli de la senteur douceâtre de parfums bon marché. Fidèle à son déguisement d'aveugle, Émouchet tapota les murs à l'aide de sa canne.

– Salut, lança-t-il d'une petite voix aiguë. Il y a quelqu'un?

La porte au fond de l'entrée s'ouvrit et une femme

maigre en robe de velours jaune apparut. Elle avait des cheveux jaunâtres, une expression désapprobatrice et des yeux aussi durs que des agates.

– Qu'est-ce que tu veux? voulut-elle savoir. Tu ne peux pas mendier ici.

– Je ne suis pas ici pour mendier, répondit Émouchet. Mais pour acheter... ou du moins pour louer.

– Tu as de l'argent?

– Oui.

– Fais voir.

Émouchet fouilla dans sa cape en haillons et sortit plusieurs pièces d'une poche. Il les tendit sur la paume de sa main. Les yeux de la femme maigre se plissèrent.

– Pas de ça! fit-il.

– Tu n'es pas aveugle, l'accusa-t-elle.

– Tu as remarqué?

– Quel sera ton plaisir?

– Un ami m'a dit de demander Naween.

– Ah, Naween. Elle a beaucoup de succès, ces derniers temps. Je la fais venir... dès que tu auras payé.

– Combien?

– Dix sous... ou une demi-couronne en argent.

Émouchet lui donna une petite pièce en argent et elle repassa la porte pour revenir quelques instants plus tard avec une petite brune plantureuse d'une vingtaine d'années.

– Voici Naween, annonça Shanda. Amusez-vous bien.

Elle adressa à Émouchet une grimace affectée, mais le sourire déserta vite son visage. Elle se retourna et repassa dans l'autre pièce.

– Tu n'es pas vraiment aveugle, n'est-ce pas? demanda Naween en minaudant.

Elle était enveloppée dans une mince robe d'intérieur rouge vif et ses joues étaient creusées de fossettes.

– Non, admit Émouchet, pas vraiment.

– Parfait. Je ne me suis jamais occupée d'un aveugle et je n'aurais pas su comment m'y prendre. Montons, veux-tu? (Elle le conduisit à un escalier.) Tu aimerais quelque chose de particulier? demanda-t-elle en lui adressant un sourire par-dessus l'épaule.

– Pour l'instant, j'aimerais écouter.

– Écouter? Et quoi?

– C'est Platime qui m'envoie. Shanda loge un ami... un type nommé Krager.

– Un petit myope à l'air timide?

– Exactement. Un noble en velours vert vient d'entrer et je crois qu'il est en train de discuter avec Krager. J'aimerais entendre ce qu'ils se racontent. Tu peux arranger ça? demanda-t-il en ôtant son bandage.

– Tu ne veux donc que...?

Elle n'alla pas plus loin et sa lèvre inférieure charnue s'incurva en une légère moue.

– Pas aujourd'hui, petite sœur. J'ai à faire.

Elle poussa un soupir.

– Tu me plais, l'ami. Nous pourrions passer un très bon moment.

– Un autre jour, peut-être. Conduis-moi là où je pourrai les entendre.

Elle poussa un nouveau soupir.

– Sans doute. C'est en haut de l'escalier. Nous pouvons utiliser la chambre de Plume. Elle est allée voir sa mère.

– Sa mère?

– Les catins ont aussi des mères, tu sais. La chambre de Plume jouxte celle où est logé l'ami de Shanda. Si tu colles ton oreille au mur, tu pourras entendre ce qui se passe.

– Parfait. Allons-y. Je ne veux rien rater.

La chambre au bout du palier était petite et chichement meublée. Une unique chandelle brûlait sur la table. Naween ferma la porte, puis ôta sa robe d'intérieur et s'allongea sur le lit.

– Pour les apparences, chuchota-t-elle d'une voix espiègle, au cas où quelqu'un viendrait jeter un coup d'œil. Ou encore si tu changes d'avis, ajouta-t-elle avec une grimace suggestive.

– C'est quel mur? demanda-t-il à voix basse.

– Celui-ci, répondit-elle en tendant le bras.

Il traversa la pièce et appuya l'oreille contre la surface crasseuse du mur.

– ... à messire Martel, disait une voix familière. J'ai besoin de quelque chose qui prouve que vous êtes vraiment envoyé par Annias et que ce que vous me dites est bien de lui.

C'était Krager. Émouchet eut un grand sourire et se colla au mur.

Chapitre sept

Le primat m'a dit que tu risquais d'être un peu soupçonneux, dit Harparine de sa voix efféminée.

– Ma tête est mise à prix, baron, rappela Krager. Une certaine prudence s'impose.

– Reconnaîtrais-tu la signature du primat, et son sceau, si tu les voyais?

– Oui.

– Parfait. Voici un billet de lui qui m'identifie. Détruis-le après en avoir pris connaissance.

– Non. Martel voudra voir cette preuve de ses propres yeux. (Krager marqua un temps d'arrêt.) Pourquoi Annias ne s'est-il pas contenté de donner ses instructions par écrit?

– Sois logique, Krager. Un message peut tomber entre des mains ennemies.

– Un messager aussi. Avez-vous jamais vu ce que les pandions font des gens qui détiennent des renseignements dont ils ont besoin?

– Nous supposons que vous prendriez des mesures pour éviter que tu sois interrogé.

Krager eut un éclat de rire moqueur.

– Vous plaisantez, Harparine, dit-il d'une voix légèrement zézayante. Ma vie n'est pas grand-chose, mais je n'ai qu'elle.

– Tu es un lâche.

– Et vous êtes... ce que vous êtes. Voyons ce billet.

Émouchet entendit un bruissement de papier.

– Très bien, fit la voix pâteuse de Krager. C'est bien le sceau du primat.

– Tu as bu?

– Naturellement. Que faire à Cimmura? A moins de choisir d'autres distractions... que je vous laisse deviner.

– Tu ne me plais guère, Krager.

– Moi non plus, je ne vous aime pas beaucoup, mais nous pourrons supporter ce détail, n'est-ce pas? Donnez-moi le message et fichez le champ. Votre parfum commence à me retourner l'estomac.

Il y eut un silence tendu, puis le baron parla d'une voix précise, comme s'il s'adressait à un enfant ou à un simple d'esprit.

– Voici ce que le primat Annias désire que tu dises à Martel. Dis-lui de rassembler autant d'hommes qu'il pourra et de les habiller en armure noire. Ils devront porter les bannières des chevaliers pandions... la moindre couturière est capable de les imiter et Martel sait à quoi elles ressemblent. Puis ils devront chevaucher sans discrétion aucune jusqu'au château du comte Radun, l'oncle du roi Drégos d'Arcie. Tu connais?

– Il est sur la route entre Darra et Sarrinium, n'est-ce pas?

– Exactement. Le comte Radun est un pieux personnage et il fera entrer les chevaliers de l'Église sans poser de questions. Une fois à l'intérieur, Martel et ses hommes devront tuer tous les habitants. La garnison est minime et la résistance ne devrait pas être longue. Radun a une femme et un certain nombre de filles célibataires. Annias veut qu'elles soient toutes violées en série.

Krager éclata de rire.

– Adus l'aurait fait de toute façon.

– Parfait, mais dis-lui de faire les choses en grand. Radun a plusieurs hommes d'Église dans son château. Nous voulons qu'ils assistent à la scène. Quand Adus et les autres en auront fini avec les femmes, qu'ils leur tranchent la gorge. Radun doit être torturé puis décapité. Emporte sa tête en repartant, tout en laissant assez de bijoux et de vêtements personnels pour l'identifier. Massacrez tout le reste, *hormis* les hommes d'Église. Après qu'ils auront assisté à tout le spectacle, qu'ils puissent partir librement.

– Pourquoi?

– Pour rapporter cet outrage public au roi Drégos à Larium.

– Le but de tout cela est donc que Drégos déclare la guerre aux pandions?

– Le but, pas vraiment... mais c'est une conséquence possible. Dès que le travail aura été exécuté, envoie-moi promptement un messager à Cimmura pour m'avertir.

Krager éclata encore de rire.

– Seul un idiot porterait un pareil message. Il se retrouverait hérissé de poignards dès les premiers mots.

– Tu es vraiment *très* soupçonneux, hein, Krager?

– Mieux vaut être soupçonneux que mort, et les recrues Martel seront dans le même état d'esprit. Il faudrait que vous m'en disiez un peu plus sur ce complot, Harparine.

– Tu n'as pas besoin d'en savoir davantage.

– Martel, si. Personne ne le roulera jamais.

Harparine lâcha un juron.

– Très bien, donc. Les pandions se sont mêlés des activités du primat. Cette atrocité fournira une bonne raison de les reléguer à nouveau dans leur maison mère de Démos. Puis Annias portera personnellement l'affaire devant la Hiérocratie de l'Église à Chyrellos et l'archiprélat en personne. Ils n'auront d'autre choix que de dissoudre l'ordre des Pandions. Leurs chefs... Vanion, Émouchet et les autres... seront emprisonnés dans les oubliettes en dessous de la basilique de Chyrellos. Nul n'en est jamais ressorti vivant.

– Cette idée plaira à Martel.

– C'est exactement ce que pense Annias. La Styrique, Séphrénia, sera naturellement brûlée pour sorcellerie.

– Bon débarras. (Un nouveau silence). Mais il y a autre chose, hein? ajouta Krager.

Harparine ne répondit pas.

– Ne soyez pas timoré, Harparine. Si je peux le deviner, soyez sûr que Martel le pourra aussi. Dites-moi tout.

– Fort bien. (Harparine continua en bougonnant.) Les pandions résisteront et il est certain qu'ils essaieront de protéger leurs chefs. A ce stade, l'armée s'en mêlera. Ce qui fournira à Annias et au Conseil royal un motif pour proclamer l'état d'urgence et suspendre certaines lois.

– Lesquelles?

– Celles qui règlent la succession au trône. L'Élénie sera techniquement en état de guerre et Ehlana est manifestement incapable de tenir les rênes. Elle abdiquera en faveur de son cousin, le prince régent Lychéas.

– Le bâtard d'Arissa... le pleurnichard?

– La légitimité peut être conférée par un décret du

Conseil et, à ta place, je surveillerais mes paroles. Celui qui manque de respect au roi est coupable de haute trahison et peut fort bien être puni rétroactivement.

Il y eut un lourd silence.

– Attendez un instant, dit alors Krager. J'ai entendu dire qu'Ehlana est inconsciente... et enfermée hermétiquement dans une sorte de cristal.

– Ce n'est pas un problème.

– Comment pourra-t-elle signer son abdication?

Harparine éclata de rire.

– Nous avons un moine dans le monastère de Lenda. Cela fait un mois qu'il s'entraîne à imiter la signature de la reine. Il est devenu très fort.

– Astucieux. Que lui arrivera-t-il après son abdication?

– Dès le couronnement de Lychéas, elle aura droit à de splendides funérailles.

– Mais elle est toujours en vie, non?

– Et alors? Au besoin, nous mettrons le trône et le reste dans le tombeau.

– Il n'y a donc qu'un seul problème?

– Je n'en vois aucun.

– Parce que vous ne regardez pas comme il faut, Harparine. Le primat va devoir agir très vite. Si les pandions sont prévenus avant qu'il ait joint la Hiérocratie de Chyrellos, ils prendront des contre-mesures.

– Voilà pourquoi tu dois m'envoyer un message dès que le comte et les siens seront morts.

– Jamais le message ne vous atteindra. Tout envoyé comprendra qu'il sera assassiné aussitôt après l'avoir transmis... et il trouvera une bonne raison d'aller faire un tour en Lamorkand ou en Pélosie. (Krager marqua un temps d'arrêt.) Faites-moi voir la bague que vous avez là.

– Ma bague? Pourquoi?

– C'est une chevalière, n'est-ce pas?

– Oui... avec les armes de ma famille.

– Tous les nobles ont des chevalières de ce type, non?

– Bien entendu.

– Parfait. Dites à Annias de surveiller attentivement le plateau de quête de la cathédrale de Cimmura. Prochainement, une chevalière apparaîtra parmi les piécettes. Elle portera les armoiries de la famille du comte Radun. Il comprendra le message et l'envoyé pourra en réchapper.

– Je ne crois pas que cela plaise à Annias.

– Il n'a pas besoin d'aimer ça. Et maintenant, combien?

– Combien quoi?

– Combien Annias est-il prêt à payer? Martel assure la couronne à Lychéas et le contrôle absolu de l'Élénie pour le primat. Combien cela vaut-il, selon lui?

– Il m'a dit de parler d'une somme de dix mille couronnes d'or.

Krager éclata de rire.

– Je pense que Martel voudra négocier ce montant.

– Le temps est limité, Krager.

– Annias n'a donc pas intérêt à discuter du prix. Vous devriez rentrer au palais lui suggérer un peu plus de générosité. Je ne voudrais pas passer tout l'hiver à passer d'Annias à Martel pour transmettre propositions et contre-propositions.

– Les finances de la Couronne sont basses.

– Le remède est simple, cher baron. Il suffit d'augmenter les impôts... ou Annias pourrait puiser dans les réserves de l'Église.

– Où se trouve Martel, actuellement?

– Je ne suis pas autorisé à vous le dire.

Émouchet étouffa un juron et s'écarta du mur.

– C'était intéressant? demanda Naween, toujours allongée nonchalamment sur le lit.

– Très.

Elle s'étira voluptueusement.

– Tu es sûr de ne pas changer d'avis, maintenant que ton travail est terminé?

– Navré, petite sœur. J'ai encore beaucoup à faire aujourd'hui. D'ailleurs, j'ai déjà payé Shanda. Pourquoi travailler sans y être forcée?

– Question d'éthique professionnelle, je suppose. D'ailleurs, tu me plais bien, mon grand nez-cassé.

– Je suis flatté.

Il fouilla dans sa poche, sortit une pièce en or et la lui donna. Elle le fixa avec gratitude et stupéfaction.

– Je sors par la porte principale avant que l'ami de Krager soit prêt à partir, annonça-t-il.

– Reviens un jour où tu auras moins de soucis, chuchota-t-elle.

– J'y songerai.

Il remit son bandage sur les yeux, ouvrit la porte et sortit silencieusement sur le palier. Puis il descendit dans le hall mal éclairé et atteignit la rue. Talen était appuyé contre le mur près de la porte et essayait de se protéger de la pluie.

– Tu t'es bien amusé? demanda-t-il

– J'ai trouvé ce que je voulais.

– Ce n'est pas ce que je voulais dire. Naween passe pour être la meilleure de Cimmura.

– J'étais là pour travailler.

– Tu me déçois, Émouchet. (Talen eut un sourire impudent.) Mais tu as dû décevoir Naween encore plus. On prétend que cette fille aime son boulot.

– Tu as très mauvais esprit, Talen.

– Je sais, mais tu ne peux pas savoir comme ça me plaît. (Son visage juvénile redevint sérieux et il regarda prudemment autour d'eux.) Émouchet, on te suit?

– C'est possible.

– Je ne parle pas de soldats de l'Église. Il y avait un homme à l'autre bout de la rue... du moins, je pense que c'était un homme. Il portait un habit de moine et le capuchon dissimulait son visage.

– Il y a beaucoup de moines à Cimmura.

– Pas comme celui-ci. Il m'a donné des frissons.

Émouchet le considéra avec attention.

– Tu as déjà eu ce genre d'impression auparavant?

– Une fois. Platime m'avait envoyé à la rencontre de quelqu'un à la porte Ouest. Des Styriques entraient dans la ville et, après leur passage, je n'ai pas pu me concentrer sur ce que j'étais censé faire. Il m'a fallu deux jours pour me débarrasser de cette sensation.

Il n'aurait servi à rien d'expliquer la vérité au gamin. Bien des gens étaient des sujets sensitifs et cela allait rarement plus loin.

– Ne t'en fais pas, lui conseilla Émouchet. On a tous des impressions bizarres, de temps à autre.

– Peut-être, fit Talen sur un ton dubitatif.

– C'est terminé ici. Retournons chez Platime.

Les rues battues par la pluie étaient plus populeuses, emplies de nobles aux capes éclatantes et d'ouvriers vêtus de marron ou de gris. Émouchet devait avancer à tâtons, agitant sa canne d'aveugle devant lui pour éviter d'éveiller les soupçons. Il était midi lorsqu'ils descendirent les marches de la cave.

– Pourquoi vous ne m'avez pas réveillé? fit Kalten, irrité.

Il était assis au bord de son lit et tenait un bol de ragoût épais.

– Tu avais besoin de te reposer. (Émouchet défit son bandage.) D'ailleurs, il pleut, dehors.

– Tu as vu Krager?

– Non, mais je l'ai entendu, ce qui est aussi bien. (Émouchet rejoignit Platime de l'autre côté du feu.) Peux-tu me procurer un chariot et un cocher? demanda-t-il.

– Si tu en as besoin.

Platime leva sa chope en argent et but avec bruit, renversant de la bière sur son pourpoint orange.

– J'en ai besoin. Kalten et moi devons rentrer au chapitre. Les soldats du primat nous recherchent toujours, et nous pourrions nous cacher au fond d'un chariot.

– Les chariots ne vont pas très vite. Préférerais-tu un carrosse avec des rideaux?

– Tu as un carrosse?

– Plusieurs. Dieu a été généreux ces derniers temps.

– Enchanté de l'apprendre. (Émouchet se retourna.) Talen, lança-t-il.

Le gamin s'approcha de lui.

– Combien m'as-tu volé, ce matin?

Le visage de Talen exprima la prudence.

– Pas beaucoup. Pourquoi?

– Sois plus précis.

– Sept sous et une pièce en argent. Tu es un ami, alors j'ai remis les pièces d'or dans ta poche

– Je suis touché.

– Tu veux que je te rende ton argent?

– Garde-le... en paiement de tes services.

– Tu es généreux, monseigneur.

– Je n'ai pas encore terminé. Je veux que tu surveilles Krager pour mon compte. Je vais être absent de la ville un moment et je veux connaître le moindre de ses pas. S'il quitte Cimmura, va à l'auberge de la rue des Roses. Tu la connais?

– Celle qui est dirigée par les pandions?

– Comment l'as-tu appris?

– Tout le monde sait ça.

Émouchet n'insista pas.

– Tape trois coups sur le portillon, puis arrête. Puis tape deux coups. Un portier viendra ouvrir. Sois poli avec lui, parce que c'est un chevalier. Dis-lui que l'homme à qui s'intéressait Émouchet a quitté la ville. Tâche de lui indiquer la direction qu'aura prise Krager. Tu pourras te rappeler tout ça?

– Tu veux que je te le récite?

– Ce ne sera pas nécessaire. Le tourier te donnera une demi-couronne pour ces renseignements.

Les yeux de Talen se mirent à briller.

Émouchet se retourna vers Platime.

– Merci, mon ami. Considère payée la dette que tu avais envers mon père.

– Je l'ai déjà oubliée, fit le gros homme avec un large sourire.

– Platime est remarquablement oublieux des dettes, commenta Talen. Quand il est débiteur, en tout cas.

– Un de ces jours, ton caquet te causera de graves ennuis, gamin.

– Mais mes jambes me permettront toujours d'y échapper.

– Va dire à Sef d'atteler l'équipage gris au carrosse aux roues bleues et qu'il le conduise jusqu'à la porte de la ruelle.

– Qu'est-ce que j'ai à y gagner?

– Je remets à plus tard la correction que j'allais te donner.

– Cela me semble assez juste, répondit Talen en filant.

– Voilà un jeune homme fort intelligent, dit Émouchet.

– C'est lui le meilleur, acquiesça Platime. A mon avis, il me remplacera le jour de ma retraite.

– C'est donc ton dauphin.

Platime s'esclaffa.

– Le dauphin des voleurs. Ça sonne bien, non? Tu sais, tu me plais, Émouchet. (Tout en continuant de rire, Platime tapa sur l'épaule du robuste chevalier.) Si jamais je peux faire autre chose pour toi, fais-moi signe.

– Je n'y manquerai pas, Platime.

– Je t'accorderai un tarif préférentiel.

– Merci, fit sèchement Émouchet.

Il prit son épée à côté du fauteuil de Platime et retourna près de son lit endosser ses vêtements personnels.

– Comment te sens-tu? demanda-t-il à Kalten.

– En pleine forme.

– Parfait. Tu devrais te préparer à partir.

– Où va-t-on?

– On rentre au chapitre. J'ai trouvé quelque chose que Vanion doit savoir.

Le carrosse n'avait rien de neuf, mais il était solidement bâti et bien entretenu. Les fenêtres étaient drapées de lourds rideaux qui dissimulaient efficacement les passagers aux yeux des curieux. L'équipage qui le tirait était un couple de chevaux gris assortis qui avançaient à un trot vif.

Kalten se laissa aller en arrière contre le coussin en cuir.

– Est-ce mon imagination, ou est-ce plus payant de faire le voleur que de faire le chevalier?

– Notre but n'est pas l'argent, Kalten, lui rappela Émouchet.

– Voilà qui est péniblement évident, mon ami. (Kalten étira ses jambes et croisa les bras avec satisfaction.) Tu sais, je pourrais finir par aimer ce genre de truc.

– Essaie de ne pas en arriver là, conseilla Émouchet.

– Tu dois admettre que c'est beaucoup plus confortable que de se taper les fesses sur une selle dure.

– L'inconfort élève l'âme.

– Mon âme se porte bien, Émouchet. C'est mon derrière qui s'use.

Le carrosse allait à bonne allure et ils ne tardèrent pas à s'arrêter devant le pont-levis du chapitre. Émouchet et Kalten sortirent dans la bruine de l'après-midi et Sef repartit pour la ville.

Vanion était assis à la grande table, une pile de documents devant lui, et Séphrénia, son inévitable tasse de thé à la main, était installée près du feu. Elle fixait de son regard mystérieux les flammes en train de danser.

Vanion leva les yeux et avisa les taches de sang sur le pourpoint de Kalten.

– Que s'est-il passé? demanda-t-il.

– Nos déguisements n'ont pas marché. (Kalten haussa les épaules.) Un groupe de soldats de l'Église nous a tendu un guet-apens dans une ruelle. Ce n'est pas grave.

Séphrénia se leva et s'approcha.

– Tu as été soigné? demanda-t-elle.

– Émouchet a bandé la plaie.

– Pourquoi ne pas me laisser y jeter un coup d'œil? Les pansements d'Émouchet sont parfois un peu rudimentaires. Assieds-toi et ouvre ton pourpoint.

Kalten grogna un peu mais obéit.

Elle défit le bandage et regarda la coupure qu'il avait au flanc en serrant les lèvres.

– Est-ce que tu as nettoyé ça? demanda-t-elle à Émouchet.
– Je l'ai lavé avec du vin.
– Oh, Émouchet, fit-elle en soupirant.
Elle se leva, s'approcha de la porte et envoya l'un des jeunes chevaliers chercher quelques ingrédients.
– Émouchet a recueilli des renseignements, dit Kalten au Précepteur.
– De quel genre?
– J'ai trouvé Krager, lui répondit Émouchet en tirant une chaise. Il a son quartier général dans un bordel de la porte Ouest.
L'un des sourcils de Séphrénia se haussa soudain.
– Que faisais-tu dans un bordel, Émouchet?
– C'est une longue histoire, dit-il en s'empourprant légèrement. Je te raconterai tout ça un jour. Donc, continua-t-il, le baron Harparine est venu au bordel et...
– Harparine? (Vanion parut stupéfait.) Dans un bordel? Il avait encore moins à y faire que toi!
– Il était venu rencontrer Krager. Je me suis débrouillé pour entrer et accéder à la chambre voisine de celle où ils se sont entretenus.
Lorsque Émouchet termina son compte rendu, les yeux de Vanion n'étaient plus qu'une fente.
– Annias est encore plus cruel que j'aurais pu l'imaginer. Je n'aurais jamais cru qu'il s'abaisserait jusqu'au meurtre à grande échelle.
– On va l'arrêter, hein? demanda Kalten tandis que Séphrénia commençait à nettoyer sa blessure.
– Bien entendu, répondit Vanion d'un air absent. (Il leva au plafond des yeux vagues.) Je crois entrevoir une façon de retourner la situation. (Il considéra Kalten.) Tu es capable de monter à cheval?
– Ce n'est guère plus qu'une égratignure, assura Kalten tandis que Séphrénia appliquait une compresse sur la plaie.
– Parfait. Je veux que tu ailles à la maison mère de Démos. Prends tous les hommes sur qui tu pourras mettre la main et file jusqu'au château du comte Radun en Arcie. Évitez les routes principales. Il faut que Martel ignore votre visite. Émouchet, je veux que tu emmènes les chevaliers de Cimmura. Descendez en Arcie rejoindre Kalten où vous voudrez.
Émouchet secoua la tête.

– Si nous partons en masse, Annias saura que nous préparons quelque chose. Il risque de reporter l'opération, puis d'attaquer le château du comte un jour où nous ne serons pas dans le coin.

Vanion se rembrunit.

– C'est vrai. Peut-être pourrais-tu faire sortir tes hommes de Cimmura en catimini, quelques-uns à la fois.

– Ce serait trop long, dit Séphrénia en cerclant d'un bandage propre la taille de Kalten. Et l'on attire davantage l'attention en agissant furtivement qu'en chevauchant ouvertement. (Elle pinça les lèvres.) Notre ordre possède-t-il toujours le couvent sur la route de Cardos?

Vanion acquiesça.

– Mais il est en piteux état.

– Ne serait-ce pas l'époque idéale pour le restaurer?

– Je ne te suis pas, Séphrénia.

– Il nous faut une excuse pour faire sortir d'un coup la plupart des pandions de Cimmura. Si tu allais dire au palais que tu vas emmener tes chevaliers réparer ce couvent, Annias s'imaginerait que tu entres involontairement dans son jeu. Tu pourrais alors charger des chariots d'outils et des matériaux pour faire plus vrai et quitter la ville. Une fois hors de Cimmura, tu seras libre de changer de direction sans risque.

– Ça a l'air faisable, dit Émouchet. Tu nous accompagneras?

– Non. Il faut que j'aille à Chyrellos avertir quelques amis de la Hiérocratie de l'Église.

Émouchet hocha la tête; puis il se souvint d'un détail.

– Je crois que quelqu'un me surveille, et il ne me semble pas que ce soit un Élène. (Il adressa un sourire à Séphrénia.) J'ai été formé à reconnaître l'attouchement subtil d'un esprit styrique. D'ailleurs, cet individu semble capable de me repérer quel que soit mon déguisement. Je suis presque sûr que c'est lui qui a lancé contre nous ces soldats de l'Église, ce qui signifie qu'il est en contact avec Annias.

– A quoi ressemble-t-il? lui demanda Séphrénia.

– Il porte une robe à capuche et garde son visage dissimulé.

– Il ne pourra pas contacter Annias s'il est mort, fit Kalten en haussant les épaules. Prépare-lui une embuscade quelque part sur la route de Cardos.

– N'est-ce pas un peu trop direct? demanda Séphrénia

avec désapprobation tout en serrant fermement le bandage.

– Je suis un homme simple, Séphrénia. Les complications m'embrouillent l'esprit.

– Il faut que je règle encore certains détails, dit Vanion. (Il regarda Séphrénia.) Kalten et moi, nous irons ensemble à Démos. Tu veux retourner à la maison mère?

– Non. J'accompagnerai Émouchet, au cas où le Styrique qui le surveille essaierait de nous suivre. Je devrais pouvoir m'en occuper sans aller jusqu'au meurtre.

– Très bien, donc, fit Vanion en se levant. Émouchet, toi et Kalten, occupez-vous des chariots et des matériaux de construction. Je vais aller faire un peu d'intox au palais. Dès mon retour, nous partirons tous.

– Et moi, que voudrais-tu que je fasse? demanda Séphrénia.

Il eut un sourire.

– Pourquoi ne pas prendre une nouvelle tasse de thé, ma chère?

– Merci, Vanion. Je crois que c'est ce que je vais faire.

Chapitre huit

Le temps avait fraîchi; le ciel maussade crachait des bourrasques de neige glacée. Une centaine de chevaliers pandions en cape et armure noire trottaient bruyamment, à la suite d'Émouchet et de Séphrénia, à travers la région très boisée près de la frontière arcienne. Ils voyageaient depuis cinq jours.

Émouchet leva les yeux vers le ciel et tira sur les rênes de son destrier noir. La monture se cabra et fouetta l'air de ses sabots.

– Oh, ça suffit! lui dit Émouchet, irrité.

– Il est très enthousiaste, n'est-ce pas? commenta Séphrénia.

– Mais pas très malin. Vivement que nous rattrapions Kalten pour que je récupère Faran.

– Pourquoi nous arrêtons-nous?

– Le soir est proche et ce bosquet, là-bas, semble assez dépourvu de buissons. Autant y planter notre camp pour la nuit. (Il éleva la voix et lança par-dessus son épaule :) Sire Parasim!

Le jeune chevalier aux cheveux couleur beurre s'avança sur sa monture.

– Oui, monseigneur Émouchet? fit-il de sa voix de ténor léger.

– Nous allons passer la nuit ici. Dès l'arrivée des chariots, dresse la tente de Séphrénia et veille à ce qu'elle ait tout ce dont elle peut avoir besoin.

– Naturellement, monseigneur.

Le ciel était devenu d'un violet glacial quand Émouchet eut fini de superviser l'installation du campement et posté les sentinelles. Il dépassa les tentes et les brasiers des cuisiniers pour rejoindre Séphrénia devant un feu plus modeste à la limite du camp. Il sourit en voyant la traditionnelle théière accrochée à un trépied métallique placé au-dessus des flammes.

– Qu'est-ce qui t'amuse, Émouchet?

– Rien. Non, rien. (Il regarda en direction des chevaliers juvéniles autour des feux de cuisine.) Ils paraissent tous tellement jeunes, on dirait presque des gamins, fit-il comme en aparté.

– C'est la nature des choses, Émouchet. Les vieux prennent les décisions et les jeunes les exécutent.

– Ai-je jamais été aussi jeune?

Elle éclata de rire.

– Oh, oui, mon cher Émouchet. Tu ne peux pas imaginer combien toi et Kalten étiez jeunes quand vous êtes venus prendre vos premières leçons. J'avais l'impression qu'on m'avait confié deux bébés.

Il fit une grimace pitoyable.

– Voilà qui répond à ma question, n'est-ce pas? (Il tendit les mains vers la chaleur du feu.) La nuit est froide. Je crois que mon sang s'est éclairci à Djiroch. Je n'ai pas réussi à me réchauffer depuis que je suis revenu en Élénie. Parasim t'a apporté ton souper?

– Oui. C'est un gentil garçon, n'est-ce pas?

Émouchet éclata de rire.

– Il serait probablement blessé s'il t'entendait.

– C'est la vérité, non?

– Il serait blessé quand même. Les jeunes chevaliers sont susceptibles.

– Tu l'as déjà entendu chanter?

– Une fois. A la chapelle.

– Il a une voix magnifique, n'est-ce pas?

Émouchet acquiesça de la tête.

– Je ne pense pas qu'il ait sa place dans un ordre combattant. Un monastère régulier lui conviendrait mieux. (Il regarda autour de lui, puis sortit du cercle de lumière, traîna une bûche à proximité du feu et la recouvrit de sa cape.) Ce n'est pas exactement un fauteuil, mais cela vaut mieux pour toi que de rester assis à même le sol.

– Merci, Émouchet. (Elle sourit.) Tu es très attentionné.

– Je suppose que j'ai quelques bonnes manières. (Il la considéra gravement.) Le voyage sera difficile pour toi, je le crains.

– Je pourrai le supporter, cher enfant.

– Peut-être, mais ne te donne pas trop de mal pour faire preuve de bravoure. Si tu es fatiguée ou si tu as froid, n'hésite pas à m'en parler.

– Tout ira bien, Émouchet. Les Styriques sont endurants.

– Séphrénia, dit-il alors, dans combien de temps les douze chevaliers qui étaient avec toi dans la salle du trône commenceront-ils à mourir?

– Je ne pourrais pas le dire, Émouchet.

– Le sauras-tu... chaque fois que ça se produira, je veux dire?

– Oui. C'est à moi que leur épée sera remise.

– Leur épée?

– L'épée était l'instrument de l'enchantement et elle symbolise le fardeau qui doit être transmis.

– N'eût-il pas été plus avisé de répartir cette responsabilité?

– J'en ai décidé autrement.

– Ce fut peut-être une erreur.

– Peut-être, mais c'était à moi de la commettre.

Il commença à aller et venir avec colère.

– Nous devrions chercher un remède au lieu de traverser la moitié de l'Arcie, explosa-t-il.

– Ceci aussi est important, Émouchet.

– Je ne supporterais pas de vous perdre, toi et Ehlana, ainsi que Vanion.

– Nous avons encore du temps devant nous, cher enfant.

Il poussa un soupir.

– Tu es bien installée, donc?

– Oui. J'ai tout ce qu'il me faut.

– Tâche de passer une bonne nuit. Nous partirons tôt demain. Bonne nuit, Séphrénia.

– Bonne nuit, Émouchet.

Il se réveilla comme le jour commençait à répandre sa lumière à travers le bois. Il endossa son armure, frissonnant au contact du métal glacé. Il émergea de la tente qu'il partageait avec cinq autres chevaliers et examina le camp endormi. Le feu de Séphrénia crépitait de nouveau devant sa tente et sa robe blanche luisait à la lumière – la lumière froide de l'aube et la lumière chaude du feu.

– Tu t'es levée tôt, dit-il en s'approchant.
– Toi aussi. Sommes-nous loin de la frontière?
– Nous devrions entrer en Arcie aujourd'hui même.

Dans la forêt, ils entendirent un étrange son de flûte. La mélodie était en mineur, mais elle n'était pas triste; elle semblait plutôt emplie d'une joie sans âge.

Les yeux de Séphrénia s'agrandirent et elle fit un geste spécial de la main droite.

– Un berger, peut-être, dit Émouchet.
– Non. Ce n'est pas un berger. (Elle se leva.) Suis-moi, Émouchet, fit-elle en l'entraînant à l'écart.

Le ciel s'éclaircissait tandis qu'ils pénétraient sur le pré juste au sud de leur campement en suivant le son de la flûte. Ils s'approchaient de la sentinelle qu'Émouchet avait postée là.

– Tu l'as aussi entendu, monseigneur Émouchet? demanda le chevalier en armure noire.
– Oui. Tu vois qui c'est ou d'où ça vient?
– Ça semble venir de cet arbre au milieu du pré. Je vous accompagne?
– Non. Reste ici. Nous allons aviser.

Séphrénia s'était déjà avancée droit sur l'arbre.

– Il vaudrait mieux que tu me laisses aller voir d'abord, dit Émouchet en la rattrapant.
– Il n'y a aucun danger, Émouchet.

Quand ils atteignirent l'arbre, Émouchet regarda à travers les branches et aperçut le mystérieux musicien. C'était une fillette d'environ six ans. Ses cheveux longs étaient noirs et luisants, ses grands yeux aussi profonds que la nuit. Un bandeau d'herbes tressées lui enserrait le front et rejetait ses cheveux en arrière. Elle était assise sur une branche et soufflait dans une flûte de berger. Malgré le froid, elle ne portait qu'une courte robe de lin serrée à la taille qui laissait nus ses bras et ses jambes. Ses pieds nus et tachés d'herbe étaient croisés et elle était perchée sur la branche avec une assurance posée.

– Qu'est-ce qu'elle fabrique ici? demanda Émouchet, intrigué. Il n'y a ni habitation ni village alentour.
– Je crois qu'elle nous attendait.
– C'est absurde. (Il leva les yeux vers l'enfant.) Comment t'appelles-tu, petite?
– Laisse-moi l'interroger, Émouchet. Les enfants styriques sont timides.

Elle rejeta sa capuche en arrière et s'adressa à la petite fille dans un dialecte qu'Émouchet ne comprit pas.

L'enfant abaissa sa flûte grossière et sourit. Ses lèvres formaient un petit arc rose.

Séphrénia lui posa une autre question sur un ton étrange et doux.

La petite fille hocha la tête.

– Vit-elle dans une maison au fond de la forêt? demanda Émouchet.

– Elle n'habite pas à proximité.

– Elle ne sait pas parler?

– Elle préfère s'abstenir.

Émouchet regarda autour d'eux.

– Enfin, nous ne pouvons la laisser ici. (Il tendit les bras vers l'enfant.) Descends, petite.

Elle lui sourit et se laissa glisser entre ses mains. Elle était très légère et ses cheveux sentaient la verdure. Elle lui mit les bras autour du cou avec confiance, puis plissa le nez devant l'odeur de son armure.

Il la posa sur ses pieds; aussitôt elle s'approcha de Séphrénia, prit ses mains et les embrassa. Quelque chose de typiquement styrique se produisit entre elles, quelque chose qu'Émouchet ne pouvait comprendre. Séphrénia souleva la petite fille dans ses bras et la serra contre elle.

– Qu'allons-nous faire d'elle? demanda-t-elle d'une voix bizarrement déterminée, comme si c'était très important.

– Nous devons l'emmener, je suppose... au moins jusqu'à ce que nous découvrions des gens à qui la confier. Rentrons au camp et trouvons-lui des vêtements.

– Et aussi de la nourriture.

– Tu es d'accord, Flûte? demanda Émouchet à l'enfant.

La petite fille sourit et acquiesça.

– Pourquoi l'as-tu appelée comme ça? lui demanda Séphrénia.

– Il faut bien lui donner un nom, en attendant de savoir le vrai... si elle en a un. Retournons au chaud près du feu.

Ils traversèrent la frontière d'Arcie près de la ville de Diéros, évitant tout contact avec les habitants, et continuèrent leur chevauchée parallèlement à la route vers l'est, qui recevait un trafic important. Le paysage avait changé d'un coup. A la différence de l'Élénie, l'Arcie ressemblait à un royaume de murets. Les murets longeaient les routes ou coupaient les pâturages, souvent sans raison apparente. Épais et hauts, ils contraignaient Émouchet à multiplier les détours. Il faisait la grimace en se rappelant ce patriarche de l'Église du XXIVe siècle qui, après avoir voyagé de Chyrellos à Larium, avait caractérisé l'Arcie comme « le Jardin de Rocailles du Bon Dieu ».

Le lendemain, ils entraient dans une grande forêt de bouleaux dénudés par l'hiver. Émouchet sentit une odeur de fumée et ne tarda pas à distinguer une nuée sombre au fond des troncs blancs. Il stoppa la colonne et continua seul pour en savoir davantage.

Il n'avait pas parcouru un mille qu'il arrivait à un groupe de maisons styriques grossièrement construites. Elles étaient en flammes et des corps jonchaient le sol. Émouchet jura. Il revint au galop jusqu'à ses troupes.

– De quoi s'agit-il? demanda Séphrénia.

– Il y avait là un village styrique. Nous savons tous les deux ce que signifie cette fumée.

– Ah.

Elle poussa un soupir.

– Tu devrais garder la petite avec toi jusqu'à ce que j'aie envoyé un détachement pour les enterrer.

– Non, Émouchet. Ce genre de choses fait aussi partie de son héritage. Tous les Styriques savent ce que cela signifie. D'ailleurs, je pourrais aider les survivants... s'il en reste.

– Comme il te plaira, dit-il simplement.

Une rage pesante était tombée sur lui et il fit sèchement signe à la colonne d'avancer.

Les malheureux Styriques semblaient avoir tenté de se défendre et avoir été balayés par des gens munis d'armes très grossières. Émouchet mit ses hommes à l'ouvrage... certains creusant les tombes, les autres éteignant les incendies.

Séphrénia était d'une pâleur mortelle.

– Il n'y a que quelques femmes parmi les morts, annonça-t-elle. Les autres ont dû s'enfuir dans les bois.

– Vois si tu peux les faire revenir.

Il considéra sire Parasim, qui pleurait ouvertement en pelletant la terre. Le jeune chevalier n'était manifestement pas fait pour ce genre de travail.

– Parasim, dit Émouchet, accompagne Séphrénia.

Les morts furent enfin confiés à la terre et Émouchet murmura une brève prière élène sur les tombes. Elle n'était probablement pas appropriée à des Styriques, mais il ne pouvait faire mieux.

Une heure plus tard, Séphrénia et Parasim revenaient.

– Alors? demanda Émouchet.

– Nous les avons trouvées, répondit Séphrénia, mais elles ne veulent pas sortir des bois.

– On ne peut pas leur en vouloir. Nous allons voir si nous pouvons réparer quelques maisons pour qu'elles puissent se protéger des intempéries.

– Ne perdons pas de temps, Émouchet. Elles ne reviendront plus. Cela fait partie de la religion styrique.

– Ont-elles une idée de la direction prise par les Élènes qui ont fait ça?

– Qu'est-ce que tu as en tête?

– Un châtiment. Cela fait partie de la religion élène.

– Non. Je ne te dirai pas où ils sont allés.

– Je ne laisserai pas passer ça, Séphrénia. Tu peux me le dire ou non, tu as le choix. Je peux retrouver leur trace moi-même, si besoin est.

Elle le considéra avec une expression d'impuissance. Puis son regard se fit rusé.

– Un marché, Émouchet? suggéra-t-elle.

– Je t'écoute.

– Je vais te dire où les trouver si tu me promets de ne tuer personne.

– Très bien, acquiesça-t-il à contrecœur, le visage déformé par la colère. Où sont-ils allés?

– Je n'ai pas fini. Tu resteras près de moi. Je te connais. Envoie quelqu'un d'autre.

Il la foudroya du regard.

– Lakus! cria-t-il.

– Non, pas Lakus. Il est pire que toi.

– Qui donc?

– Parasim, par exemple.

– Parasim?

– Si nous lui disons de ne tuer personne, il ne commettra aucune erreur.

– Parfait, souffla-t-il. Parasim, dit-il au jeune chevalier qui se tenait tristement à proximité, prends une douzaine d'hommes et traque les bêtes sauvages qui ont perpétré cette ignominie. Ne tue personne, mais fais-leur regretter d'avoir eu cette idée.

– Oui, monseigneur, dit Parasim, les yeux soudain glacés.

Séphrénia lui indiqua la direction à prendre et il rejoignit les autres chevaliers. En chemin, il s'arrêta et déracina un buisson d'épineux. Il le saisit de son poing ganteié et en cravacha un bouleau inoffensif auquel il arracha une belle portion d'écorce blanche.

– Oh, mon Dieu, murmura Séphrénia.

– Il fera parfaitement l'affaire. (Émouchet eut un petit rire sans joie.) J'ai de grands espoirs en ce jeune homme et une foi totale dans son sens de l'opportunité.

A quelque distance, Flûte se tenait devant les tombes. Elle jouait doucement de son instrument et sa mélodie semblait chargée de millénaires de peine.

Le temps froid continuait, mais il ne tombait pas beaucoup de neige. Au bout d'une semaine de voyage, ils atteignirent un château en ruine à six ou huit lieues à l'ouest de la ville de Darra. C'était là que les attendait Kalten avec le corps principal de chevaliers pandions.

– Je pensais que vous vous étiez perdus, dit le blond.

Il examina avec curiosité la petite Flûte, assise à l'avant de la selle d'Émouchet, les pieds nus d'un côté de l'encolure du cheval noir et enveloppée dans la cape du Champion.

– Il n'est pas un peu tard pour fonder une famille?

– Nous l'avons découverte en route, répondit Émouchet.

Il souleva la petite fille et la tendit à Séphrénia.

– Pourquoi ne pas lui avoir mis des chaussures?

– Nous l'avons fait. Elle ne cesse de les perdre. Il y a un couvent, de l'autre côté de Darra. Nous l'y laisserons. (Émouchet considéra les ruines sur la colline.) On peut loger là-dedans?

– Ce n'est pas grand-chose. Mais on peut au moins s'abriter du vent.

– Allons-y donc. Kurik a amené Faran et mon armure?

Kalten acquiesça.

– Parfait. Ce cheval est un peu vicieux et la vieille armure de Vanion m'a râpé la peau un peu partout.

Ils montèrent aux ruines où ils trouvèrent Kurik et le jeune novice Bérit.

– Qu'est-ce qui vous a retenus? demanda Kurik de but en blanc.

– La route était longue, répondit Émouchet sur la défensive, et les chariots ne sont pas précisément rapides.

– Vous auriez dû les laisser.

– Ils transportaient la nourriture et les équipements supplémentaires.

Kurik poussa un grognement.

– Abritons-nous de ce mauvais temps. J'ai allumé un feu dans ce qui reste de cette tour de guet, là-bas.

Il adressa un regard spécial à Séphrénia, qui portait Flûte dans ses bras.

– Madame, la salua-t-il respectueusement.

– Cher Kurik, dit-elle chaleureusement. Comment vont Aslade et tes fils?

– Ils vont très bien, Séphrénia. Oui, très bien.

– Je suis heureuse de l'apprendre.

– Kalten m'avait prévenu que vous arriviez. J'ai de l'eau bouillante pour votre thé. (Il considéra Flûte nichée contre Séphrénia.) Vous nous aviez caché quelques secrets?

Elle eut un petit rire argentin.

– C'est ce que les Styriques réussissent le mieux, Kurik.

– Entrons au chaud.

Il se tourna et les conduisit à travers la cour jonchée de débris tandis que Bérit s'occupait des chevaux.

– Était-ce une bonne idée de le faire venir? demanda Émouchet avec un geste en direction du novice. Il est bien jeune pour une bataille un peu dure.

– Il s'en tirera, Émouchet. Je l'ai amené au terrain d'exercices de Démos et je lui ai enseigné quelques trucs. Il se conduit bien et il apprend vite.

– Très bien, Kurik, mais quand la bataille commencera, reste près de lui. Je ne veux pas qu'il soit blessé.

– Vous n'avez jamais été blessé quand j'étais à vos côtés, n'est-ce pas?

Émouchet adressa un large sourire à son ami.

– En effet. Je n'en ai pas le souvenir.

Ils passèrent la nuit dans les ruines et repartirent tôt le lendemain. Leurs forces combinées dépassaient juste les cinq cents hommes et ils chevauchaient vers le sud sous un ciel toujours menaçant. Après Darra se trouvait un couvent aux murs de grès jaune et au toit en tuiles rouges. Émouchet et Séphrénia quittèrent la route et gagnèrent la bâtisse en traversant un pré bruni par l'hiver.

– Et comment s'appelle cette enfant? demanda la mère supérieure dans une salle spartiate réchauffée par un petit brasero.

– Elle ne parle pas, ma mère, répondit Émouchet. Elle joue de cet instrument, aussi l'appelons-nous Flûte.

– Voilà un nom bien incongru, mon fils.

– Cela ne semble pas déranger l'enfant, mère supérieure, intervint Séphrénia.

– Avez-vous cherché à retrouver ses parents?

– Personne n'était dans le voisinage quand nous l'avons découverte.

La mère supérieure considéra gravement Séphrénia.

– Cette enfant est styrique, fit-elle remarquer. Ne vaudrait-il pas mieux la confier à une famille de sa race et de sa foi?

– Nous avons des affaires urgentes à régler, répondit Séphrénia, et les Styriques peuvent être difficiles à trouver quand ils en ont ainsi décidé.

– Vous savez naturellement que si elle reste avec nous nous l'élèverons dans la foi élène.

Émouchet eut un sourire.

– Vous essaierez, mère supérieure. Je crois toutefois que vous ne la trouverez pas ouverte à la conversation. Tu viens, Émouchet?

Ils repartirent vers le sud sous un ciel qui se découvrait, adoptant d'abord un trot enlevé, puis un galop fracassant. Ils croisèrent une éminence rocheuse et Émouchet stoppa brutalement Faran, fixant avec stupéfaction Flûte assise en tailleur sur une robe blanche, occupée à jouer de son instrument.

– Comment as-tu... commença-t-il. Séphrénia!

Mais la femme en robe blanche avait déjà mis pied à terre. Elle s'approchait de l'enfant et lui parlait dans son étrange dialecte styrique.

Flûte abaissa son instrument et adressa à Émouchet un petit sourire espiègle. Émouchet éclata de rire et prit l'enfant dans ses bras.

– Comment nous a-t-elle dépassés? demanda Kalten, ébahi.

– Qui sait? répondit Émouchet. Il faudrait que je la ramène.

– Non, Émouchet, dit fermement Séphrénia. Elle veut nous accompagner.

– Pas question, dit-il à l'emporte-pièce. Je ne vais pas emmener une petite fille à la bataille.

– Ne t'inquiète pas pour elle, Émouchet. Je m'en occuperai. (Elle sourit à l'enfant nichée dans ses bras.) Je m'en occuperai comme si elle était mienne. (Elle appuya la joue contre les cheveux noirs de la petite Flûte.) D'une certaine manière, c'est exactement ce qu'elle est.

Il abandonna.

– Fais comme tu voudras.

Comme il allait faire tourner Faran, il ressentit soudain un flot glacial accompagné d'une impression de haine implacable.

– Séphrénia! s'exclama-t-il.

– Je l'ai senti aussi! s'écria-t-elle en serrant la petite fille contre elle. C'était dirigé contre l'enfant!

Flûte se débattit soudain et Séphrénia, surprise, la déposa. La petite fille paraissait plus contrariée qu'effrayée. Elle porta la flûte de berger à ses lèvres et se mit à jouer. Sa mélodie n'était plus sur un ton mineur. Elle était sévère et sinistre.

Dans le lointain, ils entendirent un brusque hurlement de douleur et de surprise. Le hurlement faiblit aussitôt, comme si son auteur s'enfuyait à une vitesse inimaginable.

– Qu'est-ce que c'était? s'exclama Kalten.

– Un esprit inamical, répondit calmement Séphrénia.

– Qu'est-ce qui l'a chassé?

– La chanson de l'enfant. Il semble qu'elle ait appris à se défendre.

– Est-ce que tu comprends quelque chose à ce qui se passe ici? demanda Kalten à Émouchet.

– Pas plus que toi. Repartons. Nous avons encore deux jours de dur voyage devant nous.

Le château du comte Radun, oncle du roi Drégos, était perché au sommet d'une haute falaise. A l'instar de bien des châteaux de ce royaume méridional, il était entouré de murailles massives.

Le temps s'était radouci et le soleil de midi brillait avec éclat lorsque Émouchet, Kalten et Séphrénia, portant Flûte à l'avant de sa selle, traversèrent un large pré d'herbe jaune en direction de la forteresse.

Ils furent accueillis par le comte, homme trapu aux lourdes épaules et aux cheveux grisonnants. Il portait un pourpoint vert foncé bordé de noir et surmonté d'une fraise blanche généreusement amidonnée. Une mode abandonnée en Élénie depuis des décennies.

– Ma maison est honorée d'accueillir les chevaliers de l'Église, déclara-t-il cérémonieusement après qu'ils se furent présentés.

Émouchet descendit de Faran.

– Votre hospitalité est légendaire, monseigneur, mais notre visite n'est pas entièrement motivée par la politesse. Pourrions-nous nous entretenir quelque part en particulier ? Il est une question assez pressante dont nous aimerions discuter avec vous.

– Bien entendu, répondit le comte. Si vous voulez bien avoir la bonté de m'accompagner.

Ils franchirent à sa suite les larges portes de son château et s'engagèrent dans un couloir éclairé de chandelles et jonché de roseaux. Au bout du corridor, le comte sortit une clé en laiton et déverrouilla une porte.

– C'est mon cabinet particulier, dit-il modestement. Je suis assez fier de ma collection de livres. J'en ai presque deux douzaines.

– Formidable, murmura Séphrénia.

– Peut-être désirerez-vous en consulter certains, madame ?

– Madame ne lit point, lui apprit Émouchet. Elle est styrique et initiée aux plus grands secrets. Elle estime que la lecture risquerait d'interférer avec ses connaissances.

– Une sorcière ? fit le comte en dévisageant la petite femme. Vraiment ?

– Nous employons d'autres termes, répondit-elle avec douceur.

– Je vous en prie, asseyez-vous, dit le comte en désignant une grande table dressée dans une tache glaciale de soleil hivernal venue d'une fenêtre aux lourds barreaux.

Émouchet ôta son casque et ses gantelets puis les posa sur la table.

– Monseigneur, êtes-vous familiarisé avec le nom d'Annias, primat de Cimmura ?

Le visage du comte se durcit.

– J'en ai entendu parler, répondit-il brièvement.

– Vous connaissez donc sa réputation ?

– Oui.

– Parfait. Tout à fait fortuitement, sire Kalten et moi-même avons mis au jour un complot tramé par le primat. Fort heureusement, il ignore notre découverte. Avez-vous coutume d'accueillir aussi librement les chevaliers de l'Église?

– Bien entendu. Je respecte l'Église et j'honore ses chevaliers.

– Dans quelques jours... une semaine tout au plus... un groupe important d'hommes en armure noire et portant les étendards des chevaliers pandions s'avancera jusqu'à vos portes. Je vous conseille vivement d'éviter de les laisser entrer.

– Mais...

Émouchet leva la main.

– Ce ne seront point des pandions, monseigneur. Ce sont des mercenaires aux ordres d'un renégat nommé Martel. Si vous les introduisez entre vos murs, ils massacreront tout ce qui s'y trouve... à l'exception d'un ou deux hommes d'Église qui répandront la nouvelle de cet outrage.

– Monstrueux! souffla le comte. Quelle raison peut avoir le primat de Cimmura pour me vouer une telle haine?

– Le complot n'est point dirigé contre vous, comte Radun, lui dit Kalten. Ce massacre est conçu uniquement pour discréditer les chevaliers pandions. Annias espère que la Hiérocratie de l'Église en sera exaspérée au point de dissoudre notre ordre.

– Je vais avertir mon neveu à Larium, déclara le comte en se dressant. Il pourra lever une armée qui sera ici dans quelques jours.

– Ce ne sera pas nécessaire, monseigneur, dit Émouchet. J'ai dissimulé dans les bois au nord de votre château cinq cents pandions armés... authentiques, ceux-ci. Avec votre permission, j'en ferai entrer chez vous une centaine pour renforcer votre garnison. A l'arrivée des mercenaires, trouvez une excuse quelconque pour leur refuser l'hospitalité.

– Cela ne semblera-t-il pas étrange? demanda Radun. J'ai une grande réputation d'hospitalité... envers les chevaliers de l'Église tout particulièrement.

– Le pont-levis, dit Kalten.

– Je vous demande pardon?

– Dites-leur que le travail qui sert votre pont-levis est en panne. Ajoutez que des ouvriers sont en train de le réparer et demandez-leur d'être patients.

– Je ne puis mentir, affirma le comte d'un air contraint.

– Ne vous inquiétez pas, monseigneur, lui assura Kalten. Je bloquerai moi-même le treuil et vous n'aurez pas à mentir.

Le comte le considéra fixement pendant un instant, puis éclata de rire.

– Les mercenaires seront à l'extérieur du château, continua Émouchet, et vos murailles ne leur laisseront guère de place pour manœuvrer. C'est alors que nous attaquerons.

Kalten arborait un large sourire.

– Nous jouerons les râpes à fromage en les poussant contre vos murs.

– Et je pourrai aussi laisser tomber quelques objets intéressants du haut des créneaux, ajouta le comte en souriant à son tour. Des flèches, des rochers, de la poix brûlante... ce genre de choses.

– Nous allons nous entendre magnifiquement, monseigneur, lui dit Kalten.

– Naturellement, je prendrai des dispositions pour héberger madame et la petite fille en toute sécurité.

– Non, monseigneur. Je raccompagne sire Émouchet et sire Kalten à notre cachette. Ce Martel dont a parlé Émouchet est un ancien pandion et il a puisé profondément dans le savoir secret qui est interdit aux hommes honnêtes. Il pourrait être nécessaire de le contrer et c'est moi qui suis le mieux équipée pour le faire.

– Mais l'enfant...

– L'enfant doit rester avec moi, déclara fermement Séphrénia.

Elle regarda en direction de Flûte, que la curiosité avait poussée à ouvrir un livre.

– Non! lança Séphrénia, plus sèchement qu'elle n'aurait voulu, avant de se lever pour soustraire le livre à la petite fille.

Flûte poussa un soupir et Séphrénia lui parla brièvement dans le dialecte qu'Émouchet ne pouvait comprendre.

On ne pouvait savoir quand les mercenaires de Martel arriveraient et les pandions ne firent pas de feu cette nuit-là; quand parut l'aube claire et froide, Émouchet défit ses couvertures et considéra son armure avec un certain écœurement, sachant qu'il faudrait une bonne heure pour que la chaleur de son corps triomphe de cette froideur poisseuse. Il décida qu'il n'était pas prêt à affronter cette épreuve; il ceignit son épée, enveloppa ses épaules de sa grosse cape et traversa le camp endormi pour se diriger vers un ruisseau qui serpentait dans les bois.

Il s'agenouilla sur la rive et but dans le creux de ses mains, puis s'arma de tout son courage et s'aspergea le visage d'eau glacée. Il se redressa, s'essuya le visage avec le bord de sa cape et enjamba le ruisseau. Le soleil à peine levé insinuait ses rayons dorés dans le bois dénudé, allumant des incendies parmi les gouttes de rosée posées en colliers sur les brins d'herbe. Émouchet traversa le bois.

Il avait dû parcourir un demi-mille lorsqu'il aperçut un pré herbeux derrière les troncs dégarnis. En s'approchant, il entendit des bruits de sabots. Devant lui, un cheval solitaire allait au petit galop sur la pelouse. Puis il entendit le son de l'instrument de Flûte qui s'élevait dans l'air matinal.

Il s'avança jusqu'à la lisière du pré, écarta quelques buissons et regarda.

Faran, sa robe rouanne luisant au soleil, galopait tranquillement en rond. Il ne portait ni selle ni bride, et son allure avait quelque chose de joyeux. Flûte était allongée sur lui, sur le dos, et jouait de son instrument. Elle avait la tête nichée confortablement entre ses épaules saillantes, les jambes croisées, et battait la mesure de son petit pied sur la croupe de Faran.

Émouchet en resta bouche bée, puis il sortit du bois pour se placer sur la trajectoire du gros rouan. Il écarta largement les bras et Faran passa au pas avant de s'arrêter devant son maître.

– Qu'est-ce que tu fabriques? aboya Émouchet.

L'expression de Faran se fit hautaine et il détourna le regard.

– Tu as complètement perdu la tête?

Faran renâcla et agita la queue tandis que Flûte continuait sa mélodie. A plusieurs reprises, la petite fille tapa autoritairement sur la croupe de son pied taché d'herbe, et il évita soigneusement Émouchet fulminant pour reprendre son petit galop tandis que reprenait la chanson de Flûte.

Émouchet lâcha un juron et leur courut après. Au bout de quelques longueurs, il se rendit compte que c'était peine perdue et s'arrêta, haletant.

– Intéressant, tu ne trouves pas? fit Séphrénia.

Elle était sortie des arbres et se tenait à la limite du pré, sa robe blanche éclatante au soleil.

– Tu ne peux pas les arrêter? lui demanda Émouchet. Elle va tomber et se blesser.

– Non, Émouchet, elle ne tombera pas.

Elle avait dit cela sur ce ton étrange qu'il lui arrivait d'afficher. Malgré les décennies passées parmi la société élène, Séphrénia demeurait styrique jusqu'au bout des ongles et les Styriques avaient toujours été une énigme pour les Élènes. Cependant, les siècles d'association étroite entre les ordres combattants de l'Église élène et leurs tuteurs styriques avaient appris aux chevaliers de l'Église à accepter la parole de leurs instructeurs sans la mettre en doute.

– Si tu le dis, fit Émouchet en fixant Faran, qui semblait avoir perdu son caractère normalement vicieux.

Oui, mon petit, dit-elle en posant sur son bras une main affectueuse pour le rassurer. J'en suis absolument certaine. (Elle regarda aussi le grand cheval et sa minuscule amazone qui tournaient joyeusement sur le pré trempé de rosée dans le soleil doré.) Qu'ils jouent encore un peu, conseilla-t-elle.

En milieu de matinée, Kalten revint du point d'observation au sud du château où il s'était posté en compagnie de Kurik pour surveiller la route de Sarrinium.

– Toujours rien, annonça-t-il en mettant pied à terre avec force cliquetis d'armure. Tu penses que Martel pourrait arriver à travers champs pour éviter les routes?

– C'est très peu probable, répondit Émouchet. N'oublie pas qu'il *veut* qu'on le voie. Il lui faut tout un tas de témoins.

– Je n'y avais pas songé, admit Kalten. La route de Darra est surveillée?

Émouchet acquiesça de la tête.

– Lakus et Bérit s'en occupent.

– Bérit? (Kalten paraissait surpris.) L'apprenti? Il n'est pas un peu jeune?

– Il se débrouillera. Il est équilibré et plein de bon sens. D'ailleurs, Lakus peut lui éviter des ennuis.

– Tu as probablement raison. Est-ce qu'il reste de ce bœuf rôti que nous a fait parvenir le comte?

– Sers-toi. Mais il est froid.

Kalten haussa les épaules.

– Mieux vaut du rôti froid que rien du tout.

Le jour traîna en longueur, comme tous les jours d'attente; le soir, Émouchet arpentait le camp, rongé par l'impatience. Finalement, Séphrénia émergea de la petite tente grossière qu'elle partageait avec Flûte. Elle se plaça juste devant le robuste chevalier en armure noire, les mains sur les hanches.

– Tu vas bientôt finir? lui demanda-t-elle d'un ton colérique.

– Finir quoi?

– D'aller et venir comme ça. Tu cliquettes au moindre pas et tu fais un bruit qui me dérange.

– Pardon. Je vais aller cliqueter de l'autre côté du camp.

– Pourquoi ne pas t'asseoir?

– Je suis nerveux.

– Nerveux? Toi?

– J'ai des élancements de temps à autre.

– Eh bien, va t'élancer ailleurs.

– Oui, petite mère, répondit-il, obéissant.

Il faisait encore froid le lendemain matin. Kurik entra doucement dans le camp sur sa monture juste avant le lever du soleil. Il s'avança précautionneusement entre les chevaliers endormis dans leurs capes noires jusqu'à l'endroit où Émouchet avait étalé ses couvertures.

– Vous devriez vous lever, dit-il en touchant légèrement l'épaule d'Émouchet. Ils arrivent.

Émouchet s'assit rapidement.

– Combien sont-ils? demanda-t-il en rejetant ses couvertures.

– Dans les deux cent cinquante.

Émouchet se leva.

– Où est Kalten? demanda-t-il tandis que Kurik commençait à boucler l'armure noire sur la tunique capitonnée de son maître.

– Il a voulu s'assurer que nous ne rencontrions aucune surprise et il s'est joint à l'arrière-garde de la colonne.

– *Quoi*?

– Ne vous en faites pas, Émouchet. Ils portent tous une armure noire et il se fond parfaitement à eux.

– Tu veux bien m'attacher ça?

Émouchet tendit à son écuyer le bout de ruban de couleur vive que devait porter chaque chevalier pour être identifié facilement dans la bataille à venir où tous les adversaires auraient le même costume.

Kurik prit le ruban rouge.

– Kalten en porte un bleu, fit-il remarquer. Assorti à ses yeux. (Il attacha le ruban au-dessus du coude d'Émouchet, puis recula et considéra son maître d'un air pénétré.) Adorable, dit-il en roulant de grands yeux.

Émouchet éclata de rire et tapa sur l'épaule de son ami.

– Allons réveiller les gosses, dit-il en contemplant le campement.

– J'ai une mauvaise nouvelle pour vous, Émouchet, dit Kiruk tandis que les deux hommes traversaient le camp en secouant les jeunes pandions endormis.

– Laquelle?

– L'homme qui mène la colonne n'est pas Martel.

Émouchet ressentit une bouffée de déception.

– Qui est-ce?

– Adus. Il a du sang sur le menton. Je crois qu'il a encore mangé de la viande crue.

Émouchet jura.

– Voyons les choses de la sorte : le monde sera bien plus propre une fois débarrassé d'Adus et en plus je crois bien que le Bon Dieu voudra longuement bavarder avec lui.

– Il faudra que nous voyions ce que nous pouvons faire pour aider le Bon Dieu.

Les hommes d'Émouchet s'entraidaient pour revêtir leur armure quand Kalten entra dans le camp.

– Ils viennent de s'arrêter derrière la colline au sud du château, annonça-t-il sans se donner la peine de mettre pied à terre.

– Est-il possible que Martel se soit mêlé à eux? demanda Émouchet, plein d'espoir.

Kalten secoua la tête.

– Non, malheureusement. (Il se dressa sur ses étriers et changea son épée de côté.) Pourquoi ne nous lançons-nous pas à l'attaque? suggéra-t-il. J'ai froid.

– Je pense que le comte Radun serait déçu si nous ne le laissions pas prendre part au combat.

– Tu as sans doute raison.

– Ces mercenaires ont-ils quelque chose d'inhabituel?

– Le tout-venant... mais la moitié sont des Rendors.

– Des Rendors?

– Ils ne sentent pas très bon, exact?

Séphrénia, accompagnée de Parasim et de Flûte, vint se joindre à eux.

– Pourquoi toute cette agitation?

– Nous allons avoir de la compagnie. Nous avons pensé que nous pourrions aller les saluer.

– Martel?

– Malheureusement, il n'y a qu'Adus... et quelques amis. (Il rectifia sa prise sur le casque qu'il tenait sous le bras gauche.) Comme Martel n'est pas là et qu'Adus parle à peine l'élène et encore moins le styrique, personne ne risque de réussir suffisamment de magie pour faire tomber une mouche sur un mur. Cela signifie, je le crains, que tu as fait le voyage pour rien. Vous vous tiendrez dans les bois, bien cachées et hors de danger. Sire Parasim restera avec vous.

Le visage du jeune chevalier marqua son désappointement.

– Non, Émouchet, répondit Séphrénia. Je n'ai pas besoin de garde et c'est la première bataille de Parasim. Nous ne l'en priverons pas.

Le visage du jeune homme s'éclaira.

Kurik revint de son poste de guet.

– Le soleil se lève et Adus fait franchir la colline à ses hommes.

– En selle, donc, dit Émouchet.

Les pandions traversèrent précautionneusement les bois pour atteindre la limite du large pré qui entourait le château du comte. Puis ils attendirent les mercenaires en noir qui descendaient la colline dans l'aube ensoleillée.

Adus, qui parlait normalement par grognements et éructations, s'avança jusqu'à la porte du château du comte Radun et lut péniblement un bout de papier qu'il tenait devant lui à bout de bras.

– Il ne peut pas improviser? demanda doucement Kalten. Il demande simplement la permission d'entrer dans le château.

– Martel ne veut pas courir de risques, répondit Émouchet, et Adus a généralement des difficultés à se rappeler son propre nom.

Adus continua de lire sa requête. Il eut de la peine à prononcer toutes ces paroles aussi complexes que raffinées.

Le comte Radun apparut aux créneaux pour annoncer

avec regret que le treuil actionnant le pont-levis était en panne et il fit appel à la patience en attendant qu'il fût réparé.

Adus rumina là-dessus. Ce qui lui prit un certain temps. Les mercenaires mirent pied à terre et flânèrent sur la pelouse au pied de la muraille.

– Ça va être presque trop facile, marmonna Kalten.

– Assurons-nous simplement qu'aucun d'eux ne s'échappe, lui dit Émouchet. Je ne veux pas qu'Annias apprenne ce qui se passe réellement ici.

– Je me dis toujours que Vanion est un peu trop rusé.

– C'est peut-être pour ça qu'il est Précepteur et que nous ne sommes que chevaliers.

Une bannière rouge apparut en haut des murailles du comte.

– Voilà le signal, dit Émouchet. Les forces de Radun sont prêtes.

Il mit son casque, prit ses rênes et se leva sur ses étriers en retenant fermement Faran. Puis il leva la voix.

– Chargez! rugit-il.

Chapitre neuf

Alors? demanda Kalten.

– Rien, répondit Émouchet sur un ton d'immense regret tout en déposant au sol sire Parasim. Il a disparu.

Il lissa la chevelure du jeune chevalier, puis referma doucement les yeux atones.

– Il n'était pas prêt à se mesurer à Adus, dit Kalten.

– Cet animal s'est vraiment enfui?

– Oui, je le crains. Après avoir massacré Parasim, il s'est enfui au sud avec une douzaine de survivants.

– Envoie quelques hommes à sa poursuite, ordonna Émouchet d'une voix sinistre en redressant les membres du défunt sire Parasim. Dis-leur de l'acculer à la mer si nécessaire.

– Tu veux que je m'en charge?

– Non. Toi et moi devons aller à Chyrellos. (Il éleva la voix.) Bérit! cria-t-il.

Le novice s'approcha au petit trot. Il portait une vieille cotte de mailles éclaboussée de sang et un casque de fantassin ébréché et dépourvu de visière. Il avait à la main une longue et menaçante pique de guerre.

Émouchet examina le sang sur le costume du mince jeune homme.

– Il y en a à toi? lui demanda-t-il.

– Non, monseigneur, répondit Bérit. C'est tout à eux, ajouta-t-il avec un regard appuyé en direction des mercenaires jonchant le champ de bataille.

– Parfait. Que dirais-tu d'une longue chevauchée?

– Aux ordres de monseigneur.

– Du moins a-t-il de bonnes manières, fit observer Kalten. Bérit, demande : *Où*? avant d'acquiescer aussi vite.

– Je m'en souviendrai, messire Kalten.

– Viens avec moi, dit Émouchet au novice. Il faut que nous parlions au comte Radun avant ton départ. (Il se tourna vers Kalten.) Trouve-toi un détachement pour traquer Adus. Ne les lâche pas. Je ne veux pas qu'il ait le temps d'envoyer un de ses hommes faire son rapport à Annias. Que les soldats restants enterrent nos morts et soignent les blessés.

– Et ceux-là? fit Kalten en désignant les cadavres des mercenaires entassés devant les murs du château.

– Brûlez-les.

Le comte Radun accueillit Émouchet et Bérit dans la cour de son château. Il portait une armure complète et tenait son épée à la main.

– Je vois que la réputation des pandions est largement méritée.

– Merci, monseigneur, répondit Émouchet. J'ai une faveur... non, deux faveurs... à solliciter.

– Tout ce que vous voudrez, sire Émouchet.

– Êtes-vous connu de certains membres de la Hiérocratie de Chyrellos?

– De plusieurs, en fait, et le patriarche de Larium est un cousin éloigné.

– Excellent. Je sais que la saison n'est pas favorable aux voyages, mais j'aimerais que vous m'accompagniez pour une petite excursion.

– Bien entendu. Et où allons-nous?

– A Chyrellos. La faveur suivante est un peu plus personnelle. J'aurais besoin de votre chevalière.

– Ma chevalière?

Le comte leva la main et considéra la grosse bague en or qui portait ses armoiries.

Émouchet acquiesça de la tête.

– Il y a pis : je ne puis vous garantir de pouvoir vous la rendre.

– Je ne suis pas sûr de vous comprendre.

– Bérit va emporter cette chevalière à Cimmura et la poser dans le plateau de quête durant la messe à la cathédrale. Le primat Annias croira que son complot a réussi et que vous et votre famille avez été assassinés. Il se précipitera alors à Chyrellos pour porter plainte contre les pandions devant la Hiérocratie.

Le comte Radun eut un large sourire.

– Vous et moi pourrons alors nous avancer et réfuter cette accusation, exact?

Émouchet lui répondit par le même sourire.
– C'est cela même.
– Voilà qui risque de causer un certain embarras au primat, commenta le comte en faisant coulisser la bague sur son doigt.
– C'est plus ou moins mon objectif, monseigneur.
– La perte de la chevalière ne sera donc rien, dit Radun en la tendant à Bérit.
– Parfait. (Émouchet s'adressa au novice.) N'épuise pas tes chevaux en route. Donne-nous le temps d'arriver à Chyrellos avant Annias. (Il plissa les yeux songeusement.) La messe du matin, je crois.
– Monseigneur?
– Place la bague du comte dans le plateau de quête durant la messe du matin. Accordons à Annias toute une journée d'exultation avant son départ pour Chyrellos. Porte des vêtements ordinaires pour entrer dans la cathédrale et y prier un certain temps... par souci de réalisme. Ne t'approche ni du chapitre ni de l'auberge de la rue des Roses. (Il considéra le novice avec un nouveau pincement au souvenir de Parasim.) Je ne puis t'assurer que ta vie ne sera pas en danger, Bérit, dit-il tranquillement, et je ne puis formuler ceci comme un ordre à exécuter.
– Inutile de me donner un ordre pour ceci, monseigneur Émouchet, répondit Bérit.
– Brave gars. A présent, va chercher ton cheval. Une longue chevauchée t'attend.
Il était presque midi lorsque Émouchet et le comte Radun sortirent du château.
– Combien de temps faudra-t-il avant que le primat Annias arrive à Chyrellos? demanda le comte.
– Deux semaines au moins. Bérit doit d'abord arriver à Cimmura.
Kurik arrêta son cheval devant eux.
– Tout est prêt, dit-il à Émouchet.
Celui-ci hocha la tête.
– Tu devrais aller chercher Séphrénia.
– Est-ce une bonne idée? Les événements risquent de se précipiter à Chyrellos.
– Est-ce que tu veux te charger de lui dire qu'elle doit rester ici?
Kurik grimaça.
– Je vois ce que vous voulez dire.
– Où est Kalten?

– A la lisière du bois. Je ne sais pourquoi, il a fait un grand feu.

– Peut-être qu'il a froid.

Le soleil hivernal était très brillant dans le ciel bleu quand Émouchet et ses compagnons se mirent en route.

– Assurément, madame, commenta le comte Radun, l'enfant eût été en sécurité derrière les murailles de mon château.

– Elle n'y fût point restée, monseigneur, répondit Séphrénia de sa petite voix. (Elle posa la joue contre les cheveux de Flûte.) D'ailleurs sa présence me réconforte énormément.

Sa voix paraissait un peu affaiblie ; elle était très pâle et fatiguée. Elle portait à la main l'épée de sire Parasim.

Émouchet avança Faran contre le flanc de sa blanche haquenée.

– Tu vas bien ? lui demanda-t-il doucement.

– Pas tellement.

– Qu'y a-t-il ? fit-il, soudain inquiet.

– Parasim était l'un des douze chevaliers dans la salle du trône à Cimmura. (Elle poussa un soupir.) Je viens d'endosser son fardeau en plus du mien.

Elle fit un petit geste avec son épée.

– Tu n'es pas malade, quand même ?

– Non, pas de la façon dont tu l'entends. C'est simplement qu'il va me falloir un certain temps pour m'habituer à ce poids supplémentaire.

– Existe-t-il une manière dont je puisse t'en soulager ?

– Non, mon petit.

Il inspira profondément.

– Séphrénia, est-ce que ce qui est arrivé aujourd'hui à Parasim fait partie de ce que doivent subir les douze chevaliers ?

– Il est impossible de le savoir, Émouchet. Le contrat que nous avons passé avec les Dieux Cadets n'était pas aussi détaillé. (Elle eut un faible sourire.) Si un autre des chevaliers meurt durant cette lune, nous saurons qu'il ne s'agissait que d'un accident, sans rapport aucun avec le contrat.

– Nous allons en perdre un chaque mois ?

– Chaque lune, le reprit-elle. Tous les vingt-huit jours. Les Dieux Cadets tendent à se montrer méthodiques en la matière. Ne t'inquiète pas pour moi, Émouchet. J'irai mieux dans un petit moment.

Il y avait une soixantaine de lieues du château du comte jusqu'à la ville de Darra et, le matin du quatrième jour de leur voyage, ils franchirent la crête d'une colline et purent contempler à leurs pieds les toits en tuiles rouges et les centaines de cheminées qui lançaient de pâles colonnes de fumée bleue droit dans l'air immobile. Un chevalier pandion en armure noire les attendait sur la crête.

– Sire Émouchet, dit-il en relevant sa visière.

– Sire Olven, répondit Émouchet en reconnaissant le visage couturé de cicatrices.

– J'ai un message pour toi de la part du précepteur Vanion. Il te donne pour instruction de rejoindre Cimmura avec la plus grande diligence.

– Cimmura? Pourquoi ce changement de plan?

– Le roi Drégos s'y trouve et il a invité Wargun de Thalésie ainsi qu'Obler de Deira à le retrouver. Il veut enquêter sur la maladie de la reine Ehlana... et la désignation du bâtard Lychéas en tant que prince régent. Vanion croit qu'Annias va lancer ses accusations contre notre ordre lors de la réunion de ce Conseil afin de détourner une investigation qui peut s'avérer embarrassante.

Émouchet lâcha un juron.

– Bérit a désormais sur nous une avance respectable. Tous les rois sont-ils déjà à Cimmura?

Olven acquiesça de la tête.

– Le roi Obler est trop âgé pour voyager très rapidement et il faudra probablement une semaine au roi Wargun pour se dessaouler avant de pouvoir quitter Emsat.

– Ne parions point là-dessus. Nous allons couper à travers champs jusqu'à Démos, puis chevaucher droit vers Cimmura. Vanion se trouve-t-il encore à Chyrellos?

– Non. Il a traversé Démos pour se diriger vers Cimmura. Le patriarche Dolmant l'accompagnait.

– Dolmant? fit Kalten. Voilà qui est surprenant. Qui dirige l'Église?

– Sire Kalten... répondit raidement le comte Radun. La direction de l'Église est entre les mains de l'archiprélat.

– Pardon, monseigneur. Je sais combien les Arciens respectent l'Église, mais faisons preuve d'honnêteté. L'archiprélat Cluvonus a quatre-vingt-cinq ans et il dort

beaucoup. Dolmant ne s'en vante pas, mais la plupart des décisions prises à Chyrellos viennent de lui.
– Remettons-nous en route, dit Émouchet.

Il leur fallut quatre jours de pénible chevauchée pour atteindre Démos, où sire Olven les abandonna pour retourner à la maison mère de l'ordre des Pandions; trois jours encore, et ils arrivèrent devant les portes du chapitre de Cimmura.
– Sais-tu où nous pourrons trouver le seigneur Vanion? demanda Émouchet au novice sorti dans la cour pour s'occuper de leurs montures.
– Il est dans son cabinet de la tour Sud, monseigneur... en compagnie du patriarche Dolmant.
Émouchet s'engagea dans l'escalier étroit.
– Dieu merci, vous êtes arrivés à temps, fit Vanion en les accueillant.
– Bérit a-t-il déposé la chevalière du comte?
– Il y a deux jours. J'avais des hommes en observation à l'intérieur de la cathédrale. (Il fronça légèrement les sourcils.) Était-il bien avisé de confier une mission de ce genre à un novice, Émouchet?
– Bérit est solide. Et on ne le connaît guère à Cimmura, ce qui n'est pas le cas des chevaliers confirmés.
– Comment cela s'est-il passé en Arcie?
– Adus menait les mercenaires, répondit Kalten. Martel n'a pas donné signe de vie. Le reste s'est passé plus ou moins comme prévu. Mais Adus nous a échappé.
Émouchet inspira longuement.
– Nous avons perdu Parasim, dit-il tristement. Je suis navré, Vanion. J'ai fait de mon mieux pour le tenir à l'écart de la bataille.
Le chagrin voila soudain les yeux de Vanion.
– Je sais, dit Émouchet en touchant l'épaule de son aîné. Je l'aimais aussi.
Il aperçut le regard rapide qu'échangèrent Vanion et Séphrénia. Elle faisait comprendre au Précepteur qu'Émouchet connaissait le vrai rôle de Parasim. Émouchet se redressa et présenta le comte Radun.
– Je vous dois la vie, monseigneur Vanion, dit Radun tandis qu'ils se serraient la main. Indiquez-moi de quelle manière je puis vous payer de retour.
– Votre présence à Cimmura suffira pour honorer votre dette, monseigneur.

– Les autres rois ont-ils déjà rejoint mon neveu? demanda le comte.

– Obler est ici. Wargun est encore en mer.

Un homme maigre vêtu d'une sévère soutane noire était assis près de la fenêtre. Il devait avoir près de soixante ans et des cheveux argentés. Il avait un visage ascétique et des yeux très perçants. Émouchet traversa la pièce et s'agenouilla respectueusement devant lui.

– Votre Grâce, dit-il pour saluer le patriarche de Démos.

– Vous paraissez en forme, sire Émouchet, lui dit l'ecclésiastique. Je suis heureux de vous revoir. (Puis il regarda l'écuyer.) Vas-tu parfois à la chapelle, Kurik?

– Euh... quand l'occasion s'en présente, Votre Grâce, répondit Kurik en s'empourprant légèrement.

– Excellent, mon fils. Je suis sûr que Dieu est toujours content de t'y voir. Comment vont Aslade et tes fils?

– Très bien, Votre Grâce. Merci de vous en enquérir.

Séphrénia avait considéré le patriarche d'un œil critique.

– Vous n'avez pas mangé comme il faut, Dolmant, lui dit-elle.

– Il m'arrive de l'oublier. (Il eut un sourire matois.) Mon souci extrême de conversion des païens emplit toutes mes pensées. Et vous, Séphrénia, seriez-vous prête à mettre de côté vos propres coutumes pour embrasser la vraie foi?

– Pas encore, Dolmant, répondit-elle en souriant aussi. Mais je vous remercie de vous en être informé.

Il éclata de rire.

– J'ai pensé que mieux valait poser cette question tout de suite, afin que nous puissions converser sans qu'elle plane au-dessus de notre tête. (Il contempla Flûte qui examinait le mobilier.) Et qui est cette jolie fillette?

– Une enfant trouvée, Votre Grâce, répondit Émouchet. Nous l'avons rencontrée sur la route près de la frontière arcienne. Elle ne parle pas, aussi l'avons-nous appelée Flûte.

Dolmant remarqua les pieds salis par l'herbe.

– Et vous n'avez pas eu le temps de lui donner un bain?

– Ce ne serait pas approprié, Votre Grâce, répondit Séphrénia.

Le patriarche parut intrigué. Puis il regarda à nouveau Flûte.

– Approche-toi, mon enfant.

Flûte obéit prudemment.

– Tu ne veux pas parler... même à moi?

Elle leva son instrument et souffla une petite note interrogatrice.

– Je vois, fit Dolmant. Eh bien, Flûte, acceptes-tu ma bénédiction?

Elle le considéra gravement et secoua la tête.

– C'est une enfant styrique, Dolmant, expliqua Séphrénia. Une bénédiction élène n'aurait pour elle aucune signification.

Flûte tendit alors le bras et prit la main maigre du patriarche, qu'elle plaça sur son cœur. Les yeux de Dolmant s'agrandirent soudain et son expression se troubla.

– Par contre, elle voudrait vous accorder sa bénédiction, lui dit Séphrénia. Si vous l'acceptez.

Les yeux de Dolmant étaient toujours écarquillés.

– Je pense que je devrais peut-être m'en garder, mais, avec l'aide de Dieu, je l'accepte... et de grand cœur.

Flûte lui sourit, et embrassa la paume de ses mains. Puis elle s'écarta d'une pirouette, faisant voler ses cheveux noirs et jouant joyeusement de son instrument. Le visage du patriarche s'emplit d'émerveillement.

– Je m'attends à être mandé au palais dès l'arrivée du roi Wargun, fit Vanion. Annias ne voudrait pas rater l'occasion de m'affronter personnellement. (Il regarda le comte Radun.) Quelqu'un vous a-t-il vu arriver?

Radun secoua la tête.

– Ma visière était baissée, monseigneur Vanion, et, sur l'avis d'Émouchet, j'avais couvert les armes de mon écu. Personne ne sait que je suis à Cimmura.

– Parfait. (Vannion eut soudain un large sourire.) Nous ne voudrions pas gâcher la surprise d'Annias, n'est-ce pas?

La convocation du palais arriva deux jours plus tard. Vanion, Émouchet et Kalten endossèrent la robe simple que les pandions portaient habituellement à l'intérieur de leurs chapitres, en gardant par-dessous leur cotte de mailles et leur épée. Dolmant et Radun portaient la bure monastique noire à capuchon. Séphrénia portait son habituel vêtement blanc. Elle avait longuement discuté avec Flûte et la petite fille semblait avoir accepté de rester au chapitre. Kurik avait ceint une épée.

– Au cas où il y aurait des problèmes, grogna-t-il à l'adresse d'Émouchet.

La journée était froide et rude. Le ciel était de plomb et un vent glacial sifflait dans les rues de Cimmura tandis que Vanion les conduisait vers le palais. Rares étaient les passants. Émouchet ne savait si les gens restaient chez eux à cause du mauvais temps ou des troubles qui risquaient de se produire.

Non loin de la porte du palais, Émouchet aperçut un personnage familier. Un petit mendiant maigre enveloppé dans une cape dépenaillée, appuyé sur ses béquilles, quitta le coin où il s'était abrité.

– La charité, messeigneurs, fit-il d'une voix à fendre l'âme.

Émouchet arrêta Faran et fouilla dans sa robe à la recherche de quelques pièces.

– Il faut que je te parle, Émouchet, dit doucement le gamin quand les autres furent hors de portée de voix.

– Plus tard, répondit Émouchet en se penchant sur sa selle pour placer les piécettes dans la sébile du gamin.

– Pas trop tard, j'espère, dit Talen en frissonnant. Je gèle, là dehors.

Il y eut un bref temps d'arrêt à la porte du palais, les gardes faisant mine de refuser l'entrée à l'escorte de Vanion. Kalten résolut le problème en ouvrant sa robe et en posant significativement la main sur la garde de son épée. La discussion s'arrêta net et le petit groupe entra dans la cour du palais où il mit pied à terre.

– J'adore faire ça, déclara Kalten joyeusement.

– Il ne t'en faut pas beaucoup pour te rendre heureux, n'est-ce pas? fit Émouchet.

– Je suis un homme simple, mon ami... et mes plaisirs sont simples.

Ils se rendirent directement à la salle bleue du Conseil où les rois d'Arcie, de Deira et de Thalésie étaient assis sur des trônes de part et d'autre d'un Lychéas à la lippe molle. Derrière chaque roi se tenait un homme en armure de cérémonie. Les armes des trois autres ordres combattants étaient arborées sur leurs surcots. Abriel, Précepteur des chevaliers cyriniques d'Arcie, se tenait sévèrement derrière le roi Drégos : Darellon, Précepteur des chevaliers alcions de Deira, s'était posté de même derrière le roi Wargun de Thalésie : et Komier, chef des chevaliers génidiens, fortement charpenté, se tenait derrière le roi

Wargun de Thalésie. Bien qu'il fût tôt, Wargun avait déjà les yeux chassieux. Il tenait une grande coupe en argent dans une main qui tremblait visiblement.

Le Conseil royal siégeait sur le côté. Le comte de Lenda arborait un visage troublé, le baron Harparine n'exprimait que la suffisance.

Le primat Annias portait une soutane de satin pourpre et l'expression peinte sur son visage émacié était froidement triomphante à l'entrée de Vanion. Mais quand il aperçut la suite du Précepteur pandion, ses yeux lancèrent des éclairs.

– Qui a laissé entrer toute cette compagnie, seigneur Vanion? voulut-il savoir. La convocation ne mentionnait pas d'escorte.

– Je n'ai pas besoin d'autorisation, Votre Grâce, répondit froidement Vanion. Mon rang est la seule autorité dont j'aie besoin.

– Cela est vrai, ajouta le comte de Lenda. La loi et la coutume appuient la position du Précepteur.

Annias lança au vieillard un regard lourd de haine.

– Quel réconfort d'avoir ici quelqu'un d'aussi versé dans la loi, dit-il d'une voix sarcastique. (Puis ses yeux tombèrent sur Séphrénia.) Otez cette Styrique de ma présence, exigea-t-il.

– Non, fit Vanion. Elle restera.

Leurs regards s'affrontèrent un long moment et Annias finit par détourner le sien.

– Très bien, donc, Vanion. Au nom de l'affaire éminemment sérieuse que je dois présenter à Leurs Majestés, je contrôlerai ma répulsion naturelle en présence d'une sorcière païenne.

– Vous êtes trop aimable, murmura Séphrénia.

– Allez-y, Annias, dit le roi Drégos d'une voix irritée. Nous nous sommes réunis pour examiner certaines irrégularités concernant le trône d'Ehlana. Quelle est cette nouvelle affaire assez importante pour retarder votre enquête?

Annias se redressa.

– La question vous concerne directement, Votre Majesté. La semaine dernière, un corps d'hommes en armes a attaqué un château dans la partie orientale de votre royaume.

Les yeux du roi Drégos s'enflammèrent.

– Pourquoi n'en ai-je point été informé?

– Pardonnez-moi, Votre Majesté, s'excusa Annias. Je n'ai moi-même appris cet incident que récemment et j'ai estimé sage de présenter l'affaire à ce Conseil. Bien que cet outrage se soit produit à l'intérieur de vos frontières, ses implications s'étendent bien au-delà des limites des quatre royaumes.

– Continuez, Annias, grommela le roi Wargun. Gardez ce langage fleuri pour vos sermons.

– Comme le voudra Votre Majesté, dit Annias en s'inclinant. Il y a des témoins de cet acte criminel et j'ai pensé que mieux valait peut-être vous faire entendre leur récit de première main.

Il se tourna et adressa un geste à l'un des soldats de l'Église alignés le long des deux murs de la salle du Conseil. Le soldat s'approcha d'une porte latérale et fit entrer un homme qui paraissait nerveux et dont le visage pâlit nettement à la vue de Vanion.

– N'aie pas peur, Tessera, lui dit Annias. Tant que tu diras la vérité, nul mal ne t'adviendra.

– Oui, Votre Grâce, grommela l'homme nerveux.

Annias le présenta au Conseil :

– Tessera est un marchand de cette ville et il est revenu récemment d'Arcie. Dis-nous ce que tu y as vu, Tessera.

– Eh bien, Votre Grâce, j'étais pour affaire à Sarrinium. J'en revenais quand j'ai été surpris par un orage et j'ai trouvé asile au château du comte Radun, qui fut assez bon pour m'héberger. (Tessera récitait d'un ton monocorde.) Alors, quand le temps s'est levé, je me préparais à partir et j'étais dans l'écurie du comte à m'occuper de mon cheval. J'ai entendu les bruits produits par plusieurs hommes dans la cour, alors j'ai regardé par la porte de l'écurie pour voir ce qui se passait. C'était un groupe important de chevaliers pandions.

– Es-tu certain qu'il s'agissait bien de pandions?

– Oui, Votre Grâce. Ils portaient une armure noire et arboraient les bannières des pandions. Mais dès qu'ils ont été à l'intérieur des murs, ils ont tiré leurs épées et se sont mis à tuer tous ceux qu'ils voyaient.

– Mon oncle! s'exclama Drégos.

– Le comte a essayé de les repousser, bien entendu, mais ils l'ont rapidement désarmé et attaché à un poteau au centre de la cour. Ils ont tué tous les hommes à l'intérieur du château, et puis...

– *Tous* les hommes? l'interrompit Annias, le visage soudain sévère.

– Ils ont tué tous les hommes à l'intérieur du château, et puis... (Tessera s'arrêta.) Oh, j'ai failli oublier ça. Ils ont tué tous les hommes à l'intérieur du château, à *l'exception* des hommes d'Église, et puis ils ont fait sortir la femme et les filles du comte. Elles ont toutes été déshabillées, puis violées sous les yeux du comte.

Un sanglot échappa au roi d'Arcie.

– Ma tante et mes cousines! s'écria-t-il.

– Du calme, Drégos, dit le roi Wargun en posant la main sur l'épaule de son voisin.

– Ensuite, continua Tessera, on a traîné les femmes une à une juste devant l'endroit où le comte était attaché et on leur a tranché la gorge. Le comte a pleuré et il a essayé de se libérer les mains, mais ses liens étaient trop serrés. Il a supplié les pandions de cesser, mais ils n'ont fait qu'en rire et ont continué leur massacre. Finalement, quand sa femme et ses filles se sont retrouvées baignant dans leur sang à ses pieds, il leur a demandé pourquoi ils faisaient cela. L'un d'eux, leur chef, je pense, a répondu qu'ils agissaient sur ordre du seigneur Vanion, Précepteur des pandions.

Le roi Drégos se leva d'un bond. Il pleurait ouvertement et étreignait la garde de son épée. Annias se plaça devant lui.

– Je partage votre outrage, Votre Majesté, mais une mort rapide pour ce monstrueux personnage serait trop généreuse. Continue ton récit, Tessera.

– Il n'y a plus grand-chose à dire, Votre Grâce. Une fois que les pandions ont eu tué toutes les femmes, ils ont terriblement torturé le comte, puis ils l'ont décapité. Après cela, ils ont chassé les hommes d'Église hors du château et ont pillé les lieux.

– Merci, Tessera, dit Annias.

Il fit signe à un autre de ses soldats et le garde alla jusqu'à la même porte pour faire entrer un homme vêtu d'une blouse de paysan. Le paysan avait un petit air furtif et tremblait manifestement.

– Donne-nous ton nom, camarade, ordonna Vanion.

– Je m'appelle Verl, Votre Grâce, et je suis un honnête serf sur le domaine du comte Radun.

– Et pourquoi es-tu à Cimmura? Un serf ne peut quitter le domaine de son maître sans permission.

– Je me suis enfui, Votre Grâce, après le meurtre du comte et de toute sa famille.

– Peux-tu nous dire ce qui s'est passé? As-tu été le témoin de cette atrocité?

– Pas directement, Votre Grâce. Je travaillais dans un champ près du château quand j'ai aperçu un groupe important d'hommes en armure noire qui portaient les bannières des chevaliers pandions et qui quittaient le château à cheval. L'un d'eux avait la tête du comte au bout de sa lance. Je me suis caché et j'ai pu les entendre qui bavardaient et riaient en passant.

– Que disaient-ils?

– Celui qui portait la tête du comte disait : « Nous devons rapporter ce trophée à Démos pour prouver au seigneur Vanion que nous avons exécuté ses ordres. » Après leur passage, j'ai couru jusqu'au château et je n'y ai trouvé que des cadavres. J'avais peur que les pandions reviennent, alors je me suis enfui.

– Pourquoi es-tu venu à Cimmura?

– Pour vous rapporter ce crime, Votre Grâce, et me placer sous votre protection. J'avais peur, si je restais en Arcie, que les pandions me pourchassent et me tuent.

– Pourquoi avez-vous fait cela? demanda Drégos à Vanion. Mon oncle n'avait jamais offensé votre ordre.

Les autres rois foudroyaient aussi le Précepteur pandion d'un regard accusateur.

Drégos se tourna vers le prince Lychéas.

– J'exige que ce meurtrier soit enchaîné!

Lychéas tenta sans grand succès de paraître royal.

– Votre demande est raisonnable, Votre Majesté, dit-il d'une voix nasale. (Il jeta un regard rapide à Annias pour se rassurer.) Nous ordonnons donc que le mécréant Vanion soit...

– Hum, excusez-moi, Vos Majestés, s'interposa le comte de Lenda, mais, selon la loi, Vanion a le droit de présenter sa défense.

– Quelle pourrait bien être cette défense? demanda Drégos d'une voix écœurée.

Émouchet et les autres étaient restés au fond de la salle du Conseil. Séphrénia fit un petit geste et Émouchet se pencha vers elle.

– Il y a ici quelqu'un qui utilise la magie, chuchota-t-elle. C'est ce sort qui rend les rois si crédules devant ces accusations puériles.

– Peux-tu le repousser?

– Seulement si je sais qui le jette.

– C'est Annias. Il a essayé un maléfice contre moi à mon retour de Cimmura.

– Un ecclésiastique? (Elle paraissait surprise.) Très bien. Je m'en occupe.

Ses lèvres commencèrent à bouger et elle fourra les mains dans ses manches pour dissimuler ses gestes.

– Eh bien, Vanion, railla Annias, qu'avez-vous à dire pour vous défendre?

– Il est évident que ces hommes mentent, répondit Vanion d'un ton méprisant.

– Pourquoi mentiraient-ils? (Annias se tourna vers les rois assis devant lui.) Dès l'audition de ces témoins, j'ai dépêché une troupe de soldats de l'Église jusqu'au château du comte pour vérifier les détails de cet acte criminel. J'attends leur rapport pour la semaine prochaine. En attendant, je recommande que les chevaliers pandions soient tous désarmés et confinés à leur chapitre pour prévenir de nouvelles atrocités.

Le roi Obler caressa sa longue barbe grise.

– En la circonstance, il s'agit là d'une ligne de conduite prudente. (Il se tourna vers Darellon, Précepteur des chevaliers alcions.) Monseigneur Darellon, dit-il, envoyez un messager en Deira. Dites-lui de ramener vos chevaliers en Élénie. Ils devront assister les autorités civiles pour désarmer et retenir les pandions.

– Aux ordres de Votre Majesté, répondit Darellon en foudroyant Vanion du regard.

Le vieux roi de Deira considéra Wargun et Drégos.

– Je conseillerais fortement que cyriniques et génidiens envoient également des forces. Enfermons hermétiquement ces pandions avant de pouvoir séparer les innocents des coupables.

– Veillez-y, Komier, dit le roi Wargun.

– Envoyez aussi vos chevaliers, Abriel, ordonna le roi Drégos au Précepteur des cyriniques. (Il fixa Vanion d'un regard empli de haine.) Je souhaite que vos séides essaient de résister, ajouta-t-il avec férocité.

– Cette idée est remarquable, Vos Majestés, dit Annias en s'inclinant. Je suggérerai de plus que, dès réception de la confirmation des meurtres, Vos Majestés, ces deux honnêtes témoins et moi-même nous rendions à Chyrellos. Là, nous pourrons présenter toute l'affaire à la Hiérocratie de l'Église et à l'archiprélat lui-même, tout en recommandant fortement que l'ordre des Pandions soit dissous. Cet ordre est sous l'autorité de l'Église et seule l'Église peut prendre une décision définitive.

– Bien dit, grinça Drégos. Débarrassons-nous de cette peste une bonne fois pour toutes.

Un mince sourire effleura les lèvres du primat. Puis il broncha et son visage blêmit mortellement au moment où Séphrénia lança son contre-charme.

C'est alors que Dolmant s'avança, rejetant en arrière le capuchon de sa bure pour révéler son visage.

– Puis-je prendre la parole, Vos Majestés?

– V... Votre Grâce, bégaya Annias sous la surprise. J'ignorais que vous étiez à Cimmura.

– Je l'espérais bien, Annias. Comme vous l'avez signalé avec justesse, les pandions sont sous l'autorité de l'Église. En tant qu'ecclésiastique prééminent en ce lieu, il convient que je prenne en charge cette enquête. Soyez loué pour la façon dont vous avez mené l'affaire jusqu'à présent.

– Mais...

– Ce sera tout, Annias.

Ainsi lui donna congé Dolmant. Il se tourna alors vers les rois et Lychéas, qui le fixait, bouche bée.

– Vos Majestés, commença le patriarche en allant et venant, les mains croisées derrière le dos comme s'il était profondément plongé dans ses pensées. Cette accusation est grave. Réfléchissons donc au caractère des accusateurs. D'un côté, nous avons un marchand inconnu, et, de l'autre, un serf en fuite. L'accusé, quant à lui, est le Précepteur d'un ordre des chevaliers de l'Église, homme dont l'honneur a toujours été incontestable. Pourquoi un homme du rang du seigneur Vanion commettrait-il un tel crime? En vérité, nous n'avons pas encore reçu de preuve tangible que ce crime ait été perpétré. Ne mettons point la charrue avant les bœufs.

– Ainsi que je l'ai dit, Votre Grâce, précisa Annias, j'ai dépêché des soldats de l'Église en Arcie pour examiner le théâtre du crime. Je leur ai également donné ordre de retrouver les hommes d'Église qui se trouvaient dans le château du comte Radun et ont assisté à cette horreur, afin de les ramener à Cimmura. Leurs comptes rendus ne devraient laisser subsister aucun doute.

– Ah, oui, acquiesça Dolmant. Aucun doute. Je crois

toutefois pouvoir être en mesure de gagner un peu de temps. Il se fait que j'ai avec moi un homme qui a assisté à ce qui s'est passé au château du comte Radun et je ne pense pas que son témoignage puisse être mis en doute par quiconque. (Il regarda le comte Radun, toujours dissimulé par sa capuche et resté discrètement au fond de la salle.) Aurais-tu l'amabilité de t'avancer, mon frère?

Annias se rongeait un ongle. Son expression affichait clairement son dépit de s'être fait arracher la maîtrise du déroulement des événements et de voir apparaître un témoin inattendu.

– Veux-tu nous révéler ton identité, mon frère? demanda doucement Dolmant comme le comte le rejoignait devant les rois.

Un sourire crispé apparut sur le visage de Radun quand il rejeta sa capuche en arrière.

– Mon oncle! souffla le roi Drégos, interdit.

– Ton oncle? s'exclama le roi Wargun en se levant et en renversant son vin.

– C'est le comte Radun... mon oncle, répéta Drégos, les yeux toujours écarquillés.

– Tu sembles avoir récupéré de façon stupéfiante, Radun. (Wargun éclata de rire.) Mes félicitations. Dis-moi, comment donc as-tu retrouvé ta tête?

Annias était très pâle. Un instant, il regarda frénétiquement autour de lui, comme s'il cherchait une porte de sortie. Puis il se reprit.

– Vos Majestés, bégaya-t-il, j'ai été abusé par ces faux témoins. Je vous prie de me pardonner. (A présent, il transpirait visiblement. Puis il fit volte-face.) Saisissez-vous de ces menteurs!

Il désigna Tessera et Verl, ratatinés sous la terreur. Plusieurs gardes en uniforme rouge se précipitèrent vers les deux hommes.

– Annias a de bons réflexes, n'est-ce pas? murmura Kalten à Émouchet. Combien es-tu prêt à parier que ces deux types se seront débrouillés pour se pendre avant le coucher du soleil... avec un peu d'aide, naturellement?

– Je ne suis pas parieur, Kalten. Dans un cas pareil, du moins.

– Pourquoi ne nous diriez-vous pas ce qui s'est *vraiment* passé à votre château, comte Radun? suggéra Dolmant.

– C'est assez simple, Votre Grâce, répondit Radun.

Sire Émouchet et sire Kalten arrivèrent à ma porte il y a quelque temps et m'avertirent qu'un groupe d'hommes en armures des chevaliers pandions prévoyaient de s'introduire par subterfuge et de nous assassiner, moi et ma famille. Ces deux fidèles pandions étaient accompagnés d'un certain nombre de véritables chevaliers. A l'arrivée des imposteurs, sire Émouchet conduisit ses chevaliers contre eux et les défit.

– Voilà qui est fortuit, fit observer le roi Obler. Lequel de ces vaillants individus est sire Émouchet?

Émouchet s'avança.

– C'est moi, Votre Majesté.

– Comment avez-vous été informé de ce complot?

– Par un pur hasard, Votre Majesté. J'ai surpris une conversation à ce sujet. J'en ai immédiatement informé le seigneur Vanion et il m'a ordonné de prendre des mesures préventives en compagnie de Kalten.

Le roi Drégos se leva et descendit de l'estrade.

– Je vous ai fait injure, seigneur Vanion, dit-il d'une voix embarrassée. Vos mobiles étaient purs et je vous ai accusé. Pouvez-vous me pardonner?

– Il n'y a rien à pardonner, Votre Majesté. En la circonstance, j'aurais agi exactement de la même manière.

Le roi arcien prit la main du Précepteur et l'étreignit chaleureusement.

– Dites-moi, sire Émouchet, demanda le roi Obler, se pourrait-il que vous ayez identifié les comploteurs?

– Je n'ai pas distingué leur visage, Votre Majesté.

– C'est vraiment dommage, soupira le vieux roi. Il y a là, semble-t-il, un complot de grande envergure. Les deux faux témoins sembleraient en avoir fait partie; un signal a dû les avertir du moment où ils pourraient venir débiter leurs mensonges.

– La même idée m'avait traversé l'esprit, Votre Majesté, acquiesça Émouchet.

– Mais qui se trouvait derrière tout ça? Et contre qui en avait-il? Le comte Radun? Ou le roi Drégos? Ou même le seigneur Vanion?

– Il se pourrait que ce soit impossible à déterminer... à moins qu'on puisse persuader les soi-disant témoins d'identifier leurs complices.

– Bien vu, sire Émouchet. (Le roi Obler fixa gravement le primat Annias.) Votre Grâce, à vous de veiller que le marchand Tessera et le serf Verl soient interrogés.

Nous serions plongés dans la plus grande détresse s'il leur advenait un événement irréversible.

Le visage d'Annias se raidit.

– Je vais les placer sous bonne garde, Votre Majesté, assura-t-il au roi de Deira.

Il fit un geste à l'un de ses soldats et lui marmotta des instructions, ce qui le fit blêmir légèrement puis quitter la salle à la hâte.

– Sire Émouchet, explosa Lychéas, il vous avait été enjoint de vous rendre à Démos et d'y demeurer jusqu'à nouvel ordre. Comment se fait-il que...

– Silence, Lychéas, lança Annias.

Le visage boutonneux s'empourpra lentement.

– Il me semble que vous deviez des excuses au seigneur Vanion, Annias, signala Dolmant.

Annias pâlit, puis se tourna raidement vers le chef des pandions.

– Je vous prie d'accepter mes excuses, monseigneur Vanion, dit-il brièvement. J'ai été abusé par des menteurs.

– Bien entendu, mon cher primat, répondit Vanion. Nous commettons tous des erreurs de temps à autre, n'est-ce pas?

– Je crois donc que ceci met un point plus ou moins final à la question, fit Dolmant. (Il coula un regard de côté à Annias qui contrôlait ses émotions avec peine.) Soyez sûr, Annias, que je présenterai toute cette affaire sous un jour aussi charitable que possible quand j'en rendrai compte à la Hiérocratie de Chyrellos. Je m'efforcerai de ne pas vous faire apparaître comme *complètement* idiot.

Annias se mordit la lèvre.

– Dites-nous, sire Émouchet, demanda le roi Obler, pourriez-vous de quelque manière identifier les gens qui ont menacé le château du comte?

– L'homme qui les menait s'appelle Adus, Votre Majesté, dit Émouchet. C'est un sauvage sans cervelle qui obéit aux ordres d'un pandion renégat nommé Martel. Nombre de ses hommes étaient des mercenaires ordinaires. Les autres étaient des Rendors.

– Des Rendors? lâcha le roi Drégos en plissant les yeux. Certes, les tensions sont grandes depuis quelque temps entre mon royaume et Rendor, mais ce complot me semble un peu complexe pour l'esprit rendor.

– Nous pourrions passer des heures en hypothèses,

Drégos, dit le roi Wargun en tendant sa coupe de vin vide pour qu'un serviteur la remplisse. Une heure ou deux sur la roue devraient persuader le marchand et le serf de nous dire ce qu'ils savent sur leurs complices.

– L'Église n'approuve pas ce genre de méthodes. Votre Majesté, annonça Dolmant.

Wargun eut un reniflement de dérision.

– Les oubliettes sous la basilique de Chyrellos sont réputées chez les plus experts des interrogateurs.

– Cette pratique est abandonnée

– Peut-être, mais ceci est une question civile. Nous ne sommes pas limités par la délicatesse ecclésiastique et, quant à moi, je ne propose pas d'attendre que vos prières tirent une réponse de ces deux individus.

Lychéas, qui brûlait encore sous la rebuffade presque nonchalante d'Annias, se redressa sur son fauteuil en forme de trône.

– Nous sommes enchantés que cette question ait été résolue aussi gracieusement, annonça-t-il, et nous nous réjouissons que les rapports sur la mort du comte Radun se soient avérés erronés. Je suis d'accord avec le patriarche de Démos pour dire que cette enquête est achevée... à moins que les remarquables témoins du seigneur Vanion ne puissent jeter un jour nouveau sur cette monstrueuse conspiration.

– Non, Votre Altesse, lui répondit Vanion. Nous ne sommes pas encore prêts à le faire.

Lychéas se tourna vers les rois de Thalésie, de Deira et d'Arcie, s'efforçant piètrement de paraître royal.

– Notre temps est précieux, Vos Majestés. Nous avons chacun un royaume à diriger et d'autres questions requièrent notre attention. Je vous propose de faire part au seigneur Vanion de notre satisfaction pour son aide dans la clarification de la situation et de lui donner la permission de se retirer pour que nous puissions nous tourner vers les affaires d'État.

Les rois acquiescèrent de la tête.

– Vous pouvez à présent nous quitter avec vos amis, seigneur Vanion, dit Lychéas sur un ton grandiloquent.

– Merci, Votre Altesse, répondit Vanion en s'inclinant raidement. Nous sommes tous heureux de vous avoir été utiles.

Il se tourna et se dirigea vers la porte.

– Un instant, seigneur Vanion, dit Darellon, le Précepteur fluet des chevaliers alcions. Puisque la conversation de Vos Majestés va désormais se tourner vers les affaires d'État, je pense qu'avec le seigneur Komier et le seigneur Abriel nous allons également nous retirer. Nous sommes peu versés dans l'art politique et n'apporterions que peu d'éléments à votre discussion. Toutefois, l'affaire qui s'est fait jour ce matin exige une consultation entre les ordres combattants. Des conspirations similaires pourraient se reproduire, nous nous devons de nous y préparer.

– Bien dit, acquiesça Komier.

– Excellente idée, Darellon, fit le roi Obler. Ne nous laissons plus prendre par surprise. Rendez-moi compte de votre entretien.

– Vous pouvez compter sur moi, Votre Majesté.

Les Précepteurs des trois autres ordres descendirent de l'estrade et rejoignirent Vanion, qui les conduisit hors de la salle. Une fois dans le couloir, Komier, le Précepteur massif des chevaliers génidiens, arbora un large sourire.

– Bien joué, Vanion, dit-il.

– Je suis heureux que cela vous ait plu, fit Vanion en lui souriant tout aussi largement.

– Je devais avoir la tête bourrée de laine, ce matin, confessa Komier. Me croiras-tu si je t'avoue que j'ai failli avaler toutes ces billevesées?

– Ce n'était pas entièrement de votre faute, seigneur Komier, lui apprit Séphrénia.

Il la considéra avec surprise.

– Je ne vous en dirai pas plus, fit-elle en fronçant les sourcils.

Le gros Thalésien regarda Vanion.

– C'était Annias, n'est-ce pas? suggéra-t-il tandis qu'ils avançaient dans le couloir. Le complot est son œuvre, je suppose.

Vanion branla du chef.

– La présence des pandions en Élénie ralentit ses opérations. Il avait trouvé ce stratagème pour nous éliminer.

– La politique élène est parfois un peu touffue. Nous sommes beaucoup plus directs en Thalésie. Quelle est précisément la puissance du primat de Cimmura?

Vanion haussa les épaules.

– Il contrôle le Conseil royal. Ce qui fait de lui, plus ou moins, le dirigeant du royaume.

– Il veut disposer du trône?

– Non, je ne crois pas. Il préfère jouer les éminences grises. Il s'efforce de préparer Lychéas au trône.

– Lychéas est un bâtard, n'est-ce pas?
Vanion branla encore du chef.
– Comment un bâtard peut-il être roi? Personne ne connaît son père.
– Annias croit probablement pouvoir contourner le problème. Avant l'intervention du père d'Émouchet, notre bon primat avait pratiquement convaincu le roi Aldréas qu'il était parfaitement légitime d'épouser sa propre sœur.
– C'est répugnant, dit Komier en frissonnant.
– J'ai entendu dire qu'Annias a des visées sur le trône d'archiprélat à Chyrellos, dit Abriel, le Précepteur grisonnant des chevaliers cyriniques, au patriarche Dolmant.
– Je connais ces rumeurs, confirma Dolmant, impassible.
– Cette humiliation sera pour lui un véritable retour en arrière, n'est-ce pas? Il est probable que la Hiérocratie considérera sans faveur un homme qui s'est totalement ridiculisé en public.
– Cette idée m'avait également traversé l'esprit.
– Et votre rapport sera naturellement très détaillé, je pense?
– C'est là mon obligation, seigneur Abriel, répondit Dolmant d'une voix pieuse. En tant que membre de la Hiérocratie, je puis difficilement lui dissimuler le moindre fait, n'est-ce pas? Il me faut présenter *toute* la vérité au Conseil supérieur de l'Église.
– Nous ne voudrions point qu'il en fût autrement, Votre Grâce.
– Il va falloir que nous parlions, Vanion, annonça gravement Darellon, le Précepteur des chevaliers alcions. Cette fois-ci, le complot était dirigé contre toi et ton ordre, mais il nous concerne tous. La prochaine fois, ce sera le tour de n'importe lequel d'entre nous. Y a-t-il un endroit sûr où nous puissions nous entretenir de la question?
– Notre chapitre est situé en bordure orientale de la ville, répondit Vanion. Je puis garantir qu'aucun des espions du primat ne se trouve à l'intérieur des murs.
Au moment où ils franchissaient les portes du palais, Émouchet se rappela quelque chose et ralentit pour rejoindre Kurik à l'arrière de la colonne.
– Qu'est-ce qu'il y a? lui demanda Kurik.
– Laissons-nous distancer. Je veux parler avec ce petit mendiant.

– Où sont vos bonnes manières, Émouchet? Une réunion des Précepteurs des quatre ordres se produit environ une fois durant la vie et ils doivent vous réserver un certain nombre de questions.

– Nous pourrons les rattraper avant qu'ils aient atteint le chapitre.

– Qu'avez-vous à dire à ce petit mendiant?

Kurik paraissait nettement courroucé.

– Il travaille pour moi. (Émouchet jaugea son ami du regard.) Qu'est-ce qui t'inquiète, Kurik? Ton visage ressemble à un nuage de pluie.

– Peu importe.

Talen était toujours tapi dans l'angle formé par les deux murs. Il s'était enveloppé dans sa cape en haillons et frissonnait.

Émouchet mit pied à terre à quelques pieds du gamin et fit mine de vérifier la sangle de sa selle.

– Que voulais-tu me dire? demanda-t-il doucement.

– Le type que tu m'as fait surveiller, commença Talen. Krager, non? Il a quitté Cimmura à peu près en même temps que toi, mais il est revenu à peu près une semaine après. Il était accompagné d'un autre homme... avec des cheveux blancs. Ça m'a marqué, parce qu'il n'était pas tellement vieux. Alors, ils sont allés chez ce baron qui raffole des petits garçons. Ils y sont restés plusieurs heures, et ensuite ils ont quitté la ville. A la porte Est, je me suis rapproché d'eux et je les ai entendus parler avec les gardes. Quand l'un d'eux leur a demandé leur destination, ils ont répondu qu'ils allaient en Cammorie.

– Brave petit, le félicita Émouchet en laissant tomber une couronne d'or dans sa sébile.

– Un jeu d'enfant. (Talen haussa les épaules, mordit la pièce et la fourra à l'intérieur de sa tunique.) Merci, Émouchet.

– Pourquoi n'as-tu pas parlé au tourier à l'auberge de la rue des Roses?

– L'endroit est surveillé. J'ai décidé de ne pas prendre de risque. (Puis Talen regarda par-dessus l'épaule du chevalier.) Salut, Kurik. Ça fait longtemps qu'on ne s'est pas vus.

– Vous vous connaissez, tous les deux? fit Émouchet, un peu surpris.

Kurik s'empourpra, l'air embarrassé.

– Tu n'as aucune idée de l'ancienneté de notre amitié, dit Talen en adressant à Kurik un petit sourire rusé.

– Ça suffit, Talen, proféra Kurik. (Puis son expression s'adoucit.) Comment va ta mère? demanda-t-il avec une étrange tristesse dans la voix.

– Elle se débrouille fort bien, ma foi. En ajoutant ce que je gagne à ce que tu lui donnes de temps en temps, elle est assez prospère.

– Là, je ne vous suis plus, fit modestement Émouchet.

– C'est personnel, expliqua Kurik. (Il se retourna vers le gamin.) Qu'est-ce que tu fabriques dans la rue?

– Je mendie, Kurik. Tu vois? (Et il tendit sa sébile.) Ça sert à ça. Tu ne veux pas y mettre quelque chose, en souvenir du bon vieux temps?

– Je t'ai mis dans une excellente école, petit.

– Oh, excellente, certes. Le directeur nous le répétait trois fois par jour... aux repas. Les professeurs et lui mangeaient du rôti de bœuf : les étudiants de la bouillie d'avoine. Je n'aime pas tellement l'avoine, alors je me suis inscrit dans une école différente. (Il fit un geste grandiloquent pour désigner la rue.) C'est ma nouvelle salle de classe... Elle te plaît? Les leçons que j'y apprends sont bien plus utiles que la rhétorique, la philosophie ou toute cette ennuyeuse théologie. Si je m'applique, je peux gagner assez pour m'acheter du rôti de bœuf... ou tout ce que je veux.

– Je devrais te fouetter, menaça Kurik.

– Voyons, père, répondit le gamin en écarquillant les yeux, que dis-tu là? (Il éclata de rire.) Il faudrait d'abord que tu m'attrapes. C'est la première leçon que j'ai apprise dans ma nouvelle école. Tu veux voir comme je la connais bien?

Il prit béquille et sébile et s'enfuit à l'autre bout de la rue. Émouchet remarqua qu'il était vraiment très rapide.

Kurik se mit à jurer.

– Père? demanda Émouchet.

– Je vous ai dit que ça ne vous regardait pas, Émouchet.

– On n'a pas de secrets l'un pour l'autre, Kurik.

– Vous insistez, hein?

– Moi? Je suis curieux, c'est tout. C'est un aspect de ta vie que je ne connaissais pas.

– J'ai été imprudent, il y a quelques années.

– Voilà une façon délicate de présenter la chose.

– Je peux me passer de remarques spirituelles, Émouchet.

– Aslade est au courant?

– Bien sûr que non. Ça ne ferait que l'attrister. Et je ne veux pas la blesser. On doit bien ça à sa femme, non?

– Je comprends parfaitement. La mère de Talen était-elle si belle que ça?

Kurik poussa un soupir et son visage s'attendrit bizarrement.

– Elle avait dix-huit ans et ressemblait à un matin de printemps. Je n'ai pas pu m'en empêcher. J'aime Aslade, mais...

Émouchet mit le bras sur l'épaule de son ami.

– Ça arrive parfois. Ne te mets pas martel en tête. (Il se redressa.) Pourquoi ne pas voir si nous pouvons rattraper les autres? suggéra-t-il en remontant en selle.

DEUXIÈME PARTIE

CHYRELLOS

CHYRELLOS

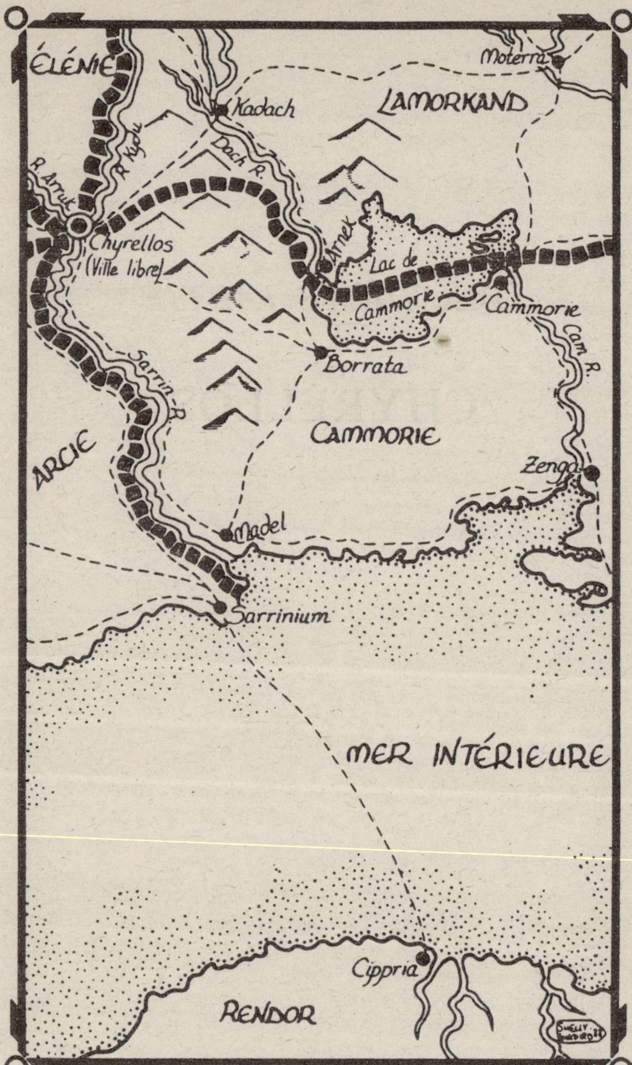
ÉLÉNIE
R. Kydu
Kadach
Moterra
LAMORKAND
R. Arruk
Dach R.
Chyrellos
(Ville libre)
Arnek
Lac de
Cammorie
Cammorie
Cam R.
Borrata
Sarrin R.
CAMMORIE
ARCIE
Zenga
Madel
Sarrinium
MER INTÉRIEURE
Cippria
RENDOR

Chapitre Dix

Le seigneur Abriel, Précepteur des chevaliers cyriniques d'Arcie, se tenait devant la fenêtre du cabinet vert de Vanion, et contemplait la ville de Cimmura. Il avait la soixantaine et les cheveux argentés. Son visage ridé semblait dépourvu d'humour et ses yeux étaient enfoncés dans leurs orbites. Il avait ôté son épée et son casque à l'arrivée, mais il portait toujours le reste de son armure et son surcot bleu pâle. Comme il était le plus âgé des Précepteurs, les autres s'inclinaient devant lui.

– Je suis sûr que nous avons tous compris l'essentiel de ce qui s'est passé ici, commença-t-il, mais certains détails nécessitent une clarification, je crois. Voudrais-tu bien que nous vous posions quelques questions, Vanion?

– Bien entendu. Nous ferons tous de notre mieux pour y répondre.

– Parfait. Nous avons eu quelques différends, dans le passé, monseigneur, mais, dans ces circonstances, nous devons les mettre de côté. (Abriel, comme tous les Cyriniques, parlait de manière réfléchie, voire cérémonieuse.) Je pense qu'il faut que nous en sachions davantage sur ce Martel.

Vanion se carra dans son fauteuil.

– C'était un pandion, répondit-il avec une trace de tristesse dans la voix. J'ai été forcé de le chasser de notre ordre.

– C'est un peu bref, Vanion, signala Komier.

A la différence des autres, Komier portait une cotte de mailles au lieu de l'armure de cérémonie. C'était un homme fortement charpenté, aux épaules épaisses et aux mains massives. Comme la plupart des Thalésiens, le Précepteur des chevaliers génidiens était blond et ses sourcils hirsutes donnaient à son visage un aspect presque brutal. En parlant, il jouait continuellement avec la garde de son sabre, qui reposait sur la table devant lui.

– Si ce Martel doit nous poser des problèmes, nous devrions tous en savoir le maximum sur lui.

– Martel était l'un des meilleurs, lui répondit Séphrénia d'une voix posée. (Elle était assise devant le feu dans sa robe blanche à capuche et tenait sa tasse de thé à la main.) Il était versé dans tous les secrets. C'est là, je crois, ce qui a causé sa disgrâce.

– Il maniait fort bien la lance, admit lugubrement Kalten. Il me désarçonnait régulièrement à l'entraînement. Émouchet était le seul de son niveau.

– Quelle fut exactement cette disgrâce, Séphrénia? demanda le seigneur Darellon.

Le Précepteur des chevaliers alcions de Deira était un homme mince de près de cinquante ans. Sa massive armure deirane paraissait presque trop lourde pour sa charpente légère.

Séphrénia poussa un soupir.

– Les secrets de Styricum sont légion, répondit-elle. Certains sont assez simples... des enchantements et des incantations courants. Martel les a maîtrisés très vite. Mais au-delà de la magie courante s'étend un domaine profond, plus dangereux. Ceux d'entre nous qui enseignent les secrets aux chevaliers de l'Église n'introduisent pas leurs élèves à ce niveau de la magie. Il n'a aucun but pratique et implique des connaissances qui mettent en péril l'âme des Élènes.

Komier éclata de rire.

– Bien des choses mettent en péril l'âme des Élènes, madame. La mienne a ressenti une violente douleur la première fois que je suis entré en contact avec les Dieux Trolls. Je suppose que votre Martel s'est mêlé de connaissances qu'il aurait dû laisser de côté?

Séphrénia poussa un nouveau soupir.

– Oui, admit-elle. Il est venu me voir pour me demander de l'initier aux secrets interdits. Il était très insistant. C'est l'une de ses caractéristiques. J'ai refusé, naturellement, mais il existe des Styriques renégats, de même qu'il existe des pandions renégats. Martel était d'une famille fortunée et pouvait payer pour l'instruction qu'il désirait.

– Qui l'a percé à jour? demanda Darellon.

– Moi, répondit Émouchet. J'allais de Cimmura à Démos. C'était peu de temps avant que le roi Aldréas m'envoie en exil. Un bois s'étend à trois lieues de Démos. Passant là au crépuscule, j'aperçus une lumière étrange parmi les arbres. J'allai y regarder de plus près et je vis Martel. Il avait évoqué une sorte de créature rougeoyante. Elle émettait une vive lumière... au point que je ne pouvais distinguer son visage.

– Je ne crois pas que tu aurais aimé voir son visage, Émouchet, lui dit Séphrénia.

– Peut-être, en effet. Mais Martel parlait en styrique à cette créature et lui ordonnait de lui obéir.

– Cela ne semble pas tellement extraordinaire, dit Komier. Nous avons tous évoqué un jour ou l'autre des esprits ou des fantômes de quelque sorte.

– Ce n'était pas précisément un esprit, seigneur Komier, lui dit Séphrénia. C'était un Damork. Les Dieux Aînés de Styricum les ont créés pour leur servir d'esclaves dévoués. Les Damorks ont des pouvoirs extraordinaires, mais ils n'ont pas d'âme. Un Dieu peut les appeler dans l'endroit inimaginable où ils résident et les contrôler. Mais pour un mortel, ce serait pure folie. Nul mortel n'est capable de contrôler un Damork. Ce qu'avait fait Martel est absolument interdit par tous les Dieux Cadets.

– Et les Dieux Aînés? demanda Darellon.

– Les Dieux Aînés n'ont aucune règle, monseigneur... seulement des caprices et des désirs.

– Mais, Séphrénia, Martel est un Élène, observa Dolmant. Peut-être ne se sentait-il pas tenu par les interdits des Dieux de Styricum.

– Tant que l'on pratique les arts de Styricum, on est sujet aux Dieux styriques.

– Je me demande si nous n'avons pas commis une erreur en dotant les chevaliers de l'Église de la magie styrique en même temps que d'armes conventionnelles, médita Dolmant à haute voix. Nous semblons nous immiscer dans un secteur qu'il vaudrait mieux laisser vierge.

– Cette décision fut prise il y a plus de neuf cents ans, Votre Grâce, lui rappela Abriel en revenant vers la table, et si les chevaliers de l'Église n'avaient pas été versés dans la magie, les Zémochs auraient gagné la bataille des plaines de Lamorkand.

– Peut-être, en effet.

– Continue ton récit, Émouchet, suggéra Komier.

– C'est presque tout, monseigneur. J'ignorais ce qu'était ce Damork avant que Séphrénia me l'apprenne par la suite, mais je savais qu'il nous était interdit de le contacter. Au bout d'un moment, il s'évanouit et je m'avançai pour m'entretenir avec Martel. Nous étions amis et je voulais le mettre en garde contre cette infraction, mais il semblait presque fou. Il proféra des menaces et me dit de m'occuper de mes afffaires. Je n'avais plus le choix. Je continuai de chevaucher jusqu'à la maison mère de Démos et rendis compte de ce que j'avais vu à Vanion et Séphrénia. Elle nous expliqua ce qu'était cette créature et à quel point il était dangereux de la lancer dans notre monde. Vanion me donna ordre de prendre avec moi un certain nombre d'hommes pour appréhender Martel et le ramener pour interrogatoire à la maison mère. Il entra en fureur quand nous nous approchâmes et il se précipita sur son épée. Martel est déjà une fine lame et sa folie l'avait rendu encore plus dangereux. Je perdis deux de mes meilleurs amis ce jour-là. Nous finîmes par le maîtriser et nous le ramenâmes enchaîné à la maison mère.

– Par les chevilles, je me souviens, ajouta Kalten. Émouchet sait être très direct quand il est irrité. (Il sourit à son ami.) Tu ne t'es pas rendu plus sympathique auprès de lui en agissant ainsi, Émouchet.

– Ce n'était pas mon but. Il venait de tuer deux de mes amis et je voulais lui donner des raisons d'accepter mon défi quand Vanion en aurait fini avec lui.

Vanion reprit son récit.

– Et quand ils eurent ramené Martel à Démos, je l'interrogeai. Il n'essaya même pas de se disculper. Je le sommai de ne pas pratiquer les secrets interdits et il me défia. A ce stade, je n'avais d'autre choix que de le bannir de notre ordre. Je le dépouillai de son titre de chevalier et de son armure, puis je le reconduisis à la porte principale.

– C'était peut-être une erreur, grommela Komier. Je l'aurais fait tuer. A-t-il évoqué à nouveau cette créature?

Vanion hocha la tête.

– Oui, mais Séphrénia s'adressa aux Dieux Cadets de Styricum qui l'exorcisèrent. Puis ils ôtèrent à Martel les plus importants de ses pouvoirs. Il partit en pleurant et en jurant qu'il se vengerait. Il est toujours dangereux, mais du moins est-il incapable d'appeler ce genre d'horreurs. Il a quitté l'Élénie et loué son épée au plus offrant dans d'autres parties du monde depuis dix ou douze ans.

– C'est donc un mercenaire comme les autres? demanda Darellon.

Le mince Précepteur alcion arborait une expression pressante sur son visage étroit.

– Pas tout à fait, monseigneur. Il a bénéficié de la formation des pandions. Il aurait pu être le meilleur d'entre nous et il est très intelligent. Il a d'amples contacts parmi les mercenaires de toute l'Éosie. Il peut lever une armée en un rien de temps et il est totalement dépourvu de pitié. Je ne crois pas que Martel croie encore en quoi que ce soit.

– A quoi ressemble-t-il? demanda Darellon.

– Il dépasse la taille moyenne, répondit Kalten. Il doit avoir à peu près le même âge qu'Émouchet ou moi, mais il a les cheveux blancs... depuis l'âge de vingt ans.

– Je pense qu'il faudrait que nous cherchions tous à le repérer, suggéra Abriel. Qui est l'autre... cet Adus?

– Adus est une bête sauvage, dit Kalten. Après son expulsion, Martel a recruté Adus et un homme nommé Krager pour l'aider dans ses activités. Adus est pélosien, je crois... ou lamork, peut-être. C'est à peine s'il sait parler, en sorte que son accent est difficile à identifier. C'est un vrai sauvage, dépourvu de sentiments humains. Il se délecte du meurtre... qu'il accomplit très lentement et parfaitement.

– Et le troisième, donc? demanda Komier. Krager?

– Krager est plutôt intelligent, répondit Émouchet. A la base, c'est un criminel... fausses pièces, extorsions, fraudes, et cetera... mais il est faible. Martel lui confie les tâches qu'Adus serait incapable de comprendre.

– Quel est le lien entre Annias et Martel? demanda le comte Radun.

– Cela ne dépasse probablement pas le stade de l'argent, monseigneur. (Émouchet haussa les épaules.) Martel se vend au plus offrant et il n'a pas de convictions. On prétend qu'il a caché quelque part une tonne d'or.

– J'avais raison, dit brutalement Komier. Tu aurais dû le faire tuer, Vanion.

– Je le lui ai proposé, précisa Émouchet, mais Vanion a refusé.

– J'avais de bonnes raisons.

– Pourquoi des Rendors ont-ils participé à l'attaque contre le château du comte Radun? demanda Abriel.

– Je reviens de Rendor. Il s'y trouve tout un fonds de

mercenaires, comme en Pélosie, en Lamorkand et en Cammorie. Martel les utilise quand il en a besoin. Ils n'ont aucune croyance religieuse particulière, éshandiste ou autre.

– Avons-nous assez de preuves à présenter contre Annias à la Hiérocratie de Chyrellos? demanda Darellon.

– Je ne crois pas, dit le patriarche Dolmant. Annias a acheté de nombreuses voix au Conseil supérieur de l'Église. Toute accusation contre lui devrait être appuyée par des preuves indiscutables. Tout ce que nous avons, c'est une conversation surprise entre Krager et le baron Harparine. Annias s'en tirerait assez facilement... grâce à quelques pots-de-vin, par exemple.

Komier se carra dans son fauteuil en se tapotant le menton avec un doigt.

– Le patriarche vient de mettre le doigt sur la clé de toute l'affaire. Tant qu'Annias a la haute main sur le trésor public élène, il peut financer ces complots et continuer à acheter des soutiens parmi la Hiérocratie. Si nous n'y prenons garde, ses prébendes lui assureront l'archiprélature. Nous nous sommes tous mis en travers de son chemin de temps à autre et je crois que son premier acte d'archiprélat serait de dissoudre les quatre ordres combattants. Existe-t-il un moyen de l'empêcher d'avoir accès à ces fonds?

Vanion secoua la tête.

– Il contrôle le Conseil royal... hormis le comte de Lenda. Il lui votera tout l'argent dont il peut avoir besoin.

– Et votre reine? demanda Darellon. La contrôlait-il également... avant sa maladie, naturellement?

– Pas le moins du monde, répondit Vanion. Aldréas était un roi faible qui faisait tout ce que lui disait Annias. Ehlana est bien différente. (Il haussa les épaules.) Mais elle est malade et Annias aura les mains libres tant qu'elle ne sera pas guérie.

Abriel se mit à arpenter la pièce, son visage ridé plongé dans la réflexion.

– Ce qui nous dicte notre conduite, messieurs. Nous devons appliquer tous nos efforts pour trouver un remède à la maladie de la reine Ehlana.

Darellon se carra en arrière, les doigts tapotant la table vernie.

– Même si nous réussissons à découvrir un remède, cela ne mettra-t-il pas immédiatement en danger la vie de la reine?

– Émouchet est son Champion, rappela Kalten. Il pourra faire front... surtout si je suis là pour l'appuyer.

– As-tu fait des progrès pour le remède, Vanion? demanda Komier.

– Les médecins de la ville sont réduits à quia. J'ai fait appel à des gens de l'art provenant d'autres régions, mais ils ne sont pas encore arrivés.

– Les médecins ne répondent pas toujours aux requêtes, releva Abriel. Surtout quand le chef du Conseil royal a un intérêt certain à ne pas voir la reine guérie. Les Cyriniques ont de nombreux contacts en Cammorie. Avez-vous songé à conduire la reine à la faculté médicale de l'Université de Borrata? Ses membres sont réputés pour leur habileté dans le domaine des maladies inconnues.

– Je ne crois pas que nous puissions dissoudre la châsse qui l'entoure, dit Séphrénia. Pour l'instant, celle-ci la maintient seule en vie. Elle ne survivrait pas à un voyage jusqu'à Borrata.

Le Précepteur des chevaliers cyriniques hocha songeusement la tête.

– Peut-être avez-vous raison, madame, dit-il.

– Ce n'est pas tout, ajouta Vanion. Annias ne nous laisserait jamais la sortir du palais.

Abriel branla lugubrement du chef.

– Il existe une alternative. Cela ne vaut pas un examen médical sur place, mais cela marche parfois... à ma connaissance. Un médecin habile peut apprendre beaucoup de choses d'une description détaillée des symptômes. Voici ce que je suggère, Vanion. Note par écrit tout ce que tu sais de la maladie de la reine Ehlana et envoie quelqu'un à Borrata avec ces documents.

– J'irai, annonça Émouchet. J'ai certaines raisons personnelles de voir la reine guérie. D'ailleurs, Martel est en Cammorie... en principe... et nous avons quelques détails à discuter.

– Ce qui soulève un autre point, dit Abriel. Des troubles ont éclaté en Cammorie. Quelqu'un y provoque des manifestations. Ce n'est pas l'endroit le plus paisible du monde.

Komier se carra de nouveau dans son fauteuil.

– Que diriez-vous, messieurs, d'une petite manifestation d'unité?

– Qu'as-tu à l'esprit? demanda Darellon.

– Nous avons tous des intérêts dans cette affaire. Notre but commun est de tenir Annias à l'écart de l'archiprélature. Nous avons tous des champions qui dominent leurs camarades par l'habileté et la bravoure. Nous pourrions choisir chacun l'un de ces champions et l'envoyer en Cammorie avec Émouchet. Un peu d'aide ne lui ferait pas de mal et l'envoi d'hommes des quatre ordres combattants convaincrait le monde que les chevaliers de l'Église font front commun.

– Très bien, Komier, acquiesça Darellon. Les gens s'imaginent que les ordres combattants sont encore divisés. (Il se tourna vers Abriel.) Tu vois qui pourrait fomenter ces troubles en Cammorie?

– Beaucoup croient que c'est Otha, répondit le cyrinique. Il infiltre les royaumes centraux depuis six mois.

– Vous savez, dit Komier, j'ai la nette impression qu'un jour ou l'autre il nous faudra agir contre Otha... et pour longtemps.

– Ce qui impliquerait de s'attaquer à Azash, dit Séphrénia, et je ne suis pas sûre que nous le désirions.

– Les Dieux Cadets de Styricum ne peuvent-ils rien faire contre lui? demanda Komier.

– Ils n'en ont pas le désir, répondit-elle. Les guerres humaines sont assez graves, mais une guerre entre les Dieux serait d'une horreur dépassant l'imagination. (Elle considéra Dolmant.) Le Dieu des Élènes est réputé pour sa toute-puissance. L'Église ne pourrait-elle faire appel à lui pour affronter Azash?

– C'est possible, dit le patriarche. Le seul problème étant que l'Église n'admet pas l'existence d'Azash... ni du moindre Dieu styrique. C'est une question de théologie.

– Quelle vue courte.

Dolmant éclata de rire.

– Ma chère Séphrénia, je pensais que vous saviez que c'était là la nature de l'esprit ecclésiastique. Nous sommes tous comme cela. Nous trouvons une vérité unique et nous l'embrassons. Puis nous fermons nos yeux à tout le reste. Ce qui évite toute perturbation. (Il la considéra avec curiosité.) Dites-moi, Séphrénia, quel dieu païen adorez-vous?

– Je n'ai point la permission de le révéler, répondit-elle avec gravité. Toutefois, je puis vous dire qu'il ne s'agit pas d'un Dieu. Je sers une Déesse.

– Une déité féminine? Quelle idée absurde.

– Seulement pour un homme, Dolmant. Les femmes trouvent cela très naturel.

– Et ce Styrique qui nous a envoyé les soldats de l'Église? demanda Kalten.

Émouchet poussa un grognement.

– Je l'avais presque oublié, admit-il. C'était au moment où j'avais surpris la conversation entre Krager et Harparine. Kalten et moi portions des déguisements, mais un Styrique nous a percés à jour. Peu après, nous avons été attaqués par des hommes d'Annias.

– Vous pensez qu'il existe une relation? demanda Komier.

Émouchet acquiesça.

– Ce Styrique m'avait suivi pendant plusieurs jours et je suis pratiquement sûr que c'est lui qui nous a envoyé les soldats. Ce qui le relierait à Annias.

– C'est un peu maigre. Annias a des préjugés assez marqués contre les Styriques.

– Pas au point de se priver de leurs services. Je l'ai surpris à user de magie à deux reprises.

– Un homme d'Église? (Dolmant était stupéfait.) C'est strictement interdit.

– Tout autant que le meurtre du comte Radun, Votre Grâce. Je ne pense pas qu'Annias soit si soucieux des règles. Ce n'est pas un grand magicien, mais il sait comment fonctionne la magie et on la lui a enseignée, ce qui implique un Styrique.

Darellon entrelaça ses doigts minces sur la table devant lui.

– Il y a Styrique et Styrique, fit-il remarquer. Comme l'a signalé Abriel, il y a eu beaucoup d'activité styrique dans les royaume centraux, ces temps derniers... et surtout en provenance de Zémoch. Si Annias a fait appel à un Styrique pour s'initier aux secrets, il est possible qu'il ait contacté celui qu'il ne fallait pas.

– Je crois que tu compliques trop les choses, déclara Dolmant. Même Annias ne traiterait pas avec Otha.

– Il saurait donc qu'il traite avec Otha?

– Messeigneurs, dit très calmement Séphrénia, songez à ce qui s'est passé ce matin. (Son regard parut se concentrer.) L'un de vous... ou les rois que vous servez... aurait-il été abusé par les accusations transparentes du primat Annias? Elles étaient grossières, visibles, et même infantiles. Les Élènes sont des gens raffinés et subtils. Si votre esprit avait été éveillé, vous vous seriez ri des tentatives maladroites d'Annias pour discréditer les pandions. Ce que vous n'avez pas fait. Et vos rois non plus. Quand Annias, qui est aussi subtil qu'un serpent, a lancé ses accusations, vous avez eu l'impression que c'était un coup de génie.

– Où veux-tu en venir, Séphrénia? demanda Vanion.

– Je pense que nous devrions accorder une certaine attention au raisonnement du seigneur Darellon. La présentation de ce matin eût confondu un Styrique. Nous sommes des gens simples et nos magiciens n'ont pas grand-peine à nous faire adhérer à leur façon de penser. Les Élènes sont plus sceptiques, plus logiques. On ne vous trompe pas facilement... à moins qu'on ne vous ensorcelle.

Dolmant se pencha en avant, laissant percer un désir de clarification dans le regard.

– Mais Annias est aussi un Élène, avec un esprit formé à la discussion théologique. Pourquoi eût-il été aussi maladroit?

– Vous supposez qu'Annias, ce matin, parlait avec sa propre voix. Un sorcier styrique... ou une créature soumise à lui... présenterait ses arguments en termes compris par un simple Styrique, puis s'appuierait sur la magie pour induire la crédulité.

– Quelqu'un utilisait-il ce genre de magie dans la salle, ce matin? demanda Darellon, perplexe.

– Oui.

– Nous nous écartons du sujet, fit Komier. Pour l'instant, il faut qu'Émouchet rejoigne Borrata. Plus vite nous aurons trouvé un remède à la maladie d'Ehlana, plus vite nous pourrons empêcher Annias de nuire. Une fois que nous aurons bloqué son accès à l'or, il pourra s'associer à qui bon lui semblera, en ce qui me concerne.

– Tu devrais te préparer à partir, Émouchet, dit Vanion. Je vais noter les symptômes de la reine.

– Je ne pense pas que ce soit nécessaire, annonça Séphrénia. Je connais son état de santé plus que toi.

– Mais tu ne sais pas écrire.

– Eh bien, j'en ferai personnellement part aux médecins de Borrata.

– Tu accompagnes Émouchet? demanda Vanion, surpris.

– Bien entendu. Certains événements semblent se concentrer sur lui. Il risque d'avoir besoin de mon aide à son arrivée en Cammorie.

– J'y vais aussi, annonça Kalten. Si Émouchet rattrape Martel en Cammorie, je veux voir ça. (Il adressa un large sourire à son ami.) Je te laisse Martel si tu me donnes Adus, lui proposa-t-il.

– Ça me semble équitable, acquiesça Émouchet.

– Vous passerez par Chyrellos, dit Dolmant. Je vous accompagnerai jusque-là.

– Nous serons honorés de vous avoir avec nous, Votre Grâce. (Émouchet regarda le comte Radun.) Peut-être désirerez-vous vous joindre à nous, monseigneur?

– Non, mais je vous remercie, sire Émouchet, répondit le comte. Je retournerai en Arcie avec mon neveu et le seigneur Abriel.

Komier fronçait légèrement les sourcils.

– Je ne voudrais pas vous retarder, Émouchet, mais Darellon a raison. Annias devinera à coup sûr notre prochain coup. Le nombre de centres médicaux en Éosie est limité; si ce Martel est déjà en Cammorie et reçoit ses ordres d'Annias, il tentera de vous empêcher d'atteindre Borrata. Je crois qu'il vaudrait mieux que vous attendiez à Chyrellos que les chevaliers de nos ordres soient arrivés. Une manifestation de force évite parfois les difficultés.

– Excellente idée, acquiesça Vanion. Les autres pourront le rejoindre au chapitre pandion de Chyrellos et repartir avec lui.

Émouchet se leva.

– Entendu. (Il jeta un coup d'œil à Séphrénia.) Tu vas laisser Flûte ici?

– Non. Elle m'accompagne.

– Ce sera dangereux.

– Je saurai la protéger. D'ailleurs, ce n'est pas à moi d'en décider.

– Ça ne te plaît pas de bavarder avec elle? fit Kalten. Quelle stimulation mentale que d'essayer de deviner ce qu'elle dit!

Émouchet feignit d'ignorer cette remarque.

Un peu plus tard, dans la cour où Émouchet et ses compagnons se préparaient à partir, le novice, Bérit, s'approcha.

– Il y a un petit mendiant boiteux à la porte, monseigneur, annonça-t-il. Il prétend qu'il a quelque chose d'urgent à vous dire.

– Laisse-le passer.

Bérit parut légèrement scandalisé.

– Je le connais. Il travaille pour moi.

– Comme vous voudrez, monseigneur, dit Bérit en s'inclinant.

– Oh, au fait, Bérit...

– Monseigneur ?

– Ne t'approche pas trop de ce gosse. C'est un voleur et il risque de te prendre tout le contenu de tes poches avant que tu aies fait dix pas.

– Je garderai ça à l'esprit, monseigneur.

Quelques instants plus tard, Bérit revenait, escortant Talen.

– J'ai un problème, Émouchet, dit le petit voleur.

– Oh ?

– Des hommes du primat ont découvert que je t'aidais. Ils me recherchent dans toute la ville.

– Je t'avais dit que tu t'attirerais des ennuis, lui lança Kurik. (Puis l'écuyer regarda Émouchet.) Qu'est-ce qu'on fait, à présent ? Je ne veux pas qu'il se retrouve écroué dans l'oubliette de la cathédrale.

Émouchet se gratta le menton.

– Je suppose qu'il va devoir nous accompagner, du moins jusqu'à Démos. (Il eut un large sourire.) Nous pourrons le laisser avec Aslade et tes fils.

– Vous êtes fou, Émouchet ?

– Je pensais que cette idée t'enchanterait, Kurik.

– Je n'ai jamais rien entendu d'aussi ridicule.

– Tu ne veux pas qu'il connaisse ses frères ? (Émouchet considéra le gamin.) Combien as-tu volé à Bérit ? demanda-t-il brusquement au petit voleur.

– Pas beaucoup, en fait.

– Rends-le-lui.

– Tu me déçois énormément, Émouchet.

– La vie est pleine de déceptions.

Chapitre onze

C'est au milieu de l'après-midi qu'ils franchirent le pont-levis pour s'engager sur la route de Démos. Le vent soufflait toujours, mais le ciel s'éclaircissait. La route grouillait de véhicules. Des chariots et des charrettes passaient en grinçant et des paysans pauvrement vêtus portant de lourds ballots sur les épaules avançaient lentement vers les marchés de Cimmura. Le vent amer de l'hiver inclinait l'herbe jaune au bord de la route. Émouchet chevauchait à quelques pas devant les autres et les voyageurs en route pour Cimmura lui cédaient la place. Faran piaffait de nouveau en trottant régulièrement.

– Votre cheval semble nerveux, Émouchet, fit remarquer le patriarche Dolmant, enveloppé dans une lourde cape ecclésiastique jetée sur sa soutane.

– Il se pavane en s'imaginant que cela m'impressionne, répondit Émouchet par-dessus l'épaule.

– Ce qui lui donne quelque chose à faire en attendant l'occasion de mordre quelqu'un, ajouta Kalten en riant.

– Est-il vicieux?

– C'est dans la nature des chevaux de guerre, Votre Grâce, expliqua Émouchet. Ils sont élevés pour être agressifs. Dans le cas de Faran, on est simplement allé un peu trop loin.

– Vous a-t-il déjà mordu?

– Une fois. Je lui ai alors expliqué que je préférerais qu'il ne recommence pas.

– Expliqué?

– Je me suis servi d'un robuste bâton. Il a compris presque immédiatement.

– Nous n'irons pas loin aujourd'hui, lança Kurik à

l'arrière-garde où il accompagnait un couple de chevaux de bât. Nous sommes partis tard. A une lieue d'ici se trouve une auberge que je connais. Si nous nous y arrêtions pour prendre une bonne nuit de sommeil et redémarrer tôt demain matin?

– Voilà qui est raisonnable, acquiesça Kalten. Je n'aime plus dormir à la belle étoile autant que par le passé.

– Très bien, dit Émouchet.

Il jeta un coup d'œil à Talen, qui chevauchait une monture baie bien fatiguée à côté de la blanche haquenée de Séphrénia. Il ne cessait de regarder par-dessus son épaule avec appréhension.

– Tu es terriblement silencieux, dit-il.

– Les jeunes ne sont pas censés parler en présence de leurs aînés, répondit spécieusement Talen. C'est une des choses qu'on m'a apprises dans l'école où m'avait envoyé Kurik. J'essaie de respecter ces règles... quand elles ne m'incommodent pas trop.

– Ce jeune homme est moqueur, fit remarquer Dolmant.

– C'est aussi un voleur, Votre Grâce, ajouta Kalten. Ne vous approchez pas trop de lui si vous avez sur vous quelques valeurs.

Dolmant considéra sévèrement le gamin.

– Ignorerais-tu que le vol est réprouvé par l'Église?

– Je sais, répondit Talen avec un soupir. L'Église est très bégueule dans ce domaine.

– Surveille tes paroles, lança Kurik.

– Impossible. Mon nez me gêne.

– La dépravation de ce gosse peut être compréhensible, dit Dolmant d'un ton tolérant. Je doute qu'il ait reçu une instruction suffisante en religion ou en morale. (Il poussa un soupir.) De bien des manières, les enfants pauvres de la rue sont aussi païens que les Styriques.

Il adressa un sourire impertinent à Séphrénia, qui avait enveloppé Flûte dans une vieille cape sur le devant de sa selle.

– En fait, Votre Grâce, protesta Talen, j'assiste régulièrement aux offices religieux et je fais toujours attention au sermon.

– Voilà qui me surprend, dit le patriarche.

– Cela ne devrait pas vous surprendre, Votre Grâce. La plupart des voleurs vont à l'église. La quête fournit toutes sortes d'occasions.

Dolmant parut interloqué.

– Voyez les choses de la sorte, Votre Grâce, expliqua Talen avec un sérieux feint. L'Église distribue de l'argent aux pauvres, n'est-ce pas?

– Bien entendu.

– Eh bien, je suis l'un des pauvres, alors je prends ma part quand passe le plateau. Cela épargne à l'Église du temps et du travail pour venir me donner cet argent. J'aime me rendre utile quand je peux.

Dolmant le regarda fixement, puis éclata de rire.

Quelques milles plus loin, ils rencontrèrent une petite bande de loqueteux dont les tuniques grossières trahissaient l'origine styrique. Ils étaient à pied et, dès qu'ils virent Émouchet, ils s'enfuirent craintivement dans un champ voisin.

– Pourquoi ont-ils peur? demanda Talen, intrigué.

– Les nouvelles voyagent vite en Styricum, répondit Séphrénia et il s'est récemment produit des incidents.

– Des incidents?

Émouchet raconta brièvement ce qui était arrivé au village styrique en Arcie. Talen blêmit.

– C'est terrible! s'exclama-t-il.

– Il y a des centaines d'années que l'Église s'efforce de déraciner ces pratiques, dit tristement Dolmant.

– Je crois que nous y sommes arrivés dans cette partie de l'Arcie, assura Émouchet. J'ai envoyé quelques hommes s'occuper des paysans qui ont fait le coup.

– Vous les avez pendus? demanda férocement Talen.

– Séphrénia n'a pas voulu, alors mes hommes les ont flagellés.

– C'est tout.

– Ils ont utilisé des buissons épineux. Les épines sont très longues en Arcie et j'avais demandé à mes hommes d'être consciencieux.

– C'était peut-être un peu exagéré, commenta Dolmant.

– Cela semblait approprié, Votre Grâce. Les chevaliers de l'Église ont des liens étroits avec les Styriques et nous n'aimons guère qu'on maltraite nos amis.

Le pâle soleil hivernal glissait derrière eux dans un banc de glaciales nuées violettes quand ils arrivèrent à une auberge délabrée. Ils avalèrent un repas passable de soupe claire et de mouton graisseux, puis allèrent se coucher très tôt.

Le lendemain matin, le ciel était sans nuages et il faisait froid. La route était verglacée et les fougères qui la bordaient étaient blanchies par le givre. Le soleil était éclatant, mais sans chaleur. Ils chevauchaient rapidement, serrés dans leurs capes pour repousser le froid mordant.

La route ondulait par les collines et les vallées de l'Élénie centrale, traversant les champs en guérets. Émouchet regardait alentour : il retrouvait la région où il avait grandi avec Kalten et se laissait aller à la sensation d'étrangeté que communiquent les paysages d'enfance. L'autodiscipline coutumière aux pandions lui permettait habituellement de réprimer son émotivité mais, malgré ses efforts, il se laissait parfois toucher profondément.

En milieu de matinée, Kurik lança :

– Un cavalier va nous rattraper. Il pousse sa monture au maximum.

Émouchet tira sur ses rênes et fit faire volte-face à Faran.

– Kalten, dit-il sèchement.

– Vu, dit le gros chevalier blond en écartant sa cape pour mettre à nu la garde de son épée.

Émouchet libéra également son épée et tous deux tournèrent bride pour intercepter le cavalier.

Mais leurs précautions s'avérèrent inutiles. Le cavalier était Bérit le novice. Il était enveloppé dans une cape simple, ses mains et poignets étaient gercés par le froid. Par contre, son cheval écumait et fumait de sueur. Il tira sur ses rênes et s'approcha au pas.

– J'ai un message pour vous de la part du seigneur Vanion, sire Émouchet.

– Quel est-il?

– Le Conseil royal a légitimé le prince Lychéas.

– *Quoi?*

– Quand les rois de Thalésie, de Deira et d'Arcie ont affirmé qu'un bâtard ne pouvait être prince régent, le primat Annias a réuni une séance du Conseil et il a déclaré que le prince est légitime. Le primat a produit un document qui atteste que la princesse Arissa avait épousé le duc Osten de Vardenais.

– C'est absurde, fulmina Émouchet.

– Le seigneur Vanion pense de même. Mais ce document paraît tout à fait authentique et le duc Osten est mort il y a des années, si bien qu'il fut impossible de le réfuter. Le comte de Lenda a examiné le parchemin de très près et il a finalement dû voter en faveur de Lychéas.

Émouchet jura.

– Je connaissais le duc Osten, annonça Kalten. C'était un célibataire endurci. En aucun cas il n'aurait pu se marier. Il dédaignait les femmes.

– Un problème? demanda Dolmant en les rejoignant.

– Le Conseil royal a légitimé Lychéas, leur apprit Kalten. Annias a sorti un document affirmant que la princesse Arissa était mariée.

– Ce parchemin pourrait-il avoir été falsifié? demanda Dolmant.

– Sans aucune peine, Votre Grâce, lui dit Talen. Je connais quelqu'un à Cimmura qui pourrait fournir la preuve irréfutable que l'archiprélat Cluvonus a neuf femmes... y compris une dame troll et une Ogresse.

– Enfin, c'est fait, dit Émouchet. Voilà qui rapproche Lychéas du trône, je le crains.

– Quand cela s'est-il passé, Bérit? demanda Kurik.

– Tard dans la nuit.

Kurik se gratta la barbe.

– La princesse Arissa est cloîtrée à Démos. Si Annias vient à peine de trouver ce stratagème, il se peut qu'elle ignore encore qu'elle est mariée.

– Veuve, corrigea Bérit.

– D'accord... veuve. Arissa a toujours été fière de coucher avec tous les hommes de Cimmura... si Votre Grâce veut bien me pardonner... et à ses propres conditions, sans jamais avoir à passer devant l'autel. Si quelqu'un l'approchait de manière appropriée, il ne devrait pas être trop difficile de lui faire signer une déclaration attestant qu'elle n'a jamais été mariée. Cela ne brouillerait-il pas un peu les cartes?

– Où as-tu trouvé ce gars, Émouchet? demanda Kalten, admiratif. Il est précieux!

Émouchet réfléchissait à toute allure.

– La légitimité... ou l'illégitimité... sont affaires purement civiles, fit-il remarquer, puisque cela affecte les droits d'héritage, mais la cérémonie du mariage est toujours religieuse, n'est-ce pas, Votre Grâce?

– Oui, acquiesça Dolmant.

– Si toi et moi obtenions d'Arissa le genre de déclaration dont vient de parler Kurik, l'Église pourrait-elle entériner officiellement son état de fille?

Dolmant réfléchit.

– C'est tout à fait irrégulier, dit-il, dubitatif.

– Mais c'est tout de même possible?

– Je suppose que oui.

– Annias pourrait donc recevoir de l'Église l'ordre de retirer son document contrefait, n'est-ce pas?

– Bien entendu.

Émouchet se tourna vers Kalten.

– Quel est l'héritier des terres et titres du duc Osten? demanda-t-il.

– Son neveu... un idiot accompli. Il est terriblement impressionné par sa dignité de duc et il dépense l'argent plus vite qu'il ne le gagne.

– Comment réagirait-il s'il était soudain déshérité et que ses terres et ses titres reviennent à Lychéas?

– On entendrait ses hurlements jusqu'en Thalésie.

Un sourire se peignit sur le visage d'Émouchet.

– Je connais un magistrat honnête à Vardenais et l'affaire dépendrait de sa juridiction. Si le duc actuel venait à porter la question devant une cour et s'il présentait la déclaration de l'Église à l'appui de sa demande, le magistrat jugerait en sa faveur, n'est-ce pas?

Kalten s'éclaira.

– Il n'aurait pas d'autre choix.

– Cela ne délégitimerait-il pas Lychéas?

Dolmant souriait. Puis il afficha une expression pieuse.

– Hâtons-nous vers Démos, mes chers amis. J'éprouve soudain un désir pressant d'entendre la confession d'un pêcheur de ma connaissance.

– Vous savez quelque chose? fit Talen. J'ai toujours cru que les voleurs étaient les gens les plus tortueux du monde, mais les nobles et les hommes d'Église nous font ressembler à des amateurs.

– Comment Platime réglerait-il la situation? demanda Kalten comme ils se remettaient en route.

– Par un poignard dans Lychéas. (Talen haussa les épaules.) Les bâtards défunts ne peuvent hériter des trônes, n'est-ce pas?

Kalten éclata de rire.

– Cela présente un certain charme direct, je l'admets.

– On ne peut pas résoudre les problèmes du monde par le meurtre, commenta Dolmant, désapprobateur.

– Voyons, Votre Grâce, je ne parlais pas de meurtre. Les chevaliers de l'Église sont les soldats de Dieu. Si Dieu nous dit de tuer quelqu'un, c'est un acte de foi, pas un meurtre. Pensez-vous que l'Église pourrait se décider à nous donner comme instructions, à Émouchet et moi, d'expédier ad patres Lychéas... et Annias... et Otha, pendant que nous y sommes?

– Absolument pas!

Kalten poussa un soupir.

– Ce n'était qu'une suggestion.

– Qui est Otha? demanda Talen, curieux.

– Où as-tu grandi, mon gars? lui demanda Bérit.

– Dans la rue.

– Même dans la rue, tu as dû entendre parler de l'empereur de Zémoch?

– Où est le Zémoch?

– Si tu étais resté à l'école où je t'avais mis, tu le saurais, grogna Kurik.

– Les écoles m'ennuient, Kurik, répliqua le gamin. On a passé des mois à essayer de m'apprendre l'alphabet. Une fois que j'ai su écrire mon nom, j'ai pensé que je n'avais pas besoin d'en savoir davantage.

– C'est pour ça que tu ignores où est le Zémoc... et qui est Otha, l'homme qui peut-être un jour te tuera.

– Pourquoi un homme que je ne connais même pas essaierait-il de me tuer?

– Parce que tu es élène.

– Tout le monde est élène... à part les Styriques, bien sûr.

– Ce gosse a du chemin à faire, fit remarquer Kalten. Il faudrait que quelqu'un le prenne en main.

– Si vous le permettez, messeigneurs, dit Bérit en choisissant prudemment ses mots... (à cause du patriarche?) Je sais que vous avez des affaires pressantes à l'esprit. Je ne suis qu'un piètre érudit, mais je suis prêt à entreprendre l'instruction de ce garnement dans les rudiments du sujet.

– J'adore écouter ce jeune homme, dit Kalten. Son sens de l'étiquette me fait presque me pâmer de délectation.

– Garnement? protesta bruyamment Talen.

L'expression de Bérit ne changea pas. D'un revers presque nonchalant, il fit tomber Talen de sa selle.

– Première leçon, jeune homme : on respecte son professeur, dit-il. Ne jamais le contredire.

Talen se releva en bredouillant et en tenant à la main

une petite dague. Bérit se pencha sur sa selle et lui donna dans la poitrine un violent coup de pied qui lui coupa le souffle.

– Tu ne raffoles pas du processus de l'apprentissage? demanda Kalten à Émouchet.

– A présent, remonte sur ton cheval, dit fermement Bérit, et fais bien attention. Je t'interrogerai de temps à autre et tes réponses auront intérêt à être justes.

– Tu vas le laisser faire ça? demanda Talen à son père d'un ton de supplication.

Kurik lui sourit.

– Ce n'est pas juste, se plaignit Talen en remontant en selle. (Il essuya son nez ensanglanté.) Tu vois ce que tu as fait? accusa-t-il Bérit.

– Appuie le doigt sur la lèvre supérieure, suggéra Bérit, et ne parle plus sans qu'on te le permette.

– Comment ça? fit Talen, incrédule.

Bérit leva le poing.

– Très bien, très bien, dit Talen en se ratatinant devant le danger. Vas-y. J'écoute.

– Quel plaisir que de voir cette soif de savoir chez les jeunes, fit observer Dolmant.

Ainsi commença l'éducation de Talen, tandis qu'ils chevauchaient en direction de Démos. Au début, il se montrait renfrogné, mais au bout de quelques heures à l'écoute de Bérit, il se mit à suivre l'histoire avec intérêt.

– Est-ce que je peux poser des questions? finit-il par demander.

– Bien entendu, répondit Bérit.

– Tu as dit qu'il n'y avait pas de royaumes en ce temps-là... rien que des duchés et autres.

Bérit acquiesça de la tête.

– Alors, comment se fait-il qu'Abrech de Deira ait gagné le contrôle de tout le pays au XVe siècle? Pourquoi les autres nobles ne l'ont-ils pas combattu?

– Abrech contrôlait les mines de fer au centre de la Deira. Ses guerriers avaient des armes et des armures en acier. Les autres n'avaient que du bronze... voire du silex.

– Je suppose que ça a dû faire la différence.

– Après avoir consolidé son emprise sur Deira, il se tourna vers le sud pour entrer dans ce qui est actuellement l'Élénie. Il ne lui fallut pas très longtemps pour conquérir toute la région. Puis il descendit en Arcie et y répéta le processus. Après cela, il se tourna vers l'Éosie centrale, la Cammorie, le Lamorkand et la Pélosie.

– A-t-il conquis toute l'Éosie?

– Non. C'est à peu près à cette époque que l'hérésie éshandiste naquit en Rendor et l'Église convainquit Abrech de se consacrer à sa répression.

– J'ai entendu parler des éshandistes, dit Talen, mais je n'ai jamais pu piger à quoi ils croient.

– Éshand était antihiérarchique.

– Qu'est-ce que ça veut dire?

– La Hiérarchie est composée des plus hauts fonctionnaires de l'Église... primats, patriarches et l'archiprélat. Éshand croyait que les prêtres devraient décider individuellement des questions théologiques pour leurs congrégations et que la Hiérocratie de l'Église devrait être dissoute.

– Là, je comprends pourquoi les grands prêtres ne l'aimaient pas.

– Abrech rassembla donc une énorme armée d'Éosie occidentale et centrale pour attaquer le Rendor. Il avait les yeux fixés sur le ciel et, quand les comtes et les ducs des terres conquises demandèrent des armes en acier... sous couleur de mieux combattre les hérétiques... il donna son consentement sans songer à ce que cela impliquait. Il y eut quelques batailles, mais l'empire d'Abrech se désintégra soudain. Maîtrisant désormais la technologie avancée, les nobles de l'Éosie occidentale et centrale se sentaient dispensés de rendre hommage à Abrech, l'Élénie et l'Arcie proclamèrent leur indépendance; la Cammorie, le Lamorkand et la Pélosie s'unirent en royaumes vigoureux. Abrech fut tué dans une bataille contre les éshandistes en Cammorie méridionale.

– Quel rapport avec le Zémoch?

– J'y viendrai en temps voulu.

Talen regarda Kurik.

– Tu sais, dit-il, c'est une chouette histoire. Pourquoi on ne la raconte pas dans l'école où tu m'avais mis?

– C'est probablement que tu n'es pas resté assez longtemps pour l'entendre.

– C'est possible, ma foi.

– Nous sommes à quelle distance de Démos? demanda Kalten en plissant les yeux vers le soleil vespéral pour estimer l'heure.

– Une douzaine de lieues, répondit Kurik.

– Nous n'y arriverons jamais avant la tombée de la nuit. Y a-t-il une taverne par ici?

– Il y a un village pas très loin. Avec une auberge.

– Qu'en penses-tu, Émouchet? demanda Kalten.

– L'idée n'est pas mauvaise. Ça ne ferait aucun bien aux chevaux de voyager toute la nuit dans le froid.

Le soleil couchant projetait leurs ombres loin devant eux. Le village était minuscule, avec des maisons en pierre couvertes de chaume groupées de part et d'autre de la route. Au bout se trouvait l'auberge : une salle commune avec une soupente de couchage à l'étage. Mais le souper qu'on leur servit était bien meilleur que le piètre menu auquel ils avaient eu droit la veille.

– Irons-nous à la maison mère en arrivant à Démos? demanda Kalten après leur repas dans la salle basse éclairée par des torches.

Émouchet réfléchit.

– Elle est probablement surveillée. Nous escortons le patriarche jusqu'à Chyrellos et nous devons traverser Démos, mais je préférerais que personne ne me voie entrer avec Sa Grâce pour nous entretenir avec Arissa. Si Annias a des soupçons, il essaiera de nous contrer. Kurik, tu as une chambre en plus, chez toi?

– Un grenier... et une grange à foin.

– Parfait. Nous allons te rendre visite.

– Aslade en sera enchantée. (Le regard de Kurik se troubla.) Je peux vous dire quelques mots, Émouchet?

Émouchet recula son tabouret et suivit son écuyer jusqu'à l'autre extrémité de la salle.

– Vous n'étiez pas sérieux, en parlant de laisser Talen auprès d'Aslade, n'est-ce pas? demanda-t-il calmement.

– Non, probablement pas. Tu avais raison en disant qu'elle risquait d'être malheureuse si elle découvrait ton indélicatesse, et Talen a la langue trop bien pendue.

– Qu'allez-vous donc faire de lui?

– Je ne l'ai pas encore décidé. Bérit s'occupe de lui et il lui évite des ennuis.

Kurik sourit.

– Je suppose que c'est la première fois de sa vie que Talen affronte quelqu'un qui ne tolère pas son esprit vif. Cette leçon est peut-être plus importante que toute l'histoire qu'il retiendra.

– J'avais eu la même impression. (Émouchet jeta un coup d'œil vers le novice, qui s'entretenait respectueusement avec Séphrénia.) Je crois que Bérit fera un excellent pandion. Il a du caractère et de l'intelligence et il s'est très bien débrouillé lors de la bataille, en Arcie.

– Il combattait à pied, dit Kurik. Nous en saurons davantage quand nous verrons comment il manie la lance.
– Kurik, tu as l'âme d'un sergent instructeur.
– Il faut bien que quelqu'un fasse ce boulot.

Le lendemain matin, il faisait encore froid et l'haleine des chevaux fumait dans l'air glacé lorsqu'ils se mirent en route. Au bout d'environ un mille, Bérit reprit son enseignement.
– Très bien, dit-il à Talen, répète-moi ce que tu as appris hier.
Talen était enveloppé dans une vieille cape grise rapiécée qui avait jadis appartenu à Kurik et il frissonnait, mais il récita volubilement ce que Bérit lui avait raconté la veille. Apparemment, le gamin répétait les paroles de Bérit au mot près.
– Tu as une excellente mémoire, convint Bérit.
– C'est un don, répondit Talen avec une modestie inusitée. Je porte parfois des messages pour le compte de Platime, alors j'ai appris à mémoriser les trucs.
– Qui est Platime?
– Le meilleur voleur de Cimmura... du moins avant d'être devenu obèse.
– Tu fraies avec des voleurs?
– J'en suis un, Bérit. C'est une profession antique et honorable.
– Assez peu honorable.
– Cela dépend du point de vue. Très bien, qu'est-ce qui s'est passé après la mort du roi Abrech?
– La guerre avec les éshandistes aboutit à une impasse. Il se produisait des incursions de part et d'autre de la mer Intérieure et du pas d'Arcie, mais des deux côtés les nobles avaient d'autres soucis en tête. Éshand était mort et ses successeurs étaient loin d'être aussi zélés que lui. La Hiérocratie de l'Église à Chyrellos ne cessait d'aiguillonner la noblesse pour qu'elle continue la guerre, mais elle s'intéressait bien plus à la politique qu'à la théologie.
– Combien de temps ça a duré?
– Près de trois siècles.
– On prenait la guerre au sérieux, en ce temps-là, n'est-ce pas? Attends un instant. Où étaient les soldats de l'Église pendant tout ce temps?
– J'y arrive. Lorsqu'il fut évident que la noblesse avait

perdu son enthousiasme pour la guerre, la Hiérocratie se réunit à Chyrellos pour réfléchir aux différentes alternatives. Elle finit par décider de fonder les ordres combattants pour qu'ils continuent la lutte. Les chevaliers des quatre ordres reçurent une formation dépassant de loin celle des guerriers ordinaires; de surcroît, ils furent initiés aux secrets de Styricum.

– Qu'est-ce que c'est?

– La magie.

– Oh. Pourquoi tu ne l'as pas dit?

– Je l'ai fait. Fais attention à mes paroles, Talen.

– Les chevaliers de l'Église ont-ils gagné la guerre, alors?

– Ils conquirent tout le Rendor et les éshandistes finirent par capituler. A l'origine, les ordres combattants étaient ambitieux, et ils découpèrent le Rendor en quatre énormes duchés. Mais un danger bien plus grave surgit de l'orient.

– Le Zémoch? avança Talen.

– Exactement. L'invasion du Lamorkand se produisit sans la moindre...

– Émouchet! s'écria Kalten. Là-haut!

Il désignait le sommet d'une colline voisine. Une douzaine d'hommes en armes venaient de franchir la crête et se ruaient à travers les fougères.

Émouchet et Kalten tirèrent leurs épées et donnèrent du talon pour affronter la charge. Kurik se gara de côté pour dégager de sa selle une plommée à chaîne. Bérit se plaça de l'autre côté en faisant tourner sa lourde hache d'armes.

Les deux chevaliers en armure écrasèrent le centre de la charge. Émouchet abattit deux des attaquants à la suite tandis que Kalten en renversait un autre sur sa selle avec une série rapide de coups de taille sauvages. Un homme tenta de les prendre de flanc, mais il s'écroula sous la masse de Kurik. Bérit chargea alors sur le flanc, sa hache s'écrasant dans les corps des cavaliers. En quelques instants de violence bien concertée, les survivants rompirent et s'enfuirent.

– Que cherchaient-ils? demanda Kalten.

Il avait le visage cramoisi et haletait.

– J'en chasse un et je le lui demande, monseigneur? proposa Bérit avec ardeur.

– Non, répondit Émouchet.

L'expression de Bérit s'assombrit.

– Un novice ne doit pas se porter volontaire, dit sévèrement Kurik, tant qu'il ne maîtrise pas toutes les armes.

– Je m'en suis bien tiré, protesta Bérit.

– Seulement parce que ces types n'étaient pas très doués. Tes coups sont trop larges. Tu laisses trop d'ouverture à un contre éventuel. Une fois à ma ferme, je t'apprendrai.

– Émouchet! s'écria Séphrénia en bas de la colline.

– Émouchet fit faire volte-face à Faran et vit cinq hommes à pied portant la blouse grossière des Styriques qui sortaient en courant des buissons le long de la route en direction de Séphrénia, Dolmant et Talen. Il lâcha un juron et enfonça ses éperons dans les flancs de Faran.

Il était évident que les Styriques essayaient de s'attaquer à Séphrénia et Flûte. Mais Séphrénia n'était pas totalement sans défense. L'un des Styriques tomba au sol en hurlant et en se tenant le ventre. Un autre se mit à genoux en se griffant les yeux. Les trois autres hésitèrent, ce qui leur fut fatal, car Émouchet était sur eux. Il fit voler la tête du premier d'un coup de taille, puis enfonça sa lame dans la poitrine du deuxième. Le dernier essaya de s'enfuir, mais Faran prit le mors aux dents, le rattrapa en trois enjambées et le piétina de ses sabots solidement ferrés.

– Là! fit brutalement Séphrénia en désignant le sommet de la colline.

Un personnage en robe et capuche juché sur un cheval pâle les observait. Tandis que la petite femme styrique commençait son incantation, l'individu se tourna et disparut de l'autre côté de la colline.

– Qui étaient-ce? demanda Kalten en les rejoignant sur la route.

– Des mercenaires, répondit Émouchet. Ça se voit à leur armure.

– C'était leur chef, sur la colline? demanda Dolmant.

Séphrénia acquiesça.

– Un Styrique, n'est-ce pas?

– Pas forcément. Il m'a rappelé une impression familière. Une fois déjà, quelque chose a tenté d'attaquer la petite fille. Quoi que ce fût, cela fut chassé. Cette fois-ci, j'ai essayé des moyens plus directs. (Son visage se fit terriblement sérieux.) Émouchet, je pense que nous devrions continuer en direction de Démos aussi vite que possible. C'est très dangereux, de rester ici à découvert.

– Nous pourrions questionner les blessés, suggéra-t-il. Peut-être pourraient-ils nous donner des détails sur ce mystérieux Styrique qui semble s'intéresser à toi et à Flûte.

– Ils ne pourront rien dire, Émouchet. Si la chose au sommet de la colline était ce que je pense, ils n'en auront même pas le souvenir.

– Très bien, reprenons notre route.

Au milieu de l'après-midi, ils atteignirent la vaste ferme de Kurik à l'extérieur de Démos. Elle témoignait de l'attention minutieuse que le maître de céans portait au moindre détail. Les murs de la grande maison étaient en rondins équarris pour s'emboîter parfaitement. Le toit était en bardeaux fendus. Il y avait plusieurs annexes et hangars logés à flanc de colline derrière la maison, et la grange à étage était de taille respectable. Le potager soigneusement cultivé était entouré d'une robuste clôture en bois. Un unique veau brun et blanc regardait tristement par-dessus la clôture les fanes de carottes et les choux brunis par le gel à l'intérieur du jardin.

Deux jeunes hommes de haute taille qui devaient avoir l'âge de Bérit coupaient du bois dans la cour; deux autres, un peu plus âgés, réparaient le toit de la grange. Ils portaient tous des blouses en toile grossière.

Kurik mit pied à terre et s'approcha des deux premiers.

– Il y a combien de temps que vous avez affûté ces haches? demanda-t-il d'un ton bourru.

– Père! s'exclama l'un des deux jeunes gens.

Il laissa tomber sa hache et enlaça brutalement Kurik. Émouchet constata qu'il avait une bonne tête de plus que son père.

L'autre garçon lança un cri à l'adresse de ses frères sur le toit de la grange, qui descendirent en bondissant sans souci du danger.

Aslade surgit alors hors de la maison. C'était une femme bien en chair qui portait une robe en gros drap gris et un tablier blanc. Ses cheveux étaient légèrement argentés sur les tempes, mais les fossettes de ses joues lui donnaient un air juvénile. Elle enlaça Kurik chaleureusement et, pendant plusieurs instants, l'écuyer fut encerclé par sa famille. Émouchet les regardait avec une certaine nostalgie.

– Des regrets? lui demanda doucement Séphrénia.

– Quelques-uns, sans doute, admit-il.

– Tu aurais dû m'écouter quand tu étais plus jeune. Ce pourrait être toi.

– Ma profession est un peu trop dangereuse pour que ma vie puisse comporter une femme et des enfants, fit-il avec un soupir.

– Le moment venu, tu n'y songeras même plus, cher Émouchet.

– Ce moment est passé depuis longtemps, je crois.

– Nous verrons, répondit-elle avec un air mystérieux.

– Nous avons des invités, Aslade, annonça Kurik.

Aslade se tamponna les yeux du coin de son tablier et s'approcha d'Émouchet et des autres cavaliers.

– Bienvenue en notre foyer, dit-elle cérémonieusement. (Elle s'inclina devant Émouchet et Kalten, qu'elle connaissait depuis leur enfance.) Messeigneurs, fit-elle. (Puis elle éclata de rire.) Descendez de là, vous deux, et embrassez-moi.

Comme deux gamins maladroits, ils mirent pied à terre et l'enlacèrent.

– Tu as bonne mine, Aslade, dit Émouchet en essayant de recouvrer un semblant de dignité devant le patriarche Dolmant.

– Merci, monseigneur, fit-elle avec une petite courbette moqueuse.

Elle les connaissait depuis bien trop longtemps pour se conformer aux usages. Elle sourit largement et tapota ses hanches rebondies.

– Je m'empâte, Émouchet. C'est parce que je goûte tout ce que je prépare. (Elle haussa les épaules avec bonne humeur.) Mais on ne peut pas savoir si c'est bon sans y goûter. (Elle se tourna vers Séphrénia.) Chère, très chère Séphrénia, cela fait si longtemps.

– Trop longtemps, répondit celle-ci en descendant de sa blanche haquenée pour prendre Aslade dans ses bras.

Puis elle dit quelque chose à Flûte en styrique et la petite fille s'avança timidement pour embrasser ses mains.

– Quelle magnifique enfant, dit Aslade. (Elle considéra Séphrénia avec un petit air de reproche.) Tu aurais dû m'avertir. Je suis une excellente sage-femme, et je suis un peu vexée que tu ne m'aies pas invitée à t'assister.

Séphrénia parut surprise, puis elle éclata de rire.

– Ce n'est pas cela. Il existe une parenté entre cette enfant et moi, mais pas celle que tu crois.

Aslade sourit à Dolmant.

– Descendez de votre monture, Votre Grâce. L'Église nous permettra-t-elle une accolade? Vous aurez alors droit à une récompense. Je viens de sortir cinq flûtes du four et elles sont encore toutes chaudes.

Les yeux de Dolmant brillèrent et il mit rapidement pied à terre. Aslade le prit par le cou et l'embrassa bruyamment sur la joue.

– C'est lui qui m'a mariée à Kurik, tu sais, dit-elle à Séphrénia.

– Oui, mon petit. J'étais là, souviens-toi.

Aslade s'empourpra.

– Je ne me rappelle pas, confessa-t-elle. J'avais d'autres préoccupations ce jour-là.

Elle adressa un petit sourire coquin à Kurik. Émouchet réprima soigneusement un sourire en voyant rougir le visage de son écuyer.

Aslade se tourna vers Bérit et Talen.

– Ce grand gaillard est Bérit, fit Kurik. C'est un novice pandion.

– Tu es le bienvenu, Bérit.

– Et ce gamin est mon... euh, mon apprenti, bégaya Kurik. Je le forme à devenir mon écuyer.

Aslade examina le jeune voleur.

– Ses vêtements sont une honte, Kurik. Tu n'aurais pas pu lui trouver des habits convenables?

– Il s'est joint à nous récemment, expliqua Kurik un peu trop vivement.

Elle regarda Talen plus attentivement.

– Tu sais une chose, Kurik? On dirait tout à fait toi à son âge.

Kurik eut une petite toux nerveuse.

– Une coïncidence, marmotta-t-il.

Aslade sourit à Émouchet.

– Vous vous rendez compte que je voulais Kurik depuis l'âge de six ans? Il m'a fallu dix années, mais j'ai fini par l'attraper. Descends de ton cheval, Talen. J'ai une malle remplie de vêtements trop petits pour mes fils. Nous te trouverons quelque chose que tu pourras porter.

Le visage de Talen avait une expression étrange, presque nostalgique, quand il mit pied à terre, et Émouchet eut un élan de compassion pour ce gamin habituellement impudent. Il poussa un soupir et se tourna vers Dolmant.

– Voulez-vous vous rendre au cloître, à présent, Votre Grâce?

– Et laisser refroidir le pain tout chaud d'Aslade? protesta Dolmant. Soyons un peu raisonnables, Émouchet.

Émouchet éclata de rire quand Dolmant se tourna vers la femme de Kurik.

– Vous avez du beurre frais, j'espère? demanda-t-il.

– Baratté hier matin, Votre Grâce, répondit-elle, et je viens d'ouvrir un bocal de cette confiture de prunes que vous aimez tant. Passons-nous à la cuisine?

– Pourquoi pas?

D'un air presque absent, Aslade prit Flûte par un bras et plaça l'autre sur les épaules de Talen. Puis, les enfants serrés contre elle, elle les conduisit à la maison.

Le cloître où était retenue la princesse Arissa se dressait dans un vallon boisé de l'autre côté de la ville. Il était rare que l'on admît des hommes dans cette rigoureuse communauté féminine, mais le rang et l'autorité de Dolmant dans l'Église leur assurèrent un accès immédiat. Une petite sœur converse aux yeux de biche et au teint blafard les conduisit jusqu'à un petit jardin près du mur méridional où ils trouvèrent la princesse, sœur de feu le roi Aldréas, assise sur un banc de pierre sous le pâle soleil hivernal, un gros livre ouvert sur les genoux.

Les années n'avaient eu que peu d'effet sur elle. Ses longs cheveux châtains étaient soyeux et ses yeux d'un bleu pâle, si pâle qu'ils ressemblaient beaucoup aux yeux gris de sa nièce, la reine Ehlana, malgré les cercles sombres où se lisaient les longues nuits emplies d'amertume et de violent ressentiment. Ses lèvres étaient minces et non pas sensuelles, et leurs commissures étaient marquées par les rides dures du mécontentement. Émouchet savait qu'elle avait presque quarante ans, mais ses traits étaient ceux d'une femme bien plus jeune. Elle ne portait pas la robe des sœurs du couvent, mais une robe de souple laine rouge ouverte à la gorge et sa tête était couronnée d'une guimpe aux plis compliqués.

– Je suis honorée de votre visite, messieurs, dit-elle d'une voix voilée, sans se donner la peine de se lever. Mes visiteurs sont rares.

– Votre Altesse, fit Émouchet en la saluant poliment. J'espère que vous allez bien?

– Bien, mais je m'ennuie, Émouchet. (Elle regarda Dolmant.) Vous avez vieilli, Votre Grâce, nota-t-elle d'un ton vindicatif en refermant son livre.

– Mais vous n'avez pas changé, répondit-il. Accepterez-vous ma bénédiction, Votre Altesse?

– Je ne pense pas, Votre Grâce. L'Église s'est assez occupée de moi.

Elle considéra d'un air entendu les murs qui encerclaient le jardin, et parut puiser un certain plaisir dans son geste de défi.

Il poussa un soupir.

– Je vois. Quel est ce livre? lui demanda-t-il.

Elle le lui montra.

– *Les Sermons du Primat Subata*, nota-t-il, une œuvre des plus instructives.

Elle eut un sourire assez méchant.

– Cette édition-ci l'est encore plus, dit-elle. Elle a été réalisée spécialement pour moi, Votre Grâce. Sous cette couverture d'apparence innocente, qui trompe la geôlière qu'est la mère supérieure, se dissimulent des poésies érotiques cammoriennes très lubriques. Désirez-vous que je vous en lise quelques vers?

Son regard se durcit.

– Non, merci, princesse, répondit-il froidement. Je constate que vous n'avez pas changé.

Elle eut un petit rire moqueur.

– Je ne vois aucune raison de changer, Dolmant. Seule ma condition s'est modifiée.

– Notre visite n'a pas un but mondain, princesse, annonça-t-il. Une rumeur est montée à Cimmura, selon laquelle, avant votre venue en ce lieu, vous fûtes mariée secrètement au duc Osten de Vardenais. Auriez-vous l'amabilité de confirmer... ou d'infirmer... cette rumeur?

– Osten? (Elle éclata de rire.) Ce vieux bâton desséché? Quelle femme saine d'esprit voudrait épouser un tel homme? J'aime les hommes plus jeunes, plus ardents.

– Vous démentez donc cette rumeur?

– Bien entendu. Je suis comme l'Église, Dolmant. J'offre mes trésors à *tous* les hommes... comme tout le monde le sait à Cimmura.

– Accepteriez-vous de signer un document affirmant que cette rumeur est sans fondement?

– J'y songerai. (Elle regarda Émouchet.) Que fais-tu en Élénie, sire chevalier? Je croyais que mon frère t'avait exilé.

– J'ai été rappelé, Arissa.

– Comme c'est intéressant.

Émouchet songea à autre chose.

– Avez-vous reçu une dispense pour assister aux funérailles de votre frère, princesse?

– Mais oui, Émouchet. L'Église m'a généreusement accordé trois journées entières de deuil. Mon pauvre idiot de frère paraissait très royal sur son catafalque en robe d'apparat. (Elle examina d'un œil critique ses longs ongles pointus.) La mort améliore certaines personnes, ajouta-t-elle.

– Vous le haïssiez, n'est-ce pas?

– Je le méprisais, Émouchet. Ce qui est différent. Je prenais toujours un bain après l'avoir quitté.

Émouchet tendit la main et lui montra la bague rouge sang qu'il avait au doigt.

– Auriez-vous remarqué s'il avait la même bague au doigt?

Elle fronça légèrement les sourcils.

– Non. Pas du tout. Peut-être la gamine la lui a-t-elle volée après sa mort.

Émouchet serra les dents.

– Mon pauvre Émouchet, fit-elle, moqueuse. Tu ne peux supporter la vérité concernant ta précieuse Ehlana, n'est-ce pas? Nous riions de l'attachement que tu lui portais, quand elle était enfant. Avais-tu certaines espérances, grand Champion? Je l'ai vue aux funérailles de mon frère. Ce n'est plus une enfant, Émouchet. Elle a désormais des hanches et des seins de femme. Mais elle est enchâssée dans un diamant, n'est-ce pas, et tu ne peux même pas la toucher? Toute cette peau douce et chaude, et tu ne peux même pas poser le doigt dessus!

– Je ne crois pas utile de continuer, Arissa. (Il plissa les yeux.) Qui est le père de ton enfant? lui demanda-t-il soudain dans l'espoir de lui arracher la vérité par surprise.

Elle éclata de rire.

– Comment pourrais-je le savoir? fit-elle. Après les noces de mon frère, je me suis amusée dans un certain établissement de Cimmura. (Elle roula de grands yeux.) Ce fut à la fois un grand plaisir et un gros bénéfice. J'ai gagné beaucoup d'argent. La plupart des filles du lieu se surestimaient, mais j'ai appris toute enfant que le secret de la vraie richesse est de vendre bon marché au plus grand nombre. (Elle regarda méchamment Dolmant.) D'ailleurs, ajouta-t-elle, c'est une ressource renouvelable.

Dolmant se raidit et Arissa eut un rire grossier.
– Il suffit, princesse, dit Émouchet. Vous ne voudriez même pas risquer d'avancer une identité sur le père de votre bâtard?
Il avait parlé très lentement, en espérant la piquer pour l'amener à une révélation involontaire.
La colère enflamma un instant ses yeux, puis elle se laissa aller en arrière sur le banc avec un regard d'amusement voluptueux. Elle leva les mains sur le devant de sa robe écarlate.
– Je suis un peu rouillée, mais je crois que je pourrais improviser. Voudrais-tu me mettre à l'épreuve, Émouchet?
– Je ne crois pas, Arissa, répondit-il d'une voix sans expression.
– Ah, la pruderie notoire de ta famille. Quel dommage, Émouchet. Tu m'intéressais quand tu étais jeune chevalier. Tu as désormais perdu ta reine et même la paire de bagues qui témoignait de ce qui vous liait a disparu. Cela pourrait-il signifier que tu n'es plus son Champion? Peut-être... si elle recouvre la santé... pourrais-tu établir un lien plus intime. Elle est du même sang que moi, tu sais, et il se peut qu'il coule aussi brûlant dans ses veines que dans les miennes. Si tu acceptais ma proposition, tu pourrais te préparer à une comparaison préliminaire.
Il se détourna, écœuré, et elle éclata encore de rire.
– Puis-je faire apporter un parchemin et de l'encre, princesse? demanda Dolmant, que nous rédigions votre démenti sur votre prétendu mariage?
– Non, Dolmant. Votre requête marque l'intérêt de l'Église dans cette affaire. Or l'Église m'a accordé bien peu de faveurs, ces derniers temps; pourquoi me manifesterais-je pour son compte? Le peuple de Cimmura veut s'amuser de rumeurs à mon sujet? Soit. Il s'est délecté de la vérité; qu'il se réjouisse d'un mensonge.
– C'est votre dernier mot?
– Il se peut que je change d'avis. Émouchet est un chevalier de l'Église, Votre Grâce, et vous êtes patriarche. Pourquoi ne pas l'obliger à développer votre point de vue? Je me laisse parfois convaincre facilement... et parfois plus difficilement. Tout dépend d'où viennent les conseils.
– Je crois que notre visite est terminée, annonça Dolmant. Bonjour, princesse.
Il tourna sur les talons et commença à traverser la pelouse brunie par l'hiver.

– Reviens, Émouchet, dès que tu auras pu te débarrasser de ton ami rigoriste. Nous pourrons nous amuser ensemble.

Émouchet tourna le dos à son tour et suivit le patriarche hors du jardin.

– Nous avons perdu notre temps, marmotta-t-il, le visage assombri par la colère.

– Mais non, mon garçon, dit Dolmant, serein. Dans sa hâte de faire mal, la princesse vient de passer sur un point important du droit canon. Elle a librement fait un aveu en présence de deux témoins ecclésiastiques... vous et moi. Ce qui a toute la validité d'une déclaration écrite. Il suffira de notre témoignage sous serment concernant ses paroles.

Émouchet cligna les yeux.

– Dolmant, vous êtes l'homme le plus retors que j'aie jamais connu.

– Je suis heureux que vous approuviez, mon fils, affirma le patriarche.

Chapitre douze

Ils quittèrent la ferme de Kurik tôt le lendemain matin. Aslade et ses quatre fils se tenaient sous le porche au moment du départ. Kurik resta en arrière pour quelques adieux plus intimes, promettant de les rattraper un peu plus tard.

– On va traverser la ville? demanda Kalten à Émouchet.

– Je ne crois pas. Nous pouvons prendre la route Nord. Je suis sûr qu'on nous apercevra, mais ne rendons pas la chose trop facile.

– Ça ne te dérange pas que je fasse une observation personnelle?

– Du tout.

– Tu devrais vraiment songer à laisser Kurik prendre sa retraite. Il ne rajeunit pas et il devrait passer davantage de temps dans sa famille au lieu de te suivre aux quatre points cardinaux. D'ailleurs, à ma connaissance, tu es le seul chevalier de l'Église à posséder encore un écuyer. Nous autres, nous avons appris à nous en passer. Accorde-lui une pension généreuse et laisse-le rester chez lui.

Émouchet fronça les sourcils en regardant le soleil qui venait de se lever au-dessus de la colline boisée à l'est de Démos.

– Tu as sans doute raison. Mais comment le lui annoncer? Mon père a placé Kurik à mon service avant la fin de mon noviciat. C'est en rapport avec mon poste héréditaire de Champion de la maison royale d'Élénie. (Il eut un sourire crispé.) C'est un poste archaïque impliquant des usages archaïques. Kurik est un ami plus qu'un écuyer et je ne vais pas le blesser en lui disant qu'il est trop vieux pour continuer de me servir.

– Il y a donc un problème.

– Exactement.

Kurik les rejoignit alors qu'ils dépassaient le cloître où était retenue la princesse Arissa. Son visage barbu était un peu sombre, mais il redressa les épaules et prit une expression professionnelle.

Émouchet considéra gravement son ami en s'efforçant d'imaginer la vie sans lui. Puis il secoua la tête. C'était totalement impossible.

La route conduisant à Chyrellos traversait une forêt d'arbres à feuilles persistantes où le soleil matinal pleuvait à travers les branches pour éclabousser d'or le sous-bois. L'air était sec et lumineux malgré l'absence de givre. Au bout d'un mille supplémentaire, Bérit reprit son récit à l'intention de Talen.

– Les chevaliers de l'Église virent leur position consolidée quand Chyrellos apprit que l'empereur Otha de Zémoch avait amassé une énorme armée pour envahir le Lamorkand.

– Attends un instant, l'interrompit Talen. Ça s'est passé quand, tout ça?

– Il y a environ cinq cents ans.

– Ce n'était pas le même Otha dont parlait Kalten l'autre jour, quand même?

– Si, autant qu'on sache.

– Ça, c'est impossible, Bérit.

– Otha doit avoir dans les neuf cents ans, annonça Séphrénia au gamin.

– Je pensais que c'était de l'histoire, accusa Talen, pas un conte de fées.

– Enfant, Otha rencontra le Dieu Aîné Azash, expliqua-t-elle. Les Dieux Aînés de Styricum ont d'immenses pouvoirs et ne connaissent aucune forme de morale. L'un des dons qu'ils peuvent accorder à leurs disciples est celui de longue vie. C'est pourquoi certains hommes sont prêts à les adorer.

– L'immortalité? lui demanda Talen, sceptique.

– Non, corrigea-t-elle. Aucun Dieu ne peut accorder cela.

– Le Dieu élène en est capable, annonça Dolmant, au moins dans un sens spirituel.

– C'est là un point théologique intéressant, Votre

Grâce. (Elle eut un sourire.) Un jour, il faudra que nous en discutions. Mais quand Otha accepta d'adorer Azash, il en reçut des pouvoirs énormes et finit par devenir empereur de Zémoch. Les Styriques et les Élènes se marièrent entre eux en Zémoch, de telle sorte qu'un Zémoch n'appartient pas réellement à l'une ou l'autre race.

– C'est une abomination aux yeux de Dieu, dit Dolmant.

– Les Dieux styriques sont à peu près du même avis, renchérit Séphrénia. (Elle regarda de nouveau Talen.) Pour comprendre Otha... et Zémoch... il est nécessaire de comprendre Azash. C'est la force la plus totalement malfaisante sur Terre. Les rites qu'on lui consacre sont abominables. Il se délecte de perversions, de sang et de l'agonie des victimes qui lui sont sacrifiées. A force de l'adorer, les Zémochs sont devenus tout à fait inhumains et leur incursion en Lamorkand fut accompagnée d'horreurs indicibles. Les armées d'invasion auraient été constituées uniquement de Zémochs qu'elles auraient pu être repoussées par des forces conventionnelles. Mais Azash les avait renforcées de créatures du monde inférieur.

– Des gobelins? demanda Talen, incrédule.

– Pas exactement; mais ce terme fera l'affaire. Il faudrait toute la matinée pour décrire les vingt variétés de créatures non humaines qu'Azash a sous ses ordres et tu n'aimerais guère ces détails.

– Voilà un récit qui devient de moins en moins crédible, observa Talen. J'aime les batailles, mais quand on me parle de gobelins et de fées, mon attention faiblit. Je ne suis plus un enfant, après tout.

– Plus tard, tu pourras comprendre... et croire, dit-elle. Continue ton récit, Bérit.

– Oui, madame. Quand l'Église comprit la nature des forces qui envahissaient le Lamorkand, elle rappela de Rendor ses chevaliers. On renforça les rangs des quatre ordres avec d'autres chevaliers et des simples soldats pour que les forces de l'occident fussent presque aussi importantes que celles de la horde zémoch d'Otha.

– Il y eut bataille? demanda Talen, impatient.

– La plus grande bataille de l'histoire humaine, répondit Bérit. Les deux armées s'affrontèrent sur les plaines de Lamorkand près du lac Randéra. La bataille fut colossale sur le plan physique, mais encore plus fabuleuse sur le plan surnaturel. Des vagues de ténèbres et des lames de flammes balayaient le champ de bataille. Le feu et la foudre pleuvaient du ciel. Les coups de tonnerre roulaient perpétuellement d'un bout à l'autre de l'horizon et le sol lui-même était déchiré par des tremblements de terre et l'éruption d'une roche liquide brûlante. La magie des prêtres zémochs était contrée chaque fois par la magie concentrée des chevaliers de l'Église. Trois jours durant, les armées s'entrechoquèrent avant que les Zémochs fussent repoussés. Leur retraite s'accéléra pour se transformer enfin en déroute. Les hordes d'Otha finirent par se rompre et s'enfuir vers la sécurité de la frontière.

– Terrible! s'exclama Talen. Et alors, notre armée a envahi Zémoch?

– Les hommes étaient trop épuisés. Ils avaient gagné la bataille, mais le coût en avait été immense. Une bonne moitié des chevaliers de l'Église gisait sur le champ de bataille et les armées des rois élènes comptaient leurs morts par dizaines de milliers.

– Ils auraient quand même pu faire quelque chose, non?

Bérit secoua tristement la tête.

– Ils soignèrent leurs blessés et enterrèrent leurs morts. Puis ils rentrèrent chez eux.

– C'est tout? demanda Talen, incrédule. Si c'est tout ce qu'ils ont fait, ce n'est pas une histoire formidable.

– Ils n'avaient pas le choix. Ils avaient dépouillé les royaumes occidentaux de tous les hommes valides en état de combattre et avaient laissé les récoltes à l'abandon. L'hiver arrivait et la nourriture manquait. Ils réussirent à passer la mauvaise saison, mais il y avait eu tellement de victimes au cours de la bataille que, lorsque vint le printemps, il ne restait pas assez de gens... à l'ouest comme en Zémoch... pour des semailles tardives. Ce fut la famine. Un siècle durant, le seul souci de l'Éosie fut de se nourrir. Épées et lances furent mises de côté et les chevaux de guerre furent attelés aux charrues.

– On ne parle jamais de trucs comme ça dans les récits que j'ai entendus, fit Talen en reniflant.

– Parce que ce ne sont que des légendes, lui dit Bérit. Je te raconte ce qui s'est réellement passé. Donc, la guerre et la famine provoquèrent des changements importants. Les ordres combattants furent forcés de travailler dans les champs aux côtés du peuple et ils commencèrent graduellement à prendre leurs distances par rapport à l'Église. Pardonnez-moi, Votre Grâce, dit-il à Dolmant, mais à l'époque la Hiérocratie était trop éloignée des soucis du peuple pour en comprendre totalement la souffrance.

– Inutile de t'excuser, Bérit, répondit tristement Dolmant. L'Église a aisément reconnu les erreurs commises au cours de cette période.

Bérit hocha la tête.

– Les chevaliers de l'Église se sécularisèrent petit à petit. A l'origine, la Hiérocratie voulait que les chevaliers fussent des moines armés vivant dans leurs chapitres quand ils ne combattaient pas. Cette idée finit par s'éteindre. Les terribles pertes subies dans leurs rangs les obligèrent à trouver une nouvelle source de recrues. Les Précepteurs des ordres se rendirent à Chyrellos et présentèrent leur problème à la Hiérocratie en termes extrêmement fermes. Le point de blocage principal au recrutement avait toujours été le vœu de célibat. Sur l'insistance des Précepteurs, la Hiérocratie supprima cette règle et les chevaliers de l'Église eurent la permission de prendre femme et d'avoir des enfants.

– Tu es marié, Émouchet? demanda soudain Talen.

– Non.

– Pourquoi?

– Il n'a pas encore trouvé de femme assez bête pour le garder. (Kalten éclata de rire.) D'abord, il n'est pas très beau, et ensuite il a un caractère abominable.

Talen considéra Bérit.

– Alors, c'est la fin de l'histoire? demanda-t-il d'un ton critique. Une bonne histoire doit avoir une fin... quelque chose du genre : « Et ils vécurent tous heureux à tout jamais. » On dirait que la tienne s'effiloche sans aller nulle part.

– L'histoire continue, Talen. Les ordres combattants sont aussi impliqués dans les questions politiques que dans celles de l'Église et nul ne sait ce qui les attend.

Dolmant poussa un soupir.

– Ce n'est que trop vrai, acquiesça-t-il. Je regrette qu'il n'en ait pas été autrement, mais Dieu a peut-être ses raisons pour avoir ordonné les choses de la sorte.

– Attendez un instant, coupa Talen. Tout ceci a commencé quand tu allais me parler d'Otha et de Zémoch. J'ai l'impression qu'il a quitté le récit à un moment donné. Pourquoi nous soucions-nous autant de lui à l'heure actuelle?

– Otha mobilise à nouveau, dit Émouchet.

– Est-ce que nous réagissons?

– Nous l'observons. S'il revient, nous l'affronterons comme la première fois. (Émouchet regarda l'herbe jaune qui luisait au soleil du matin.) Si nous voulons arriver à Chyrellos avant la fin du mois, nous devrons avancer un peu plus vite, dit-il en touchant des éperons les flancs de Faran.

Ils chevauchèrent trois jours, s'arrêtant toutes les nuits dans une nouvelle auberge. Émouchet déguisait un certain amusement tolérant envers Talen qui, inspiré par les récits de Bérit, décapitait férocement les chardons avec un bâton. Dans l'après-midi du troisième jour, ils franchirent une colline allongée et découvrirent à leurs pieds la vaste étendue de Chyrellos, siège de l'Église élène. La cité n'appartenait à aucun royaume; elle était située aux confins de l'Élénie, de l'Arcie, de la Cammorie, du Lamorkand et de la Pélosie. C'était de loin la plus grande ville de toute l'Éosie. Étant une ville ecclésiastique, elle était parsemée de flèches et de dômes; à certaines heures du jour, l'air vibrait du son des cloches qui appelaient les fidèles à la prière. Mais aucune ville aussi importante ne pouvait être entièrement consacrée aux églises. Le commerce, presque autant que la religion, dominait la société de la ville sainte, et les palais des marchands fortunés rivalisaient en splendeur et en opulence avec ceux des patriarches de l'Église. Toutefois le centre de la cité était la basilique de Chyrellos, vaste cathédrale dotée d'un dôme de marbre luisant érigée à la gloire de Dieu. Le pouvoir qui émanait de la basilique était énorme et affectait la vie de tous les Élènes, des étendues neigeuses de la nordique Thalésie aux déserts de Rendor.

Talen, qui, jusqu'alors, n'avait jamais quitté Cimmura, restait bouche bée devant la cité gigantesque qui s'étalait devant eux et brillait au soleil.

– Grand dieu! haleta-t-il sur un ton presque révérenciel.

– Oui, acquiesça Dolmant. Il est grand et ceci est l'une de ses œuvres les plus splendides.

Flûte, quant à elle, ne paraissait pas impressionnée.

Elle sortit son instrument et joua une petite mélodie comme pour dire que ces splendeurs étaient sans importance.

– Vous rendez-vous directement à la basilique, Votre Grâce? demanda Émouchet.

– Non. Le voyage fut fatigant et j'aurai besoin de toutes mes forces pour présenter cette affaire à la Hiérocratie. Annias a de nombreux amis au Conseil supérieur de l'Église et mon rapport ne plaira pas à ces gens-là.

– Il n'est pas possible de mettre en doute vos paroles, Votre Grâce.

– Peut-être, mais on peut essayer de les déformer. (Dolmant tira songeusement sur le lobe d'une oreille.) Elles auront un impact plus fort si elles sont corroborées. Comment êtes-vous en public?

– Avec une épée, il est formidable, dit Kalten.

Dolmant eut un léger sourire.

– Venez demain chez moi, Émouchet. Nous passerons votre témoignage en revue.

– Tout cela est-il bien légal, Votre Grâce?

– Je ne vous demanderai pas de mentir sous serment, Émouchet. Je veux seulement travailler avec vous la manière d'énoncer vos réponses à certaines questions. (Il eut un nouveau sourire.) Je ne veux pas que vous me preniez au dépourvu face à la Hiérocratie. Je déteste les surprises.

– Fort bien, donc, Votre Grâce, acquiesça Émouchet.

Ils descendirent la colline jusqu'aux grandes portes de bronze de la ville sainte. Les gardes saluèrent Dolmant et les laissèrent passer sans leur poser la moindre question. Derrière les portes s'allongeait une large rue qu'on ne pouvait qu'appeler boulevard. Des maisons énormes se dressaient des deux côtés, si désireuses d'attirer l'attention exclusive des passants qu'elles avaient un peu l'air de se bousculer. La rue grouillait de monde. Beaucoup de passants portaient la blouse terne des ouvriers, mais la grande majorité arboraient le noir des ecclésiastiques.

– Tous les gens sont d'Église, ici? demanda Talen.

Les yeux du gamin s'écarquillaient devant ce spectacle écrasant. Le jeune voleur cynique des ruelles de Cimmura avait enfin trouvé quelque chose qu'il ne pouvait mépriser.

– Loin de là, répondit Kalten, mais à Chyrellos on impose davantage de respect si l'on paraît lié à l'Église, et tout le monde porte du noir.

– Franchement, ça ne me dérangerait pas de voir un peu plus de couleur dans les rues de Chyrellos, annonça Dolmant. Tout ce noir uniforme me déprime.

– Alors, pourquoi ne pas lancer une nouvelle mode, Votre Grâce? suggéra Kalten. La prochaine fois que vous vous présenterez à la basilique, portez une soutane rose... ou bien encore vert émeraude. Le vert vous irait très bien.

– Le dôme s'écroulerait si je faisais cela, dit Dolmant avec un sourire forcé.

La demeure du patriarche, à la différence des palais des autres dignitaires, était simple et sans décoration. Elle était située légèrement en retrait et entourée de buissons bien taillés et d'une clôture en fer.

– Nous allons à présent rejoindre le chapitre, Votre Grâce, dit Émouchet devant la porte.

Le patriarche hocha la tête.

– A demain, donc.

Émouchet le salua, puis conduisit les autres à l'autre bout de la rue.

– C'est un brave homme, n'est-ce pas? fit Kalten.

– L'un des meilleurs, répondit Émouchet. L'Église a de la chance de l'avoir.

Le chapitre des chevaliers pandions était une bâtisse en pierre d'apparence sinistre dans une rue latérale peu passante. Il n'avait pas de douves comme celui de Cimmura, mais il était entouré par un haut mur et séparé de la rue par un portail monumental. Ils opérèrent le rituel d'entrée et mirent pied à terre dans la cour. Le gouverneur du chapitre, un homme trapu nommé Nashan, descendit les accueillir.

– Notre maison est honorée, sire Émouchet, dit-il en serrant la main de l'imposant chevalier. Tout s'est bien passé à Cimmura?

– Nous avons réussi à couper l'herbe sous les pieds d'Annias, répondit Émouchet.

– Comment a-t-il pris la chose?

– Il avait l'air un peu patraque.

– Parfait. (Nashan se tourna vers Séphrénia.) Bienvenue, petite mère, dit-il en lui embrassant les deux mains.

– Nashan, répondit-elle gravement. Je vois que tu ne sautes pas trop de repas.

Il éclata de rire et se tapa sur la panse.

– Il faut bien avoir un ou deux vices. Entrez, vous tous. J'ai introduit en fraude une outre de vin rouge arcien...

pour la santé de mon estomac, bien entendu... et nous pourrons en boire un ou deux verres.

– Tu vois ce qui se passe, Émouchet? dit Kalten. On peut tourner les règlements, si on connaît les gens qu'il faut.

Le cabinet de Nashan était meublé de rideaux et de tapis rouges et la table ornementée qui lui servait de bureau était incrustée d'or et de nacre.

– Pour les visiteurs, dit-il sur un ton d'excuse en les faisant entrer et en les voyant examiner la pièce. A Chyrellos, nous devons tous exécuter ces petites génuflexions devant l'opulence, si nous voulons être pris au sérieux.

– Tu sais, Nashan, lui dit Séphrénia, tu n'as pas été choisi comme gouverneur de ce chapitre en raison de ton humilité.

– Il faut garder les apparences, Séphrénia. (Il poussa un soupir.) Je n'ai jamais été un très bon chevalier, admit-il. Je suis à tout le moins médiocre à la lance et la plupart de mes enchantements tendent à me retomber dessus à mi-chemin. (Il inspira profondément et regarda autour de lui.) Par contre, je suis un bon administrateur. Je connais l'Église et sa politique et dans ce domaine je sers bien mieux notre ordre et le seigneur Vanion que je ne le pourrais sur un champ de bataille.

– Nous faisons tous ce que nous pouvons, lui dit Émouchet. On prétend que Dieu apprécie nos plus beaux efforts.

– J'ai parfois l'impression de le décevoir, dit Nashan. Au fin fond de moi-même, je pense que j'aurais pu faire mieux.

– Ne te fustige point, Nashan, lui conseilla Séphrénia. Le Dieu élène est réputé pour sa magnanimité. Tu as fait ce que tu pouvais.

Ils s'assirent autour de la table ornementée et le gouverneur appela un acolyte qui apporta des verres et une outre de vin arcien rouge foncé. A la requête de Séphrénia, il demanda également du thé pour elle et du lait pour Flûte et Talen.

– Il ne sera peut-être pas nécessaire que nous parlions de ceci au seigneur Vanion, n'est-ce pas? dit Nashan à Émouchet en levant l'outre.

– On m'écartèlerait avec des chevaux sauvages qu'on ne pourrait m'arracher un tel secret, monseigneur, lui apprit Émouchet en tendant son verre.

– Eh bien, que se passe-t-il à Chyrellos?
– La période est trouble, Kalten. Oui, bien trouble. L'archiprélat vieillit et toute la ville retient son souffle en attendant sa fin.
– Qui sera le nouvel archiprélat? demanda Émouchet.
– Pour le moment, c'est impossible à savoir. Cluvonus n'est pas en état de nommer un successeur et Annias de Cimmura dépense des fortunes pour accéder au trône.
– Et Dolmant? demanda Kalten.
– Il est trop effacé, je le crains. Il est à ce point dévoué à l'Église qu'il n'a pas la personnalité nécessaire pour aspirer au trône doré de la basilique. De plus, il s'est fait des ennemis.
– J'aime les ennemis, dit Kalten avec un gros sourire. Ils donnent une raison d'affûter son épée.
Nashan considéra Séphrénia.
– Il se prépare quelque chose en Styricum?
– Qu'entends-tu par là?
– La cité grouille soudain de Styriques. On prétend qu'ils sont ici pour être instruits dans la foi élène.
– C'est absurde.
– C'est bien ce que je pensais. Il y a trois mille ans que l'Église essaie sans grand succès de convertir les Styriques et ils se précipiteraient soudain librement à Chyrellos en implorant d'être convertis?
– Aucun Styrique sain d'esprit ne ferait cela, dit-elle avec vigueur. Nos Dieux sont jaloux et punissent sévèrement l'apostasie. (Ses yeux se plissèrent.) Des pèlerins auraient-ils précisé leur origine? demanda-t-elle.
– Pas à ma connaissance. Ils ressemblent tous à des Styriques de la campagne.
– Peut-être ont-ils accompli un voyage plus long qu'ils ne sont prêts à le révéler.
– Tu penses que ce pourraient être des Zémochs?
– Otha a déjà infesté d'espions le Lamorkand oriental, répondit Séphrénia. Chyrellos est le centre du monde élène. C'est le bon endroit pour l'espionnage et la sédition. (Elle réfléchit un instant.) Il est probable que nous resterons ici un certain temps. Nous devons attendre l'arrivée des chevaliers des autres ordres. Je pense que nous pourrions en profiter pour enquêter sur ces postulants inhabituels.
– Je ne puis m'engager réellement dans tout ceci, signala Émouchet. Pour l'instant, j'ai des sujets bien plus

importants à l'esprit. Nous nous occuperons d'Otha et de ses Zémochs quand le temps viendra. Je dois me concentrer sur la restauration d'Ehlana et la sauvegarde de certains amis menacés de mort.

Il avait parlé de manière détournée, car il ne voulait pas divulguer les détails qu'elle lui avait révélés sur les événements de la salle du trône de Cimmura.

– Très bien, Émouchet. Je comprends ton inquiétude. J'emmènerai Kalten et nous verrons ce que nous pourrons dénicher.

Ils passèrent le restant de la journée à converser tranquillement dans le cabinet de Nashan et, le lendemain matin, Émouchet revêtait une cotte de mailles et une simple robe à capuche pour rejoindre la demeure de Dolmant.

– Il serait futile de lancer des accusations directes contre Annias, annonça le patriarche. Il vaut sans doute mieux éviter de parler de lui... ou de Harparine. Contentons-nous de présenter l'affaire comme un complot pour discréditer l'ordre des Pandions. La Hiérocratie en tirera ses propres conclusions. (Il eut un léger sourire.) La moins gênante, c'est qu'Annias s'est ridiculisé en public. Les patriarches neutres s'en souviendront quand viendra le moment de choisir un nouvel archiprélat.

– C'est toujours ça. Est-ce que nous présenterons la question du prétendu mariage d'Arissa durant la même session?

– Je ne crois pas. Ce n'est pas une affaire assez significative pour retenir l'attention de toute la Hiérocratie. Les déclarations concernant le célibat d'Arissa peuvent provenir du patriarche de Vardenais. Le mariage est censé s'être déroulé dans son district et il serait logique que ce fût lui qui annonce ce qu'il en est véritablement. (Un sourire effleura son visage ascétique.) D'ailleurs, ajouta-t-il, c'est un ami à moi.

– Habile, commenta Émouchet, admiratif.

– Oui, ça me plaît assez, fit Dolmant avec modestie.

– Quand passons-nous devant la Hiérocratie?

– Demain matin. Inutile d'attendre davantage. Cela ne ferait que donner à Annias le temps d'alerter ses amis de la basilique.

– Vous voulez que je vienne vous chercher?

– Non. Allons-y séparément. Ne leur donnons pas la moindre indication sur ce que nous préparons.

– Vous êtes très qualifié en matière de chicane politique, Votre Grâce, dit Émouchet avec un grand sourire.

– Bien entendu. Comment imaginez-vous que j'aurais pu devenir patriarche? Venez à la basilique durant la troisième heure après le lever du soleil. Cela devrait me laisser le temps de présenter mon compte rendu... et de répondre à toutes les questions et objections que poseront probablement les partisans d'Annias.

– Fort bien, Votre Grâce, dit Émouchet en se levant.

– Soyez prudent. Ils tenteront de vous prendre en défaut. Pour l'amour de Dieu, ne vous énervez pas.

– J'essaierai de m'en souvenir.

Le lendemain matin, Émouchet s'habilla soigneusement. Son armure noire étincelait, sa cape et son surcot argenté avaient été repassés. Faran avait été pansé et sa robe rouanne brillait; ses sabots graissés étaient étincelants.

– Ne les laisse pas t'acculer dans un coin, Émouchet, l'avertit Kalten tandis que lui et Kurik hissaient le chevalier sur sa selle. Les hommes d'Église savent être tortueux.

– Je me surveillerai.

Émouchet prit ses rênes et talonna Faran. Le gros rouan franchit fièrement la porte du chapitre pour sortir dans les rues grouillantes de la ville sainte.

Le dôme de la basilique de Chyrellos dominait toute la cité. Le bâtiment était construit sur une colline peu élevée et prenait son essor vers le firmament, luisant au soleil hivernal. Les gardes au portail de bronze firent entrer respectueusement Émouchet et il mit pied à terre devant l'escalier de marbre qui montait vers les grandes portes. Il tendit les rênes de Faran à un moine, ajusta la lanière de son écu, puis grimpa les marches, ses éperons tintant sur le marbre. Sur le palier, un jeune ecclésiastique en soutane noire lui barra la route.

– Sire chevalier, protesta le jeune homme, vous ne pouvez entrer avec vos armes.

– Vous êtes dans l'erreur, Révérend, lui dit Émouchet. Ces règles ne s'appliquent pas aux ordres combattants.

– Je n'ai jamais entendu parler d'une telle exception.

– C'est fait, à présent. Je ne vous cherche aucune querelle, l'ami, mais j'ai été convoqué par le patriarche Dolmant et je vais entrer.

– Mais...

– Il existe ici une bibliothèque importante, voisin. Pourquoi ne pas aller consulter à nouveau le règlement? Je suis sûr que vous découvrirez que vous avez sauté quelques détails. Maintenant, écartez-vous.

Il dépassa l'homme en soutane noire et entra dans la cathédrale froide qui sentait l'encens. Il exécuta le salut habituel en direction de l'autel incrusté de joyaux et descendit la large nef dans la lumière multicolore qui se déversait à travers les grands vitraux. Un sacristain se tenait près de l'autel et astiquait vigoureusement un calice en argent.

– Bonjour, l'ami, lui dit Émouchet de sa voix la plus pacifique.

Le sacristain faillit lâcher le calice.

– Vous m'avez fait sursauter, sire chevalier, dit-il avec un rire nerveux. Je ne vous avais pas entendu arriver.

– C'est le tapis. Il étouffe le bruit des pas. Je crois que les membres de la Hiérocratie sont réunis officiellement.

Le sacristain acquiesça.

– Le patriarche Dolmant m'a appelé pour témoigner dans une affaire qu'il présente ce matin. Pourriez-vous m'indiquer où ils sont réunis?

– Dans la chambre d'audience de l'archiprélat, je crois. Voulez-vous que je vous montre le chemin, sire chevalier?

– Je sais où elle se trouve. Merci, voisin.

Émouchet traversa la croisée et franchit une porte latérale qui donnait dans un couloir en marbre riche en échos. Il ôta son casque et le fourra sous le bras, puis longea le couloir pour finir par atteindre une grande salle où étaient assis une douzaine d'ecclésiastiques occupés à compulser des piles de documents. L'un des hommes en robe noire leva les yeux, aperçut Émouchet à la porte et se dressa.

– Puis-je vous aider, sire chevalier? demanda-t-il.

Il avait le sommet du crâne chauve et des mèches folles de cheveux gris lui retombaient sur les oreilles, telles des ailes.

– Je m'appelle Émouchet, Révérend. Le patriarche Dolmant m'a fait mander.

– Ah, oui, dit l'ecclésiastique. Le patriarche m'a averti qu'il vous attendait. Je vais lui annoncer votre arrivée. Voulez-vous vous asseoir durant votre attente?

– Non, merci, Révérend. Je resterai debout. Il est assez gênant de s'asseoir quand on porte l'épée.

L'ecclésiastique eut un sourire un peu triste.

– J'ignore tout de cet état. Comment est-ce?

– C'est inestimable, lui apprit Émouchet. Voulez-vous bien avertir le patriarche que je suis ici?

– Sur-le-champ, sire Émouchet.

L'ecclésiastique fit volte-face et traversa la pièce pour rejoindre une autre porte, ses sandales claquant sur le sol en marbre. Il revint au bout de quelques instants.

– Dolmant dit que vous arrivez à point. L'archiprélat est avec eux.

– Voilà qui est surprenant. Je le croyais malade.

– C'est un de ses bons jours, sans doute.

L'ecclésiastique le conduisit jusqu'à la porte et la lui ouvrit.

La salle d'audience était flanquée de part et d'autre par plusieurs niveaux de gradins. Les bancs à dossier haut étaient occupés par des ecclésiastiques âgés vêtus en noir uniforme : la Hiérocratie de l'Église élène. A l'avant de la salle, une estrade supportait un trône doré et, assis sur ce trône, portant une robe de satin blanc et une mitre dorée, se trouvait l'archiprélat Cluvonus. Le vieillard sommeillait. Au centre de la salle se dressait un lutrin ornementé. Dolmant s'y tenait, une liasse de parchemins posée sur la tablette inclinée.

– Ah, fit-il, sire Émouchet. Vous êtes aimable d'être venu.

– C'est un plaisir, Votre Grâce.

– Mes frères, j'ai l'honneur de vous présenter le chevalier pandion nommé sire Émouchet.

– Nous avons entendu parler de sire Émouchet, dit froidement un patriarche au visage maigre sur le premier gradin à gauche. Pourquoi est-il ici, Dolmant?

– Pour présenter des pièces à conviction dans l'affaire dont nous discutions, Makova, répondit Dolmant d'un air distant.

– J'en ai déjà assez entendu.

– Parle pour toi, Makova, dit un gros homme à l'air jovial placé sur le gradin de droite. Les ordres combattants sont le bras de l'Église et leurs membres sont toujours les bienvenus lors de nos délibérations.

Les deux hommes se foudroyèrent du regard.

– Comme sire Émouchet a contribué à dévoiler puis à déjouer ce complot, dit Dolmant d'une voix douce, j'ai pensé que son témoignage pouvait s'avérer édifiant.

– Oh, vas-y, dit le patriarche émacié d'une voix irritée. Nous avons des questions de plus grande importance à examiner ce matin.

– Comme le voudra l'estimé patriarche de Coumbe. (Dolmant s'inclina.) Sire Émouchet, fit-il alors, donnez-vous votre parole de chevalier de l'Église que votre témoignage sera fidèle?

– Oui, Votre Grâce, affirma Émouchet.

– Veuillez donc indiquer à cette assemblée de quelle manière vous avez mis au jour ce complot.

– Bien entendu, Votre Grâce.

Émouchet narra la majeure partie de la conversation entre Harparine et Krager en omettant leurs noms, le nom du primat Annias et toute allusion à Ehlana.

– Avez-vous pour coutume d'écouter indiscrètement les conversations, sire Émouchet? demanda Makova avec un certain mépris.

– Lorsque cela implique la sécurité de l'Église ou de l'État, oui, Votre Grâce. J'ai fait serment de les défendre tous deux.

– Ah, oui. J'oubliais que vous êtes aussi le Champion de la reine d'Élénie. Cela ne cause-t-il jamais de conflits d'intérêts, sire Émouchet?

– Cela ne s'est encore jamais produit, Votre Grâce. Les intérêts de l'Église et de l'État sont rarement opposés, en Élénie.

– Bien dit, sire Émouchet, approuva le gros ecclésiastique à droite.

Le patriarche de Coumbe se pencha et chuchota quelque chose à l'homme au teint brouillé assis derrière lui.

– Qu'avez-vous fait après avoir surpris cette conspiration, sire Émouchet? lui demanda Dolmant.

– Nous avons rassemblé nos forces et chevauché en Arcie pour intercepter les hommes qui devaient livrer l'attaque.

– Et pourquoi n'avez-vous pas averti le primat de Cimmura de cette prétendue conspiration? demanda Makova.

– Le complot prévoyait une attaque contre une maison d'Arcie, Votre Grâce, répondit Émouchet. Le primat de Cimmura n'y a aucune autorité et l'affaire ne le concernait point.

– Non plus que les pandions, je suppose. Pourquoi ne pas avoir alerté les chevaliers cyriniques pour qu'ils se chargent de la chose?

Makova regarda autour de lui d'un air content de soi, comme s'il venait de marquer un point décisif.

– C'est notre ordre que ce complot visait à discréditer, Votre Grâce. Nous avons estimé que cela nous donnait une raison suffisante pour nous occuper personnellement de l'affaire. D'ailleurs, les cyriniques ont leurs propres soucis et nous ne voulions point les déranger pour une question aussi mineure.

Makova émit un grognement revêche.

– Que s'est-il passé ensuite, sire Émouchet? demanda Dolmant.

– Tout s'est déroulé plus ou moins comme prévu, Votre Grâce. Nous avons averti le comte Radun; puis, quand les mercenaires sont arrivés, nous les avons attaqués par-derrière. Rares sont ceux qui ont pu s'échapper.

– Vous les avez attaqués par-derrière sans crier gare? (Le patriarche Makova paraissait indigné.) Est-ce là l'héroïsme tant vanté des pandions?

– Tu coupes les cheveux en quatre, Makova, se moqua l'homme à l'air jovial. Ton précieux primat Annias s'est ridiculisé. Cesse d'essayer de le cacher en provoquant ce chevalier ou en t'efforçant d'attaquer son témoignage. (Il considéra Émouchet d'un air matois.) Pourriez-vous vous risquer devant nous à désigner la source de cette conspiration, sire Émouchet? demanda-t-il.

– Nous ne sommes pas ici pour écouter des hypothèses, Emban, lança rapidement Makova. Le témoin ne peut témoigner que de ce qu'il sait et non de ce qu'il suppute.

– Le patriarche de Coumbe a raison, Votre Grâce, dit Émouchet au patriarche Emban. J'ai juré de ne dire que la vérité et les hypothèses sont généralement assez éloignées de la vérité. L'ordre des Pandions a blessé bien des gens au cours de siècles passés. Nous formons un groupe d'hommes parfois acerbes, intraitables et sans merci. Nombreux sont ceux qui trouvent cette qualité fort déplaisante et les haines anciennes ont la vie dure.

– Exact, admit Emban. S'il s'agissait de la défense de la foi, je préférerais quand même placer ma confiance auprès de pandions intraitables et sans merci plutôt qu'auprès d'autres personnes que je pourrais citer. Les haines anciennes, comme vous le dites, ont la vie dure, mais les nouvelles aussi. J'ai entendu parler de ce qui se passe en Élénie et il n'est pas difficile de repérer quelqu'un qui pourrait profiter de la disgrâce des pandions.

– Oserais-tu accuser le primat Annias? s'écria Makova en se levant d'un bond, les yeux exorbités.

– Oh, rassieds-toi, Makova, fit Emban, écœuré. Tu nous contamines par ta simple présence. Tout le monde ici connaît ton maître.

– Tu porterais une accusation contre moi?

– Qui a payé ton nouveau palais? Il y a six mois, tu as essayé de m'emprunter de l'argent, mais tu parais maintenant disposer de tout ce qu'il te faut. N'est-ce pas curieux? Quel est ton bailleur de fonds, Makova?

– Quels sont tous ces cris? demanda une voix faiblarde.

Émouchet regarda vivement le trône doré. L'archiprélat Cluvonus s'était réveillé et regardait autour de lui en clignant les yeux dans son désarroi. Les yeux chassieux, la tête du vieillard oscillait en haut du cou filiforme.

– Une discussion animée, Votre Sainteté, répondit doucement Dolmant.

– Et voilà que vous m'avez réveillé, fit l'archiprélat, irrité, alors que je faisais un si joli rêve.

Il leva la main, ôta sa mitre et la jeta au sol. Puis il se renfonça dans son trône avec une moue boudeuse.

– L'archiprélat désirerait-il entendre le sujet de notre discution? avança Dolmant.

– En aucun cas, lança Cluvonus. Na!

Il se mit à glousser comme s'il avait fait une très bonne plaisanterie. Puis son rire mourut et il les foudroya du regard.

– Je veux retourner dans ma chambre, déclara-t-il. Sortez, vous tous!

La Hiérocratie se leva et commença à sortir à la queue leu leu.

– Toi aussi, Dolmant, insista l'archiprélat d'une voix stridente. Et envoie-moi sœur Clentis. Elle est la seule à savoir s'occuper de moi.

– Comme vous voudrez, Votre Sainteté, dit Dolmant en s'inclinant.

Une fois qu'ils furent sortis, Émouchet s'approcha du patriarche de Démos.

– Depuis combien de temps est-il comme ça? demanda-t-il.

Dolmant poussa un soupir.

– Un an au moins, répondit-il. Son esprit faiblissait

depuis un certain temps, et maintenant il en est à ce stade.

– Qui est sœur Clentis?

– Sa gouvernante... son infirmière, en fait.

– Son état est-il connu du public?

– Certaines rumeurs circulent, bien entendu, mais nous avons fait en sorte que son état demeure secret. (Dolmant poussa un nouveau soupir.) Ne le jugez point d'après ce que vous venez de voir, Émouchet. Plus jeune, il a fait honneur au trône de l'archiprélature.

Émouchet acquiesça.

– Je sais. Et comment est sa santé, en dehors de cela?

– Pas très bonne. Il est fragile. La fin ne tardera pas.

– Peut-être est-ce pour cela qu'Annias commence à faire des pieds et des mains aussi soudainement. (Émouchet rectifia la position de son bouclier.) Le temps est de son côté.

Dolmant afficha un visage amer.

– Oui. C'est ce qui rend votre mission aussi vitale.

Un autre ecclésiastique se joignit à eux.

– Eh bien, Dolmant, la matinée fut édifiante. A quel point Annias était-il impliqué dans ce complot?

– Je n'ai pas dit un mot au sujet du primat de Cimmura, Yarris, protesta Dolmant d'un ton faussement innocent.

– C'était inutile. Tout s'imbrique un peu trop parfaitement. Je ne pense pas qu'un seul membre du Conseil s'y soit trompé.

– Connaissez-vous le patriarche de Vardenais, Émouchet? demanda Dolmant.

– Nous nous sommes rencontrés à plusieurs occasions. (Émouchet s'inclina légèrement devant l'autre ecclésiastique avec force grincements d'armure.) Votre Grâce.

– Je suis heureux de vous revoir, sire Émouchet. Quelles sont les nouvelles de Cimmura?

– La tension règne.

Le patriarche Yarris regarda Dolmant.

– Tu sais que Makova va rapporter à Annias le moindre détail de ce qui s'est passé ce matin, n'est-ce pas?

– Je n'essayais pas de garder le secret. Annias s'est tourné lui-même en ridicule. Vu ses aspirations, cet élément de sa personnalité est sans importance.

– Tout à fait, Dolmant. Tu t'es fait un nouvel ennemi.

– Makova ne m'a jamais beaucoup aimé. Au fait, Yarris, Émouchet et moi aimerions présenter une certaine affaire à ton attention.

– Oh?

– Il s'agit d'une nouvelle manœuvre du primat de Cimmura.

– Alors, coupons-lui l'herbe sous le pied sans attendre.

– J'espérais bien que ce serait ta réaction.

– Qu'a-t-il encore tramé?

– Il a produit un faux certificat de mariage au Conseil royal de Cimmura.

– Qui s'est marié?

– La princesse Arissa et le duc Osten.

– C'est risible.

– La princesse Arissa nous a dit la même chose.

– Tu pourrais en faire serment?

Dolmant acquiesça de la tête.

– Émouchet également, ajouta-t-il.

– Je présume que le but de l'affaire était de légitimer Lychéas?

Dolmant hocha encore la tête.

– Fort bien. Allons voir si nous pouvons démolir ceci. Allons parler à mon secrétaire. Il rédigera le document idoine. (Le patriarche de Vardenais gloussa.) Annias aura passé un mauvais mois, j'en ai peur. Ce sera le second de ses complots à échouer... et du fait d'Émouchet chaque fois. (Il considéra le robuste pandion.) Ne quittez pas votre armure, mon garçon, suggéra-t-il. Annias pourrait décider de faire décorer d'un manche de dague le secteur situé entre vos omoplates.

Après que Dolmant et Émouchet eurent fait leur déposition sur les déclarations de la princesse Arissa, ils quittèrent le patriarche de Vardenais et reprirent le couloir menant à la nef de la basilique.

– Dolmant, dit Émouchet, comprenez-vous pourquoi il y a tant de Styriques à Chyrellos?

– J'en ai entendu parler. On raconte qu'ils cherchent à adopter notre foi.

– Séphrénia prétend que c'est absurde.

Dolmant fit une petite mine.

– Elle a probablement raison. J'ai peiné toute ma vie et je ne suis jamais parvenu à convertir un seul Styrique.

– Ils sont très attachés à leurs Dieux, dit Émouchet. Je ne voudrais pas vous blesser, Dolmant, mais il semble

existier une relation extrêmement intime entre les Styriques et leurs Dieux. Notre Dieu est peut-être un peu trop lointain.
– J'y ferai allusion la prochaine fois que je m'adresserai à lui. (Dolmant eut un sourire.) Je suis sûr qu'il appréciera votre point de vue.
Émouchet éclata de rire.
– Je me suis montré légèrement présomptueux, n'est-ce pas ?
– Oui, c'est exact. Dans combien de temps pensez-vous pouvoir repartir pour Borrata ?
– Plusieurs jours. Je n'aime pas perdre de temps, mais les chevaliers des autres ordres ont un long voyage à faire pour rejoindre Chyrellos et je suis plus ou moins tenu de les attendre. (Il pinça les lèvres.) Je pense que je vais passer le temps à fouiner un peu. Ça me donnera quelque chose à faire et je suis intrigué par la présence de tous ces Styriques.
– Soyez prudent dans les rues de Chyrellos, Émouchet, lui conseilla sérieusement Dolmant. Elles peuvent être très dangereuses.
– Le monde entier est dangereux, ces derniers temps, Dolmant. Je vous tiendrai au courant de mes découvertes.

Chapitre treize

Il était presque midi quand Émouchet fut de retour au chapitre. Il avait chevauché lentement dans les rues grouillantes de la ville sainte, portant une attention modérée aux foules qui l'entouraient. L'altération de la santé de l'archiprélat Cluvonus l'avait attristé. Malgré les rumeurs récentes, le spectacle réel du vénérable vieillard avait produit sur lui un profond choc moral.

Il s'arrêta à la lourde porte et accomplit tranquillement le rituel d'entrée. Kalten l'attendait dans la cour.

– Eh bien? fit l'homme blond. Comment cela s'est-il passé?

Émouchet mit pesamment pied à terre et ôta son casque.

– J'ignore si nous avons réussi à faire évoluer certaines opinions. Les patriarches qui soutenaient Annias le soutiennent toujours; ceux qui lui sont opposés sont toujours de notre côté; et ceux qui sont neutres restent assis sur la barrière.

– Ce fut donc une perte de temps?

– Pas entièrement, je pense. Annias aura peut-être plus de peine à gagner des votes indécis.

– J'aimerais que tu te décides, Émouchet. (Kalten examina son ami.) Tu es d'humeur massacrante. Que s'est-il vraiment passé?

– Cluvonus était présent.

– Surprenant. De quoi avait-il l'air?

– Affreux.

– Il a quand même quatre-vingt-cinq ans, Émouchet. Tu ne pouvais t'attendre à voir un personnage impressionnant. Les gens s'usent.

– Son esprit l'a quitté, dit tristement Émouchet. Il est retombé en enfance. Dolmant pense qu'il n'en a plus pour longtemps.

– C'est si grave?

Émouchet acquiesça de la tête.

– Il est donc assez urgent que nous allions à Borrata et en revenions au plus vite, n'est-ce pas?

– C'est effectivement urgent.

– Tu ne penses pas qu'on devrait prendre les devants et laisser les chevaliers des autres ordres nous rattraper ensuite?

– Impossible, et je le regrette. Ça ne me plaît pas de laisser Ehlana seule dans cette salle du trône, mais je ne crois pas qu'on puisse tenter cela. Komier avait raison quand il parlait de solidarité et les autres ordres sont parfois un peu susceptibles. Ne les provoquons pas.

– Avez-vous pu parler d'Arissa?

Émouchet hocha la tête.

– C'est le patriarche de Vardenais qui se charge de ça.

– La journée ne fut donc pas totalement perdue?

Émouchet grogna.

– Je veux me changer, dit-il en tapant les phalanges sur le plastron de son armure.

– Je desselle Faran?

– Non, je ressors. Où est Séphrénia?

– Dans sa chambre, je crois.

– Fais seller sa monture.

– Elle va quelque part?

– Probablement.

Émouchet monta l'escalier et entra dans le bâtiment. Un quart d'heure plus tard, il toquait à la porte de Séphrénia. Il avait ôté son armure et portait à présent une cotte de mailles sous une cape grise ordinaire qui ne présentait aucun insigne de son rang ou de son ordre.

– C'est moi, Séphrénia, dit-il à travers les panneaux.

– Entre, Émouchet.

Il ouvrit la porte et entra doucement.

Elle était assise dans un grand fauteuil, Flûte sur les genoux. L'enfant dormait, un petit sourire satisfait sur le visage.

– Tout s'est bien passé à la basilique? demanda-t-elle.

– C'est difficile à dire. Les ecclésiastiques sont très doués pour dissimuler leurs émotions. Toi et Kalten avez-vous trouvé quelque chose sur la concentration de Styriques à Chyrellos?

Elle hocha la tête.
– Ils sont concentrés dans le quartier proche de la porte Est. Ils y ont une maison qui leur sert de quartier général. Mais nous n'avons pas réussi à la localiser.
– Pourquoi n'irions-nous pas la chercher? suggéra-t-il. J'ai besoin d'action. Je me sens un peu énervé.
– Énervé? Toi, Émouchet? L'homme de pierre?
– C'est sans doute de l'impatience. J'ai envie de partir pour Borrata.
Elle secoua la tête. Puis elle se dressa, soulevant Flûte sans peine, et déposa l'enfant sur le lit. Elle recouvrit doucement la petite fille d'une couverture de laine grise. Flûte ouvrit brièvement ses yeux sombres, puis sourit et se rendormit. Séphrénia embrassa le petit visage, puis se tourna vers Émouchet.
– Nous y allons? dit-elle.
– Tu l'aimes beaucoup, n'est-ce pas? demanda Émouchet tandis qu'ils longeaient le couloir donnant sur la cour.
– C'est un peu plus profond que cela. Un jour, peut-être, tu comprendras.
– As-tu la moindre idée de l'endroit où peut se trouver cette maison styrique?
– Il y a un commerçant, près du marché de la porte Est, qui vend des carcasses de viande à des Styriques. Le porteur qui les livre sait où se trouve la maison.
– Pourquoi n'avez-vous pas interrogé ce porteur?
– Il n'était pas là hier.
– Peut-être qu'il viendra travailler, aujourd'hui.
– Tentons notre chance.
Il s'arrêta et la regarda droit dans les yeux.
– Je n'essaie pas de m'immiscer dans les secrets que tu ne désires pas révéler, Séphrénia, mais peut-on faire la différence entre les Styriques ordinaires et les Zémochs?
– C'est possible, admit-elle, sauf s'ils prennent des mesures pour dissimuler leur véritable identité.
Ils descendirent dans la cour où Kalten attendait avec Faran et la blanche haquenée de Séphrénia. Le chevalier blond avait une expression de colère peinte sur le visage.
– Ton cheval m'a mordu, Émouchet, dit-il d'un ton accusateur.
– Tu le connais assez pour savoir qu'il ne faut pas lui tourner le dos. Tu saignes?
– Non.

– Alors, ce n'était qu'un jeu. Ça révèle qu'il t'aime bien.

– Merci, fit Kalten d'une voix sans expression. Tu veux que je vous accompagne?

– Non. Il vaut sans doute mieux rester discrets et il t'arrive parfois de ne pas y parvenir.

– De temps à autre, ton charme me submerge, Émouchet.

– Notre serment exige que nous disions la vérité. (Émouchet aida Séphrénia à monter en selle, puis grimpa sur Faran.) Nous devrions être de retour avant la nuit, annonça-t-il à son ami.

– Ne vous pressez pas pour moi.

Émouchet les conduisit au portail, puis dans la rue.

– Il tourne tout en plaisanterie, n'est-ce pas? fit remarquer Séphrénia.

– Oui, presque tout. Il se moque du monde entier depuis qu'il est gamin. Je crois que c'est pour ça que je l'aime tant. Le regard que je jette sur toute chose tend à être un peu sinistre et Kalten m'aide à conserver une perspective plus saine.

Ils traversaient les rues grouillantes de Chyrellos. Si bon nombre de marchands du cru étaient affublés du noir des ecclésiastiques, ce n'était pas le cas des visiteurs, en général, et leurs vêtements tranchaient par leur couleur. Les voyageurs de Cammorie, en particulier, car leurs habits de soie ne passaient pas avec le temps et gardaient leurs éclatants rouges, verts ou bleus d'origine.

La place du marché était à une certaine distance du chapitre et il leur fallut près de trois quarts d'heure pour y parvenir.

– Comment as-tu découvert ce commerçant?

– Les Styriques consomment certains produits de base, dont les Élènes mangent rarement.

– Tu as dit que le porteur livrait des carcasses de viande.

– De la chèvre, Émouchet. Les Élènes ne mangent guère de chèvre.

Il frémit.

– Que tu es provincial, fit-elle avec légèreté. Tu ne manges que ce qui vient des bovidés.

– L'habitude, sans doute.

– Je ferais mieux d'entrer seule dans la boutique. Tu es parfois un peu intimidant, mon petit. Nous désirons des réponses de la part de ce porteur, ce qui serait difficile si tu l'effrayais. Surveille mon cheval.

Elle lui tendit les rênes, puis traversa le marché. Émouchet la regarda discuter avec un type d'apparence minable qui portait une blouse en toile tachée de sang. Au bout d'un petit moment, elle revint. Il descendit de Faran et l'aida à remonter en selle.

– Il t'a dit où se trouve la maison?

Elle acquiesça de la tête.

– Pas très loin... près de la porte Est.

– Allons y jeter un coup d'œil.

Comme ils repartaient, Émouchet eut une impulsion inhabituelle. Il prit la main de la petite femme.

– Je t'aime, petite mère, lui dit-il.

– Oui, fit-elle calmement, je sais. Mais c'est gentil de ta part de le dire. (Puis elle sourit. C'était un petit sourire espiègle qui lui rappelait un peu Flûte.) Une leçon de plus pour toi, Émouchet. Quand on a affaire à une femme, il ne faut pas lui dire *Je t'aime* trop souvent.

– Je m'en souviendrai. Est-ce la même chose avec les femmes élènes?

– Cela s'applique à toutes les femmes, Émouchet. Le sexe est une distinction bien plus importante que la race.

– Tu seras mon guide, Séphrénia.

– As-tu encore lu des poèmes courtois, dernièrement?

– Moi?

Ils traversèrent la place du marché pour pénétrer dans le quartier pauvre près de la porte Est de Chyrellos. Quoique différente des taudis de Cimmura, cette partie de la ville sainte était bien moins chatoyante que le quartier de la basilique. D'abord, la couleur y était plus rare. Les tuniques des hommes étaient uniformément ternes et les quelques marchands visibles avaient des vêtements passés et usés jusqu'à la trame. Toutefois, ils avaient l'expression de suffisance automatiquement affichée par tous les marchands, fortunés ou non. Émouchet aperçut enfin un petit homme en blouse de laine écrue.

– Un Styrique, dit-il brièvement.

Séphrénia hocha la tête et releva le capuchon de sa robe blanche pour s'en recouvrir le visage. Émouchet se redressa sur sa selle et arbora un air d'arrogance condescendante tel que peut en adopter le serviteur d'un personnage important. Ils croisèrent le Styrique, qui s'écarta prudemment sans leur prêter particulièrement attention.

Comme tous les gens de sa race, le Styrique avait les cheveux foncés, presque noirs, et la peau pâle. Il était de plus petite taille que les Élènes qui le croisaient dans la rue étroite et les os de son visage étaient proéminents, comme s'il n'était pas vraiment terminé.

– Un Zémoch? demanda Émouchet après son passage.

– Impossible à dire, répondit Séphrénia.

– Est-ce qu'il dissimule son identité avec un enchantement?

Elle écarta les mains en signe d'impuissance.

– Il n'y a aucun moyen de le savoir, Émouchet. Ou c'est un Styrique ordinaire de l'arrière-pays, sans rien d'autre en tête que son prochain repas; ou un magicien très subtil qui joue les lourdauds pour déjouer nos tentatives de le sonder.

Émouchet jura dans un souffle.

– Ce ne sera peut-être pas aussi facile que je l'imaginais. Entrons et voyons ce que nous pourrons découvrir.

La maison que l'on avait indiquée à Séphrénia était située au bout d'un cul-de-sac.

– Ce sera difficile de regarder sans se faire remarquer, dit Émouchet tandis qu'ils passaient à cheval devant le croisement.

– Pas vraiment, fit Séphrénia. (Elle tira sur les rênes de sa monture.) Il faut que nous parlions avec le commerçant au coin de la rue.

– Tu veux acheter quelque chose?

– Pas exactement, Émouchet. Allez, viens, tu verras.

Elle se laissa glisser de son délicat cheval blanc et attacha les rênes à un poteau à l'extérieur du magasin qu'elle avait signalé. Elle regarda brièvement alentour.

– Ton grand destrier voudra bien décourager quiconque essaiera de voler ma gentille petite Tch'iel?

Elle posa affectueusement la main sur le cou de sa monture.

– Je vais lui en parler.

– Vraiment?

– Faran, dit Émouchet au vilain rouan, reste ici et protège la jument de Séphrénia.

Faran hennit, les oreilles avidement penchées en avant.

– Grand idiot, fit Émouchet en éclatant de rire.

Faran fit mine de le mordre et ses dents claquèrent à quelques pouces de son oreille.

– Sois gentil, murmura Émouchet.

A l'intérieur de la boutique, salle unique vouée à l'exposition de meubles bon marché, l'attitude de Séphrénia se fit engageante, voire bizarrement soumise.

– Bon maître marchand, dit-elle sur un ton tout à fait inhabituel, nous servons un grand noble pélosien qui est venu chercher dans la ville sainte un soulagement pour son âme.

– Je ne traite pas avec les Styriques, dit brutalement le marchand en foudroyant Séphrénia du regard. Vous êtes déjà bien trop nombreux à Chyrellos, crasseux de païens!

Il afficha une expression de dégoût extrême tout en effectuant des gestes de conjuration qu'Émouchet savait être totalement inefficaces.

– Écoute, le boutiquier, fit le robuste chevalier en adoptant un ton insultant aux accents pélosiens, n'oublie pas qui tu es. La châtelaine de mon maître et moi-même devons être traités avec respect, quelle que soit ta bigoterie débile.

Le commerçant se rebiffa.

– Pourquoi... commença-t-il à bégayer.

D'un seul coup de poing, Émouchet réduisit en échardes le dessus d'une table bon marché. Puis il se saisit du col du marchand et l'attira vers lui pour le regarder droit dans les yeux.

– Nous nous sommes bien compris? dit-il d'une voix terrifiante qui dépassait de justesse le niveau du chuchotement.

– Ce que nous désirons, bon maître marchand, fit doucement Séphrénia, c'est un petit appartement donnant sur la rue. Notre maître aime depuis toujours observer le flux et le reflux de l'humanité. (Elle baissa modestement les cils.) Aurais-tu un tel logement au premier?

Le visage du commerçant était un tableau d'émotions en conflit quand il se retourna pour grimper l'escalier menant à l'étage.

L'appartement était quelconque et l'on aurait pu aller jusqu'à lui donner le qualificatif de délabré. S'il avait dû recevoir une couche de peinture par le passé, la croûte de vert pois cassé s'était décollée et pendait misérablement en bandes sur les murs. Mais la peinture n'intéressait ni Émouchet ni Séphrénia. C'est vers la fenêtre sale que se portait leur regard.

– Il n'y a pas que ça, petite dame, dit le commerçant, soudain plus respectueux.

– Nous sommes capables d'inspecter nous-mêmes, bon maître marchand. (Elle inclina légèrement la tête.) N'est-ce pas le pas d'un client que j'entends en bas?

Le commerçant cligna les yeux, puis se précipita au rez-de-chaussée.

– Tu aperçois la maison qui nous intéresse de cette fenêtre? demanda Séphrénia.

– Les vitres sont sales.

Émouchet leva le bas de sa cape grise pour essuyer la poussière et la crasse.

– Ne fais pas ça, dit-elle rapidement. Les yeux styriques sont perçants.

– Très bien. Je vais regarder à travers la poussière. Les yeux élènes sont perçants aussi. (Il la considéra et passa à un autre sujet.) Cela se produit chaque fois que tu sors? lui demanda-t-il.

– Oui. Les Élènes moyens ne sont pas beaucoup plus malins que les Styriques moyens. Franchement, je préfère avoir une conversation avec un crapaud qu'avec l'une ou l'autre de ces races.

– Les crapauds savent parler? demanda-t-il, un peu surpris.

– Si tu sais ce que tu dois écouter, oui. Mais leurs conversations ne sont guère passionnantes.

La maison au bout de la rue n'avait rien d'impressionnant. Le rez-de-chaussée était en pierres de taille assemblées grossièrement avec du mortier et le premier étage était construit avec des planches. Elle semblait un peu en retrait des autres bâtisses, comme si elle s'était retirée dans une sorte d'isolation. Sous leur regard, un Styrique portant la blouse en laine caractéristique de sa race remonta la ruelle en direction de ladite maison. Il regarda furtivement autour de lui avant d'y entrer.

– Eh bien? demanda Émouchet.

– Difficile à dire. C'est la même chose que pour celui que nous avons croisé dans la rue. Il est soit simple, soit très habile.

– Cela risque de nous prendre du temps.

– Jusqu'à la nuit, si je ne me trompe pas, dit-elle en attirant une chaise jusqu'à la fenêtre.

Durant les heures suivantes, un bon nombre de Styriques pénétrèrent dans la maison et, comme le soleil sombrait à l'ouest dans une couche épaisse de nuages crasseux, d'autres commencèrent à arriver. Un Cammorien en robe de soie jaune vif entra furtivement dans le cul-de-sac et fut immédiatement introduit. Un Lamork en bottes et cuirasse d'acier poli, accompagné de deux hommes d'armes dotés d'arbalètes, s'approcha d'un air arrogant de la porte de la maison et entra tout aussi rapidement. Puis, comme le crépuscule froid de l'hiver commençait à s'installer sur Chyrellos, une dame en robe violet foncé escortée par un énorme serviteur en armure de cuir, du genre porté par les Pélosiens, marcha jusqu'au centre de la courte rue d'un pas raide et absent. Son regard semblait sans expression et ses mouvements heurtés. Par contre, son visage affichait une expression d'extase ineffable.

– Étranges visiteurs, pour une maison styrique, commenta Séphrénia.

Émouchet acquiesça de la tête et examina la pièce qui s'assombrissait.

– Tu veux de la lumière?

– Non. Faisons en sorte qu'on ne nous voie pas. Je suis sûre que la rue est surveillée du premier étage. (Elle s'appuya alors contre lui, emplissant les narines d'Émouchet du parfum boisé de sa chevelure.) Par contre, tu peux me tenir la main. Pour une raison ou une autre, j'ai toujours eu un peu peur du noir.

– Bien entendu, dit-il en prenant sa petite main dans sa grosse patte.

Ils restèrent encore assis un bon quart d'heure tandis que la rue s'assombrissait. Séphrénia émit soudain un petit halètement de douleur extrême.

– Qu'est-ce qu'il y a? demanda-t-il, très inquiet.

Elle ne répondit pas immédiatement mais se mit sur pied en levant les mains, les paumes ouvertes. Un personnage indistinct semblait se tenir devant elle, ombre presque sans substance, ainsi qu'une faible luminescence qui semblait s'étendre entre ses mains gantelées. Il tendit lentement cette nuée argentée. La lumière se fit un instant plus brillante, puis se solidifia tandis que l'ombre s'évaporait. Séphrénia retomba sur sa chaise, tenant l'objet mince et allongé avec une sorte de révérence étrange et chagrine.

– Qu'est-ce que c'était, Séphrénia?

– Un autre des douze chevaliers vient de tomber, répondit-elle d'une voix qui était presque un gémissement, voici son épée, devenue une partie de mon fardeau.

– Vanion? demanda-t-il en s'étouffant sous une peur terrible.

Les doigts de Séphrénia cherchèrent le pommeau de l'épée qu'il tenait, en palpant les sculptures dans le noir.

– Non. C'était Lakus.

Émouchet éprouva une douleur violente. Lakus était un pandion âgé, un homme aux cheveux blancs que tous les chevaliers de sa génération avaient vénéré comme maître et ami.

Séphrénia enfouit son visage contre l'épaule cuirassée d'Émouchet et se mit à pleurer.

– Je l'ai connu enfant, Émouchet, se lamenta-t-elle.

– Retournons au chapitre, suggéra-t-il avec douceur. Nous pourrons faire ceci un autre jour.

Elle leva la tête et s'essuya les yeux de la main.

– Non, Émouchet, dit-elle fermement. Quelque chose se passe ce soir dans cette maison... quelque chose qui ne se reproduira peut-être pas avant un certain temps.

Il allait lui répondre, mais il ressentit alors un poids qui semblait se localiser juste derrière les oreilles. Comme si quelqu'un venait de placer la paume de ses mains à l'arrière de son crâne pour pousser vers l'avant. Séphrénia se pencha d'un air absorbé.

– Azash! siffla-t-elle.

– Quoi?

– Ils invoquent l'esprit d'Azash, expliqua-t-elle sur un ton particulièrement pressant.

– Nous y sommes donc, n'est-ce pas? dit-il en se levant.

– Rassieds-toi, Émouchet. Ce n'est pas encore fini.

– Ils ne doivent pas être si nombreux.

– Et qu'auras-tu appris si tu réduis en pièce cette maison et tous ses occupants? Rassieds-toi. Regarde et apprends.

– J'y suis tenu, Séphrénia. Cela fait partie du serment. Et ce depuis cinq siècles.

– Oublie ce serment, lâcha-t-elle sèchement. Ceci est plus important.

Il se laissa lentement retomber sur sa chaise, troublé et hésitant.

– Que font-ils?

– Je te l'ai dit. Ils invoquent l'esprit d'Azash. Ce qui signifie que ce sont des Zémochs.

– Que font donc là ces Élènes? Le Cammorien, le Lamork et la femme pélosienne?

– Ils reçoivent des instructions, je crois. Les Zémochs ne sont pas venus ici pour apprendre, mais pour instruire.

Ceci est grave, Émouchet... plus mortellement grave que tu ne pourrais l'imaginer.

– Que faisons-nous?

Une nouvelle fois, Émouchet ressentit un poids à la base du crâne, puis un picotement brûlant qui sembla lui traverser toutes les veines.

– Azash a répondu à l'invocation, dit tranquillement Séphrénia. Il est très important de rester immobiles, à présent, et de garder notre esprit à l'état neutre. Azash perçoit toute hostilité dirigée contre lui.

– Pourquoi des Élènes participeraient-ils aux rites d'Azash?

– Probablement pour être récompensés de leur adoration. Les Dieux Aînés ont toujours été des plus généreux dans leurs récompenses... quand il leur convient de les distribuer.

– Quelle récompense pourrait bien compenser la perte de son âme?

Elle haussa les épaules, mouvement à peine perceptible dans les ténèbres qui tombaient.

– La longévité, peut-être. La richesse, le pouvoir... et, pour une femme, la beauté. Ce pourraient même être d'autres choses... auxquelles je me refuse à penser. Azash est pervers et pervertit rapidement ceux qui l'adorent.

Dans la rue, un ouvrier avec une torche avançait en faisant grincer une charrette à bras sur les pavés. Il prit une torche éteinte dans la charrette, l'inséra dans un anneau en fer scellé dans la façade de la boutique et l'alluma. Puis il reprit bruyamment son chemin.

– Parfait, murmura Séphrénia. A présent, nous pourrons les voir sortir.

– Nous les avons déjà vus.

– Ils seront différents, je le crains.

Les portes de la maison styrique s'ouvrirent et le Cammorien en robe de soie apparut. Quand il passa dans le cercle de lumière projeté par la torche, Émouchet vit que son visage était très pâle et ses yeux élargis par l'horreur.

– Celui-ci ne reviendra pas, dit paisiblement Séphrénia. Il est très probable qu'il passe le restant de sa vie à essayer d'expier sa tentative de plongée dans les ténèbres.

Quelques minutes plus tard, le Lamork botté sortait dans la rue. Ses yeux brillaient, son visage était tordu en une expression de cruauté brutale. Ses arbalétriers impassibles marchaient derrière lui.

– Perdu, soupira Séphrénia.
– Quoi?
– Le Lamork est perdu. Azash le tient.
Puis la dame pélosienne apparut. Le devant de sa robe pourpre était nonchalamment ouvert et elle ne portait rien en dessous. Quand elle passa dans la lumière, Émouchet vit qu'elle avait les yeux vitreux et que son corps dénudé était éclaboussé de sang. Son serviteur imposant s'efforçait de refermer le devant de sa robe, mais elle lui adressa un sifflement en repoussant sa main et elle continua de marcher sans pudeur en affichant son corps.
– Quant à celle-ci, elle est plus que perdue. Elle sera désormais dangereuse. Azash lui a accordé des pouvoirs. (Elle fronça les sourcils.) Je suis tentée de suggérer que nous la suivions et la tuions.
– Je ne sais si je pourrais tuer une femme, Séphrénia.
– Ce n'est plus une femme... mais, comme nous devrions la décapiter, cela risquerait de causer une certaine indignation à Chyrellos.
– Que faudrait-il faire? faillit-il s'exclamer.
– La décapiter. C'est la seule façon d'être sûr qu'elle est vraiment morte. Je pense que nous en avons vu assez, Émouchet. Retournons au chapitre et parlons avec Nashan. Demain, nous devrions rapporter ceci à Dolmant. L'Église a des moyens pour régler ce genre de problèmes.
Elle se leva.
– Laisse-moi porter l'épée.
– Non, Émouchet. Ce fardeau est mien. Je dois le supporter.
Elle fourra l'épée de Lakus sous sa robe et se dirigea vers la porte.
Ils redescendirent et le commerçant sortit de son arrière-boutique en se frottant les mains.
– Eh bien? dit-il impatiemment. Prenez-vous l'appartement?
– Totalement inadapté, répondit Séphrénia avec un reniflement. Je ne mettrais pas le chien de mon maître dans un tel endroit.
Son visage était très pâle et elle tremblait visiblement.
– Mais...
– Veuille déverrouiller la porte, voisin, fit Émouchet, et nous nous en irons.
– Pourquoi être restés aussi longtemps, alors?
Émouchet lui lança un regard froid et inexpressif, et le

commerçant déglutit péniblement, puis il s'approcha de la porte en prenant la clé dans la poche de sa tunique.

A l'extérieur, Faran se tenait d'un air protecteur au côté de la monture de Séphrénia. Un bout de tissu déchiré se trouvait sous ses sabots sur les pavés.

– Des ennuis? lui demanda Émouchet.

Faran eut un reniflement de dérision.

– Je vois.

– Qu'y a-t-il? demanda Séphrénia d'une voix lasse comme Émouchet l'aidait à monter en selle.

– Quelqu'un a essayé de voler ton cheval, répondit-il en haussant les épaules. Faran l'a persuadé de cesser.

– Tu peux vraiment communiquer avec lui?

– Je lis plus ou moins ses pensées. Il y a longtemps que nous sommes ensemble.

Il se hissa en selle et ils s'engagèrent dans la rue en direction du chapitre pandion.

Ils n'avaient pas parcouru un demi-mille qu'Émouchet eut une soudaine prémonition. Il réagit instantanément et poussa l'épaule de Faran contre la blanche haquenée. La jument trébucha de côté au moment même où un trait d'arbalète sifflait dans l'espace que Séphrénia occupait un instant auparavant.

– Au galop, Séphrénia! cria-t-il tandis que le carreau d'arbalète claquait contre les pierres d'une façade voisine.

Il regarda derrière eux en tirant son épée. Mais Séphrénia avait déjà planté les talons dans les flancs de sa monture et plongé au galop dans la rue, suivie de près par Émouchet qui la protégeait de son corps.

Après avoir traversé plusieurs rues, Séphrénia ralentit le pas.

– Tu l'as vu? demanda-t-elle, l'épée de Lakus à la main.

– Je n'ai pas besoin de l'avoir vu. Une arbalète, c'est un Lamork. Personne d'autre n'en utilise.

– Celui qui était dans la maison avec les Styriques?

– Probablement... à moins que tu ne te sois donné la peine d'offenser récemment d'autres Lamorks. Azash ou l'un de ses Zémochs aurait-il perçu ta présence, là-bas?

– C'est possible. Nul ne peut connaître précisément l'étendue du pouvoir des Dieux Aînés. Comment as-tu su que nous allions être attaqués?

– C'est l'habitude, sans doute. J'ai appris à savoir quand quelqu'un pointe une arme sur moi.

– Je croyais qu'elle était pointée sur moi.
– Cela revient au même, Séphrénia.
– En tout cas, il nous a ratés.
– Cette fois-ci. Je crois que je vais demander à Nashan de te trouver une cotte de mailles.
– Tu es fou, Émouchet? protesta-t-elle. Son poids me mettrait à genoux... sans parler de son horrible odeur!
– Mieux vaut le poids et l'odeur qu'une flèche entre les omoplates.
– Totalement hors de question.
– Nous verrons. Range cette épée et repartons. Tu as besoin de repos et je veux te voir en sécurité à l'intérieur du chapitre avant qu'on ne te tire encore dessus.

Chapitre quatorze

Le lendemain, en milieu de matinée, sire Bévier arriva à la porte du chapitre pandion de Chyrellos. Sire Bévier était un chevalier cyrinique d'Arcie. Son surcot était blanc et son armure de cérémonie polie brillait d'une couleur argentée. Son heaume n'avait pas de visière, mais était doté de joues et d'un nasal imposants. Il descendit de sa monture dans la cour, accrocha son bouclier et sa hache de Lochabre à sa selle et ôta son casque. Bévier était jeune et assez mince. Son teint était olivâtre et ses cheveux bouclés bleu nuit.

Avec des manières plutôt cérémonieuses, Nashan, accompagné d'Émouchet et de Kalten, descendit les marches pour le saluer.

– Notre maison est honorée, sire Bévier, dit-il.

Bévier inclina raidement la tête.

– Monseigneur, répondit-il, le Précepteur de mon ordre m'a demandé de vous transmettre ses salutations.

– Merci, sire Bévier, fit Nashan, légèrement surpris par le formalisme du jeune chevalier.

– Sire Émouchet, dit Bévier en inclinant encore la tête.

– Nous connaissons-nous, Bévier?

– Notre Précepteur m'a donné votre signalement, monseigneur Émouchet... ainsi que celui de votre compagnon, sire Kalten. Les autres sont-ils arrivés?

Émouchet secoua la tête.

– Non. Vous êtes le premier.

– Entrez, sire Bévier, dit alors Nashan. Nous allons vous donner une cellule pour que vous puissiez ôter votre armure; et je vais demander aux cuisines de vous préparer un repas chaud.

– S'il plaît à monseigneur, pourrais-je rendre visite à votre chapelle? Il y a quelques jours que je suis sur la route et j'éprouve un besoin profond de prier en un lieu consacré.

– Naturellement, répondit Nashan.

– Nous nous occupons de votre monture, dit Émouchet au jeune homme.

– Merci, sire Émouchet.

Bévier pencha encore la tête et suivit Nashan sur l'escalier.

– Oh, quel joyeux compagnon de voyage! commenta Kalten d'un ton ironique.

– Il se détendra quand il nous connaîtra mieux, dit Émouchet.

– J'espère que tu ne te trompes pas. J'avais entendu dire que les cyriniques sont un peu collet monté, mais je trouve que notre jeune ami pousse la chose à ses extrémités. (Curieux, il décrocha la Lochabre de la selle.) Tu t'imagines en train d'utiliser ça contre quelqu'un?

La hache de Lochabre avait une lourde lame longue de deux pieds dotée d'une pointe recourbée aiguisée comme un rasoir. Son quillon pesant devait avoir quatre pieds de long.

– Avec un truc pareil, on doit pouvoir extraire un homme de son armure comme une huître de sa coquille.

– C'est plus ou moins fait pour cela. Plutôt intimidant, non? Range ça, Kalten. Ne t'amuse pas avec les jouets d'autrui.

Après que sire Bévier eut terminé ses prières et quitté son armure, il les rejoignit dans le cabinet ornementé de Nashan.

– Vous a-t-on donné à manger? lui demanda Nashan.

– C'est inutile, monseigneur, répondit Bévier. Si vous le permettez, je me joindrai à vous et vos chevaliers au réfectoire pour le repas de midi.

– Bien entendu, répondit Nashan. Votre présence sera pour nous un honneur, Bévier.

Émouchet présenta ensuite Bévier à Séphrénia. Le jeune homme s'inclina profondément devant elle.

– J'ai beaucoup entendu parler de vous, madame. Nos instructeurs en secrets styriques vous tiennent en haute estime.

– Vous êtes trop aimable, sire chevalier. Mes talents sont le fruit de l'âge et de l'exercice et ne découlent pas d'une vertu particulière.

– L'âge, madame? Assurément pas. Vous devez être à peine plus âgée que moi et je n'entrerai dans ma trentième année que dans quelques mois. L'incarnat de la jeunesse n'a pas encore quitté vos joues et vos yeux me comblent de joie.

Séphrénia lui adressa un sourire chaleureux, puis considéra Kalten et Émouchet d'un œil critique.

– J'espère que vous avez fait attention, dit-elle. Un peu de délicatesse ne fait de mal à personne.

– Je n'ai jamais excellé dans les bonnes manières, petite mère, confessa Kalten.

– Je l'avais remarqué... Flûte, dit-elle alors avec une certaine lassitude, je t'en prie, pose ce livre. Cela fait mille fois que je te demande de ne pas y toucher.

Plusieurs jours plus tard, sire Tynian et sire Ulath arrivaient ensemble. Tynian était un joyeux chevalier alcion originaire du royaume nordique de Deira. Son large visage arrondi était ouvert et sympathique. Ses épaules et sa poitrine étaient puissamment musclées, car l'armure deirane était la plus pesante du monde. Sur cette massive cuirasse, il portait un surcot bleu ciel. Quant à Ulath, c'était un imposant chevalier génidien qui devait bien avoir une tête de plus qu'Émouchet. Il ne portait pas d'armure, mais un simple casque conique et une cotte de mailles recouverte d'un surcot vert. Il avait un gros bouclier rond et une lourde hache d'armes. Ulath était un homme silencieux et réservé qui parlait rarement. Ses cheveux blonds pendaient en deux nattes dans le dos.

– Bonjour, messieurs, dit Tynian à Émouchet et Kalten en descendant de selle dans la cour du chapitre.

Il les examina plus attentivement.

– Vous devez être sire Émouchet. Notre Précepteur a dit que vous vous êtes cassé le nez, jadis. (Il afficha un beau sourire.) Ce n'est rien, Émouchet. Ça ne perturbe pas votre genre de beauté.

– Cet homme va me plaire, dit Kalten.

– Et vous devez être Kalten.

Il tendit la main et Kalten la prit avant de se rendre compte que l'alcion avait dissimulé une souris morte dans sa paume. Avec un juron de surprise, il retira brutalement sa main. Tynian s'esclaffa.

– Je crois qu'il se pourrait qu'il me plaise aussi, fit remarquer Émouchet.

– Je m'appelle Tynian. Mon ami silencieux est Ulath de Thalésie. Il m'a rattrapé il y a quelques jours. Il n'a pas prononcé dix mots depuis.

– Tu parles assez pour deux, grogna Ulath en descendant de sa selle.

– C'est la vérité, admit Tynian. J'ai un amour immodéré pour le son de ma propre voix.

Ulath tendit son énorme main.

– Émouchet, dit-il.

– Pas de souris? demanda Émouchet.

Un léger sourire effleura le visage d'Ulath quand ils se serrèrent la main. Puis il serra la main de Kalten et tous quatre montèrent l'escalier conduisant à l'intérieur du chapitre.

– Bévier est-il arrivé? demanda Tynian à Kalten.

– Il y a quelques jours. Vous le connaissez?

– Je l'ai rencontré une fois. Notre Précepteur et moi avions fait une visite de courtoisie à Larium et nous avions été présentés aux cyriniques dans leur maison mère. Je l'avais trouvé un peu collet monté et cérémonieux.

– Il n'a pas beaucoup changé.

– Ça ne m'étonne guère. Qu'allons-nous faire en Cammorie, précisément? Le précepteur Darellon peut être d'une discrétion irritante, parfois.

– Attendons que Bévier nous ait rejoints, suggéra Émouchet. J'ai l'impression qu'il doit être légèrement susceptible, alors ne l'offensons pas en parlant affaires hors de sa présence.

– Bien pensé, Émouchet. Cette preuve d'unité tomberait en pièces si Bévier se mettait à bouder. Mais je dois admettre qu'il est excellent au combat. Il porte toujours sa Lochabre?

– Oh, oui, répondit Kalten.

– Elle donne des frissons, non? Je l'ai vu l'utiliser à Larium. Il tranche d'un seul coup l'extrémité d'un poteau aussi épais que ma jambe, et ce au double galop. J'ai l'impression qu'il serait capable de passer à travers tout un bataillon de fantassins en laissant derrière lui un sillage de têtes tranchées large de dix verges.

– Espérons que nous n'en viendrons pas là, dit Émouchet.

– Si c'est là ton point de vue, Émouchet, tu vas gâcher le plaisir de cette excursion.

– Moi, il me plaît, dit Kalten.

Sire Bévier les rejoignit dans le cabinet de Nashan après la fin de l'office de midi dans la chapelle. Autant que pût en juger Émouchet, Bévier n'avait pas raté un seul office depuis son arrivée.

– Très bien, donc, fit Émouchet en se levant lorsqu'ils furent tous assemblés. Voici où nous en sommes. Annias, primat de Cimmura, a les yeux braqués sur le trône de l'archiprélat de Chyrellos. Il contrôle le Conseil royal élénien et l'argent du trésor royal. Il essaie d'utiliser cet argent pour acheter suffisamment de votes au sein de la Hiérocratie et gagner les élections après la mort de Cluvonus. Les Précepteurs des quatre ordres veulent lui barrer la route.

– Aucun ecclésiastique digne de ce nom n'accepterait d'argent pour son vote, déclara Bévier d'une voix outrée.

– Je te l'accorde, acquiesça Émouchet. Malheureusement, bien des ecclésiastiques sont loin d'être dignes de ce nom. Soyons honnêtes, messieurs. L'Église élène est largement corrompue. Nous pouvons souhaiter qu'il en soit autrement, mais nous devons affronter la réalité. Beaucoup de votes sont bel et bien à vendre. Il y a plus important : la reine Ehlana est au plus mal ; sinon Annias n'aurait pas accès aux finances. Les Précepteurs sont convenus que le meilleur moyen d'arrêter Annias est de trouver une façon de guérir la reine et de lui rendre le pouvoir. C'est pourquoi nous nous rendons à Borrata. Il existe à l'université des médecins qui pourraient déterminer la nature de sa maladie et y découvrir un remède.

– Emmenons-nous votre reine? demanda Tynian.

– Non. C'est à exclure.

– Il sera un peu difficile pour les médecins de travailler, non?

Émouchet secoua la tête.

– Séphrénia, notre instructeur en secrets, nous accompagnera. Elle décrira en détail les symptômes présentés par la reine Ehlana et en fournira une image, si les médecins désirent l'examiner de plus près.

– Ça paraît un peu compliqué, fit remarquer Tynian, mais s'il faut agir de la sorte, nous le ferons.

– Les troubles ne manquent pas actuellement en Cammorie, continua Émouchet. Les royaumes centraux sont tous infestés d'agents zémochs qui essaient de créer autant d'agitation que possible. En outre, Annias va certainement deviner ce que nous voulons faire et il nous mettra des bâtons dans les roues.

– Borrata est loin de Cimmura, n'est-ce pas? demanda Tynian. Le primat Annias a-t-il le bras aussi long?

– Oui, tout à fait. Il y a en Cammorie un pandion renégat qui travaille parfois pour Annias. Il s'appelle Martel et il est probable qu'il fera son possible pour nous arrêter.

– Une fois seulement, grogna Ulath.

– Ce n'est pas pour cela que nous devrons chercher à nous battre. Notre tâche essentielle est de conduire Séphrénia saine et sauve à Borrata et de la ramener. Une fois, déjà, elle a été la victime d'une tentative de meurtre.

– Nous ferons en sorte que cela ne se reproduise plus, annonça Tynian. Quelqu'un d'autre nous accompagne?

– Mon écuyer, Kurik, et probablement un jeune novice pandion nommé Bérit. Il paraît très prometteur et Kurik aura besoin de quelqu'un d'autre pour l'aider à s'occuper des chevaux. (Il réfléchit quelques instants.) Je pense qu'un gamin va également venir avec nous.

– Talen? (Kalten paraissait surpris.) Est-ce vraiment une bonne idée, Émouchet?

– Chyrellos est suffisamment corrompue. Je ne crois pas qu'il serait bon de lâcher ce petit voleur dans ses rues. D'ailleurs, je pense que ses talents spéciaux pourront nous être utiles. La seule autre personne à nous accompagner sera une petite fille nommée Flûte.

Kalten le considéra avec stupéfaction.

– Séphrénia ne voudra pas la laisser ici, expliqua Émouchet, et je ne suis pas sûr qu'il soit *possible* de la laisser. Tu te rappelles combien il lui a été facile de s'échapper du couvent, en Arcie?

– Sans doute as-tu raison.

– Présentation très directe, sire Émouchet, fit Bévier, approbateur. Quand partons-nous?

– Demain à la première heure. La route est longue jusqu'à Borrata et l'archiprélat ne rajeunit pas. Le patriarche Dolmant estime qu'il peut mourir à tout instant et c'est alors qu'Annias entrera en action.

– Nous devons donc faire nos préparatifs, dit Bévier en se levant. Messieurs, vous joindrez-vous à moi dans la chapelle pour les vêpres?

Kalten poussa un soupir.

– Je suppose que nous devons le faire. Nous sommes tout de même des chevaliers de l'Église.

– Et un peu d'aide de la part du Bon Dieu ne peut nous faire de mal, n'est-ce pas? ajouta Tynian.

Mais, à la fin de l'après-midi, une compagnie de soldats de l'Église se présentait à la porte du chapitre.

– J'ai une convocation du patriarche Makova pour vous et vos compagnons, sire Émouchet, déclara le capitaine. Il désire s'entretenir avec vous sur-le-champ à la basilique.

– Nous prenons nos chevaux, annonça Émouchet.

Il conduisit les autres chevaliers à l'écurie. Une fois à l'intérieur, il jura avec irritation.

– Des ennuis? lui demanda Tynian.

– Makova est un partisan du primat Annias, répondit Émouchet en sortant Faran de sa stalle. Je soupçonne fortement qu'il va tenter de nous retenir.

– Mais il nous faut répondre à sa convocation, dit Bévier en plaçant sa selle sur le dos de sa monture. Nous sommes chevaliers de l'Église et devons obéir aux ordres d'un membre de la Hiérocratie, quelle que soit son affiliation.

– De plus, il y a là dehors toute une compagnie de soldats, ajouta Kalten. Il semblerait que Makova ne prenne pas trop de risques.

– Il ne s'imagine tout de même pas que nous refuserions d'obéir? demanda Bévier.

– Tu ne connais pas encore très bien Émouchet, lui dit Kalten. Il sait se montrer très contrariant, parfois.

– Bon, nous n'avons pas le choix, en l'occurrence, fit Émouchet. Allons à la basilique et voyons ce que le patriarche a à nous dire.

Ils conduisirent leurs chevaux dans la cour et se mirent en selle. Sur un ordre sec du capitaine, les soldats se postèrent autour d'eux.

La place devant la basilique était étrangement déserte quand Émouchet et ses amis mirent pied à terre.

– On dirait qu'il s'attend à des ennuis, fit remarquer Kalten comme ils commençaient à escalader les larges marches en marbre.

Quand ils entrèrent dans la vaste nef de l'église, Bévier s'agenouilla et joignit les mains. Le capitaine et ses soldats entrèrent derrière eux.

– Nous ne devons pas faire attendre le patriarche, dit-il.

Sa voix laissait percer une dose d'arrogance qui irrita

Émouchet. Mais il étouffa cette sensation et s'agenouilla pieusement au côté de Bévier. Kalten grimaça un sourire et les imita. Tynian poussa Ulath du coude et eux aussi mirent genou à terre.

– J'ai dit... commença le capitaine en haussant le ton.

– Nous t'avons entendu, voisin, lui dit Émouchet. Nous ne tarderons pas à te suivre.

– Mais...

– Vous pouvez attendre là-bas. Ce ne sera pas long.

Le capitaine se tourna et s'éloigna à grands pas.

– Finement joué, Émouchet, murmura Tynian.

– Après tout, nous sommes des chevaliers de l'Église. Ça ne fera pas de mal à Makova d'attendre un petit peu. Je suis sûr qu'il appréciera.

– J'en suis sûr, acquiesça Tynian.

Les cinq chevaliers restèrent agenouillés une dizaine de minutes tandis que le capitaine arpentait impatiemment la nef.

– As-tu fini, Bévier? demanda poliment Émouchet quand le cyrinique desserra les mains.

– Oui, répondit Bévier, le visage illuminé par la dévotion. A présent, je me sens purifié et en paix avec le monde.

– Essaie de conserver ce sentiment. Le patriarche de Coumbe va probablement tous nous irriter. (Émouchet se leva.) Y allons-nous?

– *Enfin*! lâcha le capitaine quand ils le rejoignirent.

Bévier le considéra froidement.

– Avez-vous un titre, capitaine? demanda-t-il. En dehors de votre grade militaire, s'entend?

– Je suis marquis, sire Bévier.

– Parfait. Si nos dévotions vous offensent, je serai plus qu'heureux de vous donner satisfaction. Vous pouvez m'envoyer vos témoins quand il vous plaira. Je suis totalement à votre disposition.

Le capitaine blêmit et se déroba.

– Je suis simplement mes ordres, monseigneur. Je ne pourrais songer offenser un chevalier de l'Église.

– Ah, fit Bévier d'un air lointain. Allons, donc. Ainsi que vous l'avez déjà dit, nous ne devons pas faire attendre le patriarche de Coumbe.

Le capitaine les conduisit jusqu'à un couloir qui donnait sur la nef.

– Bien joué, Bévier, chuchota Tynian.

Le cyrinique eut un bref sourire.

– Rien ne vaut l'offre d'une verge d'acier dans le ventre pour rappeler les gens aux bonnes manières, ajouta Kalten.

La salle où les introduisit le capitaine était grandiose, couverte de tapis et de draperies marron foncé, les murs de marbre poli. Le patriarche au visage émacié était assis à une longue table et lisait un parchemin. Il leva les yeux à leur entrée, le visage irrité.

– Les chevaliers de l'Église se sont sentis tenus de passer quelques instants en dévotions devant le maître-autel, Votre Grâce.

– Oh... Bien entendu.

– Puis-je me retirer, Votre Grâce?

– Non. Restez. Il vous reviendra de faire appliquer les exigences que je vais exprimer ici.

– Comme il plaira à Votre Grâce.

Makova considéra sévèrement les chevaliers.

– J'ai appris, messieurs, que vous prévoyez une incursion en Cammorie, dit-il.

– Nous n'en avons point fait de secret, Votre Grâce, répondit Émouchet.

– Je vous l'interdis.

– Peut-on s'enquérir du motif de cet ordre, Votre Grâce? demanda Tynian d'une voix douce.

– Non, absolument pas. Les chevaliers de l'Église sont soumis à l'autorité de la Hiérocratie. Les explications ne sont pas nécessaires. Vous allez tous retourner au chapitre pandion et y demeurerez aussi longtemps qu'il me plaira en attendant de nouvelles instructions de ma part. (Il eut un petit sourire glacial.) Je crois que vous ne tarderez pas à rentrer tous chez vous. (Puis il se raidit.) Ce sera tout. Vous avez la permission de vous retirer. Capitaine, vous veillerez à ce que ces chevaliers ne quittent pas le chapitre pandion.

– Oui, Votre Grâce.

Ils s'inclinèrent tous et sortirent l'un derrière l'autre dans un grand silence.

– Ce fut bref, n'est-ce pas? dit Kalten quand ils furent dans le couloir, guidés par le capitaine.

– Il était inutile d'obscurcir la situation par de vaines excuses, répondit Émouchet.

Kalten se pencha vers son ami.

– Nous allons obéir à ses ordres? chuchota-t-il.

– Non.
– Sire Émouchet, haleta Bévier, vous n'oseriez tout de même pas désobéir aux ordres d'un patriarche de l'Église?
– Non, pas vraiment. Il nous faut seulement d'autres ordres.
– Dolmant? avança Kalten.
– Son nom saute plus ou moins à l'esprit, non?
Mais ils n'eurent pas l'occasion d'une visite supplémentaire. Le capitaine trop zélé insista pour les conduire directement jusqu'au chapitre.
– Sire Émouchet, dit-il quand ils eurent atteint la rue étroite où était situé le chapitre. Vous voudrez bien informer le gouverneur de votre établissement que cette porte doit demeurer close. Nul ne doit entrer ni sortir.
– Je n'y manquerai pas.
Il donna du talon et ils pénétrèrent dans la cour.
– Je ne pensais pas qu'il irait jusqu'à bloquer la porte, marmotta Kalten. Comment allons-nous avertir Dolmant?
– Je trouverai un moyen.
Plus tard, comme le crépuscule se glissait dans la ville, Émouchet arpentait le rempart surmontant la muraille du chapitre, jetant de temps à autre un coup d'œil dans la rue.
– Émouchet, fit dans la cour la voix bourrue de Kurik, vous êtes là-haut?
– Oui. Montez.
Il y eut un bruit de pas sur les marches en pierre de l'escalier.
– Vous vouliez nous voir? demanda Kurik tandis qu'il émergeait, accompagné de Bérit et Talen, de l'obscurité qui occultait l'escalier.
– Oui. Il y a une compagnie de soldats de l'Église, à l'extérieur. Ils bloquent la porte et il faut que je transmette un message à Dolmant. Des idées?
Kurik se gratta la tête en réfléchissant.
– Donnez-moi un cheval rapide et je passerai, proposa Bérit.
– Il fera un bon chevalier, dit Talen. Les chevaliers adorent charger, paraît-il.
Bérit considéra sévèrement le gamin.
– Aucun sous-entendu, précisa Talen en se dérobant. Nous étions d'accord pour qu'il n'y ait plus de coups. J'écoute les leçons et tu ne me frappes plus.

– As-tu une meilleure idée? demanda Bérit.

– Plusieurs. (Talen regarda par-dessus le mur.) Est-ce que les soldats sont en patrouille dans les rues? demanda-t-il.

– Oui, répondit Émouchet.

– Ce n'est pas vraiment un problème, mais ç'aurait été plus facile s'ils n'étaient pas là. (Talen fit la moue en réfléchissant.) Bérit, est-ce que tu te débrouilles avec un arc?

– J'ai reçu une formation pour cela, répondit le novice, un peu sec.

– Ce n'est pas ce que je te demandais. Je voulais savoir si tu te débrouillais.

– Je touche une cible à cent pas.

Talen regarda Émouchet.

– Vous ne proposez pas mieux, vous autres? demanda-t-il. (Puis il regarda de nouveau Bérit.) Tu vois cette écurie, là-bas? fit-il en tendant le bras en direction de l'autre côté de la rue, celle au toit en chaume?

– Oui.

– Tu pourrais planter une flèche dans le chaume?

– Facilement.

– Peut-être que ta formation aura servi, alors.

– Depuis combien de temps coupes-tu les goussets? demanda Kurik, sarcastique.

– C'est différent, père. Il y a du profit, là.

– Père? demanda Bérit, stupéfait.

– C'est une longue histoire, répondit Kurik.

– Tout le monde écoute une cloche qui sonne pour une certaine raison, fit Talen en affectant un ton de maître d'école. Et personne ne peut éviter de regarder béatement un incendie. Tu peux trouver un bout de corde, Émouchet?

– De quelle longueur?

– Suffisante pour atteindre la rue. Voilà : Bérit enveloppe sa flèche d'amadou et l'enflamme. Ensuite il tire sur ce toit en chaume. Les soldats se précipiteront tous vers cette rue pour regarder le spectacle. C'est alors que je vais descendre à la corde de l'autre côté du bâtiment. Je serai dans la rue en un rien de temps sans que personne s'en rende compte.

– On ne peut pas incendier l'écurie d'un particulier, lui objecta Kurik qui paraissait horrifié.

– Il sera rapidement éteint, Kurik, dit Talen d'un ton

patient. Parce qu'on sera tous ici à crier *Au feu*! à pleins poumons. Ensuite je me glisserai par la corde le long du mur opposé et je serai à cinq rues d'ici avant que l'excitation soit retombée. Je sais où est la maison de Dolmant et je lui dirai ce que tu voudras.

– Très bien, approuva Émouchet.

– Émouchet! s'exclama Kurik. Vous n'allez pas le laisser faire, quand même?

– Du point de vue tactique, c'est parfait, Kurik. La diversion et les subterfuges font partie de tout plan digne de ce nom.

– Est-ce que vous avez une idée de la quantité de chaume... et de bois... qu'il y a dans cette partie de la ville?

– Cela donnera peut-être aux soldats de l'Église l'occasion de se rendre utiles, fit Émouchet en haussant les épaules.

– C'est grave, Émouchet.

– Pas autant que si Annias venait à s'asseoir sur le trône de l'archiprélat. Allons prendre ce qu'il nous faut. Je veux avoir quitté Chyrellos avant le lever du soleil et je ne pourrai le faire si tous ces soldats campent devant la porte.

Ils descendirent l'escalier pour prendre de la corde, un arc et un carquois.

– Qu'est-ce qui se prépare? demanda dans la cour Tynian, en compagnie de Kalten, Bévier et Ulath.

– Nous allons avertir Dolmant, lui répondit Émouchet.

Tynian considéra l'arc de Bérit.

– Avec ça? Ce n'est pas un peu loin, pour une flèche?

– Ne te fie pas aux apparences. (Émouchet lui résuma le plan. Puis, comme il montait les marches, il posa la main sur l'épaule de Talen.) Ce ne sera pas aussi simple qu'il y paraît, dit-il au gamin. Je veux que tu sois prudent.

– Tu t'inquiètes trop, Émouchet. Je pourrais réussir en dormant.

– Il te faudra peut-être un billet à remettre à Dolmant.

– Tu n'es pas sérieux? Si je me fais arrêter, je pourrai m'en tirer en mentant, mais pas si j'ai un billet comme ça dans la poche. Dolmant me connaît et il saura que le message est bien de toi. Fais-moi entièrement confiance, Émouchet.

– Ne perds pas de temps en volant à la tire.

– Bien entendu, répondit Talen un peu trop rapidement.

Émouchet poussa un soupir. Puis il indiqua au gamin ce qu'il devait dire au patriarche de Démos.

Le plan se déroula plus ou moins ainsi que l'avait tracé Talen. Dès que la patrouille fut passée dans la rue étroite, la flèche de Bérit fila comme une étoile et s'enfonça dans le toit de l'écurie. Elle y crachota quelques instants, puis une flamme bleuâtre remonta le faîtage, devint orange, puis jaune vif comme le feu commençait à se répandre.

– Au feu ! hurla Talen.

– Au feu ! firent les autres en écho.

Dans la rue, les soldats de l'Église coururent lourdement jusqu'à l'angle, où ils rencontrèrent le propriétaire de l'écurie en proie à une crise d'hystérie.

– Bons maîtres ! s'écriait le malheureux en se tordant les mains. Mon écurie ! Mes chevaux ! Ma maison ! Mon Dieu !

Le capitaine trop zélé hésita, regarda d'abord l'incendie, puis la muraille du chapitre, en proie à une terrible indécision.

– Nous allons vous aider, capitaine, lança Tynian du haut de la muraille. Ouvrez la porte !

– Non ! hurla le capitaine. Restez à l'intérieur.

– Vous allez perdre la moitié de la ville sainte, âne bâté ! lui cria Kalten. Cet incendie va se répandre si vous n'agissez pas immédiatement.

– Toi ! gronda le capitaine à l'adresse du propriétaire de l'écurie. Va chercher des seaux et montre-moi le puits le plus proche. (Il se tourna rapidement vers ses hommes.) Formez la chaîne, ordonna-t-il. Allez à la porte des pandions et ramenez tous les hommes disponibles. (Il paraissait sûr de lui maintenant. Puis il leva les yeux vers les chevaliers sur le rempart.) Mais laissez quand même un détachement.

– Nous pouvons vous aider, capitaine, proposa Tynian. Nous avons ici un grand puits. Nous pouvons aligner nos hommes et passer les seaux à vos hommes à l'extérieur de la porte. Notre souci principal doit être de sauver Chyrellos. Tout le reste est désormais secondaire.

Le capitaine hésitait.

– Je vous en prie, capitaine ! (La voix de Tynian vibrait de sincérité.) Laissez-nous vous aider.

– Bon, d'accord, lâcha le capitaine. Ouvrez votre porte. Mais personne ne quittera l'enceinte du chapitre.

– Bien entendu, répondit Tynian.

– Bien joué, grogna Ulath en tapotant du poing sur l'épaule de Tynian.

Tynian lui sourit.

– Tu vois que parler est quand même payant, de temps à autre, mon ami le silencieux. Tu devrais essayer, un jour.

– Je préfère utiliser une hache.

– Bien, et maintenant, je vous quitte, messeigneurs, annonça Talen. Vous voulez que je vous ramène quelque chose, pendant que je suis dehors?

– Garde à l'esprit ce que tu as à faire, lui dit Émouchet. Va simplement parler à Dolmant.

– Et sois prudent, grommela Kurik. En tant que fils, tu es parfois décevant, mais je ne veux pas te perdre.

– On est sentimental, le père? fit Talen en feignant la surprise.

– Pas vraiment. J'éprouve simplement un certain sentiment de responsabilité envers ta mère.

– Je l'accompagne, annonça Bérit.

Talen considéra d'un œil critique le novice dégingandé.

– N'y songe plus, lui dit-il brièvement. Tu me gênerais. Pardonne-moi, maître révéré, mais tu as des pieds trop gros et des coudes trop pointus pour te déplacer sans bruit, et je n'ai pas le temps de t'enseigner l'art de se faufiler furtivement.

Le gamin disparut dans l'obscurité du rempart.

– Où avez-vous trouvé cet adolescent exceptionnel? demanda Bévier.

– Tu ne nous croirais pas, Bévier, lui répondit Kalten. Je suis sûr et certain que tu ne nous croirais pas.

– Nos frères pandions sont peut-être un peu plus matérialistes que nous autres, Bévier, annonça Tynian d'une voix sentencieuse. Nous gardons les yeux fixés sur les cieux et ne sommes pas aussi versés qu'eux dans la connaissance des dessous de la vie. (Il regarda Kalten d'un air pieux.) Nous sommes toutefois les serviteurs de Dieu et je suis sûr qu'il apprécie nos efforts, malgré toutes nos malhonnêtetés et dépravations.

– Bien dit, fit Ulath en gardant son air impavide.

L'incendie du toit continuait, les soldats de l'Église l'arrosaient de multiples seaux d'eau. Petit à petit, sous le volume de liquide, le feu s'étouffa et le propriétaire de l'écurie entreprit de se lamenter sur l'inondation de ses provisions.

– Bravo, capitaine, bravo! s'exclama Tynian du haut de la muraille.

– N'en fais quand même pas trop, lui marmonna Ulath.

– C'est la première fois que je vois l'un de ces types faire quelque chose d'utile, protesta Tynian. Il faudrait encourager ce genre d'initiative.

– Nous pouvons allumer d'autres incendies, si tu veux, proposa l'énorme génidien. Nous pourrions leur faire puiser de l'eau toute la semaine.

Tynian se tira sur le lobe d'une oreille.

– Non, dit-il après réflexion. L'attrait de la nouveauté risquerait de s'user et ils seraient capables de laisser la ville prendre flamme. (Il jeta un coup d'œil à Kurik.) Le gamin a pu s'échapper?

– Comme un serpent qui descend dans un trou à rats, répondit l'écuyer d'Émouchet en essayant de dissimuler une certaine fierté.

– Un jour, il faudra que tu nous racontes pourquoi il n'arrête pas de t'appeler *père*.

– Nous en viendrons peut-être là un jour ou l'autre, monseigneur Tynian, marmonna Kurik.

Comme la première lueur de l'aube montait du ciel oriental, arriva le pas rythmé de centaines de pieds remontant la rue étroite. Puis le patriarche Dolmant, juché sur une mule blanche, apparut en tête d'un bataillon de soldats en uniforme rouge.

– Votre Grâce, s'exclama le capitaine souillé de suie qui barrait l'accès du chapitre en se précipitant pour le saluer.

– Vous êtes relevé, capitaine, lui apprit Dolmant. Vous pouvez retourner avec vos hommes à vos baraquements. (Il eut un reniflement légèrement désapprobateur.) Dites-leur de se laver, suggéra-t-il. Ils ressemblent à des ramoneurs.

– Votre Grâce, j'ai reçu ordre du patriarche de Coumbe de garder cette demeure. Puis-je lui envoyer un messager pour avoir confirmation du contrordre de Votre Grâce?

Dolmant réfléchit.

– Non, capitaine. Je ne pense pas. Retirez-vous sur-le-champ.

– Mais, Votre Grâce...!

Dolmant claqua des mains sèchement et les troupes

massées derrière son dos prirent position, les piques tendues.

– Colonel, dit Dolmant d'un ton très doux au commandant de ses troupes, voudriez-vous bien avoir l'amabilité d'escorter le capitaine et ses hommes à leurs baraquements?

– Tout de suite, Votre Grâce, répondit l'officier avec un salut martial.

– Je pense qu'il faudrait qu'ils y soient retenus jusqu'à ce qu'ils deviennent présentables.

– Bien entendu, Votre Grâce. Je procéderai personnellement à l'inspection.

– Et méticuleusement, colonel... très méticuleusement. L'honneur de l'Église se reflète aussi dans l'apparence de ses soldats.

– Votre Grâce peut compter sur ma vigilante attention au plus infime détail, assura le colonel. L'honneur de notre charge se reflète aussi dans l'apparence du moindre de nos soldats.

– Dieu apprécie votre dévotion, colonel.

– Je ne vis que pour le servir, Votre Grâce, fit le colonel en s'inclinant très bas.

Aucun des hommes n'avait souri ni sourcillé.

– Oh, ajouta Dolmant, avant de partir, colonel, amenez-moi ce petit mendiant dépenaillé. Je crois que je vais le confier aux bons frères de cet ordre... par pure charité, bien entendu.

– Bien entendu, Votre Grâce.

Le colonel claqua les doigts et un robuste sergent amena Talen par la peau du cou devant le patriarche. Le bataillon de Dolmant avança alors sur le capitaine et ses hommes, piques en avant et les accula tout naturellement contre la haute muraille du chapitre. Les soldats ramoneurs du patriarche de Coumbe furent rapidement désarmés puis emmenés sous bonne garde.

Dolmant tendit affectueusement la main et tapota la fine encolure de sa mule blanche; puis il leva un regard critique vers le rempart.

– Vous n'êtes pas encore parti, Émouchet? demanda-t-il.

– Nous étions en train de faire nos préparatifs, Votre Grâce.

– Le jour avance, mon fils. L'œuvre de Dieu ne peut s'accomplir par la paresse.

– Je ne l'oublierai pas, Votre Grâce. (Puis les yeux d'Émouchet se plissèrent et il jeta un regard sévère sur Talen.) Rends-le, lui ordonna-t-il.

– Quoi ? fit Talen sur un ton très inquiet.

– Tout. Sans rien omettre.

– Mais, Émouchet...

– *Tout de suite*, Talen.

Grommelant, le gamin se mit à ôter toutes sortes d'objets de valeur de l'intérieur de ses vêtements, les déposant entre les mains du patriarche stupéfait.

– Tu es satisfait, à présent, Émouchet ? demanda-t-il d'une voix un peu maussade en levant un regard furieux vers le rempart.

– Pas entièrement, mais c'est un début. Je pourrai me prononcer une fois que je t'aurai fouillé.

Talen poussa un soupir et fouilla d'autres poches secrètes, ajoutant de nouveaux objets entre les mains déjà remplies de Dolmant.

– Je présume que vous emmenez ce gamin, Émouchet ? demanda Dolmant en fourrant les objets de valeur à l'intérieur de sa soutane.

– Oui, Votre Grâce.

– Parfait. Je dormirai mieux en sachant qu'il ne rôde plus dans les rues. Hâtez-vous, mon fils, et que Dieu vous vienne en aide.

Le patriarche fit alors tourner sa mule et repartit dans la rue.

Chapitre quinze

Sire Tynian continuait son récit manifestement enjolivé de certaines aventures de sa jeunesse :

– Alors, les barons lamorks se lassèrent de ces brigands et vinrent à notre chapitre quérir notre aide pour les exterminer. Nous en avions assez de patrouiller le long de la frontière zémoch et nous acceptâmes. En toute honnêteté, nous considérions l'affaire comme un exercice sportif... quelques jours de chevauchée et un joli combat vite fait pour finir.

Émouchet laissa son attention dériver. Le bavardage de Tynian ne s'était pratiquement jamais interrompu depuis leur départ de Chyrellos et leur entrée dans le royaume méridional de Cammorie. Ses histoires avaient été amusantes au début, mais elles avaient fini par devenir répétitives. A entendre Tynian, il avait participé de manière décisive à toutes les batailles importantes et escarmouches secondaires sur le continent éosien durant les dix dernières années. Le chevalier alcion n'était pas tant un vantard incorrigible qu'un conteur ingénieux qui se plaçait au centre de l'action de chaque récit pour lui donner un certain réalisme. C'était une occupation inoffensive, et cela faisait passer le temps.

Le soleil était plus chaud qu'en Élénie et la brise qui faisait sauter des nuages moutonneux sur le ciel d'un bleu intense avait un parfum presque printanier. Les champs qui les entouraient, épargnés par le givre, étaient encore verts et la route se déroulait comme un blanc ruban, plongeant dans les vallées et escaladant des coteaux verdoyants. C'était une journée parfaite pour se promener à cheval et Faran s'amusait visiblement.

Émouchet avait déjà commencé à jauger ses compagnons. Tynian était presque aussi insouciant que Kalten. Mais la masse seule de son torse et la manière professionnelle dont il maniait ses armes indiquaient qu'ils constituerait un sérieux atout au combat, s'il fallait en venir là.

Bévier était peut-être un peu plus exalté. Les chevaliers cyriniques étaient renommés pour leur raideur et leur piété. En outre, ils étaient susceptibles. Il faudrait manipuler Bévier avec précaution. Kalten devrait tempérer son goût pour la plaisanterie. Mais le jeune cyrinique, à l'évidence, serait un argument de poids en cas d'ennuis.

Ulath était une énigme. Il avait une réputation impressionnante, mais Émouchet n'avait jamais eu beaucoup à faire avec les chevaliers génidiens de la lointaine et nordique Thalésie. Ils passaient pour des guerriers redoutables, mais pourquoi portaient-ils des cottes de mailles et non des armures? Il décida de parler de ce sujet à l'énorme Thalésien et ralentit le pas de Faran pour se laisser rattraper.

– Belle matinée, dit-il d'un ton aimable.

Ulath poussa un grognement.

– En Thalésie, il y a encore deux pieds de neige au sol, dit-il.

– Ce doit être triste.

Ulath haussa les épaules.

– On s'y habitue et la neige facilite la chasse... au sanglier, au cerf, au Troll, ce genre de trucs.

– Vous chassez vraiment les Trolls?

– Parfois. De temps à autre, un Troll devient dingue. S'il descend dans les vallées où vivent les Élènes et se met à tuer des vaches... ou des gens... il faut que nous le chassions.

– J'ai entendu dire qu'ils sont assez gros.

– Oui. Assez.

– Ce n'est pas un peu dangereux de chasser avec une simple cotte de mailles?

– Pas trop, en fait. Ils n'utilisent que des massues. On risque de se faire casser des côtes, mais c'est à peu près tout.

– Une armure complète ne serait-elle pas plus avantageuse?

– Pas quand il faut traverser des cours d'eau... et nous en avons beaucoup en Thalésie. On peut se débarrasser rapidement d'un jaseran même si on se trouve au fond d'une rivière. Par contre, ce serait un peu difficile de retenir sa respiration assez longtemps pour ôter une armure complète.

– Logique.

– Nous avons pensé comme toi. Il y a un certain temps, on avait un Précepteur qui trouvait qu'on devrait porter une armure complète comme les autres ordres... par souci des apparences. On a jeté un de nos frères vêtu d'un jaseran dans le port d'Emsat. Il a enlevé son jaseran et il est remonté à la surface en moins d'une minute. Le Précepteur portait une armure complète. Quand on l'a jeté à l'eau, il n'est pas remonté. Peut-être a-t-il découvert quelque chose de plus intéressant à faire, là en bas.

– Vous avez noyé votre Précepteur? demanda Émouchet, stupéfait.

– Non. C'est son armure qui l'a noyé. On a ensuite élu Komier comme Précepteur. Il n'est pas assez bête pour proposer des choses aussi ridicules.

– Vous semblez constituer un ordre très indépendant. Vous élisez vraiment vos Précepteurs?

– Pas vous?

– Non, pas réellement. Nous envoyons une liste de noms à la Hiérocratie et c'est à elle de choisir.

– Nous leur facilitons la tâche. Nous n'envoyons qu'un seul nom.

Kalten revenait sur la route au petit galop. Le robuste homme blond était en avant-garde à un quart de mille pour déceler un éventuel danger.

– Il y a quelque chose d'étrange, devant, annonça-t-il d'une voix tendue.

– Qu'entends-tu par *étrange*? demanda Émouchet.

– Un couple de pandions au sommet de la colline suivante.

Sa voix était un peu nerveuse. Il transpirait.

– Qui sont-ils?

– Je ne suis pas monté le leur demander.

Émouchet considéra sévèrement son ami.

– Qu'as-tu donc?

– Je ne sais pas trop. J'ai eu la nette impression que je ne devrais pas m'approcher d'eux. Je pense qu'ils veulent te parler. Ne me demande pas où j'ai déniché cette idée.

– Très bien. Je vais aller voir ce qu'ils veulent.

D'un coup d'éperon, il lança Faran au galop et remonta

puissamment la longue rampe conduisant au sommet de la colline. Les deux cavaliers portaient l'armure noire des pandions, mais ils n'exécutèrent aucun des habituels signes de reconnaissance à l'approche d'Émouchet et ne soulevèrent point leur visière. Leurs montures étaient maigres, presque squelettiques.

– Qu'y a-t-il, mes frères? demanda Émouchet en arrêtant Faran à quelques verges des deux hommes.

Il perçut une bouffée d'odeur désagréable et un frisson le parcourut.

L'un des deux personnages en armure tendit un bras cuirassé vers la vallée. Il ne prononça pas une parole mais parut désigner un bosquet d'ormes dénudés par l'hiver en bordure de route, à un demi-mille de là.

– Je ne comprends pas tout à fait... commença Émouchet avant d'apercevoir soudain un reflet sur l'acier poli parmi les branches arachnéennes du bosquet. (Il s'abrita les yeux d'une main et fixa attentivement le bouquet d'arbres. Il distingua un léger mouvement et un autre reflet.) Je vois, dit-il gravement. Merci, mes frères. Désirez-vous vous joindre à nous pour mettre en déroute les embusqués qui attendent là en bas?

Un long moment, les deux cavaliers restèrent sans réagir, puis l'un d'eux fit un signe de tête. Ils se mirent en branle, chacun d'un côté de la route.

Émouchet, intrigué, alla rejoindre les autres sur la route.

– Des ennuis nous attendent, annonça-t-il. Un groupe d'hommes en armes est dissimulé dans un bosquet.

– Une embuscade? demanda Tynian.

– En général, on ne se cache pas, sauf pour préparer quelque mauvais coup.

– Tu peux nous dire combien ils sont? demanda Bévier en détachant sa Lochabre de la selle.

– Pas précisément.

– Un seul moyen pour l'apprendre, fit Ulath en tendant la main vers sa hache.

– Qui sont ces deux pandions? demanda nerveusement Kalten.

– Ils ne me l'ont pas dit.

– Est-ce qu'ils t'ont fait la même impression qu'à moi?

– Quel genre d'impression?

– Comme si le sang se figeait dans mes veines.

Émouchet hocha la tête.

– Quelque chose comme ça, en effet. Kurik et Bérit, occupez-vous de Séphrénia, de Flûte et de Talen et garez-les à l'abri.

L'écuyer hocha sèchement la tête.

– Fort bien, donc, messieurs, allons jeter un coup d'œil.

Les cinq chevaliers cuirassés mirent leurs chevaux au trot enlevé, maniant une variété d'armes peu plaisantes. En haut de la colline, les deux hommes en armure noire les rejoignirent en silence. Une nouvelle fois, Émouchet perçut l'odeur désagréable et, une nouvelle fois, son sang se glaça bizarrement.

– Quelqu'un a un cor? demanda Tynian. Nous devrions les avertir de notre arrivée.

Ulath déboucla l'une de ses sacoches dont il sortit une corne courbe et tordue. Elle était énorme et munie d'un bec en cuivre.

– Quel genre d'animal a des cornes pareilles? lui demanda Kalten.

– L'ogre, répondit Ulath.

Il porta le bec à sa bouche et lança une sonnerie fracassante.

– Pour la gloire de Dieu et l'honneur de l'Église! s'exclama Bévier en se dressant sur ses étriers et en faisant un moulinet avec sa Lochabre.

Émouchet tira son épée et enfonça les éperons dans les flancs de Faran. Le destrier bondit en avant, plaqua les oreilles en arrière et montra les dents.

Des cris dépités montèrent du bosquet d'ormes comme les chevaliers de l'Église descendaient la colline au galop, l'herbe fouettant les pattes de leurs montures. Dix-huit hommes en armes et à cheval sortirent de leur cachette et s'avancèrent pour affronter la charge.

– Ils veulent combattre! cria joyeusement Tynian.

– Faites attention après être entrés en contact! les avertit Émouchet. Il risque d'y en avoir d'autres sous les arbres!

Ulath continua de sonner du cor jusqu'au dernier moment. Puis il rangea prestement son instrument dans sa sacoche et se mit à faire tournoyer sa grande hache d'armes au-dessus de sa tête.

Trois des embusqués étaient restés en arrière; juste avant que se heurtent les deux groupes, ils tournèrent casaque et s'enfuirent à toute allure, fouettant leurs montures sous la panique.

L'impact initial dut facilement être entendu à un mille de distance. Émouchet et Faran étaient légèrement en tête, les autres en éventail derrière eux, formant une sorte de coin. Émouchet se dressa sur les étriers pour donner de larges coups de taille à droite et à gauche quand il s'écrasa contre les étrangers. Il fendit un casque en deux et vit gicler le sang et la cervelle tandis que l'homme basculait de sa selle. Le coup suivant trancha un bouclier levé et il entendit un cri comme sa lame mordait le bras qui tenait l'écu. Derrière lui, il entendait d'autres coups et des hurlements tandis que ses amis le suivaient dans la mêlée.

Ils se regroupèrent au-delà du dispositif ennemi après avoir jeté dix hommes à terre, tués ou mutilés, mais, comme ils tournaient bride pour réattaquer, une demi-douzaine d'autres surgirent du bosquet pour les prendre par-derrière.

– Foncez! cria Bévier en faisant faire volte-face à son cheval. Je retiens ceux-ci pendant que vous en finissez avec le reste!

Il leva sa Lochabre et chargea.

– Aide-le, Kalten! lança Émouchet à son ami avant de mener Tynian, Ulath et les deux étrangers contre les survivants de leur première attaque. Le sabre de Tynian avait une lame beaucoup plus large que ceux des pandions. Son poids lui conférait une efficacité redoutable et Tynian tranchait chair et armure avec la même aisance. La hache d'Ulath, bien entendu, n'avait ni finesse ni subtilité. Il coupait les hommes comme un bûcheron coupe les arbres.

Émouchet vit brièvement l'un des deux étranges pandions se lever sur ses étriers pour donner un grand coup de taille. En guise d'épée, il tenait dans son poing gantelé une auréole luisante comme celle que le fantôme de sire Lakus avait remise à Séphrénia dans le taudis de Chyrellos. La nuée parut traverser tout le corps du mercenaire maladroit qui lui faisait face. L'homme devint totalement pâle et fixa sa poitrine, horrifié, mais il n'y avait pas de sang et son armure tachetée de rouille était intacte. Avec un hurlement de terreur, il jeta son épée et s'enfuit.

Quand le dernier adversaire fut tombé, Émouchet fit tourner Faran pour se porter au secours de Bévier et de Kalten, mais il vit que c'était pratiquement inutile. Trois des hommes sortis du bosquet étaient déjà à terre. Un autre était plié en deux sur sa selle, les deux mains serrées sur le ventre. Les deux derniers tentaient désespérément de parer les coups de l'épée de Kalten et de la hache de Bévier. Kalten feinta, puis fit sauter doucement l'arme de son adversaire au moment où Bévier décapitait presque nonchalamment le sien.

– Ne le tue pas! cria Émouchet à Kalten comme il levait son épée.

– Mais... protesta Kalten.

– Je veux l'interroger.

Le visage de Kalten se renfrogna comme Émouchet traversait la pelouse souillée de sang.

Émouchet tira sur les rênes de Faran.

– Descends, dit-il au prisonnier épuisé.

L'homme se laissa glisser à terre. Comme celle de ses compagnons abattus, son armure était composée de bric et de broc. Elle était rouillée et bosselée, mais l'épée que Kalten avait fait sauter de sa main était polie et aiguisée.

– Tu es mercenaire, sans doute, lui dit Émouchet.

– Oui, monseigneur, répondit l'homme avec un fort accent pélosien.

– Ça n'a pas très bien tourné, n'est-ce pas? lui demanda Émouchet sur un ton presque compatissant.

Le gaillard eut un petit rire nerveux en regardant le carnage autour de lui.

– Non, monseigneur, pas du tout comme prévu.

– Vous avez fait de votre mieux. A présent, il nous faut le nom de l'homme qui vous a engagés.

– Je ne lui ai pas demandé comment il s'appelait, monseigneur.

– Décris-le-moi, alors.

– Je... je ne peux pas, monseigneur.

– Cet entretien va devenir un petit peu moins agréable, je le crains, dit Kalten.

– Mettons-le dans un feu, suggéra Ulath.

– J'ai toujours adoré déverser de la poix bouillante à l'intérieur d'une armure... et lentement, affirma Tynian.

– La torture des poucettes, dit fermement Bévier.

– Tu vois, voisin, fit Émouchet au prisonnier blême. Tu vas bel et bien parler. Nous sommes ici et l'homme qui t'a engagé n'est pas là. Il t'aura peut-être menacé de choses désagréables, mais c'est nous qui allons te les faire subir. Épargne-toi beaucoup d'incommodités et réponds à mes questions.

– Monseigneur, bafouilla l'homme, je *ne peux pas*... même si vous me torturez à mort.

Ulath se laissa glisser de sa selle et s'approcha du captif qui se recroquevilla.

– Oh, arrête ça, dit le génidien.

Il avança une main, la paume tendue, au-dessus de la tête du prisonnier et parla dans une langue rocailleuse qu'Émouchet ne comprit pas mais soupçonna désagréablement de ne pas être humaine. Ses yeux se vidèrent et il tomba à genoux. Hésitant, sans la moindre expression dans la voix, il se mit à parler dans le même langage qu'Ulath.

– Il a été lié par un sortilège, annonça le chevalier génidien. Rien de ce que nous aurions pu lui faire n'aurait réussi à lui délier la langue.

Le mercenaire continuait de parler, mais de plus en plus vite.

– Ils étaient deux, traduisait Ulath. Un Styrique en cagoule et un homme aux cheveux blancs.

– Martel! s'exclama Kalten.

– C'est très probable, acquiesça Émouchet.

– C'est le Styrique qui l'a ensorcelé. Mais je ne connais pas cet enchantement.

– Moi non plus, je crois, admit Émouchet. Nous verrons avec Séphrénia.

– Oh, ajouta Ulath, il y a autre chose. Cette attaque la visait.

– *Quoi?*

– Les ordres de ces hommes étaient de tuer la Styrique.

– Kalten! aboya Émouchet, mais l'homme blond était déjà en train d'éperonner son cheval.

– Et lui? fit Tynian en désignant le prisonnier.

– Qu'il parte, cria Émouchet en suivant Kalten au galop.

Émouchet vit les deux étranges pandions devant eux. Un groupe d'hommes avait encerclé l'éminence rocheuse où Kurik avait amené Séphrénia et les enfants. Les deux chevaliers en noir maintenaient leurs chevaux entre les attaquants et l'éminence. Ils ne faisaient aucun effort pour combattre : ils se contentaient de rester sur place. Sous les yeux d'Émouchet, l'un des attaquants lança une javeline qui parut traverser directement le corps de l'un des pandions en noir... sans effet visible.

– Faran! aboya Émouchet, vite!

C'était quelque chose qu'il faisait rarement. Il en appelait à la loyauté de Faran et non à son entraînement. Le gros cheval frémit légèrement, puis se tendit dans une course qui lui permit de distancer rapidement les autres.

Les attaquants étaient au nombre de dix. Ils hésitaient nettement devant les deux pandions évanescents qui leur barraient la route. L'un d'eux tourna alors la tête, aperçut Émouchet en train de fondre sur eux en compagnie des autres et lança un avertissement. Après un instant de paralysie, les attaquants démarrèrent et s'enfuirent à l'autre bout du pré avec une panique rare chez des professionnels. Il monta le coteau à toute allure, les sabots ferrés de Faran faisant des étincelles sur les pierres. Il s'arrêta avant la crête et demanda :

– Tout le monde va bien, Kurik?

– Parfaitement, répondit Kurik en regardant pardessus la barricade en pierres qu'il avait érigée à la hâte avec Bérit. Mais c'était un peu juste, avant l'arrivée de ces deux chevaliers.

Les yeux de Kurik paraissaient un peu égarés quand il fixa les deux hommes. Derrière la barricade. Séphrénia s'approcha, mortellement pâle.

Émouchet se tourna vers les deux étranges pandions.

– Je pense que le moment des présentations est venu, mes frères, dit-il. Ainsi que celui des explications.

Ils ne répondirent pas. Il les considéra un peu plus attentivement. Leurs montures paraissaient encore plus squelettiques et Émouchet frémit en voyant qu'elles n'avaient pas d'yeux mais de simples orbites vides et que leurs os saillaient sous les robes pelées. Les deux chevaliers ôtèrent alors leur casque. Leur visage semblait mystérieusement diaphane et indistinct, presque transparent; eux aussi étaient dépourvus d'yeux. L'un d'eux paraissait très jeune et il avait des cheveux jaunes comme le beurre. L'autre était âgé et avait des cheveux blancs. Émouchet broncha légèrement. Il les connaissait tous deux : il savait qu'ils étaient morts.

– Sire Émouchet, dit le fantôme de Parasim d'une voix caverneuse et sans émotion, poursuis cette quête avec diligence. Le temps ne ralentira pas pour toi.

– Pourquoi êtes-vous revenus de la Maison des Morts? demanda Séphrénia d'un ton profondément cérémonieux. (Sa voix tremblait.)

– Notre serment a le pouvoir de nous ramener d'entre les ombres si besoin est, petite mère, répondit la forme de Lakus d'une voix également caverneuse et dépourvue d'émotion. D'autres tomberont aussi et notre compagnie s'accroîtra avant que la reine recouvre la santé. (La forme aux yeux creux se tourna vers Émouchet.) Garde bien notre mère bien-aimée, Émouchet, car elle est en grave péril. Si elle vient à périr, notre mort aura été vaine et la reine mourra.

– J'obéirai, Lakus, promit Émouchet.

– Sache une autre chose encore. Par la mort d'Ehlana, tu perdras plus qu'une reine. Les ténèbres rôdent à la porte et Ehlana est notre seul espoir de lumière.

Les deux pandions se dissipèrent.

Les quatre autres chevaliers arrivèrent. Kalten était blême et tremblait.

– Qui était-ce? demanda-t-il.

– Parasim et Lakus, répondit tranquillement Émouchet.

– Parasim? Il est mort...

– Tout comme Lakus.

– Des fantômes?

– Il semblerait.

Tynian mit pied à terre et ôta son heaume massif. Il était pâle et en sueur lui aussi.

– Je me suis jadis mêlé de nécromancie, mais pas toujours par choix. Habituellement, un esprit doit être invoqué, mais il apparaît parfois de son propre chef... en particulier s'il n'a pas terminé quelque chose d'important.

– C'était important, dit sinistrement Émouchet.

– Avais-tu autre chose à nous dire, Émouchet? demanda Ulath. Tu sembles avoir omis certains détails.

Émouchet considéra Séphrénia. Très pâle, elle se redressa et hocha la tête à son adresse.

Émouchet prit longuement son souffle.

– Ehlana devrait être morte, mais elle est conservée par un sort qui la maintient isolée à l'intérieur d'un cristal. Ce sortilège est le produit des efforts combinés de Séphrénia et de douze pandions.

– Je me posais plus ou moins des questions à ce sujet, dit Tynian.

– Il n'y a qu'un problème, continua Émouchet. Les chevaliers mourront l'un après l'autre jusqu'à ce qu'il ne reste plus que Séphrénia.

– Et alors? demanda Bévier d'une voix tremblante.

– Alors, je partirai moi aussi, répondit-elle.

Un sanglot étouffé échappa au jeune cyrinique.

– Pas tant qu'il me restera un souffle de vie, dit-il d'une voix assourdie.

– Mais quelqu'un tente actuellement d'accélérer le processus, continua Émouchet. Ceci est la troisième tentative contre la vie de Séphrénia depuis notre départ de Cimmura.

– J'ai survécu à toutes ces tentatives, précisa-t-elle, comme si elles n'avaient eu aucune importance particulière. Auriez-vous réussi à identifier qui est derrière cette dernière attaque?

– Martel et un Styrique, dit Kalten. Le Styrique a envoûté les mercenaires pour les empêcher de parler, mais Ulath est parvenu à rompre l'enchantement. Il a parlé avec un prisonnier dans une langue que je n'ai pas comprise et l'autre lui a répondu dans le même langage.

Elle regarda le chevalier thalésien d'un air interrogateur.

– Nous avons parlé en troll, répondit Ulath en haussant les épaules. C'est une langue non humaine, ce qui a permis de tourner le sortilège.

Elle le fixa avec horreur.

– Tu as fait appel aux Dieux des Trolls?

– C'est parfois nécessaire, madame. Ce n'est pas trop dangereux, si l'on est prudent.

Le visage de Bévier était parcouru de larmes.

– S'il plaît à monseigneur Émouchet, fit-il, je me propose de veiller personnellement sur la personne de Dame Séphrénia. Je demeurerai constamment à ses côtés et, en cas de nouvel affrontement, je vous fais serment sur ma vie qu'aucun mal ne lui adviendra.

Une brève expression de consternation traversa le visage de Séphrénia et elle regarda Émouchet comme pour l'implorer.

– Ce n'est probablement pas une mauvaise idée, fit-il en feignant d'ignorer son objection non exprimée. Entendu, Bévier. Reste auprès d'elle.

Séphrénia lui décocha un regard foudroyant.

– Nous mettons les morts en terre? demanda Tynian.

Émouchet secoua la tête.

– Nous n'avons pas le temps de jouer les fossoyeurs. Mes frères sont en train de mourir l'un après l'autre et

Séphrénia se trouve au bas de la liste. Si nous apercevons des paysans, nous leur dirons où sont les corps. Ils se dédommageront en les dépouillant. En route, à présent.

Borrata était une ville universitaire qui s'était développée autour du plus ancien centre intellectuel d'Éosie. Souvent, par le passé, l'Église avait exercé de fortes pressions pour que l'institution fût transférée à Chyrellos, mais les érudits avaient toujours résisté à cette idée, soucieux qu'ils étaient de rester à l'abri de tout contrôle ecclésiastique.

Émouchet et ses compagnons trouvèrent gîte et couvert à la fin de l'après-midi de leur arrivée. L'auberge était plus confortable et assurément plus propre que celles où ils s'étaient arrêtés en Élénie et en Cammorie.

Le lendemain matin, Émouchet enfila son jaseran et sa lourde cape en laine.

– Tu veux qu'on t'accompagne? demanda Kalten à son ami comme il descendait dans la salle commune.

– Non. Pas d'ostentation. L'université n'est pas loin d'ici et je saurai protéger Séphrénia.

Sire Bévier parut sur le point de protester. Il avait pris très au sérieux son rôle de protecteur de Séphrénia, ne s'écartant guère d'elle de plus de quelques pieds. Émouchet regarda le jeune cyrinique zélé.

– Je sais que tu montes la garde chaque nuit devant sa porte, Bévier. Pourquoi ne pas profiter de cette occasion pour dormir un peu? Ça ne servirait à rien que tu tombes de ta selle à un mauvais moment.

Bévier se raidit.

– Il ne voulait pas te blesser, dit Kalten. Émouchet n'a pas encore bien saisi la signification du terme *diplomate*. Nous espérons tous qu'il y parviendra un jour.

Bévier eut un petit rictus, puis il éclata de rire.

– Je pense qu'il me faudra un certain temps pour m'adapter aux pandions.

– Considère en quelque sorte que c'est un stage de formation, suggéra Kalten.

– Tu sais que si toi et la dame parvenez à trouver ce remède, nous rencontrerons probablement beaucoup d'opposition pour revenir à Cimmura, dit Tynian à Émouchet. Nous aurons sans doute à affronter des armées entières qui tenteront de nous arrêter.

– Madel... ou Sarrinium, suggéra Ulath d'un air mystérieux.

– Je ne te suis pas tout à fait, admit Tynian.

– Les armées dont tu parles essaieront de barrer la route de Chyrellos. Si nous allons au sud vers l'un ou l'autre de ces ports maritimes, nous pourrons louer un bateau pour rejoindre Vardenais sur la côte occidentale d'Élénie. Le voyage par mer est plus rapide.

– Nous en déciderons après avoir trouvé ce remède, dit Émouchet.

Séphrénia descendait avec Flûte.

– Nous sommes prêts? demanda-t-elle.

Émouchet acquiesça de la tête.

Elle s'adressa brièvement à Flûte. La petite fille hocha la tête et rejoignit Talen assis dans un coin.

– Tu as été choisi, Talen, lui apprit Séphrénia. Tu veilleras sur elle pendant mon absence.

– Mais... commença-t-il à protester

– Fais ce qu'elle te dit, Talen, dit Kurik d'une voix lasse.

– J'allais sortir faire un tour.

– Mais non, lui dit son père.

L'expression de Talen se fit boudeuse.

– Très bien, dit-il tandis que Flûte lui grimpait sur les genoux.

L'université était toute proche. Émouchet décida de partir à pied dans les rues étroites. La petite femme regardait autour d'eux.

– Je ne suis pas venue ici depuis longtemps, murmura-t-elle.

– Je ne vois vraiment pas quel intérêt une université peut présenter pour toi, fit Émouchet avec un sourire, étant donné ton attitude vis-à-vis de la lecture.

– Je n'étudiais pas, Émouchet. J'enseignais.

– J'aurais dû m'en douter. Comment t'entends-tu avec Bévier?

– Très bien, à part qu'il ne me laisse rien faire seule... et qu'il n'arrête pas d'essayer de me convertir à la foi élène, ajouta-t-elle sur un ton un peu caustique.

– Il essaie simplement de te protéger... spirituellement aussi bien que physiquement.

– Tu fais de l'humour?

Il décida de ne pas répondre.

Le campus de l'université de Borrata ressemblait à un

grand parc où étudiants et membres du corps enseignant se promenaient, contemplatifs, sur les pelouses soigneusement entretenues.

Émouchet arrêta un jeune homme en pourpoint citron vert.

– Excusez-moi, voisin, dit-il, mais pourriez-vous m'indiquer le chemin de la faculté de médecine?

– Êtes-vous malade?

– Non. C'est pour une amie.

– Ah... Les médecins occupent ce bâtiment, là-bas.

L'étudiant tendit la main vers un édifice trapu en pierre grise.

– Merci, voisin.

– J'espère que votre amie sera bientôt guérie.

– Nous aussi.

En entrant dans le bâtiment, ils rencontrèrent un homme aux formes replètes vêtu d'une robe noire.

– Excusez-moi, monsieur, lui dit Séphrénia. Êtes-vous médecin?

– Oui.

– Parfait. Disposez-vous de quelques instants?

L'homme rondouillard avait examiné attentivement Émouchet.

– Navré, dit-il sèchement. J'ai à faire.

– Pourriez-vous donc nous recommander l'un de vos collègues?

– Derrière n'importe quelle porte, dit-il en agitant la main et en s'éloignant rapidement.

– Curieuse attitude pour un homme de l'art, dit Émouchet.

– Toutes les professions ont leur part de grossiers personnages, commenta-t-elle.

Ils traversèrent le hall et Émouchet toqua à une porte à la peinture sombre.

– Qu'est-ce que c'est? lança une voix lasse.

– Nous avons besoin de consulter un médecin.

Il y eut un long silence.

– Oh, parfait, répondit la voix lasse. Entrez.

Émouchet ouvrit la porte et fit entrer Séphrénia.

L'homme assis derrière le bureau encombré avait sous les yeux des cercles sombres et paraissait avoir oublié de se raser depuis quelques semaines.

– Quelle est la nature de votre maladie? demanda-t-il à Séphrénia d'une voix qui frisait l'épuisement.

– Ce n'est pas moi qui suis malade, répondit-elle.

– C'est lui, alors? dit-il en désignant Émouchet. Il me paraît assez robuste.

– Non. Il n'est pas malade. Nous sommes ici pour une amie.

– Je ne fais pas de visites à domicile.

– Ce n'est pas ce que nous allions vous demander, précisa Émouchet.

– Notre amie habite assez loin d'ici, dit Séphrénia. Nous pensions que si nous vous décrivions ses symptômes, vous pourriez avancer une hypothèse sur la cause de sa maladie.

– Je ne fais pas d'hypothèses, lui dit-il sèchement. Quels sont ces symptômes?

– Ils ressemblent à ceux du petit mal.

– Ainsi donc, vous avez déjà établi votre diagnostic.

– Mais il y a un certain nombre de différences.

– Fort bien. Décrivez-moi ces différences.

– La fièvre... très élevée... et une transpiration abondante.

– Les deux ne vont pas ensemble, madame. Avec la fièvre, la peau est sèche.

– Oui, je sais.

– Avez-vous une formation médicale?

– Je suis familiarisée avec certains remèdes traditionnels.

Il renifla.

– Selon mon expérience, les remèdes populaires tuent davantage qu'ils ne guérissent. Quels autres symptômes avez-vous notés?

Séphrénia décrivit méticuleusement la maladie qui avait plongé Ehlana dans le coma.

Le médecin ne semblait pas l'écouter. Il fixait Émouchet. Son visage s'anima soudain, ses yeux se plissèrent et son expression se fit rusée.

– Je suis navré, dit-il quand Séphrénia eut terminé. Je pense que vous feriez mieux de retourner auprès de votre amie. Ce que vous venez de me décrire ne correspond à aucune maladie connue, ajouta-t-il d'un ton sec, presque brutal.

Émouchet se redressa en serrant le poing, mais Séphrénia lui posa la main sur le bras.

– Merci de nous avoir consacré quelques instants, sage seigneur, dit-elle d'une voix douce. Viens, ajouta-t-elle à l'intention d'Émouchet.

Ils retournèrent dans le corridor.
– Deux de suite, marmonna Émouchet.
– Deux quoi?
– Des gens grossiers.
– Peut-être est-ce logique.
– Je ne te suis pas.
– Ceux qui enseignent sont généralement dotés d'une certaine arrogance naturelle.
– Mais toi, tu ne la manifestes jamais.
– Je la réprime. Essaie une autre porte, Émouchet.

Durant les deux heures qui suivirent, ils parlèrent avec sept médecins. Chacun d'eux, après avoir scruté le visage d'Émouchet, prétendit ne rien savoir.

– Je commence à éprouver une impression bizarre, grommela-t-il comme ils sortaient d'un nouveau cabinet. Ils me jettent un coup d'œil et soudain ils deviennent ignorants... à moins que ce ne soit simplement mon imagination.
– Je l'ai également remarqué, répondit-elle, pensive.
– Ma figure n'est pas tellement passionnante, je sais, mais elle n'a jamais rendu personne muet.
– Ta figure est parfaitement normale, Émouchet.
– Elle recouvre le devant de ma tête. Que peut-on attendre d'autre d'un visage?
– Les médecins de Borrata semblent moins talentueux qu'on le prétend.
– Nous avons encore perdu notre temps, alors?
– Ce n'est pas encore fini. N'abandonnons pas l'espoir.

Ils parvinrent enfin à une petite porte sans peinture coincée au fond d'une alcôve minable. Émouchet frappa et une voix traînante répondit :

– Fichez le camp!
– Nous avons besoin de votre aide, savant seigneur, dit Séphrénia.
– Allez ennuyer quelqu'un d'autre. Je suis occupé à m'enivrer, en ce moment.
– Ça suffit! lâcha Émouchet.

Il se saisit de la poignée et poussa, mais la porte était verrouillée. Irrité, il l'ouvrit d'un coup de pied et fracassa l'encadrement.

L'homme à l'intérieur de la minuscule cellule cligna les yeux. C'était un petit bonhomme miteux au dos tordu et aux yeux chassieux.

– Vous frappez très fort, l'ami, fit-il remarquer. (Il émit un rot.) Bon, ne restez pas debout comme ça. Entrez.

Sa tête oscillait d'avant en arrière. Il portait des vêtements dépenaillés et ses mèches de cheveux gris partaient dans toutes les directions.

– Est-ce qu'il y a dans l'eau du coin quelque chose qui rend tout le monde aussi grincheux? demanda Émouchet sur un ton acrimonieux.

– Je ne pourrais pas vous le dire. Je ne bois jamais d'eau, répondit le calamiteux en buvant bruyamment dans une chope cabossée.

– C'est évident.

– Allons-nous passer le restant de la journée à échanger des insultes ou préférez-vous me parler de votre problème? (Le médecin examina myopement le visage d'Émouchet.) C'est donc vous?

– Hein?

– Celui à qui nous sommes censés ne pas parler.

– Auriez-vous l'amabilité de vous expliquer?

– Un homme est venu ici il y a quelques jours. Il a dit que tous les médecins de l'édifice auront droit à cent pièces d'or si vous repartez les mains vides.

– A quoi ressemblait-il?

– Il avait un port militaire et des cheveux blancs.

– Martel, dit Émouchet à Séphrénia.

– Nous aurions dû nous en douter depuis le début.

– Reprenez courage, mes amis, fit le petit homme d'un ton expansif. Vous avez trouvé le meilleur médecin de Borrata. (Il arbora un large sourire.) Mes collègues s'envolent tous vers le sud à l'automne en faisant *Coucou, coucou, coucou*. Vous ne pourriez leur arracher un seul avis médical sérieux. L'homme aux cheveux blancs a dit que vous décririez des symptômes. Une dame est malade quelque part et votre ami... ce Martel dont vous avez parlé... préférerait qu'elle ne guérisse pas. Pourquoi ne le décevrions-nous pas?

Il but longuement.

– Vous faites honneur à votre profession, bon docteur, annonça Séphrénia.

– Non, je suis un vieil ivrogne à l'esprit vicieux. Vous voulez vraiment savoir pourquoi je suis prêt à vous aider? Parce que je vais me délecter des cris de douleur de mes collègues quand tout cet argent leur glissera entre les doigts.

– C'est une excellente raison, ma foi, dit Émouchet.

– Exactement. (L'ivrogne fixa le nez d'Émouchet.) Pourquoi n'avez-vous pas fait redresser ce nez?

Émouchet se toucha le nez.

– J'avais autre chose à faire.

– Je peux vous le réparer, si vous voulez. Il me suffit de prendre un marteau et de le casser à nouveau. Ensuite, je pourrai le redresser.

– Merci quand même, mais je m'y suis habitué.

– Comme il vous plaira. Fort bien, quels sont ces symptômes?

Une nouvelle fois, Séphrénia égrena toute la liste.

Il resta assis à se gratter l'oreille, les yeux plissés. Puis il fouilla dans le désordre empilé sur son bureau pour en extraire un livre épais à la couverture en cuir déchirée. Il le feuilleta un certain temps, puis le referma brutalement.

– C'est bien ce que je pensais, dit-il d'un ton triomphal avant de roter encore une fois.

– Eh bien? demanda Émouchet.

– Votre amie a été empoisonnée. Est-elle morte?

L'estomac d'Émouchet se contracta.

– Non.

– Ce n'est qu'une question de temps. (Le médecin haussa les épaules.) Il s'agit d'un poison rare originaire de Rendor. L'issue est fatale.

Émouchet serra les dents.

– Je vais retourner à Cimmura et arracher les boyaux d'Annias, gronda-t-il. Avec un poignard émoussé.

Le petit médecin perdu d'honneur parut soudain intéressé.

– Voici la façon de procéder, suggéra-t-il. Effectuez une incision latérale juste en dessous du nombril. Puis retournez-le sur le dos d'un coup de pied. Tout devrait être éjecté d'un coup.

– Comment pourrai-je vous remercier?

– C'est gratuit. Quand il faut travailler, autant le faire bien. Sans doute cet Annias est-il responsable de l'empoisonnement?

– Aucun doute là-dessus.

– Allez-y : tuez-le. Je méprise les empoisonneurs.

– Existe-t-il un antidote? demanda Séphrénia.

– Je n'en connais aucun. Je vous suggérerais de consulter quelques médecins que je connais à Cippria, mais votre amie risque d'être morte avant votre retour.

– Non, fit Séphrénia. Elle est maintenue en vie.

– J'aimerais savoir comment vous y êtes parvenue.

– Madame est styrique, lui apprit Émouchet. Elle a accès à certaines pratiques inhabituelles.

– De la magie? Cela marche vraiment?

– Oui, parfois.

– Parfait, donc. Vous aurez peut-être le temps. (Le petit docteur déchira un bout de papier sur son bureau et trempa une plume dans un encrier presque vide.) Les deux premiers noms sont ceux de médecins assez qualifiés à Cippria, dit-il en écrivant. Le dernier est celui du poison. (Il tendit le papier à Émouchet.) Bonne chance, ajouta-t-il. Et maintenant, sortez, que je puisse reprendre ce que j'étais en train de faire avant que vous enfonciez ma porte.

Chapitre seize

Parce que vous ne ressemblez pas à des Rendors, expliquait Émouchet. Les étrangers attirent l'attention... une attention hostile, habituellement. A Cippria, je peux passer pour un indigène. Kurik aussi. Les femmes rendors portent le voile et l'apparence de Séphrénia ne posera aucun problème. Les autres font problème.

Ils étaient assemblés dans une grande salle au premier étage de l'auberge. Elle était nue, en dehors de quelques bancs longeant les murs. Émouchet leur avait rapporté les paroles du médecin qui ne buvait jamais d'eau et le subterfuge employé par Martel.

– On pourrait se mettre quelque chose sur les cheveux pour en changer la couleur, protesta Kalten. Ça ne passerait pas?

– Il y a le reste, Kalten, expliqua Émouchet. Je pourrais te peindre en vert, on verrait encore que tu es un Élène. Il en va de même pour vous tous. Vous avez une allure de chevaliers. Il faut des années pour effacer ça.

– Tu veux donc que nous restions ici? demanda Ulath.

– Non. Nous descendons ensemble à Madel, décida Émouchet. Si quelque chose d'inattendu se produit à Cippria, je pourrai vous y avertir plus vite.

– Je pense que tu oublies quelque chose, Émouchet, dit Kalten. Martel est par ici et il a probablement des espions partout. Si nous sortons tous de Borrata en armure, il sera au courant avant que nous ayons parcouru une demi-lieue.

– Des pèlerins, grogna Ulath.

– Je ne comprends pas, dit Kalten en fronçant les sourcils.

– Si nous fourrons nos armures dans un chariot et nous

habillons sobrement, nous pourrons nous joindre à un groupe de pèlerins et personne ne nous accordera une attention particulière. (Il regarda Bévier.) Tu connais un peu Madel?

– Nous y avons un chapitre, répondit Bévier. Je m'y rends de temps à autre.

– Y a-t-il des sanctuaires ou des lieux sacrés?

– Plusieurs. Mais les pèlerins voyagent rarement en hiver.

– Ils le font si on les paie. Nous en engagerons... avec un prêtre pour chanter des hymnes en cours de route.

– C'est faisable, intervint Kalten. Martel ne sait pas vraiment quelle direction nous prendrons pour quitter Borrata, et ses espions seront assez dispersés.

– Comment reconnaîtrons-nous ce Martel? demanda Bévier. Si nous le rencontrons quand vous serez à Cippria?

– Kalten le connaît, répondit Émouchet, et Talen l'a déjà vu. (Il regarda le gamin, qui jouait au berceau avec une ficelle pour amuser Flûte.) Talen, tu pourrais dessiner un portrait de Martel et Krager?

– Bien entendu.

– Et nous pouvons aussi invoquer l'image d'Adus, ajouta Séphrénia.

– Adus ne pose pas de problème, commenta Kalten. Imaginez un gorille en armure et vous avez Adus.

– Parfait, on fait comme ça... Bérit.

– Oui, seigneur Émouchet?

– Cherche une église... qui soit pauvre. Parle au curé. Dis-lui que nous finançons un pèlerinage aux sanctuaires de Madel. Demande-lui de choisir une douzaine de paroissiens dans le besoin et de les conduire ici demain matin. Il faudra qu'il nous accompagne... pour garder nos âmes. Ajoute que nous verserons une contribution substantielle à son église.

– Il ne s'enquerra point de nos motivations, monseigneur?

– Dis-lui que nous avons commis un terrible péché et que nous voulons l'expier, fit Kalten avec un haussement d'épaules. Ne précise pas le péché.

– Sire Kalten! souffla Bévier. Tu mentirais à un prêtre?

– Ce n'est pas un mensonge, Bévier. Nous avons tous commis des péchés. J'ai péché au moins une demi-douzaine de fois, cette semaine. D'ailleurs, le curé d'une paroisse démunie ne pose guère de questions quand il y a une contribution en jeu.

Émouchet prit une bourse en cuir dans sa tunique. Il la secoua quelques fois et un tintement distinctif se fit entendre.

– Parfait, messieurs, dit-il en délaçant la bourse, nous avons atteint la partie de l'office que vous préférez tous : la quête. Dieu apprécie les généreux donateurs; pas de timidité, donc. Le curé aura besoin d'argent liquide pour engager ses pèlerins.

Il fit circuler la bourse.

– Tu penses que Dieu peut accepter une reconnaissance de dette? demanda Kalten.

– Dieu peut-être. Moi pas. Mets quelque chose dans la bourse, Kalten.

Le groupe qui se rassembla dans la cour le lendemain matin était uniformément miteux : des veuves en deuil dépenaillées, des artisans sans travail et plusieurs mendiants affamés. Ils étaient tous juchés sur des haridelles épuisées ou des mules endormies. Émouchet les considérait à partir de la fenêtre.

– Dis à l'aubergiste de leur donner à manger, ordonna-t-il à Kalten.

– Ils sont nombreux, Émouchet.

– Je ne veux pas qu'ils tombent évanouis à un mille de la ville.

– Il ne faut pas que je leur donne aussi un bain? Certains d'entre eux ont l'air bien mal lavé.

– Ce ne sera pas nécessaire. Nourris aussi leurs montures.

– On n'est pas un peu trop généreux?

– C'est toi qui porteras les chevaux qui s'écrouleront.

– Oh... J'y veille immédiatement.

Le curé était un homme maigre à l'air inquiet âgé d'une soixantaine d'années. Il avait des cheveux argentés bouclés et des traits creusés par les soucis.

– Monseigneur, fit-il en s'inclinant profondément.

– Je vous en prie, bon père, répondit Émouchet, *pèlerin* suffira. Nous sommes tous égaux au service de Dieu. Mes compagnons et moi-même désirons simplement nous joindre à vos bons paroissiens et aller prier dans les lieux saints pour le soulagement de notre âme et l'assurance de l'infinie miséricorde de Dieu.

– Bien dit... euh... pèlerin.

– Nous rejoindrez-vous à table, bon père? lui demanda Émouchet. Nombreux seront les milles avant que nous nous couchions ce soir.

Le regard du curé s'illumina soudain.

– J'en serai enchanté, monseign... euh, pèlerin.

L'alimentation des pèlerins et de leurs montures prit un certain temps et vida pratiquement la cuisine et les réserves de graines de l'écurie.

– Je n'ai jamais vu des gens manger autant, grommela Kalten.

Vêtu d'une cape robuste et anonyme, il se hissa en selle à l'extérieur de l'auberge.

– Ils avaient grand-faim, lui dit Émouchet. Nous aurons au moins veillé à ce qu'ils aient pris quelques bons repas avant leur retour à Borrata.

– La charité, sire Émouchet? demanda Bévier. N'est-ce pas un peu étonnant? Les inflexibles pandions ne sont pas renommés pour leur sensibilité.

– Comme tu les connais peu, sire Bévier, murmura Séphrénia.

Elle monta sur sa blanche haquenée, puis baissa les mains vers Flûte, mais la petite fille secoua la tête, s'approcha de Faran et tendit sa main minuscule. Le gros rouan abaissa la tête et elle caressa son nez velouté. Émouchet sentit un frémissement bizarre parcourir le corps de son cheval. Flûte tendit alors les bras d'un air insistant vers le robuste pandion. Avec beaucoup de sérieux, Émouchet se pencha, la hissa à sa place habituelle à l'avant de la selle et l'enveloppa dans sa cape. Elle se nicha contre lui, sortit sa flûte et se mit à jouer le même petit air que le premier jour.

Le curé en tête de la colonne entonna une brève prière, invoquant la protection du Dieu des Élènes durant leur voyage, invocation ponctuée par les trilles interrogatifs... voire sceptiques... de l'instrument de Flûte.

– Tiens-toi comme il faut, lui chuchota Émouchet. C'est un brave homme et il fait ce qu'il estime juste.

Elle fit rouler de grands yeux espiègles. Puis elle bâilla, se pelotonna tout contre lui et s'endormit.

En compagnie de Kurik, ils quittèrent Borrata en direction du sud sous un ciel matinal très clair, les chariots à deux roues contenant armures et équipements cahotant derrière eux. La brise était vive et faisait flotter les vêtements dépenaillés des pèlerins qui avançaient péniblement et patiemment derrière leur curé. Une rangée de montagnes basses, les cimes couronnées de neige, s'élevait à l'occident et le soleil se reflétait sur ces champs immaculés. Émouchet trouvait leur pas mesuré... voire nonchalant... mais les piètres montures des pèlerins montraient en haletant qu'elles étaient poussées à leur maximum.

Il était aux environs de midi quand Kalten arriva de l'arrière-garde.

– Des cavaliers nous rattrapent, annonça-t-il calmement pour éviter d'inquiéter les pèlerins. Ils avancent très vite.

– Une idée de qui il s'agit?

– Ils sont en rouge.

– Des soldats de l'Église, alors.

– Vous avez remarqué sa vivacité? fit observer Kalten aux autres.

– Combien? demanda Tynian.

– On dirait un peloton renforcé.

Bévier dégagea sa hache de Lochabre.

– Laisse ça caché, lui dit Émouchet. Et vous autres, laissez aussi vos armes. (Puis il haussa la voix.) Bon curé, lança-t-il vers l'avant. Si nous chantions un hymne? La marche est plus facile quand on est accompagné par la musique sacrée.

Le curé s'éclaircit la gorge et commença à chanter d'une voix fausse et grinçante. Avec lassitude, mais répondant automatiquement au signal de leur pasteur, les autres pèlerins prirent la suite.

– Chantez! ordonna Émouchet à ses compagnons.

Et ils entonnèrent tous l'hymne familier. Flûte prit son instrument et joua un petit contrepoint moqueur.

– Arrête, lui murmura Émouchet. Et s'il y a du vilain, descends et file dans ce champ.

Elle roula de grands yeux.

– Obéis, jeune demoiselle. Je ne veux pas que tu te fasses piétiner dans un combat.

Mais les soldats de l'Église martelèrent la chaussée à côté de la colonne de pèlerins en leur jetant à peine un regard et disparurent devant.

– Impressionnant, commenta Ulath.

– Exact, acquiesça Tynian. Essayer de se battre au

milieu d'une foule de pèlerins terrifiés aurait pu s'avérer intéressant.

– Tu penses qu'ils nous cherchent? demanda Bérit.

– Difficile à dire, répondit Émouchet. De plus, je ne voulais pas les arrêter pour le leur demander.

Continuant vers Madel par étapes courtes afin de ménager les piteuses montures des paroissiens, ils arrivèrent dans les faubourgs de la ville vers midi le quatrième jour après leur départ. Quand le port apparut, Émouchet rejoignit le curé en tête de colonne. Il tendit au brave homme une bourse remplie de pièces.

– Nous vous laissons ici, annonça-t-il. Une affaire vient de monopoliser notre attention.

Le curé lui adressa un regard méditatif.

– Tout ceci n'était que subterfuge, n'est-ce pas, monseigneur? demanda-t-il gravement. Je ne suis peut-être qu'un pauvre prêtre d'une chapelle affligée de pauvreté, mais je connais les manières et le comportement des chevaliers de l'Église.

– Pardonnez-nous, bon curé, répondit Émouchet. Emmenez vos ouailles dans les lieux saints de Madel. Faites-les prier et veillez à ce qu'elles soient bien nourries. Puis rentrez à Borrata et utilisez comme bon vous semblera l'argent qui restera.

– Et pourrai-je faire ceci la conscience tranquille, mon fils?

– Tout ce qu'il y a de plus tranquille, bon père. Mes amis et moi servons l'Église pour une affaire grave et pressante et votre aide sera appréciée par les membres de la Hiérocratie de Chyrellos... par la plupart, en tout cas. (Émouchet tourna bride et rejoignit ses compagnons.) Parfait, Bévier, conduis-nous à ton chapitre.

– J'ai réfléchi, sire Émouchet, répondit Bévier. Notre chapitre est surveillé de près par les autorités locales et toutes sortes d'autres gens. Même affublés ainsi, nous serions reconnus à coup sûr.

Émouchet poussa un grognement.

– Sans doute as-tu raison. Une autre possibilité?

– Peut-être. Le hasard veut que j'aie un parent... un marquis d'Arcie orientale... qui possède une villa dans la banlieue de la ville. Il y a des années que je ne l'ai vu... notre famille le rejette parce qu'il fait du commerce...

mais peut-être se souviendra-t-il de moi. C'est quelqu'un de sympathique et, si je m'y prends bien, il pourra nous offrir l'hospitalité.

– Cela vaut sans doute la peine d'essayer. Parfait. Conduis-nous.

Ils contournèrent les faubourgs occidentaux pour arriver à une propriété opulente entourée d'un bas mur de grès. La maison était plantée en retrait de la route et encadrée d'arbres à feuilles persistantes et de pelouses soigneusement entretenues. Un cours au gravier bien ratissé s'étendait devant la maison et ce fut là qu'ils mirent pied à terre. Un serviteur en livrée sobre sortit leur demander le but de leur visite.

– Aurais-tu l'amabilité d'avertir le marquis que son petit-cousin, sire Bévier, et quelques amis aimeraient s'entretenir avec lui? demanda poliment le cyrinique.

– Immédiatement, monseigneur.

Le serviteur fit demi-tour et rentra dans la maison.

L'homme qui émergea quelques instants plus tard était trapu et rubicond. Il portait l'une des robes en soie colorées communes en Cammorie méridionale au lieu du pourpoint et des hauts-de-chausses arciens, et il leur adressa un large sourire de bienvenue.

– Bévier, fit-il en serrant chaleureusement la main de son cousin éloigné, quel bon vent t'amène en Cammorie?

– Je cherche refuge, Lycien, répondit Bévier. (Son visage juvénile s'assombrit.) Notre famille ne t'a pas traité comme il se doit, Lycien. Je ne pourrais t'en vouloir si tu m'abandonnais avec mes amis.

– Absurde, Bévier. C'est moi qui ai choisi de faire du commerce. Je savais comment ils réagiraient. Je suis enchanté de te revoir. Tu as parlé de chercher refuge?

Bévier acquiesça de la tête.

– Nous sommes ici pour une affaire ecclésiastique délicate et trop d'yeux surveillent le chapitre cyrinique de la ville. Je sais que c'est te demander beaucoup, mais pouvons-nous faire appel à ton hospitalité?

– Mais oui, mon garçon, mais oui. (Le marquis Lycien claqua sèchement les mains et plusieurs palefreniers sortirent de l'écurie.) Occupez-vous des montures de ces visiteurs et de leur chariot, ordonna le marquis. (Puis il posa la main sur l'épaule de Bévier.) Entrez. Ma maison vous appartient.

Ils le suivirent jusqu'à une pièce agréablement meublée

dotée de coussins et d'une cheminée où crépitaient des bûches.

– Je vous en prie, mes amis, asseyez-vous, dit Lycien avant de les examiner d'un air méditatif. Votre affaire ecclésiastique doit être très importante, Bévier, supputa-t-il. D'après leur apparence, je dirais que tes amis représentent les quatre ordres militaires.

– Votre regard est pénétrant, marquis, dit Émouchet.

– Est-ce que je vais avoir des ennuis pour vous avoir accueillis? demanda Lycien en souriant. Ce n'est pas grave. J'aimerais simplement pouvoir m'y préparer.

– C'est assez peu probable, lui assura Émouchet. En particulier si notre mission réussit. Dites-moi, monseigneur, avez-vous des contacts au port?

– Très vastes, sire...

– ... Émouchet, acheva le pandion.

– Le Champion de la reine d'Élénie? (Lycien parut surpris.) J'avais entendu dire que vous étiez revenu de votre exil en Rendor; mais n'êtes-vous pas un peu loin de Cimmura pour protéger la dame que vous servez?

– Vous paraissez bien informé, monseigneur.

– J'ai des contacts commerciaux, fit Lycien en haussant les épaules. C'est ce qui m'a valu la disgrâce de ma famille. Mes agents et les capitaines de mes navires recueillent de nombreuses informations.

– Je crois deviner, monseigneur, que vous n'éprouvez aucune sympathie particulière pour le primat de Cimmura?

– Cet homme est un scélérat.

– C'est exactement notre sentiment, intervint Kalten.

– Très bien, donc, monseigneur, dit Émouchet. Nous sommes impliqués dans une tentative contre le pouvoir croissant d'Annias. Si nous réussissons, nous pourrons lui barrer la route. Je vous en dirais davantage, mais je ne veux pas vous mettre en danger.

– Je vous en sais gré, sire Émouchet. Dites-moi de quelle manière je puis vous être utile.

– Trois d'entre nous doivent se rendre à Cippria, répondit Émouchet. Pour votre sécurité, il vaudrait mieux que nous empruntions le bâtiment d'un capitaine indépendant au lieu de l'un de vos vaisseaux. Si vous pouvez nous indiquer quelqu'un avec éventuellement une lettre d'introduction discrètement rédigée, nous pourrons nous occuper du reste.

– Émouchet, dit brutalement Kurik en examinant la pièce, où est passé Talen?

Émouchet se retourna brutalement.

– Je croyais qu'il nous suivait.

– Moi aussi.

– Bérit, retrouve-le.

– Tout de suite, monseigneur, fit le novice en quittant précipitamment la pièce.

– Un problème? demanda Lycien.

– Un gamin difficile, cousin, lui apprit Bévier. J'ai l'impression qu'il faut le surveiller d'assez près.

– Bérit va le retrouver. (Kalten éclata de rire.) J'ai beaucoup de confiance en ce jeune homme. Talen reviendra peut-être avec quelques bosses et ecchymoses, mais je suis sûr que cela aura eu un intérêt éducatif.

– Eh bien, si tout est au point, dit Lycien, pourquoi n'avertirais-je pas la cuisine? Je suis sûr que vous êtes affamés. Et en attendant, un peu de vin, peut-être...? (Il afficha une expression de piété visiblement feinte.) Je sais que les chevaliers de l'Église sont tempérants, mais quelques gouttes de vin, c'est excellent pour la digestion, à ce qu'on m'a dit.

– Je l'ai également entendu dire, acquiesça Kalten.

– Pourrais-je obtenir une tasse de thé, monseigneur, demanda Séphrénia, et du lait pour cette petite fille? Je ne crois pas que le vin soit très bon pour nous deux.

– Bien entendu, madame, répondit Lycien joyeusement. J'aurais dû y penser moi-même.

C'est en milieu d'après-midi que Bérit revint en traînant Talen.

– Il était descendu au port, annonça le novice en tenant toujours fermement le gamin par le col de la tunique. Je l'ai fouillé à fond. Il n'avait pas encore eu le temps de voler quoi que ce soit.

– Je voulais simplement regarder la mer, protesta Talen. Je ne l'ai jamais vue.

Kurik ôtait sinistrement sa grande ceinture en cuir.

– Attends un moment, Kurik, dit Talen en se débattant pour échapper à l'étreinte de Bérit. Tu ne ferais quand même pas ça, hein?

– Tu vas bien voir.

– J'ai recueilli des informations, dit rapidement Talen. Si tu me punis, je les garderai pour moi. (Il regarda Émouchet en l'implorant.) C'est important. Dis-lui de remettre sa ceinture et je vous raconterai ce que j'ai trouvé.

– Très bien, Kurik, dit Émouchet. Laissons passer... pour l'instant du moins. (Puis il fixa sévèrement le gamin.) Tu as intérêt à ce que ce soit intéressant, Talen, le menaça-t-il.

– Ça l'est, Émouchet. Crois-moi.

– Écoutons.

– Eh bien, je descendais une rue. Comme je l'ai dit, je voulais voir le port et les bateaux et tout le reste. Je passais devant chez un marchand de vin quand j'ai vu sortir un homme.

– Stupéfiant, commenta Kalten. Y aurait-il donc à Madel des gens qui fréquentent les débits de boissons?

– Vous connaissez tous deux cet homme. C'était Krager, celui que vous m'avez fait surveiller à Cimmura. Je l'ai suivi. Il est entré dans une auberge minable près du front de mer. Je peux vous y emmener, si vous voulez.

– Tu peux reboucler ta ceinture, Kurik, annonça Émouchet.

– Est-ce qu'on a le temps? demanda Kalten.

– Il faut que nous le prenions. Martel a déjà essayé de nous coincer à deux reprises. Si c'est bien Annias qui a empoisonné Ehlana, il va s'efforcer de nous empêcher de découvrir un antidote. Ce qui signifie que Martel va tenter de rejoindre Cippria avant moi. Nous pourrons en savoir plus long là-dessus si nous attrapons Krager.

– Je vous accompagne, annonça Tynian avec impatience. Ce sera plus simple.

Émouchet réfléchit, puis secoua la tête.

– Je ne crois pas. Martel et ses séides nous connaissent, Kalten et moi. Par contre, ils ne vous connaissent pas. Si, à nous deux, nous n'attrapons pas Krager, vous pourrez le chercher ensuite. Ce sera plus facile s'il ne sait pas à quoi vous ressemblez.

– Ça se tient, acquiesça Ulath.

Tynian parut profondément déçu.

– Il t'arrive de réfléchir un peu trop, Émouchet.

– C'est une de ses caractéristiques, lui apprit Kalten.

– Nos capes risquent-elles d'attirer l'attention dans les rues de Madel, monseigneur? demanda Émouchet.

Lycien secoua la tête.

– Nous sommes dans une ville portuaire. Il y a des gens du monde entier. Deux étrangers de plus n'attireront guère l'attention.

– Parfait, dit Émouchet en se dirigeant vers la porte, avec Kalten et Talen sur les talons. Nous ne devrions pas tarder à être de retour.

Ils se rendirent à pied en ville. Madel était située sur un estuaire et l'odeur de la mer était nette, portée par une forte brise. Les rues devenaient de plus en plus étroites et tortueuses en approchant du port.

– Elle est loin, cette auberge? demanda Kalten.

– Pas très, assura Talen.

Émouchet s'arrêta.

– Est-ce que tu as eu le temps de fouiner un peu après l'entrée de Krager?

– Non. J'allais le faire, mais Bérit m'a attrapé avant.

– Pourquoi ne le ferais-tu pas maintenant? Si Kalten et moi nous avançons par la porte principale et que Krager est en train de regarder par là, il sera sorti par la porte de derrière avant que nous soyons entrés. Essaie un peu de trouver cette porte de derrière.

– Très bien, dit Talen, les yeux étincelant d'excitation, avant de filer dans la rue.

– Un brave petit, commenta Kalten, malgré ses mauvaises habitudes. (Il fronça les sourcils.) Mais comment sais-tu que cette auberge possède une porte de derrière?

– Toutes les auberges en ont une, Kalten... en cas d'incendie, à tout le moins.

– Je n'y avais pas pensé.

Quand Talen revint, il courait à toutes jambes. Une dizaine d'hommes le pourchassaient; le premier, qui émettait des borborygmes inintelligibles, était Adus.

– Attention! cria Talen en passant à toute allure.

Émouchet et Kalten sortirent leurs épées de leurs capes et s'écartèrent légèrement pour affronter la charge. Les hommes qui suivaient Adus étaient pauvrement vêtus et portaient toute une panoplie d'armes, des épées rouillées, des haches et des masses.

– Tuez-les! beugla Adus en ralentissant un peu et en faisant signe à ses hommes de continuer.

Le combat fut bref. Ces truands des quais n'étaient pas à la hauteur des deux chevaliers bien entraînés. Quatre d'entre eux furent à terre avant que les autres se rendent compte qu'ils avaient commis une énorme gaffe. Deux autres s'écroulèrent sur les pavés ensanglantés avant que le restant pût faire demi-tour. Émouchet bondit alors pardessus les corps affalés et se précipita sur Adus. La brute para le premier coup du chevalier, puis saisit son épée à deux mains pour assaillir Émouchet. Celui-ci para facilement ses coups et lui infligea des coupures et des ecchymoses douloureuses malgré sa cotte de mailles. Au bout d'un moment, Adus s'enfuit en courant ventre à terre et en se tenant le flanc d'une main sanglante.

– Pourquoi ne l'as-tu pas suivi? demanda Kalten en haletant, son épée tachée de sang à la main.

– Parce qu'Adus court plus vite que moi, répondit Émouchet avec un haussement d'épaules. Je le sais depuis des années.

Talen revint en soufflant. Il considéra avec admiration les corps sanglants affalés sur les pavés.

– Bravo, messeigneurs, les félicita-t-il.

– Qu'est-ce qui s'est passé? lui demanda Émouchet.

– Je suis passé devant l'auberge. Après, je suis allé derrière. Le grand costaud qui vient de s'enfuir se cachait dans la ruelle avec les autres. Il a voulu m'attraper, mais je l'ai évité. Alors, je me suis enfui.

– Bien joué, dit Kalten.

Émouchet rengaina son épée.

– Filons d'ici, dit-il.

– Pourquoi ne pas suivre Adus? demanda Kalten.

– Parce qu'ils nous tendent des pièges. Martel utilise Krager comme appât pour nous attirer. C'est probablement pour ça que nous les retrouvons si facilement.

– Ça ne veut pas dire qu'ils m'ont reconnu? demanda Talen.

– Sans doute. Ils ont découvert que tu travaillais pour moi à Cimmura, tu te rappelles? Krager sait probablement que tu le suivais et a donné ton signalement à Adus. Adus n'a peut-être pas de cervelle, mais il a de bons yeux. (Il marmotta un juron.) Martel est encore plus malin que je le pensais et il commence à m'irriter.

– Il serait temps, murmura Kalten tandis qu'ils remontaient la rue tortueuse.

TROISIÈME PARTIE

DABOUR

DABOUR

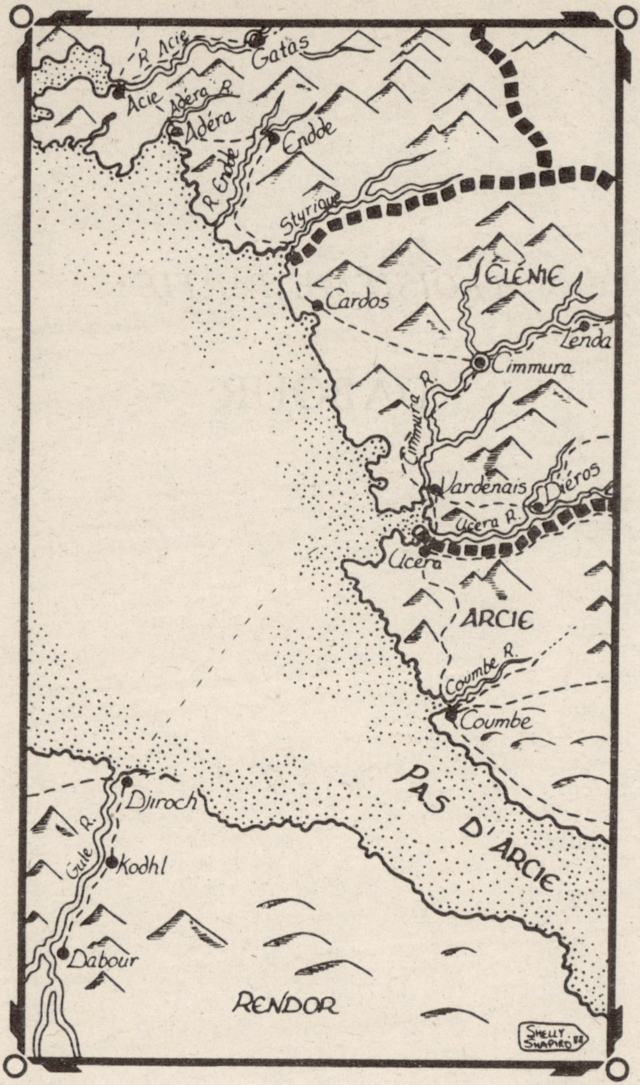

R. Acie
Gatas
Acie
Adéra R.
Adéra
Endde
R. Endde
Styrique
ÉLÉNIE
Cardos
Lenda
Cimmura
Cimmura R.
Vardenais
Diéros
Ucera R.
Ucera
ARCIE
Coumbe R.
Coumbe
PAS D'ARCIE
Djiroch
Gule R.
Kodhl
Dabour
RENDOR
SHELLY SHAPIRO 88

Chapitre dix-sept

Un crépuscule pourpre où s'allumaient les étoiles investissait Madel. Émouchet, Kalten et Talen sillonnaient les rues étroites et tortueuses, obliquant fréquemment, revenant sur leurs pas même pour semer les suiveurs.

– On n'est pas un peu trop prudents? dit Kalten au bout d'une demi-heure.

– Ne prenons pas de risques, répondit Émouchet. Martel est tout à fait capable de sacrifier des hommes pour nous pister. J'aimerais mieux ne pas me réveiller au beau milieu de la nuit pour retrouver la maison de Lycien encerclée par des mercenaires.

– Tu as sans doute raison.

Ils se glissèrent par la porte Ouest de la ville comme la lumière baissait encore.

– Par ici, dit Émouchet comme ils passaient devant un bosquet à quelque distance de la ville. Attendons un moment et assurons-nous que nul n'essaie de nous filer.

Ils se tapirent parmi les arbrisseaux bruissants et scrutèrent la route qui venait de la ville. Un oiseau endormi dans les fourrés marmotta une plainte, puis un char à bœufs passa en grinçant en direction de Madel.

– Qui va quitter la ville si près de la tombée de la nuit? demanda Kalten.

– Quiconque aura une raison importante, répondit Émouchet.

– Et cette raison pourrait être nous?

– Possible.

Un craquement monta de la ville, suivi d'un grondement sourd et du grincement d'une lourde chaîne.

– Ils viennent de fermer les portes, chuchota Talen.
– C'est ce que j'attendais, dit Émouchet en se levant. Allons-y.
Ils sortirent du bosquet et repartirent sur la route. Des alignements d'arbres apparaissaient de part et d'autre et des touffes de buissons longeaient le bord des champs qui s'enfonçaient dans la nuit. Talen restait près des deux chevaliers, les yeux perpétuellement en mouvement.
– Qu'est-ce qu'il y a, mon gars? lui demanda Kalten.
– Je n'ai jamais été dans la campagne après la fin du jour, expliqua Talen. C'est toujours aussi noir?
– C'est pour ça qu'on l'appelle la nuit.
– Pourquoi n'y a-t-il pas quelqu'un pour allumer des torches?
– Pour quoi faire? Pour que les lapins voient où ils vont?
La demeure de Lycien se dressait dans l'obscurité des arbres, une seule torche allumée au portail. Talen fut visiblement soulagé quand ils foulèrent le gravier devant l'entrée.
– Alors? demanda Tynian en sortant pour les accueillir.
– Nous avons eu des petits ennuis, répondit Émouchet.
– Je t'avais dit que je voulais vous accompagner.
– Ce n'était pas si grave que ça.
Les autres attendaient dans la grande pièce où Lycien les avait introduits la première fois. Séphrénia se leva et examina les taches de sang sur les capes des deux pandions.
– Vous n'avez rien? demanda-t-elle d'une voix qui reflétait son inquiétude.
– On a rencontré des sportifs, répondit Kalten d'un ton léger. Ce sang leur appartient.
Émouchet rapporta les événements.
– Tu penses que Krager se montre? demanda Tynian.
– Ce Martel mettrait un ami en danger? s'enquit Bévier, apparemment surpris.
– Martel n'a aucun ami. Adus et Krager sont des hommes de main, rien de plus. Je ne crois pas qu'il verserait beaucoup de larmes si quelque chose leur arrivait. (Il se mit à arpenter songeusement la pièce.) Peut-être pourrons-nous lui renvoyer la balle. (Il regarda Kalten.) Pourquoi ne te ferais-tu pas voir dans les rues de Madel? suggéra-t-il. Ne cours pas trop de risques, mais arrange-toi pour qu'on voie que tu es en ville.

– Pourquoi pas? fit Kalten en haussant les épaules. Tynian eut un large sourire.

– Martel et ses séides ne nous connaissent pas; nous pourrons flâner derrière Kalten sans attirer l'attention. C'est ça que tu as en tête?

– S'ils s'imaginent que Kalten est seul, ils peuvent se découvrir. Je suis un peu las des jeux de Martel; peut-être pourrons-nous l'amener à jouer aux nôtres. (Il considéra le cousin de Bévier.)Comment réagissent les autorités en cas de bagarres de rues, monseigneur?

Lycien éclata de rire.

– Madel est un port maritime, sire Émouchet. Les bagarres sont dans la nature des marins. Les autorités ne prêtent guère attention à leurs petites querelles... à ceci près qu'elles évacuent les corps, bien entendu. Question purement sanitaire.

– Parfait. (Émouchet regarda ses amis.) Vous ne tomberez peut-être pas sur Krager ou Adus, mais vous pourrez disperser l'attention de Martel. Ce qui peut nous permettre d'embarquer discrètement. Je préférerais ne pas avoir à regarder sans cesse par-dessus mon épaule à Cippria.

– La partie délicate sera de vous conduire au port, intervint Kalten.

– Vous n'aurez pas à vous rendre au port, dit Lycien. J'ai des entrepôts sur le fleuve à cinq milles d'ici. Bon nombre de capitaines indépendants m'y livrent leur cargaison et je suis sûr que votre voyage pourra être organisé sans que vous ayez à rentrer en ville.

– Merci, monseigneur. Voilà un problème résolu.

– Quand avez-vous prévu de partir? demanda Tynian.

– Je ne vois pas l'utilité de s'attarder.

– Demain, donc?

Émouchet acquiesça de la tête.

– Il faut que je m'entretienne avec toi, Émouchet, annonça Séphrénia. Ça ne te fait rien de me rejoindre dans ma chambre?

Il la suivit, légèrement intrigué.

– Une chose dont nous ne pouvons parler devant les autres?

– Mieux vaudrait qu'ils ne nous entendent pas discuter.

– Nous allons discuter?

– Probablement.

Elle ouvrit la porte de sa chambre et le fit entrer. Flûte était assise en tailleur sur le lit, ses sourcils bruns froncés sous la concentration tandis qu'elle tissait le filet complexe d'un berceau avec un bout de fil en laine. Il était bien plus compliqué que celui que Talen lui avait montré. Elle leva les yeux, leur sourit et tendit fièrement ses petites mains pour leur montrer son ouvrage.

– Elle nous accompagne, Émouchet, annonça Séphrénia.

– Il n'en est pas question!

– Je t'avais bien dit que nous discuterions.

– C'est une idée absurde, Séphrénia.

– Nous faisons tous des choses absurdes, mon petit, dit-elle avec un sourire affectueux.

– Tu ne m'auras pas comme ça.

– Ne me fatigue pas, Émouchet. Tu la connais depuis assez longtemps pour savoir qu'elle fait toujours ce qu'elle veut et elle a décidé de nous accompagner en Rendor.

– Pas si j'ai droit à la parole.

– Justement. Tu n'y as pas droit. Tu entres dans un domaine que tu ne peux comprendre. Elle finira de toute façon par nous accompagner, alors pourquoi ne pas faire preuve de souplesse?

– La souplesse n'est pas l'un de mes points forts.

– Je l'avais remarqué.

– Parfait, Séphrénia, dit-il d'un ton neutre. Qui est-elle donc? Tu l'as reconnue dès que tu l'as vue, n'est-ce pas?

– Bien entendu.

– Pourquoi? Elle n'a que six ans et il y a des générations que tu n'as quitté les pandions. Comment pourrais-tu la connaître?

Elle poussa un soupir.

– La logique élène est toujours prisonnière des faits. Cette enfant et moi sommes parentes dans un sens très particulier. Nous nous connaissons d'une manière que tu ne pourrais comprendre.

– Merci, commenta-t-il sèchement.

– Je ne veux pas rabaisser ton intelligence, mon petit, mais il est une partie de la vie styrique que tu n'es pas prêt à accepter... intellectuellement ou philosophiquement.

Il fronça légèrement les sourcils.

– Parfait, Séphrénia, je vais essayer de mettre en œuvre cette logique élène que tu te plais à rejeter. Flûte est une enfant, guère plus qu'un bébé.

La petite fille lui fit une grimace qu'il feignit d'ignorer.

– Elle est soudain apparue dans une région inhabitée à proximité de la frontière arcienne, loin de toute habitation humaine. Nous avons tenté de la laisser dans le couvent au sud de Darra et, non contente de s'en échapper, elle nous a largement devancés alors que nous allions au grand galop. Puis elle est parvenue à convaincre Faran de la laisser monter sur son dos alors qu'il ne laisse personne l'approcher en dehors de moi. Quand elle a rencontré Dolmant, il a visiblement perçu en elle quelque chose de très inhabituel. En outre, tu houspilles des chevaliers méritants comme un sergent-chef, mais dès que Flûte décide quelque chose, tu cèdes sans discussion. Comment échapper à l'idée qu'elle n'est pas une enfant ordinaire?

– C'est tout à fait logique. Je ne me permettrais pas de te contredire.

– Alors voyons où nous conduit la logique. J'ai vu bon nombre de Styriques. En dehors de toi, ils sont tous assez primitifs et assez frustes... sans vouloir blesser personne.

– Bien entendu. (Une expression amusée.)

– Nous avons déjà établi que Flûte n'est pas une enfant ordinaire; où arrivons-nous donc?

– A toi de le dire, Émouchet.

– Puisqu'elle n'est pas ordinaire, elle doit être spéciale. En styrique, cela ne peut signifier qu'une seule chose. Elle est magicienne.

Elle applaudit avec une expression ironique.

– Excellent, Émouchet, le félicita-t-elle.

– Mais c'est impossible, Séphrénia. Ce n'est qu'une enfant. Elle n'a pas eu le temps d'être initiée.

– Quelques-uns naissent avec ce savoir. D'ailleurs, elle est plus âgée qu'elle ne paraît.

– Quel âge a-t-elle donc?

– Tu sais que je ne te le dirai pas. Si tu connaissais le moment exact de la naissance, un ennemi pourrait l'apprendre et s'en faire une arme puissante.

Une pensée troublante lui traversa l'esprit.

– Tu songes à ta propre mort, n'est-ce pas, Séphrénia? Si nous échouons, les douze pandions qui étaient en ta compagnie dans la salle du trône mourront l'un après l'autre et tu disparaîtras aussi. Tu prépares Flûte à te succéder.

Elle éclata de rire.

– Là, tu suggères une idée très intéressante, cher

Émouchet. Je suis surprise que tu sois parvenu à ce point, vu que tu es élène.

– Tu as pris une bien mauvaise habitude, ces derniers temps, tu sais? Ne fais plus de mystères avec moi, Séphrénia, et ne me traite plus comme un enfant sous prétexte que je suis élène.

– J'essaierai de ne pas l'oublier. Tu acceptes donc qu'elle nous accompagne?

– Ai-je le choix?

– Non, en fait.

Ils se levèrent tôt le lendemain et se rassemblèrent dans le cours trempé de rosée devant la demeure du marquis Lycien. Le soleil tout neuf brillait en biais parmi les arbres, projetant sur le gravier les ombres bleues du petit matin.

– Je vous enverrai régulièrement des nouvelles, dit Émouchet.

– Sois prudent, répondit Kalten.

– Je suis toujours prudent, rétorqua Émouchet en se hissant sur le dos de Faran.

– Dieu vous garde, dit Bévier.

– Allons, messieurs, ne soyez pas si moroses. Avec un peu de chance, ce ne sera pas long. (Il considéra encore Kalten.) Si tu rencontres Martel, transmets-lui mes meilleurs sentiments.

– Avec une hache en pleine figure, sans doute.

Le marquis Lycien monta sur un gros cheval bai et les conduisit sur la route. Le matin était vif sans être vraiment froid. Le printemps n'était pas loin. Émouchet secoua les épaules. Le pourpoint d'homme d'affaires que lui avait prêté Lycien ne lui allait pas parfaitement. Il le serrait par endroits et était inconfortablement lâche ailleurs.

– Nous allons bientôt tourner, leur dit Lycien. Une piste à travers bois conduit à mes appontements et à la petite communauté qui s'est établie alentour. Vous voulez que je ramène vos chevaux après votre embarquement?

– Non, monseigneur, répondit Émouchet. Je pense que nous les emmènerons. Il se peut que nous ayons besoin de montures fiables et je sais ce qu'ils appellent un cheval à Cippria.

Ce que Lycien avait modestement intitulé une *petite*

communauté s'avéra être un vrai bourg avec chantiers navals, demeures, auberges et tavernes. Une douzaine de vaisseaux étaient amarrés aux appontements où s'activaient les dockers.

– Une belle organisation, monseigneur, dit Émouchet comme ils entraient dans la rue boueuse menant au fleuve.

– On a obtenu quelques résultats, dit Lycien d'un ton exagérément modeste. (Il sourit.) D'ailleurs, j'économise assez en droits de rivage pour compenser les frais d'entretien de ces installations. (Il regarda autour d'eux.) Si nous entrions tous les deux dans cette taverne, sire Émouchet? suggéra-t-il. C'est celle que préfèrent les capitaines indépendants.

– Parfait.

– Je dirai que vous êtes maître Cluff, dit Lycien en descendant de son cheval bai. Le nom est banal et j'ai découvert que, si les marins adorent bavarder, ils se montrent pointilleux dans le choix de leurs auditeurs. Je crois comprendre que vous préférez garder cette affaire plus ou moins confidentielle.

– Vous êtes perspicace, monseigneur, répondit Émouchet en mettant également pied à terre. Ce ne devrait pas être long, dit-il à Kurik et Séphrénia.

– N'est-ce pas ce que vous avez dit la dernière fois que vous êtes allé en Rendor? demanda Kurik.

– Nous pouvons tous espérer qu'il en ira autrement cette fois.

Lycien entra le premier dans la taverne qui donnait sur les quais. Le plafond était bas et les poutres sombres étaient décorées de lanternes de bateaux. Une large fenêtre laissait entrer le soleil doré du matin, faisant luire la paille fraîche qui jonchait le sol. Plusieurs imposants personnages entre deux âges étaient assis à une table près de la fenêtre et bavardaient devant des pichets pleins à ras bord. Ils levèrent les yeux quand le marquis conduisit Émouchet à leur table.

– Monseigneur, dit l'un d'eux pour saluer respectueusement Lycien.

– Messieurs, voici maître Cluff, une de mes relations. Il m'a demandé de le présenter.

Ils examinèrent tous Émouchet.

– J'ai un petit problème, messieurs, leur apprit Émouchet. Puis-je me joindre à vous?

– Asseyez-vous, l'invita l'un des capitaines, un homme d'apparence robuste aux cheveux bouclés méchés de fils d'argent.

– A présent, je vous laisse, messieurs, dit Lycien. J'ai une affaire à traiter.

Il salua et sortit de la taverne.

– Il veut probablement trouver un moyen de relever les droits de rivage, dit l'un des capitaines en grimaçant.

L'homme aux cheveux bouclés prit la parole.

– Je m'appelle Sorgi. Quel est donc votre problème, maître Cluff?

Émouchet toussa un peu, comme s'il était embarrassé.

– Eh bien, cela commença il y a quelques mois. J'avais entendu parler d'une dame qui vit non loin d'ici. Son père est riche et très âgé. L'un de mes problèmes a toujours été de concilier mes goûts dispendieux et ma bourse vide. Il m'était venu à l'esprit qu'une femme fortunée serait une solution.

– C'est logique, nota le capitaine Sorgi. C'est à peu près l'unique avantage que je puisse trouver au mariage.

– Je ne saurais mieux dire. Je lui écrivis donc une lettre où je me prévalais d'amis communs et je fus un peu surpris quand elle me répondit chaleureusement. Nos lettres se firent de plus en plus amicales et elle finit par m'inviter à lui rendre visite. Je fis des dettes auprès de mon tailleur et partis pour la demeure de son père, en possession d'une humeur excellente et de magnifiques habits neufs.

– Il me semble que tout se déroulait selon vos plans, maître Cluff. Où est votre problème?

– J'y arrive, capitaine. Cette dame est d'âge moyen et très fortunée. Si elle avait été d'apparence au moins soutenable, elle aurait trouvé preneur depuis des années : je ne me faisais aucune illusion sur ce point. Mais je ne m'attendais pas à une telle horreur. (Il eut un frémissement.) Messieurs, je ne puis même vous la décrire. Quelles que fussent ses richesses, elles ne pouvaient mériter de se réveiller tous les matins à côté de *ça*! Nous nous entretînmes brièvement... à propos du temps, je crois... puis je présentai mes excuses et m'en fus. J'avais vérifié qu'elle n'a pas de frères : personne ne viendrait me chercher querelle pour mes vilaines manières. Mais j'avais oublié qu'elle a tout un bataillon de cousins et cela fait des semaines qu'ils me filent.

– Ils ne veulent quand même pas vous tuer? demanda Sorgi.

– Non, répondit Émouchet d'une voix angoissée. Ils veulent me traîner devant elle pour me forcer à l'épouser.

Les capitaines s'esclaffèrent en tapant sur la table.

– Je crois que vous avez été trop malin, maître Cluff, dit l'un d'eux en essuyant ses yeux.

Émouchet acquiesça lugubrement de la tête.

– Vous avez sans doute raison, admit-il.

– Vous auriez dû trouver un moyen de lui jeter un coup d'œil avant d'envoyer la première lettre, ajouta Sorgi.

– Je sais bien. Mais maintenant, il est temps que je quitte le pays pour un moment, jusqu'à ce que les cousins se lassent. J'ai un neveu qui vit à Cippria, en Rendor, et qui se débrouille bien. Je suis sûr de pouvoir lui faire accepter ma présence en attendant de pouvoir remettre les pieds ici. Se pourrait-il que l'un de vous, messieurs, lève bientôt l'ancre pour cette destination? J'aimerais m'embarquer avec deux domestiques. J'irais bien jusqu'aux quais de Madel, mais j'ai l'impression que les cousins les surveillent.

– Qu'en pensez-vous, messieurs? demanda le capitaine Sorgi. Aidons-nous ce brave homme à se tirer de ces mauvais draps?

– Je vais bien en Rendor, répondit l'un des autres, mais je dois rejoindre Djiroch.

Sorgi réfléchit.

– J'allais aussi à Djiroch, puis à Cippria, mais je pourrais modifier mes plans.

– Je ne peux vous aider, gronda un capitaine à la voix de basse. Mon bateau se fait radouber. Mais je peux vous donner des conseils. Si ces cousins surveillent les quais de Madel, il est probable qu'ils espionnent ceux-ci aussi. Tout le monde en ville connaît les appontements de Lycien. (Il se tira sur le lobe d'une oreille.) J'ai passé quelques personnes en contrebande, à mon époque... quand le prix était correct. (Il regarda le capitaine qui partait pour Djiroch.) Quand lèves-tu l'ancre, Mabin?

– A la marée de midi.

– Et toi? demanda-t-il à Sorgi.

– Pareil.

– Parfait. Si les cousins surveillent nos docks, il se peut qu'ils tentent de prendre un bateau pour suivre notre ami célibataire. Qu'il embarque ouvertement sur le bâtiment de Mabin. Ensuite, une fois en aval et hors de vue, transfère-le sur celui de Sorgi. Si les cousins le suivent, Mabin pourra partir pour Djiroch et maître Cluff ira sain et sauf à Cippria. Voilà ce que je ferais.

– Tu es très ingénieux, mon ami. (Sorgi éclata de rire.) Tu es sûr de n'avoir passé que des gens en contrebande?

– Oh, il nous arrive d'éviter les douaniers, n'est-ce pas, Sorgi? Nous vivons en mer. Pourquoi devrions-nous faire prospérer les royaumes des terriens? Je paierais volontiers des taxes au roi de l'Océan, mais je n'arrive pas à trouver son palais.

– Bien dit, mon ami, fit Sorgi en applaudissant.

– Messieurs, annonça Émouchet, j'aurai envers vous une dette éternelle.

– Pas exactement éternelle, maître Cluff. Un homme qui admet avoir des difficultés pécuniaires paie son billet *avant* de monter à bord. Sur mon bateau, du moins.

– Accepteriez-vous une moitié au départ et l'autre à l'arrivée à Cippria?

– Malheureusement non, mon ami. Vous me plaisez assez, mais je suis sûr que vous comprenez ma position.

Émouchet poussa un soupir.

– Nous avons des chevaux, ajouta-t-il. Je suppose que vous allez me demander de payer aussi pour eux?

– Naturellement.

– Je le redoutais.

L'embarquement de Faran, de la haquenée de Séphrénia et du robuste hongre de Kurik s'effectua derrière un rideau en toile de voilure que ravaudaient ostensiblement les matelots de Sorgi. Peu avant midi, Émouchet et Kurik grimpaient à bord du vaisseau en partance pour Djiroch. Ils remontèrent la coupée, suivis de Séphrénia qui portait Flûte dans les bras.

Le capitaine Mabin les accueillit sur le gaillard arrière.

– Ah, fit-il avec un large sourire, voici notre jeune fiancé. Pourquoi ne pas vous promener sur le pont avec vos amis en attendant que nous levions l'ancre? Comme ça, tous les cousins auront le temps de vous voir.

– J'ai repensé à tout ceci, capitaine Mabin. Si les cousins louent un bateau et vous suivent... et vous rattrapent... il sera absolument évident que je ne suis pas à bord.

– Personne ne me rattrapera, maître Cluff. (Le capitaine éclata de rire.) J'ai le vaisseau le plus rapide de la mer Intérieure. D'ailleurs, il est évident que vous ignorez tout des convenances de la marine. Personne n'aborde le bâtiment d'autrui en mer à moins d'être préparé à combattre. Cela ne se fait pas, point final.

– Oh. J'ignorais cela. Nous allons donc nous balader sur le pont.

– Un jeune fiancé? murmura Séphrénia comme ils s'éloignaient du capitaine.

– C'est une longue histoire.

– Ces temps-ci, les longues histoires semblent pousser comme la mauvaise herbe. Il faudra que je m'asseye un jour pour que tu me les racontes.

– Un jour peut-être.

– Flûte, ordonna fermement Séphrénia, descends de là!

Séphrénia leva les yeux. La petite fille était sur une échelle, à mi-chemin entre la lisse et la fusée de vergue. Elle fit une petite moue, puis obéit.

– Tu sais toujours où elle est, n'est-ce pas? demanda-t-il à Séphrénia.

– Toujours.

Le transfert d'un bateau à l'autre s'effectua au milieu du fleuve, à une certaine distance en aval des docks de Lycien, et fut masqué par une activité débordante sur les deux bâtiments. Le capitaine Sorgi fourra rapidement ses passagers sous le pont, puis les deux navires descendirent tranquillement le fleuve, se balançant côte à côte comme deux matrones revenant de l'église.

– Nous dépassons les quais de Madel, leur lança un peu plus tard Sorgi par l'échelle des cabines. Restez hors de vue, maître Cluff, sinon mon pont sera vite plein des cousins.

– Là, je suis vraiment curieuse, Émouchet, lui dit Séphrénia. Tu ne pourrais pas me donner le moindre indice?

– J'ai inventé une histoire, répondit-il en haussant les épaules. Elle était suffisamment corsée pour captiver un groupe de marins.

– Émouchet a toujours été très doué pour les histoires, fit remarquer Kurik. Il n'arrêtait pas de se fourrer dans de mauvais draps quand il était novice... et de s'en tirer de la même manière (L'écuyer grisonnant était assis sur une couchette, Flûte sommeillant sur ses genoux.) Vous savez, dit-il tranquillement, je n'ai jamais eu de fille. Elles sentent meilleur que les petits garçons, non?

Séphrénia s'esclaffa.

– N'en parle pas à Aslade. Elle risquerait de t'en demander une.

Kurik roula de grands yeux emplis de désarroi.

– Plus jamais, fit-il. Les bébés ne me gênent pas à la maison, mais je ne pourrais plus supporter les nausées matinales de madame.

Environ une heure plus tard, Sorgi descendait l'échelle des cabines.

– Nous quittons l'estuaire, annonça-t-il, et il n'y a pas un seul bâtiment en poupe. Je crois bien que votre évasion est réussie, maître Cluff.

– Dieu soit loué, répondit pieusement Émouchet.

– Dites-moi, mon ami, demanda songeusement Sorgi, cette dame est-elle si laide?

– Capitaine Sorgi, vous ne pourriez le croire.

– Peut-être êtes-vous trop délicat, maître Cluff. La mer se fait de plus en plus froide, mon bateau vieillit, les tempêtes hivernales rendent mes os douloureux. Je pourrais supporter une certaine dose de laideur si les biens de cette dame étaient aussi importants que vous le prétendez. Je pourrais même songer à échanger la valeur de ce voyage contre une lettre d'introduction. Peut-être avez-vous négligé certaines de ses qualités positives.

– Sans doute pouvons-nous en discuter.

– Je dois remonter sur le pont, dit Sorgi. Nous sommes assez loin de la ville pour que vous et vos amis puissiez revenir à l'air libre, fit-il avant de s'engager sur l'échelle.

– Je crois pouvoir t'épargner la peine de me raconter la longue histoire dont tu me parlais tout à l'heure, dit Séphrénia à Émouchet. Tu n'as quand même pas utilisé cette vieille blague sur l'héritière hideuse?

Il haussa les épaules.

– Comme dit Vanion, les plus anciennes sont les meilleures.

– Oh, Émouchet, tu me déçois. Comment vas-tu éviter de donner à ce pauvre capitaine le nom de la dame imaginaire?

– Je trouverai quelque chose. Pourquoi ne pas monter avant le coucher de soleil?

Kurik prit la parole à voix basse.

– Je crois que l'enfant est endormie. Je ne veux pas la réveiller. Montez sans moi.

Émouchet acquiesça de la tête et conduisit Séphrénia hors de la cabine.

– J'oublie toujours à quel point il est gentil, fit doucement Séphrénia.

– C'est le meilleur et le plus doux des hommes que je connaisse. Sans les distinctions de classes, il aurait fait un chevalier presque parfait.

– Les classes sont-elles tellement importantes?

– Pas à mes yeux, mais ce n'est pas moi qui ai fait la loi.

Ils sortirent sur le pont dans le soleil tardif qui tombait en biais. La brise soufflait au large, captant la crête des vagues et la transformant en écume éclaboussée de soleil. Le vaisseau du capitaine Mabin, en route pour Djiroch, donnait de la bande en traversant le large détroit du pas d'Arcie. Ses voiles se gonflaient, blanches comme neige dans le soleil, et le bateau voguait au vent comme un oiseau volant à fleur d'eau.

– A quelle distance sommes-nous de Cippria, capitaine Sorgi? demanda Émouchet quand il fut sur le gaillard arrière.

– Cent cinquante lieues, maître Cluff, répondit Sorgi. Trois jours, si le vent se maintient.

– C'est rapide, n'est-ce pas?

Sorgi poussa un grognement.

– Nous ferions mieux si cette coquille de noix ne prenait pas autant l'eau.

– Émouchet! haleta Séphrénia en le prenant par le bras d'un air pressant.

– Qu'y a-t-il? demanda-t-il en la regardant avec inquiétude, car son visage avait pris une pâleur mortelle.

– Regarde! répondit-elle en tendant le bras.

A une certaine distance du gracieux bateau du capitaine Mabin, un unique nuage noir épais venait d'apparaître dans le ciel immaculé. Il semblait mystérieusement aller contre le vent, grossissant et noircissant. Il se rapprochait en tournoyant lentement, puis de plus en plus vite. Un long doigt sombre en sortit, se tendant au point que son extrémité noire comme l'encre toucha la surface du détroit. Des tonnes d'eau furent soudain aspirées dans la gueule tournoyante et la vaste cheminée se déplaça irrégulièrement sur la mer agitée.

– Une trombe! lança la vigie du haut du mât.

Les marins horrifiés se précipitèrent contre la lisse.

Inexorablement, le nuage noir, devenu immense, fondait sur le vaisseau impuissant. Le bâtiment, soudain minuscule, s'évanouit dans la cheminée bouillonnante. Des débris et des éclats de charpente virevoltèrent à des centaines de pieds dans les airs pour retomber à la surface de l'eau avec une lenteur poignante. Un unique lambeau de voile voletait vers la mer comme un oiseau blanc blessé.

Alors, aussi soudainement qu'ils étaient apparus, le nuage noir et sa trombe mortelle s'évanouirent.

Le vaisseau de Mabin avait également disparu.

La surface de la mer était jonchée de débris et une vaste nuée de mouettes blanches se précipita sur les épaves flottantes, comme pour saluer le trépas du bâtiment.

Chapitre dix-huit

Le capitaine Sorgi inspecta les eaux jusqu'à la nuit, mais ne découvrit aucun survivant. Alors, il refit virer tristement son vaisseau vers le sud-est, en direction de Cippria.

Séphrénia poussa un soupir et se détourna de la lisse.

– Descendons, Émouchet.

Il hocha la tête et la suivit jusqu'à leur cabine. Kurik avait allumé une seule lampe à huile qui oscillait sous une poutre, emplissant d'ombres vacillantes le petit compartiment sombrement lambrissé. Flûte, qui s'était réveillée, était assise à la table boulonnée au centre de la cabine et considérait d'un air soupçonneux le bol posé devant elle.

– Ce n'est que du ragoût, lui disait Kurik. Ça ne te fera aucun mal.

Elle plongea délicatement les doigts dans la sauce épaisse pour en extraire un bout de viande juteux. Elle le renifla, puis considéra l'écuyer d'un air interrogateur.

– Du porc salé, dit-il.

Elle frémit et laissa retomber le morceau dans la sauce. Puis elle repoussa fermement le bol.

– Les Styriques ne mangent pas de porc, expliqua Séphrénia.

– D'après le cuistot, c'est ce que mangent les matelots, protesta-t-il. (Il regarda Émouchet.) Le capitaine a-t-il pu trouver des survivants?

– Cette trombe a tout réduit en pièces.

– Une chance que nous n'ayons pas été à bord.

– Une grande chance, acquiesça Séphrénia. Les trombes n'apparaissent pas dans un ciel clair, ne se déplacent pas contre le vent et ne changent pas de direction comme celle-ci.

– De la magie? fit Kurik. Est-ce possible?

– Je n'en serais pas capable.

– Qui, alors? dit Émouchet. Tu as deviné quelque chose, n'est-ce pas?

– Durant ces derniers mois, nous avons rencontré plusieurs fois un personnage en cagoule et robe styrique. Tu l'as vu à plusieurs reprises à Cimmura et il nous a tendu une embuscade sur la route de Borrata. Les Styriques se cachent rarement le visage. L'avais-tu remarqué?

– Oui, mais je n'arrive pas à faire la liaison.

– Cette créature doit se couvrir la figure, Émouchet. Elle n'est pas humaine.

Il la fixa avec étonnement.

– En es-tu certaine?

– Je ne peux pas être catégorique, mais les preuves commencent à s'accumuler, tu ne crois pas?

– Annias pourrait faire ça?

– Ce n'est pas Annias. Azash est le seul à oser invoquer de telles créatures. Les Dieux Cadets s'y refusent et même les Dieux Aînés ont abandonné cette pratique.

– Pourquoi Azash voudrait-il tuer le capitaine Mabin?

– Parce que la créature s'imaginait que nous étions à bord.

– C'est aller un peu loin, Séphrénia, protesta Kurik. S'il est si puissant, pourquoi a-t-il coulé le mauvais bateau?

– Les créatures du monde inférieur ne sont pas très raffinées, Kurik. Notre ruse a suffi à le tromper. Pouvoir et sagesse ne vont pas toujours de pair. Bon nombre des plus grands magiciens de Styricum sont bêtes comme leurs pieds.

– Je ne te suis pas tout à fait, intervint Émouchet avec un froncement de sourcil. Ce que nous faisons n'a rien à voir avec Zémoch. Pourquoi Azash se disperserait-il en aidant Annias?

– Il se peut qu'il n'existe aucune relation. Azash a des mobiles personnels.

– Ça ne colle pas, Séphrénia. Si tu as raison au sujet de cette créature, elle a travaillé pour Martel; or Martel travaille pour Annias.

– Es-tu si sûr que la créature travaille pour Martel et non l'inverse? Azash peut distinguer les ombres de l'avenir. L'un de nous peut présenter un danger pour lui. L'alliance apparente entre Martel et la créature peut n'être qu'une commodité.

Il entreprit de se mâchouiller un ongle.

– Il ne me manquait plus que ça : un nouveau sujet d'inquiétude. (Puis une idée lui vint.) Attends un moment. Tu te rappelles ce que le fantôme de Lakus nous a dit : que les ténèbres étaient à la porte et qu'Ehlana était notre seul espoir de lumière? Azash pourrait-il être les ténèbres?

Elle acquiesça de la tête.

– C'est possible.

– Dans ce cas, ne serait-ce donc pas Ehlana qu'il essaierait de détruire? Elle est totalement protégée par le cristal qui l'enchâsse, mais si quelque chose nous arrive avant que nous découvrions un moyen de la guérir, elle mourra. Peut-être est-ce pour cela qu'Azash a uni ses forces à celles du primat.

– Est-ce que vous n'allez pas un peu loin? demanda Kurik. Vous fabriquez bien des hypothèses sur un unique incident.

– Ça ne fait aucun mal de se préparer à toute éventualité, Kurik, répondit Émouchet. Je déteste les surprises.

L'écuyer poussa un grognement et se leva.

– Vous devez avoir faim. Je monte à la cuisine et je vous ramène le souper. Nous pourrons continuer de bavarder pendant que vous mangerez.

– Pas de porc, dit fermement Séphrénia.

– Du pain et du fromage, alors? suggéra-t-il. Et peut-être quelques fruits?

– Ce sera parfait, Kurik. Il vaudrait sans doute mieux que tu rapportes la même chose pour Flûte. Elle ne touchera plus à ce ragoût.

– Ça ne fait rien. Je le mangerai à sa place. Je n'ai pas ces préjugés.

Le temps était couvert quand ils atteignirent le port de Cippria, trois jours plus tard. La couverture nuageuse était mince et haute, sans trace d'humidité. La ville était basse, faite de bâtisses blanches trapues entourées de murs épais pour repousser la chaleur du soleil méridional. Les quais de la darse étaient en pierre, car les arbres ne poussaient pratiquement pas en Rendor.

Émouchet et ses compagnons montèrent sur le pont avec des robes noires à cagoule au moment où les matelots amarraient le bateau du capitaine Sorgi à l'un des appontements.

– Descendez des défenses latérales! hurlait celui-ci aux matelots qui arrêtaient les câbles d'amarrage. (Écœuré, il secoua la tête.) Il faut que je leur répète ça chaque fois que nous abordons, marmotta-t-il. Quand on arrive au port, ils ne pensent qu'à une seule chose : la cave à bière la plus proche. (Il considéra Émouchet.) Eh bien, maître Cluff, avez-vous changé d'avis?

– Je crains que non, capitaine, répondit Émouchet en posant le ballot qui contenait ses vêtements de rechange. J'aimerais vous obliger, mais la dame dont j'ai parlé semble avoir fixé sur moi tous ses espoirs. Si vous vous montrez chez elle avec une lettre d'introduction signée de moi, ses cousins risquent de vous arracher l'endroit où je me trouve... et se faire arracher quelque chose n'a rien d'amusant pour qui que ce soit. D'ailleurs, je ne veux courir aucun risque.

Sorgi grogna. Puis il les examina avec curiosité.

– Où vous êtes-vous procuré ces vêtements rendors?

– J'ai un peu marchandé sur votre gaillard avant, répondit Émouchet en haussant les épaules et en tirant sur le devant de sa robe noire. Certains de vos matelots aiment la discrétion quand ils abordent en terre rendor.

– Je suis au courant, fit amèrement Sorgi. J'ai passé trois jours à chercher le cuistot, la dernière fois que j'étais à Djiroch. (Il regarda Séphrénia, qui portait aussi une robe noire et avait le visage couvert d'un voile épais.) Où avez-vous découvert quelque chose qui lui aille aussi bien? Aucun de mes matelots n'est aussi petit.

– Elle est très habile à jouer de l'aiguille.

Émouchet ne jugea pas nécessaire d'expliquer exactement de quelle manière Séphrénia avait changé la couleur de sa robe blanche.

Sorgi gratta ses cheveux bouclés.

– Je n'arrive pas à saisir pourquoi la plupart des Rendors s'habillent en noir. Ils ne savent pas que c'est une couleur qui capte la chaleur?

– Peut-être qu'ils ne s'en sont pas encore rendu compte, répondit Émouchet. Il n'y a que cinq cents ans qu'ils sont ici.

Sorgi s'esclaffa.

– C'est sans doute ça. Enfin, bonne chançe à Cippria, maître Cluff. Si je rencontre des cousins, je leur dirai que je n'ai jamais entendu parler de vous.

– Merci, capitaine, dit Émouchet en serrant la main de Sorgi. Vous ne pouvez savoir combien j'apprécie cette attention.

Ils firent descendre leurs chevaux sur l'appontement. Sur la suggestion de Kurik, ils mirent des couvertures sur leurs selles : on ne verrait pas qu'elles étaient d'origine étrangère. Ils attachèrent leurs ballots aux selles et s'éloignèrent du port d'un pas discret. Les rues grouillaient de monde. Les citadins portaient parfois des vêtements de couleurs plus claires, mais les gens du désert ne connaissaient que le noir et relevaient leurs cagoules. Les femmes étaient rares et toutes voilées. Séphrénia chevauchait avec soumission derrière Émouchet et Kurik, la capuche bien en avant, le voile relevé sur le nez et la bouche.

– Tu connais leurs coutumes d'ici, à ce que je vois, dit Émouchet.

– Je suis venue il y a bien des années, répondit-elle en rabattant sa robe autour des genoux de Flûte.

– Combien d'années?

– Voudrais-tu que je te réponde que Cippria n'était qu'un village de pêcheurs à l'époque? demanda-t-elle sèchement. Avec une vingtaine de huttes?

Il se retourna pour la regarder fixement.

– Séphrénia, Cippria est un important port maritime depuis quinze cents ans.

– Mon Dieu, cela fait-il si longtemps? J'ai l'impression que c'était hier. Comme le temps peut passer...

– C'est impossible!

Elle éclata d'un rire joyeux.

– Que tu es naïf, parfois, Émouchet. Tu sais que je ne répondrai pas à ce genre de questions, alors pourquoi t'entêter à me les poser?

Il se sentit penaud.

– Je suppose que je l'avais cherché, n'est-ce pas?

– Oui, exactement.

Kurik arborait un large sourire.

– Vas-y, ne te gêne pas, lui dit Émouchet.

– Pour quoi faire? fit Kurik, les yeux écarquillés d'innocence.

Ils se mêlèrent aux Rendors dans les rues étroites et tortueuses. Malgré les nuages, Émouchet sentait la chaleur irradier des murs blanchis des maisons et des boutiques. Il percevait aussi les senteurs familières. L'air était lourd et poussiéreux, chargé des odeurs de mouton mijotant dans l'huile d'olive et les épices piquantes, de parfums entêtants et d'exhalaisons persistantes en provenance des parcs à bestiaux.

Près du centre ville, ils passèrent devant une ruelle étroite. Un frisson effleura Émouchet et, aussi claires que si elles sonnaient réellement, il lui sembla entendre à nouveau les cloches.

– Qu'est-ce qui ne va pas? demanda Kurik en voyant frémir son maître.

– C'est la ruelle où j'ai vu Martel pour la dernière fois.

Kurik jeta un coup d'œil dans la ruelle.

– Il n'y a pas beaucoup de place.

– C'est ce qui m'a sauvé la vie. Ils ne pouvaient pas me tomber dessus tous en même temps.

– Où allons-nous, Émouchet? demanda Séphrénia derrière eux.

– Au monastère où je suis resté après ma blessure. Je ne pense pas qu'il soit bon qu'on nous voie dans les rues. L'abbé et la plupart des moines sont des Arciens et savent garder un secret.

– Y serai-je la bienvenue? demanda-t-elle, hésitante. Les moines arciens sont très conservateurs et ils ont certains préjugés vis-à-vis des Styriques.

– Cet abbé-ci est plus ouvert et j'ai quelques soupçons concernant son monastère.

– Oh?

– Je ne crois pas que ces moines soient totalement ce qu'ils paraissent et je ne serais pas surpris de découvrir chez eux un arsenal secret comprenant des panoplies complètes.

– Des cyriniques? demanda-t-elle, surprise.

– Les pandions ne sont pas les seuls à vouloir tenir Rendor à l'œil.

– Quelle est cette odeur? demanda Kurik comme ils approchaient de la périphérie Ouest de la ville.

– Les parcs à bestiaux. Beaucoup de bovins sont expédiés de Cippria.

– Devons-nous franchir une porte pour sortir?

Émouchet secoua la tête.

– Les murs de la ville ont été abattus au temps où l'hérésie éshandiste a été écrasée. Les habitants ne se sont pas donné la peine de les reconstruire.

Ils sortirent de la rue étroite où ils s'étaient engagés pour pénétrer sur un arpent de parcs à bestiaux remplis de bovins crasseux qui meuglaient. C'était la fin de l'après-midi et la couverture nuageuse avait commencé à prendre un lustre argenté.

– A quelle distance est maintenant le monastère? demanda Kurik.

– Un peu plus d'un mille.

– Une sacrée distance, à partir de la fameuse ruelle, n'est-ce pas?

– Je l'ai remarqué aussi, il y a une dizaine d'années.

– Pourquoi ne vous étiez-vous pas mis à l'abri plus près?

– Il n'y avait aucun endroit sûr. J'entendais les cloches du monastère et je me suis orienté au son. Ça m'occupait.

– Vous auriez pu perdre tout votre sang.

– La même idée m'a traversé l'esprit cette nuit-là.

Le monastère était situé au-delà des parcs à bestiaux, sur une haute colline rocheuse. Il était entouré d'un mur épais et le portail en était fermé. Émouchet mit pied à terre et tira sur une corde qui pendait sur le côté. Une clochette tinta. Au bout d'un moment s'ouvrit le volet d'une fenêtre étroite à barreaux découpée dans la pierre à côté du portail. Un moine méfiant laissa paraître un visage à barbe brune.

– Bonsoir, mon frère, dit Émouchet. Pensez-vous que je pourrais m'entretenir brièvement avec l'abbé?

– Puis-je lui donner votre nom?

– Émouchet. Il se peut qu'il s'en souvienne. Je suis resté ici un certain temps, il y a quelques années.

– Attendez, fit brusquement le moine en refermant le volet.

– Pas très aimable, hein? commenta Kurik.

– Les ecclésiastiques ne sont pas exactement appréciés en Rendor, expliqua Émouchet. Un peu de prudence semble de rigueur.

Ils attendirent tandis que la lumière faiblissait.

Puis le volet se rouvrit.

– Sire Émouchet! gronda une voix plus adaptée au terrain de manœuvres qu'à une communauté religieuse.

– Seigneur abbé, répondit Émouchet.

– Attendez un instant. Nous ouvrons le portail.

Il y eut un grincement de chaînes et le raclement d'une lourde barre de fer coulissant dans d'épais anneaux. Puis le portail pivota pesamment et l'abbé sortit les accueillir. C'était un homme tout rond à l'air jovial, au visage rubicond et à la barbe noire impressionnante. Il était très grand et il avait des épaules massives.

– Quel plaisir de vous revoir, mon ami, dit-il en écrasant la main d'Émouchet. Vous paraissiez un peu pâle et défait, la dernière fois que je vous ai vu.

– Cela fait dix ans, monseigneur, signala Émouchet. Le temps de guérir ou de mourir.

– Oui, sire Émouchet. Exactement. Entrez et présentez-moi vos amis.

Les murs de la cour intérieure étaient aussi sinistres que ceux qui encerclaient le monastère lui-même. Ils n'étaient pas décorés par le mortier blanc des bâtisses rendors et les fenêtres étaient peut-être un peu plus étroites que ne l'eût exigé l'architecture monastique. En professionnel, Émouchet avait déjà remarqué qu'elles devaient constituer d'excellentes meurtrières pour des archers.

– Comment puis-je vous aider, Émouchet? demanda l'abbé.

– Je cherche à nouveau refuge, seigneur abbé. Cela devient une sorte d'habitude chez moi, n'est-ce pas?

L'abbé sourit largement.

– Qui vous en veut, cette fois-ci?

– Nul homme que je connaisse, monseigneur, et j'aimerais mieux ne jamais en savoir davantage. Pourrions-nous nous entretenir en particulier?

– Bien entendu. (L'abbé se tourna vers le moine barbu.) Occupe-toi des chevaux, mon frère.

Ce n'était pas une requête mais un ordre, et tout militaire. Le moine se redressa, mais sans aller jusqu'à saluer.

– Venez, Émouchet, fit l'abbé de sa voix de basse en tapant de sa main charnue sur l'épaule du grand chevalier.

Il les conduisit dans un couloir en voûte faiblement éclairé par de petites lampes à huile. Peut-être était-ce l'huile, mais les lieux avaient une étrange odeur de sainteté... et de sécurité. Ce parfum rappelait à Émouchet une certaine nuit, dix ans auparavant.

– L'endroit n'a pas beaucoup changé, remarqua-t-il.

– L'Église est intemporelle, sire Émouchet, répondit sentencieusement l'abbé, et ses institutions essaient d'être intemporelles aussi.

A l'autre bout du couloir, l'abbé ouvrit une porte d'une

simplicité sévère et ils le suivirent dans une salle tapissée de livres, avec un plafond élevé et un brasero éteint dans un coin. La pièce paraissait très confortable... bien plus que les cabinets des abbés dans les monastères du nord. Les fenêtres étaient faites d'épais triangles de verre joints par des bouts de plomb et leurs rideaux étaient bleu pâle. Un tapis en peau de chèvre recouvrait le sol et le lit défait dans l'autre coin était un peu plus large que le bat-flanc monacal habituel.

– Je vous en prie, asseyez-vous, dit l'abbé en désignant plusieurs chaises devant une table encombrée de piles de documents.

– Toujours occupé à rattraper le retard, monseigneur? demanda Émouchet avec un sourire en indiquant les papiers et en prenant l'une des chaises.

L'abbé eut un sourire forcé.

– J'essaie de m'y mettre à peu près chaque mois. Tout le monde n'est pas fait pour la paperasse. (Il considéra amèrement le fouillis.) Je trouve parfois qu'un petit incendie résoudrait mon problème. Je suis sûr que mes rapports ne manqueraient pas aux gratte-papier de Chyrellos.

Il examina avec curiosité les compagnons d'Émouchet.

– Mon écuyer, Kurik, dit Émouchet.

– Kurik, fit l'abbé en hochant la tête.

– Et madame est Séphrénia, instructeur pandion des secrets.

– Séphrénia en personne? (Les yeux de l'abbé s'agrandirent, et il se leva respectueusement.) Il y a des années que j'entends parler de vous, madame. Votre réputation enflamme l'imagination.

Elle ôta son voile et lui rendit son sourire.

– Vous êtes trop bon, monseigneur.

Elle s'assit et prit Flûte sur ses genoux. La petite fille considéra l'abbé de ses grands yeux sombres.

– Quelle belle enfant, dame Séphrénia. Votre fille, peut-être?

Elle eut un petit rire.

– Non, monseigneur. C'est une enfant trouvée styrique. Nous lui donnons le nom de Flûte.

– Un nom très bizarre, murmura-t-il. (Puis il reporta son regard sur Émouchet.) Vous avez parlé d'une question que vous désirez garder secrète, dit-il avec curiosité.

– Êtes-vous bien informé de ce qui se passe sur le continent, monseigneur?

– Oui, tout à fait.
– Annias aspire au trône de l'archiprélat et il sait que les ordres combattants s'opposeront à lui.
– Par l'épée, s'il le faut, acquiesça l'abbé avec passion. J'aimerais le tailler en pièces personnellement. (Puis il se rendit compte qu'il était peut-être allé un peu trop loin.) Si je n'étais membre d'un ordre monastique, bien entendu, ajouta-t-il.
– Je comprends parfaitement, monseigneur, assura Émouchet. Les Précepteurs estiment que tout le pouvoir du primat... et tout l'espoir qu'il nourrit de l'étendre jusqu'à Chyrellos... est fondé sur sa position en Élénie, qu'il conservera tant que la reine Ehlana souffrira d'une indisposition. (Il eut une grimace.) Le terme est ridicule, non? Elle est accrochée à la vie par un fil et je dis qu'elle souffre d'une *indisposition*. Enfin, vous savez de quoi je veux parler.
– Je connais déjà la plupart des détails.
– Un médecin nous a appris que la reine Ehlana a été empoisonnée.
L'abbé se leva d'un bond en jurant comme un pirate.
– Vous êtes son Champion, Émouchet! Pourquoi ne pas vous être précipité à Cimmura pour passer Annias au fil de l'épée?
– J'ai été tenté, admit Émouchet, mais il est plus urgent de chercher un antidote. Par la suite, le temps ne manquera pas pour s'occuper d'Annias et je préfère pouvoir le faire très lentement. Enfin, le médecin pense que le poison est d'origine rendor et nous a indiqué le nom de deux de ses collègues à Cippria.
L'abbé se mit à arpenter la pièce, le visage encore assombri par la rage. Quand il se remit à parler, toute trace d'humilité monastique avait abandonné sa voix.
– Si je connais bien Annias, il a sans doute essayé de vous arrêter à tous les stades de votre voyage.
– En effet.
– Et les rues de Cippria ne sont pas l'endroit le plus sûr en ce monde... comme vous l'avez appris il y a dix ans. Annias sait que vous cherchez un conseil d'ordre médical?
– Tout paraît l'indiquer.
– Alors, si vous approchez de ces médecins, vous en aurez très vite besoin pour vous-même. Je vais donc envoyer quelques moines les chercher. Vous pourrez leur

parler sans avoir à vous aventurer dans les rues de Cippria. Quels sont leurs noms?

Émouchet sortit le parchemin remis par le docteur éthylique.

L'abbé y jeta un coup d'œil.

– Vous connaissez déjà le premier, Émouchet. C'est celui qui vous a soigné ici.

– Oh? Je n'avais pas vraiment noté son nom.

– Cela ne me surprend pas. Vous déliriez la plupart du temps. (L'abbé plissa les yeux devant le parchemin.) L'autre est mort il y a environ un mois, mais le docteur Voldi est sans doute en mesure de répondre à n'importe quelle question. Il est un peu infatué de sa personne, mais c'est le meilleur médecin de Cippria.

Il se leva, s'approcha de la porte et l'ouvrit. Deux jeunes moines se tenaient à l'extérieur. Émouchet remarqua qu'ils ressemblaient beaucoup aux pandions qui montaient la garde devant la porte de Vanion au chapitre de Cimmura.

– Toi, ordonna sèchement l'abbé à l'un d'eux. Va en ville et ramène-moi le docteur Voldi. Et qu'il ne s'avise pas de refuser.

– Sur-le-champ, monseigneur.

C'est avec un certain amusement qu'Émouchet remarqua que les pieds du moine s'agitèrent légèrement, comme s'il allait claquer les talons.

L'abbé referma la porte et rejoignit son siège.

– Cela devrait prendre à peu près une heure. (Il considéra le large sourire d'Émouchet.) Vous pensez à quelque chose d'amusant, mon ami?

– Pas du tout, monseigneur. C'est seulement que vos jeunes moines ont une attitude martiale.

– Cela se voit tellement? demanda l'abbé, décontenancé.

– Oui, monseigneur. Si c'est ce qu'on cherche à découvrir.

L'abbé eut un sourire forcé.

– Fort heureusement, les gens d'ici ne sont pas familiarisés avec ce genre de choses. Vous serez discret, n'est-ce pas, Émouchet?

– Naturellement, monseigneur. J'avais à peu près compris quand je suis parti d'ici il y a dix ans et je n'en ai encore parlé à personne.

– J'aurais dû m'en douter. Vous autres pandions tendez à avoir l'œil perçant. (Il se leva.) Je vais faire monter le souper. Il y a par ici une perdrix impressionnante et je possède un faucon absolument splendide. (Il éclata de rire.) Voilà ce que je fais au lieu de rédiger les rapports que je suis censé faire parvenir à Chyrellos. Que diriez-vous d'un peu de volaille rôtie?

– Je crois que nous pourrions nous en contenter.

– En attendant, puis-je vous offrir du vin, à vous et à vos amis? Ce n'est pas du rouge d'Arcie, mais il n'est pas trop mauvais. Nous l'obtenons à partir de notre raisin. La vigne est pratiquement la seule chose qu'on puisse faire pousser ici.

– Merci, seigneur abbé, répondit Séphrénia, mais l'enfant et moi-même pourrions-nous avoir du lait?

– Je crains que nous n'ayons que du lait de chèvre, s'excusa-t-il.

– Il conviendra parfaitement, monseigneur, dit-elle, le regard brillant. Les Styriques aiment son goût un peu vif.

Émouchet frémit.

L'abbé envoya l'autre jeune moine chercher du lait et un souper, puis versa du vin rouge à Émouchet, Kurik et lui-même. Il s'appuya au fond de son fauteuil en jouant nonchalamment avec le pied de son verre.

– Pouvons-nous être francs l'un envers l'autre, Émouchet?

– Bien entendu.

– Avez-vous été informé de ce qui s'était passé ici après votre départ?

– Pas vraiment. J'étais un peu submergé, à l'époque.

– Vous savez ce qu'éprouvent les Rendors vis-à-vis de la magie?

Émouchet hocha la tête.

– Ils appellent ça de la sorcellerie, si je me souviens bien.

– En effet, et ils considèrent que c'est un crime pire que le meurtre. Juste après votre départ, nous en avons eu une recrudescence. J'ai participé à l'enquête, étant l'ecclésiastique du rang le plus élevé de la région. (Il eut un sourire ironique.) La plupart du temps, les Rendors me crachent dessus, mais, dès que quelqu'un chuchote le mot *sorcellerie*, ils se précipitent vers moi, le visage blême et les yeux exorbités. Habituellement, les accusations sont fausses. Le Rendor moyen ne serait pas capable de se rappeler le plus simple des enchantements, quand bien même sa vie en dépendrait, mais on lance de temps à autre des accusations... par dépit, jalousie ou haine sordide. Cette fois-là, j'ai eu la preuve que quelqu'un utilisait à Cippria une magie assez sophistiquée. (Il regarda Émouchet.) Y avait-il un initié parmi ceux qui vous avaient attaqué cette nuit-là?

– Un au moins, oui.

– Voilà qui répond peut-être à la question. Cette magie semblait destinée à localiser quelque chose... ou quelqu'un. Peut-être vous.

– Vous avez parlé de sophistication, seigneur abbé, dit Séphrénia d'une voix tendue. Pourriez-vous être un peu plus précis?

– Il y avait une apparition lumineuse qui arpentait les rues de Cippria, répondit-il. Elle semblait enveloppée dans une sorte de foudre.

Elle inspira brutalement.

– Et que faisait exactement cette apparition?

– Elle se renseignait. Personne ne se rappelait les questions posées, mais l'interrogatoire semblait poussé. J'ai constaté plusieurs brûlures.

– Des brûlures?

– L'apparition se saisissait de celui qu'elle voulait questionner. Là où elle le touchait, elle le brûlait. Une pauvre femme a eu tout l'avant-bras brûlé. Je dirais presque que la blessure avait la forme d'une main... à ceci près que les doigts étaient trop nombreux.

– Combien?

– Neuf, plus deux pouces.

Elle siffla :

– Un Damork.

– Tu avais dit que les Dieux Cadets avaient dépouillé Martel du pouvoir d'évoquer ces créatures, dit Émouchet.

– Ce n'est pas Martel qui l'a évoqué. Il lui avait été envoyé par quelqu'un d'autre.

– Cela revient à peu près au même, non?

– Pas exactement. Le Damork n'est que marginalement sous le contrôle de Martel.

– Mais tout ceci s'est passé il y a dix ans, dit Kurik en haussant les épaules. Quelle différence cela peut-il faire actuellement?

– Tu n'as pas vu le plus important, répondit-elle gravement. Nous pensions que le Damork n'était apparu que récemment, mais il était déjà à Cippria il y a dix ans, avant le démarrage de toute cette affaire.

– Je ne vous suis pas vraiment, admit-il.

Séphrénia regarda Émouchet.

– C'est toi, mon petit, dit-elle d'une voix paisible mais lugubre. Ce n'est pas moi, ni Kurik, ni Ehlana, ni même Flûte. Les attaques du Damork se sont toutes dirigées contre toi. Sois extrêmement prudent, Émouchet. Azash essaie de te tuer.

Chapitre dix-neuf

Le docteur voldi était un petit homme méticuleux d'une soixantaine d'années. Ses cheveux se faisaient rares sur le sommet du crâne et il les avait soigneusement peignés en avant pour dissimuler cette calvitie naissante. Il était également évident qu'il les teignait pour cacher son grisonnement. Il ôta sa cape sombre et Émouchet vit qu'il portait une blouse de toile blanche. Il sentait les produits chimiques et avait de soi une opinion exagérément élevée.

Il était fort tard quand le petit médecin fut introduit dans le cabinet encombré de l'abbé. Il s'efforçait sans grand succès de masquer l'irritation que lui causait cet appel tardif.

– Seigneur abbé, dit-il à l'ecclésiastique barbu en effectuant un petit salut nerveux.

– Ah, Voldi, vous êtes aimable d'être venu.

– Votre moine m'a dit que l'affaire était pressante, monseigneur. Puis-je voir la malade?

– Non, à moins que vous ne soyez prêt à effectuer un long voyage, docteur Voldi, murmura Séphrénia.

Voldi la dévisagea longuement.

– Vous semblez ne pas être rendor, madame, fit-il remarquer. Styrique, dirai-je, à en juger d'après vos traits.

– Votre regard est pénétrant, docteur.

– Je suis sûr que vous vous rappelez ce gaillard, dit l'abbé en désignant Émouchet.

Le docteur adressa au grand pandion un regard sans expression.

– Non, je ne... (Puis il fronça les sourcils.) Attendez, ajouta-t-il en rabattant ses cheveux vers l'avant du plat de la main. C'était il y a une dizaine d'années, n'est-ce pas? C'est vous qui aviez été poignardé?

– Votre mémoire est excellente, docteur Voldi, répondit Émouchet. Mais nous ne désirons pas vous retenir trop longtemps; pourquoi ne pas aborder immédiatement notre affaire? Vous nous avez été recommandé par un médecin de Borrata. Il vous estime énormément dans certains domaines. (Émouchet examina le petit homme et trouva judicieux de mettre en œuvre un peu de flatterie.) Naturellement, nous aurions probablement fini par venir vous consulter, ajouta-t-il. Votre réputation déborde largement des frontières de Rendor.

– Fort bien, dit Voldi en prenant un petit air satisfait; puis il prit une expression pieusement modeste. Il est réconfortant de voir que mes efforts en faveur des malades ont été reconnus.

– Ce qu'il nous faut, cher docteur, avança Séphrénia, c'est votre avis sur le traitement d'une de nos amies qui vient d'être empoisonnée.

– Empoisonnée! En êtes-vous sûre?

– Le médecin de Borrata est catégorique. Nous lui avons décrit dans les moindres détails les symptômes de notre amie et il a diagnostiqué un empoisonnement par une substance rendor assez rare appelée...

– Je vous en prie, madame, dit-il en levant la main. Je préfère effectuer moi-même le diagnostic. Décrivez-moi ces symptômes.

– Naturellement.

Elle répéta patiemment ce qu'elle avait dit aux médecins de l'université de Borrata.

Tandis qu'elle parlait, le petit docteur arpentait la pièce, les mains derrière le dos et les yeux fixés sur le sol.

– Je pense que nous pouvons exclure le petit mal d'emblée, fit-il quand elle eut terminé. D'autres maladies, par contre, provoquent effectivement des convulsions. (Il affecta une expression sagace.) C'est la combinaison de la fièvre et de la transpiration qui est révélatrice. La maladie de votre amie n'est pas naturelle. Mon collègue a donné un diagnostic tout à fait correct. Votre amie a bien été empoisonnée et je présume que le poison utilisé fut la darestime. Les nomades du désert de Rendor l'appellent herbe de la mort. Elle tue les moutons de la même manière que les gens. Le poison est très rare, car les nomades déracinent tous les buissons qu'ils rencontrent.

Mon diagnostic concorde-t-il avec celui de mon collègue cammorien?

– Exactement, docteur Voldi, dit-elle, admirative.

– Eh bien, voilà. (Il tendit la main vers sa cape.) Je suis heureux d'avoir pu vous rendre service.

– Parfait, dit Émouchet. Et que faisons-nous, à présent?

– Prenez vos dispositions pour les funérailles.

– Et l'antidote?

– Il n'en existe aucun. Je crains que votre amie ne soit condamnée. (Il avait parlé avec une autosatisfaction assez irritante.) Contrairement à la plupart des poisons, la darestime attaque le cerveau. Une fois ingérée... pouf! (Il claqua les doigts.) Dites-moi, votre amie a-t-elle des ennemis riches et puissants? La darestime est terriblement coûteuse.

– L'empoisonnement était lié à des motifs politiques, répondit Émouchet d'une voix sinistre.

– Ah, la politique... (Voldi éclata de rire.) Ces types ont tout l'argent, n'est-ce pas? (Il fronça alors les sourcils.) Mais il me semble que... (Il se gratta la tête, dérangeant ses cheveux soigneusement peignés. Puis il claqua à nouveau les doigts.) Ah oui, fit-il, triomphant, ça y est! J'ai entendu des rumeurs... rien que des rumeurs, attention... selon lesquelles un médecin de Dabour a obtenu quelques guérisons parmi les membres de la famille royale de Zand. Normalement, cette information aurait été immédiatement diffusée auprès des autres médecins, mais j'ai quelques soupçons sur cette affaire. Je connais cet individu et, depuis des années, il circule dans les cercles médicaux quelques histoires pas très propres à son sujet. Certains affirment que ses guérisons apparemment miraculeuses sont le résultat de pratiques interdites.

– Et quelles pratiques? demanda Séphrénia d'une voix tendue.

– La magie, madame. Mon ami de Dabour perdrait immédiatement la tête si l'on savait qu'il pratique la sorcellerie.

– Je vois. Cette rumeur au sujet des guérisons vous est-elle parvenue d'une source unique?

– Oh, non. Bon nombre de personnes m'en ont parlé. Le frère du roi et plusieurs neveux tombèrent malades. Le médecin de Dabour... dont le nom est Tandjin... fut appelé au palais. Il confirma qu'ils avaient tous été empoisonnés avec de la darestime, puis il les guérit. Par gratitude, le roi interdit toute allusion aux conditions de la guérison et, pour plus de sécurité, accorda un pardon total à Tandjin. (Il grimaça.) Non que le pardon serve à grand-chose, vous savez, puisque l'autorité du roi ne dépasse guère les murs de son palais de Zand. De toute façon, un soupçon de savoir médical suffit pour comprendre. (Il afficha une expression lointaine.) Quant à moi, je ne m'abaisserais pas à cela, mais l'avidité du docteur Tandjin est notoire et j'imagine que le roi l'a payé généreusement.

– Merci pour votre aide, docteur Voldi, lui dit Émouchet.

– Je suis navré pour votre amie. Vu le temps qu'il vous faut pour aller à Dabour et revenir, elle sera morte avant, je le crains. La darestime agit lentement, mais elle est toujours fatale.

– Tout comme une épée dans le ventre, dit Émouchet d'un ton sinistre. Du moins pourrons-nous venger notre amie.

– Quelle terrible idée, fit Voldi en frémissant. Êtes-vous au moins conscient du genre de dommage que peut causer une épée?

– Intimement, lui assura Émouchet.

– Oh, c'est vrai. Voulez-vous que je jette un coup d'œil à vos anciennes blessures?

– Merci beaucoup, docteur. Elles sont tout à fait guéries.

– Splendide. Je suis assez fier de mes soins, vous savez. Un autre médecin vous eût perdu. Eh bien, je dois partir. J'ai du travail qui m'attend.

Il s'enveloppa dans sa cape.

– Merci, docteur Voldi, dit l'abbé. Le frère vous escortera.

– Tout le plaisir est pour moi, seigneur abbé. L'entretien aura été des plus passionnants.

Voldi s'inclina et sortit de la pièce.

– Un petit prétentieux, hein? marmotta Kurik.

– En effet. Mais un excellent médecin.

– C'est maigre, Émouchet, soupira Séphrénia. Nous n'avons qu'une rumeur et ce n'est pas le moment de courir après la lune.

– Je ne vois pas quel autre choix peut nous rester. Il nous faut aller à Dabour. Nous ne pouvons négliger la moindre chance.

– Ce n'est peut-être pas si maigre, dit l'abbé. Je connais très bien Voldi. Il ne confirmerait rien qu'il n'ait vu de ses propres yeux, mais j'ai personnellement entendu dire que des membres de la famille du roi de Rendor sont tombés malades et ont été guéris.

– C'est tout ce que nous avons, dit Émouchet. Nous devons aller jusqu'au bout.

– La route la plus rapide pour Dabour longe la côte et ensuite le Gule, suggéra l'abbé.

– Non, déclara fermement Séphrénia. La créature qui essaie de tuer Émouchet s'est probablement rendu compte de son échec. Je n'ai pas envie de regarder par-dessus mon épaule à chaque pas.

– Il vous faudra quand même passer par Djiroch. Vous ne pouvez traverser le désert qui nous sépare de Dabour, même à cette saison. Il est totalement infranchissable.

– Mais il faudra bien le traverser, dit Émouchet.

– Soyez prudents, dit l'abbé. Les Rendors sont nerveux.

– Ils sont toujours nerveux, monseigneur.

– Cette fois, c'est différent. Arasham est à Dabour et prêche une nouvelle guerre sainte.

– Il le fait depuis vingt ans, non? Il soulève le peuple du désert chaque hiver et, en été, chacun retourne à ses troupeaux.

– Là est la différence, cette fois-ci. Personne ne prête vraiment attention aux nomades, mais ce vieux fou commence à gagner les citadins à sa cause, ce qui rend la chose plus sérieuse. Arasham exulte, naturellement, et il retient fermement ses nomades à Dabour. Il a une véritable armée.

– Les citadins de Rendor ne sont pas si bêtes. Qu'est-ce qui les impressionne à ce point?

– Selon certaines rumeurs, les royaumes du nord verraient une résurgence du mouvement éshandiste.

– C'est absurde, se moqua Émouchet.

– Bien entendu, mais ils sont parvenus à convaincre bon nombre de Cippriens que, pour la première fois depuis des siècles, une rébellion contre l'Église pourrait avoir une chance de réussir. De plus, d'importantes cargaisons d'armes ont été introduites dans le pays.

Un soupçon vint à Émouchet.

– Et qui répandrait ces rumeurs?

L'abbé haussa les épaules.

– Des marchands, des voyageurs venus du nord. Des étrangers. Ils résident généralement dans le quartier proche du consulat élène.

– Voilà qui est très bizarre. J'avais été appelé au consulat élène la nuit où j'ai été attaqué dans la rue. Élius est-il toujours consul?

– Bien sûr. A quoi pensez-vous, Émouchet?

– Encore une question, monseigneur. Vos hommes auraient-ils par hasard remarqué un homme à cheveux blancs entrant et sortant du consulat?

– Je ne saurais dire. Vous avez quelque chose de particulier en tête?

– Oh, oui, seigneur abbé. (Émouchet se leva et se mit à arpenter la pièce.) Pourquoi ne pas faire encore un peu de logique élène, Séphrénia? (Il se mit à égrener les informations.) Primo : le primat Annias aspire au trône de l'archiprélat. Secundo : l'opposition des quatre ordres combattants pourrait mettre un point d'arrêt à ses ambitions. Tertio : il doit discréditer ou détourner les chevaliers de l'Église. Quarto : le consul élène à Cippria est son cousin. Quinto : le consul et Martel ont travaillé ensemble. J'en ai eu la preuve personnellement, il y a dix ans.

– J'ignorais qu'Élius fût parent du primat, dit l'abbé, l'air surpris.

– Ils ne s'en vantent pas, lui dit Émouchet. Bien, continua-t-il, Annias veut que les chevaliers de l'Église ne soient plus à Chyrellos quand viendra le moment d'élire un nouvel archiprélat. Que feraient les chevaliers de l'Église en cas d'insurrection en Rendor?

– Nous descendrions sur le royaume avec armes et bagages, déclara l'abbé, oubliant les précautions oratoires.

– Ce qui éliminerait les ordres combattants du débat en cours à Chyrellos?

Séphrénia considéra Émouchet d'un air interrogateur.

– Quel genre d'homme est cet Élius?

– Un banal opportuniste sans grande intelligence.

– Il ne paraît pas très impressionnant.

– Il ne l'est pas.

– Quelqu'un doit donc lui donner des instructions, hein?

– Précisément. (Émouchet se retourna vers l'abbé.) Monseigneur, avez-vous un moyen de faire parvenir des messages au précepteur Abriel à votre maison mère de Larium? Des messages qui ne puissent être interceptés?

L'abbé lui décocha un regard glacial.

– Nous étions d'accord pour être francs, monseigneur. Je n'essaie pas de vous embarrasser, mais la question est des plus pressantes.

– Très bien, Émouchet, répondit l'abbé avec une certaine raideur. Oui, je peux faire parvenir un message au seigneur Abriel.

– Parfait. Séphrénia peut vous mettre au courant. Kurik et moi devons nous occuper d'un détail.

– Qu'allez-vous faire?

– Je vais rendre visite à Élius. Il sait ce qui s'est passé et je crois pouvoir le persuader de tout nous dire. Il nous faut une confirmation de tout ceci avant que vous envoyiez le message à Larium.

– C'est trop dangereux.

– Moins que si Annias devient archiprélat, non? (Émouchet réfléchit.) Auriez-vous une cellule isolée?

– Nous avons une cellule de pénitent dans la cave. La porte peut en être verrouillée, je suppose.

– Parfait. Je pense que nous allons ramener Élius ici pour l'interroger. Ensuite, vous pourrez l'enfermer. Je ne pourrai le laisser repartir, une fois qu'il saura que je suis ici, et Séphrénia désapprouve les meurtres de sang-froid. S'il disparaît simplement, l'incertitude régnera quant à son sort.

– Il ne fera pas de scandale quand vous l'emmènerez?

– Sans doute pas, monseigneur, lui assura Kurik en tirant sa grosse dague. (Il tapa fermement le manche contre la paume de sa main.) Je puis pratiquement vous garantir qu'il sera endormi.

Les rues étaient tranquilles. La couverture nuageuse avait disparu et les étoiles brillaient vivement.

– Pas de lune, dit Kurik. C'est un avantage.

– Elle se lève tard depuis trois nuits.

– A quelle heure?

– Il nous reste deux heures.

– On aura réussi à rejoindre le monastère?

– Il le faudra bien.

Émouchet s'arrêta juste avant un croisement et regarda à l'angle. Un homme portant une courte cape, un épieu et une petite lanterne traînait les pieds d'un air endormi.

– Le guet, souffla Émouchet, et il poussa Kurik dans l'obscurité d'une porte cochère.

L'homme passa pesamment. La lanterne au bout de son bras projetait des ombres inquiétantes sur les murs des bâtiments.

– Il devrait être plus attentif, grogna Kurik, désapprobateur.

– En la circonstance, ton amour du devoir est peut-être un peu déplacé.

– Le devoir est le devoir, répondit Kurik avec entêtement.

L'homme du guet disparut.

– Nous allons nous présenter comme ça à la porte du consulat ?

– Non. Nous passerons par les toits.

– Je ne suis pas un chat, Émouchet. Bondir d'un toit à l'autre ne m'amuse pas tellement.

– Dans ce quartier, les maisons sont collées les unes contre les autres. Les toits ressemblent à une grand-route.

– Oh, alors, c'est différent.

Le consulat du royaume d'Élénie était une grande bâtisse entourée d'un haut mur blanchi. A tous les angles, des torches étaient fichées sur de longues piques et une ruelle étroite courait le long du mur.

– La ruelle fait tout le tour ? demanda Kurik.

– Elle le faisait il y a dix ans.

– Je vois une grave lacune dans votre plan, Émouchet. Je ne peux pas sauter d'un de ces toits sur le haut de ce mur.

– Moi non plus. (Émouchet fronça les sourcils.) Allons jeter un coup d'œil de l'autre côté.

Ils parcoururent une série de ruelles qui sinuaient derrière les maisons autour du consulat. Un chien sortit en aboyant. Kurik lui lança une pierre. Le chien jappa et s'enfuit sur trois pattes.

– Je sais à présent ce qu'éprouve un cambrioleur.

– Là, dit Émouchet.

– Là, où ?

– Regarde là-bas. Un gentil propriétaire est en train de réparer son toit. Tu vois cette pile de madriers contre le mur ? Allons mesurer leur longueur.

Ils traversèrent la ruelle pour rejoindre la pile. Kurik étudia soigneusement la longueur des poutres à l'aide de ses pieds.

– Ça me paraît juste, fit-il remarquer.

– Nous ne le saurons pas tant que nous n'aurons pas essayé.

– Parfait. Comment monte-t-on sur le toit?

– Nous allons appuyer les madriers contre le mur. Si nous les inclinons correctement, nous devrions pouvoir monter dessus et les tirer derrière nous.

– Je suis heureux que vous n'ayez pas à construire vos propres engins de siège, Émouchet. Très bien, essayons.

Ils appuyèrent plusieurs poutres contre le mur et Kurik, grognant et suant, se hissa sur le toit.

– Très bien, chuchota-t-il, montez.

Émouchet grimpa sur la poutre et, ce faisant, s'enfonça une écharde dans la main. Puis ils soulevèrent péniblement les madriers pour les transporter sur le côté opposé du toit, face au mur du consulat. Les torches qui vacillaient sur le mur projetaient une faible lumière par-dessus la cime des toits. Comme ils portaient le dernier madrier, Kurik s'arrêta soudain.

– Émouchet! lança-t-il doucement.

– Quoi?

– A deux toits d'ici. Il y a une femme allongée.

– Comment sais-tu que c'est une femme?

– Parce qu'elle est nue comme un ver, tiens!

– Oh, c'est ça? C'est une ancienne coutume rendor. Elle attend le lever de la lune. Ils croient que les premiers rayons de la lune sur le ventre d'une femme accroissent sa fertilité. Une superstition.

– Elle ne nous verra pas?

– Elle ne dira rien si elle nous voit. Elle est très occupée à attendre la lune. Dépêche, Kurik. Ne reste pas là à la fixer comme ça.

Ils se débattirent pour pousser une poutre par-dessus la ruelle étroite, d'autant plus péniblement que leur force de levier diminuait à mesure que la poutre s'éloignait. Finalement, le madrier récalcitrant s'abattit sur le mur du consulat. Ils firent glisser d'autres poutres sur la première, puis les rabattirent afin de former un pont étroit. A la dernière, Kurik lâcha soudain un juron étouffé.

– Qu'est-ce qu'il y a? lui demanda Émouchet.

– Comment sommes-nous montés sur ce toit, Émouchet? demanda amèrement Kurik.

– Nous avons grimpé sur un madrier.

– Et où voulions-nous aller?

– Sur le toit du consulat, là-bas.

– Alors, pourquoi faisons-nous un pont?

– Parce que... (Émouchet s'arrêta, se sentant soudain

ridicule.) Nous aurions pu nous contenter d'appuyer un madrier contre le toit du consulat, n'est-ce pas?

– Félicitations, monseigneur, dit Kurik, sarcastique.

– Le pont était une solution tellement parfaite à notre problème, dit Émouchet, sur la défensive.

– Mais totalement inutile.

– Cela n'invalide pas vraiment la solution, n'est-ce pas?

– Bien sûr que non.

– Pourquoi ne pas traverser, à présent?

– Allez-y. Je crois que je vais bavarder avec la dame toute nue pendant un petit moment.

– Allons, Kurik. Elle a autre chose à l'esprit.

– Je suis en quelque sorte expert en matière de fertilité, si c'est ce qui la tracasse.

– Allons-y, Kurik.

Ils traversèrent leur pont de fortune jusqu'en haut du toit du consulat et atteignirent un emplacement où les branches d'un figuier bien irrigué montaient de l'obscurité. Ils descendirent par l'arbre et restèrent un moment à côté du tronc tandis qu'Émouchet s'orientait.

– Vous ne sauriez pas où se trouve la chambre à coucher du consul? chuchota Kurik.

– Non, répondit doucement Émouchet, mais je peux le deviner. C'est le consulat élène et tous les bâtiments officiels élènes sont plus ou moins semblables. Les appartements particuliers sont au premier, à l'arrière.

– Très bien. Cela réduit considérablement notre tâche. Nous n'avons plus à fouiller qu'un quart de la bâtisse.

Ils traversèrent un jardin obscur et entrèrent par une porte de derrière non verrouillée. Ils passèrent dans une cuisine dans le noir et un vestibule central mal éclairé. Kurik ramena brutalement Émouchet dans la cuisine.

– Qu'est... commença à protester Émouchet.

– Chut!

Dans le vestibule apparaissait le lumignon d'une chandelle. Une matrone, intendante ou cuisinière, se dirigeait vers la porte. Émouchet se ratatina. Puis elle saisit la poignée et referma énergiquement la porte.

– Comment savais-tu qu'elle arrivait? chuchota Émouchet.

– Je le savais, c'est tout. (Il posa l'oreille contre le battant.) Elle continue sa route.

– Qui sait? Peut-être s'assurait-elle que toutes les

portes sont verrouillées. Aslade le fait chaque soir. (Il écouta encore.) Là, elle vient de fermer une autre porte et je ne l'entends plus. Je crois qu'elle est allée se coucher.

– L'escalier devrait être juste en face de l'entrée principale. Montons au premier avant qu'un autre vienne par ici.

Ils se précipitèrent dans le vestibule et attaquèrent les larges marches menant au premier.

– Cherche une porte ornementée. Le consul est le maître de maison, il dispose de la chambre la plus luxueuse. Va par ici, je vais par là.

Ils partirent sur la pointe des pieds dans des directions opposées. Au bout du couloir, Émouchet trouva une porte aux sculptures dorées. Il l'ouvrit précautionneusement et regarda à l'intérieur. A la lumière d'une unique lampe à huile, il aperçut un homme d'une cinquantaine d'années, trapu, le visage rubicond, allongé sur le dos dans le lit. L'homme ronflait bruyamment. Émouchet le reconnut. Il referma doucement la porte et alla chercher Kurik. Il retrouva son écuyer en haut de l'escalier.

– Quel âge a le consul? chuchota Kurik.

– Une cinquantaine d'années.

– Ce n'était donc pas lui. Il y a une porte sculptée au bout du couloir. Un jeune type d'une vingtaine d'années est au lit avec une femme plus âgée.

– Ils t'ont vu?

– Non. Ils étaient occupés.

– Oh... Le consul dort seul. Il est à l'autre bout du couloir.

– Vous pensez que la femme à l'autre extrémité serait sa femme?

– C'est leur affaire, n'est-ce pas?

Ils revinrent ensemble sur la pointe des pieds. Émouchet ouvrit la porte dorée, ils s'approchèrent du lit. Émouchet tendit la main et prit l'épaule du consul.

– Votre Excellence, dit-il calmement en secouant l'homme.

Les yeux du consul s'ouvrirent brutalement, puis se voilèrent et perdirent leur expression quand Kurik le cogna sèchement derrière l'oreille du manche de sa dague. Ils enveloppèrent l'homme inconscient dans une couverture sombre et, sans plus de cérémonie, Kurik balança la forme inerte par-dessus son épaule.

– C'est tout ce dont nous ayons besoin ici?

– Oui, répondit Émouchet. En route.

Ils se glissèrent dans l'escalier et la cuisine. Émouchet referma soigneusement la porte.

– Attends ici, souffla-t-il à Kurik. Je vais inspecter le jardin. Je sifflerai si tout va bien.

Il sortit dans l'obscurité du jardin et passa prudemment d'un arbre à l'autre, les yeux aux aguets. Il se rendit soudain compte qu'il s'amusait formidablement. Comme au temps où Kalten et lui, enfants, se glissaient hors de chez son père au milieu de la nuit pour aller faire des bêtises.

Il siffla une piètre imitation de rossignol.

Au bout d'un moment, il entendit le chuchotement rauque de Kurik venant de la cuisine.

– C'est vous?

Un instant, il fut tenté de répondre *non*, mais il se reprit.

Ils eurent quelques difficultés à hisser le corps inerte du consul en haut du figuier, mais ils finirent par réussir ce tour de force. Ils traversèrent ensuite leur pont improvisé et tirèrent les madriers sur le toit.

– Elle est toujours là, chuchota Kurik.

– Qui ça?

– La dame toute nue.

– C'est son toit.

Ils traînèrent les poutres de l'autre côté du toit et les redescendirent. Puis Émouchet descendit à son tour et prit le corps du consul que lui passa Kurik. Celui-ci le rejoignit et ils rempilèrent les poutres contre le mur.

– Net et sans bavure, dit Émouchet avec satisfaction en se frottant les mains.

Kurik reprit le corps sur son épaule.

– Il ne manquera pas à sa femme? demanda-t-il.

– Pas trop, je pense... si c'était bien elle dans la chambre à l'autre bout du couloir. On rentre au monastère?

Ils portèrent le corps à tour de rôle et atteignirent les faubourgs de la ville une demi-heure plus tard après avoir évité plusieurs hommes du guet. Le consul, qui était alors sur l'épaule d'Émouchet, gémit et s'agita faiblement.

Kurik lui tapa de nouveau sur la tête.

Ils entrèrent dans le cabinet de l'abbé. Kurik laissa tomber l'homme inconscient sur le sol sans précaution aucune. Il regarda un instant Émouchet, puis les deux hommes éclatèrent d'un rire incontrôlable.

– Qu'y a-t-il de si drôle? voulut savoir l'abbé.

– Vous auriez dû nous accompagner, monseigneur, haleta Kurik. Il y a des années que je ne me suis pas autant amusé. (Il s'esclaffa de nouveau.) Le pont fut le bouquet, je crois.

– Moi, la dame toute nue m'a bien plu, protesta Émouchet.

– Vous avez bu, vous deux? demanda l'abbé, soupçonneux.

– Pas une goutte, monseigneur. Mais ce n'est pas une mauvaise idée, si vous avez ce qu'il faut sous la main. Où est Séphrénia?

– Je l'ai persuadée qu'elle devrait dormir un peu avec l'enfant. Quelle femme toute nue?

– Il y avait sur le toit une femme qui opérait le rituel de fertilité, lui apprit Émouchet en riant toujours. Elle a plus ou moins détourné l'attention de Kurik, pendant quelques instants.

– Elle était jolie? demanda l'abbé.

– Je ne saurais dire, monseigneur. Je ne regardais pas son visage.

– Seigneur abbé, dit alors Émouchet avec un peu plus de sérieux, nous allons interroger Élius dès qu'il sera réveillé. Je vous en prie, ne vous affolez pas devant certaines choses que nous lui dirons.

– Je comprends fort bien, Émouchet.

– Parfait. Très bien, Kurik, réveillons Son Excellence et voyons ce qu'elle pourra nous dire pour sa défense.

Kurik dépouilla le corps mou de sa couverture et se mit à lui pincer les oreilles et le nez. Au bout d'un moment, les paupières du consul papillonnèrent. Puis il gémit et ouvrit les yeux. Il les fixa un instant sans expression, puis se redressa brutalement.

– Qui êtes-vous? Que signifie ceci?

Kurik lui tapa fermement sur l'occiput.

– Tu vois, Élius, annonça froidement Émouchet... Ça ne te fait rien si je t'appelle Élius, hein? Il est possible que tu te souviennes de moi. Je suis Émouchet.

– Émouchet? haleta le consul. Je vous croyais mort!

– Voilà une rumeur vraiment exagérée. La situation est la suivante : tu as été enlevé. Nous te réservons un certain nombre de questions. Tout se passera plus agréablement pour toi si tu y réponds sans rechigner. Autrement, attends-toi à passer une très mauvaise nuit.

– Vous n'oseriez pas!

Kurik le frappa encore.

– Je suis consul du royaume d'Élénie, bégaya Élius en essayant de se protéger l'occiput, et cousin du primat de Cimmura. Vous ne pouvez me traiter ainsi.

Émouchet poussa un soupir.

– Casse-lui quelques doigts, Kurik, suggéra-t-il, juste pour lui montrer que nous pouvons bel et bien le traiter ainsi.

Kurik posa le pied contre la poitrine du consul et le rabattit contre le sol, puis il saisit le poignet droit du prisonnier qui se débattait faiblement.

– Non! glapit Élius. Pas ça! Je vous dirai tout ce que vous voudrez!

– Je vous avais prévenu qu'il coopérerait, monseigneur, dit Émouchet sur un ton de conversation avant d'ôter sa robe rendor, révélant ainsi sa cotte de mailles et son épée... Dès qu'il aura compris le sérieux de la situation.

– Vos méthodes sont directes, sire Émouchet.

– Je suis un homme simple, monseigneur, répondit Émouchet en grattant une aisselle couverte de mailles d'acier. La subtilité n'est pas mon fort. (Il poussa le captif du pied.) Parfait, Élius, je vais te faciliter le travail. Tu n'auras qu'à confirmer un certain nombre de déclarations. (Il tira une chaise, s'assit et croisa les jambes.) D'abord, ton cousin, le primat de Cimmura, a les yeux braqués sur le trône de l'archiprélat, exact?

– Vous n'en avez aucune preuve.

– Casse-lui le pouce.

Kurik, tenant toujours le poignet du consul, ouvrit le poing serré du consul et se saisit du pouce.

– En combien de morceaux, monseigneur? demanda-t-il poliment.

– Autant que tu pourras, Kurik. Juste de quoi le faire réfléchir.

– Non! Non! C'est vrai! haleta Élius, les yeux écarquillés par la terreur.

– Là, nous avançons, observa Émouchet avec un sourire détendu. Maintenant, tu as eu affaire dans le passé avec un homme aux cheveux blancs nommé Martel. De temps en temps, il travaille pour ton cousin. Suis-je dans le vrai?

– Ou... oui, bégaya Élius.

– Tu vois comme ça devient facile, petit à petit? En fait, c'est toi qui as lancé Martel et ses séides contre moi, une nuit, il y a dix ans, non?

– C'était son idée, lâcha rapidement Élius. J'avais reçu de mon cousin l'ordre de coopérer avec lui. Il suggérait que je vous fasse venir cette nuit-là. Je n'imaginais pas qu'il avait l'intention de vous tuer.

– Tu étais très naïf, Élius. Bon nombre de voyageurs venus du nord ont récemment rapporté à Cippria qu'une vague de sympathie s'élève chez eux envers les buts des Rendors. Martel serait-il lié à ces rumeurs?

Élius garda les lèvres closes. Lentement, Kurik commença à lui plier le pouce en arrière.

– Oui! Oui! bégaya Élius en se pliant en deux.

– Là, tu commençais à retomber dans tes errements, prévint Émouchet. Je ferais attention, si j'étais toi. L'idée de Martel est de persuader les citadins de Rendor de rejoindre les nomades du désert dans un soulèvement contre l'Église, exact?

– Martel ne me met pas dans toutes les confidences, mais je suppose que c'est bien son but final.

– Et il fournit les armes, exact?

– Je l'ai entendu dire.

– Ma prochaine question est un peu plus subtile. Écoute soigneusement. Au bout du compte, il veut que les troubles en Rendor attirent ici les chevaliers de l'Église. N'est-ce pas cela?

Élius acquiesça d'un air morose.

– Martel lui-même ne me l'a pas dit, mais mon cousin me l'a laissé entendre dans sa dernière lettre.

– Et le soulèvement doit coïncider avec l'élection du nouvel archiprélat dans la basilique de Chyrellos?

– Cela, je l'ignore, sire Émouchet. Je vous en supplie : croyez-moi. Vous avez probablement raison, mais je n'en suis pas certain.

– Passons, pour l'instant. La curiosité me brûle la langue. Où est Martel, actuellement?

– Il est parti pour Dabour parler à Arasham. Le vieux essaie d'exciter ses fidèles pour qu'ils commencent à brûler les églises et exproprier les terres ecclésiastiques. Cela a troublé Martel et il s'est précipité à Dabour pour y mettre le holà.

– Probablement parce que c'était prématuré?

– Oui, je suppose.

– Ce sera tout, Élius, dit Émouchet d'un ton patelin. Je tiens à te remercier pour ta coopération.

– Vous me laissez partir? demanda le consul, incrédule.

– Non, malheureusement. Martel est un vieil ami à moi et je veux lui faire la surprise de ma venue à Dabour; je ne veux pas courir le risque que tu l'avertisses. Ce monastère a une cellule de pénitent. Je suis certain que tu te repens très fort et je veux te donner l'occasion de réfléchir à tes péchés. Cette cellule est confortable, à ce qu'on dit. Elle a une porte, quatre murs, un plafond et même un sol. (Il regarda l'abbé.) Elle a bien un sol, n'est-ce pas, monseigneur?

– Oh, oui, confirma l'abbé, en jolie pierre froide.

– Vous ne pouvez faire ça! cria Élius.

– Émouchet, tu ne peux tout de même pas enfermer quelqu'un contre son gré dans une cellule de pénitent, intervint Kurik. Ce serait violer la loi ecclésiastique.

– Oh, fit Émouchet d'un ton sourcilleux, je crois que tu as raison. Je voulais quand même éviter l'autre solution. Vas-y, occupe-t'en.

– Oui, monseigneur, dit Kurik respectueusement en tirant sa dague. Dites-moi, seigneur abbé, votre monastère a-t-il également un cimetière?

– Oui, et assez joli, d'ailleurs.

– Alors, c'est parfait. Je déteste avoir à les traîner dans la campagne et les abandonner aux chacals.

Il se saisit de la chevelure du consul et lui rejeta la tête en arrière. Puis il posa le tranchant de sa lame contre la gorge de l'homme qui se ratatina.

– Cela ne prendra qu'un instant, Votre Excellence, dit-il d'un ton professionnel.

– Seigneur abbé! glapit Élius.

– Malheureusement, l'affaire n'est plus de mon ressort, Votre Excellence, dit l'abbé sur un ton de profonde piété. Les chevaliers de l'Église ont leurs propres lois. Je ne pourrais songer à les violer.

– Je vous en prie, seigneur abbé, l'implora Élius. Enfermez-moi dans la cellule de pénitent.

– Te repens-tu sincèrement de tes péchés?

– Oui! Oui! Je suis véritablement honteux.

– Je crains de devoir intercéder en faveur de ce pénitent, dit l'abbé. Je ne puis vous permettre de le tuer tant qu'il n'aura point trouvé la paix de Dieu.

– Est-ce votre décision finale, seigneur abbé? demanda Émouchet.

– Je le crains, sire Émouchet.

– Bien, parfait. Faites-nous savoir quand il aura achevé sa pénitence. Nous le tuerons alors.

– Bien entendu, sire Émouchet.

Après que deux robustes moines eurent emmené Élius tremblant comme une feuille, les trois hommes éclatèrent de rire.

Émouchet félicita l'abbé.

– Remarquable, monseigneur. Le ton était parfait.

– Je ne suis pas un vrai novice en ce domaine, répondit l'abbé en le considérant d'un air rusé. Les pandions passent pour brutaux... surtout en matière d'interrogatoire.

– Il me semble avoir entendu des rumeurs en ce sens, admit Émouchet.

– Mais en réalité vous ne faites rien aux prisonniers, hein?

– Non. C'est notre réputation qui rend les gens coopératifs. Avez-vous une idée des difficultés... et des dégâts... que représente la torture? Nous avons implanté ces rumeurs à notre sujet. Pourquoi travailler sans nécessité?

– C'est exactement mon sentiment. Parlez-moi donc du pont et de cette dame toute nue... et de tout ce que vous avez pu rencontrer? N'oubliez rien. Je ne suis qu'un pauvre moine cloîtré et je n'ai guère l'occasion de m'amuser.

Chapitre vingt

Émouchet grimaça et inspira brutalement.

– Séphrénia, tu es obligée de farfouiller aussi loin? se plaignit-il.

– Ne fais pas le bébé, lui dit-elle en continuant de pincer l'écharde dans sa main à l'aide d'une aiguille. Si je n'arrache pas tout, ça va s'infecter.

Il poussa un soupir et serra les dents. Il regarda Flûte, qui avait les deux mains sur la bouche, comme pour étouffer un gloussement.

– Tu crois que c'est amusant? lui demanda-t-il d'un ton irrité.

Elle leva sa flûte et joua un petit trille de dérision.

– J'ai réfléchi, Émouchet, dit l'abbé. Si Annias a autant d'espions à Djiroch qu'à Cippria, ne vaudrait-il pas mieux éviter cette ville?

– Nous avons une chance, monseigneur. J'ai un ami à qui je devrai parler avant de remonter le fleuve. (Il considéra sa robe noire.) Ceci devrait suffire pour un examen superficiel.

– Dangereux, Émouchet.

– Pas si nous sommes prudents, j'espère.

Kurik, qui sellait leurs chevaux et chargeait la mule de bât que leur avait donnée l'abbé, entra alors dans la pièce. Il portait un coffre en bois allongé et étroit.

– Il faut vraiment emporter ceci?

– Oui, Kurik, répondit Séphrénia d'une voix triste.

– Qu'y a-t-il dedans?

– Deux épées. Elles font partie de mon fardeau.

– C'est un grand coffre pour deux épées.

– Il y en aura d'autres, je le crains, dit-elle avec un soupir, avant de bander la main d'Émouchet avec un bout de toile.

– Pas besoin de pansement, ce n'était qu'une écharde.

Elle lui accorda un long regard de certitude.

– Très bien. Fais ce que tu juges le mieux.

– Merci... et elle noua le bout du bandage.

– Vous allez avertir Larium, monseigneur? demanda Émouchet.

– Par le prochain vaisseau qui quittera le port.

Émouchet réfléchit un instant.

– Je ne crois pas que nous repasserons par Madel. Nous avons des compagnons qui résident chez le marquis Lycien.

– Je le connais, dit l'abbé.

– Pourriez-vous également l'avertir? Dites-lui que si tout se passe bien à Dabour, nous repartirons de là et qu'ils peuvent rentrer à Cimmura.

– J'y veillerai, Émouchet.

Émouchet tira songeusement sur le nœud de son pansement.

– N'y touche pas, le mit en garde Séphrénia.

Il releva la main.

– Je ne voudrais pas laisser croire que je donne des conseils aux Précepteurs, dit-il à l'abbé, mais vous pourriez suggérer que quelques contingents de chevaliers de l'Église dans les rues des villes rendors suffiraient peut-être à rappeler aux populations locales les dangers courus quand on écoute les rumeurs.

– ... pour éviter d'envoyer des armées entières un peu plus tard, continua l'abbé. Soyez assuré que j'en parlerai dans mon rapport.

Émouchet se leva.

– Je suis encore votre obligé, seigneur abbé. Vous semblez toujours être là où il faut.

– Nous servons le même maître, Émouchet. (L'abbé eut un large sourire.) D'ailleurs, vous me plaisez assez. Les pandions n'agissent pas toujours comme nous, mais vous obtenez des résultats et c'est ce qui compte, n'est-ce pas?

– Nous pouvons l'espérer.

– Soyez prudent dans le désert, mon ami, et bonne chance.

– Merci, monseigneur.

Ils descendaient dans la cour centrale du monastère

quand les cloches commencèrent à sonner les matines. Kurik attacha le coffre de Séphrénia au paquetage de la mule et ils se mirent en selle. Ils sortirent dans un concert de cloches.

Émouchet était d'humeur pensive quand ils atteignirent la route poussiéreuse du bord de mer et prirent à l'ouest en direction de Djiroch.

– Qu'y a-t-il, Émouchet? demanda Séphrénia.

– Il y avait dix ans que ces cloches m'appelaient. Mystérieusement, je savais que je reviendrais un jour au monastère. (Il se redressa sur sa selle.) C'est un endroit parfait. Je regrette de le quitter, mais...

Il haussa les épaules et laissa mourir sa phrase.

Le soleil matinal se reflétait avec éclat sur le désert de roche, de sable et de gravier à la gauche de la route. Du côté droit, un talus abrupt descendait vers une plage d'un blanc éblouissant, derrière laquelle s'étendaient les eaux profondes de la mer Intérieure. Au bout d'une heure, il faisait chaud. Encore une demi-heure, et la température devint étouffante.

– Ils n'ont jamais d'été, ici? demanda Kurik en épongeant son visage dégoulinant.

– Mais c'est l'hiver, rappela Émouchet.

– A quoi ressemble l'été?

– Rien de bon. Il faut voyager de nuit.

– Djiroch est à quelle distance?

– Environ cinq cents lieues.

– Au moins trois semaines de voyage.

– Je le crains.

– Nous aurions dû passer par la mer... trombes ou pas trombes.

– Non, Kurik, s'insurgea Séphrénia. Nul ne pourrait aider Ehlana si nous reposions tous au fond de l'océan.

– Cette créature qui nous poursuit ne peut pas utiliser la magie pour nous repérer?

– Elle en semble incapable. Quand elle cherchait Émouchet il y a dix ans, elle a dû interroger plusieurs personnes. Elle ne pouvait pas flairer sa trace.

Ils se levaient tôt le matin, avant même la disparition des étoiles, et poussaient leurs chevaux au maximum avant midi. Puis ils se reposaient à l'ombre réduite de la tente que leur avait imposée l'abbé, tandis que leurs montures paissaient l'herbe rabougrie. Ils repartaient au déclin du soleil et chevauchaient jusqu'à la nuit tombée.

Parfois, ils trouvaient une source en plein désert, inévitablement entourée d'une végétation luxuriante accompagnée de son ombre. Quelquefois, ils s'y attardaient une journée pour laisser leurs chevaux se reposer et rassembler leurs forces pour affronter à nouveau le soleil brutal.

Ce fut près de l'une de ces sources, où l'eau cristalline glissait sur une pente rocheuse pour se lover dans un étang d'azur entouré de palmiers, que l'ombre d'un chevalier pandion en armure noire leur rendit visite. Émouchet, vêtu d'un simple pagne, venait d'émerger de l'étang quand il avisa le cavalier qui approchait à l'ouest. Ayant le soleil dans le dos, il ne projetait aucune ombre et l'on voyait nettement les collines brûlées par le soleil à travers l'homme et le cheval. Émouchet capta les relents de charnier et fixa sa monture : un squelette aux yeux vides. Il ne tenta point de prendre une arme et resta à frissonner malgré la fournaise tandis que le spectre à cheval fondait sur eux. Arrivé à quelques mètres, il tira sur les rênes de son animal et, en un inquiétant mouvement lent, dégaina son épée.

– Petite mère, entonna-t-il, d'une voix caverneuse, j'ai fait tout ce que je pouvais.

Il leva la garde de son arme devant sa visière pour saluer Séphrénia, puis tourna la lame et présenta la poignée sur son avant-bras dépourvu de substance.

Séphrénia, pâle et affaiblie, foula le gravier pour rejoindre le spectre et prit la garde de l'épée dans ses mains..

– Ton sacrifice ne sera pas oublié, sire chevalier, annonça-t-elle d'une voix tremblante.

– Qu'est-ce que le souvenir dans la Maison des Morts? J'ai fait ce que m'ordonnait le sens du devoir. C'est ma seule consolation dans le silence éternel. (Puis il tourna sa visière vers Émouchet.) Salut, mon frère. Sache que ta voie est juste. A Dabour tu trouveras ta réponse. Viendrais-tu à réussir dans ta quête que nous t'acclamerions sombrement dans la Maison des Morts.

– Salut, mon frère, répondit Émouchet d'une voix étouffée, et adieu.

Le spectre s'évanouit.

Avec un gémissement frémissant et prolongé, Séphrénia s'écroula. C'était comme si le poids de l'épée soudain matérialisée l'écrasait contre terre.

Kurik se précipita pour prendre sa forme légère entre les bras et l'emporter à l'ombre près de l'étang.

Sans tenir compte du gravier brûlant qui attaquait ses pieds nus, Émouchet rejoignit d'un pas résolu l'endroit où elle était tombée et ramassa l'épée de son frère abattu.

Derrière lui, il entendit le son de l'instrument de Flûte. Cette mélodie, il ne l'avait jamais entendue. Elle était pleine de questions, de douleur, de nostalgie. Il se tourna, l'épée à la main. Séphrénia reposait sur une couverture à l'ombre des palmiers. Ses traits semblaient tirés; des cercles sombres étaient apparus sous ses yeux clos. Très inquiet, Kurik était agenouillé auprès d'elle, et Flûte était assise non loin de là, son instrument aux lèvres, lançant son hymne étrange au ciel.

Émouchet alla s'arrêter à l'ombre. Kurik se leva.

– Elle ne pourra repartir aujourd'hui, annonça calmement l'écuyer. Quant à demain...

Émouchet acquiesça de la tête.

– Elle s'affaiblit terriblement, Émouchet. Chaque fois que meurt un des chevaliers, elle semble se faner davantage. Ne serait-il pas préférable de la renvoyer à Cimmura, une fois que nous serons arrivés à Djiroch?

– Elle refuserait.

– Vous avez probablement raison, admit Kurik. Par contre, *vous*, vous savez que nous irions beaucoup plus vite sans elle et la petite fille, n'est-ce pas?

– Oui, mais que ferions-nous sans elle, une fois arrivés à destination?

– Là, vous n'avez pas tort. Est-ce que vous auriez reconnu ce fantôme?

Émouchet branla du chef.

– Sire Kerris, dit-il brièvement.

– Je ne l'ai jamais bien connu. Il me semblait toujours un peu raide et cérémonieux.

– C'était un brave homme.

– Que vous a-t-il dit? J'étais trop loin pour l'entendre.

– Il a dit que nous sommes sur la bonne voie et que nous trouverons notre réponse à Dabour.

– Fort bien. C'est toujours ça, non? Je craignais plus ou moins que nous ne chassions des ombres.

– Moi aussi, admit Émouchet.

Flûte avait posé son instrument et était assise à côté de Séphrénia. Elle tendit le bras et prit la main de la dame prostrée. Son petit visage était grave mais ne trahissait aucune autre émotion.

Une idée traversa l'esprit d'Émouchet.

– Flûte, dit-il tout doucement.

La petite fille leva les yeux.

– Peux-tu faire quelque chose pour Séphrénia?

L'enfant secoua la tête tristement.

– C'est interdit. (La voix de Séphrénia n'était guère plus qu'un chuchotement.) Seuls ceux d'entre nous qui étaient dans la salle peuvent porter ce fardeau. (Elle prit longuement son souffle.) Va t'habiller, dit-elle alors. Ne te promène pas comme ça devant l'enfant.

Ils demeurèrent dans l'ombre à côté de l'étang le jour suivant. Le surlendemain matin, Séphrénia se leva et rassembla résolument ses affaires.

– Le temps passe, messieurs, dit-elle simplement, et la route est encore longue.

Émouchet l'examina. Son visage était hagard et les cercles sombres sous les yeux n'avaient pas diminué. Quand elle se pencha pour ramasser son voile, il aperçut plusieurs fils argentés dans sa chevelure noire.

– Tu ne reprendrais pas des forces si nous restions un jour de plus? lui demanda-t-il.

– Pas de façon notable, Émouchet, répondit-elle d'une voix lasse. Le repos ne peut améliorer mon état. En route.

Ils avancèrent au début d'un pas tranquille, mais, au bout de quelques milles, Séphrénia s'adressa assez sèchement à Émouchet.

– Tu sais, il nous faudra tout l'hiver, si nous continuons à flâner de la sorte.

– Très bien, comme tu voudras.

Ils arrivèrent à Djiroch une dizaine de jours plus tard. Comme Cippria, la ville portuaire de l'ouest de Rendor était une agglomération aux bâtiments bas, aux toits plats et aux murs épais et blanchis. Émouchet les conduisit jusqu'à un quartier non loin du fleuve, où la présence des étrangers était tolérée. La plupart des passants étaient toujours des Rendors, mais on apercevait des Cammoriens en robes colorées, des Lamorks et même quelques Élènes. Émouchet et ses compagnons gardaient leur cagoule relevée et chevauchaient lentement sans attirer l'attention.

En fin de matinée, ils parvinrent à une maison modeste construite un peu en retrait de la rue. Le propriétaire était sire Voren, un chevalier pandion, mais rares étaient les citadins à le savoir. La plupart des gens de la ville le prenaient pour un marchand élène prospère. Il faisait en effet un peu de commerce. Parfois il lui arrivait d'en tirer des bénéfices. Mais sa présence à Djiroch n'était pas liée à des motifs d'ordre commercial. Un certain nombre de pandions étaient mêlés à la population et Voren était leur seul moyen de communication avec la maison mère de Démos. Tous leurs messages passaient entre ses mains avant d'être dissimulés dans des caisses et des balles de marchandises qui partaient du port.

Un serviteur à la bouche molle et aux yeux sans expression conduisit Émouchet et les autres dans la maison, jusqu'à un jardin à l'ombre des figuiers où bruissait une fontaine de marbre. Des parterres soigneusement entretenus longeaient les murs et les fleurs se balançaient en un feu d'artifice de couleurs. Voren était assis sur un banc à côté de la fontaine. C'était un homme de grande taille, mince et doté d'un sens de l'humour sardonique. Les années passées dans le royaume méridional lui avaient bruni la peau, qui avait pris la couleur d'une vieille selle. Ses cheveux n'étaient pas encore grisonnants, mais son visage bronzé formait un réseau de rides. Il ne portait pas de pourpoint, mais une simple chemise en toile à col ouvert. Il se leva à leur entrée.

– Ah, Mahkra, quel plaisir de te revoir, mon vieux.

– Voren, répondit simplement Émouchet avec un salut rendor, mouvement sinueux qui était presque une génuflexion.

– Djintal, dit alors Voren au domestique, sois un bon garçon et apporte ceci à mon commissionnaire sur l'appontement.

Il plia en deux une feuille de parchemin et la tendit au Rendor basané.

– A vos ordres, maître.

Ils attendirent que le bruit de la porte eût annoncé le départ du serviteur.

– C'est un assez gentil garçon, nota Voren. Terriblement bête, bien entendu. Je veille à n'engager que des serviteurs peu brillants. Ceux qui sont intelligents sont des espions. (Ses yeux se plissèrent.) Attendez un instant. Je veux m'assurer qu'il a bien quitté la maison.

Il traversa le jardin et entra dans le bâtiment.

– Je ne me rappelle pas l'avoir vu aussi nerveux, dit Kurik.

– Cette région rend tout le monde nerveux.

Voren fut de retour quelques instants plus tard.

– Petite mère, dit-il à Séphrénia en lui embrassant les mains. Peux-tu m'accorder ta bénédiction?

Elle sourit, lui toucha le front et parla en styrique.

– Cela me manquait, confessa-t-il, même si je n'ai rien fait pour mériter une bénédiction, ces derniers temps. (Il l'examina plus attentivement.) Tu ne vas pas bien, Séphrénia?

– La chaleur, peut-être, répondit-elle en se passant lentement la main sur les yeux.

– Assieds-toi ici, dit-il en désignant son banc en marbre. C'est l'endroit le plus frais de tout Djiroch. (Il eut un sourire.) Ce qui ne va pas loin, je l'avoue.

Elle s'assit et Flûte monta à son côté.

– Eh bien, Émouchet, dit Voren en étreignant la main de son ami, qu'est-ce qui te ramène si vite à Djiroch? Tu avais oublié quelque chose?

– Rien dont je ne puisse me passer.

Voren éclata de rire.

– Tu vois quel excellent ami je suis : je n'avertirai pas Lillias de ta présence. Salut, Kurik. Comment va Aslade?

– Fort bien, seigneur Voren.

– Et tes fils? Tu en as trois, n'est-ce pas?

– Quatre, monseigneur. Le dernier est né après votre départ de Démos.

– Mes félicitations. Un peu tardives, bien sûr.

– Merci, monseigneur.

– Il faut que je te parle, dit Émouchet, et nous n'avons pas beaucoup de temps.

– Et moi qui croyais à une visite de courtoisie.

Voren poussa un soupir.

– Vanion t'a-t-il informé de ce qui se passe à Cimmura?

Voren perdit son petit sourire ironique et acquiesça tristement.

– C'est une des raisons de ma surprise. Je croyais que vous alliez à Borrata. Y avez-vous trouvé ce que vous cherchiez?

– Ce que nous avons trouvé, nous tentons de le suivre à la trace... (Il serra les dents.) Voren, Ehlana a été empoisonnée.

Voren le regarda fixement, puis lâcha un juron.

– Je me demande combien de temps il me faudrait

pour rejoindre Cimmura, dit-il très froidement. Je crois que j'aimerais modifier un peu Annias. Il aurait bien plus belle allure sans tête, tu ne penses pas?

– Il vous faudra faire la queue, seigneur Voren, lui assura Kurik. Je connais au moins une douzaine d'autres personnes qui nourrissent le même dessein.

Émouchet reprit sans attendre :

– Nous avons entendu parler d'un médecin à Dabour qui pourrait connaître un antidote. C'est là que nous allons.

– Où sont Kalten et les autres? Vanion m'a écrit que vous l'aviez avec vous.

– Nous les avons laissés à Madel. As-tu entendu parler d'un docteur Tandjin, à Dabour?

– Celui qu'on dit avoir guéri le frère du roi? Naturellement. Mais il risque de ne pas avoir envie d'en discuter. Il circule certains avis autorisés sur ces guérisons, et tu sais ce que les Rendors pensent de la magie.

– Je saurai le persuader.

– Tu pourrais regretter de ne pas avoir amené Kalten. Dabour est un lieu très inhospitalier.

– Il faudra que je me débrouille seul. A Cippria, je leur ai écrit de rentrer.

– Qui as-tu trouvé pour porter le message?

– Je suis allé voir l'abbé du monastère arcien à l'est de la ville. Je le connais depuis longtemps.

Voren éclata de rire.

– Est-ce qu'il essaie toujours de dissimuler qu'il est cyrinique?

– Tu es au courant de tout, hein?

– Pourquoi serais-je ici? C'est un brave homme. Ses méthodes sont un peu prosaïques, mais il obtient des résultats.

– Que se passe-t-il actuellement à Dabour? demanda Émouchet. Je ne voudrais quand même pas entrer en ville à l'aveuglette.

Voren s'installa sur l'herbe aux pieds de Séphrénia et se prit un genou entre les mains.

– Dabour a toujours été un lieu bizarre. C'était la patrie d'Éshand et les nomades du désert en ont fait une ville sacrée. A toutes les époques, une douzaine de factions religieuses se sont querellées pour le contrôle des lieux saints. (Il eut un sourire forcé.) Croiriez-vous qu'il y a vingt-trois tombeaux qui sont tous censés être celui d'Éshand? J'irai même jusqu'à soupçonner certains d'avoir démembré le saint après sa mort pour en enterrer des morceaux un peu partout.

Émouchet s'installa sur l'herbe à côté de son ami.

– Ce n'est qu'une idée en l'air, mais ne pourrions-nous soutenir clandestinement l'une des factions pour miner la position d'Arasham?

– Excellente idée, Émouchet, mais malheureusement, à l'heure actuelle, il n'existe aucune autre faction. Après avoir reçu sa révélation, Arasham a passé quarante ans à exterminer tous les rivaux potentiels. Il y a eu à Rendor un bain de sang colossal. Des pyramides de crânes jonchent le désert. Il a fini par obtenir le contrôle de Dabour et il y règne avec une telle autorité qu'il ferait passer Otha de Zémoch pour un libéral. Il a des milliers d'excités qui suivent aveuglément le moindre de ses caprices. Ils sillonnent les rues, la cervelle brûlée par le soleil, les yeux rouges, et ils recherchent toutes les infractions à d'obscures lois religieuses. Des hordes d'êtres sales, pouilleux et à peine humains font rage dans les rues, cherchant toute occasion d'envoyer leurs voisins sur le bûcher.

– Voilà qui est on ne peut plus direct, dit Émouchet.

Il jeta un coup d'œil à Séphrénia. Flûte avait trempé un mouchoir dans la fontaine et l'utilisait pour éponger doucement le visage de la petite femme. Bizarrement, Séphrénia avait la tête posée contre l'épaule de la petite fille, comme si elle était son enfant.

– Arasham a donc rassemblé une armée? demanda-t-il à Voren.

Voren lâcha un renâclement.

– Seul un idiot oserait appeler cela une armée. Ils ne peuvent aller nulle part, car il leur faut prier toutes les demi-heures et obéir aveuglément aux fantaisies les plus patentes de ce vieillard sénile. (Il éclata d'un rire rauque.) Arasham bégaie parfois... ce qui n'a rien d'étonnant, puisqu'il n'est sans doute qu'un bâtard de babouin... et une fois, durant ses campagnes dans l'arrière-pays, il a donné un ordre. Il voulait dire : *Abattez-vous sur vos ennemis*, mais il s'est trompé et il a dit : *Abattez-vous sur vos épées*, et trois régiments entiers lui ont obéi à la lettre. Ce jour-là, Arasham est rentré seul chez lui en s'efforçant de comprendre ce qui avait pu clocher.

– Il y a trop longtemps que tu résides ici, Voren, dit

Émouchet en éclatant de rire. Rendor commence à affecter tes facultés.

– Je ne supporte pas la bêtise ni la crasse, Émouchet, et les partisans d'Arasham vénèrent avec dévotion l'ignorance et la crasse.

– Par contre, tu commences à avoir le don de la rhétorique.

– Le mépris est un assaisonnement puissant pour les paroles, admit Voren. Je ne peux dire ouvertement ce que je pense en Rendor et j'ai tout le temps voulu pour polir ma prose. (Son visage se fit grave.) Sois très prudent à Dabour. Arasham a deux douzaines de disciples... et il connaît même certains d'entre eux. Ce sont eux qui contrôlent la ville et ils sont tous aussi dingues que lui.

– A ce point?

– Pis encore, probablement.

– Tu as toujours été très rassurant, Voren.

– C'est un de mes défauts. J'essaie toujours de voir le bon côté de la vie. Se passe-t-il quelque chose à Cippria que je devrais savoir?

– Peut-être un objet d'enquête pour toi, dit Émouchet en cueillant un peu d'herbe. Des étrangers veulent faire croire que les paysans des royaumes élènes du nord vont se révolter contre l'Église au nom du mouvement éshandiste.

– J'ai entendu quelques rumeurs. Mais elles ne se sont pas encore répandues à Djiroch.

– Question de temps. C'est assez bien organisé.

– Et l'origine de tout ça?

– Martel, et nous savons pour qui il travaille. L'idée, c'est d'inciter les citadins à rejoindre Arasham dans un soulèvement contre l'Église en Rendor au moment où la Hiérocratie se réunira à Chyrellos pour élire un nouvel archiprélat. Les chevaliers de l'Église sont censés venir ici éteindre le feu; Annias et ses partisans auraient alors les mains libres pour l'élection. Nous avons averti les ordres combattants et ils devraient prendre des mesures idoines. (Émouchet se leva.) Quand reviendra ton domestique? Peut-être vaudrait-il mieux que nous soyons repartis à son retour. Il n'est peut-être pas malin, mais je connais les Rendors et ils ont tendance à bavarder.

– Je crois qu'il vous reste encore un moment. L'allure la plus rapide de Djintal est une flânerie nonchalante. Vous avez le temps de manger un morceau et je vous donnerai des provisions fraîches.

– Y a-t-il un endroit sûr à Dabour? demanda Séphrénia.

– Aucun, Séphrénia... Tu te rappelles Perraine, Émouchet?

– Le maigre? Très silencieux?

– En personne. Il est à Dabour et se fait passer pour un maquignon. Il a adopté le nom de Mirrelek et réside près du parc à bestiaux. Les gens du désert ont besoin de lui... à moins qu'ils ne veuillent manger toutes leurs vaches... aussi est-il assez libre de circuler en ville. Il vous hébergera et vous évitera des ennuis. (Voren eut un sourire un peu rusé.) En parlant d'ennuis, Émouchet, je te conseille de filer avant que Lillias découvre que tu es revenu.

– Est-elle toujours malheureuse? Je pensais qu'elle aurait fini par trouver quelqu'un.

– Elle l'a certainement fait... avec plusieurs, d'ailleurs... mais tu connais Lillias. Elle a la rancune tenace.

– Je lui ai laissé tous mes droits sur la boutique, dit Émouchet, sur la défensive. Elle devrait être à l'aise, à présent, si elle surveille un peu son affaire.

– Aux dernières nouvelles, tout va bien, mais ce qui compte, c'est que tu lui aies dit adieu... et lui aies laissé tes biens... par un billet. Tu ne lui as pas donné l'occasion de hurler, pleurer et menacer de se tuer.

– C'était bien ce que je voulais.

– C'est de la cruauté, mon ami. Lillias se repaît de drames; quand tu as filé en pleine nuit, tu l'as privée d'une magnifique occasion de théâtraliser.

Voren arborait un sourire sans vergogne.

– Tu es vraiment obligé d'insister là-dessus?

– J'essaie seulement de te donner un conseil amical. A Dabour, il te faudra affronter plusieurs milliers de fanatiques hurlants. Ici, à Djiroch, tu devras affronter Lillias, et elle est beaucoup plus dangereuse.

Chapitre vingt et un

Ils quittèrent la demeure de Voren une demi-heure plus tard. Émouchet regardait Séphrénia monter sur sa jument. Il était à peine midi et elle avait déjà l'air las.

– La créature qui nous poursuit pourrait-elle créer une trombe sur le fleuve? lui demanda-t-il.

Elle fronça les sourcils.

– C'est difficile à dire. Normalement, je dirais non, car il n'y a pas assez de tirant d'eau. Mais les créatures du monde inférieur savent surmonter les lois naturelles, si elles le veulent. (Elle réfléchit un instant.) Quelle est la largeur du fleuve, ici?

– Réduite, répondit-il. Il n'y a pas assez d'eau dans tout Rendor pour former un cours d'eau digne de ce nom.

– Les rives compliqueraient le pilotage d'une trombe, dit-elle, songeuse. Tu as vu de quelle manière erratique se déplaçait celle qui a détruit le navire de Mabin.

– Alors, tentons notre chance. Tu es trop épuisée pour chevaucher sans arrêt jusqu'à Dabour et il fera de plus en plus chaud à mesure que nous descendrons vers le sud.

– Ne prenez pas de risques inconsidérés rien que pour moi.

– Ce n'est pas uniquement pour toi. Nous avons déjà perdu énormément de temps et le bateau est plus rapide. Nous resterons à proximité de la rive, au cas où il nous faudrait abandonner le bateau en catastrophe.

– Fais ce que tu crois bon, dit-elle en se tassant sur sa selle.

Ils sortirent dans la rue où les nomades en robe noire se mêlaient aux citadins et aux marchands des royaumes du nord en vêtements multicolores. La rue était pleine de bruit et de senteurs typiques... épices, parfums, et partout l'huile d'olive chaude.

– Qui est cette Lillias? demanda Kurik avec curiosité.

– Ce n'est pas important.

– Si elle est dangereuse, c'est assez pour que je sois au courant.

– Lillias n'est pas dangereuse au sens où tu l'entends.

Mais Kurik n'allait pas se laisser décourager, c'était clair. Émouchet fit une grimace.

– Très bien. Je suis resté dix ans à Djiroch. Voren m'a installé dans une petite boutique sous le nom de Mahkra. Il fallait que je disparaisse pour que les sbires de Martel ne puissent me retrouver. Pour m'occuper, je rassemblais des renseignements pour Voren. Pour ce faire, je devais ressembler aux autres commerçants de la rue. Comme ils avaient tous des maîtresses, il m'en fallait une également. Elle s'appelait Lillias. Voilà, satisfait?

– C'est un peu bref. Cette dame a un caractère un peu vif, si j'ai bien compris?

– Non, Kurik. Très vif. Lillias est le genre de femme qui a la rancune tenace.

– Oh, je vois. J'aimerais la rencontrer.

– Non. Je ne crois pas que tu apprécierais tous ces cris et ce goût du drame.

– C'est si grave?

– Pourquoi imagines-tu que je me sois enfui de la ville en pleine nuit? Ça ne te fait rien si nous laissons tomber le sujet?

Kurik se mit à glousser.

– Excusez-moi, monseigneur, mais je crois me souvenir que vous n'avez guère fait preuve de compassion quand je vous ai parlé de ma propre indiscrétion avec la mère de Talen.

– Très bien. Nous sommes donc quittes, à présent.

Émouchet pinça les lèvres et feignit d'ignorer le rire de Kurik.

Les quais qui s'avançaient sur le flot boueux du Gule étaient plutôt bancals et drapés de filets odorants. On y avait amarré des douzaines de bateaux à larges baux naviguant entre Djiroch et Dabour. Des matelots basanés portant pagne et turban flânaient sur les ponts. Émouchet mit pied à terre et s'approcha d'un borgne à l'air malveillant vêtu d'une robe rayée bouffante. Ce personnage se tenait sur l'appontement et hurlait des ordres à l'adresse d'un trio de mariniers nonchalants à bord d'une gabare souillée de vase.

– C'est votre bateau? demanda le chevalier.

– Et alors?

– Il est à louer?

– Ça dépend du prix.

– Nous pouvons nous arranger. Combien de jours pour atteindre Dabour?

– Trois, peut-être quatre, ça dépend du vent. (Le capitaine jaugeait Émouchet de son œil valide. Son expression maussade se mua en sourire mielleux.) Pourquoi ne pas discuter du prix, noble seigneur? suggéra-t-il.

Émouchet feignit de marchander, puis fouilla dans sa bourse et remit des pièces d'argent dans la main crasseuse du batelier. L'œil unique de l'homme s'éclaira lorsqu'il aperçut la bourse.

Ils entravèrent leurs chevaux au milieu du navire tandis que les trois matelots filaient les aussières, poussaient l'embarcation dans le courant et hissaient l'unique voile inclinée. Sur le fleuve paresseux, la brise du large qui soufflait du pas d'Arcie les propulsait à contre-courant à une vitesse très correcte.

– Faites bien attention, marmotta Émouchet à l'adresse de ses compagnons comme ils dessellaient leurs montures. Notre capitaine semble être un homme d'affaires indépendant dont l'œil guette toutes les bonnes occasions. (Il s'avança vers la poupe pour rejoindre le borgne à la barre.) Je veux que vous restiez aussi près que possible de la rive, lui dit-il.

– Pour quoi faire?

L'œil unique du capitaine devint soupçonneux.

– Ma sœur a peur de l'eau, improvisa Émouchet. Si je vous le demande, abordez la rive pour qu'elle puisse débarquer.

– C'est vous qui payez. (Le capitaine haussa les épaules.) On fera ce que vous voulez.

– Vous naviguez de nuit?

Le capitaine secoua la tête.

– Certains le font, mais pas moi. Il y a trop d'écueils et de corps flottants. On s'amarre à la rive quand il fait nuit.

– Parfait. J'aime la prudence chez un marin. Cela rend les voyages plus sûrs... ce qui me fait penser à quelque chose. (Il ouvrit le devant de sa robe pour révéler sa cotte de mailles et le gros sabre à sa ceinture.) Vous m'avez compris?

Le capitaine parut chagriné.

– Vous n'avez aucun droit de me menacer sur mon bateau, lâcha-t-il.

– Comme vous l'avez dit, c'est moi qui paie. Votre équipage me paraît peu sûr, capitaine, et votre visage n'a rien pour inspirer confiance.

Ledit visage devint maussade.

– Vous n'avez pas à vous montrer blessant.

– Si je vous ai mal jugé, je m'excuserai plus tard. Nous avons sur nous des objets de valeur que nous préférerions conserver. Mes amis et moi-même dormirons sur le gaillard d'avant. Vous et vos hommes pourrez dormir à l'arrière. Sans doute cela ne vous dérangera-t-il pas excessivement ?

– Vous ne croyez pas faire preuve d'un peu trop de méfiance ?

– Nous sommes tous nerveux, ces temps-ci, voisin. Nerveux. N'oubliez pas, quand nous nous amarrerons pour la nuit, que vos hommes restent à l'arrière... et mettez-les en garde contre le somnambulisme. Un bateau risque d'être dangereux pour ce genre de chose et j'ai le sommeil léger.

Il se détourna et revint vers l'avant.

Les rives étaient couvertes d'une végétation épaisse et luxuriante, mais les collines qui s'élevaient derrière ces bandes de verdure demeuraient nues et rocailleuses. Émouchet et ses amis étaient assis sur le gaillard d'avant, surveillant soigneusement le capitaine et ses matelots, et guettant toute manifestation météorologique inhabituelle. Flûte était juchée sur le beaupré et jouait de son instrument tandis qu'Émouchet bavardait tranquillement avec Kurik. Il le mettait en garde contre toutes les peccadilles qui pouvaient être considérées comme des injures ou, pis encore, des sacrilèges.

– Qui a fabriqué ces règles idiotes ?

– Éshand. Il était dingue et les dingues se réconfortent facilement grâce à des rites.

– Autre chose encore ?

– Oui. Si tu venais à rencontrer des moutons, écarte-toi.

– Pardon ? demanda Kurik, incrédule.

– C'est très important, Kurik.

– Vous n'êtes pas sérieux !

– Mortellement sérieux. Enfant, Éshand avait été berger et, à ce titre, exaspéré qu'on puisse passer à cheval parmi ses moutons. Une fois au pouvoir, il annonça une révélation divine : les moutons étaient des animaux sacrés et tout le monde devait leur céder le passage.

– C'est dingue.

– Ici, c'est la loi.

– N'est-il pas étrange que les révélations du Dieu des Élènes semblent toujours coïncider exactement avec les préjugés de ses prophètes? murmura Séphrénia.

– Est-ce qu'il leur arrive d'agir comme les gens normaux? demanda Kurik.

– Pas souvent.

Comme le soleil descendait, le capitaine amarra son bateau contre la rive du fleuve; ses matelots et lui déroulèrent leurs paillasses sur le pont arrière. Émouchet se leva et se dirigea vers le milieu du bateau. Il posa la main sur l'encolure de Faran.

– Reste éveillé, dit-il au gros rouan. Si quelqu'un se met à ramper au beau milieu de la nuit, avertis-moi.

Faran montra les dents et se déplaça pour faire bien face à la poupe. Émouchet lui tapa familièrement sur la croupe et repartit vers l'avant.

Ils soupèrent de pain et de fromage, puis étalèrent leurs couvertures sur le pont.

– Émouchet...

– Oui, Kurik.

– Je viens d'avoir une idée. Est-ce qu'il y a beaucoup de gens qui vont à Dabour?

– Habituellement, oui. La présence d'Arasham tend à attirer des foules importantes.

– C'est bien ce que je pensais. Est-ce qu'on ne serait pas un peu moins voyants si on débarquait en aval de Dabour pour nous joindre à l'un des groupes de pèlerins qui entrent dans la ville?

– Tu penses à tout, n'est-ce pas?

– Vous me payez pour ça. Il arrive que les chevaliers perdent le sens des réalités. C'est le travail des écuyers d'éviter des ennuis à leurs maîtres.

– Je t'en sais gré, Kurik.

– C'est le même prix.

La nuit s'écoula sans incident et, à l'aube, les matelots filaient les amarres et hissaient à nouveau la voile. Ils dépassèrent la ville de Kodhl en milieu de matinée et continuèrent de remonter le courant vers Dabour. La circulation fluviale entre les deux villes était incroyable. Il ne semblait exister aucun code de circulation et les bateaux se heurtaient fréquemment. Ces incidents s'accompagnaient habituellement d'un échange de jurons et d'insultes.

Le quatrième jour, il devait être midi quand Émouchet alla à la poupe s'entretenir avec le capitaine borgne.

– Nous nous rapprochons, n'est-ce pas?

– Encore cinq lieues, répondit le capitaine en bougeant la barre pour éviter un bateau qui leur arrivait dessus. Fils dégénéré d'âne à trois pattes! beugla-t-il à l'adresse du barreur d'en face.

– Que ta mère explose sous les verrues! répondit aimablement son interlocuteur.

– Je pense que nous allons débarquer avant d'atteindre le centre ville. Nous désirons examiner un peu l'endroit avant de rencontrer des partisans d'Arasham, et les appontements sont sans doute surveillés d'assez près.

– C'est agir avec sagesse, acquiesça le capitaine. D'ailleurs, j'ai l'impression que vous risquez des ennuis et je ne tiens pas à y être mêlé.

– Ce que vous venez de dire vaut aussi pour vous, vous savez?

Au début de l'après-midi, le capitaine donna un brusque coup de barre et engagea la proue de son bateau sur une bande étroite de plage sablonneuse.

– C'est le dernier endroit abordable, dit-il à Émouchet. Plus loin, la rive devient trop marécageuse.

– A quelle distance sommes-nous de Dabour?

– Quatre, peut-être cinq milles.

– Ça ira.

Les matelots descendirent la passerelle de coupée; Émouchet et ses amis conduisirent leurs chevaux et leur mule de bât sur la plage. A peine avaient-ils débarqué que les matelots retiraient la passerelle et repoussaient leur embarcation dans les flots à l'aide de longues perches. Puis le capitaine lança son bateau dans le courant et repartit en aval. Nul ne salua.

– Tu penses pouvoir tenir le coup? demanda Émouchet à Séphrénia.

Elle avait les traits tirés, mais les cercles noirs sous ses yeux avaient commencé à s'atténuer.

– Je vais bien, Émouchet.

– Mais si nous perdons encore plusieurs de ces chevaliers, ce ne sera plus le cas, n'est-ce pas?

– Je ne sais pas vraiment. Je ne me suis jamais trouvée dans une telle situation. Allons à Dabour et parlons au docteur Tandjin.

Ils remontèrent la plage bordée de buissons rabougris et gagnèrent la route poussiéreuse pleine de voyageurs aux yeux sombres illuminés par la ferveur religieuse. Un troupeau de moutons les força de se rabattre sur le côté de la route. Les bergers, juchés sur leurs mules, avançaient avec arrogance et barraient la route avec leurs animaux. Leur expression mettait clairement les voyageurs au défi de les interpeller.

– Je n'ai jamais beaucoup aimé les moutons, marmotta Kurik, et j'aime encore moins les bergers.

– Que cela ne se voie pas, lui conseilla Émouchet.

– On mange beaucoup de mouton, par ici, hein?

Émouchet acquiesça de la tête.

– N'est-ce pas illogique de tuer un animal sacré?

– La logique n'est pas le point fort des Rendors.

Flûte leva son instrument et joua une petite mélodie très discordante. Les moutons s'affolèrent soudain, tournèrent en rond quelques instants, puis s'enfuirent dans le désert, poursuivis par les bergers pris de panique. Flûte dissimula un gloussement inaudible.

– Arrête! gronda Séphrénia.

– Ai-je rêvé? demanda Kurik stupéfait.

– Je n'en serais pas du tout surpris, dit Émouchet.

– Cette fillette me plaît, vous savez? reprit Kurik.

Ils arrivèrent à la cime d'une colline peu élevée et aperçurent la ville de Dabour à leurs pieds. On voyait les habituelles maisons blanchies groupées près du fleuve, mais, plus loin, dispersées dans toutes les directions, des centaines de grandes tentes noires. Émouchet s'abrita les yeux de la main et scruta la ville.

– Les enclos pour le bétail sont là-bas, annonça-t-il en indiquant le côté oriental de la ville. C'est par là que nous devrions trouver Perraine.

Ils descendirent la colline en contournant les bâtiments et les tentes. Comme ils allaient traverser un dernier groupe de tentes qui les séparait des enclos, un nomade barbu avec un bout de verroterie en pendentif accroché à une chaîne sortit d'une tente pour leur barrer la route.

– Où croyez-vous aller?

Il fit de la main un geste impérieux et une douzaine d'hommes en robe noire apparurent, de longues piques à la main.

– Nous avons à faire aux enclos, noble seigneur, répondit doucement Émouchet.

– Oh, vraiment? se moqua le barbu. Je ne vois pas de bovins.

Il tourna les yeux vers ses acolytes avec une grimace de satisfaction, comme s'il était merveilleusement réjoui par sa repartie.

– Les vaches arrivent, noble seigneur. Nous avons été envoyés pour procéder aux préparatifs.

L'homme au pendentif fronça les sourcils en cherchant la parade.

– Sais-tu qui je suis? demanda-t-il d'une voix belliqueuse.

– Non, je le crains, noble seigneur, s'excusa Émouchet. Je n'ai pas eu le plaisir de faire votre connaissance.

– Tu te crois très malin, n'est-ce pas? Toutes ces réponses cauteleuses ne m'abusent en rien.

– Je n'essayais pas de vous tromper, voisin, dit Émouchet avec une légère acidité dans la voix, mais simplement d'être poli.

– Je suis Ulésim, disciple favori du bienheureux Arasham, dit le barbu en se tapant du poing sur la poitrine.

– Je suis confondu sous l'honneur de faire votre connaissance, dit Émouchet en s'inclinant sur sa selle.

– C'est tout ce que tu as à dire? s'exclama Ulésim, les yeux exorbités sous l'insulte.

– Comme je l'ai dit, seigneur Ulésim, je suis confondu. Je ne m'attendais pas à être accueilli par un homme aussi illustre.

– Je ne suis pas ici pour t'accueillir, meneur de vaches. Je suis ici pour t'emprisonner. Descendez de vos montures.

Émouchet lui accorda un regard appuyé en évaluant la situation. Puis il sauta de Faran et aida Séphrénia à mettre pied à terre.

– Qu'y a-t-il, Émouchet? lui chuchota-t-elle tandis qu'elle prenait Flûte.

– Je crois que nous avons là un petit lécheur de bottes qui essaie d'affirmer son importance. Comme nous ne voulons pas d'ennuis, obéissons-lui.

– Emmenez les prisonniers dans ma tente, ordonna Ulésim hautainement après une hésitation, car le disciple favori ne semblait pas savoir précisément quoi faire.

Les piquiers s'avancèrent, menaçants, et l'un d'eux les

conduisit vers une tente surmontée d'une bannière flasque en tissu d'un vert crasseux.

On les poussa rudement dans la tente et le rabat en fut refermé.

– Des amateurs, marmotta Kurik. Ils tiennent leurs piques comme des crosses de bergers et ils ne nous ont même pas fouillés.

– Peut-être, dit doucement Séphrénia, mais ils se sont débrouillés pour nous faire prisonniers.

– Pas pour longtemps, grogna Kurik en prenant sa dague sous sa robe. Je vais tailler un trou au fond de la tente et nous pourrons continuer notre route.

– Non, lui dit Émouchet. En un rien de temps, nous aurions une horde de fanatiques à nos trousses.

– On ne va quand même pas rester ici comme ça? demanda Kurik, incrédule.

– Laisse-moi faire, Kurik.

Ils restèrent assis à attendre dans la tente étouffante tandis que le temps s'écoulait lentement.

Puis le rabat s'ouvrit et Ulésim entra, suivi de près par deux de ses hommes.

– Je veux que tu me donnes ton nom, meneur de vaches, dit-il d'un ton arrogant.

– Je m'appelle Mahkra, seigneur Ulésim, et voici ma sœur, sa fille et mon serviteur. Puis-je demander pour quelle raison nous sommes détenus?

Les yeux d'Ulésim s'étrécirent.

– Il en est qui refusent d'accepter l'autorité du bienheureux Arasham, déclara-t-il. Moi, Ulésim, son disciple favori entre tous, je me suis fixé pour but d'exterminer ces faux prophètes. Le bienheureux Arasham s'appuie totalement sur moi.

– Cela existe encore? s'étonna Émouchet. Je croyais que toute opposition à Arasham avait été anéantie depuis des décennies.

– Point du tout! Point du tout! cria presque Ulésim. Des comploteurs et des conspirateurs se cachent encore dans le désert et rôdent dans les villes. Je n'aurai de repos que lorsque j'aurai débusqué jusqu'au dernier de ces criminels pour le jeter dans les flammes.

– Vous n'avez rien à craindre de moi ou de mon équipe, seigneur Ulésim, lui assura Émouchet. Nous vénérons le bienheureux prophète de Dieu et l'honorons dans nos prières.

– A ce que tu dis, Mahkra, mais peux-tu me prouver ton identité et me convaincre que ta présence en ville est légitime?

Le fanatique fit une grimace à ses deux acolytes, comme s'il venait de marquer un point essentiel.

– Mais oui, seigneur Ulésim, répondit calmement Émouchet. Je le pense. Nous sommes ici pour nous entretenir avec un acheteur du nom de Mirrelek. Peut-être le connaissez-vous?

Ulésim se rengorgea.

– Qu'aurais-je à faire avec un vulgaire marchand de bestiaux, moi qui suis le disciple favori du bienheureux Arasham?

L'un des sbires du disciple se pencha en avant et lui chuchota longuement dans l'oreille. L'expression d'Ulésim se fit de plus en plus hésitante et finit par devenir carrément effrayée.

– Je vais faire venir le marchand de bestiaux dont tu as parlé, annonça-t-il à contrecœur. S'il confirme ton histoire, fort bien; sinon, je te conduirai devant le bienheureux Arasham pour qu'il te juge.

– Comme le voudra le seigneur Ulésim, s'inclina Émouchet. Si vous pouvez demander à votre messager de dire à Mirrelek que Mahkra est ici avec les salutations de la petite mère, je suis sûr qu'il viendra immédiatement éclaircir toute l'affaire.

– Tu peux l'espérer, Mahkra, fit le barbu d'un ton menaçant. (Il se tourna vers le sbire qui lui avait chuchoté dans l'oreille.) Va chercher ce Mirrelek. Répète-lui le message du meneur de vaches et ajoute qu'Ulésim, disciple favori du bienheureux Arasham, ordonne sa venue sur-le-champ.

– Oui, favori, répondit le gaillard en se hâtant de sortir de la tente.

Ulésim foudroya Émouchet du regard pendant un bon moment, puis quitta la tente, suivi de l'autre sycophante.

– Tu as toujours ton épée, Émouchet, dit Kurik. Pourquoi n'as-tu pas percé cette outre? J'aurais pu m'occuper des deux autres.

– C'était inutile. (Émouchet haussa les épaules.) Je connais assez bien Perraine pour savoir qu'il a dû se rendre indispensable. Il ne tardera pas à arriver et remettra à sa place Ulésim-disciple-favori-du-bienheureux-Arasham.

– Est-ce que tu ne viens pas de faire un pari, Émouchet? demanda Séphrénia. Et si Perraine ne reconnaît pas le nom de Mahkra? Si je me souviens bien, tu étais à Djiroch et lui à Dabour.

– Il se peut qu'il ne reconnaisse pas le nom que j'utilise en Rendor, mais il ne sera pas dérouté par le tien. C'est un très vieux mot de passe. Les pandions l'utilisent depuis des années.

Elle cligna les yeux.

– Je suis vraiment flattée, mais pourquoi ne m'en a-t-on jamais parlé?

Émouchet se tourna vers elle, un peu surpris.

– Nous pensions que tu étais au courant.

Il fallut peu de temps avant qu'Ulésim revienne dans la tente, escortant un homme mince et taciturne en robe rayée. Les manières du disciple étaient devenues obséquieuses et il affichait une expression inquiète.

– Voici l'individu dont je vous parlais, honorable Mirrelek, fit-il sur un ton flagorneur.

– Ah, Mahkra, dit l'homme mince en s'avançant pour prendre chaleureusement la main d'Émouchet. Quel plaisir de te revoir. Y aurait-il un problème, ici?

– Simple méprise, Mirrelek, répondit Émouchet en s'inclinant légèrement devant son confrère.

– Eh bien, tout est réglé, à présent. (Sire Perraine se tourna vers le disciple favori.) N'est-ce pas, Ulésim?

– B... bien entendu, honorable Mirrelek, bégaya Ulésim, tout pâle.

– Qu'est-ce qui a bien pu te prendre de retenir ainsi mes amis?

Le ton de Perraine était doux avec une nuance d'aigreur.

– J... j'essaie simplement de protéger le bienheureux Arasham.

– Aurait-il demandé ta protection?

– Eh bien... pas dans ces termes précis.

– Je vois. Tu fais preuve d'une grande bravoure, Ulésim. Tu sais assurément ce qu'éprouve le bienheureux Arasham envers ceux qui agissent indépendamment de ses instructions? Nombreux sont ceux qui ont perdu leur tête en agissant de leur propre chef.

Ulésim se mit à trembler violemment.

– Mais je suis sûr qu'il te pardonnera quand je lui relaterai cet incident. Un autre que toi serait envoyé immédiatement sur le bûcher, mais, après tout, tu es son disciple favori, n'est-ce pas? Autre chose, Ulésim?

Muet et cireux, Ulésim secoua la tête.

– Mes amis et moi allons donc partir. Tu viens, Mahkra?

Sire Perraine les conduisit hors de la tente.

Comme ils traversaient la ville de toile poussée autour de Dabour, Perraine leur expliqua que la chute du marché des bovins était grave. Les tentes avaient apparemment été plantées au petit bonheur et il n'existait rien qui ressemblât à une rue. Des hordes d'enfants sales jouaient en courant dans le sable et des chiens tristes se levaient à côté de chaque tente pour lancer quelques aboiements avant de s'affaler à nouveau dans l'ombre.

La demeure de Perraine était un édifice cubique qui se dressait au centre d'une étendue d'herbe folle juste derrière les tentes.

– Entrez, leur dit le chevalier en arrivant à la porte. Je veux en savoir davantage sur votre troupeau.

Ils entrèrent et il referma la porte. A l'intérieur, il faisait sombre et frais. La maison n'avait qu'une seule pièce avec une cuisine rudimentaire d'un côté et un lit défait de l'autre. Un certain nombre de grosses jarres poreuses se balançaient aux poutres et les gouttes de condensation formaient des flaques en tombant sur le sol. Une table et deux bancs trônaient au milieu de la pièce.

– Ma maison n'est pas trop décorée, s'excusa Perraine.

Émouchet considéra d'un air entendu l'unique fenêtre à l'arrière de la maison, dont les volets semblaient bien peu résistants.

– Nous pouvons parler en toute sécurité? demanda-t-il à voix basse.

Perraine éclata de rire.

– Oh, oui, Émouchet. Quand j'en ai le loisir, je cultive un buisson épineux devant la fenêtre. Tu serais étonné de sa taille et de la longueur de ses épines... Tu as l'air en pleine forme, mon ami. Je ne t'avais pas revu depuis notre noviciat.

Perraine parlait avec un léger accent. A la différence de la plupart des pandions, il n'était pas élène, mais originaire d'une région perdue des vastes plaines du centre de l'Éosie. Il avait toujours plu à Émouchet.

– On dirait que tu as appris à parler, Perraine, lui dit Séphrénia. Tu étais toujours très silencieux, dans le temps.

Il eut un sourire.

– C'était mon accent, petite mère. Je ne voulais pas qu'on se moque de moi.

Il lui prit les poignets et lui embrassa les mains en lui demandant sa bénédiction.

– Tu te rappelles Kurik? lui demanda Émouchet.

– Bien entendu. Il m'a appris à me servir d'une lance. Salut, Kurik. Comment va Aslade?

– Très bien, sire Perraine. Je lui dirai que vous vous êtes enquis de sa santé. Mais qu'est-ce que c'était que cette histoire avec Ulésim, tout à l'heure?

– C'est l'un des flagorneurs qui se sont attachés à la personne d'Arasham.

– C'est vraiment un de ses disciples?

Perraine renifla.

– Je doute qu'Arasham connaisse seulement son nom. A l'occasion, le prophète oublierait même son propre nom. Ils sont des douzaines comme Ulésim... des disciples autoproclamés qui n'arrêtent pas d'ennuyer les honnêtes gens. Il doit être à cinq milles dans le désert, maintenant, et filer comme l'éclair. Arasham est très ferme avec ceux qui abusent du peu d'autorité qu'il leur confère. Pourquoi ne pas nous asseoir?

– Comment es-tu parvenu à accumuler autant de pouvoir? demanda Séphrénia. Ulésim se comportait comme si tu étais une sorte de roi.

– Ce ne fut vraiment pas très difficile. Le prophète n'a que deux dents dans la bouche... et qui ne sont pas en face. Je lui donne toutes les deux semaines un veau de lait bien tendre en gage de mon indicible estime. Les vieillards s'intéressent beaucoup à leur ventre, et Arasham est généreux en remerciements. Les disciples ne sont pas aveugles et me respectent en raison de la faveur dont me comble apparemment leur maître. Et maintenant : qu'est-ce qui vous amène à Dabour?

– Voren a suggéré que nous te rendions visite. Il nous faut parler à quelqu'un d'ici et nous ne voulons pas trop attirer l'attention.

– Ma demeure est la vôtre, et en l'état, naturellement. Qui devez-vous voir?

– Un médecin nommé Tandjin, dit Séphrénia en ôtant son voile.

Perraine l'examina attentivement.

– Il est vrai que tu parais fatiguée, Séphrénia, mais n'as-tu pu trouver de médecin à Djiroch?

Elle eut un bref sourire.
– C'est pour quelqu'un d'autre. Tu connais ce Tandjin?
– Tout le monde le connaît à Dabour. Il habite au fond d'une boutique d'apothicaire sur la place centrale. Mais sa maison est surveillée. Selon les rumeurs, il se mêlerait de magie et les fanatiques essaient de le coincer.
– Mieux vaudrait se rendre sur la place à pied, tu ne penses pas?
Perraine acquiesça de la tête.
– Et je crois que nous allons attendre le coucher du soleil. De la sorte, en cas de besoin, l'obscurité pourra être notre alliée.
– Tu veux que je t'accompagne?
– Mieux vaudrait que Séphrénia et moi y allions seuls. Tu dois rester ici, et pas nous. Si Tandjin est soupçonné, tu pourrais difficilement lui rendre visite sans mettre en danger ta situation à Dabour.
– Évitez les ruelles, Émouchet, grogna Kurik.
Émouchet fit signe à Flûte et elle s'approcha. Il posa les mains sur ses épaules et la regarda droit dans les yeux.
– Je veux que tu restes ici avec Kurik.
Elle le considéra gravement, puis se mit à loucher.
– Arrête. Écoute-moi, jeune fille, je suis sérieux.
– Demande-le-lui simplement, conseilla Séphrénia. N'essaie pas de la bousculer.
– Je t'en prie, Flûte, implora-t-il. Voudrais-tu bien rester ici, je t'en prie?
Elle eut un sourire mielleux, joignit les mains devant la poitrine et exécuta une petite révérence.
– Tu vois comme c'est facile? demanda Séphrénia.
– Puisque nous avons un peu de temps devant nous, je vais vous préparer quelque chose à manger, dit Perraine en se levant.
– Savez-vous que toutes vos bouteilles fuient, sire Perraine? dit Kurik en désignant les récipients qui dégouttaient sur le sol.
– Oui. Elles font des saletés sur le sol, mais elles gardent la pièce fraîche.
Il alla jusqu'à la cheminée et s'affaira un moment avec des bouts de silex, d'acier et d'amadou. Il fit un petit feu à l'aide de quelques rameaux, puis posa dessus une bouilloire et une poêle. Il mit de l'huile dans la poêle et, dès qu'elle commença à fumer, plaça des bouts de viande pris dans un bol couvert.

– Ce n'est que du mouton, malheureusement, s'excusa-t-il. Je n'attendais pas de visiteurs.

Il épiça généreusement la viande pour en dissimuler le goût, puis apporta sur la table de lourdes assiettes. Il revint à la cheminée et ouvrit une jarre en terre cuite. Il y prit une pincée de thé qu'il mit dans une mogue et y versa l'eau bouillante.

– Pour toi, petite mère, dit-il en présentant la mogue avec un grand geste.

– Comme c'est gentil. Tu es vraiment merveilleux, Perraine.

– Je ne vis que pour servir, dit-il sur un ton un peu grandiloquent.

Il apporta sur la table des figues fraîches et un morceau de fromage, puis la friteuse.

– Tu as manqué ta vocation, mon ami, déclara Émouchet.

– Il y a longtemps que j'ai appris à cuisiner pour moi-même. Je pouvais me permettre d'avoir une servante, mais je ne fais pas confiance aux étrangers. (Il s'assit.) Sois prudent, là dehors, Émouchet, ajouta-t-il comme ils commençaient à manger. Les partisans d'Arasham ont la cervelle un peu molle et ils sont tous obsédés par l'idée d'attraper un voisin en train de commettre un péché véniel. Arasham prêche tous les soirs, après le coucher du soleil, et il se débrouille pour inventer chaque fois une nouvelle interdiction.

– Quelle est la dernière? demanda Émouchet.

– Tuer les mouches. Il dit qu'elles sont les messagères de Dieu.

– Tu n'es pas sérieux.

Perraine haussa les épaules.

– Je crois qu'à présent il est à court d'interdictions, et son imagination est très limitée. Tu veux encore un peu de mouton?

– Non, merci, Perraine, dit Émouchet en prenant une figue, car j'atteins la limite avec un seul morceau.

– Un morceau par jour?

– Non. Par an.

Chapitre vingt-deux

Le soleil colorait de rouille le ciel occidental quand Émouchet et Séphrénia entrèrent sur la place proche du centre de Dabour, et la lumière tombée du ciel baignait les murs et les visages d'un éclat roussâtre. Séphrénia avait mis son bras gauche en écharpe et Émouchet lui tenait l'autre coude avec sollicitude tandis qu'ils avançaient.

– C'est là-bas, dit-il à voix basse en désignant l'autre extrémité de la place.

Séphrénia releva un peu plus son voile sur le nez et la bouche, et ils traversèrent la foule qui grouillait au milieu de la place. Le long des murs étaient appuyés des nomades en cagoule et robe noire, les yeux sur le qui-vive, scrutant le visage du moindre passant.

– Des vrais croyants, marmotta Émouchet, sardonique, et guettant sans cesse les péchés de leurs voisins.

– Il en a toujours été ainsi, répondit-elle. Le pharisaïsme est l'une des caractéristiques les plus courantes... et les moins séduisantes... de l'homme.

Ils passèrent devant l'un des hommes aux aguets et entrèrent dans la boutique odorante.

L'apothicaire était un petit homme rondouillard avec un visage où se peignait l'appréhension.

– Je ne sais s'il consentira à vous recevoir, dit-il quand ils demandèrent à parler au docteur Tandjin. On le surveille, vous savez.

– Nous avons aperçu plusieurs de ces espions à l'extérieur, dit Émouchet. Je vous en prie, annoncez-lui notre présence. Le bras de ma sœur doit être soigné.

L'apothicaire anxieux disparut derrière un rideau. Il revint quelques instants après.

– Je suis navré. Il a dit qu'il n'accepte plus de malades.
Émouchet éleva la voix.
– Comment un médecin peut-il refuser de voir un blessé? Le serment des médecins de Dabour a-t-il si peu d'importance? A Cippria, ils sont plus honorables. Mon bon ami le docteur Voldi ne refuserait jamais son aide à un malade ou un blessé.
Le silence régna un instant, puis le rideau s'écarta. L'homme qui parut avait un très gros nez, une lèvre inférieure pendante, des oreilles en chou-fleur et des yeux amorphes et larmoyants.
– Vous avez dit Voldi? demanda-t-il d'une voix aiguë et nasale. Vous le connaissez?
– Bien entendu. C'est un petit homme qui devient chauve et se teint les cheveux. Il a une très haute opinion de lui.
– C'est bien Voldi. Amène ta sœur ici... et fais vite. Que personne ne vous voie dans la boutique.
Émouchet prit le coude de Séphrénia et l'aida à franchir le rideau.
– Quelqu'un vous a vus entrer? demanda nerveusement l'homme au gros nez.
– Certainement. (Émouchet haussa les épaules.) On dirait que des vautours sont alignés le long des murs de la place, occupés à flairer les péchés.
– Il est dangereux de parler ainsi à Dabour, mon ami.
– Peut-être.
Émouchet regarda autour d'eux. La pièce était minable et tous les coins étaient occupés par des piles impressionnantes de livres et de boîtes en bois. Un bourdon entêté se cognait la tête contre l'unique fenêtre crasseuse en essayant de sortir. Un bat-flanc était appuyé contre un mur : une table et plusieurs chaises à dossier droit se dressaient au centre de la pièce.
– Nous en venons au fait, docteur? suggéra-t-il.
– Très bien, dit le médecin à Séphrénia, asseyez-vous ici que je jette un coup d'œil à ce bras.
– Vous le pouvez si cela peut vous faire plaisir, docteur, répondit-elle en prenant la chaise et en ôtant son bras de l'écharpe.
Elle releva la manche de sa robe et révéla un bras étonnamment juvénile.
Le docteur jeta un regard hésitant à Émouchet.
– Vous comprenez, bien entendu, que je ne fais aucune avance à votre sœur, mais il me faut l'examiner.

– Je comprends la procédure, docteur.

Tandjin prit longuement son souffle, puis plia à plusieurs reprises le poignet de Séphrénia. Ensuite, il fit remonter ses doigts doucement sur son avant-bras et lui plia le coude. Il déglutit et examina le haut du bras. Il leva et rabattit le bras à plusieurs reprises, ses doigts touchant légèrement l'épaule. Il plissa ses yeux rapprochés.

– Ce bras est en parfait état, dit-il d'un ton accusateur.

– Vous êtes fort aimable de l'affirmer, murmura-t-elle en ôtant son voile.

– Madame! s'exclama-t-il, offusqué. Couvrez-vous!

– Oh, un peu de sérieux, docteur. Nous ne sommes pas ici pour parler de bras et de jambes.

– Vous êtes des espions! haleta-t-il.

– D'une certaine manière, oui, répondit-elle calmement. Mais même les espions ont à consulter des médecins, de temps à autre.

– Sortez immédiatement.

– Nous venons d'arriver, dit Émouchet en rabattant sa capuche. Continue, petite sœur, dit-il à Séphrénia. Dis-lui pour quelle raison nous sommes ici.

– Voyons un peu, Tandjin, le mot *darestime* vous dit-il quelque chose?

Il sursauta d'un air coupable et regarda le rideau en reculant devant Séphrénia.

– Ne soyez pas modeste, docteur, lui dit Émouchet. On raconte que vous avez guéri le frère du roi et plusieurs de ses neveux après un empoisonnement à la darestime.

– Il n'en existe aucune preuve.

– Je n'ai pas besoin de preuve. Il me faut un remède. Une amie à nous souffre du même mal.

– Il n'existe ni antidote ni remède à la darestime.

– Comment se fait-il donc que le frère du roi soit encore en vie?

– Vous travaillez pour eux, les accusa le docteur en tendant vaguement la main en direction de la place. Vous essayez de me faire parler.

– Eux qui? lui demanda Émouchet.

– Les fanatiques qui suivent Arasham. Ils essaient de prouver que j'utilise la sorcellerie.

– Est-ce le cas?

Le docteur se ratatina.

– Je vous en prie, partez, les supplia-t-il. Vous mettez gravement ma vie en danger.

– Comme vous l'avez probablement remarqué, docteur, dit Séphrénia, nous ne sommes pas Rendors. Nous n'avons pas les mêmes préjugés que vos concitoyens; la magie ne nous offense pas. Elle est tout à fait courante, là d'où nous venons.

Il cligna les yeux d'un air hésitant.

– L'amie dont j'ai parlé nous est très chère, lui dit Émouchet. Et nous sommes prêts à tout pour trouver un remède à ce poison. (Il marqua son insistance en ouvrant sa robe.) Absolument à tout.

Le docteur haleta en voyant la cotte de mailles et l'épée dans son fourreau.

– Inutile de menacer le docteur, mon cher frère, dit Séphrénia. Je suis sûre qu'il sera très heureux de nous décrire le remède qu'il a trouvé. C'est un guérisseur, après tout.

– Madame, j'ignore de quoi vous parlez, répondit désespérément Tandjin. Il n'existe aucun remède à la darestime. Je ne sais pas où vous avez entendu toutes ces rumeurs, mais je puis vous assurer qu'elles sont absolument fausses. Je n'utilise *pas* la sorcellerie.

Il jeta un nouveau coup d'œil nerveux en direction du rideau de la porte.

– Mais le docteur Voldi nous a affirmé que vous avez effectivement guéri des membres de la famille royale.

– Eh bien... oui, je suppose que oui, mais le poison n'était pas de la darestime.

– Qu'était-ce donc?

– Euh... de la porgutta... je crois.

Il mentait manifestement.

– Pourquoi le roi vous a-t-il donc mandé, docteur? insista-t-elle. Une simple purge lave le corps de toute la porgutta qu'il contient. Le moindre apprenti médecin sait cela. Assurément, ce ne pouvait être un poison aussi banal.

– Euh... eh bien, peut-être était-ce autre chose. J'ai oublié ce que c'était exactement.

– Je crois, mon cher frère, dit alors Séphrénia à Émouchet, que le bon docteur a besoin d'être rassuré... d'avoir la preuve indubitable qu'il peut nous faire confiance et que nous sommes bien ce que nous prétendons. (Elle regarda le bourdon irritant qui tentait toujours obstinément de passer par la fenêtre.) Vous ne vous êtes jamais demandé pourquoi on ne voit pas de bourdons la nuit? demanda-t-elle au médecin effrayé.

– Je n'y ai jamais réfléchi.

– Vous devriez peut-être le faire.

Elle se mit à murmurer en styrique tandis que ses doigts dessinaient les contours d'un enchantement.

– Qu'est-ce que vous faites? s'exclama Tandjin. Arrêtez!

Il se précipita vers elle, la main tendue, mais Émouchet l'arrêta.

– Ne bougez pas, dit le chevalier.

Séphrénia tendit alors le doigt et lança le sortilège. Le bourdonnement des ailes de l'insecte fut soudain accompagné d'une minuscule voix pépiante qui chantait joyeusement dans une langue inconnue des hommes. Émouchet regarda rapidement la fenêtre assombrie par la poussière. Le bourdon avait disparu et, à sa place, volait un minuscule personnage féminin sorti tout droit des légendes populaires. Ses cheveux blancs tombaient en cascade dans son dos entre les ailes diaphanes qui battaient rapidement. Son petit corps nu était parfaitement formé et son visage minuscule était d'une beauté à couper le souffle.

– Voilà comment se représentent les bourdons, annonça calmement Séphrénia, et peut-être est-ce bien là ce qu'ils sont : insectes le jour et merveilles la nuit.

Tandjin était retombé sur son lit minable, les yeux écarquillés, bouche bée.

– Viens ici, petite sœur, dit Séphrénia d'une voix cajoleuse en tendant la main.

La fée fit le tour de la pièce dans le bourdonnement de ses ailes transparentes et le chant clair de sa petite voix. Puis elle se posa délicatement sur la paume tendue de Séphrénia, ses ailes agitant toujours l'air. Séphrénia se retourna et tendit la main vers le médecin tout tremblant.

– N'est-elle pas magnifique? demanda-t-elle. Vous pouvez la tenir, si vous voulez... mais attention à son dard, ajouta-t-elle en désignant la petite rapière dans la main de la fée.

Tandjin recula sur sa couche en dissimulant les mains derrière son dos.

– Comment avez-vous fait ça? demanda-t-il d'une voix tremblante.

– Vous voulez dire que vous en êtes incapable? Les accusations portées contre vous sont donc fausses. Il s'agit d'un enchantement très simple... rudimentaire, en fait.

– Comme vous le constatez, docteur, nous n'avons aucun a priori contre la magie. Vous pouvez parler librement avec nous, sans crainte d'être dénoncé à Arasham ou l'un de ses fanatiques.

Tandjin pinça fermement les lèvres en continuant de fixer la fée installée tranquillement dans la main de Séphrénia tandis que papillonnaient ses ailes.

– Ne vous faites plus prier, docteur, dit Séphrénia. Dites-nous simplement comment vous avez guéri le frère du roi et nous partirons.

Tandjin recula encore.

– Je crois, mon cher frère, que nous sommes en train de perdre notre temps. Le bon docteur refuse de coopérer. (Elle leva la main.) Envole-toi, petite sœur, dit-elle à la minuscule créature. Maintenant, nous partons, Tandjin.

Émouchet allait émettre une objection, mais elle posa la main sur son bras et commença à se diriger vers la porte.

– Mais qu'allez-vous faire de ça? s'écria Tandjin en tendant le bras vers la fée qui tournoyait dans la pièce.

– Faire? Mais rien, voyons. Elle est très heureuse, ici. Donnez-lui un peu de sucre de temps à autre, et réservez-lui une coupelle d'eau. En retour, elle chantera pour vous. Par contre, n'essayez pas de l'attraper. Cela la mettrait dans une rage folle.

– Vous ne pouvez pas la laisser ici! s'exclama-t-il, au supplice. Si quelqu'un la voit ici, je serai brûlé vif pour sorcellerie!

– Il comprend du premier coup, n'est-ce pas? dit Séphrénia.

– C'est une des caractéristiques de l'esprit scientifique, repartit Émouchet avec un bon sourire. On y va?

– Attendez! lança Tandjin.

– Vous désirez nous confier quelque chose, docteur? demanda doucement Séphrénia.

– Très bien. Très bien. Mais il faut que vous me juriez de garder le secret.

– Bien entendu. Bouche cousue.

Tandjin prit longuement son souffle et se précipita vers le rideau pour s'assurer que personne ne les écoutait. Puis il se retourna et leur fit signe de le rejoindre dans un recoin où il parla dans un chuchotement rauque.

– La darestime est si virulente qu'il n'existe aucun remède ni antidote naturel, commença-t-il.

– C'est ce que nous a dit Voldi, confirma Émouchet.

– Vous remarquerez que j'ai dit *naturel*, continua Tandjin. Il y a quelques années, au cours de mes études, je suis tombé sur un très ancien livre. Il avait été écrit avant l'époque d'Éshand et avant la promulgation de ses interdits. Il semble que les guérisseurs primitifs de Rendor utilisaient alors couramment la magie pour traiter leurs malades. Parfois cela marchait, parfois non... mais ils obtenaient certaines guérisons stupéfiantes. Cette pratique avait un élément commun. Certains objets de ce monde possèdent un pouvoir immense. Les médecins de l'Antiquité utilisaient ce genre de choses pour guérir leurs malades.

– Je vois, dit Séphrénia. Les guérisseurs styriques ont quelquefois recours aux mêmes mesures désespérées.

– Cette pratique est très courante dans l'empire tamoul, sur le continent darésien, continua Tandjin, mais elle est tombée en désuétude en Éosie. Les médecins éosiens préfèrent les techniques scientifiques. D'abord, elles sont plus fiables, et les Élènes se sont toujours méfiés de la magie. Mais la darestime est si puissante qu'aucun des antidotes habituels ne produit d'effet. Les objets magiques sont le seul remède efficace.

– Et qu'avez-vous utilisé pour guérir le frère et les neveux du roi? demanda Séphrénia.

– C'était une pierre précieuse brute d'une couleur bizarre. Je pense qu'elle était originaire de Darésie, mais je n'en suis pas vraiment sûr. Je crois que les Dieux Tamouls y ont insinué leur pouvoir.

– Et où se trouve cette gemme, à l'heure actuelle? lui demanda Émouchet avec une attention soutenue.

– Elle est détruite, je le crains. J'ai dû la réduire en poudre et la mêler à du vin pour guérir les parents du roi.

– Espèce d'idiot! explosa Séphrénia. Ce n'est pas du tout la façon dont on doit utiliser ces objets! Il suffit de les mettre en contact avec le corps des patients et d'évoquer leur pouvoir.

– Je suis un médecin classique, madame, répondit-il raidement. Je ne sais pas transformer les insectes en fées, ni léviter, ni lancer des sorts contre mes ennemis. Je ne sais que suivre les pratiques normales de ma profession, ce qui signifie que le malade doit ingérer le médicament.

– Vous avez détruit pour quelques personnes une pierre qui aurait pu en guérir des milliers! (Elle contrôlait difficilement sa colère.) Connaissez-vous d'autres objets similaires?

– Quelques-uns. (Il haussa les épaules.) Une grande lance dans le palais impérial de Tamoul, plusieurs bagues en Zémoch, mais sont-elles très utiles pour guérir? J'en doute. On prétend qu'il existe un bracelet quelque part en Pélosie, mais ce n'est peut-être qu'un mythe. L'épée du roi de l'île de Mithrium était censée détenir un grand pouvoir, mais Mithrium a sombré dans les eaux il y a des siècles. J'ai également entendu dire que les Styriques ont un certain nombre de baguettes magiques.

– Encore un mythe, lui apprit-elle. Le bois est trop fragile pour ce genre de pouvoir. Quoi d'autre?

– Il y aurait aussi le joyau de la couronne royale de Thalésie, mais elle est perdue depuis l'époque de l'invasion zémoch. (Il fronça les sourcils.) Je ne pense pas que ceci puisse être très utile, ajouta-t-il, mais Arasham possède un talisman qu'il prétend être l'objet le plus sacré et le plus puissant du monde. Personnellement, je ne l'ai jamais vu; je ne peux donc le confirmer, d'autant plus que l'esprit d'Arasham n'est pas très fiable. Vous ne pourriez d'ailleurs le lui arracher.

Séphrénia remonta son voile sur la partie inférieure de son visage.

– Merci pour votre franchise, docteur Tandjin, dit-elle. Soyez assuré que nul n'apprendra de nous votre secret. (Elle réfléchit un instant.) Je pense que vous devriez me mettre une attelle, ajouta-t-elle en tendant le bras. Cela prouverait aux curieux que nous avions une raison légitime de vous rendre visite et vous protégerait tout autant que nous.

– L'idée est excellente, madame.

Tandjin prit quelques planchettes et une longue bande de tissu.

– Accepteriez-vous un bon conseil, Tandjin? lui demanda Émouchet comme il commençait à éclisser le bras de Séphrénia.

– Je vous écoute.

– Voilà. Si j'étais vous, je rassemblerais quelques affaires et je me rendrais à Zand. Son roi pourrait vous protéger. Sortez de Dabour tant que vous le pouvez encore. Les fanatiques passent très facilement des soupçons à la certitude et il ne vous servirait pas à grand-chose d'être déclaré innocent *après* avoir brûlé sur le bûcher.

– Mais tout ce que je possède est ici.

– Je suis sûr que cela vous sera d'un grand réconfort quand vos orteils seront en train de griller.

– Vous pensez vraiment que je suis à ce point menacé? demanda Tandjin d'une voix faible en levant les yeux.

Émouchet acquiesça de la tête.

– Bien davantage. A mon avis, vous aurez eu de la chance si vous survivez toute une semaine en restant à Dabour.

Le docteur se mit à trembler violemment au moment où Séphrénia glissait le bras dans son écharpe.

– Attendez une minute, dit-il comme ils se dirigeaient vers la porte. Et ça? demanda-t-il en désignant la fée qui voletait dans les airs près de la fenêtre.

– Oh. Pardon, j'ai failli l'oublier.

Elle marmonna quelques mots et fit un geste vague. Le bourdon se remit à se cogner la tête contre la fenêtre.

Il faisait nuit quand ils sortirent de la boutique de l'apothicaire et débouchèrent sur la place déserte.

– Ce n'est pas grand-chose, dit Émouchet d'un ton dubitatif.

– C'est plus que nous n'avions auparavant. Du moins savons-nous comment guérir Ehlana. Il ne nous reste plus qu'à trouver l'un de ces objets.

– Pourrais-tu dire si le talisman d'Arasham a le moindre pouvoir?

– Sans doute.

– Parfait. Perraine nous a raconté qu'Arasham prêche chaque soir. Allons le trouver. J'écouterai une douzaine de sermons si cela peut me rapprocher d'un remède.

– Et comment te proposes-tu de le lui dérober?

– Je trouverai un moyen.

Un homme en robe noire leur barra soudain la route.

– Arrêtez-vous immédiatement, ordonna-t-il.

– Quel est votre problème, voisin? lui demanda Émouchet.

– Pourquoi n'êtes-vous pas aux pieds du bienheureux Arasham? demanda l'homme d'une voix accusatrice.

– Nous partions, répondit Émouchet.

– Tout Dabour sait que le bienheureux Arasham s'adresse à la multitude au coucher du soleil. Pourquoi vous absentez-vous délibérément?

– Nous sommes arrivés aujourd'hui même, expliqua

Émouchet, et j'ai dû trouver un médecin pour soigner le bras de ma sœur.

Le fanatique fronça les sourcils devant l'écharpe de Séphrénia.

– Vous n'avez tout de même pas consulté Tandjin le sorcier? fit-il d'un ton outragé.

– Dans la souffrance, l'on ne demande point à examiner les diplômes d'un guérisseur, lui dit Séphrénia. Je puis vous assurer que ce médecin n'a point utilisé de sorcellerie. Il a réduit l'os fracturé et m'a mis une éclisse de la même manière que n'importe quel médecin.

– Les justes ne fraient pas avec les sorciers, déclara le zélateur têtu.

– Je vais vous dire une chose, voisin, déclara aimablement Émouchet. Pourquoi ne vous casserais-je pas le bras? Vous pourriez alors rendre une visite personnelle à ce docteur. Si vous faites bien attention, vous pourrez réussir à voir s'il utilise ou non la sorcellerie.

Le fanatique recula avec appréhension.

– Allons donc, l'ami, lui dit Émouchet avec enthousiasme, un peu de bravoure. Ça ne fera pas tellement mal et songez combien le bienheureux Arasham appréciera votre zèle dans l'anéantissement de l'abominable sorcellerie.

– Pourriez-vous nous dire où se trouve l'endroit où le bienheureux Arasham s'adresse aux multitudes? s'interposa Séphrénia. Notre âme a faim et soif de ses paroles.

– Par là, dit l'énervé en tendant le bras. Vous apercevez la lumière des torches.

– Merci, l'ami, dit Émouchet en s'inclinant légèrement. (Il fronça les sourcils.) Comment se fait-il que vous ne soyez pas à son écoute, ce soir?

– Je... euh... j'ai plus important à faire, déclara l'individu. Je dois rechercher ceux qui sont absents sans raison et les traduire en jugement.

– Ah, je vois. (Émouchet se retourna, puis fit volte-face.) Vous êtes sûr que vous ne voulez pas que je vous casse le bras? Ça ne prendrait qu'un instant.

Le fanatique se hâta de filer.

– Faut-il que tu menaces tous ceux que tu rencontres, Émouchet?

– Il m'a irrité.

– Tu t'irrites très facilement, n'est-ce pas?

Il y réfléchit.

– Oui, admit-il, sans doute. On y va?

Ils traversèrent les rues sombres et finirent par atteindre les tentes plantées à la périphérie. Vers le sud, une lueur roussâtre palpitait du côté des étoiles scintillantes. Ils se déplacèrent en silence vers la lumière.

Les torches clignotantes étaient fichées au bout de grands poteaux entourant une sorte d'amphithéâtre naturel au sud de la ville, une dépression entre deux collines. Le creux était rempli de partisans d'Arasham et le bienheureux fou se tenait sur un gros rocher à mi-coteau de l'une des collines. Il était grand, émacié, avec une longue barbe grise et des sourcils noirs broussailleux. Il avait une voix stridente, mais ses paroles étaient difficiles à comprendre, car il était édenté. Quand Émouchet et Séphrénia se joignirent à la foule, le vieillard se trouvait au beau milieu d'une démonstration logorrhéique de la faveur particulière de Dieu... qui lui avait été accordée dans un rêve. Sa logique était percée de toutes parts et lardée de pointes qui, en Rendor, se nommaient articles de foi.

– Est-ce que ça signifie quelque chose? chuchota Séphrénia à Émouchet d'un ton intrigué tandis qu'elle ôtait l'éclisse et l'écharpe.

– Je ne crois pas.

– C'est bien ce qu'il me semblait. Est-ce que le Dieu élène encourage ce genre de charabia hystérique?

– Pas de mon point de vue.

– On peut se rapprocher?

– Je ne pense pas. La foule est très dense, aux premiers rangs.

Arasham se livrait maintenant à l'un de ses sujets favoris, la dénonciation de l'Église. La religion élène organisée, maintenait-il, était maudite par Dieu, car elle était incapable de reconnaître son rang supérieur en tant qu'élu et bien-aimé du Très-Haut.

– Mais les méchants seront punis! zézaya-t-il dans un cri édenté qui fit pleuvoir les postillons. Mes fidèles sont invincibles! Soyez encore un peu patients et je lèverai mon talisman sacré pour vous conduire à la guerre contre les infâmes! Ils nous enverront leurs maudits chevaliers de l'Église pour nous combattre, mais n'ayez crainte! Le pouvoir de cette sainte relique les balaiera devant nous comme plumes au vent! (Il leva très haut au-dessus de sa tête quelque chose qu'il tenait serré dans son poing.) L'esprit de saint Éshand lui-même me l'a confirmé!

– Eh bien? chuchota Émouchet à Séphrénia.

– Il est trop loin. Je ne sens strictement rien. Il va falloir que nous nous rapprochions. Je ne vois même pas ce qu'il tient.

La voix d'Arasham prit un ton de conspiration.

– Je vous le dis, ô fidèles, et mes paroles sont la vérité. La voix de Dieu m'a révélé que notre mouvement se répand actuellement parmi les champs et les forêts des royaumes du nord. Les gens ordinaires de là-bas... nos frères et nos sœurs... sont las du joug de l'Église et ils se joindront à notre cause sacrée.

– C'est Martel qui lui a dit ça, marmotta Émouchet, et s'il s'imagine que Martel est la voix de Dieu, il est encore plus dingue que je ne pensais.

Il se mit sur la pointe des pieds et regarda par-dessus les têtes. Un grand pavillon se dressait à une certaine distance un peu plus bas sur le coteau. Il était entouré d'une palissade de robustes pieux.

– Faisons le tour de cette foule, suggéra-t-il. Je crois avoir repéré la tente du vieux.

Ils revinrent à la lisière de la foule. Arasham continuait sa harangue incohérente, mais ses paroles se perdaient dans le lointain et les murmures de ses fidèles. Émouchet et Séphrénia se dirigèrent vers la palissade et le pavillon noir. Quand ils furent peut-être à vingt pas, Émouchet toucha le bras de Séphrénia, et ils s'arrêtèrent. Un certain nombre d'hommes en armes se tenaient devant l'ouverture de la palissade.

– Il va falloir que nous attendions la fin de son prêche, murmura Émouchet.

– Aimerais-tu me dire ce que tu as en tête? demanda-t-elle. Je déteste les surprises.

– Je vais voir si on peut s'introduire dans sa tente. Si son talisman a le moindre pouvoir, il pourrait être difficile de le lui prendre au milieu de cette foule.

– Et comment vas-tu procéder, Émouchet?

– J'envisageais la flatterie.

– N'est-ce pas un peu dangereux... et très transparent?

– Bien sûr, mais c'est plus efficace avec les cinglés. Ils ne peuvent pas se concentrer assez pour saisir les nuances.

Arasham se mit à glapir plus haut; ses fidèles poussaient des acclamations à chaque phrase. Puis il prononça sa bénédiction et la foule se dispersa. Entouré par un noyau de disciples jaloux, le saint homme traversa lentement la foule pour rejoindre sa tente. Émouchet et Séphrénia manœuvrèrent pour se planter sur son chemin.

– Écartez-vous! ordonna sèchement l'un des disciples.

– Pardonne-moi, disciple vénéré, dit Émouchet assez fort pour que ses paroles fussent entendues par le vieillard chancelant, mais je suis porteur d'un message du roi de Deira au bienheureux Arasham. Sa Majesté envoie ses salutations au vrai chef de l'Église élène.

Séphrénia lâcha un petit bruit étranglé.

– Le bienheureux Arasham ne s'intéresse pas aux rois, railla le disciple, arrogant. A présent, écarte-toi.

– Un instant, là, Ikkad, marmonna Arasham d'une voix curieusement faible. Nous aimerions entendre ce message de notre frère de Deira. Il se peut qu'il s'agisse de la communication à laquelle Dieu faisait allusion la dernière fois qu'il nous a parlé.

– Bienheureux Arasham, dit Émouchet en s'inclinant très bas, Sa Majesté le roi Obler de Deira vous salue comme son frère. Notre roi est très âgé et l'âge apporte la sagesse.

– C'est vrai, acquiesça Arasham en caressant sa longue barbe grise.

– Sa Majesté a longuement médité sur les enseignements de saint Éshand, continua Émouchet : elle a attentivement suivi votre carrière en Rendor. Elle a considéré les activités de l'Église avec un dédain croissant. Elle a jugé que les ecclésiastiques sont hypocrites et égoïstes.

– Ce sont mes propres termes, dit Arasham, en extase. Je l'ai dit personnellement plus d'une centaine de fois.

– Sa Majesté reconnaît que vous êtes la source bouillonnante et intarissable de sa pensée, bienheureux Arasham.

– Bien, répondit le prophète en se rengorgeant.

– Sa Majesté croit que le temps est venu de la purification; elle croit que vous êtes celui que Dieu a choisi pour purger l'Église élène de ses péchés.

– As-tu entendu mon sermon? demanda avidement le vieillard. J'ai prêché exactement la même chose.

– Il est vrai, dit Émouchet. Je fus stupéfié par la similitude des termes avec ceux que Sa Majesté m'a chargé de vous transmettre. Sachez toutefois, bienheureux Arasham, que Sa Majesté a l'intention de vous procurer une aide dépassant le simple réconfort de ses salutations et de son affection respectueuse. Le détail de ses autres intentions doit cependant être entendu de vous seul. (Il considéra d'un air soupçonneux la foule qui se pressait autour d'eux.) Dans une telle assemblée, certains peuvent ne pas être ce qu'ils paraissent et, si mes propos étaient rapportés à Chyrellos, l'Église rassemblerait tous ses efforts pour déjouer les desseins de Sa Majesté.

Arasham s'efforça en vain de prendre un air rusé.

– Ta prudence t'honore, jeune homme. Entrons dans mon pavillon pour que tu puisses me révéler tous les projets de mon cher frère Obler.

Écartant les disciples empressés, Émouchet se fraya un chemin à travers leurs rangs pour offrir le soutien de son bras et de son épaule au fanatique chenu.

– Sanctissime, dit-il, ne craignez point de vous appuyer sur moi, car, ainsi que l'a ordonné saint Eshand, c'est le devoir des jeunes et des forts de servir les vieux et les sages.

– La vérité sort de ta bouche, mon fils.

Ils franchirent ainsi la porte de la palissade et traversèrent une étendue de sable parsemée de crottes de moutons.

L'intérieur du pavillon d'Arasham était bien plus luxueux qu'on n'aurait pu le croire d'après son extérieur sévère. Au centre, une lampe unique brûlait une huile coûteuse et des tapis sans prix couvraient le sol sablonneux. Des rideaux de soie dissimulaient l'arrière du pavillon, d'où montaient des gloussements d'adolescents.

– Veuillez vous asseoir et prendre vos aises, dit Arasham, tout joyeux, en s'enfonçant lui-même dans un amas de coussins de soie. Rafraîchissons-nous, puis tu pourras me donner les intentions de mon cher frère Obler de Deira.

Il tapa sèchement des mains et un garçon aux yeux de biche émergea de l'un des panneaux de soie.

– Apporte-nous du melon frais, Saboud, lui dit Arasham.

– A vos ordres, sanctissime.

L'adolescent s'inclina et se retira derrière le paravent.

Arasham se laissa aller en arrière parmi les coussins.

– Je ne suis nullement surpris par tes nouvelles sur les progrès de notre cause en Deira, zézaya-t-il. Selon certains messages, ces sentiments se répandent parmi les royaumes du nord. En vérité, l'un de ces messages vient de me parvenir. (Il marqua un temps d'arrêt songeur.) Il me vient à l'esprit... peut-être à l'incitation de Dieu lui-même, qui joint toujours sa pensée à la mienne... que toi et l'autre messager pouvez vous connaître. (Il se tourna vers un panneau de soie qui dissimulait une partie faiblement éclairée de la tente.) Avance-toi, mon ami et conseiller. Contemple le visage de notre noble visiteur de Deira et dis-moi si tu le connais.

Une ombre se déplaça derrière le panneau. Elle sembla hésiter un instant, puis un personnage en robe à capuche s'avança à la lumière de la lampe. L'homme était à peine plus petit qu'Émouchet et il avait les larges épaules d'un guerrier. Il leva les mains et rabattit sa capuche, révélant ses yeux noirs perçants et sa crinière épaisse de cheveux blancs comme la neige.

Avec une espèce de détachement mêlé de curiosité, Émouchet se demanda ce qui le retenait de tirer son épée.

– En vérité, bienheureux Arasham, dit Martel de sa voix grave et résonnante, Émouchet et moi-même nous connaissons depuis longtemps.

Chapitre vingt-trois

Cela fait longtemps, n'est-ce pas, Émouchet? continua Martel sur un ton neutre, mais avec un regard vigilant.

C'est avec un certain effort qu'Émouchet relâcha ses muscles bandés.

– Oui, en effet, répondit-il. Cela doit bien faire dix ans. Nous devrions essayer de nous voir plus souvent.

– Il faudra nous y attacher.

Puis ce fut le silence. Ils continuèrent de s'entre-regarder. L'air semblait crépiter sous la tension, chacun attendant que l'autre fît le premier pas.

– Émouchet, dit Arasham. Un nom des plus inhabituels. Il me semble l'avoir déjà entendu quelque part.

– C'est un nom très ancien, lui dit Émouchet. Il est transmis dans ma famille depuis des générations. Certains de mes ancêtres furent des hommes célèbres.

– Peut-être cela vient-il de là, alors, marmonna Arasham d'un air satisfait. Je suis heureux d'avoir pu réunir deux vieux amis intimes.

– Nous vous en serons redevable à tout jamais, sanctissime, répondit Martel. Vous ne pouvez imaginer à quel point j'étais avide de revoir le visage d'Émouchet.

– Je l'étais tout autant, fit Émouchet en se tournant vers le vieux fou. Jadis, Martel et moi étions aussi proches que des frères, sanctissime. Il est regrettable que les années nous aient ainsi séparés.

– J'ai fait de mon mieux pour te retrouver, Émouchet, dit froidement Martel. Et à plusieurs reprises.

– Oui, je l'ai entendu dire. Je me suis toujours précipité là où l'on t'avait aperçu, mais, lorsque j'arrivais, tu étais déjà reparti.

– Des affaires pressantes, murmura Martel.

– C'est toujours ainsi, zézaya Arasham d'un ton sentencieux, sa bouche hideuse trébuchant sur les mots. Les amis de notre jeunesse nous échappent et nous restons seuls dans le grand âge.

Ses yeux se fermèrent dans une rêverie mélancolique. Il ne les rouvrit point; au bout d'un moment, il se mit à ronfler.

– Il se fatigue facilement, constata tranquillement Martel. (Il se tourna vers Séphrénia, tout en gardant l'œil sur Émouchet.) Petite mère, la salua-t-il sur un ton qui hésitait entre l'ironie et le regret.

– Martel.

Elle inclina brièvement la tête.

– Ah. Il semble que je t'aie déçue.

– Pas autant que tu t'es déçu, je crois.

– Un châtiment, Séphrénia? demanda-t-il, sardonique. Ne penses-tu pas que j'ai été suffisamment puni?

– Il n'est pas dans ma nature de punir les gens, Martel. La nature ne donne ni récompenses ni châtiments... uniquement des conséquences.

– Fort bien, donc. J'accepte les conséquences. Me permettras-tu au moins de te saluer... et de demander ta bénédiction?

Il lui prit les poignets et lui retourna les mains.

– Non, Martel, répondit-elle en refermant les mains. Je ne crois pas. Tu n'es plus mon élève. Tu as trouvé quelqu'un d'autre à suivre.

– Ce ne fut pas une idée à moi, Séphrénia. Tu m'as rejeté, tu te rappelles? (Il poussa un soupir et lâcha ses poignets. Puis il regarda Émouchet.) Je suis vraiment assez surpris de te voir, mon frère, étant donné le nombre de fois où j'ai envoyé Adus s'occuper de toi. Il faudra que je m'en entretienne avec lui... à condition que tu ne l'aies pas tué, bien entendu.

– Il saignait un peu, la dernière fois que je l'ai vu, mais pas gravement.

– Adus ne fait pas tellement attention au sang... même au sien.

– Aurais-tu la gentillesse de t'écarter, Séphrénia? dit Émouchet en ouvrant le devant de sa robe et en faisant légèrement tourner le manche de son épée. Martel et moi aimerions continuer la discussion interrompue lors de notre dernière rencontre.

Les yeux de Martel se plissèrent et il ouvrit aussi sa robe. Comme Émouchet, il portait une cotte de mailles et un sabre.

– Excellente idée, Émouchet, dit-il, sa voix grave à peine plus forte qu'un chuchotement.

Séphrénia s'interposa.

– Arrêtez, vous deux, ordonna-t-elle. Ce n'est ni l'heure ni le lieu. Nous sommes au beau milieu d'une armée. Si vous jouez à ça dans la tente d'Arasham, vous ferez venir la moitié de Rendor avant d'en avoir fini.

Émouchet ressentit une vague de déception, mais il savait qu'elle avait raison. A contrecœur, il ôta la main de la poignée de son épée.

– Très bientôt, en tout cas, Martel, annonça-t-il d'une voix terriblement calme.

– Je serai heureux de t'obliger, mon cher frère, répondit Martel avec un salut ironique. (Ses yeux se plissèrent d'un air interrogateur.) Que faites-vous en Rendor? Je vous croyais encore en Cammorie.

– Voyage d'affaires.

– Ah, vous êtes au courant, pour la darestime, je vois. Je regrette de devoir vous le dire, mais vous perdez votre temps. Il n'existe pas d'antidote. Je me suis renseigné soigneusement avant de la recommander à un certain ami de Cimmura.

– Tu pousses un peu loin le bouchon, dit Émouchet, menaçant.

– Je l'ai toujours fait, mon frère. Comme on dit, pas de profits sans risques. Ehlana va mourir, je le crains. Lychéas lui succédera et Annias deviendra archiprélat. J'escompte en tirer un joli bénéfice.

– Tu ne penses donc qu'à cela?

– Qu'existe-t-il en dehors de ça? demanda Martel en haussant les épaules. Tout le reste n'est qu'illusion. Comment va Vanion, ces derniers temps?

– Fort bien, répondit Émouchet. Je lui dirai que tu t'es inquiété de sa santé.

– En supposant que tu vives assez longtemps pour le revoir. Ta situation en ce lieu est des plus précaires, mon ami.

– Tout comme la tienne, Martel.

– Je le sais. Mais j'y suis accoutumé. Tu es encombré

de scrupules. J'ai abandonné tout cela il y a bien longtemps.

– Où se trouve ton Damork favori, Martel? demanda soudain Séphrénia.

Il ne parut que légèrement surpris et se reprit immédiatement.

– Je n'en ai vraiment pas la moindre idée, petite mère. Il vient me voir sans que je l'appelle, et j'ignore toujours quand il va faire son apparition. Peut-être est-il retourné là d'où il vient. Il est obligé de le faire régulièrement, tu sais.

– Je n'ai jamais été très curieuse des créatures du monde inférieur.

– Ce qui peut s'avérer une grave omission.

– Peut-être.

Arasham s'agita sur ses coussins et rouvrit les yeux.

– Me serais-je assoupi? demanda-t-il.

– Très brièvement, sanctissime, répondit Martel. Cela nous aura permis de renouer avec notre amitié. Nous avons eu beaucoup à nous dire.

– Beaucoup, acquiesça Émouchet. (Il hésita; mais Martel était tellement sûr de soi qu'il ne verrait peut-être pas le but de sa question.) Vous avez parlé d'un talisman, durant votre sermon, sanctissime. Pourrions-nous avoir la permission de le voir?

– La sainte relique? Bien entendu. Le vieillard fouilla à l'intérieur de sa robe et en sortit une espèce d'ossement tordu qu'il tendit fièrement. Sais-tu de quoi il s'agit, Émouchet?

– Non, sanctissime. Je ne crois pas.

– Au début de sa vie, saint Éshand était berger, tu sais.

– Oui, je l'ai entendu dire.

– Un jour, alors qu'il était très jeune, une brebis de son troupeau donna naissance à un agneau parfaitement blanc qui ne ressemblait à aucun autre. A la différence des autres de sa race, il portait des cornes à la naissance. C'était bien entendu un signe de Dieu. L'agneau pur, manifestement, symbolise saint Éshand lui-même, et le fait que l'agneau était cornu ne pouvait signifier qu'une seule chose... qu'Éshand avait été choisi pour châtier l'Église de son iniquité.

– Comme les voies de Dieu sont mystérieuses, s'émerveilla Émouchet.

– En vérité, mon fils. En vérité. Éshand soigna très tendrement ce bélier et celui-ci ne tarda pas à s'adresser à lui, et sa voix était la voix de Dieu lui-même. Et ainsi Dieu instruisit Éshand de ce qu'il devait faire. Cette sainte relique est un bout de corne de ce bélier lui-même. Tu peux ainsi comprendre pourquoi elle à un pouvoir aussi immense.

– Cela est clair, sanctissime, dit Émouchet sur un ton révérenciel. Approche-toi, petite sœur, dit-il à Séphrénia. Contemple cette relique miraculeuse.

Elle s'avança et examina attentivement le bout de corne.

– Remarquable, murmura-t-elle.

Elle jeta un coup d'œil à Émouchet avec un hochement de tête presque imperceptible.

Le goût amer de la déception emplit la bouche d'Émouchet.

– Le pouvoir de ce talisman l'emportera sur la puissance réunie des maudits soldats de l'Église et de leur immonde sorcellerie, déclara Arasham. C'est Dieu lui-même qui me l'a dit. (Il eut un sourire presque timide.) J'ai découvert quelque chose de véritablement remarquable. Quand je suis seul, je peux lever la sainte relique jusqu'à mon oreille et entendre la voix de Dieu. Il m'instruit de la même manière qu'il instruisit saint Éshand.

– Un miracle! dit Martel sur un ton de stupéfaction feinte.

– N'est-ce pas? demanda Arasham, rayonnant.

– Nous sommes envahis par la gratitude de nous avoir permis de contempler ce talisman, sanctissime, et nous en répandrons la nouvelle à travers les royaumes du nord, n'est-ce pas, Martel?

– Oh, bien entendu, bien entendu.

Une expression intriguée était peinte sur le visage de Martel, qui considérait Émouchet d'un air soupçonneux.

– Je vois bien que notre venue ici participe d'un dessein divin, continua Émouchet. Nous avons pour mission de parler de ce miracle dans tous les villages et à tous les carrefours du nord. D'ores et déjà, je sens que l'esprit de Dieu infuse ma langue d'une éloquence qui me permettra de décrire merveilleusement ce que j'ai vu. (Il tendit la main et tapa sur l'épaule gauche de Martel... très fermement.) Ne ressens-tu pas la même chose, mon cher frère? demanda-t-il avec enthousiasme.

Martel grimaça légèrement et Émouchet sentit l'épaule qui se crispait sous sa main.

– Mais oui, admit Martel sur un ton légèrement douloureux. En vérité, c'est bien là ce que je ressens.

– Prodigieuse est la puissance de Dieu! exulta Arasham.

– Oui, fit Martel en se frottant l'épaule, prodigieuse.

L'idée avait été longue à venir – la rencontre avec Martel avait été une sacrée surprise – mais maintenant tout s'imbriquait parfaitement. Émouchet était soudain heureux de la présence du renégat.

– Et maintenant, sanctissime, permettez-moi de vous communiquer le reste du message de Sa Majesté.

– Naturellement. Mes oreilles te sont grandes ouvertes.

– Je dois vous implorer de lui donner le temps de rassembler ses forces avant que vous ne vous lanciez contre l'Église vénale en Rendor. Sa Majesté doit mobiliser avec prudence à cause de la Hiérocratie de Chyrellos qui a des espions partout. Elle désire ardemment vous aider, mais l'Église est puissante et il faut masser des forces suffisantes pour l'abattre d'un coup en Deira, de peur qu'elle se ressaisisse et l'écrase. Sa Majesté pense que si vous montez votre campagne au sud au moment même où elle monte la sienne au nord, l'Église sera confondue, ne sachant où faire front et, en agissant rapidement, vous pourrez profiter de cette confusion pour gagner victoire sur victoire. L'impact en découragera et démoralisera les forces de l'Église et vous pourrez tous deux marcher triomphalement sur Chyrellos.

– Dieu soit loué! s'exclama Arasham en se levant d'un bond et en brandissant comme une arme sa corne de bélier.

Émouchet haussa une main.

– *Mais* attention, ce dessein grandiose, qui ne peut être inspiré que par Dieu lui-même, n'a aucune chance de succès si vous et Sa Majesté n'attaquez simultanément.

– Je le comprends fort bien. La propre voix de Dieu m'a instruit de cette stratégie même.

– J'en étais certain, naturellement. (Émouchet afficha une expression d'astuce extrême.) A présent, l'Église est aussi rusée qu'un serpent et ses oreilles sont partout. Malgré tous nos efforts pour conserver le secret, elle risque de découvrir notre plan. Son premier recours a toujours été la tromperie.

– Je l'ai effectivement décelée en elle.

– Il est tout à fait possible qu'une fois notre plan

découvert elle tente de vous tromper. Et quel meilleur moyen de vous tromper que de vous envoyer de faux messagers qui déclareront que Sa Majesté est prête alors qu'elle ne l'est point? Ainsi l'Église pourrait vous défaire les uns après les autres, vous et vos disciples.

Arasham fronça les sourcils.

– Il n'y a rien de plus vrai. Mais comment éviter d'être trompés?

Émouchet feignit d'y réfléchir. Puis il claqua soudain les doigts.

– Ça y est! s'exclama-t-il. Quel meilleur moyen de confondre la malhonnêteté de l'Église que par un mot... un mot connu uniquement de vous et moi et du roi de Deira? Ainsi pourrez-vous savoir qu'un message est authentique. S'il vient un émissaire qui soit incapable de vous répéter ce mot, ce sera assurément un serpent de l'Église envoyé vous tromper et vous devrez vous charger de lui en conséquence.

Arasham réfléchit.

– Mais oui, marmonna-t-il enfin. Je crois que cela pourrait permettre de confondre l'Église. Mais quel terme peut être scellé en nos cœurs que nul ne puisse le dénicher?

Émouchet jeta un regard voilé à Martel, dont le visage était soudain envahi par la morosité.

– Ce doit être un mot de pouvoir, dit-il en scrutant le toit de la tente comme s'il était plongé dans ses pensées.

Le stratagème était simple... voire enfantin... mais il était du genre qui devait plaire au vieil Arasham, et qui lui fournirait un moyen parfait de régler quelques comptes avec Martel, comme au bon vieux temps.

Séphrénia poussa un soupir et leva les yeux, résignée. Émouchet se sentit alors un peu honteux. Il regarda Arasham qui, impatient, était penché en avant et mâchouillait ses gencives, ce qui ne manquait pas d'agiter sa longue barbe.

– J'accepterai naturellement votre serment de garder le secret sans question aucune, sanctissime, dit Émouchet avec une fausse humilité. Pour mon compte, je jure sur ma vie que le mot que je vais vous confier ne sortira plus de mes lèvres avant que je le divulgue au roi Obler en Arcie, capitale de son royaume.

– Et je t'en fais également le serment, noble ami Émouchet, s'écria le vieillard en un accès d'enthousiasme. La torture ne pourra m'arracher ce mot.

Il s'efforça en vain de se redresser noblement.

– Votre serment m'honore, sanctissime, répondit Émouchet avec un profond salut rendor avant de s'approcher du vieillard. *Bélier*, chuchota-t-il en remarquant qu'Arasham ne sentait pas très bon.

– Le mot idéal! s'écria Arasham.

Il saisit la tête d'Émouchet dans ses deux bras nerveux et l'embrassa goulûment sur la bouche.

Martel, le visage pâle de colère, avait essayé de s'approcher pour écouter, mais Séphrénia s'était interposée. Ses yeux avaient lancé des éclairs et il avait péniblement retenu son impulsion de la bousculer.

Elle leva le menton et le regarda droit dans les yeux.

– Eh bien? fit-elle.

Il marmonna quelque chose, se tourna et marcha jusqu'à l'autre extrémité de la tente, où il resta à se ronger les phalanges sous la déconvenue.

Arasham était toujours accroché au cou d'Émouchet.

– Mon fils bien-aimé, mon sauveur, s'écriait-il, les yeux chassieux remplis de larmes. Assurément, c'est Dieu luimême qui t'a envoyé. Nous ne pouvons plus échouer, désormais. Dieu est de notre côté. Que les méchants tremblent devant nous!

– Cela est vrai, acquiesça Émouchet en se dégageant doucement des bras du vieillard.

– Une pensée, bienheureux, avança Martel avec ruse bien que son visage fût encore blanc de fureur. Émouchet n'est qu'humain, donc mortel. Le monde est plein d'infortunes. Ne serait-il pas plus sage de...

– Infortunes? le coupa rapidement Émouchet. Où se trouve donc ta foi, Martel? Ceci est un dessein de Dieu et non de moi. Dieu ne me permettra pas de mourir avant que je n'aie accompli cette mission pour lui. Aie la foi, mon cher frère. Dieu me soutiendra et me gardera de tout péril. C'est ma destinée d'accomplir cette tâche et Dieu veillera à ce que je la mène à bien.

– Dieu soit loué! s'exclama Arasham d'un ton extatique qui mit fin à la discussion.

L'adolescent aux yeux de biche apporta alors les melons et la conversation passa à des sujets d'ordre plus général. Arasham prononça une nouvelle diatribe contre l'Église tandis que Martel fixait sinistrement Émouchet. Ce dernier gardait les yeux sur son melon qui, ô surprise, était excellent. Mais tout avait été bien trop facile et cela l'inquiétait légèrement. Martel était trop intelligent, trop machiavélique, pour s'être laissé circonvenir aussi aisément. Il contempla l'homme aux cheveux blancs qu'il haïssait depuis si longtemps. Martel avait une expression de frustration et de déconvenue... ce qui ne lui ressemblait guère. Le Martel qu'il avait connu n'eût jamais révélé de telles émotions. Émouchet commençait à se sentir un peu moins sûr de lui.

– Je viens d'avoir une idée, sanctissime, dit-il. Le temps est crucial dans cette affaire, et il est essentiel que ma sœur et moi-même retournions vite en Deira pour dire à Sa Majesté que tout est prêt en Rendor et lui confier le mot scellé dans nos cœurs. Nous avons de bons chevaux, naturellement, mais un bateau rapide pourrait nous conduire en aval et nous permettrait d'arriver au port de Djiroch avec quelques jours d'avance. Peut-être que vous ou vos disciples connaîtriez à Dabour un marinier sûr que je puisse engager.

Arasham cligna les yeux d'un air apathique.

– Un bateau? marmonna-t-il.

Un léger mouvement attira le regard d'Émouchet : il vit Séphrénia bouger le bras comme si elle rajustait sa manche. Il sut aussitôt ce qu'elle avait fait.

– Engager, mon fils? (Arasham rayonnait.) Ne parlons pas d'engager. J'ai à ma disposition un bateau splendide. Tu le prendras, avec ma bénédiction. Je vais envoyer des hommes armés avec toi, ainsi qu'un régiment... non, une légion... qui patrouilleront sur les rives du fleuve pour s'assurer que vous atteigniez Djiroch en toute sécurité.

– Comme vous l'ordonnerez, sanctissime. (Émouchet jeta un coup d'œil béat à l'autre bout de la tente.) N'est-ce pas surprenant, mon cher frère? dit-il à Martel. En vérité, une telle sagesse, une telle générosité ne peuvent avoir que Dieu pour origine.

– Oui, répondit sombrement Martel. J'en suis sûr.

– Je dois faire diligence, bienheureux Arasham, continua Émouchet en se levant. Nous avons laissé nos chevaux et nos affaires aux bons soins d'un serviteur dans une maison des faubourgs. Ma sœur et moi allons les récupérer et serons de retour dans l'heure.

– Comme tu le jugeras bon, mon fils, et j'instruirai mes disciples pour que le bateau et les soldats soient parés à t'accompagner sur le fleuve.

– Je vais te conduire hors de l'enceinte, mon cher frère, dit Martel, les dents serrées.

– Avec plaisir, mon cher frère. Ta compagnie, comme toujours, emplit mon cœur de joie.
– Reviens vite, Martel, ordonna Arasham. Il nous faut discuter de ce tournant de notre fortune et offrir nos remerciements à Dieu pour la grâce qu'il nous accorde ainsi.
– Oui, sanctissime, dit Martel en s'inclinant. Je reviens immédiatement.
– Dans l'heure, Émouchet, fit Arasham.
– Dans l'heure, sanctissime, acquiesça Émouchet en s'inclinant profondément. Viens, Martel, dit-il en frappant de nouveau sur l'épaule du renégat.
Martel grimaça et eut un nouveau geste de recul sous la main robuste et amicale d'Émouchet.
Une fois qu'ils furent à l'extérieur du pavillon, Martel se tourna vers Émouchet, le visage blanc de fureur.
– Mais qu'est-ce que tu fabriques?
– Tu es un peu vif, non, mon vieux?
– Que trames-tu, Émouchet? grogna Martel en regardant autour d'eux pour s'assurer qu'aucun des disciples omniprésents ne pouvait les entendre.
– Je viens de contrecarrer tes plans, Martel. Arasham va rester ici sans bouger à en devenir un bloc de pierre, jusqu'à ce que quelqu'un lui apporte le mot secret. Je suis pratiquement en mesure de te garantir que les chevaliers de l'Église seront à Chyrellos quand viendra le moment d'élire le nouvel archiprélat, parce que rien ne se passera en Rendor qui puisse les détourner de leur tâche.
– Très habile, Émouchet.
– Je suis heureux que cela te plaise.
– Une dette supplémentaire pour toi.
– Ne te gêne pas pour venir demander un remboursement, cher frère. Je serai plus qu'heureux de te satisfaire.
Il prit Séphrénia par le coude et l'emmena.
– Est-ce que tu aurais complètement perdu la tête, Émouchet? voulut-elle savoir lorsqu'ils furent hors de portée de voix de Martel qui fulminait.
– Je ne crois pas. Bien entendu, les dingues ne savent jamais qu'ils sont dingues, n'est-ce pas?
– Qu'est-ce que tu fabriquais donc? Tu te rends compte du nombre de fois où j'ai dû intervenir pour t'éviter des ennuis?
– Je l'ai remarqué. Je n'aurais pu m'en tirer sans toi.
– Tu vas arrêter de faire le malin et me dire tout ce que tu as en tête.

– Martel se rapprochait un peu trop de la raison véritable de notre présence en ce lieu. J'ai dû jeter quelque chose sur son chemin pour l'empêcher de se rendre compte que nous avions déniché un antidote possible à la darestime. Tout a assez bien marché, tu me pardonneras de le dire.

– Si tu savais que tu allais faire ça avant d'entrer dans la tente, pourquoi ne m'en as-tu pas parlé?

– Comment aurais-je pu le savoir, Séphrénia? J'ignorais que Martel s'y trouvait.

– Tu veux dire...

Ses yeux s'agrandirent soudain.

Il acquiesça de la tête.

– Disons que j'ai improvisé, confessa-t-il.

– Oh, Émouchet, fit-elle, écœurée, tu n'as pas honte?

Il haussa les épaules.

– Je ne pouvais mieux faire à l'improviste.

– Et pourquoi n'arrêtais-tu pas de taper sur l'épaule de Martel?

– Il se l'est fracturée quand il avait quinze ans. Depuis, elle est très sensible.

– Quelle cruauté! l'accusa-t-elle.

– C'est le juste mot pour ce qu'on m'a fait dans cette ruelle de Cippria, il y a dix ans. Allons chercher Kurik et Flûte. Je pense que nous avons obtenu le maximum à Dabour.

Le bateau d'Arasham ressemblait plus à un chaland que la gabare qui les avait amenés jusqu'à Dabour, et il était peut-être quatre fois plus gros. Des bancs de rameurs étaient alignés sur chaque bord et des fanatiques en robe noire dotés d'épées et de javelines étaient amassés sur l'étrave et la poupe éclairées par des torches. Martel les avait précédés sur l'appontement branlant et se tenait seul à une certaine distance des disciples aux yeux brûlants sur la rive tandis qu'embarquaient Émouchet, Séphrénia, Kurik et Flûte. Les cheveux blancs du renégat luisaient à la lumière des étoiles et son visage était presque aussi pâle qu'elles.

– Tu ne t'en tireras pas comme ça, Émouchet, dit-il à voix basse.

– Oh? fit Émouchet. Je crois que tu devrais réviser ton jugement, Martel. Il me semble que c'est déjà fait. Bien entendu, tu peux essayer de me suivre, mais toutes ces troupes qui patrouillent sur les rives vont te gêner. Une fois que tu auras ravalé ta rancœur, tu te rendras compte que le mieux que tu aies à faire est de rester ici et d'essayer d'arracher ce mot magique à Arasham. Autrement, tout ce que tu as tramé en Rendor en restera au point mort.

– Tu paieras pour cela, Émouchet, lui promit Martel.

– Je pensais que c'était déjà fait, mon vieux. A Cippria, tu te rappelles? (Il tendit la main et Martel plaça son épaule hors d'atteinte. Mais Émouchet lui tapota la joue de manière insultante.) Prends garde à toi, Martel, j'ai envie de te revoir... bientôt... et je veux que tu sois en parfaite possession de toutes tes facultés. Crois-moi, tu en auras besoin.

Il se retourna et remonta la passerelle de coupée.

Les matelots filèrent les amarres et poussèrent le chaland dans le courant paresseux. Puis ils sortirent leurs rames et se mirent à nager lentement. Le quai et l'homme solitaire diminuèrent avant de disparaître.

– Oh, Seigneur! s'exclama Émouchet, exultant, quel régal!

Le voyage vers l'aval leur prit un jour et demi. Ils débarquèrent à une lieue de Djiroch pour éviter les observateurs que Martel risquait d'avoir postés sur les quais. Cette précaution était probablement inutile, admit Émouchet, mais il ne fallait pas tenter le diable. Ils pénétrèrent en ville par la porte Ouest et se mêlèrent à la foule. C'était la fin de l'après-midi quand ils arrivèrent à destination.

Voren fut quelque peu surpris par leur réapparition.

– Ce fut rapide, commenta-t-il quand ils entrèrent dans son jardin.

– Nous avons eu de la chance, répondit Émouchet en haussant les épaules.

– Plus que de la chance, ajouta Séphrénia d'un ton sombre.

L'humeur de la petite femme ne s'était pas améliorée depuis leur départ de Dabour; elle refusait toujours de parler à Émouchet.

– Quelque chose n'a pas marché? demanda Voren avec douceur.

– Moi, je n'ai rien remarqué, répondit Émouchet avec entrain.

– Arrête de t'applaudir comme ça, Émouchet, lâcha-t-elle. Je suis irritée contre toi, très irritée.

– J'en suis navré, Séphrénia, mais j'ai fait de mon mieux. (Il se tourna vers Voren.) Nous sommes tombés sur Martel, expliqua-t-il, et je me suis arrangé pour le stopper net. Tout son stratagème s'est écroulé.

Voren lâcha un petit sifflement.

– Je ne vois aucun mal à cela, Séphrénia.

– Ce n'est pas ce qu'il a fait, Voren. C'est la *façon* dont il l'a fait.

– Oh?

– Je ne veux pas en parler.

Elle prit Flûte dans ses bras, rejoignit le banc près de la fontaine et s'assit pour marmonner sombrement en styrique à l'intention de la petite fille.

– Il nous faut trouver rapidement et discrètement un bateau en partance pour Vardenais, dit Émouchet à Voren. Peux-tu nous procurer cela?

– Sans peine. De temps à autre, la véritable identité de l'un de nos frères est mise au jour. Nous avons combiné un moyen de les sortir de Rendor en toute sécurité. (Il eut un sourire ironique.) En fait, ce fut mon premier travail à mon arrivée à Djiroch. J'étais assez sûr d'en avoir besoin pour moi presque immédiatement. J'ai un appontement au port. Il y a une auberge à proximité. Elle est dirigée par l'un de nos frères et possède tout ce qu'il faut : bar, écurie, chambres au premier et le reste. Elle a aussi une cave, avec un passage conduisant à mon entrepôt principal. A marée basse, il est possible de monter directement à bord d'un navire sans être aperçu du rivage.

– Cela pourrait-il tromper le Damork, Séphrénia?

Elle le foudroya du regard, puis céda. Elle porta le bout des doigts à la tempe. Émouchet y remarqua les fils d'argent plus nombreux.

– Je pense que oui. Nous ne savons même pas si le Damork est ici. Martel a très bien pu nous dire la vérité.

– Je ne compterais pas trop dessus, grogna Kurik.

– Quoi qu'il en soit, le Damork ne pourrait sans doute pas saisir le concept de cave... et encore moins de passage souterrain.

– Qu'est-ce qu'un Damork? demanda Voren.

Émouchet décrivit ce qui était arrivé au navire du capitaine Mabin dans le pas d'Arcie.

Voren se leva et arpenta la pièce.

– Notre issue de secours n'a pas été conçue pour résister à ce genre de chose, admit-il. Il vaudrait mieux que je prenne quelques précautions supplémentaires. J'ai six vaisseaux à quai, actuellement. Pourquoi ne les ferais-je pas appareiller tous en même temps? Si vous naviguez au milieu de toute une flottille, cela pourra ajouter à la confusion.

– N'est-ce pas un peu compliqué?

– Émouchet, je connais ta modestie, mais tu es probablement l'homme le plus important du monde, à l'heure actuelle... en attendant que tu aies atteint Cimmura et remis ton rapport à Vanion. Je n'ai pas envie de courir de risques si je peux les éviter. (Il s'approcha du mur du jardin et plissa les yeux devant le soleil couchant.) Nous allons devoir faire vite, leur dit-il. La morte-eau arrive juste après la nuit, ce soir, et je veux que vous soyez dans la cave quand la lisse du navire descendra en dessous du bord de l'appontement. Je vous accompagnerai pour m'assurer que vous vous êtes embarqués en toute sécurité.

Ils chevauchèrent ensemble jusqu'au port. Leur route les conduisit à travers le quartier familial où Émouchet avait tenu sa boutique durant des années. Les bâtiments ressemblaient un peu à de vieux amis et il crut reconnaître quelques personnes dans la foule qui se hâtait par les rues étroites.

– Brute!

La voix qui s'élevait derrière eux devait s'entendre jusqu'à la moitié du pas d'Arcie et elle était péniblement familière.

– Assassin!

– Oh, non! gémit Émouchet en tirant sur les rênes de Faran. Dire qu'on était presque arrivés!

Il considéra mélancoliquement l'auberge où les conduisait Voren et qui n'était plus qu'à un pâté de maisons.

– Monstre! continuait la voix d'un ton strident.

– Euh... Émouchet, fit tout doucement Kurik, serait-ce mon imagination, ou bien cette dame essaierait-elle d'attirer votre attention?

– N'insiste pas, Kurik.

– Comme vous voudrez, monseigneur.

– Assassin! Brute! Monstre! Traître!

Il y eut un bref silence.

– Meurtrier! ajouta la femme.

– Je ne suis rien de tout cela, murmura Émouchet. (Il poussa un soupir et fit faire volte-face à Faran.) Salut, Lillias, dit-il à la femme voilée qui l'abreuvait de cris. Il parlait du ton le plus doux et inoffensif qu'il pût adopter.

– Salut, Lillias? hurla-t-elle. *Salut, Lillias?* C'est là tout ce que tu as à dire pour ta défense, scélérat?

Émouchet s'efforça de ne pas sourire. A sa manière, il aimait Lillias, et il était content de la voir s'amuser ainsi.

– Tu as l'air en pleine forme, dit-il sur un ton de conversation, sachant parfaitement qu'un tel commentaire ne pouvait manquer de relancer sa diatribe.

– En pleine forme? *En pleine forme?* Alors que tu m'as assassinée? Alors que tu m'as arraché le cœur? Alors que tu m'as plongée dans la fange du plus profond des désespoirs? (Elle arbora une posture théâtrale, penchée en arrière, la tête levée, les bras largement écartés.) C'est à peine si la nourriture parvient encore à franchir mes lèvres depuis le jour funeste où tu m'abandonnas sans un sou dans le ruisseau.

– Je t'ai laissé la boutique, Lillias, protesta-t-il. Elle nous suffisait avant mon départ. Elle doit encore te nourrir.

– La boutique! Que m'importe la boutique? C'est mon cœur que tu brisas, Mahkra! (Elle rejeta sa cagoule en arrière.) Assassin! Vois, ceci est ton œuvre!

Elle commença à arracher ses longs cheveux noirs et luisants et à griffer son visage basané aux lèvres charnues.

– Lillias! aboya Émouchet d'un ton qu'il n'avait eu à employer que rarement durant les années qu'ils avaient passées ensemble. Arrête! Tu vas te faire mal!

Mais Lillias avait trouvé toute sa voix et rien ne pouvait plus l'arrêter.

– Du mal? s'écria-t-elle d'une voix théâtrale. Que m'importe! Comment peut-on faire du mal à une morte? Tu veux voir ce qu'est avoir mal, Mahkra? Vois mon cœur!

Elle ouvrit son corsage. Mais ce ne fut point son cœur qu'elle révéla.

– Oh, mon Dieu, dit Kurik d'une voix marquée d'une crainte révérencielle en fixant les attributs que venait de découvrir cette femme.

Voren tourna la tête en dissimulant un sourire. Mais Séphrénia considéra Émouchet avec une expression légèrement différente.

– Oh, mon Dieu, gémit Émouchet. (Il descendit de selle.) Lillias! marmotta-t-il froidement, couvre-toi! Songe aux voisins... et aux enfants qui regardent.

– Que m'importent les voisins? Qu'ils regardent! (Elle exposa encore plus sa poitrine.) Que signifie la honte pour une femme dont le cœur est mort?

Sévère, Émouchet avança sur elle. Arrivé à distance convenable, il lui parla doucement entre les dents.

– Ils sont magnifiques, Lillias, mais je ne crois pas qu'ils puissent surprendre un seul homme à six pâtés de maisons à la ronde. Tu veux vraiment continuer cette scène?

Elle parut soudain moins sûre d'elle, mais ne referma pas son corsage.

– Comme tu voudras, fit-il avec un haussement d'épaules. (Lui aussi haussa alors la voix.) Ton cœur n'est pas mort, Lillias, déclara-t-il à l'adresse de l'auditoire rassemblé sur les balcons des premiers étages. Loin de là, je pense. Et Georgias le boulanger? Et Nendan le charcutier?

Il choisissait des noms au petit bonheur.

Elle blêmit et recula en refermant son corsage.

– Tu es au courant? demanda-t-elle d'une petite voix.

Il ressentit un petit pincement au cœur, mais il le cacha.

– Bien entendu, déclara-t-il en jouant toujours pour les balcons, mais je te pardonne. Tu es une vraie femme, Lillias, et tu n'es point faite pour vivre seule. (Il tendit la main et lui recouvrit doucement les cheveux avec la cagoule.) Tu te portes bien? lui demanda-t-il avec beaucoup de douceur.

– Je me débrouille, chuchota-t-elle.

– Parfait. En avons-nous pratiquement terminé?

– Je crois qu'il manque un petit quelque chose pour couronner ça, non? suggéra-t-elle avec une expression d'espoir.

Il fit de son mieux pour s'empêcher de rire.

– Je suis sérieuse, Mahkra, siffla-t-elle. Ma position dans la communauté en dépend.

– Fais-moi confiance, murmura-t-il. Tu m'as trahi, Lillias, continua-t-il à l'adresse des balcons, mais je te pardonne, car je n'étais pas présent pour t'empêcher d'errer.

Elle réfléchit un instant, puis se mit à sangloter, tomba entre ses bras et enfouit son visage contre sa poitrine.

– Tu m'as tellement manqué, mon Mahkra. Je me suis affaiblie. Je ne suis qu'une pauvre femme ignorante... esclave de mes passions. Pourras-tu jamais véritablement me pardonner?

– Qu'y a-t-il à pardonner, ma Lillias? demanda-t-il d'un ton grandiloquent. Tu es semblable à la terre, semblable à la mer. Donner fait partie de ta nature.

Elle se dégagea brutalement.

– Bats-moi! exigea-t-elle. Je mérite d'être battue!

D'énormes larmes qui semblaient authentiques apparaissaient dans ses grands yeux noirs.

– Oh, non, pas de correction, Lillias. (Car il savait où cela risquait de le conduire.) Rien que ceci. (Et il déposa sur ses lèvres un unique baiser très chaste.) Porte-toi bien, Lillias, murmura-t-il doucement. (Puis il recula avant qu'elle puisse lui mettre autour du cou des bras dont il connaissait la vigueur.) A présent, bien que j'en aie l'âme déchirée, il me faut te quitter à nouveau, déclama-t-il en rabattant le voile sur son visage. Pense à moi de temps à autre tandis que je me mets en quête du destin qui m'est réservé.

Il résista à l'impulsion de se poser la main sur le cœur.

– Je le savais! s'écria-t-elle en s'adressant davantage aux spectateurs qu'à Émouchet. Je savais que tu étais un homme d'entreprise! J'abriterai notre amour en mon cœur pour toute l'éternité, mon Mahkra, et je te resterai fidèle jusqu'à la tombe. Et si tu survis, reviens-moi. (Elle écartait à nouveau les bras.) Sinon, envoie-moi ton fantôme dans mes rêves et je réconforterai de mon mieux ton ombre blafarde.

Il recula devant les bras tendus. Puis il fit volte-face pour que sa robe tournoie théâtralement (il lui devait bien cela) et bondit sur la selle de Faran.

– Adieu, ma Lillias, dit-il d'un ton de mélodrame en tirant sur les rênes de Faran qui se cabra très haut. Et si nous ne nous rencontrons plus en ce monde, puisse Dieu nous accorder de nous retrouver dans l'autre.

Il enfonça les talons dans les flancs de Faran et passa à côté d'elle au galop.

– Tout ceci était volontaire? lui demanda Séphrénia comme ils mettaient pied à terre dans la cour de l'auberge.

– Je me suis peut-être laissé un peu emporter, admit Émouchet. Voilà l'effet que Lillias a parfois sur les hommes. (Il eut un petit sourire lugubre.) Elle a le cœur brisé en moyenne trois fois par semaine, observa-t-il d'un ton clinique. Elle a toujours mis un point d'honneur à être infidèle, et un peu malhonnête côté caisse. Elle est vaniteuse, vulgaire et égoïste. Elle est menteuse, avide et grossièrement théâtrale. (Il marqua un temps d'arrêt en songeant aux années passées.) Mais je l'aimais bien. C'est une brave fille, malgré tous ses défauts, et sa compagnie n'avait rien de monotone. Je lui devais bien cette scène. Elle pourra désormais se pavaner comme une reine dans le quartier, et cela ne m'a pas coûté grand-chose, non?

– Émouchet, je ne te comprendrai jamais.

– C'est bien ça qui est amusant, petite mère, n'est-ce pas?

Flûte, toujours assise sur la blanche haquenée de Séphrénia, joua un petit trille moqueur sur son instrument.

– Parle avec elle, suggéra Émouchet à Séphrénia. Elle, elle a compris.

Flûte roula de grands yeux devant lui, puis lui tendit généreusement les mains pour lui permettre de l'aider à descendre.

Chapitre vingt-quatre

Le voyage à travers le pas d'Arcie se déroula sans encombre. Ils voguaient vers le nord-est sous un ciel clair et une brise d'arrière tandis que les autres vaisseaux de la flottille de Voren les encadraient d'un air protecteur.

Vers midi, le troisième jour, Émouchet monta sur le pont pour rejoindre Séphrénia sur la proue, où elle considérait les vagues scintillantes en compagnie de Flûte.

– Tu es toujours en colère contre moi?

Elle poussa un soupir.

– Non. Sans doute plus.

Émouchet ne savait trop comment formuler son malaise, aussi biaisa-t-il.

– Séphrénia, ne t'a-t-il pas semblé qu'à Dabour tout s'est passé un peu trop simplement? J'ai l'impression mystérieuse de me faire conduire par le bout du nez.

– Que veux-tu dire, plus précisément?

– Je sais que tu as manipulé Arasham, l'autre soir, mais as-tu agi contre Martel?

– Non. Il l'aurait senti et il m'aurait résisté.

– C'est bien ce que je pensais. Qu'est-ce qui clochait donc chez lui?

– Je ne suis pas sûre de te suivre.

– Il agissait presque comme un écolier. Nous connaissons tous deux Martel. Il n'a pas le cerveau lent. Ce que j'ai fait était si transparent qu'il aurait dû comprendre aussitôt, mais il n'a pas bougé. Il est resté là comme un demeuré et m'a laissé rabattre tout son stratagème devant ses yeux. C'était trop facile et c'est cela qui m'inquiète.

– Il ne s'attendait pas vraiment à nous voir dans la

tente d'Arasham, Émouchet. Peut-être la surprise l'a-t-elle déstabilisé.

– Martel ne se laisse pas facilement surprendre.

Elle fronça les sourcils.

– Non, en effet. (Elle réfléchit.) Tu te rappelles ce que disait le seigneur Darellon avant notre départ de Cimmura?

– Non, pas exactement.

– Il nous a rapporté qu'Annias s'était comporté comme un simple d'esprit, lors de la présentation de son affaire devant les rois élènes. Il avait annoncé la mort du comte Radun sans même procéder à une vérification préalable.

– Oh, oui, je me rappelle, à présent. Et tu as dit que toute cette combine... la tentative d'assassinat du comte attribuée aux pandions... pouvait fort bien avoir été conçue par un magicien styrique.

– Peut-être cela va-t-il encore un peu plus loin. Nous savons que Martel a eu des contacts avec un Damork, ce qui signifie qu'Azash doit être là-dessous. Azash a toujours frayé avec les Styriques et ne connaît guère les subtilités de l'esprit élène. Les Dieux de Styricum sont très directs et prévoient rarement les événements imprévus... Or, le dessein des complots d'Arcie et de Rendor était d'écarter de Chyrellos les chevaliers de l'Église durant l'élection. Annias s'est comporté comme un Styrique à Cimmura, et Martel a fait de même dans la tente d'Arasham.

– Tu te contredis quelque peu, Séphrénia, protesta-t-il. D'abord, tu essaies de me dire que les Styriques ont un esprit assez simple, puis tu nous fournis une explication tellement compliquée que je n'arrive pas à la suivre. Pourquoi ne pas dire tout bonnement ce que tu penses?

– Azash a toujours dominé l'esprit de ses fidèles, et, pour la plupart, ils sont styriques. Si Annias et Martel commencent à se comporter comme des Styriques, cela fait apparaître quelques possibilités fort intéressantes, tu ne trouves pas?

– Je suis navré, Séphrénia, mais je ne puis accepter ce raisonnement. Malgré tous ses défauts, Martel est toujours élène; et Annias est un ecclésiastique. Aucun des deux ne vendrait son âme à Azash.

– Pas consciemment, peut-être, mais Azash semble vouloir qu'Annias soit le nouvel archiprélat. Cela, nous devons le garder à l'esprit. Si Azash contrôle Annias et

Martel, ils vont penser tous deux comme des Styriques, et les Styriques ne réagissent pas très vite quand ils sont surpris. C'est une caractéristique raciale. La surprise pourrait être la meilleure de nos armes.

– Était-ce pour cela que tu étais en colère contre moi : parce que je t'avais surprise?

– Bien entendu. Je croyais que tu l'avais compris.

– La prochaine fois, j'essaierai de t'avertir.

– Je t'en saurais gré.

Deux jours plus tard, leur vaisseau pénétrait dans l'estuaire de l'Ucéra et remontait vers la ville portuaire de Vardenais. Mais, à l'approche des jetées, Émouchet vit que des ennuis les attendaient. Des hommes en tunique rouge patrouillaient sur les appontements.

– Et maintenant? demanda Kurik, caché avec Émouchet derrière un rouf pour ne pas se faire voir.

Émouchet fronça les sourcils.

– Sans doute pourrions-nous traverser la baie et aborder du côté arcien.

– S'ils surveillent les ports, ils patrouillent forcément le long de la frontière. Servez-vous de votre tête, Émouchet.

– Peut-être pouvons-nous nous faufiler de nuit.

– Ce que nous faisons n'est-il pas un peu trop important pour compter sur un *peut-être*? demanda Kurik, fort à propos.

Émouchet se mit à jurer.

– Il *faut* que nous rejoignions Cimmura. Très bientôt, un autre des douze chevaliers va mourir et j'ignore quel poids peut encore supporter Séphrénia. Réfléchis, Kurik. Tu es toujours meilleur que moi en matière tactique.

– C'est parce que je ne porte pas d'armure. Le sentiment d'invincibilité a de curieux effets sur le cerveau.

– Merci, fit sèchement Émouchet.

Kurik fronça les sourcils sous l'effort de la réflexion.

– Eh bien? demanda impatiemment Émouchet.

– J'y arrive, Émouchet. Ne me bousculez pas.

– Nous nous rapprochons de la jetée.

– Je le vois bien. On voit s'ils fouillent des navires?

Émouchet passa la tête par-dessus le haut du rouf.

– On dirait que non.

– Parfait. Cela veut dire que nous n'aurons pas à prendre des décisions de dernière minute. Nous pouvons descendre réfléchir à la question.

– Des idées?

– Vous me bousculez, Émouchet. C'est un de vos défauts, vous savez. Vous voulez toujours foncer en plein milieu de la bagarre avant d'avoir vraiment réfléchi à ce que vous visez.

Leur navire mit à panne contre une jetée souillée de goudron et les matelots lancèrent les amarres aux dockers. Puis ils sortirent la passerelle et commencèrent à descendre caisses et ballots sur le quai.

Il y eut un grand bruit venant de la cale et Faran monta au trot sur le pont. Stupéfait, Émouchet fixa son cheval de guerre. Flûte était assise en tailleur sur le large dos du gros rouan et jouait de son instrument. La mélodie qu'elle jouait était particulièrement soporifique, presque une berceuse. Avant qu'Émouchet et Kurik aient pu réagir, elle tapa du pied sur le dos de Faran et l'engagea placidement sur la passerelle.

– Mais qu'est-ce qu'elle fabrique? s'exclama Kurik.

– Je n'en ai pas la moindre idée. Va chercher Séphrénia... en vitesse!

Flûte chevaucha tout droit vers le peloton de soldats de l'Église stationné à l'autre bout du quai. Ils examinaient attentivement chaque marin qui débarquait, mais ils ne prêtèrent aucune attention à Flûte ni au cheval. Elle circula impudemment devant eux, puis se retourna. Elle semblait regarder Émouchet et, jouant toujours de son instrument, elle leva une petite main et lui fit signe.

Il la contemplait fixement.

Elle eut une petite grimace, puis s'avança délibérément sur les soldats. Ils s'écartèrent d'un air absent sans la regarder.

– Qu'est-ce qui se passe, là-bas? demanda Émouchet comme Séphrénia et Kurik le rejoignaient derrière le rouf.

– Je ne sais pas vraiment, répondit Séphrénia en fronçant les sourcils.

– Pourquoi les soldats ne font-ils pas attention à elle? demanda Kurik comme Faran franchissait une nouvelle fois la rangée de soldats.

– Je ne pense pas qu'ils la voient.

– Mais elle est juste sous leur nez.

– Cela ne semble pas avoir d'importance. (Sur son visage se peignit une expression d'émerveillement.) J'en ai entendu parler murmura-t-elle. Je croyais que ce n'était qu'une vieille légende populaire, mais peut-être avais-je tort. (Elle regarda Émouchet.) S'est-elle tournée vers le bateau depuis qu'elle est sur le quai?

– Elle m'a fait une espèce de signe pour que je la suive, répondit-il.

– Tu en es sûr?

– C'est l'impression que j'ai eue.

Elle prit longuement son souffle.

– Eh bien, il n'y a qu'un seul moyen de savoir ce qu'il en est, je suppose.

Avant qu'Émouchet ait pu l'arrêter, elle se dressa et sortit de l'abri du rouf.

– Séphrénia! lui lança-t-il, mais elle traversa le pont comme si elle ne l'avait pas entendu, atteignit le bastingage et s'arrêta.

– Elle devrait leur crever les yeux, dit Kurik d'une voix étranglée.

– Je le vois bien.

– Les soldats doivent avoir son signalement. Est-ce qu'elle a perdu l'esprit?

– J'en doute. Regarde.

Émouchet indiqua les soldats sur l'appontement. Bien que Séphrénia fût devant leurs yeux, ils ne semblaient même pas la regarder.

Flûte, quant à elle, l'aperçut et exécuta son petit geste impérieux.

Séphrénia poussa un soupir et regarda Émouchet.

– Attendez ici.

– Où?

– Ici... à bord du navire.

Elle se retourna, s'engagea sur la passerelle et descendit sur le quai.

– Ça marche, dit froidement Émouchet en se levant et en tirant son épée. (Il compta rapidement les soldats sur l'appontement.) Ils ne sont pas si nombreux, dit-il à Kurik. Si nous pouvons les prendre par surprise, nous avons une chance.

– Réduite, Émouchet. Attendons un instant et voyons ce qui se passe.

Séphrénia s'avança sur le quai et s'arrêta juste devant les soldats.

Ils l'ignorèrent.

Elle leur adressa la parole.

Ils ne lui prêtèrent pas attention.

Elle se retourna alors vers le bateau.

– Tout va bien, Émouchet, lança-t-elle. Ils ne peuvent nous voir... ni nous entendre. Amène les autres chevaux et nos affaires.

– De la magie? demanda Kurik, ébahi.

– Je n'avais jamais entendu parler de *ça*!

– Alors, nous n'avons plus qu'à lui obéir, et rapidement. Je n'aimerais pas me retrouver au beau milieu de ces soldats quand l'enchantement se rompra.

Ce fut une expérience fantastique que de descendre sur la passerelle sous les yeux des soldats de l'Église et de suivre l'appontement pour arriver sous leur nez. Les soldats avaient l'expression de lassitude qu'on prend pour expédier les affaires courantes. Ils arrêtaient normalement chaque marin quittant l'appontement, mais ne prêtèrent aucune attention à Émouchet, à Kurik et aux chevaux. Les soldats s'écartèrent sans ordre de leur caporal et refermèrent les rangs une fois qu'Émouchet et Kurik eurent gagné les pavés de la rue.

Sans un mot, Émouchet prit Flûte sur le dos de Faran et sella son cheval.

– Parfait, dit-il à Séphrénia quand il eut terminé. Comment a-t-elle fait?

– Comme d'habitude.

– Mais elle ne sait pas parler... ou du moins elle ne parle pas. Comment a-t-elle jeté ce sort?

– A l'aide de sa flûte, Émouchet. Je pensais que tu l'avais compris. Elle ne prononce pas d'enchantements, elle les joue sur son instrument.

– Est-ce vraiment possible?

– Tu viens de le voir.

– Pourrais-tu faire de même?

Elle secoua la tête.

– Je suis atteinte d'une espèce de surdité musicale, confessa-t-elle. Je ne distingue guère une note d'une autre, sinon de manière assez grossière, et la mélodie doit être très précise. Y allons-nous?

Ils prirent des rues qui les éloignaient du port.

– On est toujours invisibles? demanda Kurik.

– Nous ne sommes pas vraiment invisibles, Kurik, répondit Séphrénia en enveloppant dans sa cape Flûte qui jouait toujours son petit air soporifique. Sinon, nous ne pourrions nous voir entre nous.

– Je ne comprends rien.

– Les soldats savaient que nous étions là. Ils se sont écartés pour nous laisser passer, tu te rappelles? Ils ont simplement décidé de ne pas faire attention à nous.

– Décidé?

– Le terme est peut-être inexact. Disons qu'ils ont été incités à ne pas s'intéresser à nous.

Ils franchirent la porte Nord de Vardenais sans être arrêtés par les gardes et ne tardèrent pas à se retrouver sur la grand-route de Cimmura. Le temps avait changé depuis leur départ d'Élénie, bien des semaines auparavant. Le froid de l'hiver était parti et les premiers bourgeons du printemps pointaient sur les branches des arbres au bord de la route. Les paysans dans les champs peinaient lourdement derrière leurs charrues, labourant la terre grasse et noire. Les pluies s'étaient enfuies et le ciel était d'un bleu éclatant, parsemé çà et là de nuages blancs cotonneux. La brise était vive et chaude, la terre avait un parfum de croissance et de renouveau. Ils avaient jeté leurs robes rendors avant de quitter le navire, mais Émouchet trouvait sa cotte de mailles et sa tunique capitonnée désagréablement chaudes.

Kurik considérait en expert les champs retournés de frais.

– J'espère que mes garçons ont terminé les labours. Je n'aimerais pas que cette corvée m'attende à mon retour.

– Aslade veille à ce qu'ils s'en occupent, assura Émouchet.

– Vous avez probablement raison. (Kurik fit une moue.) En y réfléchissant bien, elle fait un meilleur fermier que moi.

– Comme toutes les femmes, lui dit Séphrénia. Elles sont en harmonie avec la lune et les saisons. En Styricum, les femmes s'occupent toujours des champs.

– Et que font les hommes?

– Aussi peu de travaux que possible.

Il leur fallut près de cinq jours pour gagner Cimmura, où ils arrivèrent en début d'après-midi. Émouchet tira sur ses rênes au sommet d'une colline à l'ouest de la ville.

– Est-ce qu'elle peut recommencer? demanda-t-il à Séphrénia.

– Qui?

– Flûte. Peut-elle faire en sorte qu'on ne s'intéresse pas à nous?

– Je l'ignore. Pourquoi ne le lui demandes-tu pas?

– Pourquoi pas toi? J'ai l'impression que je ne lui plais pas.

– Qu'est-ce qui t'a donné cette idée? Elle t'adore.

Séphrénia se pencha légèrement en avant et s'adressa en styrique à la petite fille appuyée contre elle.

Flûte hocha la tête et exécuta de la main une sorte de geste circulaire mystérieux.

– Qu'a-t-elle dit? demanda Émouchet.

– Approximativement : que le chapitre est de l'autre côté de Cimmura. Elle suggère que nous fassions le tour de la ville plutôt que de la traverser à cheval.

– Approximativement?

– La traduction trahit le sens réel des mots.

– Parfait. Nous allons donc agir comme elle l'a proposé. Je ne tiens pas du tout à ce qu'Annias découvre que nous sommes de retour.

Ils traversèrent les champs déserts et les bois épars en se tenant à un mille environ du mur de la ville. Cimmura n'était pas une cité séduisante. La combinaison particulière du site et du climat semblait capturer la fumée de ses cheminées pour la retenir en un linceul perpétuel juste au-dessus des toits. Ce nuage menaçant donnait l'impression d'une ville crasseuse.

Ils finirent par atteindre un bosquet à un demi-mille des murs du chapitre. Les terres étaient de nouveau parsemées de paysans à l'ouvrage et la route qui sortait de la porte était parcourue de voyageurs pressés aux habits colorés.

– Dis-lui que c'est le moment, demanda Émouchet à Séphrénia. Je suis sûr qu'un bon nombre de ces gens travaillent pour Annias.

– Elle le sait, Émouchet. Elle n'est pas bête.

– Non. Seulement un peu étourdie.

Flûte lui adressa une grimace et se mit à jouer de son instrument. C'était la même mélodie léthargique et presque endormie qu'à Vardenais.

Ils traversèrent le champ en direction des quelques maisons groupées à l'extérieur du chapitre. Malgré la certitude que nul ne leur prêterait attention, Émouchet était très tendu chaque fois qu'ils croisaient quelqu'un.

– Détends-toi, ordonna froidement Séphrénia. Tu lui compliques la tâche.

– Pardon, marmonna-t-il. C'est l'habitude, sans doute.

Il s'enveloppa péniblement dans une sorte de calme.

Un certain nombre d'ouvriers réparaient la route conduisant au portail de la forteresse.

– Des espions, grogna Kurik.

– Comment le sais-tu?

– Regarde la façon dont ils posent les pavés. Ils n'ont pas la moindre idée de ce qu'ils font.

– Un peu maladroits, en effet, acquiesça Émouchet en considérant d'un œil critique la section qui venait d'être pavée tandis qu'ils passaient à côté de l'équipe.

– Annias doit vieillir, commenta Kurik. Il était plus discret, dans le temps.

– Disons qu'il a beaucoup de soucis.

Ils atteignirent le pont-levis, le franchirent et débouchèrent dans la cour devant quatre chevaliers indifférents.

Un jeune novice était occupé à tirer de l'eau du puits au centre de la cour, tournant laborieusement la manivelle grinçante. Avec un grand geste final, Flûte ôta son instrument des lèvres.

Le novice étouffa un juron et tendit la main vers son épée. Le treuil glapit comme le seau replongeait dans l'eau.

– Tout doux, mon frère, lui dit Émouchet en mettant pied à terre.

– Comment avez-vous franchi la porte? s'exclama le novice.

– Tu ne nous croirais pas, répondit Kurik en descendant de son hongre.

– Pardonnez-moi, sire Émouchet, bégaya le novice. Vous m'avez pris par surprise.

– Ce n'est rien. Kalten est revenu?

– Oui, monseigneur. Lui et les chevaliers des autres ordres sont arrivés il y a quelque temps.

– Parfait. Sais-tu où je puis les trouver?

– Je crois qu'ils sont avec le seigneur Vanion, dans son cabinet.

– Merci. Veux-tu bien t'occuper de nos chevaux?

– Bien entendu, sire Émouchet.

Ils pénétrèrent dans le chapitre et descendirent le couloir central. Puis ils grimpèrent l'escalier étroit de la tour.

L'un des gardes sur le palier salua Émouchet et frappa à la porte.

– Sire Émouchet est ici, monseigneur, annonça-t-il à Vanion.

– Pas trop tôt, fit la voix de Kalten.

– Veuillez entrer, sire Émouchet, dit le jeune homme en s'inclinant.

Vanion était assis à la table. Kalten, Bévier, Ulath et Tynian s'étaient levés. Bérit et Talen étaient assis sur un banc dans le coin.

– Quand êtes-vous arrivés? demanda Émouchet.

– Au début de la semaine dernière, répondit Kalten. Qu'est-ce qui vous a retenus?

– Nous avons eu une longue route.

Sans mot dire, il serra la main de Tynian, d'Ulath et de Bévier. Puis il s'inclina devant Vanion.

– Avez-vous reçu mes messages? dit celui-ci.

– S'ils furent au nombre de deux, oui.

– Parfait. Dans ce cas, vous êtes relativement au courant de ce qui se passe en Rendor.

Cependant, Vanion examinait attentivement Séphrénia.

– Tu ne parais pas très bien-portante, petite mère.

– Ça va aller, dit-elle en passant une main lasse sur les yeux.

– Assieds-toi, dit Kalten en approchant un fauteuil.

– Merci.

– Que s'est-il passé à Dabour, Émouchet? demanda Vanion, dont les yeux trahissaient l'impatience.

– Nous avons découvert le médecin que nous cherchions. En fait, il a bel et bien guéri certaines personnes qui avaient été empoisonnées par le même produit que Séphrénia.

– Dieu merci! lâcha Vanion en expirant violemment.

– Ne te réjouis pas aussi vite, Vanion, lui dit Séphrénia. Nous connaissons le remède, mais il nous faut le trouver avant de pouvoir l'utiliser.

– Je ne te suis pas.

– Ce poison est extrêmement puissant. La seule façon d'en supprimer les effets passe par la magie.

– Ce médecin t'a-t-il donné le sortilège à utiliser?

– Apparemment, il n'y en a aucun. Il existe en ce monde un certain nombre d'objets qui ont un pouvoir immense. Il nous faut découvrir l'un deux.

Il fronça les sourcils.

– Cela risque de prendre du temps. Habituellement, on cache ce genre d'objets pour éviter les voleurs.

– Je sais.

– Es-tu absolument certain d'avoir identifié le poison? demanda Kalten.

– J'en ai eu confirmation de la bouche même de Martel.

– Martel? Tu lui as vraiment donné le temps de parler avant de le tuer?

– Je ne l'ai pas tué. L'heure n'était pas propice.

– Toute heure est propice pour cela, Émouchet.

– C'est bien ce que j'ai ressenti quand je l'ai aperçu, mais Séphrénia nous a persuadés de garder nos épées au fourreau.

– Tu me déçois terriblement, Séphrénia.

– Il aurait fallu que tu sois là pour comprendre.

– Pourquoi ne pas avoir simplement pris ce qu'avait utilisé le médecin pour guérir ces autres gens? demanda Tynian.

– Parce qu'il l'a pulvérisé et mélangé à du vin avant de le leur donner à boire.

– Est-ce ainsi qu'il faut procéder?

– Non, pas du tout. Et Séphrénia le lui a signalé en termes assez vifs.

– Je crois qu'il vaudrait mieux que tu commences au début, déclara Vanion.

– Exact, acquiesça Émouchet en prenant un siège.

Il parla brièvement du talisman sacré d'Arasham et du stratagème qui les avait introduits dans la tente du vieillard.

– Je trouve que tu te montras fort libéral avec le nom de mon roi, Émouchet, se plaignit Tynian.

– Il n'est pas nécessaire que nous lui en parlions, n'est-ce pas? répondit Émouchet. J'avais besoin d'un nom de royaume très éloigné de Rendor. Arasham n'a sans doute qu'une très vague idée de l'endroit où se trouve Deira.

– Alors, pourquoi n'as-tu pas parlé de la Thalésie?

– Je doute qu'Arasham ait jamais entendu parler de la Thalésie. De toute façon, le talisman sacré s'est révélé faux. Martel était là et tentait de persuader le vieux fou de remettre son soulèvement jusqu'au moment de l'élection du nouvel archiprélat.

Il continua en décrivant les moyens par lesquels il avait tourné les plans de l'homme aux cheveux blancs.

– Mon ami, je suis fier de toi, dit Kalten, admiratif.

– Merci. Je crois que les choses se sont bien arrangées.

– Il n'arrête pas de se congratuler depuis qu'on est ressortis de la tente d'Arasham. (Séphrénia regarda Vanion.) Kerris est mort, annonça-t-elle tristement.

Vanion hocha la tête sombrement.

– Je sais. Comment l'as-tu appris?

– Son fantôme est venu remettre son épée à Séphrénia, répondit Émouchet. Vanion, il faut agir sur ce plan. Elle ne peut continuer de porter toutes ces épées et tout ce qu'elles symbolisent. Elle s'affaiblit chaque fois qu'on lui en confie une.

– Je vais très bien, Émouchet, insista-t-elle.

– Ça ne me plaît pas de te contredire, petite mère, mais tu ne vas pas bien du tout. C'est à peine si tu peux garder la tête haute. Encore deux et tu te retrouveras à genoux.

– Où sont ces épées, actuellement? demanda Vanion.

– Nous avons une mule avec nous, répondit Kurik. Elles se trouvent dans une boîte sur son dos.

– Voudrais-tu aller me les chercher?

– Sur-le-champ, fit Kurik.

– Qu'as-tu en tête, Vanion? demanda Séphrénia d'un ton soupçonneux.

– Je vais prendre ces épées. (Il haussa les épaules.) Et tout ce qui les accompagne.

– Tu ne le peux.

– Oh, si, Séphrénia. J'étais aussi dans la salle du trône et je sais quel enchantement utiliser. Ce n'est pas forcément toi qui dois les porter. Quiconque était avec nous peut le faire.

– Tu n'es pas assez fort, Vanion.

– En réalité, je pourrais te porter, toi et tout ce que tu as dans les bras, toi qui es mon professeur. Car, pour l'instant, tu es bien plus importante que moi.

– Mais...

Il leva la main.

– La discussion est close, Séphrénia. Je suis le Précepteur. Avec ou sans ta permission, je prends le poids de ces épées.

– Tu ne sais ce que cela signifie, mon tout petit. Je ne puis te laisser faire. (Son visage fut soudain trempé de larmes et elle se tordit les mains en une inhabituelle manifestation d'émotion humaine.) Je ne puis te laisser faire.

– Tu ne peux m'en empêcher, dit-il d'une voix douce. Je puis jeter le sort sans ton aide, si nécessaire. Si tu veux que tes enchantements restent secrets, petite mère, tu ne devrais pas les prononcer à voix haute, tu sais. Tu devrais savoir à présent que j'ai une excellente mémoire.

Elle le regarda fixement.

– Tu me fais beaucoup de peine, Vanion, déclara-t-elle. Tu n'étais pas aussi méchant quand tu étais jeune.

– La vie est pleine de ce genre de petites déceptions, n'est-ce pas? dit-il d'une voix pleine d'urbanité.

– Je peux t'en empêcher, s'écria-t-elle en se tordant toujours les mains. Tu oublies combien je suis plus forte que toi!

– Bien sûr. C'est pourquoi je devrais me faire aider. Pourrais-tu affronter dix chevaliers entonnant un enchantement à l'unisson? Ou cinquante? Voire un demi-millier?

– C'est injuste! s'exclama-t-elle. Comment peux-tu aller aussi loin, Vanion... et je te faisais confiance...

– Tu avais raison, mon petit, dit-il en adoptant le rôle dominant, car je ne te permettrai jamais un tel sacrifice. Je te forcerai à te soumettre à moi, parce que tu sais que j'ai raison. Tu me confieras ce fardeau, parce que tu sais que ta tâche est plus importante que le reste, et tu sacrifieras tout pour accomplir ce qui est vital.

– Mon petit, commença-t-elle d'une voix douloureuse. Mon petit...

– Comme je le disais, coupa-t-il, la discussion est close.

Il y eut un long silence pesant tandis que Séphrénia et Vanion restaient immobiles, s'affrontant du regard.

Bévier demanda à Émouchet avec un certain malaise :

– Le médecin de Dabour vous a-t-il donné des indications sur les objets qui pourraient guérir la reine?

– Il a parlé d'un épieu en Darésie, de plusieurs bagues en Zémoch, d'un bracelet quelque part en Pélosie et d'un bijou sur la couronne royale de Thalésie.

Ulath lâcha un grognement.

– Le Bhelliom.

– Voilà qui résout tout, annonça Kalten. Nous nous rendons en Thalésie, nous empruntons la couronne de Wargun et revenons avec.

– Wargun ne l'a pas, lui apprit Ulath.

– Qu'est-ce que tu veux dire par là? Il est roi de Thalésie, n'est-ce pas?

– Cette couronne fut perdue il y a cinq cents ans.

– Nous serait-il possible de la retrouver?

– Presque tout est possible, je suppose, répondit le grand Thalésien, mais il y a cinq cents ans que des tas de gens la recherchent sans grand succès. Avons-nous le temps nécessaire?

– Qu'est-ce que c'est que ce Bhelliom? demanda Tynian.

– Selon les légendes, c'est un très gros saphir sculpté en forme de rose. Il est censé abriter les pouvoirs des Dieux des Trolls.

– Est-ce vrai?

– Je l'ignore. Je ne l'ai jamais vu. Il est perdu, n'oublie pas.

– Il y a forcément d'autres objets, déclara Séphrénia. Nous vivons dans un monde où la magie nous entoure. Depuis le commencement des temps, j'imagine que les Dieux ont jugé utile de créer un certain nombre d'objets ayant le genre de pouvoir que nous recherchons.

– Pourquoi ne pas en *fabriquer* un seul? demanda Kalten. On rassemble quelques personnes et on leur fait jeter un sort sur quelque chose... un bijou, une pierre, une bague, que sais-je?

– Je comprends maintenant pourquoi tu n'es jamais devenu expert en secrets, Kalten. (Séphrénia soupira.) Tu ne saisis même pas les principes de base. Toute magie provient des Dieux et non de nous. Ils nous permettent de faire des emprunts... si nous procédons de manière appropriée... mais jamais, au grand jamais ils ne nous permettront de fabriquer le genre d'objets que nous recherchons dans ce cas précis. Le pouvoir qui les habite participe du pouvoir des Dieux eux-mêmes, et ils ne sacrifient pas facilement celui-ci.

– Oh, je l'ignorais.

– Je t'en ai parlé quand tu devais avoir quinze ans.

– J'ai dû oublier.

– Il ne nous reste plus qu'à chercher, déclara Vanion. Je vais avertir les autres Précepteurs. Tous les chevaliers de l'Église des quatre ordres travailleront pour nous jusqu'au dernier.

– Et moi, je vais avertir les Styriques dans les montagnes, ajouta Séphrénia. Bien des choses de ce genre sont connues de Styricum seul.

– S'est-il passé quelque chose d'intéressant à Madel? demanda Émouchet à Kalten.

– Pas vraiment. Nous avons aperçu Krager de temps à

autre, mais de loin. Chaque fois que nous nous rapprochions, il prenait la tangente. C'est un vrai furet, ce type, n'est-ce pas?

Émouchet acquiesça de la tête.

– C'est ce qui a fini par me convaincre qu'on l'utilisait comme appât. Vous avez pu vous faire une idée de ce qu'il trafiquait?

– Non. Nous n'avons jamais pu nous rapprocher assez. Mais il avait bel et bien une affaire en train. Il filait d'un bout à l'autre de Madel comme une souris dans une usine de fromage.

– Adus a-t-il disparu?

– Si l'on peut dire. Talen et Bérit l'ont aperçu une fois... quand il a quitté la ville à cheval en compagnie de Krager.

– Et quelle direction prenaient-ils? demanda Émouchet au gamin.

Talen haussa les épaules.

– Ils allaient vers Borrata la dernière fois qu'on les a vus. Mais ils ont pu changer de direction ensuite.

– Le plus gros avait des bandages sur la tête, rapporta Bérit, et le bras en écharpe.

Kalten éclata de rire.

– Il semblerait que tu l'aies touché un peu plus que nous le pensions, dit-il.

La porte s'ouvrit et Kurik entra, portant la caisse en bois qui contenait les épées des chevaliers défunts.

– Tu persistes, Vanion? demanda Séphrénia.

– Je ne vois aucun autre choix possible. Il faut que tu puisses te déplacer facilement. Je peux travailler assis... ou couché dans mon lit... ou même mort.

Séphrénia n'eut qu'un bref mouvement des yeux. Elle vit Flûte qui hochait gravement la tête. Émouchet fut certain d'avoir été le seul à remarquer cet échange et en fut profondément troublé.

– Prends les épées une à une, conseilla Séphrénia à Vanion. Leur poids est considérable et il te faudra un certain temps pour t'y habituer.

– J'ai déjà porté des épées, Séphrénia.

– Pas comme celles-ci; d'ailleurs je ne parle pas de poids physique.

Elle ouvrit la caisse et sortit l'épée de sire Parasim, le jeune chevalier tué par Adus en Arcie. Elle prit la lame et tendit gravement la garde à Vanion par-dessus son avant-bras.

Il se leva et prit l'arme.

– Reprends-moi si je commets la moindre erreur, dit-il avant de se mettre à chanter en styrique.

Séphrénia éleva sa voix à l'unisson mais avec des intonations plus douces, moins assurées, et des yeux remplis de doutes. L'enchantement atteignit son apogée et Vanion s'écroula soudain, le visage gris.

– Mon Dieu! haleta-t-il en lâchant presque l'épée.

– Ça va, mon petit? demanda froidement Séphrénia en tendant la main pour le toucher.

– Laisse-moi reprendre mon souffle. Comment peux-tu supporter ceci, Séphrénia?

– Nous faisons ce qui doit être fait. Je me sens déjà mieux, Vanion. Il n'est pas utile que tu reprennes les deux autres.

– Si. Nous n'allons pas tarder à perdre un autre chevalier et son fantôme t'apportera son épée. Je veux veiller à ce que tu aies les mains libres quand il arrivera. (Il se redressa).) Parfait, dit-il d'un ton sévère. Donne-moi la suivante.

Chapitre vingt-cinq

Ce soir-là, Émouchet s'aperçut qu'il était inhabituellement fatigué. Les rigueurs des événements de Rendor semblaient s'abattre sur lui d'un seul coup mais, malgré sa lassitude, il s'agitait en tout sens sur son lit étroit. La lune était pleine et projetait sur son visage sa lumière pâle à travers la mince fenêtre. Il marmotta un juron amer et se cacha sous la couverture.

Peut-être sommeilla-t-il. Il crut flotter pendant des heures ; mais tous ses efforts ne lui permirent pas de franchir cette porte molle. Il rejeta sa couverture et s'assit sur son lit.

C'était le printemps, ou presque, et l'hiver avait semblé interminable. Mais lui, qu'avait-il accompli, finalement ? Les mois s'étaient écoulés et avec eux la vie d'Ehlana. Était-il vraiment plus près de la libérer de sa tombe de cristal ? Dans la lumière froide de la lune, il se retrouva aux prises avec une pensée glaciale. N'était-il pas possible, en fin de compte, que tous les complots d'Annias et de Martel n'eussent qu'un seul but : occuper le temps qui restait à Ehlana en l'obligeant à déployer une activité absurde ? Il avait rebondi de crise en crise depuis son retour à Cimmura. Peut-être les complots de ses ennemis n'étaient-ils pas destinés à réussir. Peut-être leur seul dessein était-il de le retarder. Il avait la désagréable impression qu'on le manipulait et que le manipulateur se délectait de sa colère et de sa frustration. Il se rallongea pour réfléchir.

Un froid soudain le réveilla, un froid qui paraissait pénétrer la moelle de ses os et, avant même d'ouvrir les yeux, il sut qu'il n'était pas seul.

Un personnage cuirassé se tenait au pied de son lit, le clair de lune se reflétant sur l'acier noir émaillé. La puanteur de charnier emplissait la chambre.

– Éveille-toi, sire Émouchet, ordonna le personnage d'un ton caverneux. Je dois m'entretenir avec toi.

Émouchet s'assit.

– Je suis éveillé, mon frère. (Le spectre releva sa visière.) Je suis navré, sire Tanis, ajouta-t-il.

– Tous les hommes doivent mourir, entonna le fantôme, et je suis mort à une fin précise. Cette seule pensée m'apporte réconfort dans la Maison des Morts. Prête-moi attention, Émouchet, car j'ai peu de temps à passer en ta compagnie. Je t'apporte des instructions. Voici à quelle fin je succombai.

– Je t'écoute, Tanis.

– Rends-toi cette nuit même à la crypte située sous la cathédrale de Cimmura. Là, tu rencontreras une autre ombre privée de repos qui t'instruira pour la suite des actions que tu devras entreprendre.

– L'ombre de qui?

– Tu le reconnaîtras, Émouchet.

– J'agirai ainsi que tu l'ordonnes, mon frère.

Le spectre tira son épée.

– A présent, il me faut te quitter, Émouchet. Je dois remettre mon épée avant de retourner au silence éternel.

Émouchet poussa un soupir.

– Je sais.

– Salut à toi, mon frère, et porte-toi bien, conclut le fantôme. Ne m'oublie pas dans tes prières.

Puis il sortit de la chambre en silence.

Les tours de la cathédrale de Cimmura cachaient les étoiles et la lune blafarde reposait sur la ligne d'horizon occidentale, emplissant les rues d'une lumière argentée et d'ombres noires comme l'encre. Émouchet s'arrêta dans l'obscurité à l'entrée d'une ruelle étroite. Il était juste en face du parvis de la cathédrale. Sous sa cape de voyageur, il portait sa cotte de mailles et son épée à la ceinture.

Il éprouvait un détachement bizarre en considérant les deux soldats de l'Église en faction sur le parvis. Leurs tuniques rouges étaient blanchies par le clair de lune et ils étaient appuyés nonchalamment contre les pierres de la cathédrale.

Émouchet réfléchit. La porte gardée était l'unique entrée de l'édifice. Toutes les autres devaient être verrouillées. Par tradition, toutefois, sinon selon la loi ecclésiastique, le verrouillage des grandes portes des églises était strictement interdit.

Les gardes étaient endormis. La rue n'était pas large. Une attaque rapide devait régler le problème. Émouchet se redressa et posa la main sur son épée. Puis il s'arrêta. Cette idée semblait avoir un côté indigne. Il n'était pas pusillanime, mais il ne pouvait aller à cette rencontre avec du sang sur les mains. Et les deux corps sur les marches de la cathédrale indiqueraient que quelqu'un s'était donné du mal pour entrer.

Il se remit à réfléchir. Qu'est-ce qui pouvait bien arracher les soldats à leur faction? Il examina une demi-douzaine de possibilités avant d'en retenir une. Il sourit. Il répéta l'enchantement pour s'assurer qu'il prononcerait correctement les mots, puis commença à marmonner en styrique.

Le sort était assez long. Un certain nombre de détails devaient être absolument exacts. Une fois qu'il eut terminé, il leva la main et le lança.

La silhouette qui apparut au bout de la rue était celle d'une femme. Elle portait une cape en velours à la capuche rejetée en arrière et ses longs cheveux blonds lui descendaient jusqu'en bas du dos. Elle avait un visage d'une beauté incroyable. Elle marchait vers le parvis de la cathédrale d'un pas séduisant et, quand elle eut atteint les marches, elle s'arrêta et leva les yeux vers les deux gardes désormais bien réveillés. Elle ne prononça pas un seul mot. Les paroles auraient compliqué inutilement l'enchantement et elle n'avait pas besoin de parler. Lentement, elle défit le col de sa cape et l'ouvrit. Sous sa cape, elle était nue.

Émouchet entendit nettement le halètement rauque des deux soldats.

Puis, avec des regards d'invite par-dessus l'épaule, elle remonta la rue. Les deux gardes la suivirent du regard, puis se consultèrent des yeux, vérifièrent que nul ne les observait. Ils appuyèrent leurs piques au mur et descendirent les marches en courant.

La silhouette s'était arrêtée sous une torche qui flambait au croisement. Elle leur fit un nouveau signe, puis disparut dans la rue latérale.

Les gardes se précipitèrent derrière elle.

Émouchet sortit de l'obscurité de la ruelle avant que les deux hommes eussent tourné l'angle. Il traversa la rue en quelques instants, grimpa les marches deux par deux, saisit la lourde poignée de l'une des grandes portes en voûte et tira. Il sourit : Combien de temps les soldats allaient-ils rechercher l'apparition qui avait déjà disparu?

L'intérieur de la cathédrale, froid et mal éclairé, sentait l'encens et la bougie. Deux cierges solitaires, de part et d'autre de l'autel, brûlaient par à-coups, vacillant dans le faible courant d'air qui avait suivi Émouchet : deux petites lumières à peine reflétées dans les gemmes et l'or qui décoraient l'autel.

Émouchet descendit en silence la nef centrale, les épaules raidies, tous les sens en éveil. Il était tard dans la nuit, mais l'un des nombreux ecclésiastiques habitant l'édifice pouvait être éveillé : or Émouchet préférait éviter des confrontations bruyantes.

Il fit devant l'autel une génuflexion de rigueur, se releva et prit le couloir mal éclairé qui conduisait au chœur.

Émouchet avança silencieusement vers une faible lumière. Une arche barrée par un rideau se dressait devant lui et il écarta prudemment l'épais velours violet.

Le primat Annias, vêtu non pas de satin mais de la bure des moines, était agenouillé devant un petit autel en pierre à l'intérieur du sanctuaire. Ses traits émaciés étaient déformés par des sentiments de mépris de soi et il se tordait les mains comme s'il voulait s'arracher les doigts. Des larmes coulaient sur son visage en abondance et son souffle rauque lui râpait la gorge.

Le visage d'Émouchet se durcit et ses mains se portèrent à son épée. Les soldats sur le parvis de la cathédrale étaient une chose. Les tuer n'aurait présenté aucun avantage. Mais Annias était un cas bien différent. Le primat était seul. Un seul bond, un seul coup ôteraient d'Élénie cet être immonde une fois pour toutes.

Un instant, la vie du primat demeura dans la balance tandis qu'Émouchet, pour la première fois de sa vie, envisageait le meurtre délibéré d'un homme désarmé. Il eut alors l'impression d'entendre une voix de petite fille et d'apercevoir un flot de cheveux blond pâle et une paire d'yeux gris sévères. A regret, il laissa retomber le velours et alla servir sa reine qui, même dans son sommeil, avait tendu sa douce main pour sauver son âme.

– Une autre fois, Annias, chuchota-t-il dans un souffle.

Il passa dans le couloir derrière le chœur et trouva l'entrée de la crypte. Une unique chandelle vacillait dans un bougeoir graisseux. Sans faire de bruit, Émouchet cassa la chandelle en deux, ralluma le fragment dans le bougeoir et s'engagea dans l'escalier qui descendait sous la cathédrale.

La porte au pied de l'escalier était en bronze épais. Émouchet referma son poing sur le bouton et le tourna très lentement jusqu'à ce qu'il sente le loquet se lever. Puis, pouce par pouce, il ouvrit l'énorme porte. Le léger craquement des paumelles sembla résonner dans le silence, mais Émouchet savait que ce bruit ne pouvait pas remonter jusqu'au rez-de-chaussée; de toute façon, Annias était bien trop perdu dans ses souffrances pour l'entendre.

L'intérieur de la crypte était une vaste salle basse, froide et sentant le moisi. Le cercle de lumière entourant le bout de chandelle laissait de larges espaces perdus dans l'obscurité. Les arcs-boutants qui soutenaient la voûte étaient recouverts de toiles d'araignées. Émouchet appuya son dos contre la porte en bronze et, très lentement, la referma. Le bruit se répercuta comme le tonnerre caverneux de la fin du monde.

La crypte obscure s'enfonçait dans le noir bien en dessous de la nef. Sous la voûte gisaient des rangées d'anciens monarques d'Élénie, chacun enfermé dans une tombe de marbre lépreux surmontée d'une effigie en plomb moisi. Deux mille ans d'histoire élène pourrissaient lentement dans cette cave humide. Les méchants reposaient aux côtés des vertueux. Les idiots étaient couchés auprès des sages. L'universelle niveleuse les avait tous conduits au même endroit. La statuaire funéraire habituelle décorait les murs et les angles de nombreux sarcophages, soulignant l'atmosphère macabre du caveau silencieux.

Émouchet frémit. La rencontre brûlante du sang, des os, de la chair et de l'acier brillant et tranchant lui était familière, mais pas ce silence glacial et poussiéreux. Il ne savait comment procéder, car le spectre avait été avare de détails. Il se tenait hésitant près de la porte de bronze. Conscient de l'inanité de son geste, il posa la main sur la garde de son épée, plutôt pour se réconforter que pour se garder en ce lieu terrible.

Au début, le bruit ne fut guère plus qu'un souffle, un mouvement erratique de l'air renfermé dans la crypte. Puis il se reproduisit, plus fort cette fois-ci.

– Émouchet, chuchota le soupir.

Émouchet leva son bout de chandelle et scruta l'obscurité.

– Émouchet, répéta le murmure.

– Je suis là.

– Rapproche-toi.

Le chuchotement semblait provenir des tombes les plus récentes. Émouchet s'approcha d'elles avec une assurance croissante. Il finit par s'arrêter devant le dernier sarcophage, qui portait le nom du roi Aldréas, père de la reine Ehlana. Il se tenait devant l'effigie en plomb du roi défunt, qu'il avait juré de servir mais qui lui avait inspiré bien peu de respect. Le sculpteur s'était efforcé de donner aux traits d'Aldréas une majesté royale, mais la faiblesse se décelait toujours dans l'expression légèrement abattue et le menton hésitant.

– Salut à toi, Émouchet.

Le chuchotement ne provenait pas de l'image au-dessus du couvercle en marbre, mais de la tombe même.

– Salut à toi, Aldréas.

– Me méprises-tu toujours, mon Champion?

Une centaine d'affronts et d'insultes bondirent dans l'esprit d'Émouchet, une dizaine d'années d'humiliations et de dénigrements dus à un homme dont l'ombre chagrine parlait désormais dans le confinement caverneux d'un sépulcre de marbre. A quoi bon retourner le poignard dans le cœur d'un défunt? Émouchet pardonna doucement à son roi.

– Je ne fis rien de tel, Aldréas, mentit-il. Tu étais mon roi. C'était tout ce que je savais.

– Tu es magnanime, Émouchet, et ta magnanimité déchire mon cœur insubstantiel bien plus que toute réprobation.

– J'en suis navré, Aldréas.

– Je n'étais pas apte à porter la couronne, admit la voix sépulcrale avec mélancolie. Tant de choses se produisaient que je ne comprenais point, tant de gens m'entouraient que je croyais mes amis et qui ne l'étaient point.

– Nous le savions, Aldréas, mais il n'y avait aucun moyen de te protéger.

– Je ne pouvais avoir connaissance des complots autour

de moi, n'est-ce pas, Émouchet? (Le fantôme semblait avoir désespérément besoin d'expliquer tout ce qu'Aldréas avait fait dans sa vie.) Je fus élevé dans le respect de l'Église et je faisais toute confiance au primat de Cimmura. Comment aurais-je pu savoir que son dessein était de me tromper?

– C'était impossible, Aldréas.

Il était facile de parler ainsi. Si quelques mots pouvaient réconforter le spectre accablé par les remords, ils ne lui coûtaient qu'un peu de salive.

– Je n'aurais pas dû tourner le dos à mon unique enfant. C'est de cela que je me repens le plus amèrement. Le primat m'avait retourné contre elle, mais je n'aurais pas dû écouter ses conseils perfides.

– Ehlana le savait. Elle savait que son ennemi était Annias et non toi.

Il y eut un temps d'arrêt.

– Et qu'est-il advenu de ma chère, très chère sœur? Les paroles du roi défunt semblaient sortir d'entre des dents serrées par la haine.

– Elle se trouve toujours dans le cloître de Démos, Votre Majesté, répondit Émouchet du ton le plus neutre possible. C'est là qu'elle mourra.

– Alors, ensevelis-la en ce lieu, mon Champion, ordonna Aldréas. Ne souille point mon repos en plaçant une meurtrière à mon côté.

– Une meurtrière? s'étonna Émouchet.

– Mon existence lui était devenue un fardeau. Son sycophante et amant, le primat Annias, prit les dispositions pour qu'elle fût conduite auprès de moi. Elle m'enjôla dans l'abandon le plus sauvage que je lui eusse connu. Épuisé, je pris une tasse de ses mains et bus une liqueur mortelle. Elle se moqua alors de moi, debout et nue au-dessus de mon corps inanimé, le visage déformé par la haine et le mépris tandis qu'elle me raillait. Vengemoi, mon Champion. Fais payer mon abjecte sœur et son immonde complice, car ils m'ont abaissé et ont dépossédé ma véritable héritière, la fille que j'ai méprisée durant toute son enfance.

– Tant que Dieu me prêtera vie, j'en fais le serment, Aldréas.

– Et quand ma pâle petite fille accédera justement à mon trône, dis-lui, je t'en prie, que je l'aimais vraiment.

– Si Dieu le veut, Aldréas, il en ira ainsi que tu le désires.

– Il le faut, Émouchet, il le faut... sinon, tout ce que fut jamais l'Élénie sera réduit à néant. Ehlana seule est héritière du trône. Veille à ce que mon trône ne soit point usurpé par le fruit de l'accouplement impur de ma sœur et du primat de Cimmura.

– Mon épée préviendra cela, mon roi, promit Émouchet avec ferveur. Tous trois baigneront dans leur sang avant que cette semaine arrive à son terme.

– Et ta vie sera également perdue dans cette hâte de vengeance, Émouchet. Comment ton sacrifice pourra-t-il restaurer ma fille?

Aldréas, songea Émouchet, était plus sage dans la mort que dans la vie.

– Le temps de la vengeance viendra quand il le faudra, mon Champion. En premier lieu, je te charge de replacer Ehlana sur mon trône. A cette fin, il m'est permis de te révéler certaines vérités. Nul orviétan ni talisman de second rang ne peut soigner ma fille, seul le Bhelliom peut la guérir.

Tout courage quitta Émouchet.

– Ne sois point consterné, Émouchet, car le temps est venu que le Bhelliom émerge de l'endroit où il gisait et qu'il ébranle la terre de son pouvoir. Il agit quand il veut et pour ce qu'il veut; le moment est arrivé où les événements ont conduit l'humanité là où il voulait. Nulle force au monde ne peut empêcher le Bhelliom de reparaître au soleil, et des nations entières attendent sa venue. Mais c'est *toi* qui le retrouveras, car ce n'est qu'entre *tes* mains que tout son pouvoir pourra être libéré pour repousser les ténèbres qui rôdent déjà sur la terre. Tu n'es plus mon Champion, Émouchet, tu es le Champion de ce monde. Viendrais-tu à échouer que toute chose échouerait.

– Et où devrai-je chercher, mon roi?

– Cela, il m'est interdit de te le révéler. Je puis toutefois te dire comment déclencher son pouvoir une fois qu'il sera dans ton étreinte. La bague rouge sang qui orne ta main et qui ornait la mienne jadis est bien plus ancienne que nous ne l'imaginions. Celui qui façonna le Bhelliom fabriqua également les bagues et elles sont les clés du pouvoir du joyau.

– Mais ta bague est perdue, Aldréas. Le primat de Cimmura n'a cessé de mettre tout le palais sens dessus dessous pour la chercher.

Un gloussement spectral sortit du sarcophage.

– Je l'ai toujours, Émouchet. Après que ma chère sœur m'eut donné son ultime baiser mortel et fut repartie, j'eus encore quelques instants de lucidité. Je dissimulai la bague pour que mes ennemis ne pussent s'en emparer. Malgré les efforts désespérés du primat de Cimmura, elle fut ensevelie avec moi. Réfléchis, Émouchet. Rappelle-toi les anciennes légendes. A l'époque où ma famille et la tienne étaient liées par ces bagues, ton ancêtre donna au mien sa propre lance de guerre en signe d'allégeance. Je te la rends aujourd'hui.

Une main fantomatique s'éleva du sarcophage, tenant une lance à manche court et lame large. L'arme était très ancienne et son importance symbolique avait été oubliée au cours des âges. Émouchet tendit le bras et la reçut de la main spectrale d'Aldréas.

– Je la porterai avec orgueil, mon roi.

– L'orgueil est chose creuse, Émouchet. La signification de cette lance va bien au-delà. Détache la lame de la hampe et regarde à l'intérieur du logement.

Émouchet posa sa bougie qui vacillait, mit la main sur la lame et tourna le bois rugueux du manche. Avec un grincement sec, les deux parties se séparèrent. Dans l'antique logement en acier de la lame, le reflet rouge sang d'un rubis lui faisait signe.

– Je n'ai plus qu'une instruction à te donner, mon Champion, continua le fantôme. S'il advenait que ta quête atteigne sa conclusion après que ma fille m'eut rejoint dans la Maison des Morts, il te faudra détruire le Bhelliom, bien que ceci doive te coûter la vie.

– Mais comment puis-je détruire un objet d'un tel pouvoir? protesta Émouchet.

– Garde ma bague là où je l'ai dissimulée. Si tout se passe bien, rends-la à ma fille quand elle se rassiéra sur mon trône dans toute sa splendeur; mais si elle venait à mourir, continue ta quête du Bhelliom, quand bien même celle-ci devrait se prolonger jusqu'à ton dernier jour. Et quand tu le découvriras, prends la lance de la main qui porte ta bague et enfonce-la de toutes tes forces dans le cœur du Bhelliom. La pierre sera détruite, comme les bagues... et ce geste te coûtera la vie. N'échoue point en ceci, Émouchet, car une puissance ténébreuse arpente en vérité la terre et le Bhelliom ne devra jamais tomber entre ses mains.

Émouchet s'inclina.

– Il en sera ainsi que l'ordonne mon roi, jura-t-il.

Un soupir monta du sarcophage.

– J'ai donc fait tout ce que je pouvais pour t'aider et ceci met un terme à la tâche que j'avais laissée inachevée. Ne me fais point défaut. Salut à toi, Émouchet, et adieu.

– Salut à toi et adieu, Aldréas.

La crypte était toujours froide et vide hormis les rangées de royaux défunts. Le chuchotement caverneux s'était tu. Émouchet revissa les deux parties de la lance, puis tendit la main et la posa sur le cœur de l'effigie en plomb.

– Dors bien, Aldréas, dit-il doucement.

Puis, serrant l'antique lance dans la main, il se retourna et quitta silencieusement la crypte.

Achevé d'imprimer en février 1995
sur les presses de l'Imprimerie Bussière
à Saint-Amand (Cher)

POCKET - 12, avenue d'Italie - 75627 Paris Cedex 13
Tél. : 44-16-05-00

— N° d'imp. 557. —
Dépôt légal : mars 1995.

Imprimé en France

Les Galaxies de la Science-fiction

HERBERT
La maison des mères

Les Planètes de la Science-Fantasy

McCAFFREY
Le dragon blanc

Les Univers de la Fantasy

MOORCOCK
La quête de Tanelorn

Les Abîmes de la Dark Fantasy

LOVECRAFT
La trace de Cthulhu